浙江师范大学中国语言文学一流学科建设成果

国家社科重大招标项目"世界性与本土性交汇:莫言文学道路与中国文学的变革研究"(13&ZD122)阶段性成果

国家社科基金一般项目"莫言与现代主义文学的中国化研究"(13BZW038)阶段性成果

莫言与当代文学批评理论

张志忠　　王洪岳　主编

浙江工商大學出版社 | 杭州
ZHEJIANG GONGSHANG UNIVERSITY PRESS

图书在版编目(CIP)数据

莫言与当代文学批评理论 / 张志忠，王洪岳主编
. — 杭州：浙江工商大学出版社，2021.5(2022.11 重印)
ISBN 978-7-5178-4443-3

Ⅰ．①莫… Ⅱ．①张… ②王… Ⅲ．①莫言－文学研
究②中国文学－当代文学－文学评论 Ⅳ．①I206.7

中国版本图书馆 CIP 数据核字(2021)第 069010 号

莫言与当代文学批评理论
MOYAN YU DANGDAI WENXUE PIPING LILUN

张志忠　王洪岳 主编

责任编辑	王　耀　唐　红	
封面设计	沈　婷	
责任印制	包建辉	
出版发行	浙江工商大学出版社	
	（杭州市教工路 198 号　邮政编码 310012）	
	（E-mail:zjgsupress@163.com）	
	（网址:http://www.zjgsupress.com）	
	电话:0571-88904980,88831806(传真)	
排　　版	杭州朝曦图文设计有限公司	
印　　刷	杭州高腾印务有限公司	
开　　本	710mm×1000mm　1/16	
印　　张	22.75	
字　　数	432 千	
版 印 次	2021 年 5 月第 1 版　2022 年 11 月第 2 次印刷	
书　　号	ISBN 978-7-5178-4443-3	
定　　价	95.00 元	

关注和研究作家的文学—美学思想（代序）

张志忠

作家以创新为自己的天职，文学研究亦需要不断地开拓新的界面，拓展新的空间。和浙江师范大学人文学院合作，在金华召开"莫言与当代文学批评及理论建设"学术研讨会，并且筛选和出版这部专题的会议论文集，是出于以下的思考。

从事当代文学研究，有一个值得关注的重要现象，就是包括莫言在内的众多作家的文学思想研究。它包括两个层面：其一是作家的文学创作给中国当代文学学科和文艺学学科提出的批评和理论的相关命题，例如莫言的"残酷叙事"和"狂欢化写作"的关系，莫言作品中如何汲取中外文学资源而自铸伟辞；其二是莫言在创作文本之外大量的演讲、访谈、创作谈中提出的诸多论点，如"作为老百姓写作"与身为作家—知识分子之间的内在抵牾与张力，对鲁迅、福克纳、大江健三郎等中外作家的推崇，对长篇小说的大襟怀、大悲悯、高难度等的阐述，丰富了我们理论与批评的命题，以自己的睿智介入当下的文学理论与批评的建设和拓展。

非独莫言，当下文坛非常活跃，表征之一就是相当多的作家在创作文学作品的同时，发表了大量的言论，撰写了大量的文字，讲述自己对文学创作的思考和追求，对中外文学作品的阅读和阐释，展现了作家的"诗外功夫"，不仅数量可观，而且内容丰富，成为我们从事当代文学研究的一个重要资源，可惜还没有引起充分重视，也未能将其与作家的创作结合在一起进行研究讨论。一批重要作家，当下已经有传记，有评传，有年谱，但是以作家的"诗外功夫"即文学—美学思想为研究对象的论著还鲜有出现。众多的研究者，盯着一些研究成果已经很丰富的话题,在一个狭小的圈子里,互相重复,彼此叠加,找不到新的命题,但是,对许多重要的文学现象,缺乏足够的敏感认知。在这一方面,中国海洋大学温奉桥教授的《王蒙文艺思想论稿》①走在了前面,河北师范大学郭宝亮教授则获得了 2017 年国家社科基金年度项目"王蒙的文学批评与新时期文学变革研究",这也恰恰证明了作家思想研究的重要性和迫切性。

即以莫言为例,他的先后两部三卷本《说吧,莫言》和《莫言心声系列》,所收其演讲、访谈、散文等,数量颇为可观;《莫言王尧对话录》对理解莫言的创作道路和文学—美学思想甚有帮助(我所关注的莫言之劳动美学,就是受到个中启发);此外,还有散落于其作品的后记及新版改版的附言、打油诗,以及未曾化为纸质文本的网络资讯和视频;凡此种种,都是解读莫言的重要参照物。照单全收奉为圣旨是懒人哲学,但目前更值得思考的是,我们对作家的"诗外功夫"关注不够,用力甚少。

作家们大量的创作谈和相关阅读史的写作、对话、演讲,很重要的一点,是当下这个以传媒为王的时代所致。一方面是信息的过剩和充塞,嘈杂无序的喧嚣淹没了真正有价值的声音和文字,酒香也怕巷子深。即便作家可以甘于寂寞,遁身世外,但出版社和文艺部门也一定要拉着作家到处去谈论文学的话题,签售新的作品,用各种各样的硬广告和软广告制造出吸引眼球的动静来。另一方面是在泥沙俱下的信息涌流中,媒体也需要真货干货,需要借助名人效应增强自家在业界的竞争力,名家访谈是其中屡试不爽的制胜之道。

相当一批作家,从宗璞、徐怀中、王蒙、刘心武等老而弥坚、驰骋文坛超过一甲子的文坛风骨,到莫言、贾平凹、王安忆、韩少功、余华、张炜等新时期文学的弄潮儿,他们的创作生命在中国现当代文坛上罕见地长久,他们的文学追求的能量异常充沛,他们对文学创作、社会思考和自身定位的探索也在多个层面上展开。他们赶上了中外文学交流对话最密集的一个阶段,海内外的文学演讲,成为他们与世界文学对话的重要方式。尤其是他们的海外演讲,因为有别于本土语境,他们要向海外读者和听众阐述自己的文学世界,要去搭建心灵沟通的桥梁,煞费苦心。就莫言而言,他在此类演讲中,有两个着力点,其一是屡屡讲到自己的童年经验,讲述童年的饥饿、痛苦与孤独,以印证笔下那些可能会让读

---

① 温奉桥:《王蒙文艺思想论稿》,齐鲁书社 2012 年版。

者匪夷所思的故事情节和人物命运的深厚的现实依据；其二，寻求与读者的心灵共振，强调不同历史文化背景下的人们有普适的人性，有面对人生诸多困境与欢乐的类同感受，有对于故乡的共同记忆。

与之相应地，作家们的海外游历和生活的经验，都是开启他们社会与文学新视野的重要契机。在《母女同游美利坚》的长篇散文中，很容易地见出王安忆和母亲茹志鹃第一次访问美国时的不同感悟：一位是新四军出身、20世纪50年代后期以《百合花》一举成名的老作家，革命的意识与警觉让她对资本主义社会及其意识形态持有冷静的批判立场；作为年轻作家，风头正健的王安忆却对美国的消费社会印象颇深，这和王安忆的小说迅速转向世俗化的日常生活描写，有内在的关联。但此类命题，我们都还很少涉及。这对于作家作品研究是一个重大的缺失，也和我们口口声声讲的"全球化视野下的中国当代文学"相去甚远。

越是到晚近，作家们的创作与文论的两翼齐飞就越是显著，几乎是每有新作问世，从作品后记到媒体访谈，都形成一时的文坛焦点。除了自我阐释，作家们也热情地指点中外文坛，他们的作家作品分析，颇有蒂博代所说的"大师的批评"的风采——王安忆、格非、马原、毕飞宇、阎连科等先后进入高校任职教授或登坛授课，他们的讲堂录纷纷出版。王安忆著有《华丽家族：阿加莎·克里斯蒂的世界》，阿加莎·克里斯蒂的侦探推理小说，不仅让王安忆感受到单纯的阅读的快乐（这正好表现出王安忆不避讳甚至欣赏世俗快乐的一面），还让她在小说的叙事逻辑方面获益匪浅。我们经常讲，文学是凸显个别性的，但《长恨歌》的写作逻辑却是每每展露出从一般性到个别性的演绎推理法——上海有一百条弄堂叫平安里，每个平安里的小户人家都有个女儿叫王琦瑶，她们背着花书包上学，三三两两地到照相馆拍合影照，也纷纷做着好莱坞电影中的明星梦……格非解读《金瓶梅》，不仅是写出了《雪隐鹭鸶——〈金瓶梅〉的声色与虚无》，也直接影响了他的作品《望春风》的悲悯情怀。此外，残雪对卡夫卡、博尔赫斯的解读，邱华栋的中外作家阅读笔记，非常可观。张炜著有《楚辞笔记》《也说李白与杜甫》《陶渊明的遗产》，并且践行"读万卷书，行万里路"，在胶东半岛实地踏勘地域文化，把胶东半岛道家养生文化的传统写入《独药师》等晚近作品。徐小斌在国家开放大学的课程平台上讲授西方美术家专题，是跨界出击，也是她小说创作中画面、色彩与美术元素何以如此怪异而浓烈的一种证明。韩少功左创作、右翻译,翻译昆德拉,加强了他小说创作中的跨文体性特征,深化了他对语言与言语的辨析和对鲜活口语的推崇;翻译佩索阿,则对他写作《山南水北》的心态和叙述产生微妙影响。年长的作家也不甘示弱,刘心武在《百家讲坛》讲《红楼梦》,写《刘心武点评〈金瓶梅〉》,他也关注北京的文化地标,《钟鼓楼》《四牌楼》等是也。李国文有《楼外谈红》《中国文人的非正常死亡》《中国文人的活法》《李国文说唐》名世。王蒙自己更是身体力行,学英语学到可以用英文发表演讲,读老庄孔孟读到可以在电视台开专题讲座,研《红楼梦》和李商隐,更是他的拿手好戏。冯骥才从关心天津市井文化,写出《神鞭》《三寸金莲》,到关心和抢救天津的历史建筑,再到于全国范围内推进古村落、古建筑保护,也有内在的理路⋯⋯

作家学养的增强和眼界的开阔,正是他们文学创作能够持久地进行的原因,也是他们"诗外功夫"的丰厚底蕴所在。尤为重要的是,与作家的创作相比较,他们的创作谈和演讲录,并非前者的附庸,而是都具有自己的独立性;不仅是理解其创作的一种补充,而且很可能还是作家思想的一种拓展。莫言在谈到作家的思想时这样说:

"当然,伟大的小说,都是思想大于形象的——一是思想大于小说里面人物的形象,二是小说里的思想大于作者的思想。我想一部具有两个'大于'的小说,肯定是一部很好的作品。我们可以从小说里面的人物思想上,看到新时代的曙光,看到新思想的苗头;我们可以从小说的整体思想上,看出它超越了作家思想的一些东西。现在很多人在批评作家没有思想。这个批评当然不能说没有道理,但我觉得值得怀疑。一个作家未必要先成为一个哲学家、思想家,才可以写作。鲁迅的思想非常深刻,鲁迅也是一个伟大的思想家,但是鲁迅这种伟大的思想和他的小说之间,我认为是不太相配的。因为鲁迅后期并没有写出和他思想相匹配的文学小说。"[①]

在小说和散文之外,鲁迅写了那么多的杂感和随想,尤其是 20 世纪 30 年代,鲁迅自述,是因为形势的险恶与骤变,来不及从容地进行创作,只能够以"匕首和投枪"式的杂文回应之。这也形成了我们对这一命题的通常的理解:时间紧迫,来不及进行艺术的沉淀和升华。莫言强调其思想与创作之间的巨大裂

---

① 莫言:《论文学的十大关系》,《江南杂志》2007 年第 3 期。

痕,强调其思想大于创作,显然着眼于更为廓大的方面。相对于现代人面对的社会现实之纷纭万状,以及思想与情感的纷繁纠结,小说与散文等艺术形式都难以容纳。不但鲁迅如此,当代诸多作家也不例外。王蒙在20世纪80年代提出"费厄泼赖"应当实行,就是在回顾总结惨痛历史教训:

"在这样的时代,我们的文学其实担当着重大责任,这就是拯救地球拯救人类的责任,我们要用我们的作品告诉人们,告诉那些暴发户、投机者、掠夺者、骗子、小丑、贪官、污吏,大家都在一条船上,如果船沉了,无论你身穿名牌、遍体珠宝,还是衣衫褴褛、不名一文,结局都是一样的。"①

赋予文学以拯救人类拯救地球的至高使命,未免会被讥讽为堂·吉诃德向风车宣战,却见出莫言的可爱之处,甚至能揣想出他讲这段文字时的腔调和神态。对于那些有一千件衣服、一万双鞋子或者数十辆豪车的奢华男女,人们或许会怀疑其金钱来源或者"为富不仁",或许认为这是个人的购买权利无须他人置喙,但莫言认为,即便其收入的来源是合法的,这样的行为都应该遭到谴责,过度挥霍各种资源和产品即是犯罪。这样的警钟确实令人警醒。法律上的合法性规定了人们行为的底线,但是,还有更高的行为准则考验着人们的道德标线,暴殄天物,也是对人类、对自然的极大犯罪。而且,在接下来的论述中,莫言沿着同一逻辑指出:"我们应该用我们的文学作品向人们传达许多最基本的道理:譬如房子是用来住的,不是用来炒的;如果房子盖了不住,那房子就不是房子。"这恐怕是相关论述的先声吧。

因此,在研究作家们的文学作品的同时,也研究他们的"诗外功夫",研究他们的文学—美学思想,乃至社会关怀和思想杂谈,是不容忽视的新课题,也会对当代作家作品研究,做出新的拓展。这一点,鲁迅先生早已经做出了很好的榜样。在学理上,他提出研究作家要顾及全人;在实例上,他的《魏晋风度及文章与药及酒之关系》,跳出以诗文论高下品评文人的窠臼,从时代氛围、权要引领、文人自许、社会交往、养生时尚、服装特点与日常生活等方面阐述魏晋文风,导出清峻、通脱、华丽、壮大等诸多命题,其要点莫不来自时代与文气、政坛与士流的交融与博弈。鲁迅的启示,引领我们前行。

---

① 莫言:《悠着点,慢着点——"贫富与欲望"漫谈》,新浪博客,2010年12月21日,http://blog.sina.com.cn/s/blog_63acd9f50100nfxo.html。

　　以此而言,在浙江师范大学召开的这次会议,虽然提出了"莫言与当代文学批评及理论"的命题,但是,就会议论文而言,真正将研究视点转向我上面所言,研究莫言的文学—美学思想,还是非常少的,大量的论文仍然是在做莫言的创作文本研究。这也说明进入新的研究领域的难度和差距。但是,我们毕竟意识到了这一命题,在今后的研究中,这将是莫言研究和中国当代作家研究的一个重要方向。

目　　录

第三编　莫言文学主题研究

第四编　比较视野中的莫言文学研究

附　　录

第一编 莫言与当代文学理论建构

故事·现代性·长篇小说·价值尺度[①]

——与顾彬论中国当代文学

张志忠[②]

【摘　要】顾彬是对中国当代文学发表批评意见最多的海外汉学家。本文概括了他的批评话语中讲故事落伍过时、先锋文学与现代性、中国和世界长篇小说都气数已尽等三个重要判断,进而提揽出他以弗洛伊德精神分析学说为依托的现代文学价值观,以及"逢莫(莫言)必反"的心结,并予以解析与辩驳,以期澄清一些基本的学术命题,为如何评价中国当代文学的成就做一些富有学术性、建设性的工作。

在全球化的语境下,如何评价中国当代文学,"好得很"还是"糟得很",在我们的文坛和文化界,一直是一个令人瞩目的难题。就以在中国声名远扬的顾彬而言,近10年间,他对中国当代文学的"酷评",就一再地引发文坛和普通读者的关注,进而引起一场场相关的争论。就发言的频率和激烈的程度而言,这成为来自海外汉学家最具有传播效应的声音。他经常谈论的几个话题是:中国作家在小说中讲故事是极大地落后于世界文学潮流;中国作家从20世纪80年代的先锋文学实验回退到本土经验和古代传统是重大的失策和失败;中国作家的长篇小说创作毫无价值可言,而全世界的长篇小说也走向穷途末路。

① 本文是教育部人文社科研究规划项目"莫言的文学世界研究"(13YJA751066)、北京市社科基金重点项目"莫言与新时期文学创新经验研究"(13WYA002)、国家社科基金重大招标项目"世界性与本土性交汇:莫言文学道路与中国文学的变革研究"(13&ZD122)的阶段性成果。
② 张志忠,首都师范大学文学院教授,山东大学兼职特聘教授。

　　本文就是与顾彬有关莫言小说的一次对话与回应。我的着眼点是追问其评价中国当代文学的价值尺度为何,并且揭示其破绽所在,为如何评价中国当代文学提供一些有益的建议。需要说明的是,顾彬的许多批评,都是集中于莫言的作品的,无莫不言,"逢莫必反",说他有一种浓重的"莫言情结"不算过分,而我自己也是对莫言创作有长期追踪和研究的,许多时候,都是将莫言作为中国当代文学尤其是小说作家的代表者,与顾彬对话的。

一、故事"消亡",现代小说何为

　　问题源自德国学者顾彬对中国当代作家为什么要讲故事的一再质疑。在多个场合,顾彬先生都在讲中国作家与德国作家、与世界文学的差距之一,就是中国作家太落伍了,在喋喋不休地用 19 世纪的文学方式讲故事。2010 年 3 月,在凤凰卫视的访谈节目中,顾彬对深受众多读者喜爱的金庸小说表示不屑,因为他认为金庸是用已经过时的方法来讲故事,另外 1945 年以后,基本上一个真正的小说家,不能够再讲什么故事,这个故事时代过去了。[①] 在顾彬看来,用讲故事的方式写小说,既落后,又缺少现代性。顾彬批评莫言说:"莫言是一个非常落后的小说家,为什么呢? 他现在用章回小说的传统方法来写作。就是说明他不是一个现代性的作家。现代性的作家,他能够集中到一个人,分析他的灵魂、他的思想等等。但是莫言写小说的时候,他小说里头的人物是非常多的。另外呢,他还会讲一个故事。现代性的小说家,他不会再讲什么故事,所有的故事已经讲过。如果我们从西方来看,我看报纸,每天看报纸。报纸会给我讲最可怕的故事。一个作家没办法讲。所以我希望,一个作家会告诉我为什么我们的世界是这个样子。所以西方作家,他们都会集中在一个细节,一个人,一个人的生活中去。"[②]

　　中国的谚语说,"事不过三"。但顾彬对中国小说家的"讲故事"之厌弃,让自称不喜欢重复自己的顾彬一有机会就忍不住要站出来发言。比较近的一次

---

　　① ［德］顾彬:《我没说过中国当代文学是垃圾》,凤凰网,2010 年 3 月 22 日,http://news. ifeng. com/opinion/phjd/qqsrx/201003/0322_6443_1583115_2. shtml.

　　② ［德］顾彬:《需要重新审视的现当代文学》,当代中国文学网,2008 年 10 月 23 日,http://www. ddwenxue. com/html/zgxs/wxysc/20081023/2994. html.

是 2016 年早春二月，由浙江省新华书店和《钱江晚报》共同主办的"2016 博库·全民阅读周刊春风图书势力榜"活动启动，顾彬出任终审评委之际，接受了《钱江晚报》的专访。顾彬把中国当代小说家的作品比作"火腿"——在德国，人们把通俗文学作品称作为火腿。"火腿，你今天买，一年后你还能吃。莫言、余华、苏童、毕飞宇，他们的书，到了德国，变成了火腿。所以中国当代小说，在德国不属于严肃文学。……因为他们讲故事。我们需要的不是故事，而是揭示。"①

与之相关联，莫言在瑞典领取诺贝尔奖时的演讲题目《讲故事的人》，表现出鲜明的针对性。一是接续了德国学者本雅明关于"讲故事"之意义的精神内涵，二是回应顾彬说中国作家讲述中国故事"太落伍""不合乎世界文学潮流"的粗暴指责，从中可见莫言充分的文化自信："我该干的事情其实很简单，那就是用自己的方式，讲自己的故事。我的方式，就是我所熟知的集市说书人的方式，就是我的爷爷奶奶、村里的老人们讲故事的方式。坦率地说，讲述的时候，我没有想到谁会是我的听众，也许我的听众就是那些如我母亲一样的人，也许我的听众就是我自己。"②

向前追溯，20 世纪 30 年代，德国思想家、美学家本雅明在其重要论文《讲故事的人——尼古拉·列斯科夫作品随想录》中，就借助对 19 世纪俄罗斯作家列斯科夫作品的解读，阐述了传统的讲故事方式的长久魅力及其在现代的无奈衰亡。他对故事的消亡的论述，和顾彬的说法有相近之处，但是，面对这一现实，两人的评价却是大相径庭的。顾彬认为报纸新闻取代文学故事，是现代性的基本特征，是值得肯定的，反过来贬斥故事的当代价值。本雅明却是带着浓重的惋惜之情论述"故事消亡"这种现象的：

"讲故事这门艺术已经是日薄西山。要想碰到一个能很精彩地讲一则故事的人是难而又难了。平常又平常的倒是，当有人提出谁给大家讲个故事的时候，满座面面相觑，一片尴尬。就仿佛是与我们不可分割的某种东西，我们的某

---

① ［德］顾彬：《中国诗歌一直为我所爱》，腾讯网，2016 年 3 月 27 日，http://cul. qq. com/a/20160327/014182. htm。

② 莫言：《讲故事的人》，中新网，2012 年 12 月 8 日，http://www. chinanews. com/cul/2012/12-08/4392599. shtml。

种最可放心的财产被夺走了:这东西、这财产就是交流经验的能力。"①

讲故事需要讲故事的人和听者的互动,需要有一个共同的心理空间,需要对一种神奇的力量的信任也就是对故事的信任。故事中包含着人类在漫长时间里积累起来的经验教训。本雅明引用了德国谚语:"远行者必会讲故事。"讲故事的人,都是经验丰富、见多识广的人,一种是远行千里万里的商船上的水手,一种是了解当地掌故传说的年长农夫,还有一种是游走四方的工匠手艺人。讲故事的人和教师、智者同列:"他给人以忠告——不像谚语,只适合于个别场合;而像智者,普遍适用。因为他有权力从整整一辈子的生活中去汲取教益。(顺便说一句,他的一辈子不仅包括他个人的经验,也包括不少别人的经验;讲故事的人把间接听来的传闻加到自己的知识中。)讲述自己的生活的能力就是他的天赋,能讲出他的全部的生活就是他的荣誉。讲故事的人就是这样一种人,他可以让他的故事的爝火把他的生活的灯芯燃尽。"②但是,现代社会生活对故事的消解,来自两个方面:其一,人们的生活失去了共同感,无法互相进行经验交流,变得个人化、私密化了,小说成为个人孤独的写作行为,是对个人心灵世界的深度和广度的拓展;小说的诞生地是孤独的个人。③　其二,是新闻取代了故事,诠释化解了好奇,一条新闻在产生的时候,就已经被报道者将事件中的因果关系以最简单的方式解释出来,而忽略了更为丰富的深刻的信息。而对于急功近利的信息接收者来说,利益相关性则让他们眼界狭隘和短视化了。对于巴黎的受众来说,近在拉丁区的阁楼里发生的火灾,比远在马德里爆发的革命更为重要。人们已经失去了对不确定的远方的消息的关心,宁可选取自己能够把握的浅近的信息。这就是讲故事的困境。一方面,现代社会的精细分工和高度专业化打破了地域意义上人们的公共生活空间,将群体分解为互不相干的个体,将共同交流的可能性降到最低;一方面,它又用快速而广泛覆盖的新闻信息,在更广大的人群间进行简单而平面化的有限交流,新闻的核心则是与人们利害相关的资讯。人们失去了对更广阔的生活世界的兴趣与关注力。这在今天所谓的信息时代和影像时代,更是如此,浅阅读和被动接受及娱乐化、恶搞,取代了人们积极地追求丰富多彩的生活的激情。

---

① 　[德]本雅明:《本雅明文选》,陈永国等编,中国社会科学出版社1999年版,第291页。
② 　[德]本雅明:《本雅明文选》,陈永国等编,中国社会科学出版社1999年版,第315页。
③ 　[德]本雅明:《本雅明文选》,陈永国等编,中国社会科学出版社1999年版,第295页。

顾彬认为新闻取代故事是天经地义的,本雅明对简陋的新闻取代蕴藉的故事却深为不满。其一,他指斥新闻的枯燥乏味,扑灭了人们的想象力和好奇心。其二,新闻是没有久远的生命力的,它转瞬即逝,很快就会淹没在后起的新闻事件中。而故事却可以传承百年千年,给人们以无尽的启迪。还有更为重要的其三——新闻传递的是清晰且合乎逻辑、合乎因果关系的信息,即所谓科学性,它遵循的是所谓何人、何时、何地、何事、何因、何果的规则,接受者似乎无须思考就可以照单全收;它靠的是新闻人的职业敏感和敬业精神。故事却是饱含着生活的历练与人生的智慧,是要讲故事的人和听故事的人一起分享、一起玩味的。它寄寓着前人对后来者的人生忠告。当然,这忠告不是简单的说教,而是要听者自己去参详领悟的。"忠告终究不是回答一个问题,而是关于一个刚刚展开的故事如何继续的建议。要求这样的忠告,作家必须首先学会讲故事。(这里说的并不仅是一个人颇能接受忠告,他能依情况而行事。)编织到实际生活中的忠告就是智慧。智慧是真理的一个壮丽侧面。由于智慧渐趋式微,讲故事的艺术便将终结了。"①

本雅明对故事的消失的伤感描述,可以从他的艺术产生之时代差异性上得到更好的理解。本雅明以"灵韵"和"震惊"作为审美效果的两种不同状态,他这样评价波德莱尔的诗:"灵韵"在"震惊"经验中分崩离析,波德莱尔为赞叹它的消散而付出了高价。这不仅可以在视觉艺术中比照传统绘画与现代机械复制时代之影像艺术的差异,也可以在信息传播上用来区分故事与新闻的差异。故事是蕴含深厚可以让人久久沉吟玩味的,它是超功利的,充满人性和人生智慧;新闻可能会有爆炸性,可能令人震惊,但其时效性极为短暂,而且往往为切近利益所拘牵。两者的兴替当然令人感伤不已了。

顾彬反对作家们讲述有头有尾的故事,他青睐的是精致的细节描写和深刻的心理分析。本雅明感慨的是讲故事的人的消失,是所谓现代和趋新对传统艺术样式的替代。不过,他们的论断未必都能得到现实的证明。讲故事的人并没有从文坛上隐退。讲故事,仍然是作家们行之有效的创作方式。就像莫言所言:"关于小说的故事性,我觉得顾彬的说法有他的道理,他讲他们德国作家写小说,就是没那么多人物,顶多两个人,而且篇幅也不会那么长,就是两三百页。

① [德]本雅明:《本雅明文选》,陈永国等编,中国社会科学出版社1999年版,第295页。

这个我觉得也不对,那个君特·格拉斯的小说不也是厚厚的一部吗?托马斯·曼的《魔山》不也是厚厚的一部吗?德国历史上的许多伟大作品,像《没有个性的人》就有七十多万字。还有就是,小说如果完全没有故事也就没有小说了。他觉得作家在叙述的过程中,不要讲故事,要讲人、讲哲学、讲思想。他有他的道理,我们借鉴、吸收,但未必要完全听他的。"[①]

自从第二次世界大战结束,尤其是冷战结束以来,生活的同质化,人心的格式化,信息传递中的简单化乃至"八卦化"(请想一下我们今天的"标题党"),使得有趣的故事很难再产生了。在所谓"历史的终结""意识形态的终结"之后,故事和文学似乎也遭遇到空前未有的威胁。但是,至少在今后的几十年间,无论是西方还是东方,文学依然存在,故事仍然在讲。远行人必会讲故事,持续地在艰辛跋涉和寻觅的人类,仍然在回顾往昔中探寻前行的道路。

比起顾彬简单地判定故事已经终结,著名文学理论家李欧梵的阐述也许更具有说服力:在资本主义发达的国家,几乎找不到一本想象丰富、写实有深度的作品,而来自南美洲的马尔克斯、略萨,来自亚洲的拉什迪,却领世界文学之风骚,要问"为什么","我觉得和当代英美小说家想象力的贫乏和他们所处的文化环境有关。资本主义社会的中产阶级的生活体验太有限了,身边的现实不够多彩多姿,对历史的回忆皆从书本得来(而不像非洲的'口述'传统),唯一可以发挥的就是叙事技巧。然而,技巧没有想象的支撑和现实的视野,也只能落于玩弄文字的层次"[②]。不知道这样的评价,顾彬如何回应?讲不出故事,不仅是因为卫星和互联网时代的传媒发达、新闻全覆盖,更是因为生活经历有限,切身感知匮乏,而当代中国作家,人人都有讲不完的故事。

回到中国的语境中来,故事也仍然有其合法的地位。本雅明指出,故事存在的前提,是农业和手工业文明时代的产物。考诸中国,虽然说已经进入 21 世纪,甚至有很多人都在欢呼中国崛起的奇迹,但是,当下的中国,实在地说,却是农业文明、工业文明及现代信息和后工业社会并存,中国人的生活经验,远远地

---

① 卢一萍:《顾彬堪比呼雷豹——莫言答解放军艺术学院学员问》,新浪博客,2018 年 10 月 30 日,http://blog.sina.com.cn/s/blog_4ca7f0ad0100kopt.html。

② 李欧梵:《人文六讲》,中国人民大学出版社 2012 年版,第 85—86 页。中国的学者,较少谈论世界文学之短长,我认为,其中重要原因之一是其缺少长期的境外生活经验来理解那些现代的、"太现代"的文本。在这一方面,像李欧梵这样在美国生活和任教多年的文学研究者,显然有更多的发言权。

异于现代文明高度发达的欧美国家,用流行的话语表述,就是前现代、现代和后现代并存。当代中国作家也好,当代读者大众也好,他们的生活和阅读经验,以及思维方式,许多都与故事有关,与作为故事之前提的共同经验有关。

二、现代性与先锋文学转向

关于小说要不要讲故事,要害不在于其自身,而在于一种时间哲学。顾彬一味强调,现代性的小说不讲故事,讲故事的小说不具备现代性,莫言的小说,金庸的小说,以及诸多中国的作家的小说,因此落伍过时;而西方的、德国的小说注重人物心理的发掘和描写,代表了现代文学的价值所在。

这里显然有两个绝对性的判断。其一,是现代性的单一标准,以心理描写精神探究还是人物情节讲故事为识别标准。其二,是现代性与单向度进化观念的排他性。顾彬不顾全球化时代仍然普遍存在的多元化的文学状况,无视当下仍然有大量的叙事性文学存在的现实,简单地宣判其过时落伍"不现代",对其不屑一顾。

其实,关于中国当代文学的现代性问题,早在 20 世纪 80 年代,就是中国文坛的一个争论热点。在福克纳、马尔克斯、博尔赫斯、罗布-格里耶、西蒙等当代世界文学作家的影响下,马原、格非、余华、孙甘露等新潮小说家先后崛起,给文坛带来巨大的冲击,一时间,论者认为这就是真正的现代小说,是中国文学走向现代的标志之一。小说可以不必全力以赴地讲故事,而可以去关注故事的叙述方式乃至讲故事的那个人。走向世界的口号,文学创新的探索,曾经激动过一大批青年作家的心胸,也形成 80 年代中后期一道亮丽的景观。注重叙述语言,忽略故事情节,换言之,就是出现了从讲"故事"向"讲"故事的着力点的迁徙。对人物、情节和故事的忽视,让先锋作家们充满了炫技的自得,摆出了拒绝生活拒绝现实的鲜明姿态。而一味地追随西方现代主义文学,这不就是顾彬所言的 20 世纪 80 年代文学的先锋性吗?与此同时,现实主义的创作,被宣判为过时,落后,遭受冷遇,路遥的《平凡的世界》在问世前后的坎坷经历,就足以为证。

在论述 20 世纪 80 年代的文学思潮与莫言、余华的创作关系时,顾彬做出了明确的判断:"像莫言、余华这些作家,在 20 世纪 80 年代,他们的作品很先锋。但是近些年,我在他们的作品中找不到早期的那种文学先锋性。我感到很遗憾。我认为,如果他们一直沿着当初先锋的那条路,很可能成为非常非常伟大的作家。"①

按照顾彬的预想,莫言、余华们应该是"将先锋进行到底"。然而,后者的创作界面非常开阔,不曾把自己固定在唯一的现代派和先锋文学的路径上。莫言在以《透明的红萝卜》《爆炸》《红高粱》等作品一鸣惊人之后,却忽然转向写切近当下现实的《天堂蒜薹之歌》。如前所述,路遥的现实主义创作曾经遭受冷遇,莫言的《天堂蒜薹之歌》问世之初,也没有得到及时的肯定和褒扬。可贵的是,正是在这样的文化氛围中,从早期作品《售棉大道》到《天堂蒜薹之歌》,再到《酒国》和《蛙》,莫言对乡土的眷恋和对农民的关切,一直在他的笔端涌动。

此一时也,彼一时也。借助于将艺术形式的变革视作头等大事的西方现代主义文学的启示,中国文坛也开始了一场文学形式的革命,让文学从政治和社会的沉重负担下挣脱出来。孰料,在"纯文学"开始站住脚跟的时候,恰逢市场化大潮的冲击和社会生活的大转型,进入 20 世纪 90 年代,"纯文学"却是故步自封,陷入了自设的陷阱,策略性的手段反转成了战略性的目的,我们都以为自己是高智商的精英,可以巧妙地瞒天过海,将历史玩弄于股掌之中。文学与政治的剥离,对作为超级能指的政治,未必会造成什么有效拆解,文学自身,却被导入一个孤芳自赏的狭小天井里,不但远离了政治,而且远离了广阔的现实生活。于是,重建文学与现实的关系,摆脱"纯文学"的幻梦,就成为一种抱有社会关怀的作家、评论家的必要选择。重新讲述中国故事,则是实现这一目标的重要手段。

直面市场化时代造成的人性沦丧、道德底线崩溃,文学的道义承担,是作家们不容回避的重要使命。故事所蕴含所得到的教训,由此获得了另一重意义。余华如是言:"作家必须保持始终如一的诚实,必须在写作过程里集中他所有的美德,必须和他现实生活中的所有恶习分开。在现实中,作家可以谎话连篇,可以满不在乎,可以自私、无聊和沾沾自喜;可是在写作中,作家必须是真诚的,是认真严肃的,同时又是通情达理和满怀同情与怜悯之心的;只有这样,作家的智慧警觉才能够在漫长的长篇小说写作中,不受到任何伤害。""所以,当作家坐到

① ［德］顾彬:《在莫言、余华现在的作品中找不到先锋性》,网易新闻中心,2015 年 11 月 15 日,http://news.163.com/15/1115/04/B8EGTRJ200014AED.html。

写字桌前时,首先要做的,就是问一问自己,是否具备了高尚的品质?"①余华写作《河边的错误》《现实一种》《难逃劫数》时的先锋文学阶段,竭力回避感情和道德的评判,刻意地以冷漠的不动声色的语调描述血腥残暴的景象,被称为"血管里流的都是冰碴子";进入20世纪90年代,他转而以贴近现实生活、体味底层民众悲辛的《活着》《许三观卖血记》获得众多普通读者的认同,后者的强大的道德感和悲悯情怀,跌宕起伏的故事情节,苦难中迸发的人性的力量,正是接通余华与众多读者的重要桥梁。

这让我们再次想到本雅明,想到他对故事与小说的比较评价:实用关怀是天才的讲故事的人所特有的倾向。每一篇真正故事的性质,或明或暗地,它都会包含某种有用的东西。这有三种情况:第一,有用性可能寓于一种伦理观念;第二,可能寓于某种实用建议;第三,可能寓于一条谚语或警句。在每一种情况中,讲故事的人都向读者提出了忠告。但如果说,在今天"提出忠告"已经有点过时的话,那是因为经验的可交流性降低了。其结果是,我们既无法对自己提出忠告,也无法向别人提出忠告,而忠告终究不是回答一个问题,而是关于一个刚刚展开的故事如何继续的建议。要求这样的忠告,作家必须首先学会讲故事。② 或许可以说,进入对许多人来说都是前所未有的狂潮漫涌沧海横流的市场化时代,人们被金钱和欲望冲击得茫然不知所措,于是再度感到了需要忠告并且在寻求忠告。

摆脱了欧美现代主义的魔咒,是为了表现更为广阔的社会现实,讲述百年中国的变迁。曾经追随现代派小说创作的新生代作家毕飞宇谈道:"一个作家写到哪儿完全取决于他活到哪儿。20多岁的时候我是目中无人的,这个目中无人不只是狂妄自大的意思,还有不关注生活,不关注现实,不关注人生这一面。我沉迷于自己的玄思与想象之中。那时候我感兴趣的是形而上、历史、终极,总之,那时候我是'闭着眼睛'写作的。"③但是,这样的路子走起来非常困难,难以为继,是生活迫使他睁开了眼睛,他说:"1994年的某一天,我突然问自己:你为什么不把眼睛睁开来看看当代的生活呢?这个提问,从某种意义上讲挽救了我,我把触角伸向了当代生活。"④从现代主义的炫耀写作技巧和炫耀作家才情,

---

① 余华:《长篇小说的写作》,《当代作家评论》1996年第3期。
② [德]本雅明:《本雅明文选》,陈永国等编,中国社会科学出版社1999年版,第295页。
③④ 毕飞宇:《沿途的秘密》,昆仑出版社2002年版,第44页。

转向现实生活,也就是重返现实主义,重返讲故事的传统。《青衣》讲述了一个戏曲艺人在扭曲而炽烈的艺术追求历程中的畸变;《玉米》《玉秧》《玉秀》讲述了在乡村权力场浸润下的三姐妹在猝发的家庭灾变面前的各自选择以及灵魂的暗角;《平原》讲述特殊年代里苏北平原上心高气傲的青年人端方和吴蔓玲等为了能够出人头地而苦苦寻觅,最终铩羽的悲剧……

中国作家要讲故事,并非外力的强迫或者人为的扭曲,而是大势所趋,是"地势使之然,由来非一朝"。就以被公认为开先锋小说之先河的马原为例。在阔别文坛20年后,21世纪第一个十年,他连续推出《牛鬼蛇神》《纠缠》《荒唐》三部长篇小说,将凌虚高蹈的叙事探索与风云变幻的时代进程融合起来,接地气,讲故事,将充满了世俗生活气味,同时又足以展现纷纭万状纠缠不休的各种矛盾与人生困境的现实生活,萃集在有限的文字中,形成强烈的冲击波。《纠缠》从一桩遗产捐赠引发的意外事件开篇,作为"老革命"的父亲在去世前留下遗嘱将自己的存款捐助给一所他曾经就读的学校,这当然是值得赞扬的好事。孰料,因为各种法律的和行政的程序约制,因为诸多当事人的天真、愚昧与贪婪,就像滚雪球一样矛盾冲突重重叠叠,最终形成一场雪崩,一笔善款烛照出人心幽暗与荒唐世道……遗产的分配和争夺,是全世界都在发生的,它是呈均态分布的。它的中国特色在于,中国人曾经长期生活在贫困之中,家庭财产之微细可怜到几乎可以忽略不计。只是到最近20年,市场经济改变了社会的财富分配方式,关于父辈遗产的争夺非常密集地爆发,成为引人瞩目的社会景观。马原说,他写《纠缠》,希望回归传统小说,"讲一个好看的故事",而且要给社会和人们以启迪和帮助。这在相当的程度上可以说是本雅明意义上的讲故事的复活:从数十年前的普遍性贫困,到当下社会财富的扩充与中产阶级的形成,"中国已经走进一个财产时代,现实生活中财产给我们出了那么多难题,给这个时代带来了很多影响,有机会去面对它很有必要,因为财产在社会中确实扮演着举足轻重的角色。……故事就发生在当下,把大故事的背景放在当下也没有特殊的考虑。我希望这本书成为中国迈入财产社会后遗产继承的《圣经》,大家遇到了问题就问它。《纠缠》看起来是一个故事,其实集纳了很多同类型的故事"①。

---

① 马原:《〈纠缠〉是一部从天上回到地下的作品》,腾讯网,2013年8月13日,http://cul.qq.com/a/20130813/016618.htm。

三、"中国现在是一个进向大时代的时代"

更为重要的是,20世纪中国多种文明形态并存,在追求民族独立和富强的长路上,风云跌宕,世事变幻。在这样的宏大背景下,大到一个民族、一个社会阶层和群落,小到一个家庭、一个个体,莫不被裹挟进时代的洪流中,或者主动选择、开启新潮,充当时代的弄潮儿,或者被动地接受潮翻浪涌,身不由己。从传统的农业文明向现代文明,从被列强环伺、丧权辱国的弱小民族到独立自主的中华民族,从自成格局的东亚大国到建设全球化时代的东方强国,从东南沿海到西北内陆和高原,复杂的地理条件形成了多样性的经济环境,又亟须实现共同繁荣,从汉满蒙回藏五族共和到五十六个民族五十六朵花,各种各样的文化形态如何在接受外来文明的冲击和洗礼的同时重新焕发本民族的生命活力?这样艰辛的任务,令人叹为观止!

早在五四时期,鲁迅在《热风·随感录五十四》中就敏锐地指出:中国社会上的状态,简直是将几十世纪缩在一时,四面八方几乎都是二三重以至多重的事物,每重又各个自相矛盾。一切人便都在这矛盾中间。白云苍狗,沧海桑田,令人啼笑不得的是,鲁迅自己也深深陷入"二三重以至多重的事物,每重又各个自相矛盾"的心灵困境与现实纠缠之中。时代的变迁过于急骤。自以为并不是最激进的先锋,只不过是听到先行者的"将令"而为之勉力"呐喊"的鲁迅,却很快发现昨日比他乐观比他激烈比他善战(想想刘半农和钱玄同的那场双簧)的朋友们发生了分化,有的高升,有的退隐,"两间余一卒,荷戟独彷徨"。鲁迅自命为"历史的中间物",徘徊于黑暗与光明之间,恐惧于"死于慈母或爱人误进的毒药,战友乱发的流弹,病菌并无恶意的侵入";后来更是倡导要打堑壕战,担忧腹背受敌而要"横站"。他自己也曾经被称为"二重的反革命","资本主义以前的一个封建余孽",要遭受双重的打击和清算。这一论断粗暴无礼,却也促进了鲁迅进一步学习马克思主义理论,再一次把他推向时代的潮头……

这样的迅速激烈的变迁与冲突,对于社会生活来说有利有弊,对于文学家,却是空前难得的机遇——给他们提供了丰富多彩的创作资源。就像清代诗歌理论家赵翼对处于二三重矛盾叠加之宋元时期的著名诗人元好问的评价:"身阅兴亡浩劫空,两朝文献一衰翁。无官未害餐周粟,有史深愁失楚弓。行殿幽兰悲夜火,故都乔木泣秋风。国家不幸诗家幸,赋到沧桑句便工。"20世纪中国的时代风云,被李放形象化地描述为"十年一大变,五年一小变"。社会与家庭,民族与个人,都是穿越时代风风雨雨,饱经动乱沉浮,有多少基于共同经验和集体记忆的艰难坎坷,又多么需要痛定思痛、回首往昔啊。身处这个剧烈变动、风云激荡的大时代,每一个有心人,都会感觉到这种"二三重以至多重"的矛盾的叠加。我非常赞赏余华写在《兄弟》封底上的一段话:"这是两个时代相遇以后出生的小说。……一个西方人活四百年才能经历这样两个天壤之别的时代,一个中国人只需四十年就经历了。四百年间的动荡万变浓缩在了四十年之中,这是弥足珍贵的经历。"从中世纪到现代转型,全都压缩在不到五十年的时间里,这样的社会生活,丰富多彩,惊险曲折,其魅力不可抗拒。余华正是从注重小说的叙事方式,转向对世道人心的关切,在20世纪90年代成功地实现了创作转型,才写出《活着》《许三观卖血记》及后来的《兄弟》。

这样的不同时代之各自特征的多重交织,也表现在更为年轻的作家的作品之中。2016年荣获国际科幻文学奖"雨果奖"的郝景芳的《北京折叠》,就是一个在三重空间的交叠中融入了巨大的时间差和发展形态上无法同步的精巧构造。垃圾站的工人老刀为了赚取一笔钱冒险进行时空穿越,从而展现出在三个不同的空间中,决策管理层、白领职员和底层工人各自的生活与劳作的不同形态。从第三空间中生活境遇窘迫、生活水准低下的垃圾工人到第一空间的体面优雅、气度不凡的掌权者之间,不仅存在着社会财富和生活样式的高度不平等,而且更为严峻的是,三者间还面临着时代与科技发展上极度的不平衡造成的潜在危机。贫富差距如此之大,生活如此不公正,但是就连这样不公正的生活也在失去其继续下去的根本依据。就像在现实中,AlphaGo战胜了世界棋王李世石,让人们惊呼电脑打败人脑。在折叠的空间中,随着科技和生产力的高度发展,自动化程度导致人工劳动力的需要量大幅下降。作品主角老刀是数千万垃圾工人中的一个,在极为恶劣的环境下苦熬苦忍地劳作着,但他们不知道,在折叠空间中,机器人已经可以取代人力更好地处理垃圾,只不过出于社会稳定保障就业的需要而保留了这部分工作!

这才是中国意义上的远行者,用短短四十年走过了欧洲四百年的漫长历史进程,其中产生了多少跌宕起伏的经历,形成多少山回水转的惊奇,又有多少具有中国特色的讲不完的故事!

四、长篇小说:生机还是危机

如上所述,转型期的中国历史进程,柳暗花明,千姿百态,百年的历史风云,广袤的地域风情,给有悟性的中国作家,提供了浩瀚的创作资源,这是当下中国的长篇小说尤其是史诗性的长篇小说方兴未艾的强力支撑。

然而,2013 年 8 月号的《明报月刊》,刊登了根据顾彬一篇即席演讲整理而成的《莫言、高行健与文学危机》,再次对莫言等中国作家的长篇小说创作予以严厉抨击。此文发表后,引起刘再复、万之等学人的反驳。此后,顾彬完善和充实了他的相关论点,将其修订为《高行健与莫言:再论中国文学和世界文学的危机》,并且审定了陶磊的中文译稿,使他的这番演讲锋芒所向,更为清晰,指称中国和世界的长篇小说在 20 世纪后半期都陷入普遍性的危机。

由此,如何评价当代中国乃至当代世界的长篇小说创作,是生机勃勃还是危机重重,形成本文的又一论题。

在上述演讲中,顾彬对莫言和余华等充满不屑,继续声称是葛浩文的改写式翻译成就了莫言,而高行健获诺奖要得益于马悦然翻译《灵山》;他指责余华和莫言一样,没有能够回答中国现代历史进程中的重要事件为什么会发生,他批评莫言和王安忆都是以小说写作进行自我疗伤,所以写得飞快……顾彬的批评主要还是指向莫言,说莫言不懂得幽默,不如林语堂和钱锺书,说莫言只有仇恨,没有爱,没有救赎之爱,没有基督之爱,也没有儒家之爱。

这些指责,难以一一回应。这里略引几句诺奖颁奖词:"莫言是个诗人,他撕下了程式化的宣传海报,让个人在芸芸众生中凸显而出。莫言用讥讽和嘲弄的手法向历史及其谎言、向政治虚伪和被剥夺后的贫瘠发起攻击。他用戏弄和不加掩饰的快感,揭露了人类生活的最黑暗方面,在不经意间找到了有强烈象征意义的形象。……他是继拉伯雷和斯威夫特之后,也是继我们这个时代的加西亚·马尔克斯之后比很多人都更为滑稽和震撼人心的作家。他的辛辣是胡椒式的。"说莫言不懂得幽默,这无须辩驳,一篇《师傅越来越幽默》足矣。更为重要的是,作为鲁迅的研究者和翻译者,顾彬翻译过六卷本的鲁迅选集,不应该不注意到鲁迅当年对讽刺与幽默的辨析,以及鲁迅选择的讽刺一途。莫言的冷嘲热讽,与之同理。

顾彬有其敏锐的地方,他认为 20 世纪 90 年代以来,中国大陆市场经济的兴起,经济利益的诱惑,使得长篇小说成为最重要最流行的文学样式。不过此类批评早在 20 世纪 90 年代中期,在人文精神危机的讨论中就已经有很多人讲过了。接下来,顾彬的思维方式,几近于滚雪球,他在批评这些中国作家的同时,竟然以空前的口吻否定了 20 世纪后半期以来世界各国的长篇小说:

"当今世界文学的主流是长篇小说,其他文类似乎都是次一等的;好像长篇小说就等于文学,文学就等于长篇小说……莫言的问题即是长篇小说的问题,也是长篇小说的现状,它反映了世界范围内的文学危机。如果我们不考虑《红楼梦》之类完全不属于同一类型的古典小说,那么长篇小说其实是现代性的产物。它是由诸如马塞尔·普鲁斯特、詹姆斯·乔伊斯、罗伯特·穆齐尔和海米托·冯·多德勒尔,从某种意义上说也包括钱锺书之类的小说家创造出来的。这些作家有一个共同点,就是都具有一流的、创新的语言以及深刻的思想和寻找独特形式的能力,所以很难跟他们竞争。但不管是谁,只要能写出 500 到 1000 页左右的小说来,总得接受别人拿他跟这些人中的一个做比较。从某种程度上来说,这是不公平的;但从另一方面看,也是可以理解的。因为熟悉现代文学大师的读者会对当代小说报以极高的期待。我认为,创作于 1945 年后的小说没有一部能真正满足我的期待——恰恰相反,我觉得都很无聊,即使是在读君特·格拉斯的《铁皮鼓》时也一样。虽然这是一部德语名著,但无法让我心悦诚服,因为它似乎并没有解释清楚 1933 年到 1945 年之间的欧洲到底发生了什么,以及为什么会发生。"[1]

这让我感到非常大的困惑。要有什么样的文学价值标高,才能够一句话否定自第二次世界大战结束至今 70 余年世界各国众多作家创作的数量浩繁的长篇小说呢?既然全世界的长篇小说杰作都不在顾彬眼中,那么,和他讨论高行健、莫言、王安忆和余华的长篇小说,也就失去了一个基本的前提。

于是,我从中发现了顾彬的问题所在。

其一,是他对现代性的理解和文学价值观的持守,都非常狭隘、偏执,缺少

---

[1] [德]顾彬:《高行健与莫言:再论中国文学和世界文学的危机》,智猫网,2018 年 5 月 20 日,http://www.zhicat.net/culture/626.html。

必要的多元化眼光和容纳性。他简单地将普鲁斯特、乔伊斯等封为现代性的文学代表,就是谬之大也。依照通常的理解,包括意大利、西班牙、荷兰、法国、德国、英国等在内的西方现代性进程,是从文艺复兴开始的,其时间跨度达数百年,它表现在文学艺术方面,是从但丁和塞万提斯、拉伯雷开始的,怎么会仅仅限定在 20 世纪上半叶呢?①

与狭隘的现代性视野相呼应,顾彬的文学观也是非常褊狭的。顾彬自称,他操持的是精英主义的文学价值观,其来源则是其在大学所受的精英教育:"我的文学批评脱胎于某个特定的时间和地点,它被我年轻时读过和写过的作品所滋养。当时的我被挑选出来接受所谓'精英教育'。大家应该记得,西德直到 20世纪 70 年代还只有 5% 的人有机会上大学;当时传授的一切文学标准都远远高于工人阶级、普通百姓和一般读者的水平。面向精英的文学和面向大众消费市场的文学之间存在巨大的鸿沟。我必须承认,这道鸿沟至今仍留在我的脑海里。"②作为精英知识分子,坚持精英主义文学观,这没有错,我想大多数从事中国当代文学研究的学者,同样会自以为如是的。需要进一步追问的是,顾彬的精英主义文学观,具有什么样的具体内涵。

在我看来,顾彬对长篇小说的评价,除了对语言的强调,他赞扬的几位作家,普鲁斯特、乔伊斯、穆齐尔、多德勒尔,大都是注重心理和内心世界的书写的作家,是与弗洛伊德的精神分析和潜意识学说互为犄角,20 世纪上半叶兴盛于德法奥等国度,给欧美文学带来极大的冲击力,并且形成世界性影响。顾彬对其作品的高度肯定,缘由在此。这与他解析莫言和王安忆的长篇小说创作是源于其心灵创伤与自我疗治可以互证。再比如说,他在反对中国作家在小说中讲故事的同时,他称赞的也是那些写人物内心活动的作品。为此,他对"二战"之后的长篇小说一概拒斥,也就情有可原。以普鲁斯特和乔伊斯的标准衡量文坛,不但 20 世纪后半期的作品无法令顾彬满意,从塞万提斯、拉伯雷到巴尔扎克、托尔斯泰的长篇小说,也不入顾彬的法眼。进一步而言,顾彬在文学各体中独重精英文体的诗歌,对小说的排斥,经常是溢于言表。

---

① 关于多元现代性与中国现当代文学研究的关系,笔者著有《华丽转身——现代性与中国现当代文学研究转型》,可以参阅。

② [德]顾彬:《高行健与莫言:再论中国文学和世界文学的危机》,智猫网,2018 年 5 月 20 日,http://www.zhicat.net/culture/626.html。

与之相关的第二个问题是,偏见比无知离真理更远。顾彬不会不知道,长篇小说的历史,并不是自有普鲁斯特和乔伊斯以来的短短三十余年。要说长篇小说的峰巅,恐怕也难以这几位作家为标志。以这几位作家的作品的优劣作为衡量长篇小说优劣的尺子,不要说中国作家无法认可,恐怕世界文坛都不能接受。顾彬如是说,不过是极而言之,是为了对莫言、余华、王安忆等中国作家进行强力打压,无情鞭笞,是一种极端化的言说策略。评说的尺度可能会有变化,但他对莫言等中国作家的拒斥之情却一以贯之,"逢莫必反"。反过来,为了打击这些"异类",价值尺度却是可以随机应变、灵活应用的。

为此,在批评莫言、余华时,他不惜断言,创作于 1945 年后的小说没有一部能真正看在眼里,甚至直接把他对中国文学的批评扩展为对世界文学的批评。然而,换一个场合,他又扬言,马尔克斯的作品他全都读过,而且评价甚高,"马尔克斯代表了拉丁美洲的声音,《百年孤独》中传达了拉丁美洲的苦难。现在很多现代派的作品很少老百姓看,而马尔克斯的作品很多拉美的老百姓都读,这是很了不起的,因此它代表了老百姓的心声。"①这里需要提醒的是,其一,顾彬忘记了他对"二战"后长篇小说的强烈鄙弃和不屑,忘记了他自己说过的话;其二,他多次讲到自己的精英主义立场,一再强调自己反对大众文化,对于能够大面积流行的作品不以为然,在此却一反常态,夸奖马尔克斯的作品很多拉美的老百姓都读,这是很了不起的,因此它代表了老百姓的心声。

其实,断言普鲁斯特、乔伊斯等之后无佳作也好,高度赞扬马尔克斯也好,顾彬的意图是同一的,就是不遗余力地抨击莫言等中国当代作家,抨击他们的长篇小说创作。在这篇名为《中国还欠缺代表自己的声音》的短论中,杰出的拉美作家马尔克斯,被用来作为比照中德作家的一面镜子。顾彬说:"无论如何,马尔克斯所传达的苦难,代表着所有人类内心的声音。这种代表自己的声音,拉丁美洲有,德国有,美国有。中国应该有这个方面的声音,但好像还没有。这种声音按我的看法,应该是作家个人的、独立的、代表老百姓的声音。"顾彬说,20 世纪 80 年代的中国作家莫言和韩少功都取法于马尔克斯,而写出自己的优秀作品,可惜莫言后来转向学习中国古典文学,放弃了马尔克斯,也放弃了他的先锋派追求。因此,他们没有创作出能够代表中国的既是个人的也是代表老百

---

① 顾彬:《中国还欠缺代表自己的声音》,《南方周末》2014 年 5 月 12 日。

姓的作品。与之对比,德国作家也都很欣赏马尔克斯,却是敬而远之:"马尔克斯对欧洲和其他西方国家作家的影响我不好准确地判断,但我知道很多德国作家很佩服他的幻想、语言、思想,对他想出的了不起的故事吃了一惊,但因为这种影响太大太深,德国作家不敢学习,怕在跟随中失去了自己。"①顾彬的逻辑再次令人困惑:中国作家没有把学习马尔克斯和拉美文学进行到底,所以他们无法产生代表自己也代表中国的声音。这显然是鼓励中国作家要去学习马尔克斯。问题到了德国,情况就大大变化了,德国作家很佩服马尔克斯,但是他们不愿意追随他,害怕被笼罩在马尔克斯的光环下迷失自己。顾彬对德国作家的这种态度持有明显的肯定,底气又在哪里呢?

为了证明莫言和中国当代作家之拙劣不堪,在不同的场合,顾彬对文学价值、对同一作家作品的评价等,都有很大的变化。为了阐明自己的观点,他随机应变,变化频繁。我还不至于胶柱鼓瑟地要求顾彬始终保持自己的论点的一致性,但是,在不同语境下言说中的自相矛盾,总要给出一定的理由吧。

比如说,顾彬对王安忆的评价。在《高行健与莫言:再论中国文学和世界文学的危机》中,顾彬说王安忆和莫言一样,持续创作,从无中断。他们都像疯狂的画笔,写起来停不下。原因很简单,他们都经历过重创,正在通过写作进行治愈。在王安忆那里,心灵重创的原因只能主观猜测。这样的猜测,将作家的辛勤劳作归结为心理创伤和自我疗治的动机,源自弗洛伊德的精神分析学说,自有其敏锐之处,但是,对于将创作历程长达四十年,创作领域覆盖都市与乡村、现实与历史、自我与大众、写实与幻想等诸多方面的作家来说,这未免将复杂的创作动机简单化了。何况,创作动机与作品成就之间并没有一个必然的关联性。但是在另一个访谈中,他却称赞说,非常喜欢王安忆的作品,认为王安忆是中国最好的女作家,有着获得诺贝尔文学奖的实力,"可惜她的作品翻译出来美国人并不接受",这让他觉得有些不可理喻。② 今是而昨非,个中原因何在? 还是他的"莫言"情结所致——在称赞王安忆的言说之前,他刚刚重复地强调了葛浩文塑造海外莫言的论断。此前顾彬曾经断言,葛浩文的翻译决定了莫言获诺奖,如果葛浩文翻译王安忆,那么获诺奖的就会是王安忆。不知道这里为何又

---

① [德]顾彬:《中国还欠缺代表自己的声音》,《南方周末》2014 年 5 月 12 日。
② [德]顾彬:《互相攻击让中国文学自毁形象》,中国日报网,2014 年 12 月 08 日,http://www.chinadaily.com.cn/hqcj/xfly/2014-12-8/content_12854899.html。

讲到"可惜她的作品翻译出来美国人并不接受"。个中的逻辑,怕是难以理顺,但各种各样的随手拈来的例证,都可以为我所用,作为抨击莫言的利器,则是始终如一吧。

既是现代的，又是中国的，才是世界的

——读王洪岳《精灵与鲸鱼：莫言与现代主义文学的中国化研究》一书[①]

高建平[②]

【摘　要】对莫言的创作研究应以文艺理论为背景，上升到一个理论的层次，去追问，去分析并给予美学上的总结。莫言的价值在于他既是现代主义的，又是中国的。如果仅仅是现代主义的，那就很可能只是西方的镜像，很难具有世界意义。要想成为世界的，就必须既要现代又要中国。

王洪岳先生完成了一本关于莫言的厚重的书，要求我写几句。面对众多的莫言研究，作为一名莫学研究的门外汉，如何写，颇使我踌躇。关于莫言，已经有太多的人，说了太多的话，我还能再说些什么呢？拿到这本书稿以后，我更担心的是，在已有的那么多莫言研究成果的基础上，洪岳的这本书能写出新意来吗？

转眼又到了诺奖评奖季，莫言获得诺奖已经五年了。过去五年中，中国的文学界关于莫言研究的文章、论文和论著，已经成千上万。中国人对诺奖的关注程度，令瑞典人惊讶且惊喜，在世界上也显得有点特别。大概这都是出于要让世界承认自己的渴望吧。关注者越多，此前的研究成果越多，书就越难写。这就像体育比赛一样，参赛的人越多，脱颖而出，拿一个名次就越难。然而，读

---

① 本文系高建平为王洪岳著《精灵与鲸鱼：莫言与现代主义文学的中国化研究》所作序言，发表于《中华读书报》2018 年 3 月 28 日，第 13 版。

② 高建平，中华美学学会会长，国际美学协会前主席，中国中外文论学会会长，深圳大学教授。

完这本书,觉得洪岳的这本书,还是有其独特的价值。

这不是一本及时反应的书。有些评论界的快手,能在莫言获奖后的短短几天就写出文章,几个月后就拿出书来,顺应媒体的需求。评论界需要这样的人,反应迅速,才华横溢,身在大潮中,又比一般读者高出一筹,引领大众的阅读。或者,说出使一般读者大吃一惊的话,使人有耳目一新之感。

这也不是考证性的书。有些用功、用心的研究家,考证莫言的家世、个人成长史、山东高密的民风,并将文学心理学和文学地理学引进来,进行学理研究。他们还试图回答这样的问题:小学没有毕业的莫言,为什么能成为大作家? 其间是什么因果关系? 当大作家出现时,需要有这样的作家研究和作家所属世界的研究,以此与作家的地位相匹配。

当然,还有一种评论,可能更有意义。据说萨特这样教导年轻人:在读一本书时,先以挑剔的眼光,去找它的毛病。我们很需要这样的评论,在人人都在歌颂时,发出刺耳的声音,说:我不同意! 现在有些出了名的作家忌讳批评,听了不高兴,发脾气。其实,有人批评是一件幸事。对一位作家的最大尊重,是认真对待他的作品,围绕他展开讨论。批评比赞扬更需要认真的态度,说一部作品不好,比说这部作品好要难得多,需要更仔细地阅读。

洪岳的这本书,与以上的各种做法都不相同。这是一本理论的书,这本书要向我们展示,一位以文艺理论为背景的研究者,在处理莫言这个研究对象时,采取了一个什么样的做法。对作家作品的研究,都要上升到一个层次,这就是理论的层次。在我们说完,这是一本好书,这是一位好作家,或者这不是一本好书,这位作家不怎么样,以及诸如此类的话以后,我们最终还是要归结到这个层次上来。这个层次就是,去追问,去分析各个理论方面,并给予美学上的总结。许多跟着风向走的人没有时间来读这样的书,但是,这一类的书仍然需要,它会静静地躺在图书馆的一个角落里,等评论家们对自己的研究感到不满足,想进一步思考时,到这个角落里来寻找。

这本书所关注的一个核心的问题是现代主义文学中国化。中国的文学,怎样才能做到既是现代的,又是中国的? 这一要求说起来容易,做起来很难。并不是通过刻意追求,一下子就能做到。这是从一个大的时代发展中,在诸种条件具备的情况下,才逐渐生长出来的。20 世纪 80 年代,是一个文学多样化的时代。我们这些在 70 年代末在大学中文系学习的学生,都清晰地记得王蒙的《春之声》《海的梦》给我们带来的冲击。

小说可以这么写！这个感叹号重重地扣在我们的心中。就在这一时期，卡夫卡的《变形记》被翻译出来了，马尔克斯的《百年孤独》被翻译出版了，乔伊斯的《尤里西斯》、普鲁斯特的《追忆逝水年华》也被翻译出版了，这些书彻底改变了我们对小说的看法。一时间，我们大开眼界。

同时，在文学界，要有中国自己的现代派的呼声开始了。最早，这种呼声，不过是打开大门，学习现代派写法的一个托词而已。"中国"这两个字，在最初只是"在中国"的意思，而没有"中国的"的含义。作家们开始模仿一些国外小说的写法，学习新的写法，出现了像《无主题变奏》和《你别无选择》这样一些形式特别的小说。

洪岳提到了一本书，即维柯的《新科学》。朱光潜先生在晚年，以一种令人感动的"春蚕到死丝方尽"的精神，花费了很大的精力将这本书译成中文。朱先生这么做，是想在中国将一场讨论进行下去，这就是"形象思维"。形象思维讨论在中国是一场大公案，历经20世纪五六十年代前期的"美学大讨论"，70年代末至80年代的"美学热"。在这两次美学热潮中，"形象思维"都扮演着重要的角色。这场讨论后来结束了，一些粗心的研究者也将这场讨论宣布为过时，不再涉及。其实，这场讨论的遗产是无所不在的。

我们对一个人的了解和认识，可能通过对他的家世，对他的行为的历史记录，对他的观察，来了解他。但是，我们还有一个途径，这就是在与他的交往过程中以己度人、设身处地、换位思考，以形成对他的认识。艺术创作常常就是如此。创造一个人物，将他放到一些情境之中，让他有各种各样的经历，设想他会如何应对，如何说话做事，如何在面临重大事件时做出抉择，如何让故事的发展出人意料而又尽在情理之中。假如所创造的这个人物个性奇特，就预设了一个奇特的逻辑起点，这时，将这个人物放进一个情境之中，就会生出奇特的故事。这样的故事会有趣，会尽在意料之外却又符合情理。

这种思维方式，可以用一个心理学美学的术语来概括，这就是"移情"（empathy）。关于"移情"，过去已经有很多的论述，但那种论述，大都集中在"物皆着我之色彩"之上，说明主体高兴时就"山欢水笑"，主体悲伤时就"愁云惨月"。其实，"移情"不能仅仅达到产生对应的情绪情感投射，它的更重要之处在于推己及人和推己及物。这是人的一种重要能力。它从"设身处地"的角度，为别人或别物着想开始,到由一种换位思考,设想处在对方位置上的所具有的各种感觉,并由此而生出相对应的思维逻辑和想象的尺度。于是,由"移情"而生出男人、女人、老人、孩子,以及处在极度饥饿、极度绝望和各种极端状态中的人所具有的欲望、追求和幻想,并虚构出人化的动物的思维和感觉。

小说可以这么写!究其原因,还是在于写小说的人可以这么想!这需要能力,这种能力需要培养。缺了这一点,就只剩下了技巧,而一旦玩起技巧来,小说就不免给人"装"的感觉。装模作样,装神弄鬼,这样的小说,不是不能读,但只能是过渡。要从"装"过渡到"不装",从"端着"到"放下",才能获得既是现代的,又是中国的文学。

瑞典文学院给莫言授奖时所提供的评论中,有一个评语引起了巨大的争论,这就是将莫言评价为 hallucinatory realism。究竟如何翻译这个词,它包含了什么意义?这在中国学术界引起了争议。许多研究者都从莫言作品的特色,来寻找对这个词的合适的翻译。这种做法,似乎有一点问题。一个词的历史常常是复杂的。最早,这个词是克莱门斯·赫泽尔豪斯(Clemens Heselhaus)于1975年使用来描绘一位19世纪的德国女诗人安妮特·冯·德罗斯特-许尔斯霍夫(Annette von Droste-Hülshoff)的诗,以显示具有梦幻色彩而又具有对现实的观察的锐利性和描绘的真实性。这一表述受到瑞典文学院的关注,则更可能是由于布克哈特·林德纳(Burkhardt Lindner)于1983年所发表的一篇论彼得·魏斯(Peter Weiss)的论文。彼得·魏斯是一位旅居瑞典的德国作家,具有强烈的左翼色彩。他的小说《抵抗的美学》以工人阶级为主人公,进行阶级分析,在知识左翼中有着巨大的影响。瑞典文学院的学者们能够想到这个词,与从"二战"时就住在瑞典,实际上已经成为瑞典人的著名作家魏斯当然有着密切的关系。联系魏斯的作品来看,hallucinary 更多有"虚幻"的含义。在本书中,洪岳根据莫言作品的分析,又给出了一个"巫幻"的词。这种分析是有趣,也有益的。是"梦幻现实主义""虚幻现实主义",还是"巫幻现实主义"?同一个词用于三位作家,就产生三种不同的含义,也形成三种不同的翻译。当然,就翻译学而言,我还是主张统一到某一个更具中性的译法上来。当然,那只能在使用中逐渐形成。莫言的特点带来了困难,然而,这恰恰是莫言的价值所在。

这本书还从美学的角度来对莫言的作品进行分析。这种美学,当然与魏斯所提出的,左翼"抵抗的美学"大相径庭。莫言的小说,是对古典美的大尺度破坏。作品以丑为美,从饥饿达到极致的人尊严的丧失,到残忍的剥皮、凌迟、檀香刑,如果这与身体美学有关的话,那么,这也是拷问身体之作,是"反身体美学"。不仅如此,莫言还在残酷与恐怖的展示中,显示出荒诞和戏谑,这类同于黑色幽默,但似乎并不完全是黑色的,有时是猩红色,有时是灰色。

现代美学的一个重要的特点,是改变过去对美的狭义的理解,将一些过去不属于审美对象的事物容纳进去。用沃尔夫冈·韦尔施的说法,是一种超越美学的美学。这种激发感性反应的对象,不再是甜美,而是使人震惊,从而使人警醒。

追求什么样的审美效果,在作家那里也许是有意的,也许是无意的。但不管怎么说,莫言有一个特点很明显,这就是彻底放开,做自己。克服现代主义写作常有的"端"与"装",这很难做到,但如果决心做自己的话,也就不太难了。

读莫言的书,即使这个人名气已经这么大,我仍有一个想法,就是他的书常常读一遍就不想再读。想起一些古典的名著,总是让人百读不厌,无论是《红楼梦》,还是《战争与和平》《哈姆雷特》。莫言的小说不让人有这样的欲望,读完后,就不想再读。对那些残酷、荒诞的场面,经历一次很长见识,但趋之若鹜的话,就是心里有病了。洪岳的这部书,具有解毒剂的作用,可吸引我们将莫言的书再读一遍,从分析的角度去读,并上升到理论的高度来思考。

过去有一种说法,只有中国的,才是世界的。这句话只是一个口号,是否正确,还要看如何理解。这主要在于,这个中国,不能只是古代的中国。古代的中国如果原封不动地保存,在今天就可被当作另类物来看。它所具有的世界性,只能从猎奇的意义上去理解。莫言的价值在于,他既是现代主义的,又是中国的。如果仅仅是现代主义的,那就很可能只是西方的镜像,很难具有世界意义。要想成为世界的,就必须既要现代,又要中国。有了这两条,就很好了。人家怎么看,那是人家的事。

莫言研究的新收获

——评王洪岳《精灵与鲸鱼：莫言与现代主义文学的中国化研究》[①]

杨守森[②]

【摘　要】从莫言与五四以来的新文学的关系着眼，将莫言置于中国百年文学发展的历史坐标系上，结合对其创作历程与作品的深入探讨，可以看出莫言创作的整体特征是他虽多方面接受了西方现代主义文学的影响，但又不同于西方现代主义，亦与同时代的一些中国本土现代派或先锋派作家有所区别，走出的是一条真正属于中国更属于莫言本人的现代主义之路。

作为首位荣获诺贝尔文学奖的中国籍本土作家莫言，其作品究竟独特在何处？他所创造的"高密东北乡"文学王国，对于中国文学与世界文学的贡献究竟何在？这自是莫言研究中的关键问题。浙江师范大学王洪岳教授，在这部《精灵与鲸鱼：莫言与现代主义文学的中国化研究》中，正是抓住此类关键问题，由莫言与五四以来新文学的关系着眼，将莫言置于中国百年文学发展的历史坐标系上，结合对其创作历程与作品的深入探讨，明确提出了自己的见解。

关于莫言创作的整体特征，国内外研究界已有多种不同看法，或谓"浪漫主义"，或谓"寻根文学"，或谓"写意现实主义"，或谓"新感觉主义"，或谓"新历史主义"，或谓"魔幻现实主义"，或谓"现代主义"，或谓"后现代主义"。作者认为，

[①]　本文系为王洪岳著《精灵与鲸鱼》一书序言，以"莫言的现代主义之路"为题，发表于《社会科学报》2018 年 8 月 9 日第 8 版。

[②]　杨守森，山东高密人，山东师范大学文学院教授，知名莫言研究专家。

这些看法,虽都不无一定道理,但因其或是仅就莫言的部分作品,或是仅据莫言作品的某一侧面做出的判断,因而也就难免有以偏概全之嫌。那么,莫言创作的整体特征究竟如何?作者在综合吸取学术界一些相关成果的基础上,这样表达了自己的看法:莫言虽多方面接受了西方现代主义文学的影响,但又不同于西方现代主义,亦与同时代的一些中国本土现代派或先锋派作家有所区别,走出的是一条真正属于中国更属于莫言本人的现代主义之路。莫言自具个性的现代主义文学,不仅颠覆了传统现实主义与浪漫主义,而且穿越了百年中国文学史上已出现的流连于城市小资产者哀伤的情欲和感官泛滥的现代主义文学范式,开辟了以现代主义手法和创作原则来描写乡村和农民的文学之路。莫言的重要贡献亦正在于,在使现代主义文学中国化方面起到了独特而中坚的作用,并为世界文学奉献了中国化的现代主义文学范本。

对其见解,作者主要从以下几个方面,进行了翔实充分的论证:

其一,莫言的作品中,虽广泛吸取了意识流、戏谑化、审丑、魔幻等西方现代或后现代主义文学的技巧与视角,但与以"非理性"为主导特征的西方现代主义,以及沉溺于语言能指的狂欢与文字游戏的后现代主义截然不同,莫言不仅继承了五四时代即已形成的反抗人性压抑、向往个性解放、抨击专制奴役之类的现代文化精神,且又自具超越时代、超越民族的忧思人类苦难和生存困境的博大世界视野,从而创建了自己内涵深广的文学世界。以具体作品来看,如《红高粱家族》中对于民族血性与人类生存意志的表达,《食草家族》中的四老妈对于女性自由观和幸福观的追求,《酒国》中对腐败官僚的痛恨与人类堕落的惋惜,《丰乳肥臀》《生死疲劳》《蛙》中,对生命尊严的维护,等等。莫言小说中的人物,也不同于西方现代后现代小说中所表现的潜意识的、碎片化的、文本化的符号能指式人物,而是我们民族自近代至今的生活世界、生存世界中充满爱恨情仇的鲜活人物,如《红高粱家族》中体现出齐文化血性气质的土匪余占鳌、罗汉大爷、我奶奶,《檀香刑》中将杀人杀至艺术化的刽子手赵甲,《生死疲劳》中冤魂不散的地主西门闹,《蛙》中内心一直涌动着矛盾冲突与痛苦忏悔的乡村医生"姑姑",等等。

其二,莫言在受西方现代主义文学影响的同时,亦注重继承了中国传统文学的艺术手法,如在许多作品中普遍可见的散点透视的叙述视角、故事情节中"志异"式的奇幻陡转、聊天式的语体、注重意象营构等等。更为重要的是,莫言亦充分吸取了中国传统文化与本土民间文化、地域文化的营养。其小说中天马行空、汪洋恣肆、怪力乱神的想象力，即与莫言秉承了齐文化与高密地域文化、民间文化中的血性刚勇、敢作敢为、灵物崇拜、绮丽浪漫的传统有关；在《檀香刑》中，会叫人感动于中国式英雄人物的威武不屈、视死如归；在《丰乳肥臀》中的母亲上官鲁氏与上官金童形象中，会让人感受到深隐着民族文化积淀的地母原型与羸弱不堪的小男人原型意味。正是这样一些质素，使莫言的作品，从形式到意蕴，都体现出中国风格与中国气派，都体现出真正属于自己民族的"中国现代主义"特征。

其三，莫言的作品，不同于其他一般中国现代主义文学，他找到的是与自己的天赋、个性与人生经历相一致的现代主义创作原则。他创作的原动力是他作为一个农民之子曾经有过的饥饿、孤独、恐惧之类的人生苦难，因而他的作品中的复杂意蕴，就绝不是那种西方式的、刻意的哲学思考的产物，而是源自个人深切的生命与人生体验，以及对身处其中的中国乡村社会与自己感同身受的中国农民生活的体认与感知。正是这些，使他能够将现代主义艺术追求与乡村生活很融洽地结合在一起。如在《天堂蒜薹之歌》《丰乳肥臀》《生死疲劳》这样一些或是直面乡村的激烈矛盾冲突，或是意在揭示中国乡村历史苦难的作品中，虽亦多见幻觉与写实交织、意识流与荒诞融合之类现代主义手法，但这些手法，只是为了更为淋漓尽致地表现中国农民的真实生存状况，更为有力地抨击社会现实中的丑陋与邪恶，更为深刻地反思中华民族的历史灾难。作者认为，正是经由这样一些作品，可以更为清楚地看出，莫言从根本上改造、重构和超越了西方现代主义，也使他超越了近半个多世纪的中国同行，开拓出的是一条以现代主义手法和原则来描写中国乡村和农民的文学之路。

在研究方法方面，作者以开阔的学术视野，借用梅洛-庞蒂的"感性的诗学"、舒斯特曼的"身体美学"、鲍德里亚的"外爆"与麦克卢汉的"内爆"说、德里达等人的"解构主义"、巴赫金的"狂欢化"、阿尔托的"残酷戏剧理论"等，从而更为深入细致地分析了莫言"外爆"和"内爆"相融合，互文性与游牧性相统一，"逆向身体美学"叙事、自嘲、亵渎、审丑、审荒诞、审恐怖之类中国化现代主义的具体特征。在分析论证过程中，作者结合具体作品，注意将莫言与陀思妥耶夫斯基、乔伊斯、普鲁斯特、马尔克斯、卡夫卡、柳青、浩然、阿城、韩少功、贾平凹、王安忆、陈忠实、余华、格非等许多中外相关作家进行了比较，进而彰显了莫言的个性创造。正是经由作者翔实、充分而富有说服力的比较与分析、阐释与论证，我们会感到，与已有的相关见解相比，作者对莫言创作的整体特征与价值的判断，无疑是更为客观准确，更为切合莫言创作实际的。

值得重视的还有，作者结合对莫言诺贝尔文学奖授奖词中"hallucinatory realism"一语之语意的考察与辨析，认为以"巫幻现实主义"概括莫言作品的整体特征更为恰切适当。作者是基于高密的东夷之化及胶东半岛的齐文化圈保留了更多的巫史传统，以及莫言作品中大量存在的诸如《透明的红萝卜》中那位有着超人般的生存能力的黑孩、《夜渔》中那位神仙般的女人之类"巫性"叙事得出这一独特看法的。作者认为，这样一种"巫幻现实主义"，与影响了莫言的马尔克斯的"魔幻现实主义"有着根本不同，是集幻想、虚幻、巫性和现实为一体的一个中国本土现代主义的代表性类型，是中国式的现代主义的实现形式和审美表达，是莫言独创的一种崭新而充满中国智慧的文学审美形式。对此"巫幻现实主义"之说，或许还有待于更为学理化的理论阐释，以及结合莫言作品的进一步论证，但仅就作者已有的论述来看，让人感到，这一富有新意的概括，还是有助于说明莫言独特的创造性的。

在中国当代文学界，自 20 世纪 80 年代中期以来，莫言就一直是备受关注的热点之一，迄今为止，已有大量成果问世，但如洪岳教授这样以宏阔的学术视野进行的整体把握，尚不多见。尤其是作者基于"现代主义文学中国化"这一重要视角，对莫言作品进行的深入切实的评析，是别有理论深度与学术开拓意义的。其相关论述与见解，不仅有助于我们更好地理解莫言的创作特征与成就，亦可在中西文学如何融通，民族文学如何走向世界，文学创作如何才能获得更为辉煌的成功等方面，进一步启发我们的思考。

莫言创作与文化自信

贺立华[①]

【摘　要】莫言的创作从文化建设的根底处,为中华文化在新时代树立了典范,是中国文化自信的最突出的代表。

　　说到莫言创作与中国文化自信,我想起了莫言获诺奖之后,莫言的大哥管谟贤先生在山东大学的一次演讲,他说:莫言获得诺奖是中国文学的进步,是中国社会的进步,是人类文明的进步。[②] 管先生的"进步说",我认为道出了文化的一个重要特点:那就是流动性。这种流动的规律是"水往低处流"的,是强势文化向弱势文化流的,是优胜劣汰的,顺之者昌,逆之者亡。

　　中国的文化不是仅存在图书馆里的,不是仅摆放在书架上的,中国文化的经典理念,经过千百年的风化流行,早已化作中华民族生活的价值观及其表达,化作人们的心理结构及其行为方式。它虽然具有超稳定性,但它仍在时缓时急地流动。在流动中摒弃不符合人性的糟粕,在流动中接受新的滋养、跃迁和升华。例如,五四运动、新文化运动反对封建专制而呼唤出的以人为本位的"自由""平等"的价值观,创造了一座前无古人的关于"人"的文化的高峰;例如 20世纪 80 年代接续五四新文化传统再一次发出的"人"的呐喊,创造出了 20 世纪又一座"人"的文化高峰,改革呼唤出一个崭新的价值天地。人们的目光放射出奇异的光彩,对过去的政治、经济、伦理、道德等许多传统观念进行重新审视和

---

① 　贺立华,山东大学教授、博士生导师。
② 　管谟贤:《大哥说莫言》,山东人民出版社 2013 年版,第 147 页。

评价,其标准和尺度就是"人",一切彰显着人的主体需求,继五四之后,中国文化在追求其当代价值中,又经历了一场"转化"、"创新"、寂灭和再生。值得注意的是,习近平总书记讲话谈到的是"中国文化自信",而不是"中国传统文化自信"。我理解这个"中国文化自信",就是包括了中国古代文化传统和五四以来的现代新文化传统,是流动的中国文化,包含了在流动中跃迁升华出的"现代精神",包含了改革开放以来摒弃了"斗争哲学""冷战思维"而实行的"合作哲学"和具有的 WTO 规则的世界眼光,以及习近平总书记提出的"建设人类命运共同体"的理念。

作家莫言就是在 20 世纪 80 年代文学中弄潮、在改革开放中成长起来的作家,尽管 30 多年来,他的 11 部长篇和 100 多部中短篇都受到不同程度的质疑和批判,但他在质疑和批判声中不屈不挠,依然坚守人的立场、坚守对丑恶人性的批判、坚守对文化劣根的批判、坚守对社会现实的批判,成为新时期文化创造的英雄。他的成就和"莫言精神",终究得到了社会的包容和认可:敏感的计划生育题材的长篇小说《蛙》获得中国官方最高文学奖——茅盾文学奖,而且再次当选中国作家协会副主席;当莫言获得诺贝尔文学奖后,中共中央政治局领导也发来贺信表示了祝贺……相对莫言在世界最高领奖台上获得诺贝尔文学奖的荣耀,从某种意义上说,我却更看重莫言在中国国内的获奖,因为它说明着中国文化的流动,说明着中国文化的包容、气度。"青山遮不住,毕竟东流去",中国文化必将融入世界文明的主流而做出自己应有的贡献!莫言和中国作家、艺术家们,只有在这样的文化氛围中,才能充分展示自己的潜能和智慧,创造出绚烂的文明之花。

狂者的文论

——读莫言的文论有感

樊　星[①]

【摘　要】莫言的文论,具有"狂""雄""邪"的个性特色,带有民间文化的鲁莽之气。无论是学川端康成,还是学福克纳、加西亚·马尔克斯,抑或是学李商隐、蒲松龄,他都在其中倾注了充沛的朴野狂气。一方面,他正是在用自己的朴野、鲁莽之气与各家精神融会贯通方面蹚出了一条独特的文学之路;另一方面,他为"农民意识"的辩护也自成一家之言。

一、天马行空的狂放文论

1985 年,莫言出道之初,曾经以管谟业的本名发表过一篇创作谈《天马行空》。其中写道:"文学应该百无禁忌。""创作者要有天马行空的狂气和雄风。无论在创作思想上,还是在艺术风格上,都必须有点邪劲儿。"[②]一个"狂"字,一个"雄"字,一个"邪"字,准确地表达了莫言的追求与个性。读过许多作家的文论以后,我感到莫言的文论充满狂野之气,独树一帜。

说到莫言,他的狂放更带有老百姓"无法无天"的鲁莽之气。这股鲁莽之气与士大夫"万物皆备于我""安能摧眉折腰事权贵,使我不得开心颜"的凛然、清高之气很不一样。这是"苟富贵勿相忘"的率真,是"大块吃肉,大碗喝酒"的痛

---

① 樊星,武汉大学文学院教授。
② 管谟业:《天马行空》,《解放军文艺》1985 年第 2 期。

快,是"砍掉脑袋碗大个疤""二十年后又是一条好汉"的无所畏惧,因此,无论是学川端康成,还是学福克纳、加西亚·马尔克斯,抑或是学李商隐、蒲松龄,他都在其中倾注了充沛的朴野狂气。他正是在用自己的朴野、鲁莽之气与各家精神融会贯通方面蹚出了一条独特的文学之路。

这是一条在贫困的年代里依然燃烧着炽热欲望的道路。在《福克纳大叔,你好吗?》的演讲中,莫言谈到自己与福克纳的相似("从小不认真读书""喜欢胡言乱语""喜欢撒谎"等),同时还谈到"我编造故事的才能决不在他之下",而且"我的胆子也比你大"。福克纳创造了一个文学家园,而莫言则自称开创了一个"文学的共和国",并说:"我就是这个王国的国王……在这片国土上,我可以移山填海,呼风唤雨……"①同样是写自己的故乡,福克纳的"约克纳帕塔法县"阴沉而压抑,莫言的"高密东北乡"则常常狂野而迷乱。《红高粱》中关于祖辈在高粱地里"野合""杀人越货,精忠报国"的讲述就惊世骇俗、别开生面。还有《红蝗》《金发婴儿》《丰乳肥臀》《檀香刑》中对故乡女性泼辣爱情故事的讲述,都写得淋漓尽致。而《红高粱》中的抗日壮举、《檀香刑》中的义和拳抗德暴动,还有《天堂蒜薹之歌》中农民反抗官僚主义的怒吼,则都写出了老百姓"冲冠一怒"的民风,也显然展示出作家本人对反抗的心驰神往。

莫言的文学就如同燎原的野火一样气势迅猛,也如同泛滥的洪水一样惊心动魄。这样的文学体现出作家特立独行的个性。

莫言出身农家。从小饱经饥饿、失学之痛,却也在忧患中产生了敢于直言的脾气,以至于他虽然从小就因为"喜欢说话的毛病给我的家人带来了许多的麻烦"而曾经"发誓再也不说话",直至后来以"莫言"作为自己的笔名,"但一到了人前,肚子里的话就像一窝老鼠似的奔突而出。话说过以后又后悔无比",甚至因为"改不了喜欢说话的毛病……把文坛上的许多人都得罪了"。② 他个性的狂放于此可见一斑。

在许多作家的心中,文学是崇高的事业。而莫言早早就坦言:"我的写作动机一点也不高尚。""当初就是想出名,想出人头地,想给父母争气,想证实我的存在并不是一个虚幻。"③后来,他多次谈到少年时因听人给他讲"那些名作家一

---

① 莫言:《什么气味最美好》,南海出版公司 2002 年版,第 212—215 页。
② 莫言:《饥饿和孤独是我创作的财富》,《什么气味最美好》,南海出版公司 2002 年版,第 205 页。
③ 赵玫:《淹没在水中的红高粱》,《北京文学》1986 年第 8 期。

天三顿吃饺子"而梦想当作家的契机①，谈到"我创作的最原始的动力就是对美食的渴望"②。这样的文学观与崇高的文学观相去甚远，也对传统的崇高文学观形成了狂放的冲击力。在 20 世纪 80 年代那个启蒙激情风生水起的气氛里，阿城关于写小说就是"怀一种俗念，即赚些稿费，买烟来吸"③的说法，显示了文学世俗化潮流的冲击波。当然有伟大的、崇高的、感动了世世代代人的文学，也有世俗的、有趣的，而且并不因此显得低俗的文学。

值得注意的是，莫言狂则狂矣，有时也相当清醒，深谙"万人如海一身藏"的处世之道。他在《丰乳肥臀》遭到居心叵测的批判后并不及时反驳，而是在事过四年以后才在美国的一次演讲中自道："你可以不读我所有的书，但不能不读我的《丰乳肥臀》。在这本书里，我写了历史，写了战争，写了政治，写了饥饿，写了宗教，写了爱情，当然也写了性。葛浩文教授在翻译这本书时，大概会要求我允许他删掉一些性描写吧？但是我不会同意的。因为，《丰乳肥臀》里的性描写是我的得意之笔……"④

由此可见莫言狂放性格的另一面。莫言是聪明人，他知道应该如何应对那些非议与处分，在形势不利于自己的时候韬光养晦；在形势有利于自己时发出自己的心声、为自己辩护。作家的个性与良知就这样与打压、批判周旋。这已经成为当代文化的一大看点。一边是思想解放、个性解放的时代浪潮浩浩荡荡，势不可挡；一边是随着这股大潮的起起伏伏，对一些电影（例如《苦恋》《蓝风筝》《颐和园》）、小说（例如《飞天》《在同一地平线上》《白鹿原》《废都》）进行批判。

刘梦溪先生曾著文《中国文化的狂者精神及其消退》，指出因为科学主义的制约，今天的狂人已不能与古代狂人同日而语，经过整肃，"我们已经进入了无狂的时代"⑤，虽言之有理，却毕竟遮蔽不了这样的事实——从尼采、萨特这些具有浪漫主义气质的西方哲人成为青年知识分子的精神导师到呼唤个性解放的文艺浪潮持续高涨，从一批具有批判现实意识和公信力的文人学者涌现到"新

---

① 莫言：《漫长的文学梦》，《什么气味最美好》，南海出版公司 2002 年版，第 64 页。
② 莫言：《饥饿和孤独是我创作的财富》，《什么气味最美好》，南海出版公司 2002 年版，第 206 页。
③ 阿城：《一些话》，《中篇小说选刊》1984 年第 4 期。
④ 莫言：《我在美国出版的三本书》，《什么气味最美好》，南海出版公司 2002 年版，第 224 页。
⑤ 刘梦溪：《中国文化的狂者精神及其消退》，《读书》2010 年第 3、4、5 期。

生代"文化人以激进的姿态继续"反传统""反潮流"……当代人的狂放就这样在曲曲折折的时代浪潮发展中表现得更加丰富多彩。

二、对"农民意识"的颠覆之论

在许多人心中,"农民意识"意味着心胸狭窄、目光短浅、缺乏教养,是贬义词。莫言出身农民,就曾经猛烈抨击过歧视农民的言论,说:"我认为许多作家评论家是用小市民的意识来抨击农民意识。"他对农民意识进行了辩证的分析:"农民意识中那些正面的,比较可贵的一面,现在变成了我们作家起码变成了我个人赖以生存的重要的精神支柱,这种东西我在《红高粱》里面得到了比较充分的发挥。"而说到农民的"狭隘性",他认为:"狭隘是一种气质……农民中有狭隘者,也有胸怀坦荡、仗义疏财,拿得起来放得下的英雄豪杰,而多半农民所具有的那种善良、大度、宽容、乐善好施,安于本命又与狭隘恰成反照,而工人阶级中,知识分子中,'贵族'阶层中,狭隘者何其多也。"因此,他提出"要弘扬农民意识中的光明一面"。

虽然自古以来,中国社会就有"重农"的传统,可大概自从"工业化"和"工人阶级"这些代表先进文化的词汇产生以后,"小农经济"和"农民意识"就受到冲击。五四以来,以鲁迅为代表的"改造国民性"思潮批判了国民性中蒙昧、麻木的一面,影响至今。而毛泽东时而肯定农民革命的历史贡献,时而又指出"严重的问题是教育农民"的有关论述也表明了他对农民复杂性的认识。在这些矛盾现象的深处,实际上有一个文化课题:该如何认识"农民性"? 在当代政治家、文艺家关于农民性的矛盾论述的后面,又可以看出怎样的文化奥秘? 重新认识"农民性"显然已经成为当代文化的一个重要主题。应该说,这个问题在相当程度上就是重新认识"国民性"的问题。因为中国至今仍然是农民占了人口大多数的国家,因此,中国的国民性在很大程度上就不能不是农民性。值得注意的是,由于长期以来工农之间、城乡之间存在的生活水平的巨大差距,城里人对乡下人的歧视根深蒂固。这样的结果使农民的生产积极性严重受挫,也促成了农村经济一片萧条。当代中国的社会变革从农村开始,打开了当代人重新认识农民性乃至国民性的新思路。可农民一旦获得了解放,就纷纷进城打工,使得农村问题在新形势下依然严峻,令人忧心。

从这个角度看去,莫言的《红高粱》《丰乳肥臀》因为弘扬了中国农民的"酒神精神"和"精忠报国"事迹而扬名,就彰显了农民豪放、率性、敢作敢当的另一面。他写出了中国农民性——国民性的另一面:"中华民族不但以刻苦耐劳著称于世,同时又是酷爱自由、富于革命传统的民族。"[①]读着那些在高密东北乡的高粱地里"杀人越货,精忠报国"的普通农民的故事,我很自然想起了《水浒传》中的梁山好汉,想起了当代那些讴歌农民起义的长篇历史小说——姚雪垠的《李自成》,刘亚洲的《陈胜》,凌力的《星星草》,寒波的《石达开》,张笑天的《太平天国》,还有张贤亮《河的子孙》《绿化树》,郑义的《老井》,郑万隆的《老棒子酒馆》,阿城的《树王》,贾平凹的《五魁》《天狗》,张承志的《金牧场》《心灵史》……这些作品中那些令人感动的农民形象,他们的率性而活又颇有心计,他们的朴实善良又坚贞不屈,他们的敢作敢当、不怕牺牲,都足以使我们重新思考这样的问题:什么是农民的本色?什么是农民的活法?农民性与国民性、人民性之间有怎样的关联?尽管我知道,关于农民与农民起义的是是非非、负面影响,已经有各种说法。

莫言的文学评论,就这样催生出关于中国文化、关于国民性或农民性的新思考。

---

① 毛泽东:《中国革命和中国共产党》,《毛泽东选集》(一卷本),人民出版社 1964 年版,第 586 页。

论莫言小说的残酷叙事及其美学价值^①

王洪岳^②

【摘　要】三十余年来,莫言小说自《红高粱》始,大体量、高密度、极致性地将恐怖、残酷、悲剧、荒诞叙事集中于其各种小说文本,体现出了迥异于文坛流俗的审美风范。而且莫言小说将恐怖、残酷、悲剧、荒诞与崇高、喜剧、幽默、笑剧结合起来进行叙事,从而产生了一种混合着崇高的审美亚类型,即恐怖喜剧或反讽喜剧,导致了残酷状况下悲剧成分的淡化,怪诞的无形式、荒诞的无意义转化为滑稽与幽默,从而赋予小说文本在审美和思想主题表达方面以重要意义。这是一种美学上的跨界思维,也是一种小说叙述学的复调叙述。正是在审美的交叉地带,莫言借助于小说这种艺术形式创造了恐怖喜剧这一崭新的审美亚类型。

一、作为审美亚类型的恐怖喜剧

美学自海德格尔和萨特始,就在尼采基础上进一步扭转了美学的"美"化冲动,而向着非美的路数发展。海德格尔有"畏"和"烦"。他认为,人是被抛出来的,是被动的,因此人生下来就不得不存在。这个存在便是此在的"畏"和"烦"的过程,也便是"操心",是此在与生俱来的、本体性的残酷的存在特征。^③当然

---

　①　[基金项目]国家社科基金项目"莫言与现代主义文学的中国化研究"(13BZW038)阶段性成果。
　②　王洪岳,文学博士,浙江师范大学人文学院教授,主要研究领域为文艺理论、美学和当代文学思潮。
　③　[德]海德格尔:《存在与时间》(修订译本),陈嘉映、王庆节译,生活・读书・新知三联书店1999年版,第216、221页。

畏、烦的感性生存特性可以通过"向死而生"加以转化和升华。海德格尔意义上的畏和烦构成了作为此在的人的在世状态:操心。沉沦了的人就处于这种畏当中,唯有立足大地的诗意生活才能重新赋予生命以本真价值。虽然海德格尔并非直接论证了现实社会所施加的恐怖,但是人生而俱来的畏已经蕴含了各种恐怖(畏)的因素。法国戏剧理论家阿尔托(Antonin Artaud)提出的"残酷戏剧"(Theatre of Cruelty)理论认为,戏剧的功用不是模拟现实,而是通过戏剧表演使人释放自己的潜能,摆脱文明的压抑。戏剧与瘟疫的功用相似,都是将脓疮从机体中排挤出来,因而戏剧具有亚里士多德所说的"净化"的作用。同时他认为:"这种残酷,在必要时,也是血腥的,但它本质上绝不是血腥的。它与某种枯燥的精神纯洁性相混同,而后者敢于为生活付出必要的代价。"①恐怖、残酷而不显得血腥,这是戏剧,在某种意义上,包括小说在内的文学艺术所应该具有的审美品格。从审美类型或美学范畴的角度看,它们推动了美学的发展。

我们借用海德格尔、阿尔托等的相关理论,旨在阐释莫言小说中的此类描写及其所蕴含的美学价值。一般说来,残酷和恐怖是外在于主体的环境与氛围,崇高感和恐惧是内在于主体的心理感受和体验。美国当代美学家卡罗尔在论幻想生物和恐怖形象的构造时指出:"恐怖艺术中的形象基本上是具有威胁性而且杂糅的。"这种杂糅性的手法包括融合、裂变、放大、巨量化和恐怖借喻,进而会产生不洁、令人恶心或恐惧的新东西。另外,他还论证了恐怖艺术和审美的关系,包括和喜剧(幽默)之间的复杂关系,并初步提出了恐怖喜剧这一审美亚类型。② 卡罗尔认为,"恐怖喜剧"作为一种戏剧亚类型,我们在观赏这类戏剧或电影时,"笑声往往伴随着恐惧的尖叫,或者尖叫伴随着平常情况下的笑声","喜剧和恐怖恰似一枚硬币的两面","喜剧中的恐怖形象并不令人害怕,因为在喜剧中恐惧大致来说在原则上是被消解的。在喜剧中,人们对伤害、侮辱、痛苦甚至死亡的严肃思考通常都被放在重要的方面。这样来看待作为一种类

---

① ［法］安托南·阿尔托:《残酷戏剧》,桂裕芳译,商务印书馆 2015 年版,第 133 页。
② ［美］诺尔·卡罗尔:《论幻想生物和恐怖形象的构造》,李晓牧、李婷译,王洪岳主编:《美学审丑读本》,北京大学出版社 2011 年版,第 262—275 页。

型的喜剧是特别超道德的"。① 综合海德格尔、阿尔托和卡罗尔的理论,可以看出,人生此在无不处在令人畏、烦之中,也时常处于残酷或恐怖之中。人类要在这种种反和谐的境遇中生存下去,以前是张扬一种博克和康德强调的崇高,而当代更多地依靠一种超越这种状态的某种精神或审美品格,即"恐怖喜剧"这一艺术及审美类型和品格。这里还涉及反讽的三种类型,即言语修辞反讽、戏剧情境反讽和审美反讽。无论哪种类型的反讽,都是表象和事实、"意谓"因素与"存在"因素的互相对立或悖反。②

上述诸种情况,在莫言小说中大致都有体现和表达,而且莫言写出了这种残酷叙述的复调性和超越性,其小说的审美特性或呈现出来的审美类型既有崇高、恐怖,也有淡化和超越恐怖的喜剧和反讽。

二、莫言小说的残酷叙事及其喜剧性

作为一种审美亚类型的恐怖喜剧,在中国是自莫言等先锋派作家开始的。从此前回避恐怖、拒绝恐惧、无视残酷的小说创作,到 20 世纪 80 年代中期莫言创作《红高粱》,这是一个巨大的文学审美的变化。小说开始正视战争和战场残酷、恐怖场面。杀猪匠孙五被日军刺刀逼着去剥好友罗汉的皮,其场景暴虐至极,令人胆战心惊。如此,小说写的那些富有血性的人物包括当了土匪的余占鳌、黑眼等,最终都出没于抗日的战场,就有了战胜敌寇的强大的民族精神和心理基础。这部小说创造了许多中国当代文学的"第一":第一个写了尚具有良知的土匪抗战,而且大气磅礴,野性十足,体现了中国底层民众的血性;第一个用

---

① Noël Carroll, "Horror and Humor", *The Journal of Aesthetics and Art Criticism*, Spring 1999.

(所引英文原文含前后文:... the subgenre of thehorror-comedy has gained increasing prominence. ... a triumph of this tendency, are predicated upon either gettingus to laugh where we might ordinarily scream, orto scream where we might typically laugh, or toalternate between laughing and screamingthroughout the duration of the film. Comedy and horror are opposite sides of the same coin. Nevertheless, we do not regard potentially horrific figures in comedy as horrific because comedy is a realm in which fear, in principle, is banished in the sense that typically in comedy serious human consideration of injury, affront, pain, and even death are bracketed in important ways. Comedy, as a genre, is stridently amoral in this regard.)

② [英]D. C. 米克:《论反讽》,周发祥译,昆仑出版社 1992 年版,第 7 页。

了复眼式视角("我爷爷""我奶奶""我爹"等等)的叙述方式,具有了一种时空的交错性、现实与历史的对话性;第一个写了冲破封建伦理桎梏,勇于追求自己爱情幸福的女人(戴九莲),特别是与余占鳌的"野合"场面;第一个把战争小说写得真正残酷无情,血腥四溅,但又有强烈的激发民族斗志、慷慨抗日决心的叙述意图。由于小说是以孙子辈"我"的视角进行叙述的,就带有了某种窥视甚至亵渎的意味。"我爷爷"余占鳌在麻风病人、"我奶奶"戴九莲的合法丈夫单扁郎的新婚之夜,潜入其新房,丑陋不堪又满带病菌的单扁郎就被吓死了。这把人物置于一种恐怖境地,每一段描写都充满了一种惊悚与恶心、快意与同情兼具的意味。还有很多匪夷所思的情节,如"我爷爷"往刚出锅的酒缸里撒尿,酒顿然变得香味四溢,成为十八里红的名酒;日本侵略者占领高密东北乡之后,"我奶奶"也就是酒坊的女老板戴九莲将自己涂成血脸,怪模怪样,疯女人一般,暂时躲过了鬼子兵;罗汉为了抵抗鬼子征用东家的骡马而将其腿打断,他被抓去受刑,被剥皮,被割下来的耳朵放到盘子里显得活蹦乱跳。这些场景极其恐怖,但是,叙述者在描述的时候,却通过语言文字而淡化了这种氛围。在将情节推向极致的同时,也往往以夸张和滑稽的笔触来冲淡恐怖情节。这种夸张和滑稽是在整体的或宏大的恐怖背景之基础上构成的。因此,所谓《红高粱》的"酒神精神",不是尼采式的酒神精神,而是专属于中国人的一种活着的韧性、滑稽的热闹、充满张力的审美产物,也就是中国式的"恐怖喜剧"。

同样,继承了鲁迅传统的长篇小说《天堂蒜薹之歌》闪烁着艺术的光芒。虽然小说所用的手法不是亦步亦趋的写实主义,而是意识流、内心独白、自由联想、梦幻感觉等,但更加深切地进入了这些以最为底层和最为普通的农民为主人公的内心世界,写出了他们精神的恐惧懦弱、自私愚昧、滑稽可笑和善良卑微,也写出了他们追求公平正义的朴素情怀。小说中的农妇四婶被抓进看守所,她浑身实在太脏了,狱卒为她冲洗,她身下竟然流淌了一地黑黑的污水。她的衣服、头发里长满了虱子,她抓来用手挤,还放进嘴里津津有味地咬起来。同样被抓进看守所的高羊,被狱霸逼着吃他们用尿水甚至鼻涕涂抹了的馒头,然而当美丽的女警为他理发时,他竟然产生了从没有过的异常幸福的感觉。马脸的青年的脑袋竟然被运角铁的汽车削去了半个脑袋,脑浆四溢,死得滑稽可笑。逃亡的高马,在被追捕的过程中,跳进一户农民的猪食缸里,头颅浸到发酵的猪食中……这些描写都具有残酷叙述的特点,但是又带有喜剧性,可谓残酷喜剧叙述。

莫言的残酷喜剧叙述的典型代表性作品是《生死疲劳》和《檀香刑》。《生死疲劳》写地主、善人西门闹被枪决在村头的石桥上,但其在阴曹地府受尽了各种酷刑,油炸、刀劈,但喊冤不止,最后阎王判他返回人世,但要经过六道轮回才能真正地复原为人。于是,西门闹先后变为驴、牛、猪、狗、猴,最后变为大头婴儿蓝千岁。每一次轮回既是对身体的极度摧残,又是对灵魂的洗礼,怨恨、仇恨心理逐渐淡化,以至于无。六道轮回的转世都经过千难万险、痛苦不堪,不是折断腿,就是被打瘫,流浪、打斗,一幕幕惨剧在身边发生。对于地主西门闹来说,无论他死去在阴间还是轮回到人间,无论他以动物的形象现身还是以人和动物交混的形式思维、说话,存在的残酷时时相随,恐惧须臾不离。恐惧不仅来自直接的肉体暴力摧残,还来自时代或社会氛围、语言暴力的施加。

这个世界的"恐惧与战栗"与克尔凯郭尔的"恐惧与战栗"有着很大的不同。后者是信徒怀疑上帝但又不得不面对上帝时产生的。莫言笔下的"恐惧与战栗"是一种人们在生存中应对实际情境的自然心理反应和行为表现,有时候还表现为笑剧。西门闹经过轮回还原为人类,爱恨情仇通过六道轮回完成了一个大循环,他的愤怒、怨恨、痛苦也渐次减弱,最后趋于消弭,宽容、原谅、淡化,甚至可以说精神、灵魂得到了升华,其背后是和儒道结合在一起的佛家善恶报应思想。社会的纷争、历史的演变,都伴随着人性的善恶变化而尘烟般消散在永恒延续的时空中。"生死疲劳,从贪欲起。少欲无为,身心自在。"[①]如此看来,这部小说获得了中国新文学前所未有的宗教般的超越意识。夹杂其间的还有对苦难生活和恐怖氛围的达观及幽默性超越。葛浩文把《生死疲劳》译为"Life and Death are Wearing Me Out"[②],直译就是"生和死都使我(西门闹)精疲力竭"。对生与死的超常叙述,的确是西门闹这个形象超乎寻常人物的特点。他经过了六道轮回,参透了生与死的人生真谛,残酷的杀戮已然变得遥远,恐惧已经被他一再地体验和超越,怨恨愤怒痛苦悲剧感也已被他一再地体验和超越,最后的西门闹就成为一个近似于佛的"超人",他超越了人生所经历的这一切,悲剧在他眼里变得可以忍受,甚至转化为喜剧,最后他超越了善恶。莫言研究

---

① 莫言:《生死疲劳》,作家出版社 2012 年版,扉页。

② Mo Yan: *Life and Death are Wearing Me Out*(《生死疲劳》), Translated by Howard Goldblatt, Arcade Publishing, 2008.

专家张志忠认为:"那神奇的六道轮回,那顽强的记忆传承,那虽千万人而吾往矣的坚守,却感动了世界。"①通过小说审美的形式,在具体细节描写和大的人生况味方面,《生死疲劳》中的残酷叙述最终都变成了笑对人生苦难和荒诞境遇,而且超越了血腥和恐怖的残酷美学的有机成分。

三、莫言小说的残酷叙事及其反讽性

莫言小说的残酷叙述不仅与喜剧糅合在一起,而且和反讽结合在一起,形成了一种恐怖反讽的叙述风格。反讽既是一种文学手法,更是一种美学风格或审美类型。莫言小说的反讽是一种杂糅性的反讽,即其反讽手法或风格是话语反讽、戏剧反讽、事件反讽、浪漫反讽及后现代反讽等各种反讽手法的混合体。此处仅就莫言小说的反讽审美格调或风格及其与残酷叙事之间的关系,展开论证。

短篇小说《挂像》大致属于言语修辞反讽和戏剧情境反讽的结合体,同时小说把恐怖和反讽结合,构成了一种恐怖反讽的叙述风格。小说采取了一个莫言一贯的叙述视角,即从低地位的儿子的视角,而且以亵渎和反讽的口吻叙述。鬼神信仰、愚忠迷信与恐惧心理掺杂一起,悖论般地把滑稽和恐怖、幽默与反讽杂糅起来。这种将恐怖和暴力、传统的鬼神信仰等结合在一起的文本具有很强的叙述张力,带有强烈的反讽色彩,同时透露出强烈的批判意识,充满了善与恶在民间交织、斗争的伦理力量。

莫言的残酷和叙述的极致是 2001 年出版的长篇小说《檀香刑》,但这不是一部专门描写恐怖和残酷的作品,而是有着隐秘而强烈的反讽解构意图的作品。小说写的是 1899 年高密一带抗德遇害的英雄孙文(在小说中英雄名字叫孙丙)的故事。施害者在被害者身上施加的酷刑前所未有。主人公孙丙,茂腔戏班班主,遭受了这一举世无双的残酷刑罚。小说还塑造了具有传统士人正义感的高密知县钱丁,从京城刑部告老还乡的刽子手赵甲,孙丙的女儿孙眉娘,她还是钱丁的情人、赵甲的儿媳妇,残酷而狡猾的政客、山东巡抚袁世凯,袁的副官、钱丁堂兄弟、因企图刺杀袁氏被凌迟处死的钱雄飞,变法失败被斩首的戊戌

---

① 张志忠:《如何讲述当代中国的神奇故事》,《百家评论》2018 年第 3 期。

六君子之一刘光第大人,等等。

中国传统小说不乏对刑罚和杀人场面的描写。表面看来,《檀香刑》的叙述者似乎也有这种对刑罚的过重的、精雕细刻的描写,的确有些情节展开了酷刑的细节,如写太监小虫子倒卖了皇上的七星鸟枪,结果获了"阎王闩":"这道'阎王闩'的精彩之处,全在那犯人的一双眼睛上……可惜了那对俊眼啊,那两只会说话的、能把大闺女小媳妇的魂儿勾走的眼睛,从'阎王闩'的洞眼里缓缓地鼓凸出来。黑的,白的,还渗出一丝丝红的……"①犯人受刑的惨烈细节被叙述者用视觉的、听觉的及味觉的感觉化、形象化的叙述话语,呈现得活灵活现。而所谓"精彩之处",却是残酷杀人、犯人遭到无以复加的酷刑场景。

《檀香刑》用了反讽艺术。对于刽子手来说,这是皇上和太后最为欣赏,也是自己最为得意的地方。情节愈是"精彩",人犯所遭受的暴虐酷刑就愈严重,他就愈需要忍受更大的无以名状的痛苦,作为观刑者的"正大光明"的皇室成员就愈是兴奋快乐。这无疑是对专制统治的极度反讽。只是小说叙述者尽量隐藏自己批判的锋芒,不露声色地进行着这种解剖,就如同实行残酷刑罚的刽子手那样。因此,理解其中的批判意味和锋芒,尚需要读者的一双慧眼。王学谦看出了其中的隐秘:"'檀香刑'等酷刑这个叙述轴心,揭露了皇权专制的残酷和罪恶。"②但他认为,这部小说主要在于写人性之恶。笔者认为,揭示皇权暴虐与人性恶的主题应该说是相辅相成的,如果没有皇权专制淫威比如凌迟、阎王闩、斩首、腰斩、檀香刑等酷刑就不会有如此达到极致的人性之恶。而对于刽子手来说,由于经年累月对杀人酷刑的把玩,其心理无疑较常人已然变得黑暗且凶狠,他们不停地研发更残酷、更匪夷所思的酷刑,来满足主子们的阴暗、狠毒、恐怖、残忍的心理需要。所以,久而久之,他们的内心世界就变得无以复加的扭曲、黑暗、残暴、不可理喻。

叙述者又是站在如下的角度,即从钱雄飞到孙丙的威武不屈、视死如归、敢于忍受人类几乎不可能承受的极度痛苦的酷刑的角度,在继承鲁迅对看客心态的描写和批判基础上,进一步对施刑者(刽子手)、牺牲者(受刑者)及围观者(看客)三者关系的角度,进行深度描写和发挥。在题为"杰作"的钱雄飞受刑一章,

---

① 莫言:《檀香刑》,长江文艺出版社 2010 年版,第 36 页。
② 王学谦:《九头鸟与猫头鹰——鲁迅与莫言的家族性相似》,时代文艺出版社 2017 年版,第 102 页。

通过写刽子手赵甲如何从第一刀开始,详细描写了钱雄飞领受了五百刀的凌迟,其情节惊悚,令人震惊、恐惧和恶心,但这又是和小说的主题紧密相扣的必不可少的情节。这样,小说就写出了英雄钱雄飞的伟岸和崇高形象,他誓死不屈、为国为民英勇牺牲的精神渗透在作品的字里行间。他自始至终面对残酷的刑罚,以自己凛然的气概、崇高的精神,竟使得刽子手赵甲产生了从业以来未有过的胆怯、畏缩,而且使得操场上观刑的数千官兵战栗不已,有的士兵竟然晕倒。从钱雄飞这个人物身上,我们可以看到,崇高和酷刑相伴,信仰和杀戮相随。这么俊美的人体,也被残暴的统治者以如此暴虐无耻的手段杀害了。但是他的被害并非无为的牺牲,数年后清朝的覆亡,也有着钱雄飞们死难的正向转换,英雄之死慢慢唤醒了沉睡的人们。当然,小说重点描摹了刽子手赵甲的技术和心态,他的技术愈娴熟,心态愈平稳,就愈表征着清朝专制的残暴无比和袁世凯的小人得志,写出了残酷刑罚对观刑将士的震慑、威吓作用。其标题"杰作"和前述"精彩之处"一样,与施刑—受刑的残酷,构成了强烈的反讽叙述与反讽美学。

小说的高潮是孙丙所遭受的檀香刑,叙述者都事无巨细地呈现,作为文学作品来说,可谓登峰造极。在"赵甲道白"一章中,曾在京城四十余年的退休刽子手赵甲和儿子小甲一起侍弄为其亲家或丈人孙丙施刑的刑具——檀香木,用烧开的芝麻油一连煮上一天一夜,经过香油滋润浸透过的檀木橛子,"改变了木头的习性,使它正在成为既坚硬又油滑的精美刑具"[①],"这橛子要从孙丙的谷道进去,然后贯穿他的身体。沾了谷气的橛子,会对他的身体有利"[②]。叙述似乎一直以悖论的方式往前推进。这种木头橛子竟然称得上"精美",这种木桩酷刑竟然被说成是为了对受刑者的身体"有利",这也体现了小说核心部分的反讽意味。作为刑部的一条恶狗,赵甲其实和袁世凯自称是"朝廷的一条狗"乃一路货色,都是维护清廷统治的刽子手和走狗。巨大的恐惧来自橛子从谷道(肛门)钉进孙丙的身体,还要他五天五夜不得死去。本来受刑的孙丙兀自被动与主动地承受着这史无前例的酷刑,更为残忍的是对围观者、看客们包括孙丙戏班子所造成的恐惧。对于刽子手赵甲来说,他是为了把自己的活儿当成一部"杰作"来

---

① 莫言:《檀香刑》,长江文艺出版社 2010 年版,第 232 页。
② 莫言:《檀香刑》,长江文艺出版社 2010 年版,第 221—222 页。

完成,这是他作为刽子手无上荣光的职业追求。对于小说叙述来说,把更多的篇幅侧重于施刑者这一方来,和鲁迅的看客描写就形成了文学史上的互文性。对行刑者、受刑者和围观者(看客)三方的细致描写,重构了现代文学对于民族性的认知系统,潜藏其间祈求喝彩的表演性、应合性、互动性,更加强化了施刑者一方的职业性,也增加了受刑者不屈的英雄色彩。《檀香刑》通过戏班的唱和、围观者的看热闹和同情兼而有之的场面描写,力图使三方达到叙述的平衡。

残酷叙述把人的处境推到无比惨烈的极致,把人性的善与恶、丑与美都体现得淋漓尽致,由于文字本身的抽象性和过滤性,同时小说中又有作为戏曲的民间茂腔(猫腔)的形式出现,尖锐的矛盾冲突是戏剧内在要求,所以,酷刑描写就是可以为读者所接受的,至少是可以忍受的。如此描写的一个重要价值就在于暴露了邪恶残暴的统治者的本性,提醒着人们警惕这种恐怖和恶心的东西借尸还魂。戏班班主孙丙本来是可以逃离这桩酷刑的,因为他的叫花子朋友、义薄云天的小山子,自告奋勇地要去代替孙丙领受酷刑。小山子这个人物很容易让读者联想起狄更斯小说《双城记》中的卡尔登,卡尔登为了心爱的女人,牺牲了自己,救出了露茜被关在死牢里的丈夫代尔那,自己却被绞刑处死了。但是更加气冲云霄的孙丙自然不会让朋友去受刑。把自己的人生和戏曲艺术在其遭受檀香刑的过程中合而为一,在小说的最后,为了减少孙丙的痛苦,也为了不让袁世凯等人的意图实现,钱丁提前用匕首刺死了孙丙,奄奄一息的孙丙最后一句话即为"戏……演完了……"演戏的孙丙以表演的方式领受了"檀香刑",而"檀香刑"又是以戏剧的方式完整地呈现出来,人生如戏、戏如人生,两者相辅相成、互为因果。这部小说以"大踏步撤退"的姿态,以地方戏茂腔的形式和山东方言,把一段被遗忘的历史给予了浓墨重彩的表现。

批评界更多地注意到这部小说在莫言大踏步地撤退而回到古典小说的叙述话语表达形式上的重要意义。大踏步撤退后写出的《檀香刑》笔墨所及更多地对准了施加酷刑的刽子手赵甲及其背后统治者身上,反思和批判的靶子也由对看客的批判转向了造成残酷杀戮的专制体制上。《檀香刑》受人诟病的关于残酷刑罚的细致描写,其用意恐怕还在于在呈现的同时暴露造成恐怖的原因。如果从其残酷叙述及其所造成的恐惧审美接受心理来说,它填补了当代小说创作的一个空白。禁绝对酷刑的表现并不代表能够禁绝对人类群体和个体的施暴行为。《檀香刑》和油画作品《格尔尼卡》《南京大屠杀》(李自健)类似,引发的读者接受心理除了恐惧还有对历史和现实的深层思考,对人性的洞察。李自健的油画巡回展览题为"人性与爱",那么,我们是否可以认为,《檀香刑》体现了莫言作为小说家对"人性与爱"同样的理解、阐释和表达? 1900 年前后包括德国、日本、俄国等列强在内的八国联军进攻中国,此前有戊戌六君子被清廷砍头杀害,其后有一连串的各国尤其是日俄两国侵略者对中国人的大肆屠戮。在旅顺日俄战争遗址博物馆里有一幅照片,俄国军人把中国男人们的辫子连在一起,羞辱之后再行毙杀;在长春伪满皇宫展览室里,人们看到,日本人用各种各样残忍的手段杀害中国人。在 1928 年济南五三惨案中,日本人把国民政府的外交官蔡公时等中国人的鼻子、耳朵削掉,把眼睛剜掉。可是我们半个多世纪的小说、电影、绘画等艺术形式尚没有真正富有力度地表现出日军、俄军之残暴、无耻的作品。

艺术并非以传播仇恨和酷刑为目的,而是展示艺术家的审美情怀。然而愈是到当代,艺术就愈是关乎人性深处的这些因素。作家艺术家描绘残酷场面,实际上也是在以艺术的形式来提醒人们,以防止这些惨况再度发生。这一点体现在《檀香刑》中就是,通过孙丙等人的受刑及其所展示出来的悲壮和尊严(面子),虽然在他身上还带有某种巫术性和表演性,但是在意志力方面孙丙压倒了刽子手赵甲及其背后的袁世凯。在人性和兽性的残酷对决中,往往善的人性被恶的兽性所击垮,但在更为长久的历史维度和伦理维度,留存在文学艺术里的善恶交战,最后胜利的依然是善的一方、正义的一方。在历史和人性的大审判中,有一个冥冥之中的超人类的公正者在审判一切过往和现存的恶。作为近代史上臭名昭著的奸佞小人、窃国大盗、独夫民贼,作品精彩地呈现了历史人物袁世凯阴险、歹毒、邪恶、奸诈的某些细节。他虽然不是小说的主要人物,但是其所作所为决定着小说主人公们的命运发展,因此这个人物在整个小说文本中又是极为重要的。小说把读者引向了对于如此精致的酷刑背后原因的追溯,民族性的主要因素就是这种皇权体制下的主奴对照而形成的二元结构。赵甲,这个刑部的刽子手,人称"姥姥",其他的帮手被称为"大姨""二姨"等,都是一些充满了慈祥、爱意的称谓。赵甲在老佛爷面前毕恭毕敬、诚惶诚恐,完全一副奴才的样子;在乡亲们和县衙役们面前,甚至在知县钱丁面前,他趾高气扬;然而,他对他要斩头的大人充满敬仰,如对戊戌六君子之一的刘光第,希望快斩,不希望刘大人遭受过多的痛苦。赵甲愈是对职业虔诚、认真,就愈是导致一种深刻的悖论,小说的叙述于是便打上了浓厚的反讽意味。莫言通过小说活灵活现的情节、场景、表情、画面等等,就把这个杀人不眨眼但对英雄充满敬仰之情的奴才兼刽子手的复杂而丰满的形象给刻画出来了。

残酷叙述所引发的读者阅读接受的审美效果,其实是在追求一种对人性黑暗程度和黑暗深度的探查,并在此基础上为作品寻找到陌生化的审美路径。日常生活中罕见如此惨烈、残酷、恐怖的场面和人性之卑劣、黑暗,但是它一旦集中于作家的笔端,就会构成强烈的阅读接受的审美效果。这里的"审美的"(aesthetic)并非狭义的"审'美'的",而是来自希腊文 aithesis,与"感性"(perceptual)有关。有学者指出,汉语"美学"一词对应的英文应是 aesthetics,它由 aesthetic 加 s 构成;而 aesthetic 的本义是"感性的",只有在汉语美学理论中才引申为"审美的",英语并无这种区分。Aesthetic 之所以具有"感性的"之义,在某种程度上是英语 anesthetics(麻醉剂)的反义词所致:人在麻醉之后就会失去知觉、失去感知,正好从反面表明英文 aesthetic 本来包含有"知觉灵敏"的意思。舒斯特曼的"身体美学"也正是在这种意义上使用"美学"一词的,他所创造的新术语 somaesthetics 的准确译法应该是"身体感性学"。① "身体感性学"这个概念可以恰到好处地体现出我们所探讨的问题的实质。这里的审美即感性之维,正是我们阅读接受莫言《檀香刑》这类小说的感性反应,它激发的审美情感是复杂的、优美的、崇高的、恐惧的等等。有学者虽然承认《檀香刑》内涵丰富,文本和思想均向民间俗艺撤退,汪洋恣肆的想象和语言表达,对民间曲艺和西方现代小说技法的化用等,都值得称道,但又认为作品存在着主体和主题的缺失等严重问题。② 其实,《檀香刑》对刑罚的精细描写如前所述,有着或明或暗的反讽意图。正如赵甲的师傅余姥姥所认为的:"面对着被刀脔割着的美人肉体,前来观刑的无论是正人君子还是节妇淑女,都被邪恶的趣味激动着。凌迟美女,是人间最惨烈凄美的表演。……观赏这表演的,其实比我们执刀的还要凶狠。"③这是在鲁迅的基础上,莫言借人物之口对看客的进一步追问,对残酷刑

---

① [美]理查德·舒斯特曼:《身体意识与身体美学》,程相占译,商务印书馆 2014 年版,中译本序第 9 页译者注。

② 徐兆武:《极刑背后的空白——论〈檀香刑〉的主体和主题缺失》,李斌、程桂婷编:《莫言批判》,北京理工大学出版社 2013 年版,第 36—42 页。

③ 莫言:《檀香刑》,上海文艺出版社 2012 年版,第 191 页。

罚的观赏,对美被毁灭过程的欣赏,到底是一种什么样的心理呢? 小说不是缺乏主体性,而是尽量隐蔽叙述主体的意图,这种所谓的"零度写作"实则是一种高超的叙述技巧,其目的还是在于探察民间的深层心理,抵达专制话语的深层结构,进而揭示出专制话语的本质。莫言借助于小说而发现和描写的人的"邪恶的趣味",可谓振聋发聩,揭示了存在于人性深处的某种潜藏着的卑劣成分。这是此前小说家所忽略或无视的。另外,我们还可以从汉字构造的独特的美来看待小说对酷刑的描写。日本学者、莫言文学翻译家吉田富夫认为:"汉字所有的抽象性和有节奏的发展速度,以及过分夸张游离于现实的不堪正视的残酷画面,生发出一种美的净化。"①像《檀香刑》这一作品,小说的叙述语言和高密地方戏茂腔或高亢或优美的唱词的嵌入,诉诸小说就是充满了美感的汉字的排列组合,弱化了读者对酷刑描写接受时的恐惧感。

四、残酷叙事的美学价值

综上所论,残酷叙事在莫言小说中占有很大的分量,这是他刻意追求小说艺术创新的冲动使然。残酷叙事,不但可以弥补此前文学一直回避的书写空白,而且可以从深层揭示出人类崇高和卑微的精神根源,亦可从弗洛伊德精神分析学去探究其背后的读者接受心理。

残酷叙述和崇高及喜剧的结合,带来了一种混合型的审美效果。残酷叙述伴随着恐怖,如何通过文学的方式超越之、升华之,这是摆在文学家面前的一个重要问题。在《红高粱》中,莫言是通过让懦弱的国民逐渐恢复血性、土匪抗战、女人参战等方式来实现的;在《生死疲劳》中,克服残酷和恐怖靠的则是超越性的信仰的力量,以柔克刚,在主人公西门闹渐次淡化的六道轮回的转世中,消弭了仇恨,化解了怨毒,从动物重返人间;在《檀香刑》中,钱雄飞、刘光第等革命或改良的人物形象,视死如归、大义凛然的精神品格,超越了恐怖,并且在反讽和喜剧化的处理中,百炼钢化为绕指柔,悲剧、牺牲、恐怖、残酷,转化成了人生如戏、戏如人生的双重结构,主人公孙丙奄奄一息之际的那句"戏……演完了……"以喜剧(戏剧)的形式完成了人生、形象的塑造。

――――――――――

① [日]吉田富夫:《莫言神髓》,曹人怡等译,上海文艺出版社 2015 年版,第 23 页。

经过喜剧化、反讽化处理,残酷叙述得以在莫言的文学世界中成功地、艺术化地完满地表现,恐怖的场景描写因此而被超越。而恐怖喜剧、反讽喜剧等审美亚类型正是从这种文学叙述中诞生了。以《红高粱》《生死疲劳》《檀香刑》为代表的莫言小说所揭示和表达的审美倾向充分证明了这一点。对恐怖、残酷的描写和叙述,对"邪恶"及"邪恶的趣味"的描写和表现,并不表明作者认同或赞同之,而是因为需要依靠艺术的方式和力量来冲击和讽刺本来在人性、心理中存在着的邪恶元素,而这一切正是受众和读者接受这类作品的心理基础。这正如亚里士多德关于悲剧的"净化"的观点,莫言创造的这些小说及其人物形象,正是一种能够净化人的心灵的作品。当然,创作《红高粱》《生死疲劳》《檀香刑》的莫言在这之上还有更为纯粹的艺术目的:艺术的陌生化要求,在这一诉求下,各种对刑罚的复杂而细致的描写及叙述技巧,是对人类审美接受心理前所未有的巨大考验。莫言残酷叙述造成的审美接受效果依然是反讽的,它绝不是对所叙述描写的对象在内容、情感与思想上拥抱式的认同,而是对其在审美接受时的拒斥性、悖反式的认同,即姚斯所说的反讽式认同。透过文字的表象而洞穿其背后的美学实质,靠的是反讽技法和反讽美学。莫言在许多关于酷刑和恐怖的小说中有大量的反讽,这显示出他睿智、敏锐的艺术感觉,同时他借助现代主义艺术表达了对以日本、德国等为代表的政府侵略者和清政府的一种极度的反抗和批判意图。① 从《红高粱》开始,经过《月光斩》《拇指铐》《挂像》等中短篇小说,到《檀香刑》《丰乳肥臀》等长篇小说,莫言一直潜在地有一个对帝国统治的批判意图。表面看来莫言大量地写了残酷的刑罚、暴虐的场面和恐怖的氛围,其深层意图就是在面对邪恶暴虐与专制独裁时,除了挖掘、鼓励、表达民众血性的反抗精神,还需要对帝国主义和专制主义有一种新的批判精神,这就是作家通过文化/文学的现代主义来实现对帝国主义和专制主义彻底解构和嘲弄的艺术意图。而反讽恰恰是现代主义文学中的一种颇富张力和韧性的技法或创作原则。《红高粱》《檀香刑》等小说正是莫言对帝国主义和专制主义保持足够的

---

① 美国学者本杰明·巴尔塔瑟在《反帝的现代主义》一书中认为20世纪中期美国跨边境、多族群的反对帝国主义运动如何塑造了美国人对文化现代主义(culture modernism)以及大萧条这一历史时期的理解。[美] Benjamin Balthaser. *Anti-Imperialist Modernism*: *Race and Transnational Radical Culture from the Great Depression to the Cold War*, Ann Arbor: The University of Michigan Press, 2015. 见王悠然编译:《新书〈反帝的现代主义〉》,《中国社会科学报》2015 年 11 月 20 日国际资讯版。

警惕和进行批判的抽丝剥茧般的反讽艺术化体现。

莫言小说对于苦难、恐怖的喜剧化或戏谑化，可谓当代文学一大创新。如此就拉开了与此前中国各种文学审美类型的距离，带有很强烈的时代特点。莫言试图赋予其作品某种超越性或空灵感，即面对黑暗、邪恶或暴虐时除了上述讨论的崇高性超越之维，还体现为某种喜剧性、反讽性。同时，读者正可以从中获得包括反讽喜剧感在内的多重审美快感。

在残酷叙述中如何能发现喜剧和幽默？莫言往往通过把所要描写的对象戏拟化、反讽化，进而达到超越现实的目的。而这个超越则是要借助于艺术的精神飞升，从沉重中寻找快乐，从压抑中发现轻松，从禁锢中追求自由，甚至从恐怖中见出幽默，从荒诞中发现反讽，从而使作品呈现出恐怖喜剧、反讽喜剧的审美接受效果。

恐怖导致恐惧，其心理是内缩的，生理反应是毛骨悚然的，有时还会产生恶心感；而笑（幽默）发生时的心理是外放的，是向外释放自己的轻松感受，所带来的生理反应是轻松的、欣快的。但是在当代艺术中却出现了一种把这两者紧密联系起来的趋势，从而产生了一种"恐怖喜剧"的审美亚类型或艺术亚类型。卡罗尔认为恐怖和幽默（笑）混合在一起的尝试不但在电影、电视、连环画里面大量存在，而且在小说中也日益成为创作的一个交叉领域。恐怖和幽默日益成功地混合在一起，如此，放松、明快、扩张就和压迫、沉重、幽闭的感受混合在了一起，从而造成一种既不同于恐怖也不同于幽默的混合的审美类型或艺术表达方式。他认为，在弗洛伊德和柏格森的理论中，通往喜剧性的大笑和神秘可怕的感受的途径是相同的，尽管"这两种精神状态——受到恐吓，或感到滑稽可笑——完全不同。在某种意义上，恐怖是压制；喜剧是解放。恐怖施加压力；喜剧释放压力。喜剧诗人兴高采烈；恐怖则刺激了消沉、偏执和恐惧"，但是我们依然可以发现大量资料可以证明两者有着某些密切的关系。他列举了大量的关于二者关系的案例，不过卡罗尔主要是从电影和其他艺术中虚构或虚拟"怪物"而把恐怖与幽默（滑稽）联系起来讨论的。

戏谑和幽默化解了怨恨和恐怖，祛除了孤独和屈辱，甚至使得饥饿等身体痛苦变得能够忍受。尤其是幽默，需要出其不意，别出心裁，而如此做最好的办法是回归真实。对此，美国幽默专家赫伯·特罗认为："我们破除虚假和伪装来达到真实的存在。从心理学的立场说，我们借着和他人相处来发现真实，实现自我。"①莫言的小说《牛》关于牛蛋的情节,《生死疲劳》关于人们争抢大雁,以及驴县长陈光第被斗争的场景,都典型地体现了这种真实性及其幽默品质。但是,仅有幽默、笑剧还不够,真正克服和超越恐怖、残酷,还需要反讽包括自我反讽,反讽能够使人的精神飞翔于自由的境界。正如歌德所言:反讽可以使人"凌驾于幸运或步行、善或恶以及生或死之上"②。《酒国》中的人物兼叙述者莫言、《生死疲劳》中的叙述者莫言就是如此,通过自我反讽而实现了对于苦难、恐怖、绝望境地的超越,而且获得了崇高的审美境界,同时也在一定程度上获得了精神的自由。所以,在某种意义上,反讽既是莫言小说的一种手法,也是一种创作法则。其实,这个困扰当下人们的问题,早在 20 世纪 80 年代就有人正面回应:"《红高粱》在屈辱中所高扬的进取,百折不挠,那被活剥了皮还将复仇之火苗高扬之魂,那与日本侵略者血战到底的牺牲精神,正是那种在民族灾难的重压下,不屈不挠的生命意识。"③不屈不挠的高扬的进取精神,不就是那种崇高的献身精神、战胜敌寇的英雄主义、置之死地而后生的民族血性吗?

莫言小说的笑(幽默)往往采取戏谑的方式,在贫穷困顿的日子里,甚至在黑暗无边的时代里,在令人绝望的空隙里,在惨不忍睹的恐怖现场前……去发现原本存有的哪怕一丝一毫的亮光、希望和生存的可能性,并从中汲取哪怕是一丁点生的快乐。它又和反讽结合,从而不同于当今职场小说中的机智的幽默,而是和生命息息相关的,是属于本体论/存在论的喜剧范畴。即使在世界范围内,在百余年诺贝尔文学奖的历史中,也极其罕见有莫言这种戏谑和幽默、笑剧和苦难、严肃和反讽等结合在一起的作家作品。莫言的喜剧、幽默和反讽结合的小说笔法与创作原则,与美国战后小说界的黑色幽默类似,他自己早就意识到,黑色幽默和现实主义内容"是生活的真实。在我的亲身经验中,荒诞的事情和现实的事情总是密不可分地纠缠在一起"④。也许正是这个原因,瑞典学院诺贝尔文学奖委员会主席瓦斯特伯格在授奖词中说莫言"是继拉伯雷和斯威夫特之后——在我们的时代,是继加西亚·马尔克斯之后——更加戏谑和震撼人心的作家……莫言为那些面对一切不公正的卑微的小人物们辩护着……曾经

---

① [美]赫伯·特罗:《幽默的力量》,李扬译,中国妇女出版社 1989 年版,第 28 页。
② 转引自[英]D.C. 米克:《论反讽》,周发祥译,昆仑出版社 1992 年版,第 53 页。
③ 任一鸣:《自尊乎? 缺自信乎?——驳"展览了愚昧落后"的说法》,《电影评介》1988 年第 8 期。
④ 莫言:《〈韩国每日经济报〉书面采访》,《碎语文学》,作家出版社 2012 年版,第 328 页。

有过如此史诗般的春潮席卷吞没过整个中国和世界吗？在莫言的作品中，世界文学所发出的声音淹没了其他大多数同时代人的声音"①。在此前那个充斥着虚伪、欺骗，充满了饥饿、恐惧的时代和空间里，莫言所大规模展开的文学搏斗和所创设的"高密东北乡"文学王国的确"震撼人心"，然而又是"戏谑的"。在那些粗鲁的世界里，一个荒谬的、匪夷所思的世界又的的确确存在过或存在着，同时，九儿、钱雄飞、孙丙等人物身上那种崇高的献身精神又的的确确地存在着，并激励着生息于这片精神荒芜土地上的人们不断地觉醒，从而奔赴自由解放的伟大征程。莫言以刻骨铭心的体验和多维的小说艺术，又以深刻的崇高精神、悖论思维和反讽美学，喜剧性和崇高性结合起来的生动叙述艺术，把这原本在文学、历史书中根本看不到的世界予以了至为深切和立体的艺术化表达。

---

① ［瑞典］瓦斯特伯格：《诺贝尔文学奖 2012 年颁奖典礼授奖词》，钟宜霖译，见叶开：《莫言的文学共和国》，北京大学出版社 2013 年版，第 293 页。

当代中国民族志小说中的热闹美学

——以莫言小说为例①

李　震②

【摘　要】莫言小说以当代中国农村生活为描述对象,学界对其受西方现代主义和中国民间故事传统的影响已有充分讨论。然而在另一方面,莫言小说客观上打造了对当代中国的民族生存进行文学再现与反思的情境。当代中国文学中有一类具有民族志意味的文学类别,传递出民族的文化历史与心理性格,莫言小说可以被视为这类文学的特殊代表。莫言小说在主题书写和话语运用等方面呈现出中国式的热闹审美趣味,讨论莫言小说中的热闹美学及其与狂欢化的区别,有益于从本土化的审美趣味这一角度定位莫言小说的民族性与世界性的关系问题。

一、作为当代中国民族志小说代表的莫言小说

20世纪90年代以来,当代中国文学中有一类小说值得注意,这类小说对某个地方或者某个民族、某个群体加以描写,并对地方、族群的自然物候、地理风情、人文脉络进行追本溯源的生动描绘,这是一种对地方性知识的书写。当然,小说中的"地方性知识"可能并不符合所谓事实的"真实性"或"客观性"尺度,却

---

①　[基金项目]国家社科基金一般项目"作为中国民间美学关键词的'热闹'研究"(17BZW065)阶段性成果。
②　李震,文学博士,浙江师范大学人文学院副教授,主要研究方向为美学、艺术人类学。

往往能表达出情境化的个人经验,并解释出经验背后更为深邃的文化意义。比如张承志的《心灵史》、韩少功的《马桥词典》、迟子建的《额尔古纳河右岸》、贾平凹的《高老庄》、阿来的《尘埃落定》等。这类小说是作者在熟悉民族或族群生活的基础上,深入地域和民族的社会历史深处,对在漫长传统中形成的生活样式还有文化精神做深度表达。作者往往以自身的文化体验来表达本土经验。这样的小说有助于认识一个族群的生活文化、历史图景、民族精神及文化变迁,体现出人类学对当代社会文化生活的参与观察与认知,具有汇聚文化记忆的民族志功能,所以文学界将它们称为"民族志小说"。

相应地,这类小说也引发了学界的注意、评论与分析。叶舒宪认为韩少功的《马桥词典》具有"人类学、民俗学家的田野调查作业笔记的性质"[①]。李裴则直接以"自述体民族志小说"的概念来定位贾平凹《高老庄》这部当代中国小说。[②] 张中复指出,张承志的《心灵史》将对历史民族志的书写和宗教认同寄寓在文学表达当中,从而使得整个文本呈现出极具内在张力的复杂性格。[③] 叶淑媛与程金城认为,中国新文学是在民族性与现代性的张力中发展的,新时期文学自觉地通过文学创作和研究,在人类性的高度上重新理解了民族文化传统,以具有民族独特性的文字来表达具有世界共通性的文化精髓。[④] 由此,叶淑媛将民族志小说视为新时期文学的一种新的文学潮流,将其作为新时期文学研究的一个新领域,文学批评的视角和范式也会因此出现相应的转变和革新。[⑤]

值得注意的是,学界在探讨民族志小说时,似乎很少将莫言的小说创作考虑在内。对于莫言小说,学界的主流意见集中于莫言小说的乡土性格、狂欢化叙事及其所体现的现代性精神等方面,却很少将其视为民族志书写的呈现,也就难以将其与民族志小说的潮流接上关系。然而,考察莫言的小说创作,并与其他民族志小说文本相比较,可以看到,莫言小说实际上在几个方面呈现出了民族志小说的性格与特征:

---

① 叶舒宪:《文学与人类学的相遇——后现代文化研究与〈马桥词典〉的认知价值》,《文艺研究》1997年第5期。

② 李裴:《自述体民族志小说——从〈高老庄〉看中国小说新浪潮》,《民族艺术》1999年第3期。

③ 张中复:《历史民族志、宗教认同与文学意境的汇通——张承志〈心灵史〉中关于"哲合忍耶门宦"历史论述的解析》,《青海民族研究》2011年第1期。

④ 叶淑媛、程金城:《新时期文学民族性建构之反思》,《陕西师范大学学报》(哲学社会科学版)2011年第5期。

⑤ 叶淑媛:《民族志小说:新时期小说研究的新视域》,《文艺争鸣》2013年第4期。

第一,莫言小说对当代中国的民族生存进行了文学化的再现与反思,客观上营造了一种对本民族历史的书写情境。在小说《白狗秋千架》中,莫言第一次提到了"高密东北乡"这个地域名词。高密东北乡是一个文学概念,指的是莫言的小说中许多人物成长与活动的主要地域,这并不是一个真实的地名,而是莫言以其故乡为原型,用文字构建起的一个充满近乎乌托邦式理想主义色彩的世界。此后,"高密东北乡"这个亦真亦幻的文学王国,成为现实中的山东高密的一个表征,莫言故乡中的人、事和传说,也都神奇地成为他小说的组成部分。虽然莫言书写的是高密东北乡这个地方坐标,而不是中国的具体某个地方,但莫言让这个存在于文本中的故乡,成为中国古今历史的浓缩与代表。《生死疲劳》围绕着"土地"这个沉重的话题,讲述了中国农村的土地政策变化和历史变迁,诠释了农民与土地的种种关系和对土地的复杂情感。《红高粱》塑造了戴凤莲这个传奇的狂放女性,通过她从出嫁到高粱地里中弹倒下的果敢坚毅的短暂一生,折射出 20 世纪二三十年代乡村社会生活形态。《丰乳肥臀》中,莫言借女性上官鲁氏的一生来呈现 20 世纪中叶的中国民间社会。可以看到,莫言小说固然集中在一个地方的人情与风物上,书写的却是中国近 100 多年的宏大故事。莫言在获得第八届茅盾文学奖后接受采访时说:"我觉得故乡不是封闭的,而是不断扩展的。故乡久远的历史源头是纵向的扩展;在空间上,作家也往往有着把异乡当作故乡的能力。乡土是无边的。我有野心把高密东北乡当作中国的缩影,我还希望通过我对故乡的描述,让人们联想到人类的生存和发展。"①莫言显然并不将自己的作品仅仅作为对一时一地的事件的故事性表达,而是像福克纳笔下的"约克纳帕塔法镇"、马尔克斯创造的"马孔多"一样,立足一个地点来加以透视,力求在一个相对长的时间变迁中,展现本民族的精神与中国人的心理性格。这也就使得莫言的小说成为族群精神史、历史民族志与文学叙事这几个维度相结合的作品。

第二,莫言小说里充满着大量的怪异故事、神话或者寓言传说,而这些都蕴含着本民族久远的集体无意识和原型想象,内含着一个族群的本土经验和文化记忆。莫言的短篇小说《马驹横穿沼泽》充满了异类通婚、羽化成仙、洪水再殖、

---

① 《莫言:高密东北乡是中国缩影》,网易新闻,2011 年 8 月 23 日,http://news.163.com/11/0823/02/7C414JQU00014AED.html。

兄妹乱伦等诸多原型想象,小说中的黑色男人讲述的小男孩和小马驹横穿沼泽的故事,就蕴含了远离文明的洪荒神话因子。从史前久远的迁徙中幸存的小母马和小男孩,因为创世生存繁衍需要结合,男孩答应了母马提出的结为夫妻之后绝不提马字的要求。小母马随后羽化成仙、跨越物种变为姑娘获得男孩的感情,从而生儿育女、开辟鸿蒙。然而在男孩因为后代乱伦,违背当初的承诺骂出"母马养的畜生"后,儿女死去,母马消失,男孩由大汉变成活死尸。这里书写的其实是创世神话中常见的生成与毁灭的轮回形态。

莫言曾经坦言,他创作《丰乳肥臀》,源于他所目睹的一个农村妇女给两个孩子喂奶的情形,尤其是这位母亲的脸在阳光照射下所呈现出来的庄重和神圣,加之莫言自己的母亲去世,促使他深入感受"母亲"一词的远古内涵。在词源和意义的类比关联上,"母亲"与"母马""妈妈""女性"还有"大地"都有内在的紧密联系,也就是说,母亲不仅是人类现实血缘上的母亲,也可以是指生物学层面乃至神话原型意义上的孕育者,因而母亲的特征也可以用来意指大地的存在。莫言在解释《丰乳肥臀》时就曾说过:"丰乳与肥臀是大地上乃至宇宙中最美丽、最神圣、最庄严当然也是最朴素的物质形态,她产生于大地,又象征着大地。"[①]这便是将孕育人类的母亲和滋养万物的大地联系了起来。因此,《丰乳肥臀》所呈现的便是包括人类母亲在内的一切孕育繁衍着的存在。

对于莫言本人来说,族群记忆不仅源于神话,也来自童年。他曾经回忆:"童年留给我的印象最深刻的事就是洪水和饥饿。那条河里每年夏、秋总是洪水滔滔,浪涛澎湃,水声喧哗,从河中升起。坐在我家炕头上,就能看到河中高过屋脊的洪水。"[②]儿童时期的深刻记忆、祖辈艰辛创业的传说伴随着国外现代主义文艺观念的作用,在莫言的创作中催生出一种在地化的史诗性质的叙述。在小说《秋水》中,莫言描绘的就是祖辈在洪荒年代与洪水和灾难做长期抗争的神话,小说所塑造的人物,"我爷爷"、黑衣人、白衣姑娘、紫衣女人的行为方式和处世态度都显现出史诗化和传奇化的倾向。然而,"我爷爷"英勇地在力比多力量的驱动下杀了人,在面对洪水滔天和妻子难产这些生存困境时产生了绝望心理,这些共同显现出国人内心深处的英雄情结和天命观念。

---

① 莫言:《〈丰乳肥臀〉解》,《当代作家评论》1996 年第 1 期。
② 莫言:《超越故乡》,《名作欣赏》2013 年第 1 期。

由此看来,莫言的小说在一定意义上成为对我们这个族群的本土经验的一种曲折含蓄的标识和展现。

第三,莫言小说深入了当代中国人的社会生活,书写了具有民间场景特征的故事,描摹了本土生活中诸多具有特殊意义的仪式化的行为,因而在具有文学性的同时,也兼有文化人类学的记录功能。一方面,莫言的创作深受山东高密的民间故事传说、口头文学和说唱戏曲的影响。他曾在访谈中表示,民间故事和蒲松龄对他产生的是根本性的影响。莫言的创作中总是混合了神神鬼鬼与浪漫英雄,他认为,在一种被反复叙说的传奇故事里,"只有那些有非凡意志和非凡体力的人才能进入民间口述历史并被不断地传诵,而且在流传的过程中被不断地加工提高"[①]。所以,莫言继承了蒲松龄志怪小说的文化脉络,并在尊重民间口头传承的基础上,将这些本土的文化资源加以文学性的改造。

在另一方面,莫言小说也是在用文学手法对本土生活进行某种意义上的人类学深描。《红蝗》描写高密东北乡发生了一场史无前例的蝗灾,由四老爷发起为蝗虫盖庙,塑起一个巨大的蝗神,全村人举行了祭蝗仪式,展示了民间社会中常有的人身联系。然而这场仪式由于是祭祀人类要消灭蝗虫,于是便反过来透露出这样的事实:原本是人高于虫的这组生物关系被颠倒为人向蝗虫顶礼膜拜、求取庇佑的关系,求神仪式原本的庄重肃穆在人虫颠倒的这种关系格局中被冲淡乃至彻底摧毁,演变为诙谐的喜剧和无意义。此外,《红高粱家族》中的迎亲仪式,《高粱殡》中的送葬仪式,这些都是对民间传统文化仪式的记录。而《丰乳肥臀》中的雪节、雪集,记录的则是对一个特定时期里人们所形成的新的仪式和行为。在莫言的小说《酒国》中,最美味的佳肴是烤两三岁童子的肉,男童成为很难享受到的食品,而女童因无人问津反而得以生存。这是一种非常夸张的描写,但通过这种笔法,却可以让人们回忆起中国历史上的吃人肉事件,同时也可以重新拾起国人有关重男轻女的感受和体验。莫言的有关中国的书写,极具人类学意义上的文化价值,莫言小说描绘的这些事件可以被视为人类学和文学批评的共同的对象。

综上所述,莫言的小说无论是在对中国历史的还原化书写,还是在对民族原型和神话精神的密集呈现,或是在对中国人生活中仪式化行为的记录与表现

---

① 莫言:《小说的气味》,春风文艺出版社 2003 年版,第 106—107 页。

等方面,都表现出对本土经验和民族历史的参与式的认知与体验,从这个意义上说,莫言的小说展现出民族志小说的特征与性格,理应被视为当代中国民族志小说的特殊代表。

二、莫言小说的审美趣味指向的是狂欢还是热闹

莫言小说中的审美趣味是学界颇为关注的话题。学界一般认为,莫言在欧美现代主义文学理念的影响下,在中国传统说故事的技巧基础上发展出了汪洋恣肆的写作风格,学界大多引用俄国文学理论家米哈伊尔·巴赫金的理论,将莫言小说创作的这种风格及其所体现出来的审美趣味称为"狂欢化"。然而从另一角度也可以看到,莫言的创作具有明显的本土特征,他的小说实实在在地深入中国人尤其是农民的生活和语境当中,成为世界观察中国的一个窗口,正如诺贝尔奖文学委员会主席帕·瓦斯特伯格的颁奖词所说的:"中国 20 世纪的疾苦从来都没有被如此直白地描写。"①如此看来,从狂欢的角度来解释莫言小说的审美趣味,既容易从欧美文学传统来解说莫言,也易于忽略莫言创作中的中国基础与本土风格。

综合莫言创作文本的种种表现来看,莫言小说的审美趣味似乎更倾向于中国人尤其是中国农民所热衷的热闹审美而不是西方化的狂欢审美。那么,热闹与狂欢的区别何在,何以说明莫言小说更靠近热闹? 这些问题可以从以下几方面来加以辨析。

首先,需要弄清"狂欢"与"热闹"的来源。"狂欢"及"狂欢理论"来源于在古代欧洲民间社会普遍盛行的节日——狂欢节,欧洲的狂欢节起源于古希腊的酒神节、古罗马的农神节,以祭祀酒神、庇佑农业丰收为主要内容,后来与基督教文化相结合,从而形成今天所见的狂欢节活动。基督教文化下的"狂欢节"与"复活节"密切相关,复活节之前有 40 天的斋期,斋期内禁止娱乐、肉食,以纪念复活节前三天受难的耶稣,同时促进人们反省和忏悔。由于斋期的生活沉闷、严肃而无趣,于是在斋期开始之前的三天里,人们一改平日理性、虔诚的生活方

---

① 《莫言荣获诺贝尔文学奖授奖词》,腾讯文化,2015 年 9 月 23 日,http://cul.qq.com/a/20150923/035975.htm。

式,举行宴会、舞会、游行和诙谐表演,纵情欢乐,这些活动被称为狂欢节。就像俄国文学理论家米哈伊尔·巴赫金曾经提到的,中世纪的欧洲人过着两种生活,一种是"常规的、十分严肃而紧蹙眉头的生活,服从于严格的等级秩序的生活,充满了恐惧、教条、崇敬、虔诚的生活";另一种是"狂欢广场式的自由自在的生活,充满了两重性的笑,充满了对一切神圣物的亵渎和歪曲,充满了不敬和猥亵,充满了同一切人一切事的随意不拘的交往"。① 因此,"狂欢"的本义是指在某一特定节庆日,人们可以暂时摆脱日常等级和观念约束而纵情享乐,或是平等亲近地交往。

巴赫金以中世纪欧洲的狂欢节为依据,描述了狂欢式的广场生活、笑与诙谐、亵渎与歪曲、小丑与骗子等主题和形象,并从中提出了"狂欢式"的说法,意指一切与狂欢节式的庆祝、仪礼和游艺相类似的活动形式总和,与人类学、民俗学所关注的"庆典"的意义非常接近。也就是说,狂欢从一种节日时空中的特许转而成为人类生活中的一种生存方式和文化行为。狂欢意味着对边缘性世界的感受与外化,对日常生活规则与等级秩序的反叛,以及对消解权威和肉身化世界的追求,这是巴赫金笔下的狂欢所具有的实质性内涵。他进而将狂欢节式的狂欢形容为一套具有象征意义的感性语言,不同于文字语言,这套象征语言更近于文学性语言,当狂欢式转化为文学的语言,就成为"狂欢化"。巴赫金将狂欢联系到了文学语言的艺术感性特质上,构建起独特的狂欢诗学理论。

巴赫金对狂欢的思考,一方面立足文学作品语言的狂欢形态,力图解读文学的艺术感性的意义,另一方面从人类的狂欢活动着眼,将狂欢形态还原为生活形态,寻找狂欢的人类学价值。巴赫金借"狂欢"沟通了艺术与生活之间的壁垒,进而描述了文艺的民间根源,为理解人类文学艺术的构成与传统提供了可能。正因为巴赫金的狂欢理论兼顾了形象性的艺术语言和实在性的生活形态,在虚构与现实两种层面上都显示出自身的解释力,因而许多学者以此为工具,解读和分析莫言小说创作中的狂欢化问题。

狂欢一般被视为西方文化传统的表现,中国文化传统中是否存在狂欢形态,是一个颇有迷惑性的问题,因为中国文化特别是民间文化形态中,存在着一

---

① [俄]巴赫金:《陀思妥耶夫斯基诗学问题》,白春仁、顾亚玲译,生活·读书·新知三联书店1988年版,第184页。

个与狂欢接近但又不尽相同的形态——"热闹"。汉语中的"热闹"一般被解释为"景象繁盛、气氛活跃",以及"人群聚集、喧闹嘈杂"。在中国民间社会,"闹"的一个意思就是指"杂乱而热烈""多样而喜庆",热闹的精神实质其实就是这种杂而多端、好而多样,它代表着一种包容性和接纳性,意味着对多种来源的物质与精神气质的汇聚、容纳,还有和平共处,这是热闹的精神特质。所以,热闹是中国本土的民间文化中的审美形态和趣味,与欧洲基督教文明中孕育出的狂欢有着根本的不同。

诺贝尔文学奖的授奖词里说莫言"撕下了程式化的宣传海报,让个人在芸芸众生中凸显而出",说莫言"是继拉伯雷和斯威夫特之后,也是继我们这个时代的加西亚·马尔克斯之后比很多人都更为滑稽和震撼人心的作家"。[①] 粗看起来,莫言小说无论是语言风格还是主题呈现都带有狂欢化的审美倾向,然而,莫言小说中的主题书写相当多样,而且这些主题相互交错,共同构成了莫言小说中的中国世界,这个中国世界是由杂而多端的主题共同完成的,这体现出非常明显的包容性和共生性。因而莫言小说里的趣味更靠近中国民间的热闹。

其次,狂欢与热闹二者的内在精神不同。狂欢,参照巴赫金的说法,是对有秩序的生活的一种突破,精神上的一种反叛;而热闹则是中国民间的一种精神需求,它更多的是一种情感交流手段和情感的宣泄途径。

很多评论认为,莫言在文本中颠覆了传统写作规范和审美原则,反叛了封建伦理道德秩序,抵抗了工业文明,等等,因此在话语和人物塑造上都体现了狂欢精神。然而也可以看到,莫言小说自觉地运用了传统说书人的叙述语调,吸收了众多民间艺术样式。这样的叙述效果很明显是宣泄了中国人在历史变迁和文化传统的压力下所积蓄起来的情感,并且让这种情感在文本话语中得到了再生。

再次,狂欢与热闹二者有着不同质的包容性和多元性。狂欢的内容具有某种多元性,但是其目的是超越对立面,实质上仍然是一种西方式的二元对立思维;热闹无论从外在还是内在,都具有丰富的多样性和包容性,其精神内核是一元包容多元、一元孕育多元的精神。

---

① 《莫言荣获诺贝尔文学奖授奖词》,腾讯文化,2015 年 9 月 23 日,http://cul.qq.com/a/20150923/035975.htm。

用狂欢来解读莫言小说,容易让我们陷入这样一个认知模式,那就是莫言小说在超越某个对立面,超越政治、超越光明、超越人间不公,这其实就是一种二元对立思维。而莫言小说总体上可以看成是一个完整的故事神话寓言,构建了当代中国人的精神形态,其中囊括了多样化的思想和价值观,可以从多方面加以解读,小说本身并没有限定解读的方向。这就是一元孕育多元的精神。

从上述讨论来看,莫言小说在主题书写和话语运用等方面呈现出的更多是中国式的热闹审美趣味。讨论莫言小说中的热闹美学及其与狂欢化的区别,有益于从本土化的审美趣味这一角度来定位莫言小说的民族性与世界性的关系问题。

三、人类学视角下的莫言文学批评

20 世纪的现代文学批评已经摆脱了从机械的作者与作品、虚构与现实之间的界限出发来评析文本的做法,转而从深层无意识心理、文化结构、意识形态和性别身份等方面来展开对文本及其文学性的解读。在此之中,对文学文本的人类学批评一直是一个不为多数人所注意的文学批评潮流。从格罗塞、希尔恩对史前文学艺术的研究,到文化人类学家维克多·特纳、文学批评家诺思罗普·弗莱分别通过仪式理论和原型批评对康拉德、麦尔维尔等作家的前现代主义作品中的神话元素的分析与展示,对文学的人类学批评在文学批评领域正方兴未艾,这种批评方法将现代文学中所蕴含的人类久已持存的历史化的意识和本源性的想象揭示出来,从而深化了人们对有关文学的人类性基础的认识。在这样的背景下,提出人类学视角下的莫言文学批评,就不会是别出心裁,反而可以被视为是对莫言文学研究领域的一种有益的拓展与探索。在此过程中,值得注意的是以下两个方面:

一方面,莫言荣获诺贝尔奖这一事实,使得莫言小说在世界文学当中成为一种地方性知识。通过这种地方性知识,世界得以了解和认识中国。这就使得莫言小说具备了在全球化中代表中国文化的资格,这是它能够被人类学解读的先决条件。

另一方面,著名人类学家克利福德·格尔兹指出,在人类学者对异文化的参与观察中,当地人通过象征性行动传达出该文化的意义,而人类学者通过对这些象征性行动的详尽细致的描写做另一层次的阐释,就是所谓的"深度描绘"。① 莫言小说充满了很多有强烈象征意义的形象,除了前面提到的种种,还有英雄、情人、施暴者、强盗,以及坚强、不屈不挠的母亲,形成了一个整体性的有生存规则的农民世界,对这样一个世界的阐释,人类学的深描无疑是可以考虑加以运用的重要方式。

---

① ［美］克利福德·格尔兹:《文化的解释》,纳日碧力戈译,上海人民出版社1999年版,第一章"深描:迈向文化的阐释理论"。

文本的想象与历史的可能

——以莫言为例①

刘广远　崔开远　张淑坤②

【摘　要】文学与历史有相似性,然而更多的是不似性。文本具有想象性,如莫言的小说;历史同样具有考证性,如莫言小说中的历史性。不过,历史与文学的纠缠,在于民间野史与史书正史之间的边界变得模糊,需要条分缕析地辨析。这是文学与历史的魅力,正如莫言小说文本的想象与历史可能。

文学与历史的关系错综复杂。通常的理解是,文学叙事自然体现着作家想象的自由和可能的虚构,而历史恰恰应该相反,它以缜密的逻辑和严肃的记载作为推理方法和叙述形式。其实不然,文学家对历史和文学的相互关系持暧昧的态度,历史与文学也从细节到整体以碎片式、线条式、枝干式的纠结方式提供多层次、多侧面的佐证。亚里士多德在《诗论》中指出:"历史家与诗人的差别不在于一用散文,一用'韵文'……两者的差别在于一叙述已发生的事,一描述可能发生的事。因此,写诗这种活动比写历史更富于哲学意味,更被严肃地对待:因为诗所描述的事带有普遍性,历史则叙述个别的事。"③"文本的历史性"和"历史的文本性"之间的关系错综,具有社会学和哲学意义。

---

①　[基金项目]国家社会科学基金重大项目"世界性与本土性交汇:莫言文学道路与中国文学变革研究"(13&ZD22);辽宁省社会科学基金项目"抗战文学与长征诗词歌"(L18BZW004)阶段性成果。
②　刘广远,博士,渤海大学文学院教授、硕士生导师,文学院副院长。崔开远,渤海大学 2017 级研究生。张淑坤,渤海大学 2018 级研究生。
③　[古希腊]亚里士多德:《诗学》,罗念生译,人民出版社 2000 年版,第 28—29 页。

一、文学与历史的异质同构

法国哲学家、现象学解释学创始人保罗·利科认为："这种不完全的客观性的一个新特征取决于人们称之为'历史距离'的现象；理性地理解就是试图认识和辨别（康德把在概念中的认知综合叫作知识综合）。"①"历史距离"是一个很恰切的提法——后来记载的历史与本真的历史是有距离的，谁能把未经历的历史逼真地描摹呢？即便是亲历者还会从不同的侧面和角度选取有利于自身利益或者符合当时价值观的事实进行陈述和记录，更何谈后来者呢？显然，文学与历史更是相去甚远。其实，历史本真已经避免不了遭到怀疑，文学本真又是虚构的，文学话语能够历史重现，是主体的想象或者猜测。然而，正因如此，历史与文学，二者的虚假或者真实已经成为无法穷究的真相。正如德里达对历史的诘问："一旦提出历史的历史性问题——如果有人在处理一种多元化的或者异质的历史概念，那么他如何才能避开它——人们被迫用一种本质的定义和实质的定义来回答，并且重建一个本质属性的系统……我们不仅要问什么是历史的'本质'、历史的历史性，还要问什么是广义上的'本质'的'历史'？"②这就把历史放置到被拷问的位置，使历史本身呈现出不确定性和多样性。

我们不具体探讨历史的界定，寻找传统的理解和大众认同。克罗齐的观点广为人知，一切历史都是当代史，历史是活的历史，编年史是死的历史，"只有在我们自己的胸中才能找到那种熔炉，使确凿的东西变为真实的东西，使语文学与哲学携手去产生历史"③。循着克罗齐的主张，新历史主义学家海登·怀特认为："现代历史编纂学得以确立的那种信念始终认为：历史再现存在三种基本类型，即年代记（doxa）、编年史（the chronicle）和严格意义的历史（the story）。"④但是海登·怀特还是充满着对历史的质疑和诘问。

那么，在那些以混乱的"历史记载"形式涌到我们眼前的事件之中或背后，

---

① ［法］保罗·利科：《历史与真理》，姜志辉译，上海译文出版社 2004 年版，第 9—10 页。
② ［法］德里达：《多重立场》，余碧平译，三联书店 2004 年版，第 66 页。
③ ［意］克罗齐：《历史学的理论与实际》，商务印书馆 1982 年版，第 14 页。转引自张首映：《西方二十世纪文论史》，北京大学出版社 1999 年版，第 522 页。
④ ［美］海登·怀特：《形式的内容：叙事话语与历史再现》，董立河译，文津出版社 2005 年版，第 6 页。

寻找"确实的故事"(true story)或发现"真实的故事"(real story)将牵涉些什么
东西呢？当实在的事件显示出故事形式上的一致性时,它们都得到了适当的再
现,这是一种幻想。这种幻想再现出于怎样的心愿呢？它又满足了何种欲求
呢？在这种心愿与欲求之谜中,我们瞥见了一般叙事化话语的文化功能,一种
心理冲动的暗示,它隐匿于叙述及赋予事件一种叙事性的普遍需要的背后。①

　　海登·怀特的表述很明显有对历史记载的不信任和对历史记载丰富性的
怀疑。历史再现的三种类型中,年代记和编年史的简单和平实使人感到枯燥、
乏味,也应该没有叙事的空间和位置,那么,严格意义上的历史是否能够容纳丰
富的、全面的、整体的史实表述和事件陈述呢？答案是否定的。海登·怀特认
为:"为了使一种对于事件,甚至过去的事件,或者过去的实在事件的陈述算得
上是一种严格意义上的历史,即使这种叙述展现出叙事性的所有特征也还不
够。……人们普遍认为,无论一位历史学家在叙述事件时如何客观、评价证据
时如何审慎、记载确定事件的日期时如何谨慎,只要他不能给历史实在一种故
事的形式,其陈述就仍不能成为严格意义上的历史。克罗齐说过,不存在叙事
的地方就没有历史。"②历史需要叙述和故事,这一点海登·怀特引用克罗齐的
观点表达得非常清楚。叙事性在历史陈述中占有重要的地位,它使历史立体而
鲜活、丰富而圆润。所以,新历史小说中的叙事试图为真正的历史添枝加叶,换
一句话说,至少证明小说中可能存在补充历史的细节和罅隙,虽然这可能是作
家虚构的或者想象的。安克施密特进一步论述道,美是依靠转义便可以理智地
加以把握的东西,是自愿屈从于转义把握的企图的东西;在把握面前,崇高则逃
避甚至放弃竭尽全力的努力。怀特本人用驯化(domestication)这个词取代把
握,从而形成美和崇高在以下几个方面的对比:历史事实是"处在(根据美)严格
驯化了的范围内,它们消除了席勒在 1801 年的论文中归于崇高所展示的所有
方面的内容"③。那么,这就是按照怀特的话说在历史编纂规范化过程中本质上
存亡攸关的方面:通过剥去过去的所有可能不适合转义学解释模式的东西,努

　　① 〔美〕海登·怀特:《形式的内容:叙事话语与历史再现》,董立河译,文津出版社 2005 年版,第 6 页。
　　② 〔美〕海登·怀特:《形式的内容:叙事话语与历史再现》,董立河译,文津出版社 2005 年版,第 7—9 页。
　　③ 〔美〕海登·怀特:《形式的内容:叙事话语与历史再现》,董立河译,文津出版社 2005 年版,第 72 页。

力驯服、驯化或把握历史。[①]"驯化"这个词语用在这里非常恰切,每一个历史学家显然是把掌握的历史史实、历史时间、历史事件呈现给现实和未来,那么用驯化,意味着这些历史编纂者需要掌控所编纂的一切要件,这并不够,他们还需要对这些要件进行梳理、整合、调整,力图把混乱、芜杂、琐碎的历史碎片"驯化"成公众认可、时间检验之后的实在历史。然而,这些"驯化"的历史全面展现崇高和美了吗? 展现历史发展中的血腥和残暴了吗? 展现偏于一隅的偶发事件了吗? 我们是怀疑的。实事求是去理解,所有这些怀疑和追索不可能穷尽历史的全貌影像、发展的完整图景,更何况作家主体对历史的想象。文学文本只是凭借只言片语、借助想象和虚拟,对历史进行还原和贴图,尽管我们对文学同样抱有警惕和苛责眼光,但毕竟文学并不想取代历史。

二、中国当代文学与历史的钩沉互补

中国文学自 20 世纪 80 年代中期以来,诸多文学史对"历史的文本性"和"文本的历史性"的问题做出诠释,文学史也对"新历史主义"提法、"新历史小说"的出现给予一定回应,但较多还是语焉不详,也比较简单,并不是文学史的重点推介范畴。但大多的文本选择是大致相同或者大抵相近。如格非的《迷舟》《敌人》,莫言的《红高粱》,周梅森的《军歌》《国殇》等描写各类人在战争中的生存状况;陈忠实的《白鹿原》,刘震云的《故乡天下黄花》《故乡相处流传》《故乡面和花朵》,张炜的《家族》,王安忆的《纪实与虚构》,莫言的《丰乳肥臀》,余华的《许三观卖血记》等以家族史的方式对历史进行新的解释;苏童的《妻妾成群》《红粉》,池莉的《你是一条河》等探讨旧时代女性的多舛命运;余华的《鲜血梅花》对人生存价值与目的进行探讨;也有苏童的《新天仙配》、池莉的《以当代为背景的历史掌故》等直接针对历史、解构历史的作品。

(一)历史在文学中的影像

历史教科书斩钉截铁地告诉我们,中国的近现代史是芜杂混乱、战乱不断的历史。中国 20 世纪的历史事件,我们是耳熟能详的。很显然,莫言小说与历

---

① ［荷］F. R. 安克施密特:《历史与转义:隐喻的兴衰》,韩震译,文津出版社 2005 年版,第 19 页。

史事件是有关系的,但是,详细剖析,小说中的历史事件与历史教科书的叙述却是似有若无的关联。从《红高粱》开始,沿着《天堂蒜薹之歌》《丰乳肥臀》《檀香刑》《四十一炮》到《生死疲劳》,可以说,中国近代史在莫言的小说叙述中完成其发展进程。1900 年,八国联军进北京,刽子手赵甲按照袁世凯的要求对自己的亲家、所谓"暴民"孙丙执行最残酷的刑罚"檀香刑",杀鸡儆猴,威吓黎民,以儆效尤(《檀香刑》)。1939 年(古历)8 月,"我爷爷"、土匪余占鳌率领众乡亲伏击日本鬼子,杀敌数十,乡亲们也损失惨重,大多数青壮年土匪战死,只剩下余占鳌和几个老弱病残者(《红高粱》)。大头婴儿蓝千岁出生,蓝千岁开始"生死疲劳"地奔袭,从一个地主西门闹依次转世成为驴、牛、猪、狗、猴,最后转世成为一个怪胎、奇特的大脑袋孩子蓝千岁(《生死疲劳》)。十岁的"肉孩"罗小通智商超群、鬼怪精灵,善于吃肉、善于演讲,精于诡辩、精于管理,此时,社会上流行下海经商、发家致富,兰大官开始开办肉联厂,罗小通作为公司肉联厂的车间主任、厂长,成为一个被想象的"炮"孩子;20 岁的罗小通木讷呆痴,跳出三界,与大和尚为伴,在五通神庙窥测骄奢淫逸、众生堕落的社会(《四十一炮》)。21 世纪以后,莫言的许多中短篇简明扼要地叙述着这短暂的历史,如《欢乐》描述高考的疯狂;如《师傅越来越幽默》,刻画世事的艰辛;如《红树林》(不是代表性的小说),描写社会的沉沦。而饱受争议的《丰乳肥臀》,在时间上,从 1900 年开始写,一直延续到 1990 年前后,时间的跨度非常长。故事叙述集中在 1937 年之后,上官家族的上官鲁氏和她的儿女的血泪史。这样的叙述,勾勒出莫言对历史的个性化理解。在体制中挑战历史,这种理解付出了历史的代价。

(二)文学对历史的民间化、个性化理解

事实上,文学对历史构成和文化沉淀起到重要的作用,而对历史的民间化、草根化、个性化理解是应该被接受的。有学者认为:"它们(莫言小说)对 20 世纪中国血色历史的描写,都采用了鲜明的个人化、民间化和边缘化经验的方式,讲述了被通常的历史叙事与历史结构所忽略、删节、遮蔽和扭曲的那些部分。从叙述的本体到叙述的方法,它们可以说都打上了新鲜的思想印痕,可以看作是对'历史本原'的一种复归和找寻的努力,对国家化和政治化历史叙述的超越的尝试。它们表明,新历史主义文学思潮作为一种有浓厚的人文与启蒙主义思想的文学思想运动,还远未结束。更何况,每一个时代实际上都是处在对历史

的不断'重写'和解释的过程中。"①莫言小说和正襟危坐的历史是有距离的,其文学的历史化想象对某些历史的进程有所怀疑和否定。格非从一个写作者的角度对写作的本身加以辩护,他说:"我觉得如果你有政治企图那么就去组织政党,这是最有效的改变社会的方式。这不是小说的义务。我觉得作家首要守护的恰恰是记忆本身。小说会还原一种个人性的体悟。这一过程包含着强烈的政治意味。当然,作家也有反抗政治压迫的任务,但必须把这样的任务放在小说系统中来对待。作家当然对文化承担了很重要的使命,也就是保存记忆的使命。就是让你知道你的经历是怎么样的,我的看法是怎么样的。让后来的人知道,我对这个世界的看法。这种看法既是指向现实又是指向未来,让我们的文化层层不断地承袭下去。文化的保留不是供我们学习它的皮毛,而是保留对生命对文化的理解。每个作家都在处理当下的经验和材料,并形成了不同的艺术,不同的历史,让后来的人看得到。"②文学与历史是分离的,文学重要的是传承文化保存记忆。文学对历史的颠覆和个性的构想对历史来说是幸运的,历史并不是单一的、线性的,对历史多元的、丰富的阐释和解读,会产生更强大的文化力量和丰盈的思想资源。

三、文学与历史的对立统一规律

历史是丰富的,记载简单而严肃;文学是自由的,充满活力和变化。历史教科书必须按部就班、循规蹈矩,其本身沉重的枷锁,制约着个体的想象和超越,而文学则是想象与虚构的自由世界。文学与历史的相互纠结也变得不可避免。文学的合法性的存在是对历史的有效补充和合理的局部扩张。"文本将不确定性和转瞬即逝的飘逝存在加以形式化,将存在的意义转化为可领悟的话语符号的话,那么,历史诗学则还原存在的历史性,敞开存在的意义,在介入与世界的本体论对话中恢复现代人业已萎缩的历史意识。"③尽管文学不是历史,但其敞开的态度和宽容的意识,对历史来说是有意义的影像符号。

---

① 张清华:《莫言与新历史主义文学思潮——以〈红高粱家族〉〈丰乳肥臀〉〈檀香刑〉为例》,《海南师范学院学报》2005 年第 2 期。
② 格非、于若冰:《关于〈人面桃花〉的访谈》,《作家杂志》2005 年第 8 期。
③ 朱立元:《当代西方文艺理论》,华东师范大学出版社 1997 年版,第 396 页。

(一)文学中的历史真实

作家小说有着个性的思索和文化的选择。历史的可能和历史的想象都可以在小说中寻找到蛛丝马迹。莫言小说的许多细节使我们重新思考历史与文学的关系。

莫言的《红高粱》中很多细节就可能是历史真实。比如《红高粱》中,土匪余占鳌袭击鬼子的故事。莫言老乡张世家曾绘声绘色地给莫言讲起了公婆庙大屠杀的事。张世家就是公婆庙村的人,他的一个亲属好像也在那次屠杀中受了伤。1938 年 3 月中旬,游击队在孙家口村大桥埋上了连环铁耙,伏击了日本鬼子的汽车队,经过浴血奋战,打死了日本鬼子 40 多人,其中还包括一个中将中冈弥高。几天后,日本鬼子大队人马前来报复,但被指错了方向,没包围孙家口,却包围了公婆庙,屠杀了手无寸铁的老百姓 100 余人,整个村庄被夷为平地。① 莫言哥哥管谟贤说,小说《红高粱》写爷爷和父亲去伏击日本鬼子的事是有其故事原型的。这就是发生在 1938 年 3 月 15 日的孙家口伏击战。据县志的记载,当时胶(州)沙(河)公路上常有日本汽车过往孙家口。3 月 15 日晨,国民党游击队曹克明部 400 余人,在冷关荣部、姜黎川部配合下,埋伏在村内村外,截击日军。上午 10 时许,满载日军的 5 辆军车由村北向南疾驶。尖兵车上载重机枪一挺,驶至村南拐弯处,轮胎被预先埋在路上的耙齿扎穿,动弹不得。曹部伏兵立即投弹炸死车内日军。后驶进村内窄路上的日军汽车,前进不能,后退不得。村内伏兵四起,围击日寇,并以高粱秸引火烧汽车,车上日军无一逃脱。村外汽车上的日军企图负隅顽抗,亦遭围歼,仅一名逃跑。此战歼灭日军 39 名,内有日军中冈弥高,缴获汽车一辆(其余被烧毁),轻重机枪各一挺,"七九"式步枪 30 余支,子弹数万发,军刀 3 把(其中将军刀 1 把),文件 1 宗,游击队伤亡 30 余人。后驻胶县日军至孙家口邻村公婆庙(现名东风村)报复,杀害群众 136 人,烧民房 800 余间,造"公婆庙惨案"。② 在《红高粱》中,战争变成了余占鳌率领众人伏击了鬼子,国民党和八路军只是辅助性地打了鬼子的冷枪。还有在红高粱地里颠轿的故事,类似于闹洞房的场景,莫言就曾从村里的老轿夫嘴里听说过,轿夫在路上折腾新娘子的事情确实有过。"抬轿子折腾新娘子,这

---

① 莫言:《红高粱与张世家》,高密莫言研究会编:《莫言研究》2006 年第 1 期,第 14 页。
② 管谟贤:《莫言小说中的人和事》,高密莫言研究会编:《莫言研究》2006 年第 1 期,第 60 页。

种事确实是有的。如果女方或者是男方家里比较吝啬，把轿夫打发得不高兴，给的赏钱不够，轿夫们可能就不高兴了，就这样颠来颠去，把新娘子颠吐了。"但电影中那场载歌载舞的颠轿戏，却是张艺谋在民俗基础上的创造。莫言介绍："这个情节在我小说中也是浓墨重彩，张艺谋又夸张了。"①

　　莫言在《生死疲劳》里面描写一个单干户蓝脸，令人侧目。在莫言哥哥管谟贤的叙述中，我们也找到了生活中的真实人物。管谟贤说，莫言的长篇新作《生死疲劳》中写了一个至死都不肯加入农业社的单干户蓝脸。在现实生活中，我们的家乡河崖公社，确有两户不肯加入公社的单干户。一户在陈家屋子村，一户在窝铺村。这两家的成分并不高，不是贫农，也是下中农。他们不但坚决不肯加入初级社和高级社，直到人民公社了，他们还在单干，其倔强的劲头实在罕见。其中陈家屋子那一户，在动员加入初级社时，竟铤而走险地不断上访。据说官司打到省里，省里给了他一个书面答复，认定他不入社不犯法。他把省里的答复镶在镜框里，挂在墙上。从此他有了"尚方宝剑"，放心大胆地单干起来。单干，对他们来说可能粮食打得多一些，但承受着压力。记得每当看到窝铺的那个单干户赶着牲口，扛着农具，从胶河河堤上向我们村子东面走去干活时，连我们小孩子都像看出土文物一样看他们。公社化后，我们的户口一律转回农村，有一段时间，每个学生的口粮都由所在公社往学校里统一调拨，这个学生当然无从调拨，只好自己每周两次回家背干粮，在这种情况下，这个学生不久就退学了。②

　　正如同美国纽约城市大学教授莫里斯·迪克斯坦所说："当一个研究对象真正引起我们重视时，每个细节都是珍贵的，每一点证据都是值得考虑的。我们希望知道生活如何滋养了艺术，不仅是艺术如何自我滋养。我们需要知道尽可能多的信息和洞见，不仅仅是出于对趣闻的好奇或是发生出人意料的转折的古怪离奇令人着迷的类比。"③在《生死疲劳》里，我们看到的新中国成立后唯一的单干户蓝脸与现实中单干户是相似的，面对着劝他入社的人：

　　"爹（蓝脸）说，我不入，我要单干的权利。什么时候毛主席下令不许单干时

① 韩平：《高密："红高粱"的酒香醇厚》，高密莫言研究会编：《莫言研究》2007年第3期，第173页。
② 管谟贤：《莫言小说中的人和事》，高密莫言研究会编：《莫言研究》2006年第1期，第58页。
③ ［美］莫里斯·迪克斯坦：《途中的镜子：文学与现实世界》，刘玉宇译，上海三联书店2008年版，305页。

我就入,毛主席没下令,我就不入。农村工作部长被爹的执拗打动,在县长那封信上批了几行字:尽管我们希望全体农民都加入人民公社,走集体化道路,但个别农民坚持不入,也属正当权利,基层组织不得用强迫命令,更不能用非法手段逼他入社。这封信简直就是圣旨,被父亲装在玻璃镜框里,悬挂在墙上。"①

历史选取宏大而典型的事件构成自在的发展,而文学则攫取细密而民间的细节进行想象。琐碎的细节构成整体历史,但是细节是否就是历史的真实,甄别实在很难。我们对这样信息和证据进行观察,发现了文本的想象与历史的可能。

(二)文学中的历史虚构

历史的真实也许不是这样,也许就是这样,莫言小说丰富了历史的视野和扩大了文化的版图。莫言的小说持这样的姿态。《檀香刑》中叙述太后裹挟皇帝逃到太原。袁世凯手握重兵不去直面八国联军,却镇压起义的百姓;起义者以无畏的勇气在朝廷杀鸡儆猴的酷刑面前高歌地方戏"猫腔",以唤醒民众。如果故事仅仅这样叙述,很可能落入尘俗的窠臼,然而作者更关注的是刑罚的本身——檀香刑。作者把檀香刑的行刑过程描绘得血淋淋的生动、令人心颤的震惊,于是,读者的关注点不可避免地投射到刑罚上来。统治阶级通过刑罚(檀香刑)来体现执行力和威慑力,用血腥和恐怖来吓阻起义的民众,期望百姓顺从而驯良——尽管政府腐败无能,堕落不堪,摇摇欲坠。保罗·利科在《历史与真理》一书中指出:"在历史文献的痕迹中理解过去,确切地说是一种观察,因为观察并不意味着记录一个原始事实。"我们可以充分地理解历史的"痕迹",刑罚就是历史重要的印痕。尽管刑罚不是历史进程的重要描述对象,但是国家历史的发展却被刑罚的记忆从另一个角度进行触目惊心的诠释。福柯对刑罚的研究细致而深入,在《规训与惩罚》中,福柯认为:

惩罚将愈益成为刑事程序中最隐蔽的部分。这样便产生了几个后果:它脱离了人们日常感受的领域,进入抽象意识的领域;它的效力被视为源于它的必然性,而不是源于可见的强烈程度;受惩罚的确定性,而不是公开惩罚的可怕场

---

① 莫言:《生死疲劳》,作家出版社 2006 年版,第 103 页。

面,应该能够阻止犯罪;惩罚的示范力学改变了惩罚机制。①

事实上,在《规训与惩罚》的论"酷刑"开篇"犯人的肉体"中,福柯对"达米安事件"进行了不厌其详的描绘。1757 年 3 月 2 日,达米安因谋刺国王而被判处"在巴黎教堂大门前公开认罪",受酷刑而死。福柯在此后,详细列出了 80 年后列昂·福歇制定的"巴黎少年犯监管所"规章,一次公开的处决和一份作息时间表,各自代表了一种惩罚方式,其间相隔不到一个世纪。福柯关注的问题是:"作为一种公共景观的酷刑消失了。今天我们可能对此不以为然。但在当时,或许这曾引发了无数慷慨激昂的华丽文字,或许这曾被人兴奋地大肆渲染为'人性的胜利'的进程,从而无须更深入地分析。……在几十年间,对肉体的酷刑和肢解、在面部和臀部打上象征性烙印、示众和暴尸等现象消失了,将肉体作为刑罚主要对象的现象消失了。"②福柯论述道:"如果说最严厉的刑罚不再施加于肉体,那么它施加到什么上了呢? 理论家们在 1760 年前后开创了一个迄今尚未结束的时代。他们的回答简单明了。答案似乎就包含在问题之中:既然对象不再是肉体,那就必然是灵魂。曾经降临在肉体的死亡应该被代之以深入灵魂、思想、意志和欲求的惩罚。马布利明确彻底地总结了这个原则:'如果由我来施加惩罚的话,惩罚应该打击灵魂而非肉体。'"③

福柯对刑罚的细致描述也是令人心悸的,同时,许多罗列和演绎刑罚的书籍成为经典,而莫言的《檀香刑》作为想象的文学文本,细致叙述檀香刑的过程而受到了指责和非议。其实,真实的刑罚也许比文学的刻画更逼真和更恐怖,而刑罚作为描述对象,其目的并不在刑罚本身,类似法国思想家马布利(Mably)"打击灵魂而非肉体"这样的判断更令人警醒,这应该是著作者探究和思索的更深意蕴。

道德审判悬置是文学存在的基本要件,文学不是现实,所以,文学的描述只是提供景观和影像。恩格斯在批判费尔巴哈道德观的贫乏与肤浅时,曾引用黑格尔的话:"有人以为,当他说出'人本性是善的'这句话时,是说出了一种很伟

---

① 　[法]米歇尔·福柯:《规训与惩罚——监狱的诞生》,刘北成、杨远婴译,生活·读书·新知三联书店 1999 年版,第 10 页。

② 　[法]米歇尔·福柯:《规训与惩罚——监狱的诞生》,刘北成、杨远婴译,生活·读书·新知三联书店 1999 年版,第 8 页。

③ 　[法]米歇尔·福柯:《规训与惩罚——监狱的诞生》,刘北成、杨远婴译,生活·读书·新知三联书店 1999 年版,第 17 页。

大的思想；但是他忘记了，当人们说'人本性是恶的'这句话时，是说出了一种更伟大得多的思想。"接着，恩格斯指出："在黑格尔那里，恶是历史发展的动力的表现形式。这里有双重意思，一方面，每一种新的进步都必然表现为对某一神圣事物的亵渎，表现为对陈旧的、日渐衰亡的但为习惯所崇奉的秩序的叛逆，另一方面，自从阶级对立产生以来，正是人的恶劣的情欲——贪欲和权势欲成了历史发展的杠杆，关于这方面，例如封建制度的和资产阶级的历史就是一个独一无二的持续不断的证明。但是，费尔巴哈就没有想到要研究道德上的恶所起的历史作用。"①恶是什么？血腥、残暴、恐怖、丑陋等等都可以是恶的构成因素，在某种程度上，也推动着社会的前进。莫言及其他作家笔下的血腥、暴力、污秽、丑陋在某种程度上都是可以宽容和理解的，恶的痕迹和细节完善或者颠覆了历史，然而历史被遮蔽的、藏匿的疮疤在文学的想象中变得那么刺眼和"真实"。正如《檀香刑》中刽子手赵甲自吹自擂时说："这行当，代表着朝廷的精气神儿。这行当兴隆，朝廷也就昌盛；这行当萧条，朝廷的气数也就尽了。"刑罚的血腥与残暴令公众避之不及，然而刑罚也具有另类的美学意义和历史价值。

四、文学的颠覆与历史的丰富

历史必然有自身的发展规律，文学也是历史的一副面孔。莫言个人化的文学版图所构成的近代史必然是主体对于客体世界的逻辑性想象。歌德在阐述创作观时说："至于人们称之为古典的土壤的东西，则完全是另一码事。如果不是把它当成一种幻觉，而是完全如实地看待它，那么，这终究还是决定性地创造伟大业绩的舞台；所以我一贯从地质地形的角度出发来遏制想象力和直入直出的情感，这样对一个地方便可获得自由而明晰的看法。那时与这个地方一起，会突然浮现出历史来，一种栩栩如生的历史；你简直弄不明白自己何以会如此。此刻我就产生了一种强烈的欲望，想读一读罗马塔西佗的著作。"巴赫金对歌德的这一段话提出自己的观点："这样，在予以正确理解的、客观上目睹已见的（不混杂着幻想和情感成分）空间中，揭示出明显的历史的内在必然性（即一定历史

---

① ［德］马克思、恩格斯：《马克思恩格斯选集》第4卷，人民出版社1995年版，第237页。

过程、历史事件的内在必然性）。"①莫言对高密东北乡的本土化的构思和合理化想象，必然是凝聚着主体对于外在客体世界的片段式联想和连珠式思索，这也是其小说挥发和阐释的历史的内在必然性。

（一）文学对历史的颠覆

文学可能对历史进行一种颠覆，文学可能对历史是一种丰富。文学的多种可能性对传统历史构成冲击。我们可以想象历史学家的态度，保罗·利科认为："在历史学家的工作中，这种合理性的选择包含另一种选择；这另一种选择取决于人们称之为价值判断的东西，它能支配事件和因素的选择。"历史选择可能就具有"价值判断"。很显然，文学作为作家主体的个人行为，更是取决于作家对于材料的搜集和信息的取舍。这取决于主体性的价值判断，所以，在历史学家都对历史具有怀疑和诘问的情况下，作家必然选择自己的判断，重塑历史的"模样"和重新裁定历史人物的功过是非。莫言及其他作家的虚构或者重构历史，是基于主体的价值判断和历史选择，而这种个人化选择带来民族背景的重新审视和启蒙思想的重新开启。

文学描述的另类和古怪重新改写了历史，这种丰富和张扬冲击着传统思想和体制话语。米兰·昆德拉有这样一段话："小说作为建立于人类事件相对性与暧昧性之上的世界表现模式，跟极权世界是格格不入的。……一个建立在唯一真理上的世界，与小说暧昧、相对的世界，各自是由完全不同的物质构成的。极权的唯一真理排除相对性，怀疑和探询，所以它永远无法跟我所说的小说的精神相协调。"②莫言及其他作家重写和复归历史本原的努力，可能遇到传统和体制的忽略或者不屑。但是小说的精神和延续的思想继续在历史的进程中发挥着作用。小说必将仍然以自己的本真的面目出现，断裂和撕扯对于小说本体，都是暂时的和无关恒久的，如果小说本身经得起时间的过滤和历史的淬炼，小说的精神意义和存在意识得到认可，这的确意味着作为文学重要文体的小说的存在和某种写作方式被认可和被接受。

我们继续寻找文学与历史的纠结问题的本源。文学的历史想象与正史有所区别或者差异甚至相反，文学的复杂性和历史的多元性就有多种可能。1970

---

① ［俄］巴赫金：《小说理论》，白春仁、晓河译，河北教育出版社1998年版，第252页。
② ［捷克］米兰·昆德拉：《小说的艺术》，董强译，上海译文出版社2004年版，第18页。

年一位历史学家说："小说家、剧作家、自然科学家、社会科学家、诗人、预言家、学术权威和具有多种信念的哲学家,都强烈地表现出对历史观念的敌视。我们许多同代人特别难于接受过去时代和往昔事件的真实性,顽强地抵制种种对历史知识的可能性和实用性的论断。"海登·怀特在几年之后宣称："当代文学的鲜明特征之一在于执着的坚信:历史意识必须抛在脑后,如果作家想严肃地审视人类经验中那些现代艺术特别要揭示的层面。"①而他引述的例子说明这些问题,这些人是大名鼎鼎的现代主义人物——乔伊斯、庞德、艾略特等。当然,文学对历史的重新解构和重新构架,作家主体仅有怀疑的心态或者游戏的态度还是不够的,因为文学挑战历史的连贯性和传统性,指出历史的偶然性和或然性并存的史实。

(二)写作的终极目的

我想挑战意识形态和社会体制也不是主体思考的终极目的。文学是什么?写作为什么?人为什么写作?这大概是打开文学与历史相互纠结的问题的重要钥匙。雅斯贝斯在《时代的精神状况》一书中引用席勒的话："在肉体的意义上,我们应该是我们自己时代的公民(在这种事情上我们其实没有选择)。但是在精神的意义上,哲学家和有想象力的作家的特权与责任,恰是摆脱特定民族及特定时代的束缚,成为真正意义上的一切时代的同代人。"②莫言包括他们这一代作家人生的磨难、生活的淬炼,必然丰富他们对人生、对社会、对未来、对世界的审视和思考。英国社会学家和哲学家 L. T. 霍布豪斯在《形而上学的国家论》的题词中给儿子写了一封信,题目叫《献给皇家空军上尉 R. O. 霍布豪斯》,其中有这样一长段:

"当我重新拿起黑格尔的著作时,第一个反应是觉得自己很可笑。世界正闹得天翻地覆,耳边一片喧扰,这是建立或者摧毁什么理论的时候吗?接着我有了另外的想法。我想到了每个人都能充分利用的工具和武器。在轰炸伦敦时,我已亲眼看到一种骗人的邪说造成的明显的恶果。这种邪说的根据,我认为就在我面前的这本书里。当年黑格尔是穿过从耶拿战场逃出来的难民群集

---

① [加]帕米拉·麦考勒姆、谢少波:《后现代主义质疑历史》,蓝仁哲、韩启群译,中国社会科学出版社 2008 年版,第 14 页。
② [德]卡尔·雅斯贝斯:《时代的精神状况》,王德峰译,上海译文出版社 2008 年版,第 12 页。

的大街,亲自把他的第一部著作的校样送去付印的。使 18、19 世纪唯理的人道主义大伤元气的最为深刻与微妙的思想影响,就始于这本书,我亲眼看到的那一切,都可以在黑格尔关于神性国家的学说中找到暗示。你也许会在空中和他的哥达式轰炸机交锋,愿你全力以赴,为一项正义的事业而战。我必须满足于比较平凡的方法。但是,'要使这个世界成为民主有保障的地方',精神武器和物质武器同样需要。你给我描绘过这样的时刻:你的空中世界非常平静——黎明时在运河的上空,整个沙漠地带在破晓以前一直是万籁俱寂,一片灰白;或者周围是一片蓝色,云雾使你看不到地面。在这样的时刻,思想无拘无束,你可以仔细考虑一下这场重大斗争的意义,我希望你会把这本书中的一些看法带到空中去。至少你会感到我们仍像以前那样在一起,因为我们都是一项伟大事业的战士,只是战斗的方式不同而已。"①

　　精神武器与物质武器同样重要。葛兰西的《狱中书简》比其著名的杰作《狱中札记》更令我们唏嘘不已;柏杨九年铁窗生涯,完成了三部历史著作《中国历代年表》《中国帝王皇后亲王公主世系录》《中国人史纲》。我们应该记住霍布豪斯这句话:"我们都是一项伟大事业的战士,只是战斗的方式不同而已。"

---

① ［英］L. T. 霍布豪斯:《形而上学的国家论》,汪淑钧译,商务印书馆 2004 年版,第 3 页。

第二编 莫言与当代文学批评

莫言的体验式文学批评①

彭　宏②

【摘　要】莫言的体验式文学批评,以自在的文风,通过自我真切的人生体验、创作体验、心灵体验,沟通了批评者和批评对象的"文心",取得了二者的精神对话与情感共鸣,展现了对复杂人性的深刻剖析,凸显了批评对文学本位的回归。

莫言自认缺乏文学批评的修养,对于各种批评(小说)理论也持敬而远之的态度。但这样的姿态,并不妨碍他在诸多创作谈、访问、演讲、随笔中,阐明自己的文学观念,评价古今中外的其他作品,并对某些文学现象、文学思潮发声。从中可以发现,莫言的文学批评,刻意与政治话语、学院式表述保持间距,其主要通过体验而非先验的评说,注重对人性的剖析,以及对故事、人物、语言、结构等的评价,呈现沟通评者和作者心灵世界的特质。

专业批评家操持文学批评,往往习惯从某些先验的理论视野或理论框架出发,对文学作品和文学现象进行分析,这是一种削足适履的方式,让鲜活多样的文本、复杂丰富的现象变为一些抽象概念甚至晦涩名词的图解。对于这种批评,莫言是不无讥诮的,他认为这种所谓新潮的理论操作,是"把简单的变成复杂的、把明白的变成晦涩的、在没有象征的地方搞出象征、在没有魔幻的地方弄出魔幻,把一个原本平庸的小说家抬举到高深莫测的程度"。他自己则倾向于

---

① ［基金项目］国家社科基金重大招标项目"世界性与本土性交汇:莫言文学道路与中国文学的变革研究"(项目编号:13&ZD122)成果。

② 彭宏,文学博士,副教授,湖北警官学院公安人文素质教育研究所所长,湖北警官学院教学名师。

朴素的小说理论操作方式:"把貌似复杂实则简单的还原成简单的,把故意晦涩的剥离成明白的,剔除人为的象征,揭开魔术师的盒子。"①莫言对其他作家、作品的解读,更多类似于《文心雕龙》的"知音篇"中所描绘的一种状态:"夫缀文者情动而辞发,观文者披文以入情,沿波讨源,虽幽必显。世远莫见其面,觇文辄见其心。"即作者之情透过文字,激发评者类似的感情,不用谋面即可心心相印。莫言的文学批评,就是常从自己的独特人生体验、创作体验、心灵体验出发,透过作品,在与批评对象的人生经历、创作动机、心路历程的相互激发中,取得情感的共鸣与精神的对话。

莫言自称受到福克纳和马尔克斯等人的影响,用自己独特的童年生活的经验和故乡记忆,创建了"高密东北乡"这一自己为王的文学共和国。他还借用美国作家托马斯·沃尔夫的话"一切严肃的作品说到底必然都是自传性质的,而且一个人如果想要创造出任何一件具有真实价值的东西,他便必须使用他自己生活中的素材和经历",来鲜明地指出"故乡就是经历"。② 所以故乡、童年的人生体验即成为莫言自己创作的不竭源泉,也是他观照威廉·福克纳的"约克纳帕塔法县"、加西亚·马尔克斯的"马孔多"小镇、鲁迅的"鲁镇"、沈从文的"边城"等作家及其文学世界的一个视角。因此他鲜明地指出:"劳伦斯的几乎所有小说里都弥漫着诺丁汉郡伊斯特伍德煤矿区的煤粉和水汽;肖洛霍夫的《静静的顿河》里的顿河就是那条哺育了哥萨克的草原也哺育了他的顿河,所以他才能吟唱出'哎呀,静静的顿河,你是我们的父亲'那样悲怆苍凉的歌谣。"这样的批评视角,也契合了中国古代"知人论世"的批评传统。莫言用宏观的跨文化视野和作家的敏感,以及对自己故乡记忆和童年生活感同身受的真切体验和深刻反思,继承了这种批评传统,使得他对中外作家创作心理的把握和对文学世界的借鉴更为贴近。

在《三岛由纪夫猜想》中,莫言连用八个"我猜想",细致剖析了三岛由纪夫的内心世界和敏感、软弱的性格,尤其是通过对《金阁寺》象征意味的解读,猜测三岛由纪夫青少年时代对成熟女性近乎病态的痴迷。而莫言自己的童年和少年时期,对比自己年长的青年女性,也有着朦胧的向往和迷恋。因此当他读到

---

① 莫言:《超越故乡》,《聆听宇宙的歌唱》,中国文史出版社 2012 年版,第 4 页。
② 莫言:《超越故乡》,《聆听宇宙的歌唱》,中国文史出版社 2012 年版,第 11 页。

《三家巷》中区桃死去时伤心莫名、怅然若失,以致在语文课本的空白处写满区桃的名字;也是出于这样隐秘萌发的性爱意识,少年的莫言读到《钢铁是怎样炼成的》中保尔和冬妮娅的初恋时魂牵梦萦,即便过了多年,"但一切都在眼前,连一个细节都没忘记"①。对这类普遍的人生体验及中外文学作品对其的描画,莫言并未以"精神分析"或"镜像"等理论和学术性语言来分析,而是用大量感觉性、心理性的语言,进行了还原式的解读,几乎可以看作作家创作心理、批评者人生经验和阅读心理的再现。由此也就不难理解,为什么从《透明的红萝卜》中的菊子姑娘到《白狗秋千架》中的"暖",再到《白棉花》中的方碧玉,莫言笔下也总有类似的女性形象。大概是因为长相丑陋又贪吃,似乎青少年时期的莫言更多是遭到美丽女性的白眼或耳光,所以成年之后莫言将自己当年性爱的憧憬、苦闷诉诸笔下,化为文学的想象。

基于"知音"式的体验共鸣,莫言还从理论界普遍评价不高的十七年文学中,发现了在男女情爱描写中取得的辉煌成就,他尤其对《苦菜花》钟爱有加,认为这是那些以革命战争为题材、阶级斗争为主线的小说在僵化阐释领袖思想之外,作家残存的个性的显现,"自然地描写了人类的美好感情"②。莫言细致分析了《苦菜花》中的各种爱情(性爱),回忆了当年自己和姐姐读《林海雪原》"白茹的心"一章的情景和真切感受。由此,莫言批评了阶级划分、落后道德对文学创作的束缚,对真实生活中人性的扭曲。这表明,莫言的文学创作立场和文学批评立场,是人性的而非政治的。

除性爱外,莫言还倾向更为复杂的人性观照,绝不同意正邪截然对立、善恶简单二分的文学视野。他对战争文学的评价也表现出这一态度。他认为:"对战争美的欣赏与赞美是不道德的。战争文学唤起的审美愉悦是非人道、非人性的审美愉悦。"战争带来的是精神和肉体的毁灭,"战争的最终解决,必然地伴随着无数生气蓬勃的生命个体的毁灭",即便正义的战争,"一首伟大的人道精神的乐章里,必然地夹杂着不人道的音符"。所以,他认为中国以往的战争文学"缺少英雄的怯懦,缺少光明后面的黑暗,缺少明晰中的模糊",战争文学不仅要歌颂伟大思想、正义的胜利、英雄主义、牺牲精神,还应超越功利,暴露人的兽

---

① 莫言:《童年读书》,《聆听宇宙的歌唱》,中国文史出版社 2012 年版,第 150 页。
② 莫言:《漫谈当代文学》,《聆听宇宙的歌唱》,中国文史出版社 2012 版,第 190 页。

性,揭示一切毁灭生命的悲剧。战争文学"应该成为一种训诫,一种警喻",从而"唤起人们日渐淡漠的同情和怜悯之心"。① 在中国,战争文学或曰革命历史题材的小说创作,以往较易流入政治的注解,莫言以他对战争文学的反思性批评,以及《红高粱》《丰乳肥臀》等小说创作,改变了某些特定题材的观照视野和写作方式,形成了一种文学潮流,被视为"新历史主义"旗手,尽管他自己并无这一理论自觉。

在对福克纳和马尔克斯的评价中,莫言的批评方式则更进一步表现为创作体验和心灵体验。在《说说福克纳老头》一文中,他说自己当年只是读了《喧哗与骚动》的译者李文俊的前言后,就激发了创作的冲动,待读到第四页最末两行"我已经一点也不觉得铁门冷了,不过我还能闻到耀眼的冷的气味"的句子后就合上了书,他仿佛看到福克纳在与自己对话,由此激发了自己对"高密东北乡"的创造,还有感觉新异的语言的使用。奇妙的是,莫言自述,他开始"与这个美国老头建立了一种相当亲密的私人关系",虽然"至今我也没把他老人家的哪一本书从头到尾读完过",但看他的书时,"就像跟我们村子里的一个老大爷聊天一样,东一句西一句,天南地北,漫无边际。但我总是能从与他的交流中得到教益"。他还虚拟了在自己遭遇创作困境时与福克纳的生动对话,并透过文字不无顽皮地发现了福克纳的小毛病和普通人的可爱之处,正如他自己所说:"感到自己与福克纳息息相通。"②这些评说福克纳的文字,直指自己的本心,也对福克纳的性情和作品有着深刻切近的体验,读来趣味盎然。

莫言提到自己当年读到《百年孤独》时,"那些颠倒时空秩序、交叉生命世界、极度渲染夸张的艺术手法"让自己震惊,还激活了自己内心深处某种潜在气质,"把我内心深处那片朦胧地带照亮了",让他意识到"原来小说可以这样写"。莫言还谈道,马尔克斯的哲学思想带给了自己借鉴,即"独特的认识世界、认识人类的方式",认为马尔克斯"用一颗悲怆的心灵,去寻找拉美迷失的温暖的精神的家园。他认为世界是一个轮回,在广阔无垠的宇宙中,人的位置十分的渺小"。③ 可以看出,莫言对马尔克斯的认知,经历了一个从学习技巧表象到领会

①　莫言:《战争文学断想》,《聆听宇宙的歌唱》,中国文史出版社2012年版,第215—218页。
②　莫言:《说说福克纳老头》,《会唱歌的墙》,作家出版社2016年版,第192—194页。
③　莫言:《故乡的传说》,《我与加西亚·马尔克斯——中国作家的私密文本》,华文出版社2014年版,第4—6页。

深层意蕴的过程,他对马尔克斯的"悲悯"情怀和"轮回"思想的认识更为准确。这种认识,也许不是来自教科书或讲堂上批评理论的训练,而是作家与作家之间创作体验、心灵体验的交融。这表明在中国,莫言也许是在精神和气质上,最能与福克纳、马尔克斯形成对话的作家,以此为基础,莫言才能够从模仿福克纳、马尔克斯等走向独创之路。

莫言的这种体验式批评方式,还见于他对鲁迅《铸件》中黑衣人、眉间尺形象的分析,影响到《檀香刑》中孙丙、《丰乳肥臀》中司马库等形象的塑造;他也自述川端康成《雪国》中让他印象深刻的"舔着热水"的秋田犬,对自己创作《白狗秋千架》带来的启发;等等。在这些作家作品评说中,莫言很少用所谓的时髦理论来作为自己文学批评的武器,而是在平等姿态下,用真切的体验,不拘一格的感觉性语言,让精神的对话成为可能。这也许是应了中国古代"六经注我,我注六经"的传统,也许是当代的批评者可以思考并借鉴的。

论莫言创作对 80 年代文学潮流的
"介入"与"疏离"[①]

俞敏华[②]

【摘　要】本文以莫言的小说创作和批评家的评述为问题视角,阐述 20 世纪 80 年代以来批评家们对莫言作品信息的抽取、解读,以及莫言自己的文论建构,探讨两者之间的互动及疏离。在 80 年代的文学潮流中,莫言的艺术探索,既充分符合了形式变革的特质,也在民族文化探索的维度上为"寻根文学"增添了光彩。到了 21 世纪,莫言及一些批评家的创作源自对民间资源的阐释,体现出了与 80 年代批评意见的疏离,增加了批评的新话题,也带来了内涵上的矛盾性。批评家不断地"遵循""过滤""偏离""补充"莫言的文论建构,莫言也在不断地自我阐述中,试图引导批评家的解读,作家、作品的文学史形象既是在这种双重维度的论述中确立的,又无法避免批评的无尽之意。

在现有文学史的阐释中,有的将莫言归入"寻根文学",有的将其归入"先锋文学"。如果将 1985 年发表的《透明的红萝卜》视为莫言进入 20 世纪 80 年代文学浪潮的起点,那么,在 80 年代中期的文坛上,莫言的创作既有符合"寻根文学"的特征,又有符合"先锋文学"的特征。比如,莫言对高密东北乡的书写,恰可纳入"寻根文学"提倡的寻找传统文化之根的范畴,而诸如语词的感觉化、叙述者的多样性、结构的复调等在艺术形式上的大胆变革,则正符合"先锋文学"

---

　　① ［基金项目］国家社科基金一般项目"80 年代文学批评与小说主潮更迭间的互动与抵牾"(KYZSKY14169)的阶段性成果。
　　② 俞敏华,文学博士,浙江师范大学行知学院、浙江师范大学中国现当代文学学科副教授。

形式变革的要义。同样,也正是借助于这两股文学潮流,莫言被批评家们推向了文坛。从一定意义上讲,作家本身不为某种风格或某个潮流创作,将其纳入潮流正是批评家们进行文学史阐释的结果,一个作家同时符合多个文学潮流的艺术特征很正常,我们似乎不必对这个问题过于较真。

然而,20 世纪 90 年代以来,当我们对"寻根文学"或"先锋文学"进行反思、批判和再阐述时,却很少以莫言的创作为典型。比如,当我们阐释"寻根文学"的传统文化内涵或艺术变革时,用得最多的是阿城、韩少功、王安忆的例子,莫言的高粱地常被忽视了。当"先锋作家"们因为形式变革的减弱而引发了批判之声时,批评界针对的主要是余华、苏童、格非创作中浮现的"现实主义"元素,或诸如马原、洪峰、孙甘露等作家的"停笔"。此时的莫言,却正陷在因《天堂蒜薹之歌》《酒国》等作品的主题的敏感性而被批判的困境,其焦点显然不在形式变革元素,而在作家的现实书写姿态。而当其他"先锋小说家"皆因市场的认同而表明转型成功时,莫言却因写了《丰乳肥臀》而备感压力。直到今天,依然不乏对莫言作品在修辞上的问题、现实态度上的问题的批评,但这些批评似乎很少顾及 80 年代莫言进入文学主潮时,批评界对其探索的肯定及当时普遍认同的话语方式,而当我们阐释莫言的经典化时,又常常引用 80 年代文学批评的结论。所以,在一定意义上,莫言始终是批评话语中的莫言,而这些批评话语又显得如此前后不一致。

本文阐述的不是莫言应该归于哪个小说流派,而是 20 世纪 80 年代中期走向文坛的莫言,怎样与"寻根文学""先锋文学"潮流发生了关系并确立了文学史地位,之后,作者以及一些批评家又是如何疏离这类特征来创建和宣扬艺术的独特性的。换言之,本文试图从文学史的维度来看批评家们对莫言作品信息的抽取和解读,从莫言的"主观追求"与批评家们的"批评意见"两个层面上来探究"如何为莫言寻找到一个较为切实准确的文学史定位"这一问题。因此,本文的论述要点在于:一方面,发掘莫言创作与 80 年代艺术精神间的关系,观照两者如何有效互动,展示了 80 年代的文学变革诉求。另一方面,发掘作家的写作与批评的阐释间的相互冲撞及矛盾,并探讨如何共同完善了文学史的评价。

一

《红高粱》和《透明的红萝卜》是莫言走向文坛的重要作品,也开启了莫言日后创作的华丽旅程。这两部作品的出场对莫言及 20 世纪 80 年代的批评界都有着重大的意义。

1984 年冬天莫言写作《红高粱》时的一些细节值得研究者重视。据莫言回忆,当时他正在解放军艺术学院学习,在一次文学创作讨论会上,他对亲历者才能写好战争历史题材的说法有不同想法,认为:"小说家写战争——人类历史进程中这一愚昧现象,所表现的是战争对人的灵魂扭曲或者人性在战争中的变异。从这个意义上讲,即便没有经历过战争的人,也可以写战争。"[①]并且,在写法上认为:"战争无非是作家写作时借用的一个环境,利用这个环境来表现人在特定条件下感情所发生的变化。"[②]可见,莫言是带着强烈的突围现实主义创作规范的姿态进行创作的,这一姿态极其符合 20 世纪 80 年代新潮作家的气质。事实上,这两部小说的发表,不仅奠定了莫言的写作气质,更让一些新潮批评家兴奋不已,从而迅速地从评论上稳固了莫言叙事的独特性,并奠定了莫言在文学史上作为 80 年代小说艺术变革成就代表的地位。

从现有的资料来看,当时具有重要意义的评论文章如下:小说《透明的红萝卜》发表后,徐怀中、莫言等人就发表了《有追求才有特色——关于〈透明的红萝卜〉的对话》[③]一文,此对话认定了小说在脱离了政治话语上的成就。1986 年,程德培、李劼这两位新潮批评家分别发表了评论文章,《被记忆缠绕的世界——莫言创作中的童年视角》[④]和《动人的透明迷人的诱惑——论〈透明的红萝卜〉的透明度和〈冈底斯的诱惑〉的诱惑性》[⑤],带着极大的热情肯定了莫言的艺术探索

---

① 莫言:《我为什么要写〈红高粱家族〉——在〈检察日报〉通讯员学习班上的讲话》,《小说的气味》,春风文艺出版社 2003 年版,第 17 页。

② 莫言:《我为什么要写〈红高粱家族〉——在〈检察日报〉通讯员学习班上的讲话》,《小说的气味》,春风文艺出版社 2003 年版,第 18 页。

③ 徐怀中、莫言、金辉、李本深、施放:《有追求才有特色——关于〈透明的红萝卜〉的对话》,《中国作家》1985 年第 2 期。

④ 程德培:《被记忆缠绕的世界——莫言创作中的童年视角》,《上海文学》1986 年第 4 期。

⑤ 李劼:《动人的透明迷人的诱惑——论〈透明的红萝卜〉的透明度和〈冈底斯的诱惑〉的诱惑性》,《文学评论》1986 年第 4 期。

或者说"革命"①。这也标志着莫言的小说被纳入"新潮小说"的潮流已成定局。值得说明的是,在还没有"寻根""先锋"这些具体命名时,"新潮小说"是对当时有形式变革意味的、超越政治意识形态话语表述方式的小说的统称。稍后,即1987年1月,雷达发表了《历史的灵魂与灵魂的历史——论红高粱系列小说的艺术独创性》②一文,阐释了莫言笔下"红高粱"具有的民族精神、民族生命活力的象征性;胡河清《论阿城、莫言对人格美的追求与东方文化传统》③、季红真的《忧郁的土地,不屈的精魂——莫言散论之一》④等文章则阐释了莫言小说独特的民族伦理和文化现象。这类论述虽然没有明确提及莫言与"寻根文学"之间的联系,然而,为文学史将莫言纳入"寻根文学"提供了依据。2002年,陈晓明在《表意的焦虑》一书中,还明确地表述了这种观点:"1986年,莫言发表《红高粱》等一系列作品,这是'寻根'的一个意外收获,也是它的必然结果。"⑤以此可见,从20世纪80年代开始,莫言对乡土的建构,便被纳入了展示了民族文化之根、历史沉浮及强大的生命力的叙事之中。换言之,在80年代文学批评话语中,莫言的艺术探索,不仅充分符合了形式变革的特质,也在民族文化探索的维度上,为"寻根文学"所思考的主题增添了光彩。

我以为,短篇小说《透明的红萝卜》和中篇小说《红高粱》,已经具备了莫言日后不断清晰化的艺术元素:绵延不绝的感觉化的语言,魔幻色彩,独特的叙述视角,乡土社会的聚焦,以及带有民间情怀的审视眼光等。如果从艺术精神的延续性上讲,莫言日后在艺术上的不断求新,像大多数小说文本中体现出来的"滔滔不绝"的语言表述方式、各类叙述视角的运用、长篇小说结构的新变等等,这都是形式变革的力量。而说其在传统文化方面的探索,莫言一开始就不同于"寻根文学"倡导者们囿于找寻文化之根的限制,就像当时很多评论家已经注意到了莫言在书写乡土、书写历史中侧重对人性、人格的书写。也就是说,莫言不

① 比如,李劼的评论文章中用了这样的说法:"我不想说莫言和马原的小说意味着一场革命,因为这点有点太兴师动众。我只消说出他们在创作心理、欣赏心理、思维方式、审美观念等等方面做出了与众不同的贡献。""反过来说,从《透明的红萝卜》和《冈底斯的诱惑》所闪烁出的奇异光泽中,我们看到了一个更新着的变革着的时代的侧影,感受到了这个时代翻动欲上的热烈气息。"(《动人的透明迷人的诱惑——论〈透明的红萝卜〉的透明度和〈冈底斯的诱惑〉的诱惑性》,《文学评论》1986年第4期。)
② 雷达:《历史的灵魂与灵魂的历史——论红高粱系列小说的艺术独创性》,《昆仑》1987年第1期。
③ 胡河清:《论阿城、莫言对人格美的追求与东方文化传统》,《当代文艺思潮》1987年第5期。
④ 季红真:《忧郁的土地,不屈的精魂——莫言散论之一》,《文学评论》1987年第6期。
⑤ 陈晓明:《表意的焦虑——历史祛魅与当代文学变革》,中央编译出版社2002年版,第81页。

断地寻找自己的话语方式,去表达他所感悟到的、理解到的乡土农民的生存方式。从评论的维度来讲,这可以导向文化探索话题的延续。当然,正如前文所说,任何一位优秀的作家不会为某种类型或风格写作,莫言自己对批评家们的种种归类或许也是不以为然的。但是,无论如何,莫言的探索恰切地被纳入了20世纪80年代文学批评话语所建构的"寻根""先锋"两大文学潮流中。

二

20世纪90年代以来,随着莫言新作的发表,赞赏和指责之声并行而至,各种新的批评命名也不断出现。评论家程光炜曾用魔幻化、本土化、民间资源来概括文学批评对莫言作品的解读历程。① 细想来,诸如魔幻现实主义、新历史小说、本土化、汲取民间资源开拓话语形态和写作的可能性等批评"定型",都充满了80年代文学批评话语的气质。及至2001年,莫言将自己的写作界定为"作为老百姓的写作""民间写作",使批评界对莫言的评价变得丰富且复杂起来。

莫言说:"所谓的民间写作,就要求你丢掉你的知识分子立场,你要用老百姓的思维来思维。否则你写出来的民间,就是粉饰过的民间,就是伪民间。"② "我想可以大胆地说,真正的民间写作,'作为老百姓的写作'也就是写自我的自我写作。"③从此文发表的现实语境来说,带有强烈地反驳某些批评家指责莫言创作的道德立场的意思,但是,莫言提到的民间资源等话语,迅速成为批评家的评论术语。不过,大多数批评文章常忽略当时莫言导引出"民间写作"这个概念的内在逻辑。他说:"我认为所谓的民间写作,最终还是一个作家的创作心态问题,这个问题的一个方面是为什么写作。过去提过为革命写作,为工农兵写作,后来又发展成为人民写作。为人民的写作也就是为老百姓的写作。这就引出了问题的另外一个方面,那就是,你是'为老百姓写作',还是'作为老百姓的写

---

① 程光炜:《魔幻化、本土化与民间资源——莫言与文学批评》,《当代作家评论》2006年第6期。
② 莫言:《文学创作的民间资源——在苏州大学"小说家讲台"上的讲演》,《当代作家评论》2002年第1期。
③ 莫言:《文学创作的民间资源——在苏州大学"小说家讲台"上的讲演》,《当代作家评论》2002年第1期。

作'。"①仔细辨析,我们可以发现,这段话直接承接 20 世纪 30 年代以来中国文学创作的任务要求,否认 80 年代初期提倡的文学启蒙姿态的同时,并没有借用 80 年代批评话语中强调形式变革、政治话语突围等因素。当然,就此一说就断言莫言对 80 年代"寻根文学""先锋文学"话语的偏离,显得"证据"不充分。但是,莫言的"说书人"立场,又一次打击了 80 年代那套评论话语。莫言说:"我是说书人。说书人要滔滔不绝,每天都要讲的,必须不断讲下去,然后才有饭碗。"②"说书人"和"启蒙者"是两个完全不同的立场。

莫言对创作的自我解释及理论界定背后,显然是对其作品的自信及对文坛批评的疏离,当然,这种自信早在他获诺贝尔文学奖之前就已经具备了。如果我们沿着莫言自己的评论术语来审视其艺术世界,则可发现这位汲取 20 世纪 80 年代中期艺术精神的作家,是如何开始摆脱 80 年代切入文学潮流时的评论话语,并着手创建他自己的艺术评价规则的。

首先,关于"滔滔不绝",特别是他的长篇小说上体现出的洋洋洒洒,这已成为莫言语言的标志。不得不说,这个特征常常使普通读者甚至一些文学专业的本科生、研究生产生阅读障碍,但莫言对此的坚守立场十分鲜明,他曾说:"长篇小说不能为了迎合这个煽情的时代而牺牲自己应有的尊严。长篇小说不能为了适应某些读者而缩短自己的长度、减小自己的密度、降低自己的难度。我就是要这么长,就是要这么密,就是要这么难,愿意看就看,不愿意看就不看。哪怕只剩下一个读者,我也要这样写。"③如此表述,除了作家彰显其才华的因素之外,洋洋洒洒的文字与两个因素很有关系,一个是对世界感觉化的呈现,二是复调的、多维度的叙事方式,这两个因素既是原因也是结果。

比如,黑孩眼中的红萝卜灿烂无比:"黑孩的眼睛眼大而亮,这时更变得如同电光源。他看到了一幅奇特美丽的图画:光滑的铁砧子。泛着青幽幽蓝幽幽的光。泛着青蓝幽幽的光的铁砧子上,有一个金色的红萝卜。红萝卜的形状和大小都像一个大个阳梨,还拖着一条长尾巴,尾巴上的根根须须像金色的羊毛。红萝卜晶莹透明,玲珑剔透。透明的、金色的外壳里包孕着活泼的银色液体。

---

① 莫言:《文学创作的民间资源——在苏州大学"小说家讲台"上的讲演》,《当代作家评论》2002 年第 1 期。

② 莫言:《莫言对话录》,文化艺术出版社 2010 年版,第 9 页。

③ 莫言:《捍卫长篇小说的尊严——代序言》,《檀香刑》,上海文艺出版社 2008 年版,第 7 页。

红萝卜的线条流畅优美,从美丽的弧线上泛出一圈金色的光芒。光芒有长有短,长的如麦芒,短的如睫毛,全是金色……"①一定意义上,在当代众多文学作品中,莫言是将一代中国人曾经遭受过的饥荒表现得最彻底、最真实的。从更深层的意义上讲,莫言的感觉化语言,不仅开创了一种感受世界的方式,而且,将汉语表述重新拉回了"感"的层面,实现了对观念化、理念化表述的突围。这恰恰是 20 世纪 80 年代文学批评界的一个强音,更是大量艺术革新作品完成的十分伟大的变革,它使文学作品,回到了表述人类对世界的感受、对生命的感悟的维度,解放的不仅是语言,更是文学作品的表现力。

复调的、多维度的叙事方式,更多地体现了作家对艺术世界的结构能力,其要义在于,莫言以一个民间说书人的架势,绘声绘色、口若悬河地去讲述故事,并最终将其展示为充满杂糅感的语言,这是一种日常生活语言与戏剧化语言的杂糅,而且,在小说中,多叙述者、多叙述视角的交错,互文性文本的互现,都有效地让故事"膨胀"了起来。比如,《天堂蒜薹之歌》中每部分前面出现的老瞎子艺人的叙述,是回荡于故事之外的另一种声音,与故事本身构成了复调。《十三步》是对叙述者、叙述声音、民间歌谣小调等诸多音乐元素进行——尝试的实验之作,这部小说将所有的人称都被用了一遍,以一种宣泄式、汹涌澎湃式的言辞讲述故事。《檀香刑》就像一出戏剧,各个人物你方唱罢我登场。《生死疲劳》的转世轮回构成了唱腔高昂式的"重复感"。《蛙》中的通信与故事创造了多维叙述空间。在一篇论文中,笔者曾经这样评论莫言对待世界的方式:"复调、多维的、非单一的,以人物立场为中心而拒绝鲜明的价值评判的,或者说,面对这藏污纳垢的世界,小说家更愿意用掺杂着幽默、狂笑、悲悯等种种情感的狂言乱语来解释,以'众声喧哗'的多义多解来呈现,以来自人性深处的欲望和迷恋来诉说。"②

其次,关于"作为老百姓的写作",这与莫言看待世界的角度和话语方式密不可分,即莫言"民间"的、"非知识分子"的立场使其站在人物的立场说话,并由此生发了对绵延不绝的人物的声音及作品世界中出现的多种声音的写法。作为一名乡土叙事作家,莫言笔下的老百姓大多是农民。不过,莫言书写的乡土,

---

① 莫言:《透明的红萝卜》,《中国作家》1985 年第 2 期。

② 俞敏华:《"滔滔不绝"的俗世喧器——莫言小说论兼及"乡土"叙事姿态的文学史考察》,《华东师范大学学报》2017 年第 4 期。

却少有共时性的,他很少直接选择反映 20 世纪 80 年代以来中国乡土社会经济、政治、生活方式变动的素材,更多的是展示历史中的农民,或者说,更愿意通过一些历史事件去展现农民因袭的生活状态、思维方式。用一个评论家的话说:"莫言很少对他的时代直接表达看法。"①我以为,更确切地说,莫言尽量地站在一个表述乡土气韵的维度,去体会中国农民的内在生存逻辑。比如,《红高粱》中那个子弹穿过耳旁而后就大喊脑袋没了的人物,就特别的"农民"。更重要的是,莫言在体味中,感悟到了生存的艰难、坚毅和智慧,直指向人性、人情的话语核心。

以此,莫言对自己文本的解释给批评家提供了新的话题,甚至成了批评者无法绕开的"参照"。在一定意义上,"民间"话题本身内涵丰富又多义,莫言的阐释是自觉又是非自觉的,他所界定的内涵是清晰又模糊的。有时,作家的阐述是针对某个评论的,有时,也可能只是为了更好地引导大众去阅读自己的作品,或者给批评家一种预设性的视角。比如,程光炜就曾注意到莫言在"民间"这个问题上的矛盾性:"一会儿要'参照本土经验''自内向外'地考察'民间';一会儿又怀疑知识分子对民间的'降临''照亮'的主体作用,说'民间'在文学、文学史中才有讨论价值;一会儿又反其道而行之,既强调'不教化'的非价值立场,又肯定作家的'人格觉醒'的价值标准。"②在笔者看来,这种矛盾性的表述,不仅体现了批评话语面对文本时的意不尽然,也体现了作为一位从 20 世纪 80 年代知识分子群体中走来的作家,他无法摆脱的时代征候。即,在文学市场化的背景中,一方面莫言宣扬"说书人"立场以示自己的"平民化"身份及言说姿态,使自己出离于"寻根文学""先锋文学"之标签;另一方面,却无法拒绝 20 世纪 80 年代话语空间赋予文本的创新性意义和价值追求,并且强化了知识分子的人道主义及现实关怀立场。

三

程光炜在《批评的力量》一文中,曾经说过:"所有小说,即使最为一般化的小说文本中,其实都蕴藏着矛盾多重的层面和极其丰富多样的信息。某一个时

① 李敬泽:《莫言与中国精神》,《小说评论》2003 年第 1 期。
② 程光炜:《魔幻化、本土化与民间资源——莫言与文学批评》,《当代作家评论》2006 年第 6 期。

代,我们会因为当时时代需要而'抽取'其中对我们有利的层面和信息,武断地给作品定义,认为这就是'全部作品的内容'。而到了另一个时代,因为时代语境骤变,批评的眼光和方法更新,我们又会提取出另外一些层面和信息,对原来批评所指认的那些层面和信息予以质疑,甚至推翻。这就是说,每一部文学作品中都内含一个丰富的矿藏,需要不断地挖掘,也许过一段我们又会惊喜地在被废弃的矿址上发现一些值得珍惜的东西。"①在对莫言的各种批评文章中,从20世纪80年代强调乡土寻根、语言感觉化,到90年代发出对道德立场的质疑,及至21世纪以来,对其民间资源的阐述,莫言文本始终是批评家们所关注的"主流"文本。这种地位的确立固然与莫言的多产有关,但也从另一个侧面说明,在80年代艺术变革浪潮中走向文坛的莫言,恰恰承载了这个时代批评界诸多的批评主题。莫言的艺术选择,本身就体现了80年代理想社会思潮及文学理想的期盼。一定意义上,2012年莫言获得诺贝尔文学奖这一事件,正是这种期盼的成果。换言之,80年代中期那群多多少少受过加西亚·马尔克斯获奖的刺激,发起"寻根文学"运动、"先锋文学"潮流的作家,在这里实现了中国文学走向世界的理想。当然,莫言的获奖,也引发了更多的理智的学术阐述,这些阐述除了延续以往的批评主题之外,也增加了莫言作品的海外传播、莫言家世考证等诸多新的话题。

综观文学史对莫言的评论,与20世纪80年代中期追求艺术变革的声音息息相关,如莫言小说话语方式的创新、人性主题的显现,都体现了80年代艺术变革的强烈印迹。换言之,莫言话语的呈现方式,本身就是80年代中期"新潮小说""寻根文学""先锋文学"潮流的作家、批评家们积极提倡和探索的,莫言的创作是这种探索的成果。然而,若以文学主潮特征来看,我们亦能解析出诸多"杂音",这些"杂音"既体现出了莫言创作的独特性,也无疑为批评提供了新的话题和难题。

就"寻根文学"这一评判来看,莫言曾因对故乡高密的书写而被列为"寻根文学"作家。不过,如果与其他知青"寻根文学"作家比较,可以发现,后者的创作资源往往来自下乡时体会到的文化印象,并且在文本中极力去建构某类文化

---

① 程光炜:《批评的力量——从两篇评论、一场对话看批评家与王安忆〈小鲍庄〉的关系》,《南方文坛》2010年第4期。

内涵,而莫言的叙述资源充满了本土性。莫言多次谈及小时候听到的民间故事对创作的影响,甚至每每谈到童年时期的传奇经历时,绘声绘色,活灵活现,让听者完全不会觉得是假的或想象的。换言之,这些充满"魔幻"色彩的故事,在莫言的记忆中是真实的、可靠的,这点与加西亚·马尔克斯的阐述极为相似。这样看来,在当时拉美"魔幻"话题背景中产生的魔幻现实主义阐述显得有点窘迫,但就推进作家文学史地位的确立上,这样的阐述有效地使莫言的创作纳入了当时普遍认同的作品要偏离文化政治话语诉求的行列,有了"新潮小说"的特征。有意思的是,莫言在诺贝尔获奖致辞中却强调了自己的同乡蒲松龄对他个人创作的影响,这样的表述显然又直接跨越了 20 世纪 80 年代批评界认为的受加西亚·马尔克斯影响的论述,强化了创作资源的本土性和内在性。一定意义上,这也从内在逻辑方面解释了,为什么自《丰乳肥臀》之后,莫言越来越清晰地去解释自己的创作与民间文化形态的相关性,并以此建立与"本土"、与"传统"的联系。从这个意义上讲,莫言跨越了"寻根文学"运动中对"根"之内涵界定的语焉不详,而真正地做到了对文化传统、生存之根的理解和表述。

　　至于莫言小说的叙述形式,与其内容的探索向来是紧密联系的。其中,莫言的作品与外国文学作品和本土资源的关系,是一个常被提及的话题。最初,《透明的红萝卜》发表后,便有人认为其深受《百年孤独》及拉美魔幻现实主义的启发和影响。① 但是,随着莫言作品数量的增多,莫言自己越来越清晰地宣称借鉴了民间资源。比如,他说:"《檀香刑》在结构上下了很大的功夫。在语言方面也做了一些努力,具体地说就是借助了我故乡那种猫腔的小戏,试图锻炼出一种比较民间、比较陌生的语言。"②不管是借鉴西方还是借鉴故乡的资源,已经有越来越多的批评家发现了莫言文体的复杂性及创新性。其文本中叙述人称的多变、叙述视角的叠加、故事讲述形态的多样化、不同叙述声音的呈现、结构方式的多变等,都给文坛提供了新的叙事文本。若与同时期的"先锋文学"小说家

---

　　① 对此类文章,程光炜曾经做过统计,这些评论有:张志忠:《奇情异彩亦风流》,《钟山》1986 年第 3 期;晓华、汪政:《莫言的感觉》,《当代文坛》1986 年第 4 期;李洁非、张陵:《莫言的意义》,《读书》1986 年第 6 期;莫言、罗强烈:《感觉与创造性想象》,《中国青年报》1986 年 7 月 8 日;李书磊:《文体解放与观念解放》,《文论报》1986 年 12 月 21 日;雷达:《历史的灵魂与灵魂的历史》,《昆仑》1987 年第 1 期;季红真:《忧郁的土地,不屈的精魂》,《文学评论》1987 年第 6 期;等等。参见《颠倒的乡村——再读〈莫言的透明的红萝卜〉》注释 8,《当代文坛》2011 年第 5 期。
　　② 莫言:《文学创作的民间资源——在苏州大学"小说家讲台"上的讲演》,《当代作家评论》2002 年第 1 期。

相比,余华、格非等作家反复提及西方作家对创作的影响,莫言却不断明确地去宣称自己用了本土化的资源,这多多少少给"先锋文学"的评论带来些许尴尬。更重要的是,正如前文已提及的,他力图从某种生存气韵的层面去把握中国农民及普通民众的生存逻辑。比如,《生死疲劳》中蓝脸"认理"的姿态,《蛙》中姑姑及村民们的生育观,等等,都充满着中国意味,而这些中国意味,最终获得了西方的认可,走向了世界化。同时,众多的评论家也从莫言作品中读出了西方文学作家、作品的痕迹,比如,莫言与福克纳①,《生死疲劳》与托尔斯泰的《哈泽·穆拉特》②,等等。一定程度上,莫言作品中那种多名叙述者相互转换的方式,与英译时多人称的表述方式是十分合适的。相对于其他的汉语写作,莫言作品被翻译时,在人称、叙述视角、叙述声音这些方面的确有着先天的优势。在文学的本土化和世界化这一问题上,莫言的获奖标志着莫言走20世纪80年代作家都热切期待的道路最终成功了。

若从莫言经典形象确立的角度来说,20世纪80年代的批评声音不仅为莫言的创作提供了巨大的勇气,而且基本上奠定了今天莫言的文学史结论。当然,这与毕竟是批评家控制文学史的力量更强大有关。但是,莫言的自我阐述,以及90年代以来对莫言作品的评论,尽管推进和完善了对莫言的评价,但无疑又为80年代文学史结论带来了命名的尴尬。这样的现象很容易让我们联想到当代西方阐释学提出的"诠释循环"概念,如戴维·霍伊所言:"于是诠释包括作品接受的传统的自我诠释。在继续与本文对话并揭示原有诠释的局限的范围内,新的诠释具有批判的力量。但这一对传统含蓄或直率的批评,不一定代表同它的完全决裂……只要对话通向对当前问题和方法论的更宏大的自我意识,诗就继续具有效应。"③因此,当我们面临对莫言的小说进行文学史的经典化命

---

① 这类批评文章主要有:张卫中:《论福克纳与马尔克斯对莫言的影响》,《徐州师范学院学报》1990年第3期;朱世达:《福克纳与莫言》,《美国研究》1993年第4期;朱春生:《在灼热的高炉里锻造——论莫言对福克纳与马尔克斯的借鉴与吸收》,《外国文学研究》1998年第3期;M.托马斯·英奇、金衡山:《比较研究:莫言与福克纳》,《当代作家评论》2001年第2期;朱宾忠:《莫言与福克纳比较研究》,《长江文艺》2006年第2期;刘佳:《莫言与福克纳比较研究》,《中州学刊》2014年第2期;杨红梅:《福克纳与莫言小说中的时间叙事特征》,《文艺评论》2017年第2期;等等。

② 张灵、罗欣在《当代文学的一个"公民不服从者"形象——以〈生死疲劳〉中的"蓝脸"看一个"通过文学的法律"问题》(《上海文化》2017年第10期)中写道:"在我们看来,高密东北乡沼泽地的蓝色无名之花,正如托翁的那棵牛蒡一样,它隐秘地照亮着《生死疲劳》。"

③ [美]戴维·霍伊:《阐释学与文学》,张弘译,春风文艺出版社1988年版,第241页。

名时，我们不得不顾及当时 80 年代文学批评的话语力量，以及莫言日后的阐释。在文学批评的维度，莫言的小说创作和文论阐述不断地给批评家提供了新话题，批评家也在不断地"遵循""过滤""偏离""补充"莫言的文论建构。然而，我们如何能够最大限度地接近作家创作的"真相"，以及我们如何发挥批评的力量来超越作者的解释且对作品做出更合理化的批评，这都不是轻松的事情。

　　进一步说，20 世纪 80 年代中期，迎着"寻根文学""先锋文学"浪潮而走向文坛的莫言小说，不管被认为是受了西方文学的影响，还是对于本土资源的发掘，都恰当地被纳入了当时反写实主义写作手法的艺术革新维度中。随后，莫言关于"民间"的自我阐释又让批评家们不得不对莫言的写作寻找新的、更恰切的批评意见，对文本本身的丰富性进行再次的挖掘。这既是文本在时代变动中的自然现象，也是文学史对作品进行经典化表述过程中必须面临的问题，有时，批评家和作家之间甚至建立了一种对峙的关系。然而，我们不得不承认，无论是 80 年代浪潮中的莫言，还是 90 年代以来试图建立自己的阐释维度的莫言，在批评话语中，都是如此的真实。批评家或者说读者的历史性和文本的历史性相互交织，创造出了共存的文本，当我们试图对作家、作品做出可靠的命名时，我们就必须正视这个共存的文本。那么，从这个意义来讲，文学史对莫言的评价既无法规避 80 年代以来批评意见的种种述说，又必须对这些定论抱以警醒的姿态，时时以当下的视角进行回望和反思，或许，这将有助于我们再次认识莫言。

莫言小说欲望叙事的文化阐释

——以长篇小说《丰乳肥臀》为例

付建舟[①]

【摘　要】作为伟大的作家，莫言擅长欲望叙事。作为这种叙事的代表性著作，《丰乳肥臀》通过从欲望的理智化层面、情欲化层面、工具化层面、政治化层面、官商化层面，抵达欲望的历史化层面，尤其是从女人欲望化与被欲望化，到人的欲望历史化与历史的欲望化。高密东北乡 20 世纪的历史，可以分为欲望的自然化时期、欲望的政治化时期、欲望的官商化时期，体现出欲望化的历史观。

伟大的作家善于通过自己笔下人物的命运表现某一时段的历史，并试图发现历史发展背后的隐秘力量；善于塑造女性人物形象，并聚焦于女性的欲望化与被欲望化；善于通过欲望化与被欲望化的女人使人的欲望历史化与历史的欲望化。莫言就是这样一位伟大的作家，他擅长欲望叙事，通过这种叙事揭示诸种人性欲望，并以此探索人性的复杂性及其意义。《丰乳肥臀》可谓欲望化叙事的代表性作品，这是一部小说史与乳房史上的空前绝后之作，可谓"欲望的大发现"，是一场欲望的盛宴。这篇小说描绘了欲望生发乃至膨胀的诸多情形，以此表现人物的命运遭际，从而描述一个时期的特殊历史。乳房是女人身体的一部分，却能够代表整个女人；女人是人类的半边天，却能够代表整个人类。因此，乳房的历史也就是人类的历史。拥有乳房就拥有女人，拥有女人就拥有世界。

---

①　付建舟，湖北孝感人，浙江师范大学人文学院与江南文化研究中心研究员、博士生导师。

对乳房的争夺就是对女人的争夺，对女人的争夺就是对世界的争夺。乳房是欲望化的对象，乳房的争夺史反映了人类的争夺史。这是莫言小说欲望化叙事聚焦于乳房的根本原因。《丰乳肥臀》的欲望化叙事可以分成诸种层面，各自蕴含不同的文化内涵，它们构成了高密东北乡近一个世纪的历史的主体。

一、上官鲁氏：生存欲望的理智化

上官鲁氏是《丰乳肥臀》中的核心人物，几乎贯穿故事始终。她最令人惊心动魄的故事是借种。从某种意义上说，借种是严重违背社会伦理道德的行为，上官鲁氏的借种行为近于疯狂，但这是非常理智的举措，是她一步步觉醒的自主选择行为，是她生存欲望理智化的鲜明表现，因为她逐渐认识到生个男婴就是硬道理。上官鲁氏一生的最大功绩就是抚养了八女一子及几个外孙。她像个大母神，其肥大的乳房拥有源源不断的生命之泉。乳房的原始功能主要是哺乳，这种功能是自然加在妇女身上的。这种雌性的本质与臃肿、混沌、黏稠、幽暗等属于生命蒙昧状态的特征联系在一起。旧石器时代的大母神石像"温林多夫的维纳斯"（Venus of Willendorf）怀孕的大肚子、熟透了的大乳房，明显地体现了雌性本质。上官鲁氏的肥大乳房充分发挥了乳房的哺乳功能。莫言曾说："乳房是哺育的工具，臀部是生殖的工具。丰满的乳房能育出健壮的后代，肥硕的臀部是多生快生的物质基础。性是自然的行为，也是健康的行为，而自然和健康正是真美的摇篮。那时候对丰乳和肥臀充满敬畏、视若神明，只是到了后来，别说一见到实物的丰乳肥臀，就是一见到这四个字，马上就联想到性。这联想里沉淀着几千年的历史，有正面的，也有负面的，有健康的，也有猥亵的，但朴素的庄严和庄严的朴素至此已几乎丧失得干干净净了。"①他要通过《丰乳肥臀》重新寻找这庄严的朴素，追寻一下人类的根本。上官鲁氏是一位忍辱负重的伟大母亲，为了上官家传宗接代，她做出了巨大的牺牲。

人的行为除了受到欲望的驱使之外，更受到自我意识的驱使，而"我意识"的获得无疑是一个巨大进步。作为母神式的女性，上官鲁氏承担着繁衍的艰巨任务，为上官家生下一个男丁成为她的一个坚定目标。结婚三年未孕的罪责全

---

① 杨扬编：《莫言研究资料》，天津人民出版社 2005 年版，第 48 页。

部归咎于鲁氏,她在婆家的处境越来越凄惨,其借种行为不可避免。在与姑父于大巴掌鬼使神差地借种后,她一连生下两个女孩,婆婆上官吕氏没给她好脸色。她终于觉醒了,第一次认识到一个残酷的真理:"女人,不出嫁不行,出了嫁不生孩子不行,光生女孩也不行。要想在家庭中取得地位,必须生儿子。"①随后,她又先后向赊小鸭子的外乡人、江湖郎中、杀狗人高大膘子、智通和尚、瑞典籍传教士马洛亚五人借种。在向江湖郎中借种后,上官鲁氏再一次认识到:"人活一世就是这么回事,我要做贞节烈妇,就要挨打、受骂、被休回家;我要偷人借种,反倒成了正人君子。"这个悖论一时颠覆了数千年来的伦理道德:贞节烈妇见鬼去吧。锲而不舍的上官鲁氏生下上官玉女和上官金童后,如释重负。作家莫言并未站在伦理道德的角度谴责上官鲁氏的越轨行为,反而歌颂她作为母神的崇高和伟大:"歌唱母亲,应该歌唱母亲的勤劳、母亲的勇敢、母亲的善良、母亲的正直、母亲的无私……更应该歌唱母爱产生的根本。母亲之恩,莫大过养育之恩。养用什么养?育用什么育?用臀,用乳。"②他要通过《丰乳肥臀》歌颂母亲的养育之恩。上官鲁氏的借种行为是她生存欲望的体现,是她的理智选择,是人类绵延不绝的自然行为与自觉行为。其生存欲望或求生意志是以自我保存的冲动而表现的,而这种冲动"剥夺了或许只伴随着个体生存的安心、快活和纯真,带来意识的不安和忧郁,使个体的一生充满不幸、忧愁和苦难"。上官鲁氏"凭借克己的功夫,把这种冲动加以抑制,从而改变意志的方向,使意志在个体中消灭,无法溢之于外,如此,便可望获得个体生存的安心和快乐,而且还能赋予更强烈的意识"③。上官鲁氏具有强烈的求生欲望,承受难以想象的屈辱与重负,拥有宽旷的胸襟,使上官家得以绵延。其形象具有母神般的文化内涵,这就是她的伟大之处。

---

① 莫言:《丰乳肥臀》,北京十月文艺出版社 2010 年版,第 553 页。为免烦琐,该作的其他引文直接在引文后注明页码。

② 杨扬编:《莫言研究资料》,天津人民出版社 2005 年版,第 52 页。

③ [奥]叔本华:《人性的得失与智慧》,文良文化编译,华文出版社 2004 年版,第 105 页。

二、海伦式的上官来弟:乳房的情欲化

女人长期以来就是男人欲望化的对象,越美丽越漂亮的女人越能使男人着迷。在上官家的八个姐妹中,上官金童特别青睐大姐上官来弟,她那双青苹果般的乳房给他留下深刻印象:"我的姐姐们脱下上衣撑在头上,遮蔽着雨水和冰雹。上官来弟那两只青苹果一样的坚硬乳房第一次将它们优美的轮廓鲜明地凸现出来。"在一个相当长的历史时期里,苹果般的乳房被认为是最美的乳房,拥有这种乳房者被视为最美丽的女人,如爱神维纳斯、古希腊美女海伦等。"打从公元前4世纪起,爱神爱芙罗黛蒂(即罗马神话中的维纳斯)就经常衣不蔽体,清楚凸显乳房线条,甚至裸露胸部。她的乳房被塑造成完满的情欲表征,在古典文学里被称为'苹果般'的乳房。木马屠城记中的特洛伊美女海伦也有着'苹果般'的乳房,特洛伊战争后,她向丈夫梅尼雷斯(Menelaus)展露酥胸,期望他放下利剑,原谅她的背叛。希腊文明时期里,爱芙罗黛蒂虽是受人仰拜的女神,不过也像今日的海报女郎,是男性爱欲的对象。"[1]苹果般的乳房以及拥有这种乳房的美女都是男人所迷恋的。海伦可谓美女原型之一,她出自荷马史诗,荷马史诗取材自古希腊神话。小亚细亚古城特洛亚王子帕里斯有一次去希腊做客,在阿佛罗狄忒的帮助下,把斯巴达王墨涅拉奥斯的妻子、世间最美的女子海伦拐回特洛亚。希腊人对特洛亚人和平交涉未果,于是以墨涅拉奥斯的兄长、迈锡尼王阿伽门农为统帅,组成联军,包括忒提斯和佩琉斯的儿子阿喀琉斯等著名希腊英雄,进军特洛亚,从而开始了特洛伊战争。阿伽门农围城攻打十年,最后巧施"木马计"攻破特洛伊城。特洛伊战争对海伦的争夺是声色之欲的体现。对美女海伦的争夺与占有无疑是人性欲望的表现。

围绕海伦爆发了旷日持久的特洛伊战争,而围绕上官来弟却爆发了两场激烈的争夺战。第一场争夺战是封建包办婚姻与自由婚姻之战,其起因是上官来弟的巨大魅力。一次,在上官家的院子里,黑驴鸟枪队队长沙月亮一看到如花似月的上官来弟就被迷住了,当即决定,在此驻扎下来。"面对着水缸中的娇羞处女,她的眼睛里浪露出忧郁之光。她手挽青丝,挥动木梳,惊鸿照影,闲愁万

---

① [美]玛莉莲·亚隆:《乳房的历史》,何颖怡译,华夏出版社2001年版,第21页。

种。沙月亮一瞥见她,便深深地迷上了。"他极力引诱这个不谙世事的少女。这
个黑脸庞、歪肩膀的家伙尽管一度抗日,却并非全心全意,不久就当了汉奸。他
不知打了多少猎物,攫取了多少兽皮,又用这些兽皮作为弹药尽快攫取他眼中
的另一猎物上官来弟。上官家的院子里简直成了动物世界:"大姐上官来弟披
着一件紫貂皮大衣,脖子上还围着一只双眼发光的狐狸。二姐上官招弟披着一
件鼠狼皮大衣。三姐上官领弟披着一件黑熊皮大衣。四姐上官想弟披着一件
苍黄狍子皮大衣。五姐上官盼弟披着一件花狗皮大衣。六姐上官念弟披着一
件绵羊皮大衣。七姐上官求弟披着一件白兔皮大衣。母亲的狐狸皮大衣躺在
地上。"上官来弟抑制不住自己的爱欲、情欲与物欲,被沙月亮征服了。她的姊
妹们也禁不住物质的诱惑,从中推波助澜。具有远见的上官鲁氏不为眼前的利
益所迷惑,她当机立断,把上官来弟许配给救命恩人孙大姑的老大孙哑巴。这
场争夺战以沙月亮与上官来弟那天夜里私奔告终,这与特洛亚王子帕里斯拐走
海伦具有异曲同工之妙。第二场争夺战是另一场包办婚姻与自由婚姻之战。
在寡妇改造运动中,在优厚的利益驱动下,上官来弟无可奈何,不得不嫁给革命
英雄孙不言(孙哑巴)。第一场争夺战因汉奸沙月亮被除而使来弟成为汉奸寡
妇,第二场争夺战使来弟坠入没有性爱的婚姻深渊,这两场争夺战最终彻底毁
灭了海伦式的上官来弟。对海伦、对上官来弟而言,乳房的情欲化就是美女的
被情欲化,就是女人的被欲望化,就是男人对女人的争夺,就是男人对世界的争
夺。对世界争夺的根本原因就是人类的欲望。这是海伦式的上官来弟情欲化
的文化内涵。

三、亚马孙女战士式的独乳老金:乳房的工具化

男人有欲望,女人也有欲望。在历史的长河中,除了短暂的时期外,男人的
统治长期占据主导地位,其间不时爆发两性战争,如亚马孙女战士所进行的战
争。《丰乳肥臀》中的独乳老金身上闪耀着亚马孙女战士的鲜活影子,征服男人
是她们追求的一个重要目标。

亚马孙女战士首次出现在史诗《伊利昂记》中,荷马认为这是数百年的传
说。她们是战神艾瑞斯(Ares)的后裔,举国都是女人,由女王统治。为了繁衍

后代,每年一度与外面的男人交欢,只要女孩,抚养长大使之成为女战士。"亚马孙女战士被认为是女性特质的'反转':她们拒绝结婚、不要儿子,和男人一样上战场厮杀。亚马孙女战士剽悍、独立,不仅远离男人,更视男人为敌!"①这是两性战争的原型。传说亚马孙女战士本有健全的双乳,为了方便拉弓而割掉右乳。"她们刻意割除乳房以强大力量,让男人畏惧敬佩。割除乳房加上男性特质,显示神话中的亚马孙女战士渴欲成为双性人,既是哺育孩子的女人,也是侵略战斗的男人;她们的哺育特质针对同一性别,侵略特质却针对男人。这种意象对男人来说,实在难以下咽,成为他们恐惧女性的最大梦魇。整个西方历史里,只要女人企图逾越传统性别角色,便再度唤醒亚马孙女战士的幽灵,刺激男人群起挞伐女人的逾矩,也鼓舞了女性转身背弃传统的性别角色。"②独乳老金原本也有健全的双乳,金童感受过了:"他的眼睛像着火一样盯着老金那只坐落在肚皮之上的肥大的乳房,它稍微有点偏左,如果不是右侧紧靠着腋窝那儿那只紧贴在皮肤上的、莲子般大小的乳头和乳头周围酒杯口大小的黑晕,标志着她也曾是个双乳的女人,那她简直就是一个医学的特例或物种学上的特例。"这种独乳可爱又可怕。独乳老金曾是香油店的女掌柜,后来成为"破烂王";曾是个风流寡妇,后被迫嫁给村里最穷的独眼方金。"老金只发育了右边一只乳房,左边的胸脯平坦如砥,这样就使她的独乳更显挺拔,好像平原上一座孤独的山峰。她的乳头又硬又大,高高地挑着单薄的衣衫。她的外号叫'香油壶',传说她的乳房兴奋起来,乳头上能挂住一只香油壶。"由此可见,老金的独乳具有惊人的力量,是征服男人的利器。她那只独乳是敢于压倒一切男人而决不被男人所压倒的乳房,具有征服男人的巨大魔力。小说以老金与金童之间的关系为点,以与老金有染的诸多头面人物之关系为面,描述了两性战争。独乳老金与亚马孙女战士不同,她的情欲十分亢奋,生命力十分旺盛。她与一个个男人翻天倒海,以满足自己的情欲,以宣泄一股股的原始能量,即使倒贴男人也在所不辞。亚马孙女战士是战场英雄,而老金是床上英雄。老金与诸多男人的两性战争,她自己说不是为钱,而是为了快活,不仅不赚钱,反而还贴钱。老金有过辉煌的历史。面对无能的金童,她炫耀说:"我这一辈子就靠着这只独奶子打天

---

① [美]玛莉莲·亚隆:《乳房的历史》,何颖怡译,华夏出版社2001年版,第25—26页。
② [美]玛莉莲·亚隆:《乳房的历史》,何颖怡译,华夏出版社2001年版,第27—28页。

下。实不相瞒,那些头头脑脑、体体面面的人物,一大半上过我的炕,你那些混账姐夫,什么司马库沙月亮,都叼着我的奶子睡过觉,但我对他们,没动过一点真情,这辈子让我魂牵梦想的,就是你这个'狗杂种'!"老金一直对这个金玉其外、败絮其中的老婴儿垂涎欲滴,或者说情有独钟。老金用一种特别的方式让金童做了一次真正的男人。信心十足的老金自认为能够把金童炼成钢铁,可是她错了,她能够战胜男人,却不能改造男人。老金愤怒地把他那老棺材瓢子一样的丈夫逐出家门,也绝望地赶走金童。没有对手的老金颇为沮丧,其意味可谓深长。亚马孙女战士式的独乳老金既蕴含了人类两性战争的母题,又表现出在经济时代所向披靡的女强人形象,更表现出性欲无度的淫妇形象,床上英雄置换了战场英雄。

四、乔其莎与上官想弟等:欲望的政治化

欲望的政治化是指在一定的政治背景下欲望的政治权力化,尤其是性欲望的政治权力化。在政治年代,巨大的政治力量无时不在,无处不在,往往支配人物的命运。由于特殊的政治环境,性压抑在社会成员中普遍存在,女人作为欲望化对象不断被政治化,并逐渐成为政治的牺牲品。《丰乳肥臀》中一些政治化的女人命运十分悲惨。

在特殊年代,人们的诸多欲望,尤其是性欲望受到严厉压制。"性之所以受到严厉的压制,主要是因为它不适合于整体化,不适合于强化劳动的生产组织形式。在那个千方百计开发劳动力的时代,除了将肉体享乐压缩到最低程度,使劳动力得以再生产,怎么可能允许劳动力消耗在肉体享乐之中?"[1]然而,由于政治与饥饿,罪恶的欲望更加膨胀,并造成严重的后果。炊事员张麻子凭借自己的掌勺权力,大肆奸淫农场的知识分子,最终成为掌握权力的邪恶者发泄淫欲的对象。养鸡场的龙青萍场长,不堪忍受双重饥饿的煎熬而自杀。一方面,正当的性欲望不能满足,另一方面邪恶的性欲望无限膨胀并大肆发泄。

上官来弟是位美丽而善良的女人,也是多灾多难的女人,她的第二次婚姻可谓政治包办婚姻。自从区长带领一队人马向上官鲁氏报喜,上官家族就开始

---

① [法]福柯:《福柯集》,杜小真编选,上海远东出版社2003年版,第291页。

以来弟的牺牲为代价过上荣华富贵的生活。这是一场政治婚姻,面对强大的政治压力与优厚的报酬,愤怒的来弟向孙不言叫嚷过,宁愿嫁给公猪也不愿意嫁给他,最终却还是无可奈何地就范了。革命英雄孙不言下身残废,不能过正常的夫妻生活,这是家庭的最大隐患。来弟不能不忍受这种非人的婚姻关系,坠入与传奇英雄鸟儿韩的情爱之中,最后在混战中失手打死了孙不言。来弟被政府枪决后,上官家族的六喜化为乌有。

欲望政治化的最常见的一种形态是强迫女性在政治运动中自我表演,如聚焦点上官想弟的表演。为了救全家人的性命,上官想弟卖身当了妓女。她的终生积蓄——一些珠宝被剥夺,陈列于一个玻璃柜里,供人参观。他们还别出心裁,强迫她到展览馆现身说法。所谓"现身说法",对她来说,是一场严重损害其人格的表演;对观众来说,却是一场欲望化的表演。在旁人眼里,经历皮肉生涯的上官想弟是个不折不扣的剥削者,他们对她一再怒吼:"老实交代,不许隐瞒!""说具体点!"这些对她审问的言辞,实质上是他们欲望化的诱导。在这里政治表现为权力,它"透过提问诈取真话甚至是超出提问范围的内心机密以实现权力与个人之间的对话","负责起人的性并且把触抚人体作为自己的责任","用目光抚摸人体,强调某些区域,使人体表面的某些区域变得异常敏感,进而夸大兴奋的时刻";与此同时,"权力本身也色情化,享受肉体乐趣",权力"一方面被它所追剿的肉体享乐侵入,另一方面却是在肉体享乐中表现自己"。[1] 这是在权力强迫下的一场精彩表演,然而,上官想弟的表演,她的嬉笑怒骂,戳穿了那些无耻之辈的政治面纱,揭露了他们丑恶的意淫心理,暴露表他们罪恶的欲望。

五、鲁胜利与汪银枝等:欲望的官商化与被官商化

官场追求权力,商场追求利益,而权力与利益又是紧密联系的。官场与商场既有各自的一般规则,又有各自的潜规则,仅仅遵循一般规则可能并非一帆风顺。女人进入官场,使这个以前仅仅是男人们相互角逐的名利场变得复杂起来,因为这个名利场有时使女人欲望化或被欲望化。

---

① 〔法〕福柯:《福柯集》,杜小真编选,上海远东出版社 2003 年版,第 316—317 页。

拒绝被潜规则，拒绝被欲望化、被官场化的纪琼枝不仅被开除出局，而且性命不保；遵循潜规则，自我欲望化与官场化同时也被欲望化、被官场化就顺风顺水，官运亨通。这样的政治文化生态症结何在？法律和制度是对社会成员行为的约束，对拥有行政权力的官员更是如此，严防他们为了满足自己的不正当欲望而滥用权力。我们的法律与制度的作用何在？何以防微杜渐？反贪不失为一种重要手段，其他制度性的防范更加重要。不管是反贪具体的手段还是根本性的制度建设，都意在对政府官员过度膨胀的欲望进行有效遏制。

作为逐利的重要场域，商场的欲望化更加普遍。作为欲望化的女人更容易被商业化，通过商业化，她们的身价得以物质化。通常情况下，女人的商业化，很难说女人是剥削者还是被剥削者。这是卖方与买方意愿达成的表现。在商业时代，青春妙龄女子是男人欲望化的重要对象。她们被广泛地纳入商业领域，买方与卖房各取所需，从而表现出浓厚的人性欲望。汪银枝是一个地地道道的欲望化的女人，她利用上官金童，以纯情寡妇的情态诱惑金童。金童坠入一个巨大的陷阱，稀里糊涂地上了贼船，与汪银枝办理了自愿结婚登记手续。汪银枝通过公司改造，一步步挖空公司，然后通过强迫离婚几乎占有公司的全部财产。在财产的这一转移过程中，汪银枝与金童是合法夫妻时，就包养小男人。她的美人计一箭三雕，同时满足自己的物质欲、名誉欲和情欲。司马粮与汪银枝作为商人，他们的行为偏离了商业正道，反映出赤裸裸的追求金钱与情欲的商业文化生态。

六、上官金童：人类欲望的化身

人类力求生存与发展的直接动因是各种欲望。叔本华认为，"所谓人生，就是欲望和它的成就之间的不断流转"，"欲望和努力，是人类的全部本质，正如口干欲裂必须解渴一样。欲望又是由于困穷和需求——即病苦。因为，人类在原来本质上，本就难免痛苦。反过来说，若是欲望太容易获得满足，欲望的对象一旦被夺而消失，可怕的空虚和苦闷将立刻来袭"。一般人"只生存于欲望中"，"他们的生存是欲望远多于认识，他们唯一的要素就是作用和反作用"。[1] 在《丰

---

① ［奥］叔本华：《人性的得失与智慧》，文良文化编译，华文出版社 2004 年版，第 4—7 页。

乳肥臀》中,人的欲望化非常普遍,最典型的是上官金童。金童患有严重的恋乳厌食症,这种病症不是因病所致,不是政治迫害所致,也不是其他后天因素所致,而是与生俱来的。这就消除了疾病的因素、政治因素及其他各种后天因素,凸显了先天因素。先天因素往往是本能性的,一般是人人都有的,如食、色等,而恋乳厌食症却为金童所独有。如果金童的恋乳厌食症仅仅是病理层面的,就毫无意义,作家莫言赋予它新的含义,即以"恋乳厌食"象征人类的欲望,尤其是男人的欲望。上官金童是传教士马洛亚之子,其母在聆听耶稣降生的故事后借马洛亚之种怀的孕,于是金童与耶稣就产生微妙的关联。耶稣要把百姓从罪恶中解救出来,而金童则只能把人类的罪恶之源——过度的欲望暴露出来,他可谓人类欲望的化身。

从病理学角度来看,金童的厌食症表现出对一切食物的恶心,这类似于《少女杜拉的故事》中的"杜拉"。杜拉是被一种不愉快的感受压倒了,这种感受是通往消化道的黏膜系统所特有的——这就是感到恶心。她的嘴唇受到亲吻的刺激,对于在那种特殊的地方进行感情定位,毫无疑问是很重要的;但也有另一种发挥作用的因素。① 杜拉所感受到的恶心并没有成为一种永久的症状。金童则相反,经常产生幻觉,其幻觉所指是乳房,各种各样的乳房。从精神分析学的角度来看,金童难以克服对乳房的依恋,并由此产生心理障碍与异常行为。"当小孩逐渐迈入青春期,他幻想着重新得回母亲的乳房。潜意识里,他相信自己和妹妹一样,也会发育出乳房,结果却没有,令他深感挫败。他怨怪母亲让他拥有缺陷的胸部,永远不能原谅母亲让他居于此等劣势。他觉得空虚,自觉比不上胸部隆起的妹妹,终此一生,男孩都无法克服这种缺陷感。"②没有乳房的痛苦最终导致了男人仇视女性的情结。金童对六姐的报复是对可能失去母亲乳房之愤怒的转移,对同胞八姐的排斥是对母亲乳房肚子占有欲的体现。有论者说:"不能拥有乳房的绝望感烙印在男孩的每一个发展阶段,深深影响他的人格形成。他终身渴望报复女人,因为她们拥有他所欠缺的乳房。女人的乳房激起他的拥有欲,也激起他对自我缺陷的愤怒,前项情绪往往转化成触摸与吸吮乳房的需求,目标乳房越大越好;后项情绪则转化成自我鄙视,再转化为对女人的

---

① [奥]弗洛伊德:《少女杜拉的故事》,文荣光译,北方文艺出版社1986年版,第41—42页。
② [美]玛莉莲·亚隆:《乳房的历史》,何颖怡译,华夏出版社2001年版,第164—165页。

攻击,乳房成为首要报复目标。"①正因如此,金童有许多仇敌,与他争夺乳房的仇敌,如马洛亚、巴比特等。但上官金童最终仍然不是一个真正的男人,更不是淫棍,而是欲望的化身。

七、历史的欲望化

人的欲望化导致由人创造的历史的欲望化。历史是人创造的,是作为人民群众的人创造的,而人是有各种欲望的,其行为往往受某种或某几种欲望驱动,因此,历史发展的直接动力可谓人的欲望。历史的欲望化是一种新的历史发展观,诸多历史发展过程的复杂现象,从欲望的角度来考察,就变得十分清晰,其脉络也十分明了。《丰乳肥臀》描述了 20 世纪高密东北乡风云变幻的历史,这一个世纪的历史无不充满各种各样的欲望,不同历史时段通过不同的人物揭示欲望的不同内涵。

20 世纪最初 40 年这一时段可谓生存欲望的自然化时期,以上官鲁氏为代表。她疯狂般的借种行为被限定在生殖以内,并通过她的感受来表现,不同的感受流露出她的爱憎态度。例如在芦苇荡里,她顺从地接受赊小鸭子的高大男人时,没有痛苦,也没有欣喜。她只是祈盼着,这个男人播下男种。她怀着对上官家的满腔仇恨,把自己的肉体交给光棍汉高大膘子糟蹋了三天。而在接受马洛亚时,她溢出感恩报德的泪水。与其他各次性行为相比,这次借种行为具有本质的不同,这是一次性与爱的融合,不仅表现了上官鲁氏一定程度的情欲满足,还表现了她与马洛亚的深厚友情。上官鲁氏的借种行为不表现为她的性享乐,更不表现为她的性放纵,始终以生殖为目的,这意在凸显她的"母神"形象。它表明,这一时段的历史是高密东北乡人民为生存而不断挣扎的历史,强烈的生存欲望是他们在乱世中得以存在的根本动力。

在高密东北乡,女人被卷入不同的政治阵营,欲望化与被欲望化的女人便被政治化,这是一种基本形态。作为女人,上官家的诸多女儿本不关政治,但由于所嫁男人的关系而被政治化。这种欲望的政治化与泛政治化是高密东北乡的这段历史的缩影,也是中国现代史的缩影。

---

① ［美］玛莉莲・亚隆:《乳房的历史》,何颖怡译,华夏出版社 2001 年版,第 165 页。

　　20世纪八九十年代这一时段可谓欲望的官商化时期。随着改革开放,经济建设成为时代的中心,工业逐渐兴盛,商业逐渐繁荣,人的欲望的商场化就水到渠成。在大栏镇(市),各路能人"八仙过海,各显其能"。

　　作为一位伟大的作家,莫言极富编造故事的能力,更富叙事技能。在诸多叙事中欲望叙事是最突出的一种,他通过聚焦于人的欲望,尤其是女人的欲望化与被欲望化,从欲望的理智化层面、情欲化层面、工具化层面、政治化层面、官商化层面,抵达欲望的历史化层面。如果我们对高密东北乡这近百年的历史进行简化,就可以发现其背后的隐秘力量是人的欲望。最初40年突出了混沌的农民世界,突出了这一世界中人们欲望的自然化过程。其后数十年,随着各种政治势力的登场,人们的欲望不断泛政治化与政治化。最后的近20年,人们的欲望逐渐官商化与被官商化。同时,作家让金童作为人类欲望的化身,既突出他自身,又突出与他相关联的方方面面,以至把人类的欲望暴露于光天化日之下,使人发现人的欲望与历史的发展存在隐秘的关系。因此,欲望是历史发展的动力,这种观点虽然片面,但不无道理。

《生死疲劳》的"寄居叙事"与视角叠加①

王西强②

【摘　要】在莫言小说叙事中有一类颇为独特的"物视角",经历了从拟人化的"动物视角"到"人＋物"的身份叠加而发展出"物形＋人性＋物性"的视角叠加的"寄居叙事"。这是一种莫言独创的,既超越了卡夫卡开创的"异化"视角叙事和中国古典小说的志异志怪叙事传统,又不同于现代戏剧艺术中的"穿越"叙事的崭新的现代性叙事策略。通过"寄居叙事"的视角叠加所获得的高度的叙事自由和强大的叙事能力,以及通过这种叙事能力所表达的现实关怀情绪,是莫言小说艺术魅力的重要支撑。

从开始小说创作之初,莫言就表现出对"叙事物"(非人的叙事者)的高度兴趣,在其早期的作品如《狗道》中被战乱、饥荒野化的狗们和《球状闪电》中的奶"花花"和刺猬"刺球"等"叙事物",都是莫言借动物的视角来观照人类的行为和思想,使其经历故事并参与叙事的典型文例。这在当时是颇为新颖独特的。研究者一般将其归为"动物视角"加以分析讨论,视其为莫言在小说叙事视角上的一种创新与试验。如果仅从这个意义上来看待莫言小说中的"叙事物"的"物视角"(非人视角)的话,即便是认可其在叙事上的试验性和创新性,也仍然低估了

①　本文为中国博士后科学基金第 59 批面上资助项目(一等)"莫言小说在英语国家的译介、传播与接受研究"(项目编号:2016M590393)和 2014 年国家社科基金一般项目"中国大陆当代小说在英语国家的译介、传播与接受研究(1949—2013)"(项目编号:14BZW125)的阶段性成果。
②　王西强,山东临沂人,文学博士,陕西师范大学外国语学院副教授,硕士研究生导师,华东师范大学中国语言文学系博士后。

莫言小说中这种叙事视角和人称机制探索所具有的美学价值和意义。究其原因，是这种观点只注意到了莫言所使用的这种叙事视角浅层的从"人"到"物"的变化与创新，而没有认识到其深层的"物的外形＋人的品性"的这种"亦人亦物"又"非人非物"的"人"与"物"的视角叠加和叙事情感与心态的重合与互补，从而也就忽略了莫言这种叙事探索在叙事美学上所具有的高度的创新价值和意义。

一、"物"叙事："寄居"式"移情"型叠加视角

作家把"叙事物"（非人的叙事者）放置到小说叙事主人公的位置上，以"物"叙"事"，并悄悄地在其身上灌注人类的思想、情感和意识，乍看似"动物视角"叙事或"拟人叙事"。但是，这些"叙事物"的叙述视域与观照范围——其所叙述的故事的深度、广度和高度既符合其"物"（非人）的身份特征又兼具"人"的情感温度，是作者在"物"的"壳"里塞进一个寄居的"人"，这个"人"的叙事情感和视域受到"物"所属物群特点的影响和限制，实则是一种典型的"借壳叙事"和"寄居叙事"。作者托"物"叙"事"言"情"，借用一种"非人"的"他者"的视角来讲述某一个居于故事核心位置的人（或物）的故事，或者"借壳"来抒发胸臆，移己情入他人情、移"人"情入"物"形，移一物之情入"他物"之形，使叙事主人公具有一种"借壳"的面具感或"寄居"的神秘感，是一种"移情叙事"。这与莫言在其早中期作品中的"我向思维叙事"及其主打的"我爷爷""我奶奶"等复合型人称视角或类第一人称叙事视角是大不相同的，是一种颇为典型的视角叠加，造成了一种"寄居"式"移情"型叠加视角。莫言较多地将其惯用的第一人称或类第一人称叙述视角与被"借壳"或被"寄居"的"他人/物"视角进行叙事人称指代功能的叠加和叙事视角阈值的重合和互补，从而使站在叙述者背后的作者在结撰故事、编织情节时获得了在故事时间和叙事时间"游移腾挪"和"随意超越"的高度自由，这其实正是传统"魔幻现实主义"叙事的精髓。莫言通过这种"寄居"视角所创造的"移情叙事"实际上已经完成了对拉美传统魔幻现实主义叙事及中国古典志异志怪小说叙事在叙事视角及其美学功能上的超越与再造，赋予了魔幻现实主义以"中国风格"和"莫言特色"，使其小说叙事中的叙事主人公都具有了细致入微、立体丰满、感人至深的艺术魅惑力，使其故事与故事人物都具有了独特

新颖的陌生化美学效果。

　　我们首先要辨识的是,莫言笔下的"寄居""叙事物"不同于中国古典志异志怪小说中的狐灵鬼仙。在中国古代志异作家的认知中,这些"狐灵鬼仙"或苦修多年而得人形,或是人死而灵魂精气不灭,根于物而成/呈人形,具有完整的人的思维能力和思维模式,仅保留了一点其成灵成仙前"物"的些微习性,如猪八戒"猪"的贪嗔、孙悟空"猴"的急躁多动、狐仙每每藏不住的尾巴等。即便是这些残留着的"物"的习性,也还是志异作家们为了强化某些"人性"("人"的社会属性)中的"物性"("人"的自然属性)而刻意设计出来的。通过阅读,我们不难发现,中国古代志异志怪小说中的"狐灵鬼仙"多被作家置于全能叙事语境中,以第三人称故事主人公或故事参与者的身份,被一个全知全能的叙述者所讲述。在故事中,他们多被全能叙述者牵引着被动前行,在作家设计好的情节中扮演着故事人物的角色,其言行举止和思维动向,皆需通过全能叙述者的叙述来呈现。

　　中国古典小说鲜有第一人称内视角叙事的文本,也较少使用心理描写,但志异志怪小说作家们却更多地偏爱描写其笔下"狐灵鬼仙"的心理活动,这大概是因为作家们感受到其自身在人物形象塑造上的创新与突破,知其与既有叙事传统中的人物"和而不同"——同具人性,却另有动物性。正是这些关于"狐灵鬼仙"的心理描写,使中国古典小说叙事出现了从全能叙事向人物内聚焦叙事和散点透视式叙事转变的萌芽,使故事人物被赋予了以主动呈现自我内心世界和思想形态来参与故事进而推动故事情节发展的能力。这种转变给中国古典文学在叙事精神和人物塑造上带来了新变,其间也产生了辉煌的巨著,《聊斋志异》《西游记》《封神演义》和诸多笔记小说中的志异志怪短篇佳作等皆属此类。我们不妨暂且将这些"狐灵鬼仙"概括为"被叙述的人形人性物灵",他们由"物"而"人",是被叙述的、具有了人形和人的行为能力和思维方式的物灵,多为被叙述的故事参与者,个别因作家自觉的、在叙事上创新求变的需要,在心理描写中被赋予了"自曝"内心世界的叙述权力,并以一种异于全能叙述者的声音部分地参与故事的叙述,这是内聚焦叙事和散点透视式叙事的雏形,但中国古典小说家们的探索仅止于此,没有赋予这些"狐灵鬼仙"更多的叙述权力。这种志异志怪小说"人＋物"式的叙事模式的当代激活、转型和创新是由莫言完成的。

二、从拟人到"物十人"的身份叠加

莫言发表于《收获》1985 年第 5 期上的《球状闪电》的叙事结构和叙事视角，有一点需要重复一下，在《球状闪电》中，刺猬"刺球"和奶牛"花花"被作家拉入叙事圆环，承担起从他们的视角讲述他们作为动物所经见的故事片段的叙事任务，他们与蝈蝈、毛艳等内聚焦"人"视角叙述者一样，是多话语散点透视的两个透视"点"，是纯粹的"动物视角"，是被作家拟人化了的作为故事参与者和经历者的内聚焦"物"视角叙述者。这种视角在中国文学自身的叙事传统及作品发表的"当时"虽已非常新颖独特，但与西方现代派小说叙事视角的"现代性"和"先锋性"相比，还是较为"传统"的。

我们再看发表在《十月》1986 年第 4 期上的中篇《狗道》，这篇小说是《红高粱》故事的延续，是"红高粱家族"小说的第三章。莫言以第三人称全能叙事视角讲述了抗日战争中日本人的屠杀使高密东北乡人口锐减，"我"家红、绿、黑三条狗带领周边村子里的群狗变成了以吃人肉为生的野狗，"我"的"父亲""母亲"和他们的小伙伴们与吃人的狗群之间展开了生死搏斗。原本是人类的驯良朋友的狗们恢复了野性，并在动物的野性之外具有了"人性"思维能力，在形容"狗性"时，作家使用了通常用来形容"人性"的文辞，如"群狗心事重重，跃跃欲试"[1]、"我家的红狗、黑狗和绿狗都不动声色，互相用眼角瞥着，狭长的脸上挂着狡猾的笑容"[2]、"绿狗队里一个厚颜无耻、生着两片厚唇、鼓着两只鱼眼睛的公狗——它生着一身蓝黄夹杂的狗毛——竟然大胆调戏红狗队里与狗队长关系异常密切的一只漂亮的花脸小母狗"[3]、"黑狗站在它昔日的两个伙伴之间，和事佬般地叫了一声"[4]等。这时的"狗"，虽仍只是被全能叙述者所讲述的故事参与者，但是，他们已经具有了"狗性"和"人性"的叠加，具有了人的思维能力。我们可以说这是一种拟人化的写法，但是，细心的读者会发现，作家在描写狗的心理活动和狗与人之间的对峙关系时写道："红狗知道，与它们作对的，是几个刁钻

---

① 莫言：《红高粱家族》，南海出版公司 2000 年版，第 207 页。
② 莫言：《红高粱家族》，南海出版公司 2000 年版，第 207 页。
③ 莫言：《红高粱家族》，南海出版公司 2000 年版，第 208 页。
④ 莫言：《红高粱家族》，南海出版公司 2000 年版，第 208 页。

古怪的小人儿,其中一个,还模模糊糊地认识,不干掉这几个小畜生,狗群就休想安享这满洼地的美餐"①,"它刚刚迂回到洼地后边,看到掩体里那几个指手画脚的小人时,就听到洼地前的狗道上响起了手榴弹的爆炸声。它心中惊悸不安,见狗群中也慌乱起来;这种杀伤力极大的黑色屎壳郎,使所有的狗都胆寒。它知道,如果自己一草鸡,就会全线崩溃"②。这些对于狗的心理活动的描写,看似是作者使用了全能视角在叙述故事,但其实已经具有较为明显的内聚焦叙事的特点。"狗"的视角的方向性已经在引导读者的阅读,尽管这种引导是比较隐蔽的,但作者已经在有意无意地、零星地向被叙述的"狗"让渡叙述的权力了,至少是借助狗的意识流动在推动故事了;而且狗身上的"人性+物性"使其初步具有了"人+物"的感知能力和一点微弱的"人"与"物"相叠加的叙述视域。说得远一点,作家是在写日本人与中国人的战争、中国各派势力之间斗争的背景之下,以《狗道》来写人与狗的对峙与斗争、狗群与狗群之间的斗争,这似乎可以理解为对人类动物性、兽性的一种极为形象的喻指:在民族存亡的斗争之中,"人"被残酷的战争"物"化、"兽"化、"异化"了,"人"变成了"兽",正如曾经的家犬变成了吃人的野兽。同时,极具讽刺意味的是,原本是人类朋友的狗在野性回归的同时,居然也具有了人性。人耶? 兽耶? 殊难分辨! 这是多么深刻的比拟。

在同年发表于《昆仑》第 6 期上的《奇死》中,莫言写到了另外一种来自中国民间文化传说的"人""物"交混:弥留之际的二奶奶被曾把她魅住又被她打死的黄鼠狼借尸还魂了,被打死的黄鼠狼阴魂不散,借二奶奶之口"通说","在绿色灯光照耀下的二奶奶的脸,已经失去了人类的表情","这声音根本不是二奶奶的声音,倒像一个年过半百的老头"。③ 这个情节在叙事的手法上倒是没有什么特别之处,此处之所以要列举出来,是想以此来旁证一下莫言对于"人"与"物"结合的热衷。同样的例子,还有如莫言笔下的"鸟人":《球状闪电》中每天晚上在酒铺里往自己身上粘羽毛、嘴里叫着"我要飞"的、"似鸟非鸟似人非人的怪物""鸟老头"④,是一个生而为"人"却梦想着能够像鸟儿一样飞翔的"怪人",一个有着由"人"而"物"的理想的"怪人"。《丰乳肥臀》中的"鸟仙"三姐因吃了一只肉味鲜美的大鸟肉而具有

---

①　莫言:《红高粱家族》,南海出版公司 2000 年版,第 212 页。

②　莫言:《红高粱家族》,南海出版公司 2000 年版,第 212 页。

③　莫言:《红高粱家族》,南海出版公司 2000 年版,第 366 页。

④　莫言:《球状闪电》,《莫言文集·白棉花》,当代世界出版社 2003 年版,第 438 页。

了"鸟仙"的神通,能未卜先知、悬壶济世,而且在外形上当"她完全进入了鸟仙状态的时候,她鼻子弯曲了,她的眼珠变黄了,她的脖子缩进了腔子,她的头发变成了羽毛,她的双臂变成了翅膀"①。但当"她舞动着翅膀,沿着逐渐倾斜的山坡,鸣叫着,旁若无人,扑向悬崖"②时,这个有着神通的"鸟仙"却没能真的飞起来,"等我们清醒过来时,她已在悬崖下翱翔——我宁愿说她是翱翔,而不愿说她坠落。悬崖下的草地上,腾起一股细小的绿色烟雾",她"落地时发出了清脆的声音,好像摔碎了一块玻璃"③,"鸟仙"摔死在悬崖下了,这是一个把"翱翔"的梦想误当成了现实而死于梦想的"鸟人"。这两个"鸟人","鸟老头"受尽了白眼,"鸟仙"受到世人尊重,但却都是因为"生命中不能承受之重"而被动地生发出了精神上"翱翔"的理想,这是一种精神病态之下想要逃离残酷现实和生存困境的理想,是一种被生活的重压所压抑出来的人的"异化"了的理想。

真正"翱翔"起来的"人",是发表于 1991 年的短篇小说《翱翔》中的燕燕。这是一个被母亲逼着为哥哥"换亲"的可怜女子,她"容长脸儿,细眉高鼻,双眼细长,像凤凰的眼睛",有着"修长的双臂、纤细的腰肢"和"超出常人的美丽",被迫嫁给"四十岁了,一脸大麻子"的"高密东北乡著名的老光棍"洪喜。④ 洞房之日才初见洪喜的燕燕"看到了洪喜的脸,怔怔地立住,半袋烟工夫,突然哀号一声,撒腿就往外跑"⑤。被洪喜的长相吓坏了的燕燕,在悲苦的"换亲"命运面前,选择了"跑",她想逃离苦难,但是,没有人同情这个不幸的弱女子,反倒觉得"跑了新媳妇,是整个高密东北乡的耻辱。男人们下了狠劲,四面包抄过去"⑥,被围追堵截的燕燕却突然"挥舞着双臂,并拢着双腿,像一只美丽的大蝴蝶,袅袅娜娜地飞出了包围圈","落在墓田中央最高最大的一株老松树上",⑦引来全村人一起想尽办法要把"会飞"的燕燕弄下来。最后,警察把燕燕两箭射下,故事至此结束。作为故事主角的燕燕,是一个婚嫁陋习导致的人间悲剧的牺牲者,在小说中自始至终没有说一句话,甚至也没有关于燕燕的心理描写,她只是作为

---

①　莫言:《丰乳肥臀》,当代世界出版社 2003 年版,第 180—181 页。
②　莫言:《丰乳肥臀》,当代世界出版社 2003 年版,第 181 页。
③　莫言:《丰乳肥臀》,当代世界出版社 2003 年版,第 181 页。
④　莫言:《翱翔》,《莫言文集·白狗秋千架》,当代世界出版社 2003 年版,第 417 页。
⑤　莫言:《翱翔》,《莫言文集·白狗秋千架》,当代世界出版社 2003 年版,第 418 页。
⑥　莫言:《翱翔》,《莫言文集·白狗秋千架》,当代世界出版社 2003 年版,第 418 页。
⑦　莫言:《翱翔》,《莫言文集·白狗秋千架》,当代世界出版社 2003 年版,第 419 页。

一个被全能叙述者讲述的可怜女子,她的"翱翔"无疑只存在于作家的虚构性想象中,是一种艺术层面的真实,是莫言学习西方现代派小说技法和中国古典志异志怪小说人物形象塑造模式的一次尝试。那个"翱翔"的、"沉默"的燕燕,是一个无声控诉者,是莫言笔下最早的由"人"而"物"的被"异化"的"人"。在《翱翔》中,她只是一个被"远观"、被叙述的故事人物,还没有从自己的视角参与故事的叙述。在这个人物身上有明显的模仿卡夫卡的《变形记》的人物形象塑造手法的痕迹,作家要借其表现的也是"人"在生存困境中的"异化"主题。

从比较纯粹的拟人化的动物视角,到逐渐清晰明了的"物+人"的故事人物的身份叠加,体现出莫言表达人性关怀的力度与角度的与众不同。在西方现代派小说人物塑造方法和人文关怀方式的影响下,莫言在其早年作品中塑造了多个兼具"人性"和"物性"的故事人/物,使其具有更宽广的艺术承载力、更深刻的现实批判力和更浓郁的人文关怀感染力。还有一点需要强调,这些人/物身上的"人性"与"物性"既不是以善恶区分,也不是简单的善恶相加,既非"杂取种种,合成一个"的纯粹人性的拼贴,也不是单一的"牛头马面"的兽性组合,而是一种基于身份叠加的人物审美内涵和外延的拓展,因而具有了复杂多义、朦胧多解的艺术魅力。这是莫言在人物形象塑造上的创新,也是此后小说叙述者视角叠加和视域扩展的基础。

三、"寄居叙事":"人"与"物"的视角叠加和视域扩展

与卡夫卡的《变形记》和中国古典神幻小说如《西游记》等中的核心人物相比,《生死疲劳》中的人物兼具故事叙述者和参与者的身份。哪怕仅从故事人物的身份及其形象意义来看,《生死疲劳》中的人物也别具风采。《西游记》中的悟空、八戒和各色妖魔鬼怪等在外形上是"人""物"一身,是一种想象中的"人"与"物"的肢体杂合,在精神气质上或是"人形物性",或是"物形人性",但多兼具"人性"和"物性",每个人物都因此在审美内涵和外延上具有更高的象征性和更广的指代性。但是,他们的形象一旦确立,就少有变化,在故事里,他们的言行、思维会顺着他们既有的性格模式生发,而不会有明显的或突然的改变,甚至读者在阅读故事时能根据作家设计的情境对他们的言语行动做出大致的预判。

作家对他们的言语行动和内心活动的描述,基本上都是全能叙事,他们就像作家手中的提线木偶,按照既定的性格路数在相对模式化的故事轨迹上滑行。

《变形记》中的格里高利因受到生活工作的重重挤压而变异为一只"甲虫",由"人"而"物",外具"物"形而内保"人"性。作为一个故事人物,他始终把自己关在屋子里。与其他故事人物的互动,也仅限于隔着房门的言语对话和对往事的追忆,没有与其他人物面对面的言语交际和肢体互动。作为一个故事人物,变成甲虫之后的格里高利是自我隔离的,他的故事始于"变形",也止于"变形"。卡夫卡要表现的不是高潮迭起、人物繁多、波澜壮阔的,矛盾冲突激烈、情节复杂多变的故事,而是人在现代社会重压下的"变形"和"异化"主题。格里高利这一人物形象的生动性来自其复杂的心理活动而非被置于"冲突"之中的人际互动。因此,对"变了形"的格里高利而言,甲虫的外壳体现了他在重压面前隐藏自己、保护自我的逃避和自闭心理。虽然甲虫的外壳让他在行动上不自由,但在精神和心理上,他始终是一个完整的、完全的现代人,他在外形上被动地由"人"而变成了"虫",但在心理上,他倔强地保持着"人性",在他身上基本没有"人性"与"物性"的叠加。在叙事上,卡夫卡既让一个全能叙述者来讲述格里高利的"变形"故事,又使用内聚焦来展现其内心丰富而涌动的焦虑:不管何时,他都是"物形人性",对于甲虫的外壳,他时时感受到的是不便、懊恼和恐惧,"物形"——甲虫的外形与"人性"——人的品性在他身上基本是分离的。

和《球状闪电》的叙事圆环相似,《生死疲劳》中西门闹的故事也是一个叙事圆圈。小说的叙述始于大头婴儿蓝千岁的一句"我的故事,从 1950 年 1 月 1 日讲起"①,经历了"驴折腾""牛犟劲""猪撒欢""狗精神"和"广场猴戏",最后又回到并终于这句"我的故事,从 1950 年 1 月 1 日讲起"②。所不同的是,《球状闪电》的叙事圆环中的各故事片段和不同环节,是由不同的叙述者兼故事参与者或见证者分别从自己的角度、以自己的视角来讲述的,是典型的"分述式"散点透视的叙事模式。故事的叙述者展开叙述接力,叙述权交替更迭,同时,因为叙述者的立场、角度和所处叙事时间和故事时间的不同,由不同叙述者讲述出来的故事也呈现出"杂语交响"的复调叙事特征,不同叙述者的声音在立体化了的

① 莫言:《生死疲劳》,作家出版社 2012 年版,第 3 页。
② 莫言:《生死疲劳》,作家出版社 2012 年版,第 571 页。

叙事时间之中相互对话、诘难和质辩，从而使故事呈现出多解、歧义的话语矛盾和叙事张力，更好看、更耐读。《生死疲劳》中故事主人公西门闹经历了驴、牛、猪、狗、猴和大头儿的六道轮回，看似是在不停地转换身份讲述从西门闹到大头儿蓝千岁的轮回故事，中间还夹杂着一个全能叙述者的声音，但从叙述者的精神气质来看，就只有一个核心叙述者——西门闹，他的精魂不灭，在六道轮回中转世投胎六次，"寄居"在驴、牛、猪、狗、猴和大头儿的皮囊里，经历并讲述自己的故事。故事表面的叙述者是大头儿蓝千岁，但在整个故事的叙事圆环中，是西门闹的精魂所寄居的那些人/物从自己的角度在讲述被西门闹"寄居"时故事。故事的叙述者随着故事的推进变换着不同的"物形"，但"寄居"在其体内的"人性"——西门闹的人性是始终未曾有大变化的，只不过随着"物形"的变化而在西门闹的"人性"之外又附加了与其"寄居"的"物形"对应的"物性"。这就有了所谓的"驴折腾""牛犟劲""猪撒欢"和"狗精神"，从而使得故事的叙述者外具"物形"——驴、牛、猪、狗、猴和大头儿——而内保"人性"，保留了故事核心"人"西门闹的记忆和思维能力，同时又兼有"物性"——驴的"折腾"、牛的"犟劲"、猪的"撒欢"和狗的"精神"。当叙述者"寄居"在驴、牛、猪、狗、猴的皮囊里时，他是融入该物群并与其周围的"人/物"互动的，又因不断在六道中轮回，出入阴阳两界，深度体验了人情、物情的冷暖，以"物形"行于世间而具有"人性""物性"和"人姓"（如西门驴、西门牛、西门猪等称谓），是"物形＋人性＋物性"的视角叠加和视域杂合的叙事混合体。

四、《生死疲劳》：视角叠加中的三线叙事与"对话叙事"

《生死疲劳》的主体性叙事基本上都是以第一人称"我"的视角展开的，但是这个"我"是随着西门闹的"生死疲劳"故事及其叙事脉络的变化而变化的。《生死疲劳》中有三条叙事线和三个"我"。第一条叙事线上的叙述者"我"，是化身大头儿蓝千岁的西门闹的精魂——一个矛盾的、纠结于阴阳两界、人畜之间的寄居叙事者。这个"我"对叙述对象另一个"我"（蓝解放）讲述西门闹的精魂转世寄居在驴、猪、狗体内时所经历的故事。故事的显在叙述者是西门闹转世投胎所化的大头儿蓝千岁，但故事的经历者却是"寄居"的西门闹的精魂。在讲述西门闹转世为驴、猪、狗时，"我"就不再是蓝千岁，而是西门驴、西门猪、西门狗，其叙述视域和知域就是"物形＋人性＋物性"的视角叠加和视域杂合，即"驴/猪/狗的外形＋西门闹的人间情感和记忆＋狗的习性与思维方式"，或者说在这条叙事线上，当叙述者的声音出现时，"我"是"蓝千岁"，当故事经历者的声音出现时，"我"是"西门驴/猪/狗"，在这条叙事线上还有一个显的叙述对象，即另一个"我"蓝解放——蓝千岁叙述的故事的听众。

在这条叙事线上，西门闹记忆中他作为人时所经历的故事与其死后不屈不灭的精魂"寄居"在不同的"物体"之中所经历的故事是交织在一起的。被枪决的西门闹经过六道轮回，寄居在驴、牛、猪、狗、猴和大头儿的体内，"虽死犹生"地经历着"人世"与"畜类"、阳界与阴间的故事。他在"人"的不甘与怨愤之中回忆往事，又在驴、猪、狗的生涯中经历着"折腾""撒欢"和"精神"，挣扎在"过去"与"现在"、"人"与"畜"、怨与怒之间，他始终在轮回里挣扎，时而"人"的记忆复活，时而"畜"性大发，"尽管我不甘为驴，但无法摆脱驴的躯体。西门闹冤屈的灵魂，像炽热的岩浆，在驴的躯壳里奔突；驴的习性和爱好，也难以压抑地蓬勃生长；我在驴和人之间摇摆，驴的意识和人的记忆混杂在一起，时时想分裂，但分裂的意图导致的总是更亲密地融合。刚为了人的记忆而痛苦，又为了驴的生活而欢乐"①。大头儿蓝千岁以追忆性视角使用第一人称"我"来讲述其从西门闹到驴、猪、狗的轮回中所经历的故事。这个"我"是寄居在不同躯壳里的西门闹的精魂，其在具体故事中的形体，时而是西门闹，时而是西门驴、西门猪或西门狗。在蓝千岁的叙述之中，西门驴、西门猪和西门狗的故事时间有先后，且都是按照顺时序有序推进的，并无明显交叉与互动，但这三段故事却都各自与西门闹的故事构成一种交叉、互动和对话的关系。如果说大头儿蓝千岁叙述故事的时间是"现在时"，即叙述时间是"现在"，那么，西门驴、西门猪、西门狗的故事时间就是"过去时"，而西门闹的故事时间则是"过去的过去"，即"过去完成时"。寄居在驴、猪、狗的躯壳里的西门闹的精魂不时地从"过去"跳回到"过去的过去"，不断唤醒其作为人时的记忆和记忆里的人事，不断进行着"人"——西门闹和"物"——驴、猪、狗的视域和知域叠加，从而有效地呈现了时代、社会和人事变迁之中人的情感、性格和命运的变化。小说中西门闹的妻妾子女及蓝脸、义

---

① 莫言：《生死疲劳》，作家出版社 2012 年版，第 19 页。

子黄瞳等人的性格、命运在时代浪潮中的变化对其自身来说,或是无奈之举或是自然而然的事,但对于保有前世记忆却不得不寄居在动物体内的西门闹的精魂而言,却是多么伤情、伤心和绝望的事。这样的情节安排、人物关系的结构和叙述视角的使用就使得小说人物形象所具有的审美内涵和情感能指更为宽广博大,也因此更多地刻上了时代变迁的印记,而且这种印记的刻画方式也是非常巧妙而不着匠气的。

《生死疲劳》的第二条叙事线是"我"所叙述的西门牛的故事。在这条叙事线上,"我"是以一个顽固单干户蓝脸的儿子的身份作为第一人称叙述者来讲述其曾经历并见证过的西门闹寄居在"西门牛"体内时的故事。"我"以一种"后知后觉"的语调和情绪追忆并对"你"(蓝千岁)讲述围绕西门牛所发生的故事,蓝千岁是西门牛故事的受述者。在这条叙事线上,因为西门闹对其为"人"时的记忆超出了叙述者"我"的视域和知域范围而暂时隐退。叙述者"我"的"后知后觉"是指"我"在叙述故事时已经知道坐在"我"对面、听"我"讲述西门牛故事的大头儿蓝千岁其实就是经历了六道轮回、保有其轮回记忆的"西门闹"的转世。在小说"第十二章　大头儿说破轮回事　西门牛落户蓝脸家"的开头,就有一段"我"和大头儿蓝千岁关于其由驴转世为牛的对话,之后"我看看那颗与他的年龄、身材相比大得不成比例的脑袋,看看他那张滔滔不绝地讲话的大嘴,看看他脸上那些若隐若现的多种动物的表情——驴的潇洒与放荡、牛的憨直与倔强、猪的贪婪与暴烈、狗的忠诚与谄媚、猴的机警与调皮——看看上述这些因素综合而成的那种沧桑而悲凉的表情,有关那头牛的回忆纷至沓来……"①,而"我""现在"是在和大头儿蓝千岁一起通过回忆讲述"西门牛""过去"的故事,是叙述者"我"和受述者"你"——大头儿蓝千岁的前世西门牛曾经一起经历的故事,"尽管现在我是个五十多岁的老男人,而你只是个年仅五岁的儿童,但退回去四十年,那个动荡不安的春天,我们的关系,却是一个十五岁少年与一头小公牛的关系"②。在这里,"我"既是西门牛故事的叙述者又是经历者,只不过作为西门牛故事经历者的"我"和西门牛故事叙述者的"我"在"故事"和"叙述"两个层面上的年龄发生了变化——从十五岁的少年到五十多岁的老男人,而作为西门牛

---

① 莫言:《生死疲劳》,作家出版社 2012 年版,第 99 页。
② 莫言:《生死疲劳》,作家出版社 2012 年版,第 106 页。

故事受述者的大头儿蓝千岁和作为西门牛故事经历者的西门牛则在前后发生了形体上的变化，一个是五岁的儿童，一个是一头公牛，维系其前后精神气质层面上的一致关系的是西门闹不死不灭的精魂及其关于前生今世的记忆。因此，"我"在向"你"（大头儿蓝千岁）讲述西门牛的故事时，不时地向"你"求证"你"作为牛的"当时"的"思想"和"情绪"，如"这时，我们听到，从我家的牛棚里传出来一种奇怪的声音，像哭、像笑、又像叹息。这是牛发出的声音。你当时，到底是哭、是笑、还是叹息"[①]，"——事情也许没这么复杂，大头儿蓝千岁道，也许我当时是被一口草卡住了喉咙，才发出了那样古怪的声音"[②]，西门牛的故事就在这样的对话式叙述中铺陈开来，这就在"我"讲故事给"你"听之外，增加了一种"你"反过来会与"我"讨论故事的进程与细节、参与故事情节的结撰的现象，构成一种颇为奇异的叙事互动的景观，而这种叙事互动是颇具魔幻现实主义色彩的。另外，值得注意的是"牛犟劲"这段文本中的时间张力，作为西门牛故事叙述者的"我"（五十多岁）的叙述时间和作为故事受述者大头儿蓝千岁的受述时间是一致的，是"现在时"；而作为西门牛故事参与者的"我"（少年时期）的故事时间与西门牛故事的主角西门牛的故事时间是一致的，是"过去时"。这两种时态在"故事"与"叙述"之中是交织在一起的，是一种时而对立时而对话的关系，是一种以时间的残酷来映照人生的无奈与命运的无情的"时间拼贴法"，这是莫言在《红高粱家族》中就已经运用娴熟了的叙事手法。

在追忆西门牛的故事时，叙述者"我"（蓝解放）的叙述都是基于其在故事发生的"四十年前"的"当时"和讲述故事时的"现在"的所闻、所见、所思、所感。西门牛虽仍是故事的主角和叙述展开的核心，但其作为西门闹的精魂所寄居的动物母体的思想、感觉和感情却因受叙述者"我"（蓝解放）的视域和知域限制而无法呈现，如果确有需要，叙述者"我"会采用上述临时停止叙述、向大头儿求证的方式来做必要的补充。那么，我们不禁要问，作者为什么要在"第二部 牛犟劲"里使用这样的叙述方式呢？细究其原因，恐怕是作者要呈现的是在西门牛故事的时间段里发生的"人事"——人们在特殊的年代里所经历的命运与人生的突变——而非"物情"——西门牛的情感和思想。西门牛的经历变成了动荡

---

① 莫言：《生死疲劳》，作家出版社 2012 年版，第 156—157 页。
② 莫言：《生死疲劳》，作家出版社 2012 年版，第 157 页。

的"人间"故事的陪衬,西门金龙毒打烧死西门牛的场景正生动地表现了其作为
"人"被挤压而极度扭曲变态的心理。西门金龙被逼到了命运的死角,当他把对
"人"的仇恨转嫁倾泻到一头牛身上时,他作为"人"已经被"异化"得完全"非人"
了! 而要表现此时"人"的无助、焦虑、苦闷和悲愤,"人"——"我"、单干户蓝脸
的儿子、经历了人生大起落大波折的西门金龙的重山兄弟——的视角无疑会比
西门牛的视角更具有情感体验,思想生发上的优势,更强烈的历史感、真实感,
引领读者情感代入的亲历感。关于这一点,我们只需要读一读莫言蘸着血泪写
下的极端文字就不难体会他借西门金龙打牛来写人世悲辛、谴责并悲悯经历了
苦难却又无比残忍的"人"的良苦用心,"金龙是那样的变态,那样的凶狠"①地打
牛烧牛,他打牛,"牛身上,鞭痕纵横交叉,终于渗出血迹。鞭梢沾了血,打出来
的声音更加清脆,打下去的力道更加凶狠,你的脊梁、肚腹,犹如剁肉的案板,血
肉模糊"②。他烧牛,"牛的皮肉被烧焦了,臭气发散,令人作呕,但没人呕。西门
牛,你的嘴巴拱到土里,你的脊梁如同一条头被钉住的蛇,拧着,发出啪啪的声
响。……呜呼,西门牛,你的后半截,已经被烧得惨不忍睹了"③。对这样的施暴
场面的描写和叙述,无疑是需要"人"的视角的,也正是借助"人"的视角,在描述
完这样颇具象征意味的人间惨剧时,莫言才能借叙述者之口发出了止暴的呼
喊:"人们,不要对他人施暴,对牛也不要;不要强迫别人干他不愿意干的事情,
对牛也不要。"④

　　另外,值得注意的是《生死疲劳》中不同叙述声音间的对话与互动,这种对
话与互动存在于第一人称叙述者"我"所叙述的"第一部　驴折腾""第三部　猪
撒欢"和第一人称叙述者"我"所叙述的"第二部　牛犟劲"的故事之间,更明显
地存在于"第四部　狗精神"的叙述之中。在这一部里,第一人称叙述者"我"时
而是五十多岁的男人,时而是五岁的大头儿蓝千岁(在故事时间里是西门闹的
精魂所寄居的西门狗),这两个第一人称叙述者分别从其各自的视角依次隔章
讲述了其在同一故事时间里作为正在经历婚变的"我"和西门狗所经历的自己
的故事及其见证的对方为人/为狗的故事。"我"的婚变故事和西门狗的故事通

---

① 莫言:《生死疲劳》,作家出版社 2012 年版,第 194 页。
② 莫言:《生死疲劳》,作家出版社 2012 年版,第 196 页。
③ 莫言:《生死疲劳》,作家出版社 2012 年版,第 198 页。
④ 莫言:《生死疲劳》,作家出版社 2012 年版,第 197 页。

过这两个第一人称叙述者的"交互式"隔章叙述相互交织、纠缠在一起，构成一种互补、互证和对话的关系。这两个叙述者的叙述甚至在小说的第五十二章中发展成为一种直接的"对话叙述"，两个原本轮流讲故事给对方听的叙述者直接通过"你一言我一语"的"对话"共同叙述了一段颇为离奇的出殡话剧和爆炸惨案，这一章的故事主角是"我"，核心故事是"我"与庞春苗惊世骇俗的爱情故事。"对话叙述者"之一的"我"自曝了其隐秘的情感历程和思想变化，而"对话叙述者"之二的西门狗则以一个兼有西门闹的思维能力和狗的行为、感觉能力的"人＋物"的叠加视角对其所经见的"我"的情事和婚变中的其他当事人如蓝解放的妻儿等的言语动作做了补充性叙述，弥补了"我"第一人称叙述视角的视域和知域限制的不足，使其婚变故事变得完整、丰富、立体，既有当事人叙述的亲历、亲感、亲见的真实生动，又有旁观者叙述的客观与冷静，更何况这位旁观的叙述者还是"寄居"了西门闹的精魂的西门狗的再转世——蓝千岁呢？

《生死疲劳》的第三条叙事线是由大头儿蓝千岁在其叙述中反复提及并多次引用的故事人物、小说家"莫言"写的十二篇小说以及"莫言"以第一人称全能叙述视角讲述的"第五部 结局与开端"中的故事。在蓝千岁的叙述中，多次提到故事人物兼小说家"莫言"写的《苦胆记》《养猪记》《新石头记》《复仇记》《后革命战士》《辫子》《圆月》《太岁》《人死屌不死》《方天画戟》《黑驴记》《杏花烂漫》《撑杆跳跃》和《爆炸》共十二篇小说，其中《太岁》《黑驴记》《养猪记》《杏花烂漫》和《撑杆跳跃》五篇的内容以引文的形式出现在小说文本中，其他篇章的内容则由叙述者蓝千岁根据其叙述的需要做简要的复述。这些篇名除《爆炸》确是现实中的作家莫言创作的中篇小说外，其他均是叙述者蓝千岁杜撰出来的"莫言小说"，其功用有二：其一，对叙述者蓝千岁的叙述进行某一方面的故事细部或人物情感方面的补充，主要还是借"莫言"这一故事人物的视域和知域来弥补蓝千岁经历故事时的动物视角的视域与知域的不足，从而使故事完整、人物情感自然丰满；其二，叙述者蓝千岁在引述"莫言小说"的故事片段时，总是在质疑或论证其小说叙述的虚假和不可靠，如在提到"莫言小说"《苦胆记》时，他说"他小说里描写的那些事，基本上都是胡诌，千万不要信以为真"①，又如"莫言从小就喜欢妖言惑众，他写在小说里的那些话，更是真真假假，不可不信又不可全信。

---

① 莫言：《生死疲劳》，作家出版社 2012 年版，第 8 页。

《养猪记》里所写,时间、地点都是对的,雪景的描写也是对的,但猪的头数和来路却有所篡改"①,"按照莫言小说里的说法,……他的话不能全信,他写在小说里的那些话更是云山雾罩,追风捕影,仅供参考"②等。那么,我们不禁要问,既然叙述者蓝千岁不停地提及"莫言小说"并引用其中的片段,那么,他又为何要不停地告诉受述者"我"(及万千读者)"千万不要信以为真""不可不信又不可全信""不能全信"呢?这看似是一种"元小说"——叙述者故意向读者暴露故事的虚构性从而解构故事和叙事——的叙事手法,但如果做认真的分析,我们会发现其实不然。莫言让叙述者蓝千岁揭露"莫言小说"叙述的"不可信"恰恰是为了让读者通过对比这两个叙述者所叙述故事的真实性的差异来将其引向更大的"真实性"——使其确信蓝千岁所叙述故事的真实性,这是一种基于"元小说"却不同于"元小说"的叙事策略,是不能简单地将其概括为"元小说"的。

另外要说的是,作家莫言多次将"莫言"写进小说,使其成为某一故事中的人物,且在虚构的故事中多扮演小说家的角色,以似真还假的身份参与故事,这样的写法使其小说具有了真假难辨、虚实相生的艺术魅力。《酒国》中的"莫言"是这样,《生死疲劳》中的"莫言"也是如此。在《生死疲劳》中,当蓝千岁述及"我在后来转生为狗的日子里,曾亲耳听莫言对你说过,要把他的《养猪记》写成一部伟大的小说,他说要用《养猪记》把他的写作与那些掌握了伟大小说秘密配方的人的写作区别开来,就像汪洋大海中的鲸鱼用它笨重的身体、粗暴的呼吸、血腥的胎生把自己与那些体形优美、行动敏捷、高傲冷酷的鲨鱼区别开来一样"③时,让人无法不联想到刘再复对莫言创作的"鲸鱼状态"④的期许;而当读者看到"六月的西安尘土飞扬,……我看到有一个名叫庄蝴蝶的风流作家坐在一具遮阳伞下,用筷子敲着碗沿,在那儿有板有眼地大吼秦腔……莫言与庄蝴蝶是酒肉朋友,经常在自家小报上为之鼓吹呐喊"⑤时,很容易就会想到与莫言私交甚笃的陕西作家贾平凹小说名篇《废都》中的风流作家庄之蝶;再当读者读到"我像莫言的小说《爆炸》中那个挨了父亲一记响亮的耳光后的儿子想的一样多"

① 莫言:《生死疲劳》,作家出版社2012年版,第260页。
② 莫言:《生死疲劳》,作家出版社2012年版,第287页。
③ 莫言:《生死疲劳》,作家出版社2012年版,第341页。
④ 刘再复:《莫言了不起》,东方出版社2013年版,第51页。
⑤ 莫言:《生死疲劳》,作家出版社2012年版,第533页。

时,因为现实中的作家莫言确有一部著名的中篇《爆炸》,我们不禁困惑,"此莫言"是"彼莫言"耶?非"彼莫言"耶?真实的莫言与虚构的莫言一时真假难辨!而这正是作家莫言所极力追求的"虚实相生"的、"煞有介事"的叙事美学风格。更有意味的是,在"第五部 结局与开端"中,原来一直"潜伏"在蓝千岁的叙述中的"莫言"走向前台,取代了前两位第一人称叙述者蓝千岁和"我",以全能叙述视角,以旁观者的身份讲述了原来两条叙事线上的故事人物的命运和结局。这种叙事手法,是作家莫言在《天堂蒜薹之歌》中就已开始使用,并在《丰乳肥臀》中就已使用娴熟了的"全能的大团圆叙述",是其在尽情挥洒其叙事天才,完成故事的主体叙述之后惯用的收束故事的结构方式。

莫言在《生死疲劳》中使用的三线并进、分头叙述的叙事模式,造成了一种话语交响和复调叙事的艺术效果。尽管表层的叙述者是三个"我"——大头儿蓝千岁,"我"和"莫言",但因为上述分析所及的叙述者与故事经历者的复杂的精神与身份重合与分离——大头儿蓝千岁历经西门闹、西门驴、西门牛、西门猪、西门狗和西门猴的身份变迁,"我"作为叙述者的老年"我"和作为故事经历者的少年"我"与中年"我"的身份重合,以及"莫言"作为影射真实作家的莫言和作为虚构人物的莫言的身份分离,导致了叙述声音的复杂多元和叙述者间的对话互动,使故事与叙事多元共生、互动互补,从而营造了一种生机勃勃、立体丰满的叙事生态。

五、《生死疲劳》叙事形式与叙事精神的美学意义

《生死疲劳》叙事形式的起点是《球状闪电》的"叙事圆环"和"散点透视",经《天堂蒜薹之歌》的多重话语叙事、《酒国》的虚实共生、《四十一炮》"煞有介事"的双线叙事和《檀香刑》杂语交响的复调叙事,而发展成《生死疲劳》的"视角叠加"基础上的"寄居叙事"和"对话叙事",使莫言小说的叙事创新与探索达到了其自身和中外文学叙事艺术的新高度。回望莫言所有的小说,其对叙事艺术上的创新追求(即形式创新)与其现实关怀精神的坚守(即作家在哲学层面上对"人"的思考和对世界的观照)始终是热情而坚韧的,而且在莫言的小说中,他的形式创新与现实关怀始终是互为表里、互相服务与互相促进的,无论是《球状闪

电》对于改革者的情感关怀、《天堂蒜薹之歌》对于农民兄弟的遭际的关注、《酒国》对于国人在经济与欲望浪潮中道德崩塌的担忧，还是《四十一炮》对于城市化进程中"人"的生存与精神困境的关注与焦虑，抑或是《檀香刑》对于民族根性的挖掘与批判，莫言的现实关怀聚焦不同，小说的形式也在创新。到《生死疲劳》，莫言关注的焦点落在了历次运动中人的不自由与政治对于人的精神"异化"上，为了艺术地表现这种关怀，作家用心良苦地营造出了一个个能够出入阴阳两界、人畜之间，兼有"物形""人性"和"物性"的，通过"视角叠加"获得了"超级视域"的"寄居叙事者"，使其能最大化地叙述和精神与人性变迁史，并使这种叙述在艺术上具有独特的创新性和陌生化效果。

《生死疲劳》叙事精神的起点是《生蹼的祖先》和《战友重逢》，这三部作品中有一种一脉相承的魔幻现实主义的气质：灵魂在时间中任意穿越，不同时空里的人物可以共同参与某一故事或故事片段，叙述者使用"时间剪贴法"打乱故事时间和情节安排并重新排列以赋予故事更深的审美内涵和更广的能指外延，叙述者叙述视角的视域和视域得到某种方式的拓展等。使《生死疲劳》与众不同的，是莫言所独创的视角叠加基础上的"寄居叙事"，这是古今中外文学作品中所罕见的一种拓展叙述者的知域和叙述能力颇为成功的尝试和创新，其意义与莫言所独创的"我向思维叙事"具有同等重要的文学史价值和意义。莫言在《生死疲劳》中赋予西门闹的精魂以"寄居叙事"的能力，使其叙述视域与知域得以扩张，这既超越了卡夫卡开创的"异化"视角叙事，也超越了中国古典小说的志异志怪叙事传统，更不同于现代戏剧艺术中的"穿越"叙事模式，是一种崭新的现代性叙事策略，其艺术价值远没受到充分的重视和评价，其对当代文学叙事精神的影响还远没有显现出来。

总之，莫言通过"寄居叙事"的视角叠加所获得的高度的叙事自由和强大的叙事能力以及他通过这种叙事能力所表达的现实关怀情绪，是其小说艺术魅力的重要支撑。

《丰乳肥臀》:生命历程与文化象征的现代叙事

杨荷泉①

【摘　要】莫言的长篇小说《丰乳肥臀》以现代叙事的多重视角,立体化展示了一个母亲及其家族的生命历程。由于书名和内容的敏感,作品一发表就引起了文坛的误读与争论。作为一部让法国文学评论界盛赞的小说,作品中一个个中国年画似的丰乳肥臀意象,不仅仅是生命力强盛的母性象征,更是我们这个古老民族历史甚至是整个人类文化的象征。

目前,尽管有学者仍对苏联文学家高尔基“文学即人学”这一说法的科学性表示质疑,我还是相信,作为一个对文学和生命有着深刻体验的老作家,说出这句话是有一定道理的。因为文学的聚焦点就是人和人的生活,文学就是用文字符号展示出人性中最真实、最复杂、最自然的一切,文学就是关于人灵魂的诗意表达。所有可以称之为文学的作品,特别是小说,就应该向读者展示生命的历程与本真,表达作者对生命的理解与寓意。以此为准星,20 世纪 80 年代中期能进入我们文学视野的目标终于初见端倪。莫言的长篇小说《丰乳肥臀》是他继《红高粱家族》之后,向我们展示“人的文学”的现代艺术小说的又一力作。

---

　　① 杨荷泉,安徽无为人,浙江师范大学人文学院助理研究员,山东大学文学院博士。

一、文本误读与真实内涵

1995 年对于莫言来说是非同寻常的一年。历经十月怀胎般的艰辛写作后，又一部长篇力作终于在这年的冬季顺利分娩。《丰乳肥臀》首先在《大家》连载，并获首届"大家文学奖"，旋即由作家出版社出版单行本。由于书名和内容的敏感，小说一经问世就引起文坛内外的关注和争议：一方面，小说得到众多肯定，甚至还受到法国文学评论界的盛赞；另一方面，批评的声音也不绝于耳，比如说"书名似欠庄重""题名嫌浅露，是美中不足"等。有学者甚至认为，《丰乳肥臀》神经质地把性变态当作对母亲的爱来赞扬，并不是严肃作家的正路。……结论是，由于作者对生活和历史理解的偏差，也就无力让他的思维纳入"理性"的轨道而滑向"精神变态"边沿。……诸如此类的尖锐批评举不胜举。这一切说明了莫言的文字这次真的刺痛了国人。想当初莫言在写下"丰乳肥臀"四个字时，他肯定会想到这一层。想到了而又故意这么去做，这除了他的自我辩解性文字所说出的用意之外，还会有另一层用意：故意刺激你们一下。实际上，莫言事后的一番愤慨之言，也证实了这种猜测："如果觉得扎眼，恰好说明了我们的文化把两个非常朴素的词赋予了某种异化的性质。如果觉得很受刺激的话，那说明我们每个人都被现代社会的这样那样的思想给异化了。"①

其实在这种争议之前，莫言就已经在创作谈中说过，十几年前，他在军艺文学系读书时，观看了前来授课的中央工艺美术学院孙教授携来的一部幻灯片，其中一尊原始石雕像深深地感染了他，每当回忆起这尊雕像，就感到莫名的激动，就感到跃跃欲试的创作的冲动，就仿佛捏住了艺术创作的根本。那尊女性雕像，其实是我们共同的母亲，是母亲的最物质化、最形象化的表现。作品表现出的雕刻家对乳房和臀部的夸张，可谓抓住了事物的关键。他终于明白，想起那雕像就激动就冲动就充满自信，是因为母亲的力量，是母亲生养我哺育我和我建立了血肉联系才会产生的一种血亲的力量。想到此他就明白，这部作品是写一个母亲并希望她能代表天下的母亲，是歌颂一个母亲并企望能借此歌颂天下的母亲。莫言甚至认为，丰乳与肥臀是大地上乃至宇宙中最美丽、最神圣、最

---

①　彭荆：《莫言在开什么玩笑》，《北京青年报》1996 年 1 月 2 日。

庄严、当然也是最朴实的物质形态,她产生于大地,又象征着大地,因此他就把小说命名为《丰乳肥臀》。①

如果说,莫言在其"红高粱"时代侧重于写男性的生命力勃发与雄强,那么《丰乳肥臀》仅从字面上就可以体味到这是一部侧重于写女性的作品。小说因为用这两个敏感的词汇作为标题而引起批评,是批评者没有真正读懂这部作品的文化内蕴,没有真正理解作者在这部作品中倾注的文化苦心。生命诞生于肥臀,养育于丰乳,赞美母性的伟大和崇高。我想这最起码是这篇令人易产生暧昧联想的小说篇名的一种表层解读。这绝不是一部诋毁母性,展示人性丑恶的作品,而是一部严肃书写生命与人性的优秀小说。在书的扉页,作者庄重写道:谨以此书献给母亲在天之灵。莫言一向认为:"所有的自传和他人写的传记都是靠不住的,都难免掩盖和矫饰,唯有小说是真的性情的流露。"②作为一个有过军旅生涯的山东汉子,真性情的莫言一旦进入创作状态,确实是心中有什么就会写什么的。这部从生命热血里流淌出来的长篇佳作,竟然引起如此大的文本误读,也许不仅仅是莫言和当代中国文学的悲哀。

二、生命历程与文化象征

小说以风云突变的 20 世纪中国山东高密东北乡为背景,以一个母亲和八女一子的大家庭的命运浮沉为主线,向我们展示了生活在那里的人们本真的欲望与苦难、爱恨与生死,表达了作家对本真生命和人性的真诚思考。小说简洁的目录后就是一个主要人物表,扼要勾画出二十五个人物命运的流动轨迹,展示了不同生命的历程。小说重点描写了历经苦难、寿九五而终的母亲上官鲁氏和九个子女(特别是患有恋乳癖的独子上官金童)略带传奇的生命历程。通过对 20 世纪初德国侵占胶东、日寇侵华、国共战争,一直到改革开放后的当代生活的各个重大历史时期,这个大家庭各个人物或纯朴至美或扭曲变异的人性演绎,展示出不同个体生命历程的文化内涵。

母亲上官鲁氏是个吃苦耐劳的淳朴妇女,因丈夫无生育能力,迫于身壮如

---

① 莫言:《〈丰乳肥臀〉解》,《光明日报》1995 年 11 月 22 日。
② 莫言:《莫言中短篇小说精选》,青海人民出版社 2002 年版,第 1 页。

牛的铁匠婆婆的威严,为了传宗接代而不得不借种生八女一子。每个女儿都代表着一段中国不同寻常的历史和灾难。通过对祖孙四代众多血肉丰满的人性挖掘,作家莫言向我们展示了在中国这块古老的土地上,人性在特定文化场域的闪光与变异。作品既批判了灵魂的麻木丑恶与扭曲,又颂扬了不屈苦难与厄运抗争的强韧生命力精神,以及残酷冷漠世界里亲人间相濡以沫的人事真、人性善、人情美。小说真正写出了一群充满着生命强力的"老中国儿女"。

　　作为一部让法国文学评论界盛赞的中国小说,莫言的《丰乳肥臀》还不仅仅是对母性崇高的赞美,作品中一个个中国年画似的丰乳肥臀形象不仅是生命力强盛的母性象征,更是我们这个古老民族历史甚至是整个人类文化的象征。寿九五而终的母亲上官鲁氏,历遭苦难和羞辱却生命力顽强,在与不同男人生下七个女儿后,最终与马洛亚生出一对龙凤胎,其中一个就是一直不能断乳的男孩上官金童。这是一个在精神与人格方面没有长大成人的恋乳者。在上官家的子女之间有一个潜隐的对比结构,个个优秀的女儿们的血缘父亲中没有一个读书人,几乎都是来自民间,而上官家的这个男性的血缘父亲却是一个洋牧师。这个洋牧师的血性变异造成了上官金童成长中的障碍。这是莫言在作品中精心构筑的一个文化寓言。马牧师作为一个传教士,将西方文化带入高密东北乡并力图让上帝之光普照中国。但是,正如所有西方文化进入中国之后的命运一样,由于中国本土文化巨大的同化力,进入中国的西方文化要想在中国这块领地上扎下根来,就必须向中国本土文化妥协。而这种妥协与迎合的发生,也就必然导致西方文化自身的畸变。马洛亚就是这样一种文化畸变的典型例子。现代语言学的理论告诉我们,一个人的言说方式往往决定了他/她说什么。马洛亚虽然有着洋人的血统,但他只有在十分危急的情况下才会记起他的母语,他已经习惯了说高密东北乡土话,也就说明他已经习惯了高密东北乡人的思维方式与文化习俗。"洋人?洋人还能说高密东北乡土话?"[1]鸟枪队员的质问确实一针见血。文化的认同逐渐酿成血性的变异。所以,即使是西洋血统与中国血统的杂交,从优生学的角度来看是一种最为理想的远距离杂交繁殖,但得出的结果却是令人沮丧的。上官金童徒具一副西洋人的体形模样,而西洋文化中的好胜勇斗、积极进取的精神在上官金童那里却异化成为对母亲乳房的自私占

---

① 莫言:《丰乳肥臀》,中国工人出版社 2003 年版,第 57 页。

有。这是上官金童的悲剧,也可以说是中国社会在现代化过程中引进西方文化所遇到的一个最大的尴尬。

这个文化寓言其实是也对中国传统文化的一种暗讽。畸形儿上官金童在某种程度上就是老是走不出传统文化,时时依恋儒、释、道传统的中国现代文化的某种化身。如果说马洛亚是西方文化的使者,那么母亲上官鲁氏则是古老东方文化的象征。中国文化的源头是家庭,中国文化的出发点就是人间天然的深爱的关系,然后从这开始达济天下。中国文化有自己的生存的道理,是很可塑的,这与以"个人主义"为核心的西方文化是完全不同的。在当下后殖民时期,随着全球化时代的来临,世界文化的一体化也明显起来。西方国家利用自身政治、经济、科技的优势,推行文化殖民和文化霸权。这种形势下的文化一体化,很大程度上是以西方强势文化为主导的。当前许多发展中国家存在着相当严重的文化殖民现象和自身文化向西方强势话语趋同的现象。例如,印度、中东伊斯兰世界、非洲、拉美等都处于文化的边缘,都存在着不同程度的文化殖民现象。显然,全球化使得一直被压抑在文化边缘地带的旧殖民地国家的文化身份变得模糊起来。近代以来,中西两种文化的直接结合产生了当下沉疴难愈的中国现代文化。当然,西方文化与中国文化相结合,也是中国传统文化创新发展的重大机遇,而如何实现西方文化逐步内化于中国文化之中,最终实现外来文化的本土化,则是我们亟须解决的问题。因为中西文化飘移杂糅的最终结果不仅不会强化西方文化优势,而且还会使之陷入中国传统文化陷阱而两败俱伤。其实,整个人类文化的发展,恐怕不仅仅是文化遗传和变异的交替结果,所谓的"文化进化论"只不过是天真的乐天派们的一厢情愿罢了。不同文化的交流沟通,只有在互相学习、取长补短、融会贯通的基础上,才会互相促进和完善。如果只是单纯的弱肉强食或杂糅交媾,人类多形态文化的命运也许会更令人担忧。

三、现代叙事与多元视角

这部小说也是对当代史诗经典"宏大叙事"的现代性解构。史诗,作为一种"宏伟叙事"的文体,对内容、形式有特定的美学要求。从内容上看,它一般选择那些与国家民族生死存亡关系重大的事件,在较大的时间跨度和广阔的空间背景上,描绘民族的历史或现实生活,塑造体现民族性格、民族精神、民族意志和力量的英雄,也即叙述伟大历史事件、歌颂英雄丰功伟绩的长篇叙事作品。从形式上看,它具有巨大的艺术概括力、浩大的艺术结构和富于民族特征的表现形式,体现庄严的艺术精神和悲剧色彩。无论是20世纪五六十年代出现的《保卫延安》《林海雪原》《红日》《红岩》《红旗谱》《创业史》《茶馆》,还是七八十年代出现的《李自成》《东方》《冬天里的春天》《黄河东流去》《皖南事变》《平凡的世界》,无不体现着气势宏伟、容量巨大的史诗品质,并已演化为体现主流意识形态的官方话语系统,也积淀为中国作家挥之不去的"史诗情结"。但是,进入80年代中期以后,文体反讽意识强烈觉醒的莫言、余华、刘震云、苏童、王小波等一批先锋作家则开始有意对史诗进行反讽性的现代叙事。

在《丰乳肥臀》中,莫言将20世纪中国所发生的所有重大事件与主人公(母亲上官鲁氏)及其众多家庭成员命运相结合,通过后者辐射前者。但作品在叙述方式上表现出的官方视角与民间视角、东方文明与西方文明、古老传统与现代文明的"杂糅",却与"史诗"相悖,而在结构上的拼贴、并置与史诗更是大相径庭。从反讽的角度看,该作品无论在语言、情节、人物、文体上都体现了反讽的巨大潜能和价值,是一部难得的反讽佳作。在这里,人的命运像被施了魔法,幻化出种种出人意料的变化和结局,让人感到命运无常和人类渺小的可怜处境。

作为一部真正的现代艺术作品,小说采用现代化的叙述方式,作者与叙述者相分离,通过多元视角的交叉扫描,向读者呈现出一幕幕生命的悲喜剧。其突出之处在于从非常人(患有恋乳症的精神错乱者)的叙述角度审视历史、描述历史,使得史诗所具有的官方化、理性化、情节化的叙事策略被个人化、情感化、意象化的"边缘叙事"所取代。法国文艺理论家兹韦坦·托多洛夫认为,叙述角度标志着一个故事从哪一种立场讲述出来,即谁在看谁在说,也即"叙述"者与他所讲故事之间的关系(卢鲍克)。从叙述者与人物的关系上考察,托多洛夫把小说的叙述方式分三种类型:①"叙述者＞人物",即叙述者是全知全能的上帝,他能说出任何人物无从知晓的一切;②"叙述者＝人物",即叙述者只限于人物所知晓的;③"叙述者＜人物",它往往表现出一种客观的叙事,叙述者常以见证人身份从外在行为上叙述故事,叙述者所说的比人物所知的更少。① 小说的结构较有特色,共有八卷。前六卷基本按时间顺序推出一个个命运不同的生命历程。在叙述艺术上,莫言一反传统的要么第一人称要么第三人物的叙述方式,站在了叙述的至高点上,犹如手持一架高倍变焦望远镜,使我们在多元视角下看到一个个人物命运的演变史。在小说第一章,叙述者就站在全知全觉的地位,即以"叙述者＞人物"的视角,叙述了在母亲的屈辱和痛苦中金童来到人间。中间五章是以"叙述者＜人物"的方式为主体,也插入了"叙述者＞人物"的方式,如第五章第一节的开头部分和第二节的第二自然段以后,叙述金童精神恋爱娜塔沙。以全知全觉的角度写上官金童全貌,写他的精神世界和外在表现,就给人一种游刃有余的感觉。这一章第三节关于鸟儿韩在日本荒山密林里生活十五年的叙述,则采用了"叙述者＝人物"的叙述视角来进行,"我"(金童)所知所晓只能限于鸟儿韩的所知所晓,这其中也穿插了"叙述者＜人物"和"叙述者＞人物"的两种叙述视角,即鸟儿韩的报告话语(自叙)和全知全觉的"他叙"穿插进行。这样立体的全方位的视角,通过人物的悲惨遭际揭示了军国主义的罪恶,更具体更真实更集中更新颖,起伏有续变幻不乱。第七卷采用了客观的叙事视角即"叙述者＜人物"的方式,把镜头拉近,叙述了母亲(鲁璇儿)的身世,补叙上官鲁氏八女一子生命历程的源头,同时也追忆出一段段浸透着母性羞辱与快乐的生命历程。最后一卷是卷外卷,作者仍以"叙述者＜人物"的客观叙事视角＞,交代作品中各个人物的死,为不同灵魂或悲惨或丑恶或善良的生命历程画上句号。与众不同的八卷水乳交融般有机构成了一部完美的描述生命历程和文化象征的艺术整体。

　　总之,莫言在这部小说中采用了最现代化的手法,表现了最真实的中国民众的魂灵及生命历程,并以此象征了中国文化现代化进程的艰难与历史重负。综观莫言新时期以来的创作实践,无论是内容的真还是形式的新,他都走在当代作家的前列,他的艺术勇气和创作实绩确实令人敬佩。此处,借用鲁迅评陶元庆(《彷徨》封面的设计者)的话来概括莫言的小说:"他以新的形,尤其是新的色,写出他自己的世界,而其中仍有中国向来的魂灵。"②

---

① 〔法〕兹韦坦·托多洛夫:《叙事作为话语》,《美学文艺学方法论》(下册),文化艺术出版社 1985 年版,第 562 页。

② 鲁迅:《"陶元庆氏西洋绘画展览会目录"序》,《时事新报》1927 年 12 月 19 日。

故乡·苦难·救赎

——论莫言的创作奥秘

王辽南①

【摘　要】莫言的创作根植于故乡，着力揭示近百年来民众的各种经历，并在其中寻找救赎之道，具有朴素的生存启示。

莫言出手不凡。可以说，自从他以《透明的红萝卜》一炮打响后，一直走在中国当代文坛的前列，至 20 世纪 90 年代末，他已被评论界称作"中国当代实验先锋派小说的三驾马车"之一（另两个分别是洪峰、马原）。但可能也正因为他的先锋实验性——当然这必定是基于他自觉创新或自然写作中包含的新颖因素，他的作品中必定包含许多为当时读者或评论家不解或疑惑的成分，从而引起热议、激辩，甚至可能带来麻烦。时至今日，时间给予了我们冷静积淀的过程，也给了我们更宽容的评论空间，我们再来细读莫言的作品，其不凡之处或不足之处就昭然可见，其创作的由来和内在精神也清晰可见。

不可否认，莫言是文学天才，这点当年冯牧等前辈已看出端倪。他的出手之快，令人惊叹，比如他的《透明的红萝卜》只用 25 天写成，他的《生死疲劳》只用 43 天写成，他的《天堂蒜薹之歌》只用 35 天写成。而且他的语言汪洋恣意，充满弹性和扩张力，这都非一般作家可比（就这点，他有点类似于德国作家君特·格拉斯）。短短的 30 年时间，他已发表长篇小说 11 部，中短篇小说 102 篇，电影剧本 10 部，还有大量的散文和评论性文字。是什么促成了莫言的高

---

① 王辽南，本名王生国，浙江师范大学人文学院副教授，主要研究领域为外国文学和比较文学。

产？又是什么造就了莫言作品的魅力？作家的神奇当然是天才禀赋,但如此谈论总有些不确切。那么究竟是什么力量造就了莫言的神奇？我们只能研读他的作品,从作品中寻找答案。依循这思路,有三个词慢慢地浮现出了我们的脑海,它像三盏挂灯清晰地标注出了莫言创作的奥秘:故乡、苦难、救赎。

一、故乡书写

可以说,莫言的作品基本依托于他的故乡——山东省高密县(现高密市)。这是一块神奇的土地,有大片的平原,有丰富的物产和矿藏,有悠久的历史,有充满浓情和血性的乡人。莫言在 21 岁以前,一直生活于斯,浸淫于斯。因此,这块土地对于莫言,是生养之地,也是造福之地。莫言说:"走遍天下也没有故乡好。"他说过,"故乡代表一种乡土记忆","故乡是作家摆脱不了的存在","天南海北,很多人的故事都可以变成素材,放到故乡的笼子里"。

《透明的红萝卜》里的主角小黑孩,从小缺乏父亲的教导且受继母的虐待。他赤着脚,光着脊梁,穿一条又肥又长的白底带绿条条的大裤头,裤头上污渍斑斑,小腿上布满闪亮的小疤点。他头很大,脖子细长,好像随时都有被压折的危险。小黑孩沉默、倔强而孤独,感情世界空虚,从不愿意主动跟别人打交道,而村民对小黑孩也不屑一顾。故事中重点写道,小黑孩对同村的菊子姑娘似乎有一种隐隐的感情,而菊子又在与小石匠恋爱。于是小黑孩经常听从小石匠的要求,去偷地瓜和红萝卜,他把红萝卜看成了有着金色外壳包着银色液体的透明的红萝卜,从此对红萝卜有了一份特殊的感情。最后,当村民有所觉察,小铁匠把萝卜扔进了水里再也找不到时,黑孩钻进萝卜地,把所有正在成长的红萝卜都拔了出来。

这个故事在讲什么？表面波澜不惊,但实质包含了众多的信息,如孩子的成长问题,孩子的教育问题,孩子的情感和人格问题,孩子的生长环境问题,等,还辐射到当时的社会问题。而这个故事就导源于莫言的亲身经历。莫言曾自述,他 12 岁,在家乡生活,帮着爸妈挣钱。那时的生活条件很差,经常饥肠辘辘,满坡的红萝卜不时勾起他的欲望。有一次他在水利工地旁劳作,因实在饥饿难耐,就偷拔了一根红萝卜,结果被发现,被押送到工地专门开了批斗会,回家后又遭父亲毒打。这个惨痛的记忆一直被莫言记住,成为他一生的伤痛。

《红高粱》讲的是"我"的爷爷和奶奶的故事。故事的发生地就是高密县东北乡,那个被莫言说成是"最美丽最丑陋、最超脱最世俗同时最圣洁最龌龊,也是最英雄好汉最王八蛋以及最能喝酒和最能爱的地方"。"我"的爷爷余占鳌,勇敢剽悍、风流倜傥,是高密东北乡杀人不眨眼的土匪,又是精忠报国的英雄,他所有类似于土匪的行径几乎都合乎最善良而单纯的人性之美,因此他似匪非匪,他杀人越货却能得到谅解与宽恕甚至让他的子孙为之骄傲。"我"的奶奶戴凤莲,有一双难得的小脚和姣好的面容,但被重钱财小利的外祖父嫁给了酒庄老板的麻风病独子,"我"奶奶勇于追求自己的幸福,自作主张与"我"爷爷好上了。她虽是大门不出二门不迈的女子,却目光长远,敢做敢当,她积极鼓励爷爷抗日并且自己也是一位抗日女英雄,堪称是一个女中豪杰。"我"的父亲余豆官则有其父之风。祖、父辈们创造的历史光环一直指引着晚辈们的路。

而这个故事就得益并发酵于高密县的历史档案——《高密党史资料》中一篇名为《关于高密斗争的点滴回忆》的文章,作者耿梅村,曾在潍县、高密一带从事地下工作。

他后来说:"经过了一段创作之后,我发现作家是不能脱离社会的,即使作家逃避现实对你的影响,现实也会来找你。作为一个农民的儿子,有一颗农民的心,不管农民采取了什么方式,但我的观点与农民是一致的,我要为农民说话。"

这样的例子比比皆是。所以说,故乡是莫言的生养地,也是他的创作地,历史的现实的,自然的社会的,亲历的听闻的,各种有关故乡的元素全都渗透进了莫言的血脉中,成为他创作的不竭之源。

二、苦难叙述

故乡是母题,如何处理这个母题可见出作家的独特性。屠格涅夫满怀深情地讴歌俄罗斯祖国,展示俄罗斯风土人情和自然风光,成为"俄罗斯风情画家"。马尔克斯钟情于拉美大地,用神奇的魔幻手法展示了它近二百年的历史变迁,形成魔幻现实主义。哈代面对故乡道塞特郡,深切地感知了它的苍凉和被动变化,形成了"威塞克斯小说"。陈忠实扎根于商洛之地,用秦腔式的呜咽,写成了史诗性作品《白鹿原》。莫言面对现实的历史的故乡,发现了什么? 苦难,深重的苦难,那种由来已久的间歇性发生的任何一个人都无法逃避的悲剧劫难。作为一种文学叙述,苦难叙述有其独特的性质,它总是指向过去,又总是试图通过讲述来让人们铭记苦难甚或避免苦难再次发生。然而苦难叙述并非只是历史发生后的文字记载,它还是一种"追忆",它可以以"丰富"的方式重现历史,还可以以"超越"的方式解释历史,并使得不同的人参与到集体性体验中来。当然,苦难叙述的基本方式是"伪历史",即在一定程度上借用历史的书写方式来书写苦难,追求对"真实"的还原,重现一个已经失去了的历史空间。

《檀香刑》以 1900 年德国人在山东修建胶济铁路、袁世凯镇压山东义和团运动、八国联军攻陷北京、慈禧仓皇出逃为历史背景,讲述了发生在"高密东北乡"的一起民间反殖民的斗争事件。民间艺人孙丙带头领导这起反殖民斗争,最终被施以"檀香刑"。什么是檀香刑? 把檀香木削成宝剑形,放进香油里煮,煮的时候加入牛肉和面团,让檀木染上油料和谷物的香气,连续煮三五天。施刑时,将犯人放倒在条案上,用檀香木宝剑从谷道中捅入,直到头顶或口腔,捅时避免伤及内脏,只给犯人留下重创,然后,每天给犯人喂参汤,以维持他的生命,随即,犯人创口流脓生蛆,慢慢污烂,直至毙命。作品以"施刑"为主线,展示了中国王朝政治没落中的诸多惊心动魄的事件,包括戊戌变法、义和团运动、外国殖民者的强取豪夺等。小说围绕着檀香刑的实施,将封建王权和权力斗争的残酷性、非人道表现出来,也凸显了专制权力作用于个体上的历史机制,成功地折射出专制权力赖以存活的黑色土壤和阴暗法则。这是典型的历史苦难。任何一个生存于那个时代环境中的人都无从逃避。滚滚的历史洪流就像喷发的火山岩浆,将每一个人裹挟其中,直至毁灭。

这是从时间维度上看的苦难。从具体成因上看,苦难可以表现为多种类型。

民族苦难。孙丙等人会被迫起事,最后遭遇檀香刑,是因为国将不国,民不聊生,朝廷无法保全子民,子民就只得自己保卫自己。余占鳌、戴凤莲们本来过着自足的小农生活,虽然也有各种生活烦恼,也不至于以命相搏,可日本人打进来了,烧杀抢掠奸,无恶不作,民众受尽屈辱,也难以生存下去了,于是只得奋起抗争。以微弱之力对付强敌,结果自然是玉石俱焚。这是一个国家民族的创伤,是无法抹去的苦难记忆。

政治苦难。近一百多年来,中国社会风云变幻,政局动荡,给中国民众带来了深重灾难,那种动荡、无序、混乱使民众无奈又苦不堪言。对这些政治苦难的叙述和反思,在中国文学中并不少见,那是为了痛定思痛,不再重现。

《生死疲劳》围绕土地这个沉重的话题,阐释了农民与土地的种种关系,并透过生死轮回的艺术图像,展示了中国农民的生活和他们顽强、乐观、坚韧的精神。书名来自佛经:"生死疲劳,从贪欲起,少欲无为,身心自在。"莫言说,佛教认为人生最高境界是成佛,只有成佛才能摆脱令人痛苦的六道轮回,而人因有贪欲则很难与命运抗争。他是在承德参观庙宇时,偶然看到有关"六道轮回"这四个字而激发了创作灵感。小说的叙述者,是"土改"时被枪毙的一个地主西门闹。因此在阴间里为自己喊冤。在小说中,他不断地经历着六道轮回,一世为驴,一世为牛,一世为猪,一世为狗,一世为猴,每次转世为不同的动物,都未离开他的家族,未离开这块土地。他久久难以释怀的是,为什么自己勤劳一生,积德行善,略有积累,却会被认定为恶人,会被羞辱且被枪毙。小说正是通过他的眼睛,准确地说,是各种动物的眼睛来观察和体味农村的变革,以及那种狂暴而不容置言的政治时势,来展示半个世纪以来农民的命运和乡村变迁,探索人与灵、生与死、苦难与慈悲等命题。地主最后转生为一个带着先天性不可治愈疾病的大头婴儿,这个大头婴儿滔滔不绝地讲述着他身为畜生时的种种奇特感受,以及地主西门闹一家和农民蓝解放一家半个多世纪生死疲劳的悲欢故事,观照并体味五十多年来中国乡村社会的庞杂喧哗、充满苦难的蜕变史。其实还是在放不下的情况下追问着:"为什么会这样?"王德威说:"作品植根于中国文化的母体,将夸张的想象与质朴的现实完美地结合在一起,激情四溢的诗性笔触游走于阴阳两界,全景式地展现了乡村中国的生存画卷。作家将沉重的思想贯注于狂欢式的叙述中,在对苦难的戏谑中加深对苦难的理解。"

《丰乳肥臀》是莫言篇幅最为饱满的长篇小说。书中的母亲有八个女儿一个儿子,分别叫来弟、招弟、领弟、想弟、盼弟、念弟、求弟、玉女和金童。随着政治风云的激荡,他们之间产生了各种较量和争端,血缘固然存在,但是那么的纤弱,他们带给母亲的是无穷无尽的痛苦和灾难。母亲生养的众多女儿构成的庞大家族与 20 世纪中国社会的各种势力发生枝蔓错结的联系,参与演绎了 20 世纪中国政治舞台的悲喜剧。母亲是一位承载苦难的民间女神,而她的苦难大多来自残酷的冲突。而这八个女儿,其命运也令人唏嘘嗟叹。李锐评价说:"作者以丰富的想象、丰沛淋漓的笔触叙述出一个百年中国的大传奇。在这个传奇中没有任何具体的事件的真实,但却深刻地表达了生命对苦难的记忆,表达了人面对灾难和政治等各种困境时的脆弱和不屈。我认为这部长篇小说是中国当代文学中的一部杰作。"

欲望苦难。人是个欲望主体,有着各种各样的人性欲望。按马斯洛的需求层次理论人有七个方面的需求,而对于这七个层次的追求,都符合人性规范,同时,任何一个层次的缺失都有可能带来痛苦,甚至酿成灾难和变态。当然,这七个方面有基本需要与高级需要之分,高级层次的满足程度决定人的文明水平的高低,但如果基本层次的需要都得不到满足,人就有可能沦为动物,那份可怜无异于"非人"。莫言对基本的欲望满足不了的状态有深切体会和反思,也能从中看出可怜国人的生存艰难。

在《透明的红萝卜》中,无疑有着一个明显的主题——饥饿主题。小说并没有明确地点出写作背景,作品中那个十岁的孩子小黑孩,做工是为了有一顿饭吃。小说中写道,黑孩在到达滞洪闸工地上时继续向西看,"他看到黄麻地西边有一块地瓜地,地瓜叶子紫勾勾地亮。黑孩知道这种地瓜是新品种,蔓儿短,结瓜多,面大味道甜……菜园有白菜,似乎还有萝卜"。试想,如果不是饱受饥饿的折磨,十岁的孩子怎么会只看地瓜的叶子就知道是什么新品种? 如果不是一天到晚为了填饱肚子到处找吃的,他又怎么知道哪块地种着什么? 看到这里,我们似乎看到一个瘦弱的孩子那种因饥饿折磨而痛苦的眼光。作品中写道:"那萝卜晶莹透明、玲珑剔透,透明的、金色的外壳里包孕着活泼的银色液体。红萝卜的线条流畅优美,从美丽的弧线上泛出一圈金色的光芒。"那透明的红萝卜事实上已成了吃饱的寄托,甚至延伸成了幸福的象征。

即便是生活在食不果腹的状态,人总还有爱与被爱的需要,这是人间的温暖,也是人生幸福的内在来源。可是在那样一个年代,常人哪能奢谈爱和被爱? 这就是爱的欲望和可能的缺失。

同样在《透明的红萝卜》中,我们看到,黑孩从小失去父母亲的爱,在继母的打骂中、在饥饿和寒冷的折磨中生存。这种残缺的生命经历使他从小就有别于正常儿童,很少开口讲话。在那个时代,人们连自己都顾及不了,哪有可能去照顾别人? 所以,同村的人们对黑孩也只有口头的可怜而已。只有邻村的菊子姑娘没有像别人一样拿他的可怜来取乐,她的那份大姐姐的关心疼爱触动了黑孩内心深处早已冰封的温情。在刚见面时,菊子一连串的问话没有得到他的回答,却也有了回应,"孩子的两个耳朵动了动","黑孩感动地仰起脸,望着姑娘浑圆的下巴。他的鼻子吸了一下"。在劳动中他陷入想象,神奇的气体,美妙的声音,使"他脸色渐渐红润起来,嘴角上漾起动人的微笑"。我们几乎无法想象黑孩竟然还会微笑,造成这种变化的无疑就是菊子对他的发自内心的关心。我们可以断定,黑孩对菊子姑娘怀有一种特殊的感情,这源于一种久已渴望而又不得的关爱。对黑孩来说,他享受不到父母的爱,又从小就缺失别人关心,菊子是第一个向他伸出关爱之手的人,他会觉得这份关爱是那么的突然又珍贵,以致想紧紧攥住,甚至想占为独有。所以,他会与在同菊子谈恋爱的小石匠打架,会不时地期盼着菊子姐姐来摸下他的脑袋。明言之,透明的红萝卜的另一个隐喻就是菊子姑娘的那份关怀,黑孩到处找也找不到那个金色的透明的红萝卜了,其实就是意味着菊子姑娘已经不属于他了,再次失去别人关怀的黑孩感到来自心底的失望,甚至是绝望。这种纯粹的孩童的爱的欲望令人心动,而这种爱的缺失又同样令人心恻。

精神苦难。人是有自我价值感的,即便无法做到"三立",也总想尽力而为,做些有意义的事,以实现或体现自我价值。这是一种高级的精神欲望,是考量一个人的价值的内在尺度。可是体现或实现这种自我价值又何其之难。人们可能受制于自我的修养和才干,也可能生不逢时,缺少机遇,当然更多的可能是身陷无奈境地。外在的力量是如此强大,个人的力量是如此渺小,纵有万丈豪情,也只能望逝水而兴叹。这便是精神的苦难。莫言的不少作品是史诗性的,在有一定历史跨度的世事更迭中,这种具有精神苦难意味的人物并不少见。

在《檀香刑》里,每个人都没有能力用自己的行动解决问题,也就是说,《檀香刑》里的人物,每个人都进退两难,每个人都无法真正掌握自己的命运,一如那时的大清王朝受到坚船利炮攻击时的无所适从。如果说,眉娘处于三个爹——亲爹、干爹、公爹——之间的尴尬是普通乡民的感性层次的话——她的命运根本不由她支配,她只是如一朵飘萍,在乱世中沉浮,即便她有多子多福、安居乐业的愿望,也是枉然。钱丁的命运则是一个在历史选择面前的理性层次,也是最动人心魄的层次。旧式文人入仕之后封妻荫子、飞黄腾达的幻想,做百姓父母官的仕途理想在一个即将土崩瓦解的王朝那里早已没有了存在的根基,而为民请命、青天明断等在对待外来强权的时候也早已更改了规则。从小说的叙述来看,钱丁的焦灼与其说是来自情人眉娘的压力,还不如说是来自作为知识分子在政治的运筹之中所显示出来的孱弱和无能。他是一个亦正亦邪的人物,尽管每一次果敢和谨小慎微其实都出于个人仕途的考虑,但他又总是想在个人仕途和为民请命之间达到一种平衡,可这个愿望的实现是何其难,洋人的强大他无力对付,因为连整个朝廷都如见虎狼,可是遇见强敌只持畏缩又不可能,连乡民都群起暴动了,他如此要体面的人怎能被乡民取笑和鄙视?因此他是左右为难,进退两难。而这种迟疑和犹豫,实则上,送给他的就是吃尽两面巴掌。所谓乱世出英雄,那得是站在大我的基点上的,而他更多的是小我的算计,因而最后仍是既没做出"光彩的事",也没避开乡人的抛弃。他的那份雄心壮志也付诸东流。这对一个"学而优则仕"的传统文人出身的官人,是一个沉重的打击。按他自己的话来说,"在族谱上,会怎么写我?我没脸呀"。孙丙守城抗德时,钱丁的单骑赴会是这个天真的书生在政治、权势面前最滑稽的表演,而他最终刺杀孙丙的行为又是这个终于认清世事的一介文士命运悲剧的最高点。孙丙本是一个普通人,唯一的愿望就是唱好茂腔,又在唱腔配器上做些改进,"让更多的乡人喜欢这调调"。可就是这么个愿景,他也无法正常追求,也终得不到实现。因为德国兵侮辱了他的婆娘,他愤而杀之,结果被德国人抓获,施以檀香刑。他自认自己是条汉子,当有汉子的血性和骨气,因为他本来有机会找个相貌相似的人替他去死,他不愿辱没自己。当他被用刑时,他没发出一声惨叫。行刑后的头四天,他还唱猫腔又骂人。直到第四天晚上,他忽然意识到自己这样的做法根本达不到目的,人们对他更多是不解和不以为然,或者还有来自内心深处对他的可怜,他再坚持逞英雄,只是徒劳地增加自己的痛苦而已,于是他放弃了逞强——换言之,他刻意想成就的英雄豪杰梦事实上已在残酷的刑罚中荡然无存了,这对他无疑是致命一击,等于抽掉了他赖以支撑的精神大梁,于是他坍塌了。这是他无以言表的精神苦难。

三、救赎之道

苦难是一味常在的苦药,不论人们如何抗拒逃避,它都不会真正消遁,相反,它会如命中注定的劫数,一次次降临人间,诚如荷妮所说"生活是可怕的,满布现实"①。从这个意义上说,苦难是人的一种况味,人生从本质上说也是苦难的历程。但是有一点,又体现了个体甚或群体的差异性,那就是如何面对苦难、消解苦难,进而行进在应当的人生旅途上。在文学史上,许多大家给出了各自的答案。比如托尔斯泰主张用"非暴力抗恶思想"对待人生苦难,以善良解恶;比如雨果给出了人道主义思想,在绝对正确的革命之上,还有一个绝对正确的人道主义,自由平等和博爱是应当的良方;萨特则给出了"自由选择论",承认"存在的都是合理的"基础上的自由抉择。那么,莫言在这种苦难叙述之中,给出了什么解脱或救赎的药方?这可能是探究莫言创作价值中必得要追问的问题。

其一,爱的力量。叔本华在《作为意志和表象的世界》中指出,爱是同情,是给予、关心、责任感的合成。泰戈尔说:"爱是对别人的理解和关心。"而弗洛姆在《爱的艺术》中曾说:"爱是拯救人类的唯一的良方,是战胜孤独的法宝,关心的爱向人的冷漠提出了挑战,给人以温暖,也使人的心灵获得慰藉。"莎士比亚也说:"爱的力量是和平,从不顾理性、成规和荣辱,它能使一切恐惧、震惊和痛苦在身受时化作甜蜜。"在《透明的红萝卜》中,小黑孩孤单虚弱,好像他的存在可有可无。他经常一言不发,别人对他说话也没回音。他就如一条小蚯蚓,在乡村的土地上悄无声息地爬行。可是,后来,小黑孩有话了,有笑容了,还能主动为菊子姐姐去拔萝卜、去打架。他也在"透明的红萝卜"的执着念想里一天天地长大。为什么?因为菊子对他好,菊子像亲姐姐一样关心他,与他说话时,"眼睛瞧着他,有股暖暖的感觉",她经常把手放在黑孩的头上,"那手暖暖的,像有一股气从头顶流淌下来,流到心里,流到全身"。这就是真诚的关爱,爱使僵化的生命复活,使枯萎的花朵重新绽放。

在《丰乳肥臀》中,我们见到上官鲁氏生养了九个儿女,有些是她追求真爱生下的,有些是被人诱骗生下的,有些甚至是被轮奸生下的,为此她要承受多大的世俗压力,那种非议那种鄙视那种实实在在的生养的艰辛,她都默默地承受了下来,因为这都是"我生的,是我的娃"。这就是母爱,一种无法计量的博大的母爱。后来,这八个女儿陆续长大了,分别嫁人了,可因为她们分别嫁给了不同阶层不同身份不同理想的男人,她们之间竟发生了生死较量,她们带给母亲的虽有偶尔的欢欣和快慰,但更多的还是纠葛、冲突甚至是生死对决。可是上官

① [德]卡伦·荷妮:《自我的挣扎》,李明滨译,中国民间文艺出版社1986年版,第40页。

鲁氏都坦然地面对了,她不管是女儿错了还是女婿错了,还是这个女儿是对的那个女儿是错的,她都只有一句话:"回来,回来就好了。"其实回来,回到她身边,她也无法解决那些纠葛和矛盾,相反,女儿的回家可能带给她的尽是烦恼揪心,可是于她而言,她的家就是"自己的窝","一切都好想办法慢慢来",她的自信不是能力和条件上的承诺,而是母爱的承诺,这对女儿们是何等的宝贵!即便是面对废物样的唯一儿子上官金童,她也是始终不离不弃,她唯一想着的就是如何用她逐年老去的翅膀为儿子遮风挡雨。儿女生活在乱世,固然受尽了时代风雨的荡涤,可儿女们终于还是坚强地挣扎着,这与母亲赐予他们的"生的力量"大有关系。而在《天堂蒜薹之歌》中,我们见到充满了大爱和大义的"青年军官",当他听说老家发生了蒜薹事件后,他全然不顾自己的职业身份限制,立马回家到处走访,了解情况,到处奔走,为民请命,当有人告诉他这样做"会受处分"时,他傲然说:我是农民的儿子,我要为农民说话!也正是在他的努力下,上级部门了解了情况,媒体发出了正义的呼吁,最后事情得以妥善解决。这是一种关心和责任感,于他就是业已形成的使命感,是大爱大义,远远超出了个体的局限性。遭遇了官僚主义伤害和权势打击的蒜农们幸得他的援手挽回了损失,他的这一义举也为执政党的优化管理提供了警示,这样的爱义薄云天!

其二,原始蓬勃的生命力。罗曼·罗兰说:"世界上只有一种英雄主义,那就是了解生命而且热爱生命的人。"萨迪说:"你虽在困苦中,也不要惴惴不安,往往总是从暗处流出生命之泉。"《易经》中有说:"天地之大德曰生。"这都是在礼赞生命和生命力,生命力保证人在苦难的丛林中奋力行进,生命力也促使家族、种族在困苦中繁衍不止生生不息。莫言是个草根作家,他一路走来,目力所及全是芸芸众生,他们在自然灾害、霸道权势和邪恶势力的合力打击下,是那么的卑微无助又脆弱,就如同蜉蚁,被动地接受着各种苦难和厄运。那怎么办?唯有保有生命和延续生命,才会给困苦中的个体带来支撑,也才能给无奈中的个体带来未来的希望。莫言在饱阅苦难后,自然也很朴素地想到了这些,因而在苦难叙述中,顽强地确认了生命的价值,对原始蓬勃的生命力唱出了响亮的赞歌。

在《丰乳肥臀》中,母亲含辛茹苦、艰难地抚育着一个又一个儿女,并且视上官金童为生命中的最大意义,其用意就在于:人永远是世界一切中最宝贵的,是第一本位的,"种"的繁衍生殖具有无与伦比的重要性。在没有生命的宇宙和世界里,美与丑、纯洁与肮脏、卑鄙与高尚,都不再具有意义。小说将这个看似简单又普遍深刻的道理蕴含在母亲率领儿女们顽强的求生保种的生命历程中。莫言的《蛙》是一部很独特的长篇小说,它是以书信的形式,以剧作家"我"给日本友人杉谷义人通信的方式,讲述发生在"高密东北乡"的有关"姑姑"的故事。作品朴素地执着于"生命至上"的理念。"蛙"即"娃","哇"就是娃娃的哭声。"蛙"也即是"娲",女娲是造人的女神,女神创造人,使人代代繁衍生生不息。即便有最大最多的天灾人祸,只要生命尚在,一切便都有指望。显然,作家在这个层面上,从反面写出了生命的可贵、生命力的价值,而对残害生命的行为进行了严厉的鞭挞。可以说,《蛙》里的一切无不指向"生命"二字,主要人物的名字、故事情节,甚至刊物的名称都在为"生命"鸣唱,这一寓言式的表达把小说推向了一个超越现实的层次,即观照生命、歌唱生命、敬畏生命。

诚然,生命中最为宝贵的是那种原始蓬勃激越的生命力,这种生命力是人类赖以生存繁衍的内在渊薮,是刺破文明迷障的有力武器,是蔑视并超越人性缺陷的可靠保证。凭着这种顽强的生命力,人们可以在苦难的人生旅程中披荆斩棘,可以在粉碎性的巨压下保持念想,也在可能的情景下奏响人生的华章。在小说《红高粱》中,"我"奶奶戴凤莲虽是身处于帝国主义、封建主义和官僚买办资本主义三座大山重压下的一个女子,她的命运貌似完全被别人掌控,她的父亲居然为了一点小财,就毫不心痛地将她嫁给酒庄老板的麻风病儿子,但她毫不惧怕,"她的眼睛中总是闪烁出会着火的光芒",这是一种不屈的内在意志的体现,她在等待时机,她要主宰自己的命运。因此,当"我"爷爷看中了她,她也看中了"我"爷爷后,她会毫不犹豫地与意中人野合,那摇曳的红高粱,那在田野疯狂掠过的热风,就是"我"奶奶原始蓬勃激越的生命力的释放和展示,它为"我"奶奶、"我"爷爷的人生带来了粗犷的野性美。后来,日本人来了,无恶不作,"我"爷爷带着乡民做了土匪,但只杀日本鬼子,不殃及乡民,"我"爷爷以野人的蛮力居然用土枪土雷伏击小鬼子的车队,八乡传颂,可是"我"认为,"用铁耙挡住鬼子汽车退路的计谋竟是我奶奶这个女流想出来的。我奶奶也应该是抗日的先锋,民族的英雄"。不过这也给"我"奶奶带来了灾祸,日本兵杀上门来了,这时的"我"奶奶全然不顾危险,毫不迟疑地站在了"我"爷爷的身边,她帮助丈夫设置了伏击圈,最后壮烈牺牲了。《食草家族》一书主要写六个梦,这六个梦极其荒诞又密切关联,主要描写高密东北乡食草家族的历史和生活,但书中想要表达的其实是人与自然的关系。作者认为最原始的人类应该是食草家族,食草家族的人由于每天吃草,牙齿特别白,嘴里还有一股草的清香,但为了保证每天能有草吃,为了继续繁衍下去,食草家族必须和蝗虫斗争。蝗虫来时遮天蔽日,密密麻麻,所到之处,寸草不留。蝗虫的到来,就是食草家族的灾难的降临。于是食草家族的人建起了土庙,他们年年烧香祈求,祈求蝗灾不要发生。这是农耕文明时代常有的抗拒方式,虽说是迷信,但也可算是乡民对于自然灾害的一种驱赶方式。当然,这种方式终究是不济事的,于是,乡民就想出了不少其他的办法进行抗拒和抵御。在土地上多灌水,让大量落地的蝗虫掉进去后就淹死;保护好青蛙,青蛙是蝗虫的天敌,一只青蛙一天能吃掉几千只蝗虫,食草家族规定人不得抓捕青蛙也不得捕捞蝌蚪,目的就是借物治物;乡人还进行烧荒,把蝗虫可能寄居的窝尽可能多地烧毁;乡人还在田野上泼洒石灰粉,尽可能多地把蝗虫卵杀死。最无奈的,就是在蝗虫来袭时,点燃焚烧各种秸秆,用有毒的烟火进行杀灭。人的智慧是无穷的,人的生命力是强有力的,正是靠着这种种方法,食草家族才得以灾去祸灭,保证了代代繁衍。这何尝不是对生命力的高亢礼赞?

其三,猫腔及释放。困境、重压、艰难、饥寒、阴险、残酷、冷漠、丑陋、破败,构成现实人生的常态,这时候,顽强的生命意志和爱固然需要,但久受压抑的精神和情感也需要释放和调节。帕特里奇认为"人总是处于一种矛盾的地位,在人身上总有文明的倾向也有动物的倾向,人一般是通过节制动物性而使二者协调,但这并不能解决不断增加的压力,于是就有释放,各种各样的紧张得以宣泄的需要"[1]。阅读莫言的作品,我们好像总能感觉到一种声音,一种幽怨,一种愤怒/愤慨,一种仰天长啸,一种激越,一种叹息,而这其实就是猫腔的情调和氛围。莫言曾经说:"我一听猫腔就热泪盈眶。"猫腔是莫言在作品中的说法,其实正名叫茂腔。茂腔作为一种地方戏,流行于胶州、高密一带,外人可能觉得不太好听,但当地人却颇为喜欢,影响较大。据研究,茂腔属地方说唱戏"肘鼓子"系列,是在民间姑娘腔的基础上吸收花鼓秧歌程式而成的。在清朝康熙年间多由艺人单人挨门演唱,故称"唱门子",后发展为在集市街旁乡村演出,叫"撂地儿",再后来就有了舞台演出,传统剧目有"四京九记"等。《檀香刑》中讲到,祖师爷有只灵猫,他走到哪猫跟到哪,祖师爷在人家墓前说唱时,猫就在边上认真

---

① [美]伯高·帕特里奇:《狂欢史:从古希腊到二十世纪》,刘心勇、杨东霞译,上海人民出版社2014年版,第155页。

聆听,说到悲情处,猫就和着祖师爷的腔调一声声地哀鸣,闻听者无不动容。这实际上就是借哭丧在诉说着死者生前的不易,在帮助活人清理心灵和精神上的阴霾垃圾,不倒倒苦水还让人怎么活下去呢? 祖师爷的嗓子很好,猫的叫声也很有调,于是就叫猫吊,就叫猫腔。猫腔有时也有些欢快,那是因为生活中偶尔总还有些亮色,这也为艰难中的活着者提供了些许的快乐,"风和日暖春交夏,犹如人生好年华。花园景致多幽雅,结荫鱼塘花边花"。不尊重难得的快乐,不捕捉难得的快乐,人生如何才有力量和勇气延续下去? 所以这时的猫腔其实是鼓风机,它为疲弱中的生者提供了生存的动力。但终究得承认,猫腔从总体上看是悲凉哀怨的,那低胡伴奏的曲调总像是悲苦的叙述,那唢呐的激越总像是抗议和责疑,那小铜铃的叮当声总像是无奈的远行,那肘子鼓的敲击总透出苍凉和邈远。《檀香刑》的凤头部和豹尾部总有个猫腔引子,向读者昭示着主人公的苦难处境,比如《眉娘浪语》中以《大悲调》唱:"太阳出来红彤彤,好似大火烧天东,胶州湾来了德国兵——"又比如孙丙在妻儿被杀后,他唱:"——俺俺俺倒提着枣木棍——怀揣着雪刃刀——行一步哭号啕——走二步怒火烧!"这等让人胸炸的日子可是当时每个山东人都遭遇的事呀,难怪一唱起,众乡人就涕泗横溢,怒火中烧,群情激昂,誓与外寇战斗到底。在《红高粱家庭》中,当写到日本人命令孙五对罗汉大爷实施扒皮酷刑时,"我"爷爷那一声兀然来自天边的长啸划破天空,像被激怒的猫发出愤恨的咆哮,这是苦难的宣泄,但更是愤起,是为人的生命骨气的轰然爆发。

如此,莫言的小说在寻找苦难的解脱或说是救赎之道时,我们的确发现了不少朴素的理念和手段,虽然这些理念和手段还谈不上是成型的思想或学说,但对于深处于苦难之中的人们却是实实在在地提供了应对之术,至少不失为是一种朴素的智慧启示。在这儿,笔者不由得想起杜威在《人的问题》中的一句话:"智慧是应用已知去明智地指导人生事务之能力。"①莫言的价值大约就体现在这里。

---

① ［美］约翰・杜威:《人的问题》,傅统先、邱椿译,上海人民出版社 1986 年版,第 4 页。

考察"讲故事的人"的
创作理念的一个视角^①

——浅谈莫言小说中的荤故事及其审美意义

张相宽^②

【摘　要】"讲故事的人"是莫言最为重要的创作理念,而荤故事在莫言的小说创作中发挥着重要的作用。民间创作的写作立场,向口头传统回归的写作理念,以及创作的狂欢化风格,使得莫言不避粗鄙的罪名,在自己的小说中插入了多则荤故事。这些荤故事的插入,体现了它们在民间的性启蒙和性教育的功能,有助于揭示人性的复杂和塑造小说中的人物;可以深化小说的主题,赋予小说更加开放的阐释空间,有助于读者充分认识人物所遭受的性压抑心理,更加准确地理解人物的行为及其动机。荤故事使民间"生"的苦闷和"性"的苦闷得到一定程度的缓解。民间的生命过于沉重,他们需要荤故事的"笑"来抵御生命中的苦难。

　　莫言在走上创作道路之前,在农村有 21 年的生活经历,而这 21 年的生活经历既为他之后的创作提供了丰富的写作资源,也影响了他的创作态度及创作方法。这一影响的集中体现就是"讲故事的人"的创作理念的自觉追求与坚守,莫言也正是以"讲故事的人"的身份登上了世界文学的最高领奖台。作为一个"讲故事的人",莫言在登上文坛之前是一个喜欢"听故事的人",他通过"耳朵的

---

　　①　本文系 2013 年度国家社会科学基金重大项目"世界性与本土性交汇:莫言文学道路与中国文学的变革研究"(13&ZD122)阶段性成果。
　　②　张相宽,文学博士,山东理工大学文学与新闻传播学院讲师。

阅读"汲取了民间口头文学的丰富营养,这也使得莫言不得不受中国民间荤故事的深入影响,从他小说中诸多民间荤故事的插入可见一斑。荤故事在中国民间口头故事中特色鲜明,数量众多,却由于对性禁忌的触犯还是很难在正规刊物中公开发行。① 由于荤故事一直都难登大雅之堂,而莫言在创作中对民间荤故事无所顾忌、明目张胆的插入,的确显得非同寻常。莫言作品的"粗鄙"几乎早就在学界形成了"共识",他的创作也因这一特点而饱受诟病。所以,如何看待莫言小说中的荤故事,这些荤故事到底具有哪些审美意义,是增加了还是降低了莫言小说的艺术性,这一问题无疑还需要更为深入的探讨。

一、荤故事的流传与莫言小说的民间立场与狂欢风格

根据 1984—1990 年由中国民间文学集成全国编辑委员会发起的中国民间文学大普查,其共搜集整理民间故事 184 万多篇,确定能够讲述 50 则以上民间故事的故事讲述者 9900 多人。② 中国民间口头文学这一非物质文化遗产的丰富性让人叹为观止,而民间讲故事能手也如恒河沙数。有的村庄以讲故事闻名全国甚至在世界上也颇具影响力,比如河北省藁城县北楼乡的耿村。这个村庄共有 1130 人,但能够讲述 100 则以上故事的大型故事家就有 10 人,50 则以上100 则以下的中型故事家 13 人,50 则以下的小型故事家 52 人。"表明耿村大约每 15 个人中就有 1 个爱讲故事的人(按比例占全村 1130 人的 6.3%)。这些人分布在 57 户中,表明每 5 户中就有 1 户(按比例占全村 281 户的 20%)。"③湖北省丹江口市六里坪镇的伍家沟村,"这个拥有 200 多户约 900 口人的小山村,可以称作故事家的人约占 1/10"④。在这些民间故事家讲述的故事中有相当一

---

① 谈到民间荤故事的搜集整理时,贺嘉提到"在采风普查时,由于担心被扣上'宣扬色情'的帽子,故事家不敢讲,采录者不敢记,即使有人搜集了一些也只能偷偷地存放,收进'资料本'也会被'大扫除'的"。(见贺嘉:《论民间文学的非正统性》,《民间文学论坛》1989 年第 2 期)目前,一些民间荤故事的集子往往以"内部资料"的形式出现,比如《中国民间传统荤故事》(由通化师范学院照排印刷,为吉林省内部资料性出版物)、《中国民间荤故事》(中国民间文艺出版社出版,也注明"内部发行")等。尽管人们特别是专家学者早已经充分认识到民间荤故事的重要性,但主要还是强调它的"研究价值",其依然难登大雅之堂。

② 中国民间文学集成全国编辑委员会:《中国民间故事集成·总序》,许钰《口承故事论》,北京师范大学出版社 1999 年版,第 257 页。

③ 袁学骏等:《耿村民间故事村调查》,《民间文学论坛》1989 年第 1 期。

④ 刘守华:《故事村与民间故事保护》,《民间文化论坛》2006 年第 5 期。

部分是荤故事。以前的农村,讲故事比较随便,不像一些民间故事家在接受采访时有所顾忌而讲述一些不太出格的故事。湖北宜昌市下堡坪乡谭家坪村的民间故事家刘德方说过去在农村讲故事时"碰到荤的就是荤的,个咋,碰到素的就是素的。跟这个吃饭一样,捡菜,筷子一持,捡到什么玩儿,就是什么玩儿"①。荤故事俨然成为民间口头故事的一大奇观。根据调查统计,湖北省五峰县白鹿庄的民间故事家刘德培,"在他讲述的 512 个故事中,属于'荤故事'的约占一半"②。20 世纪 80 年代耿村民间故事的普查中,记录了素故事 1335 篇,已经预测到的荤故事约有 500 篇。③ 现在专门搜集采录编订成集的民间荤故事集还很少见,仅有的也往往只是以内部资料的形式刊印,所以目前还不可能对民间荤故事的数量做一个大致的统计,但可以想象,它的数量肯定是可观的。

　　为什么民间会有这么多的荤故事?民间文学研究者也是著名的民俗学家江帆在她的专著《民间口承叙事论》中提出了自己的见解,她对故事家谭振山民间荤故事传承路径的分析为我们解释这一问题提供了较为科学的依据。谭振山是那种讲故事看场合的故事讲述者,在有小孩和妇女在场的时候他很少讲荤故事,但这并不表明他没有荤故事可讲,而且他所知道的一大部分荤故事还是从他的伯父谭福臣那儿听来的。谭福臣是个风水先生,"风水先生的职业,使他能以特殊的身份进入各家各户的深宅,从而听到一些不能在大庭广众前传讲的比较隐秘的故事。诸如《人狗通奸》《母子通奸》《媳妇剐婆婆》《公公耍掏耙》等等,谭福臣给侄子讲这类故事时毫无避讳,从他那里,谭振山听到一些一般人羞于启齿的'荤故事'"④。作为一个长辈,谭福臣为什么会给年幼尚不谙世事的侄子讲述这类故事?江帆认为"估计可能与他的生活经历和心理需求有关,决不仅仅是为了打发长夜孤灯下难耐的时光,恐怕是出于精神上满足自娱的需求"⑤。江帆对谭福臣给谭振山讲述荤故事的原因的推测具有一定的合理性。荤故事最为重要的功能就是宣泄苦闷和娱乐消闲。谭福臣无儿无女,荤故事的

　　① 王丹:《从乡村到城市的文化转型——刘德方进城前后故事讲述变化研究》,《民族文学研究》2009 年第 2 期。
　　② 陈建宪:《话语狂欢背后的生灵叹息——从晓苏〈苦笑记〉看民间性幽默艺术》,《华中师范大学学报》2002 年第 3 期。
　　③ 袁学骏等:《耿村民间故事村调查》,《民间文学论坛》1989 年第 1 期。
　　④ 江帆:《民间口承叙事论》,黑龙江人民出版社 2003 年版,第 100—101 页。
　　⑤ 江帆:《民间口承叙事论》,黑龙江人民出版社 2003 年版,第 101 页。

讲述应该为他的生活增添了一些快乐。荤故事的交际功能也不可小觑,即使是一些比较陌生的人碰面,在聊天的时候讲述几个荤故事,往往会形成欢快和谐的气氛。荤故事无疑有利于消除人与人之间的心理壁垒,在这种交际场合,不分地位高低、职业差别,大家都容易摘下严肃的面具轻松愉快地参与其中。

"食色,性也"①,"饮食男女,人之大欲存焉"②。性是人类极为重要的生理需求,性行为也是人类生殖繁衍所必不可少的生理行为。其实在人类的早期,性并不是一个禁忌的话题,生殖崇拜是当时极为常见的现象,只是随着社会文明的发展,性才越来越被赋予特有的含义,日益成为人们羞于启齿的"原罪"。由于种种伦理道德的桎梏,人们越来越受到性的压抑。正如周作人所说:"一般男女关系很不圆满,那是自明的事实。我们不要以为两性的烦闷起于五四以后,乡间的男妇便是现在也很愉快地过着家庭生活;这种烦闷在时地上都是普遍的,乡间也不能独居例外。"③周作人是从中国社会的一般性上来谈论中国人所受到的性压抑的,特别提到在中国的农村,由于财富和权力分配的不平等,乡民们所受性压抑的现象更为普遍和严重。"有统计数字可以表明,在解放前甚至说在打倒'四人帮'之前,贫困荒凉的农村,光棍多得是十分惊人的。女子虽说嫁不出去的极少,但封建文化加上父母包办,终生能感到性满足者极少。"④这在莫言的小说如《弃婴》《天堂蒜薹之歌》中也有体现。《弃婴》中的一个男光棍竟然提出想领养"我"捡到的女婴,希望等那个女婴长到18岁而他50岁时两人成婚。在大部分农村里,往往都会有几个男光棍饱受孤独之苦,性的压抑不言而喻。

弗洛伊德将性本能和营养本能看作人类最为重要的本能,他更将性本能看作人类发展的原动力。但是,当性的压抑累积到一定程度,得不到宣泄的话就会使人产生神经疾病和精神焦虑,弗洛伊德认为人的"里比多"可以以转移和升华的方式得到宣泄,科学建设和艺术创作就是"里比多"转移和升华的重要对象。他说,"正是这些性的冲动,对人类心灵最高文化的、艺术的和社会的成就

① 杨伯峻:《孟子译注》,中华书局2008年版,第197页。
② 杨天宇:《礼记译注》(上),上海古籍出版社2004年版,第275页。
③ 周作人:《知堂文集》《周作人自编文集》,河北教育出版社2003年版,第89页。
④ 山民:《怎样认识民间文学中的性意识与性描写》,《民间文学论坛》1989年第5期。

做出了最重大的贡献"①,"本能的升华是文化发展尤为引人注目的特点;正是它的出现,更高级的心理活动(科学、艺术、意识形态方面的活动)才可能在文明生活中起到重要作用"②。按照弗洛伊德的说法,文学艺术的创作正是"里比多"转移和升华的一条重要出路。弗洛伊德的理论或许还有不足,但性本能在艺术创作中的作用依然是不容忽视的。民间荤故事的盛行,正是农村乡民"里比多"转移和升华的重要途径。

莫言出生在山东高密东北乡平安庄,莫言的爷爷、奶奶、大爷爷等人都是故事高手。管谟贤说过:"如果把爷爷讲过的故事单独回忆整理出来,怕也要出两本厚厚的《民间故事集》呢。"③莫言也曾经说过:"村子里凡是上了点儿岁数的人,都是满肚子的故事,我在与他们相处的几十年里,从他们嘴里听说过的故事实在是难以计数。"④平安庄像耿村和伍家沟村一样,是个蕴藏着民间口头故事的宝库,即使将平安庄称为故事村也算不上过分。莫言是听着平安庄的故事长大的,当他走上创作的道路之后,这些故事也就成为他创作素材和灵感的源泉。"耳朵的阅读"为莫言汲取民间故事的营养创造了前提,而创作观念的建立和成熟则为他在自己的小说中运用民间故事提供了理论自信。莫言在 1981 年初登文坛时并没有意识到民间故事对他创作的意义。后来在时代创作浪潮的裹挟下,他也曾经对川端康成、福克纳、马尔克斯等外国作家的创作极度推崇并且积极借鉴了他们的创作经验,写出了一些先锋性十足的作品。不过他很快在 20 世纪 80 年代中后期开始了反思。他在 1986 年写了《两座灼热的高炉——加西亚·马尔克斯和福克纳》,表达了希望寻求创作个性,"逃离"西方文学影响的主张。2001 年他在苏州大学做了题为"试论文学创作的民间资源"的演讲,提出了"作为老百姓写作"的口号,表达了坚持民间写作的立场。也是在 2001 年,莫言在《檀香刑·后记》中声称要"大踏步撤退",要"撤退"到民间口头文学的传统中去。但是《檀香刑》的"撤退"还不到位,他在之后的创作中继续"撤退",终于在 2006 年创作出"向中国古典文学传统致敬"的新章回体小说《生死疲劳》。2012

---

① [奥]弗洛伊德:《精神分析引论》,高觉敷译,商务印书馆 1984 年版,第 9 页。
② [奥]弗洛伊德:《一种幻想的未来 文明及其不满》,严志军、张沫译,河北教育出版社 2003 年版,第 86 页。
③ 管谟贤:《莫言小说中的人和事》,杨守森、贺立华主编:《莫言研究三十年》(上),山东大学出版社 2013 年版,第 19 页。
④ 莫言:《用耳朵阅读》,作家出版社 2012 年版,第 56 页。

年 10 月 11 日瑞典学院宣布莫言获取诺贝尔文学奖。2012 年 12 月 8 日莫言在瑞典学院演讲《讲故事的人》,这是他对自己的创作与民间口头传统之间关系的一次重申和总结。当然,由于民间的成长经历以及口头文学潜移默化的影响,莫言创作的民间特征是一贯的,莫言创作的观念也是渐变的,我们不能对一些标志性的时间节点太过较真,但从这些时间线索中,还是能够看出莫言的民间写作立场和向口头传统回归的文学观念经历了一个由自发到自觉,由徘徊踌躇到成熟自信的过程。

民间口头故事的耳濡目染、民间创作的写作立场和向口头传统回归的写作理念使得莫言在自己的小说创作中插入民间荤故事成为可能,而莫言本人的狂欢精神与创作的狂欢化风格使民间荤故事的插入成为应有之义。巴赫金在阐释民间的狂欢化时提出了四个范畴:亲昵、插科打诨、俯就和粗鄙。[①] 在狂欢节中,人们摆脱了正统意识形态规范下的阶级、财富、职业等束缚,完全自由、平等地参与到节日之中。在过狂欢化的生活时,人们变得亲昵、自由和随便,通过插科打诨、粗鄙的语言将高贵和低贱结合起来,并且毫无顾忌地指向物质——肉体下部。民间的生活本来具有狂欢化的性质,无论是集体性劳动还是集市街头、庭院或者火炉旁炕头上的消闲说闹,荤故事的讲述都是正常不过的事。我们看到莫言的小说中荤故事的插入及其粗鄙的特色,正体现了高密东北乡人民狂欢化的精神。同时,正是借助这种狂欢化的特征,莫言的小说虽然具有很多悲伤的故事,却并不让读者感到绝望,使我们认识到为什么民间虽然一直苦难深重但又永远保持着生机勃勃的力量。

二、莫言小说中讲荤故事的人与他们的听众

莫言的小说创作喜欢让小说中的人物充当叙述人,这些人物给小说中其他的人物讲述故事,从而构成"有说有听"的说书结构。在这些讲故事的人当中,有一部分则充当了农村中性启蒙者的角色,他们通过给听故事的人讲述荤故事传递性知识。当然这些人讲述荤故事的目的会有所不同,有的纯属为了娱乐,

---

① ［俄］巴赫金:《陀思妥耶夫斯基诗学问题·巴赫金全集》(第五卷),白春仁、顾亚铃译,河北教育出版社 1998 年版,第 161—162 页。

有的则心怀鬼胎,或者是由于讲故事者本身的鄙陋而传达了一些错误的性知识,致使听故事的人身心健康受到伤害。但无论如何,这些荤故事的性启蒙作用还是无可否认的。在莫言的《爱情故事》《司令的女人》《麻风的儿子》《我们的七叔》《模式与原型》《复仇记》《生死疲劳》等小说中都有这种类型的讲述者和听者。

在上述提到的几部小说中,都有一个年龄比较大,见多识广的情场老手给听众特别是一些小青年讲述荤故事。《爱情故事》中的郭三老汉和小弟被派往菜地车水浇大白菜,在车水的过程中和劳动的间隙,郭三老汉就给小弟讲了荤故事。郭三老汉年轻时在青岛的妓院里当过"大茶壶",花花事儿见识得比较多,许多故事讲得有声有色。小弟正值十五六岁的年纪,正是对性好奇的时候,不仅喜欢听,有时候还要打破砂锅问到底。和他们两个一起劳动的还有一个回城无望的下乡女知青何丽萍。何丽萍本是一名武术队员,刚下乡的时候,曾经表演过"九点梅花枪",一时引起轰动,成为村中所有男青年心中可望而不可即的偶像。后来随着其他知青都落实政策回了城,只剩下何丽萍一个人留在了农村。眼看着她年龄越来越大,但是那些农村男青年对何丽萍还是不敢展开追求。此时,这个郭三老汉正与村民李高发的老婆相好,在车水休息的间隙就跑到李高发家里去与李高发的老婆黏缠。从李高发的家里出来,郭三老汉看到小弟对何丽萍有几分痴迷,就给小弟讲述各种荤故事,挑逗并怂恿他追求何丽萍。小弟虽然在何丽萍面前充满自卑,但由于受到郭三老汉荤故事的刺激和怂恿,还是鼓起勇气表白并且最后竟和何丽萍成了好事,第二年何丽萍就生了一对双胞胎。《爱情故事》中的郭三老汉不是一个"正经的庄稼人",但是他的荤故事却对于小弟的性的觉醒起着重要的作用。正如陈益源所说的,民间荤故事"对一个性知识匮乏、性压抑严重的社会而言,往往是百姓娱乐宣泄、进行两性教育的重要媒介"[①]。民俗学者山民也认为:"可以肯定地说,在乡村长大的孩子们有关性的'ABC'都是从大人们的笑骂和荤故事、荤歌谣中得到的。如果没有这种渠道的教育,真免不了有人结婚时闹出憨子那样的笑话来。"[②]《爱情故事》中的郭三老汉无形中成了乡村青年的性启蒙者。

---

① 陈益源:《长牙·成精·水里摸——民间荤故事的三种类型及其性教育功能》,《民间文学论坛》1996 年第 1 期。

② 山民:《怎样认识民间文学中的性意识与性描写》,《民间文学论坛》1989 年第 5 期。

　　在莫言的小说中,和郭三老汉类似的人物还有《司令的女人》中的乔老头、《麻风的儿子》中的老猴子、《我们的七叔》中的汪亮儿、《模式与原型》中的周五、《天堂蒜薹之歌》中的三爷、《草鞋窨子》中的张球和于大身、《生死疲劳》中的胡宾等。《司令的女人》中的老光棍乔老头喜欢在集体劳动时讲一些荤故事,其中的一个故事是说"一个生殖器特别长的人站在河边,看到一个青年妇女在河对面洗衣服,他便从河底伸了过去,在那妇女眼前弄起景来,那女人一把攥住,按在锤布石上,狠狠地砸了一棒槌,嘴里还喊着:'砸个核桃吃!'"①故事讲述时引起一群小青年包括下乡女知青唐丽娟的大笑。其实这个故事在山东广为流传,而且具有不同的版本。其中一个版本叫《留一搦》,说:"从前男人的生殖器很粗很长,平常盘在腰里,耕地时能当大鞭用。这一天,起早耕地,那东西被露水打湿了,休息时便把它放在土地庙上晒。土地老爷认为侮辱他,生气了。就叫小鬼给割去一截。小鬼问:'留多长?'土地老爷说:'留一庹(伸直两臂间距离)。'谁知小鬼听错了,听成'留一搦(用手握成一拳的长度)'。从此男人的生殖器就剩下现在这样大小了。"②这则荤故事纯属荤笑话,但也寄寓了先民对生殖器官崇拜的信仰,而对于那些正处在性朦胧期的青少年也具有性启蒙的作用。小说中的"我"正是因为听了乔老头的荤故事决定加快对唐丽娟的"追求"。乔老头不仅讲述荤故事,还给村中的小青年传授讨女人欢心的所谓四大法宝:"一是模样二是钱,三是工夫四是缠。"乔老头简直成了农村中"称职"的性教育者了。

　　在这些小说里讲荤故事的人中,有的是不太"正经的庄稼人",比如胡宾,有的则是劳动能手,比如老猴子,但他们的共同特点是阅历丰富。汪亮儿是车把式,于大身是卖虾酱的,有的本身就是风月场中人,这些经历使他们有机会见到和听到许多花花事儿,从而成为民间口头荤故事的散播者。在莫言的小说中,这些人讲述荤故事的目的不同,导致的后果也有所不同。《草鞋窨子》中的于大身在讲完一个荤故事临走的时候对张球说:"小轱辘子,把你跟西村小寡妇那些玩景说给老五他们听听,长长的大冬夜。"莫言小说中很多荤故事的讲述都是为了娱乐,为了打发时间,有时也是为了减轻劳动的困乏,但这些故事本身有可能

①　莫言:《师傅越来越幽默·司令的女人》,作家出版社2012年版,第287页。
②　山民:《怎样认识民间文学中的性意识与性描写》,《民间文学论坛》1985年第5期。

就产生了性教育的功能。郭三老汉、乔老头和老猴子的荤故事的讲述以及他们的教导，就帮助很多小青年追逐恋人获得了成功。

但是，莫言的小说中也有一些荤故事的讲述者动机不纯，居心不良，并且灌输了一些错误的性知识。这些小说既反映了荤故事讲述者的人性异化，也致使荤故事的听者走上歧路，导致他们身心受到极大损害。《模式与原型》中的周五曾经是个在农场服役的劳改犯，又丑又老，靠欺骗手段娶了老婆。小说并没有揭示周五被劳改的原因，但透过他的口我们知道他曾经干过心狠手辣之事，是个心胸狭隘、自私阴险的"坏分子"。他在和心智不健全的外号叫"狗"的少年放牛的时候，不怀好意地给"狗"讲了很多荤故事甚至教唆"狗"自淫。他的荤故事引诱着"狗"一步步堕入"深渊"，"狗"觉醒的性意识无从发泄，最后竟与一头牛媾和以满足自己的生理需求。《生死疲劳》中的胡宾和周五的角色有相似之处。胡宾本因为和他人妻子通奸而被罚劳役，在服劳役期间他的老婆白莲与别人勾搭在一起，生出了几个孩子。胡宾在和蓝解放一起放牛的时候，就不怀好意地给他讲述荤故事并且传输"十滴汗一滴血，十滴血一滴精"的错误性知识，而蓝解放当时也是情窦初开，性意识刚刚觉醒，正迷恋吴秋香的大女儿黄互助，但就是因为胡宾的误，蓝解放忧心忡忡，惶惶不可终日。

如何理解胡宾给蓝解放讲述荤故事的动机？这肯定是和《草鞋窨子》《天堂蒜薹之歌》等作品中的讲述者的消闲目的不同。要正确理解胡宾的动机，应结合《模式与原型》中的沈宾和周五这两个人物一起分析。可以说，胡宾这一人物正是沈宾和周五两个人物的合成。莫言的长篇小说和中篇小说以及短篇小说是有互文关系的，在互文结构下审视莫言的小说才能更好地理解莫言小说中的人物。胡宾、沈宾、周五这样的人本来心术不正、自私狭隘，劳改的经历加上妻子的外遇给他们带来的极大的屈辱，使其仇视当时的社会而导致心理扭曲，所以他们竟以别人的痛苦或给别人带来痛苦来以减轻自己心中的怨恨，而他们的荤故事的听者也真的受到了心理和生理的折磨。莫言正是通过这些人物对于荤故事的讲述，微妙地表达了他们的动机，使得这些配角也体现了人性的复杂性。莫言并不只是为了讲故事而讲故事，最终还是为了塑造小说中的人物，而这种创作方式也无疑有助于揭示人物的深层心理。

三、荤故事和性压抑与莫言小说中人物的心理分析

人们对性往往讳莫如深，谈性色变，所以在公开场合讲述荤故事已经触及人们的道德禁忌，如果一个人给自己的孩子讲述就更被视为大逆不道，但莫言是一个特立独行的作家，在小说的创作中"贼胆包天、色胆包天、狗胆包天"。[①]我们看到莫言敢于冒天下之大不韪，他在小说《飞鸟》中让一个"奶奶"给她自己的儿孙辈讲述荤故事。

《飞鸟》讲述的是一出滑稽剧、闹剧和悲剧。小说最后由奶奶讲述的一则荤故事作结，正是这则荤故事的出现使得整部小说的风格和意蕴变得复杂起来，小说阐述的空间也随之无限扩大，甚至有可能使某些读者认为这是莫言对历史严肃性的亵渎。《飞鸟》中当时几个放羊的孩子有一个极大的秘密，这个秘密就是传闻校长夫人在自己的前夫死亡时将他的生殖器割下来保存，这在当时是腐化堕落、流氓下流的难以饶恕的罪行。这几个孩子将校长夫人带到放羊的地方，使用各种方式侮辱她，最后将校长夫人折磨得昏死过去。小说也反映了"我"的矛盾心理，因为"我"曾经到校长家中去玩耍，校长一家对"我"很友善，"我"主要是迫于其他孩子都参与了批斗而不得不随波逐流。这种批斗的可笑、残忍和不得已，可以说也是当时整个成人世界在那个特殊年代中各种荒诞行为的折射，莫言只是用他擅长的儿童视角对之进行了更为深刻的批判。放羊回家之后，"我"的家人对我的"造孽"行为极为不齿，父亲拿着铁锹作势要砍死"我"。就在此时，奶奶轻描淡写地说这种事没什么大不了的，都听她讲个"古"吧。这个"古"就是关于"飞鸟"的荤故事。这部小说之所以取名为《飞鸟》，也主要是最后插入的这个荤故事。故事主要讲述一个老头在老婆死后对老婆割舍不下，于是就将老婆的生殖器镟下来放在一个匣子里，有空闲就拿出来看看。后来老头的行为被他的儿媳妇发现了，寻思老头在匣子里藏了什么好东西，就趁着老头和自己的丈夫出去干活时打开了匣子，发现了老头的秘密。这个儿媳妇也是调皮，就将那东西喂了家里的猫，然后逮了一只麻雀放在了匣子里。等到老头从地里回来打开匣子，麻雀从匣子里飞出，然后从窗棂子飞出屋外。老头大惊，让

---

①　许戈辉：《文学没有获奖配方：专访莫言谈诺贝尔奖》，《明报月刊》2012 年第 11 期。

儿媳妇快来，"快拿扫帚快拿竿，竿子打，扫帚扇"。儿媳妇问怎么啦，老头哭着说："多年的老屄飞上天。"

这个故事不知莫言是在何时所听，其实这则荤故事在全国各处都有流传，在吉林、辽宁和天津等地曾经做了采录、收集和整理，只是版本稍有不同。仅在吉林关东山地区就有三则类似的荤故事。[①] 这三则故事有两则名为《雀飞了》，第三则名为《王大疤子》。《雀飞了》是说一个女人在自己的丈夫死后将他的生殖器割下来藏在匣子里，后来被女儿发现，也是用一只麻雀代替，麻雀飞走之后，女人让女儿来帮忙，并大喊："丫头丫头快点灯，你爹的鸡巴成了精，一把两把没捂住，把窗户撞了个大窟窿。"《王大疤子》和莫言小说中《飞鸟》的故事情节大致相同，只是在最后老头喊的是"儿子媳妇快点灯，你妈的疤子成了精，左抓右捕没捉住，飞出窗户升了空"。在辽宁有两则类似的故事流传，和山东、吉林的没有很大区别，此处不赘述。在天津流传的这类荤故事稍显曲折，值得一提。[②] 这个故事说一个女人守了寡，后来她的女儿不幸也成了寡妇，守寡后的女儿搬来和她一块儿住，这样这个家里就只剩下了两个寡妇。老寡妇为了打发寂寞就弄了一个假阳物，一次女儿将假阳物拿在手中时被一只老猫叼跑了，女儿无奈用一只麻雀代替。到了晚上的时候就听到老寡妇喊"闺女闺女快点灯，那个宝贝成了精"，过了会儿又听到老寡妇的叹息，"闺女闺女别点了，娘那个宝贝跑远了"。这则荤故事在其他地区应该还有不同的版本，但大致没有很大的区别，最多就是男女主人公的角色互换，语言有所差异罢了。

这则荤故事在民间荤故事集子中算不上特殊，但用在莫言的小说里就显得口味比较重，语言也比较粗鄙。荤故事本来就难登大雅之堂，更何况这则荤故事又是由一个"奶奶"给她的子孙辈讲出的呢！那么，莫言在这篇相当严肃的作品里插入这么一个相当不严肃的荤故事是何用意？而且，要知道莫言的小说《飞鸟》本是个悲剧故事，而这个富有喜剧色彩的荤故事在这里出现是合适的吗？

莫言之所以让一个"奶奶"讲出一个荤故事（这在常人看来是多么不可思

---

① 金鑫搜集整理：《雀飞了》《王大疤子》，《中国民间传统荤故事》，吉林省内部资料性出版物 2004 年版，第 49、50、54 页。

② 陈益源：《长牙·成精·水里摸——民间荤故事的三种类型及其性教育功能》，《民间文学论坛》1996 年第 1 期。

议),是因为在高密东北乡"没老没少,不分长幼,乱开着裤裆里的玩笑,谁也不觉得难为情"①。评论家杨守森也曾经指出:"高密人富于'国骂',在民间的日常口语交流中,甚或是在亲昵、友好的表白中,你常常会听到'驴×日的'、'狗×日的'、'万人狗×日的'之类叫异乡人目瞪口呆、粗俗不堪的用语。你可以说这是一种直露的蛮性,但同时又不能不承认,这是一种不顾及任何形而上束缚的感性生命的自由张扬。"②高密东北乡地处齐地,受齐文化熏陶,蔑视束缚人性的伦理道德,张扬个性,追求生命享受,所以做起事、说起话来总是不管不顾,野性十足,这也是一个"奶奶"可以给子孙辈讲述荤故事的重要原因。其实,这个荤故事本身也隐含着丰富的意蕴,要不然也不会在全国各地都有流传。笔者认为这个荤故事反映了人们所受到的性压抑的痛苦,体现了人们对于人的性行为的认可,因为不论这个荤故事里的人物,还是《飞鸟》中那个校长夫人,她们的行为都是有一定心理依据的,体现了作者对于人的合理性需求的正当理解和深刻同情。

让一个"奶奶"给她的子孙辈简述荤故事也是莫言小说狂欢化的表现。从这篇小说的风格来讲,正是小说最后荤故事的插入,使得小说对前面部分的悲剧叙述风格有了翻转和颠覆,笼罩着读者的悲剧气氛在小说最后变得暧昧不清。这个转变的确有点突然。应该如何解释呢?几个放羊的孩子批斗一个曾经受人尊敬的校长夫人,本来就滑稽荒诞。小说虽然表现了校长夫人的悲惨命运,校长的爱莫能助的悲哀,小孩子的人性恶,这些都使得小说具备了深厚的悲剧意涵,但是整部小说还是蕴含着一种荒诞色彩,并不是纯粹的悲剧氛围,而小说最后荤故事的出现更加彰显了小说的狂欢化特征。

奶奶最后的"你们为什么不笑",其实也说明每个人的心中都对批斗的"恶"念念不忘,历史的荒诞并没有使人们完全丧失良知。而且同时说明莫言对于这个故事的插入是经过了认真考虑的,绝对不是为了讲故事而讲故事,更何况这则故事又是个容易引起争论的荤故事。但是这样做还是有很大的风险,就是粗俗的荤故事对庄严的悲剧故事的崇高主题的消解。人们很容易将其理解为作者对于历史的不敬和创作态度的轻佻。不过如果认真分析,多重思考,我们能

---

① 莫言:《食草家族》,作家出版社2012年版,第23页。
② 杨守森:《作家莫言与红高粱大地》,杨守森、贺立华主编:《莫言研究三十年》,山东大学出版社2013年版,第35页。

够看到莫言以"你们为什么不笑"提出了一个让人深思的问题,由之深化了这个小说的主题,并使得小说的主题有了多解性。如果不了解这一类型的荤故事在全国范围内的广泛流传,读者很容易对《飞鸟》中插入这则荤故事的写作行为产生误解。

湖北省五峰土家族自治县白果园村的民间故事家孙家香说:"我一遇事就讲'经',讲'经'能解愁。"①"讲'经'能解愁",讲"经"中的荤故事亦是如此。莫言的小说悲剧意味深重,他笔下的人物背负着过于沉重的"生"的和"性"的"愁"。荤故事的性教育功能、娱乐功能、宣泄功能等无疑可以使这种"愁"得到一定程度的缓解,民间的生命太沉重了,他们需要荤故事的"笑"来抵御生命中的苦难,尽管《飞鸟》的故事并没有产生"笑"的效果。

《透明的红萝卜》是莫言的成名作,在这部中篇中有一个老铁匠和一个小铁匠。老铁匠唱过几句戏文:"恋着你刀马娴熟通晓诗书少年英武,跟着你闯荡江湖风餐露宿吃尽了世上千般苦……你全不念三载共枕,如去如雨,一片恩情,当作粪土。奴为你夏夜打扇,冬夜暖足,怀中的香瓜,腹中的火炉……你骏马高官,良田万亩,丢弃奴家招赘相府,我我我我是苦命的奴呀……"②小铁匠也唱过几句歌词:"南京到北京,没见过裤裆里拉电灯,格里咙格里格里咙,里格咙,里格咙,南京到北京,没见过裤裆里打弹弓……"③老铁匠的这几句戏文的意思不难理解,但是对于小铁匠的这几句歌词,如果对民间荤故事不太了解的话,恐怕很难明白它的具体含义。小铁匠所唱的这几句歌词其实是一则民间荤故事最后的几句话。这种类型的荤故事主要是讲一个姑娘年龄很大了还没有嫁出去,欲火难耐,就想用一个茄子来解决问题,不料茄子崴折在里面,遂不得不请一个石匠来看病,没想到最后茄子弹了出来正巧打在石匠的脑门上,石匠揉着脑门说"走南京,闯北京,行行当当咱都通,南拳北掌全见过,从没见过'逼'里打弹弓"④。如果知晓了这则民间荤故事,我们就能够更好地理解小铁匠受压抑的性心理,也能更好地理解他的一些貌似反常的行为。小铁匠长久跟着师傅打铁,身强力壮,技术活出众,只是由于只有一只眼睛而一直单身。由于强烈的性压

① 刘晓春:《一个故事家的记忆与想象——孙家香和她的故事》,《民族文学研究》2004年第3期。

② 莫言:《欢乐·透明的红萝卜》,作家出版社2012年版,第34页。

③ 莫言:《欢乐·透明的红萝卜》,作家出版社2012年版,第49—50页。

④ 金鑫搜集整理:《打弹弓》,《中国民间传统荤故事》,吉林省内部资料性出版物2004年版,第323页。

抑,当他看到小石匠和自己喜欢的菊子姑娘热恋的时候,他的妒忌心理被强化了,这才有了处处和小石匠作对乃至最后和小石匠决斗的故事。《透明的红萝卜》只插入了几句歌谣,而没有插入那个荤故事。原因是大故事的叙述逻辑不太适合插入这一故事,再就是这个故事可能是太"污",虽然莫言是个重口味的作家,但考虑到读者的接受度,他还是要有所选择。从这部小说中我们看到,尽管有的论者认为莫言小说的语言粗鄙,其实相对于民间语言来说,莫言已经做了相当程度的净化。

莫言是一个深受民间口头文学影响的作家,也只有从民间口头文学特别是从不容忽视的荤故事的角度切入,才能够更深入、更精准地评判莫言民间创作的狂欢风格、人性深度、人物形象以及小说语言的粗鄙特征,也才能更为客观、更为全面地理解莫言"讲故事的人"的创作理念。

第三编 莫言文学主题研究

莫言小说中的"莫言"①

张细珍②

【摘　要】莫言小说中的"莫言",是莫言又不是莫言。他是作者俯身小说观照自我的精神镜像。作者塑造"莫言",也被"莫言"塑造,以此建构复数的"莫言"。莫言在小说中植入、嫁接"莫言"的小说,通过文本互文的方式实现叙事民主。借人物与作者同名之便,"莫言"或从文本外跨层来到文本内,使整部小说产生虚实莫辨的荒诞感与寓言意味;或从文本内跨层来到文本外,代替作者安排小说的叙述进程,与作者进行戏谑、对话,产生"心口差",以柔性的不可靠叙事解构历史话语的因果逻辑与道德刚性,从而裸露文字背面的历史真相,体现了莫言叙事伦理的自觉。

在中国传统白话小说中,叙述者从来不借用作者的真名或笔名,这主要是因为传统白话小说经历漫长的话本、拟话本的改写期,这种改写底本的文类程式与拟听/说书的叙述格局决定了叙述者只是非个人化的、无名无姓的、半隐半显的说书人。又因为作者与改写者对小说文本不具有完全独立的著作权与权威性,所以叙述者采取类似口头叙述的形式获取权威性,进而在说书的过程中即兴改写。还因为白话小说被视为至下之技,祸乱历史,最不可训,所以作者不

————————————

①　本文是国家社科基金重大招标项目"世界性与本土性交汇:莫言文学道路与中国文学的变革研究"(13&ZD122)、江西省高校人文社会科学研究项目"互文视域下中国作家笔下艺术家形象的症候研究(1978—2015)"(ZGW162002)阶段性成果。

②　张细珍,文学博士,江西财经大学人文学院讲师。

愿泄露真名,更不要说以真名现身小说。

　　当然,在传统文言小说中,叙述者经常使用作者的名字,如李朝威的《柳毅传》有言:"陇西李朝威叙而叹曰。"①白行简《李娃传》的结尾:"贞元中,予……乃握管濡翰,疏而存之。时乙亥秋八月,太原白行简。"②文言小说中直接出现作者真名,是为了使虚构性的小说更具有史实性、权威性。到五四时期,作者名字经常直接或间接出现在小说中,叙述者或人物多取与作者相同或相近的名字。这是小说文类地位提升,作者个体意识觉醒的表征。随着现代派先锋小说实验的兴起,当代作家如马原、朱文等均将真名植入小说,以产生元叙事或黑色幽默的美学效果。

　　莫言小说中也有不少将"莫言"之名植入其中者,如《酒国》《生死疲劳》等,其中美学意旨何在? 笔者曾有幸就此问题当面请教过莫言本人。他说:"小说中的莫言是我又不是我。这个人物的设置是为了小说结构。"在此,笔者主要从叙事学角度,探析莫言小说中"莫言"形象的叙述功能与美学效果。

一、建构复数的"莫言"

　　莫言曾说,他塑造的几百个人物合成的一个人物就是作家自我,其中以小黑孩为核心原型。莫言笔下的"莫言"是小黑孩的变身,如多棱镜从不同角度折射出作者的精神镜像,建构复数的"莫言"。诚然,作者笔下的人物都或隐或显地投射自己的意愿或幻想。正如托尔斯泰所说:"不论艺术家描写什么人——神父、强盗、皇帝、仆人——我们寻找和发现的只能是艺术家本人的灵魂。"③这也是作家在塑造人物形象过程中所具备的角色扮演的心理功能,因为"艺术好比显微镜,艺术家拿了它对准自己心灵的秘密并进而把那些人人莫不皆然的秘密搬出来示众"④。莫言笔下的"莫言"如那耳喀索斯临水自照,或画家自画像,是作者俯身小说观照自我,借人物镜像与自我对话,探索、检视、评析、修正、建

---

①　收入〔宋〕李昉等编:《太平广记》419卷,中华书局2013年版。

②　收入〔宋〕李昉等编:《太平广记》419卷,中华书局2013年版。

③　〔俄〕列夫·托尔斯泰:《列夫·托尔斯泰论创作》,戴启篁译,漓江出版社1982年版,第10页。

④　〔俄〕列夫·托尔斯泰:《列夫·托尔斯泰论创作》,戴启篁译,漓江出版社1982年版,第11页。

构、认同自我的过程。创造"莫言"实际上"就是一个不断发现自我的过程"。①

诚然,小说中的"莫言"只是莫言塑造的一个人物,是被叙述的"莫言",不能完全等同于小说外的莫言。不仅同名人物不等于作者,甚至"一部伟大的作品建立起它的隐含作者的'诚实',而不顾及创造了这个隐含作者的那个真人,在他的生活的其他方面如何与他在作品中所体现的价值相悖离"②。有论者认为"莫言""在小说中就集叙述者、人物、作者于一身"③。笔者认为,此论略显简单。因为小说中的"莫言"只是莫言的分身或镜像之一,又不完全是莫言。小说中的"莫言"并不是叙述者,也不是隐含作者,更不是现实中的莫言,他首先是作为一个人物形象存在。可以说,人物"莫言"是作家莫言的镜像分身、第二自我,二者构成复调互文的对话关系。正是因为作家莫言与人物"莫言"同一又不一的关系,"莫言"形象的植入给文本带来真实又陌生的美学效果。

在《酒国》《生死疲劳》中,"莫言"都是作家。作者有意借作家身份的同一性,使小说中的"莫言"近于莫言本人的镜像折射。在《生死疲劳》中,"莫言"是一个"相貌奇丑,行为古怪"的千人厌、万人嫌的角色,但天性好奇,喜欢想入非非,有着"歪门邪道之才",爱言、能言、善言,"经常说一些让人摸不着头脑的鬼话",后来当上作家,被传说为"阎王爷的书记员投胎转世"。在此,作者以自己为原型赋予童年"莫言"滑稽、戏谑的美学效果,让读者恍惚看见卑微、皮实、顽劣,却不乏生命野性与活力的童年莫言。"莫言"以儿童恶作剧的方式调侃"极左"的历史,赋予沉重的历史以黑色幽默的反讽意味。对此,学者季红真认为"莫言小说中大量的顽童形象,都可以追溯到孙悟空的原型,而且成为叙述演进的推动力"④,可谓独辟蹊径。笔者认为,莫言塑造此种顽童类"莫言"实则作者本真、理想自我的回溯式建构。虽然"莫言"在《生死疲劳》中只是一个一闪而过、微不足道的小人物,但作者以看似不经意之笔,将他郑重其事地安插在小说随处可见的角落里,实际上暗含了作者追根溯源式的身份建构,以及对压抑童年的释放。童年的莫言调皮捣蛋,因为饥饿嘴馋而招人嫌,因爱说话凑热闹而惹是非。长期不正常的社会环境以及父母的告诫把他压抑成一个谨小慎微、沉

① 杨守森、贺立华:《莫言研究三十年》(上),山东大学出版社 2013 年版,第 298 页。
② 布斯:《小说修辞学》,北京大学出版社 1987 年版,第 84 页。
③ 王洪岳、杨伟:《论莫言小说的自涉互文性》,《天津社会科学》2016 年第 5 期。
④ 季红真:《莫言小说与中国叙事传统》,《文学评论》2014 年第 2 期。

默寡言、自卑敏感、胆怯恐惧、害怕与人打交道,不喜欢大庭广众下说话的人。成人世界的权力秩序无疑在莫言内心留下深远的阴影。于是他在小说里借助顽童"莫言"保留、张扬童年被压抑的天性。作者曾言,《四十一炮》中的"罗小通""是我的诸多的'儿童视角'小说中的儿童的一个首领,他用语言的浊流冲决了儿童和成人之间的堤坝"①。"写作的时候就像少年时候的胡言乱语。"②这使得他这些压抑与阴影在小说中以话语狂欢的形式放大、释放,并获得代偿与平衡。顽童"莫言"体现了莫言心象自我与表象自我的分离,以此对抗外界规训对人性的压抑。他与《透明的红萝卜》中饥饿、孤独、寡言、隐忍倔强、吃苦耐劳、有着超强视听能力的"黑孩",《枯河》中的小虎,《四十一炮》中嗜肉善言、"身体已经成年,但他的精神还停留在少年"的"炮孩子"罗小通,《牛》中爱热闹、嘴馋嘴碎、看起来很坏、其实很善良的少年罗汉等同属一个精神家族,一并建构童年、少年时期的"莫言"。虽然莫言曾将乡村儿童叙事的动机解释为告别童年,但作家的童年,尤其带有创伤体验的童年,向来具有持久的生命力。作家会通过手中的笔,让童年的自我一次次复活,以重返童年的方式重返真实的自我,以此释放被囚禁在童年阴影里的自我。

作为对照,《酒国》中作者如此描述中年"莫言"的形貌:一个"体态臃肿、头发稀疏、双眼细小、嘴巴倾斜的中年作家"。这是作者对自己真实相貌的漫画式勾勒,呈现出真实直率的自我形象。作者多次提到了"莫言"最有影响的大作是《红高粱》,并提及《红高粱》的电影改编以及相关的文坛轶事。这些现实细节使得人物"莫言"与作者莫言有着极高的契合度。作者还通过"莫言"讽刺文坛,正如作者所言,《酒国》是具有批判锋芒与讽刺政治意味的小说。只是作者将如此激愤直露的情绪注入小说,是否会带来审美观感的消失?这一中年"莫言"与以小黑孩为核心原型的童年"莫言"形成有趣的对照。作者对童年"莫言"难掩喜爱之情,对中年"莫言"则颇多嘲讽之意,从中折射了莫言对童年自我的难以忘怀。诚如作者所认为的,作家应保持儿童心理,有童心、童真、童趣,创作时进入顽童心态,作品才会得心应手,具有生命感。③ 正如司汤达所说,无休无止的童年。阿多尼斯也说,梦想要有,但应朝着童年的方向。

① 王德威等:《说莫言》,辽宁人民出版社 2013 年版,第 53 页。
② 莫言、王尧:《在文学种种现象的背后》,载《莫言对话新录》,文化艺术出版社 2010 年版,第 44 页。
③ 莫言、王尧:《在文学种种现象的背后》,载《莫言对话新录》,文化艺术出版社 2010 年版,第 161 页。

作者还解构了这一镜像的同一性。在《酒国》中，隐含作者莫言跳出来，强调与人物"莫言"的灵肉分离，使得叙述产生情感的间离。如"我知道我与这个莫言有着很多同一性，也有很多矛盾。我像一只寄居蟹，而莫言是我寄居的外壳。莫言是我顶着遮挡风雨的一具斗笠，是我披着抵御寒风的一张狗皮，是我戴着欺骗良家妇女的一幅假面。有时候我的确感到这莫言是我的一个大累赘，但我却很难抛弃它，就像寄居蟹难以抛弃甲壳一样"。又如"长期的写作生涯使他的颈椎增生了骨质，僵冷酸麻，转动困难，这个莫言实在让我感到厌恶"。隐含作者对人物"莫言"价值立场的有意位移，使得"莫言"成为一个有着独立生命的审美形象。《酒国》通过作家"莫言"与文学青年李一斗关于文学创作的通信，塑造了一个幽默、犀利，又不乏油滑、世故的作家形象。或者说，二者是形影一体的复调关系。他借"莫言"之口大胆披露作家的隐秘心理："为了能使文章变成铅字，我什么样的事都干过或者都想干过。"又借李一斗的自我批评来反躬自省，如"我的毛病就是想象力过于丰富，所以常常随意发挥，旁生枝杈，背离了小说的基本原则"。当然，有时又借李一斗小说的中人物余一尺之口自我夸虚，认为只有"莫言"这样邪恶的天才才配为他这样邪恶的英雄立传。在此，"莫言"是复数的。

"莫言"这一镜像人物的功能在于，使作者在现实自我与镜像自我的面对面的对视与对话中，完成自我表象和心象的分离与整合，从不同层面建构复数的"莫言"，帮助作者实现魂超其上的自我检视。作者塑造、观看"莫言"的同时，也被小说中的"莫言"观看、塑造。正是通过这一镜像人物，作者对自我进行精神现象学的 X 光透视。如在《酒国》中，作者让"莫言"在与李一斗通信的过程中，价值观逐渐位移，最后亲自来到声色犬马的酒国，沉溺堕落于酒色之中。他原本想改变特级侦察员丁钩儿的结局，结果却步了丁钩儿的后尘。以酒神狂欢式的《红高粱》享誉文坛的作家"莫言"，在以喝兽用酒精长大的金刚钻为代表的酒国中堕落沉迷，这是一个颇具反讽、解构意味的情节设计。说到底，让"莫言"自甘堕落，寄寓了作者解构式建构的身份自觉。在此，通过将真名植入小说，莫言祛除了作者的书写霸权，非但不将自己置身事外，反而不惜自毁形象，于酒肉饕餮中裸露人性的症候，以此解构作家审美救赎者的地位。正如画家作自画像时，因为完全掌握着自我塑形的权力，要么将自我理想化，要么将自我丑化，表达了对自我与世界的复杂情感。"莫言"形象未尝不是莫言将自我丑化、他者化,置于更广阔的人性视野进行自我陪绑式的伦理审视？作者如此塑造"莫言"形象,颇有刮骨疗毒之势,是通过剖析自我以照见人性,升华自我。

在《生死疲劳》中,"莫言"成了作者照见隐秘自我与世界真相的一面镜子。作者于挥墨走笔间,时不时顺带一捎,以简短的一两句话将小人物"莫言"的形象漫画般地呈现出来,看似漫不经心,实则用意深远。小说从一头特立独行的猪的眼里看"莫言":"这小子既好奇又懦弱,既无能又执拗,既愚蠢又狡猾,既干不出流芳百世的好事,也干不出惊天动地的坏事,永远是一个惹麻烦、落埋怨的角色。我知道他所有的丑事,也洞察他的内心。"这何尝不是作者的一种自我暴露又自我反观的叙事策略？虽然"莫言"过去是西门屯的下等货色,嘴馋天下闻名,贫嘴碎舌,喜欢妖言惑众,是说牛皮大话的行家里手,但如今猴子戴礼帽装绅士,"混成了作家,据说在北京城里天天吃饺子"。这样一个人物却说出极具哲理性的话:"极度夸张的语言是极度虚伪的社会的反映,而暴力的语言是社会暴行的前驱。"这是《生死疲劳》众声喧哗中的点睛之笔,借"莫言"之口说出历史梦魇背后的真相,表达了作者对这一镜中之像先抑后扬的肯定与认同。

正是通过塑造小说中的"莫言",莫言建构了复数的"莫言"。若说《酒国》是从精神现象学层面,对作家做人性的 X 光透视,那么《生死疲劳》则从发生学层面,呈现一个作家的发源、生成过程。"莫言"形象实则作者以之为记忆框架,回溯过去,"在这个记忆框架里塑造自我形象、历史想象或是以一种简洁和形象的方式表达价值观和标准以及被忘却的事物,和记忆文化中不可表达的东西"①。正如作者所言,"我既是写小说的人,也是小说中的人。我写小说,小说也写我"②。这便是莫言把自我他者化、镜像化、编码植入文本的美学意义所在。

二、文本互文实现叙事民主

莫言写"莫言"除了以小说写我,建构复数的"莫言"外,还通过文本互文的方式实现叙事民主。文本互文是指一部小说中不同文本并置、嫁接,形成一种相互延传、彼此呼应、回旋对话的互文性。互文性最早由克里斯特瓦提出,她认

---

①　莫言:《碎语文学》,作家出版社 2012 年版,第 176 页。
②　莫言:《莫言对话新录》,文化艺术出版社 2010 年版,第 188 页。

为:"文本是许多文本的排列和置换,具有一种互文性:一部文本的空间里,取自其他文本的若干部分相互交汇与中和。"①

如《酒国》将作家"莫言"创作的酒国故事与文学青年李一斗创作的酒国小说并置,"到了小说的中部,李一斗叙述的故事和作家叙述的故事越来越像,两个人各自讲述的故事渐渐融为一体。假作真时真亦假,真作假时假亦真"。随后,"莫言到了酒国,立刻把李一斗和莫言两个人营造的小说瓦解了"。作者通过两种文本的互文并置、交汇中和,从不同角度暴露酒国云山雾罩、真假难辨的复杂病象,影射现实世界的隐秘症候。不仅如此,作者还在两个故事之外嫁接"莫言"与李一斗的通信,其用意在于借"莫言"与李一斗的对话,以及李一斗亦真亦假的醉话连篇,把自己对社会的强烈批判说出来。这种互文结构是作者与政治针锋相对时戴着镣铐跳舞的结构策略。实际上,作者与笔下的"莫言"、李一斗是形影对照、三位一体的互文关系。"莫言"对李一斗的反讽解构实则作者的自我复调。此种文本互文丰富了叙事声音,实现叙事民主。进一步探析,不难发现酒国吃人故事还与鲁迅《狂人日记》构成文本与前文本式衍生、更新、对话的互文关系。互文性理论认为,文本不是孤立状态,不同作家的不同文本间回旋交织着历时或共时的相互指涉、对话、吸收、改编、阐释、传承、影响的关系。究其质,《酒国》既以小说中作家"莫言"的叙述建构了文本内部的多重互文,又通过与鲁迅"吃人"主题的遥相呼应,建构文本与前文本的互文,以此实现《酒国》众声喧哗、多元复调的叙事民主。

同样,《生死疲劳》经常中断叙述,借人物"莫言"与作者同名之便,将"莫言"以前的小说合情合理地植入文本,嫁接在现有的叙述主流上。小说经常出现这样的表述:"按照莫言小说里的说法""莫言小说里说"等。对于这样的文本嫁接,小说叙述者"我"这样"无奈地"解释:"这些事都不是我亲眼所见,而是来自道听途说。由于此地出来个写小说的莫言,就使许多虚构的内容与现实的生活混杂在一起难辨真假。我对你说的应该是我亲身经历、亲眼所见、亲耳所闻的东西,但非常抱歉的是,莫言小说中的内容,总是见缝插针般地挤进来,把我的讲述引向一条条歧途。"在此,"莫言"的小说作为作者第二自我的记忆文本出现在现有文本中,借此复述/重写历史,营构互文复调的叙述结构。正如蒂费纳·

---

① 　王瑾:《互文性》,广西师范大学出版社2005年版,第35页。

萨莫瓦约所说："文学的写作就伴随着对它自己现今和以往的回忆。它摸索并表达这些记忆,通过一系列的复述、追忆和重写将它们记载在文本中,这种工作造就了互文。"①小说正是通过"莫言"历史文本的嫁接、互文,破坏故事的叙述主流,打乱叙述节奏,让叙事行为本身浮出文本,从而凸显历史的叙事性、虚构性,使人物与读者不能一直沉溺于六道轮回的历史梦魇,而是从中跳脱出来,听取不同版本的历史回声,实现叙事的民主。

为了实现历史叙述声音的多元化、民主化,叙述者一方面引入"莫言"的小说文本与作者的叙述互文对话,另一方面还将"莫言"小说中的历史文本和六道轮回的西门猪眼中的历史文本两相对比。如西门猪说:"莫言那小子在他的小说中多次讲述,但都是胡言乱语,可信度很低。我讲的,都是亲身经历,具有史料价值。"因为"我""得天独厚地对那忘却前世的孟婆汤绝缘,所以我是唯一的权威讲述者,我说的就是历史,我否认的就是伪历史"。作者通过将隐含作者"我"的叙述文本、"莫言"的叙述文本、"西门猪"的叙述文本并置,形成叙述声音的互文复调,讽喻世界"本来就是一锅糊涂粥,要想讲清楚,比较困难",隐喻历史叙事真假莫辨的虚构性,以此引领读者思考哪个才是未经叙述改编的历史真相。

由此可见,借人物与作者同名之便,作者在小说中植入、嫁接"莫言"的小说,产生文本互文的复调结构,有奇峰对插、锦屏对峙之妙,叙述的意义由此增殖。"在形式上,这比单一的全知视角要丰富,给读者提供想象和思考的空间更广阔,更是对历史的确定性的消解,多角度的叙事对小说的多义性提供了可能。"②究其质,植入"莫言"的小说,实则作者引入多元视角与声音,以实现叙事的民主。

三、叙事跨层解构历史的道德刚性

当一个文本内部出现不同的话语层,叙述就会分层。若以主体故事为主叙述层,那关于故事如何被讲述的叙述则是超叙述层,如古代文言小说常借用作者真名在故事之外设置一个超叙述框架,现代元小说也以此凸显超叙述层,如

---

① 　[法]蒂费纳·萨莫瓦约:《互文性研究》,邵炜译,天津人民出版社2003年版,第35页。
② 　莫言:《莫言对话新录》,文化艺术出版社2010年版,第307页。

《酒国》中"莫言"叙述《酒国》创作的过程便属超叙述层。故事中的人物讲述故事则为次叙述层。在叙述分层中,人物、叙述者、隐含作者因不同的叙述职能,而分属不同的叙述层。一般而言,同一叙述层的人物与人物、叙述者与叙述者间可自由对话,但不同层面的人物、叙述者、隐含作者间的对话、冲突则比较难。只有汇总于更高的统一的主体意识,才可能跨层对话。

在此,所谓叙述跨层指缺乏整一主体意识的过渡,不同叙述层的人物、叙述者、隐含作者直接对话。有时候,故事中的人物身兼隐含作者或叙述者的职责,那当他被讲述,又讲述故事时,他可能既属于主叙述层,又属于超叙述层,这时就出现叙述跨层现象。叙述跨层的目的在于使人物或叙述者显身,对上一层或下一层的人与事进行叙述干预,从而产生复调歧义的文本结构。《酒国》《生死疲劳》中的叙述跨层之所以可能,在于"莫言"借与作者同名之便,自由出入不同的叙述层。"莫言"的结构功能在于作为现实进入虚构的中转站,是叙述跨层的枢纽。"莫言"既在故事之内,又在故事之外。他负责打开一扇门,让不同的声音进出:小说中的"莫言"作为人物,他有自己的身份限定,自成一种声音。作为叙述者,他的人格通过自己的叙述行为产生,作者借他说出自己想说而不能说的话,又成一种声音。但"莫言"的声音又不同于作者的声音,他说的话未必全是隐含作者想说的话,隐含作者另有自己的声音。这便大大丰富了小说的叙述层次,产生叙事的弹性、柔性。

细加辨析,《酒国》里有三层文本结构:一是作家"莫言"创作《酒国》的过程,以及与李一斗的通信,这是超叙述层;二是《酒国》中丁钩儿的故事,李一斗写的酒国故事,这是主叙述层;三是小说作者"莫言",变身小说人物,来到酒国后的故事,这是超叙述向主叙述的跨层。《酒国》中的叙述跨层表现在,一方面,作者变身为人物"莫言",跨层来到酒国中,"去了以后的莫言和莫言写的小说里的侦查员的命运是一模一样"。"莫言"现身文本赋予小说多重反讽、解构的复调意味。"当这个我变成了'莫言'出现在这个小说里,他就成了我的分身,他既是小说中的小说叙事者,又是小说里的人物。他和小说中的另一个重要人物酒博士李一斗是平级的。最高叙述者是拿着笔的我,我的分身变成了小说里的人物,由我写'我',由'我'观我。这会产生一种几分调侃、几分荒诞、几分深刻的独特效果。"①另一方面,人物"莫言"时不时又跳出故事还原为作者继续讲述《酒国》的创作过程,如"我正在创作的长篇小说已到了最艰苦的阶段,那个鬼头鬼脑的高级侦查员处处跟我作对,我不知是让他开枪自杀好还是索性醉死好,在上一章里,我又让他喝醉了"。"莫言"文本内外的叙述跨层使整部小说产生虚实莫辨的荒诞感与寓言意味。

在《生死疲劳》中,"莫言"同样既是超叙述层决定小说结局走向的叙述者,又是主叙述层的一个人物。他既是故事的叙述者,也是被叙述的人物。如到第五章"结局与开端","莫言"直接从故事中跳出来,在叙述层面上呈现小说写作的过程,并让自己承接之前叙述主人公蓝解放的话茬,"在这个堪称漫长的故事上,再续上一个尾巴"。这里人物兼叙述者的"莫言"既与蓝解放对话,又从文本内跨层来到文本外,代替隐含作者安排小说的叙述进程。作者借人物"莫言"与自己同名之便,赋予小说中的"莫言"以人物与叙述者的双重身份,让他浮出故事,跨层来到叙述层讲故事,提醒读者作者视角的有限性,凸显作者的多重身份,正如作者所言"书中的莫言不纯粹是一个作家,他的出现使原小说的叙述者存在"②。作者莫言与人物"莫言"相互映照,生成视角与声音的复调性。作者之所以采用这种叙事策略,是想通过这个人物的历史在场感,使人物"莫言"的叙述与作者莫言的叙述复调对话,形成近山浓抹、远树轻描的叙述层次感,以便多元地呈现历史的不同面相。

有意思的是,一方面,作者赋予"莫言"叙述跨层的权力,另一方面,他又解构"莫言"的叙述权威。"我"的叙述与作家"莫言"的叙述时而合作、时而对抗,形成似假实真、真假莫辨的不可靠的叙述效果。如"尽管他编造得严丝合缝,但小说家言,绝不可信"。又如"这又是那小子胆大妄为的编造。他小说里描写的那些事,基本上都是胡诌,千万不要信以为真"。叙述者对"莫言"叙述的揶揄,实则反照历史叙事本身的不可靠。不仅如此,"莫言"自己也用不可靠的叙述口吻,边叙述,边揣测,边插入性评论,时不时提醒读者叙述过程的不确定,如"我不知道如何描写蓝解放在那一时刻的心情,因为许多伟大的小说家,在处理此种情节时,已经为我们树立了无法逾越的高标"。"因为跟蓝解放没有交流,我

① 莫言、王尧:《在文学种种现象的背后》,《莫言对话新录》,文化艺术出版社 2010 年版,第 90 页。
② 莫言:《莫言对话新录》,文化艺术出版社 2010 年版,第 307 页。

对他的所有心理活动都是猜想。""接下来的故事,又开始进入悲惨境地,亲爱的读者,这不是我的故意,而是人物的命运使然。""让我们凭借着想象描述一下蓝解放每天晚上去车站旅馆地下室探望庞凤凰的情景吧。"究其质,小说通过叙述主人公"莫言"的不可靠叙述,有意间离隐含作者与叙述者的声音,使叙事立场发生变异,主题旨向产生歧义。这种叙述跨层打破了整部小说的叙述节奏,叙述文体由章回体变为元小说,叙述基调由宗教悲悯转为黑色幽默。这种间离让人物与读者从六道轮回的历史梦魇中跳脱出来,意识到历史的荒诞性与历史叙述的虚构性。

不仅人物"莫言"的叙述是不可靠的,隐含作者也没有在作品中过多突出自己,而是与人物叙述者的权力平衡,二者戏谑、对话,产生"心口差",形成不可靠叙述的反讽复调效果,这是小说意义增殖的关键之一。细加辨析,《生死疲劳》中隐含作者莫言的声音没有过于浮于人物、故事之上,而是以沉默的方式隐身其中。因为伟大的作家不应该是他的人物的评判者,而应该在审美命令的深处觉察道德命令。有时候隐含作者会主动让渡叙述主权给人物,而人物视角是隐含作者权力分散的一种形式。如最后一章隐含作者伪装中立的态度,让人物"莫言"接过叙述权,以有限视角完成叙述。而叙述者"莫言"也有意自嘲,谨守自己的叙事权力,以不可靠叙述与隐含作者形成反讽、复调的叙述张力,让模糊的叙述立场形成主题的深度。"这一切都给释义歧解创造了较大的自由度。"①如此看来,莫言小说中的"莫言"实则间离了作者与叙述者的关系,防止他们合谋,形成叙事的霸权。作者让"莫言"时不时跳出文本,以真名跃然纸上,不是同读者在文本中建立公开直接的信任关系,而是解构这种关系。这实则是莫言在质疑叙事主体的权威,谨守叙事的权限,对所叙述的世界与叙述行为本身进行反讽与审视,体现了叙事伦理的自觉。这种自觉源于作者对被叙述的大历史与亲身经历的小历史间的悖谬有着清醒的认知。

进而言之,《生死疲劳》中"莫言"的叙述跨层使得小说以凸显叙述过程的元叙述的方式走向结局。这种叙事策略表达了作者的一种叙述立场,即历史/叙事的互文性,历史叙事就是将历史的乱麻进行话语的编织,历史真相与叙述都是不可靠的。"莫言"的叙述跨层形成了小说叙述的时空跨越与错置,不断提醒

① 赵毅衡:《苦恼的叙述者》,四川文艺出版社 2013 年版,第 72 页。

读者历史叙述的虚构性。在小说中,隐含作者莫言、人物"莫言"的叙述与历史故事是间离、对话的。中国白话小说一直以来处在史传传统的强大压力下。中国古典小说的史学传统在于,"将历史话语运用为道德指导原则,或作为解释不可能存在事物的理论基础",以达到似真性。在《生死疲劳》中,作者通过"莫言"的叙述跨层,以柔性的不可靠叙事解构历史话语的因果逻辑与道德刚性,打破封闭凝滞的轮回梦魇,正所谓"史统散而小说兴"。相反,西方自亚里士多德始,就认为诗比历史更接近真理。历史只是试图呈现事实,诗则联通必然性与可能性。当然,中国也有类似的思想:"文不幻不文,文不极不幻。是知天下极幻之事,乃极真之事;极幻之理,乃极真之理。故言真不如言幻,言佛不如言魔。魔非他,即我也。"①以此观之,《生死疲劳》的叙述可谓亦真亦幻、亦佛亦魔。正所谓遗史蒐逸传奇,传奇者贵幻。莫言说:"小说家并不负责再现历史也不可能再现历史。"②诚哉斯言!《生死疲劳》这部小说的力量就在于以不可靠的叙述,呈现半个世纪以来中国乡土社会与民间历史的多面性与可能性,给患历史癖的慕史者一针清醒剂——历史的真相在文字的背面。

---

① 此语见袁于令为《李卓吾批西游记》所作题词,载孙楷第:《日本东京所见中国小说书目》,卷四,明清部,1932 年,第 77 页。

② 莫言:《用耳朵阅读》,作家出版社 2012 年版,第 33 页。

狂言诳言话"莫言"

——以《蛙》和《生死疲劳》为例

徐　勇①

【摘　要】通过比较《生死疲劳》和《蛙》可以发现,作者莫言虽然借助再造或再现历史来展现故事,但并不着意于对历史的批判。两部小说风格上的迥异,某种程度上对应于作者对现实的态度上的截然相反。对于这种不同,既与小说的文体特征和形式探索有关,也与作者面向西方世界的潜在态度密不可分。虽然在这两部小说中作者表现出融合中西的努力,但与此同时,这种融合却是以向西方的靠拢而彻底完成。因而,在某种程度上,这一靠拢就成为等待救赎的表征,莫言能获得诺贝尔文学奖,也就因此成为情理之中的事情了。

获得茅盾文学奖以来,莫言及其获奖作品《蛙》一直是评论界热议的话题,而随着 2012 年诺贝尔文学奖获奖作家名单的公布,莫言再一次被推上了舆论的风口。对于莫言,可以谈论的地方很多,而且也多被众人论及。但就其《蛙》与《生死疲劳》相比所表现出的风格上的截然不同,以及这种变中的恒常,却常常被论者忽视。本文即从这两部小说的对比阅读入手,对这一问题做一初步探讨。

《蛙》的问世,在莫言的写作历程上是一个比较显著的新变,其表现出的写作风格上的变化,很难用诺贝尔文学奖授奖词的标准来衡量。诚如授奖词——

①　徐勇,浙江师范大学人文学院教授、博士生导师,北京大学中文系博士,复旦大学中文系博士后。中国现代文学馆客座研究员。

"用虚幻现实主义将民间故事、历史和现代融为一体"——所言,这一评价用在《生死疲劳》上可谓恰如其分,用在《蛙》上则似乎有点"风马牛不相及"了。《蛙》的写作,以半书信体的形式,虚拟了一个名叫杉谷义人的日本作家作为收信人的存在。表面看来,杉谷义人是作为收信人的身份,但其自始至终都是作为一个缺席的在场者,这样一来,小说实际上也就成为写信人一厢情愿式的想象和倾诉了。这就不免让人产生疑惑:既然如此,作者又有何必虚构这样一个于小说情节的推进和叙述两皆无涉的杉谷义人作为受叙人? 更何况又是一个日本作家? 更有甚者,作为一篇"伪书信体"小说,书信体的长处如抒情和飞扬的浪漫想象并没有在《蛙》中很好地展现出来,而其短处如叙述上的散漫和没有节制等却在小说中暴露无遗。于此,似乎并没有引起评论者的注意。

一、狂言诬言与谨言慎言

《生死疲劳》中一个有趣的形象是,"莫言"作为小说中的人物形象到处露面(其他如《酒国》中,"莫言"作为人物形象也出现过)。叙事主人公经常借轮回之猪和狗之口调侃讽刺那个在小说中出场的"莫言",说他是"既好奇又懦弱,既无能又执拗,既愚蠢又狡猾,既干不出流芳百世的好事,也干不出惊天动地的坏事,永远是一个惹麻烦、落埋怨的角色"。"这人在高密东北乡实在是劣迹斑斑,人见人厌,但他却以为自己是人见人爱的好孩子呢!"在这篇小说中,"莫言"的角色很值得玩味:一方面,他作为事件的参与者和谋划者常出现在故事情节中;另一方面,他又作为写作者登场,他经常把他所见所闻任意渲染成文。小说中经常提到的"莫言"创作的小说散文有《养猪记》《复仇记》《杏花烂漫》《撑杆跳月》等。

这样一来造成了《生死疲劳》一种奇怪的文本风格。一方面是叙事主人公大头婴儿蓝千岁和蓝解放之间的叙述,另一方面是文本中"莫言"的叙述,而事实上,这两大种叙述之间往往并不一致。叙述人(西门猪)为此经常指责莫言:"莫言从小就喜欢妖言惑众,他写入小说里的那些话,更是真真假假,不可不信又不可全信。"西门猪——即蓝千岁的前三世——也从自己叙述的视角,更是不断地纠正"莫言"的叙述。还有一方面,则是作为作者莫言的叙述。虽然叙事主人公常常煞有其事地宣称自己叙述的权威性,可一旦如他所说叙述者"莫言"真的喜欢信口雌黄的话,其是否也在暗示这一判断恰相符合名叫"莫言"的作者所从事的写作呢?如此一来,小说其实是从内部颠覆了整个小说的叙述。小说以自己的叙述形式呈现出自身的不可信。这部小说虽然可以从浪漫主义的角度加以定位,但其叙述却并不意图呈现出一个内在自足的想象世界,其在想象虚构的同时就已经从内部生产出自身的颠覆性来。可见,小说中叙述者对"莫言"的狂言诬言并不能当回事,它只是借这种汪洋恣肆的风格呈现出一种嬉笑怒骂的效果。

《蛙》中同样塑造了一个主人公叙事者"我"(蝌蚪)的形象。但与《生死疲劳》中不同的是,这部小说里,是以"我"的视角并以"我"之口叙述并呈现故事情节的。有趣的是,在《生死疲劳》中出现的"莫言"虽被冠之以与作者同名的姓名,但这只是为了制造叙述上的多重可能以及真假难辨的效果,而在《蛙》中虽只是以"蝌蚪"之名出现的叙述者,但却真正寄寓了作者的影子。而一旦寄寓了作者的影子,叙述也便显得拘谨起来。小说中,瑰丽的想象消失了,代之以平实的笔调和朴实的文风,甚至是拙劣毫无生气的叙述。与《生死疲劳》以及作者其他作品之风格截然不同的,《蛙》中从语言到人物到情节设计皆显得内敛而质拙,很难想象这是出自同一人之手。

这种谨慎,透露出作者写实的意图和倾向,虽然这种拘谨与书信体的自由风格不一定协调。作者曾说:"用书信体非常自由,想要这一段就要这一段,可以一会儿是历史,一会儿是现实,一会儿可以到天南,一会儿到塞北。"这只是从叙述上的方便而论,与写实上的追求并不冲突,而是形成一种充满张力的结构。一边是内敛而谨慎的风格,一边却是散漫而随意的叙述,叙述和风格在这部小说中形成一种奇怪的文体特征,这在莫言的小说创作中,实属少见。

反观《蛙》中的"蝌蚪"形象便会发现,同为小说中的配角和叙述人,"蝌蚪"是一个忠实的观察者的形象:"我"虽介入主人公姑姑的生活世界,但对姑姑一生并无实质的影响,倒是姑姑常常影响"我"的人生走向。"我"没有自己独立的意识,没有自己的判断,没有自己的行为标准,虽常常以知识分子自居,而即使是在回忆自己的前半生时,也并不过多地反省。这就有点类似于卢卡奇所说的自然主义式的"描写"。卢卡契曾对小说中的写实有过很好的分析,他把写实分为叙述和描写。描写是从旁观者的角度静态地展开,而叙述则是从参与者的角度动态地进行。① 叙述者"我"想呈现出一个客观的姑姑的形象,其实是把姑姑自然化了,姑姑的所作所为缺乏一种理解上的逻辑。作为观察者的"我"进入不了姑姑的内心,作为叙述者回忆者的"我"也似乎显得无动于衷、毫无作为。管笑笑把这视之为"人性灵魂的黑暗"②,但若从知识分子的忏悔的角度去做阐释,却有过度阐释之嫌。这样来看两部小说,其风格之不同非常明显:一个是对叙述者"莫言"的狂言诬言式的讽刺,另一个则是对自己的谨言慎言式的剖析;一个看起来是批判,一个看起来是展现;一个看似抒情,一个看似写实;一个是叙事,一个是描写。不一而足。

二、历史与现实

莫言的小说,很多都有很强的历史感。这在他的《生死疲劳》和《蛙》中仍旧如此。他是在对历史的叙述的同时,达到同历史的和解。这种意图并没有因为文体和风格的不同有所改变。他的小说中与其说充满对特定历史的批判不如说暗含针对现实的反讽。这是阅读莫言的小说特别需要注意的地方。

《生死疲劳》借生死轮回的观念结构小说。小说与其说是在书写历史,不如说是在思考常与变、怨恨与救赎的永恒命题。用王德威的话说,这其实是在"表达'悲悯'的能量"③,与历史的变迁并无多大关涉。小说选择西门闹这样一个六道轮回的视角人物,进行叙述,显然带有救赎历史的意味。西门闹的被镇压,虽属冤枉,但这其实是大历史所为,是历史之手借助个人对西门闹的审判;这并非什么个人之间的恩怨,所以西门闹在历经轮回劫难之后,他的怨恨渐消。而即使是在他有很强的前世的记忆的时候,也并没有完全压制他的今生;他更多的是活在当下,而不是活在历史或历史的记忆之中。这是一个前世与今生相抗衡的叙述,是一个努力以今生忘记前世的叙述,因而也就是怨恨渐消的叙述。这是个人同大历史的和解。历史的潮流不可抗拒,洪泰岳同西门金龙的同归于尽虽看似悲壮,终不过螳臂当车,是缺乏自知之明的表现。他既然知道当年是历

---

① 参见卢卡契:《叙述与描写》,《卢卡契文学论文集》,中国社会科学出版社 1980 年版,第 39 页。

② 参见管笑笑:《发展的悲剧和未完成的救赎——论莫言〈蛙〉》,《南方文坛》2011 年第 1 期。

③ 王德威:《狂言流言,巫言莫言——〈生死疲劳〉与〈巫言〉所引起的反思》,《江苏大学学报》(社会科学版)2009 年第 3 期。

史借他之手一枪毙掉西门闹,自然也就应该明白西门金龙其实也只是在历史的洪流中推波助澜而已。这样来看《生死疲劳》,其以六道轮回的循环其实是表达了一种人力不可为也不可抗拒的宿命观和"人生被历史拨弄"①的大悲叹。

这种历史感(而非历史批判),在《蛙》中同样存在。这从叙述者"我"对"姑姑"的态度上的暧昧之处即可以看出。一方面是不带感情的呈现,一方面是叙述者"我"的参与其中。叙述者"我"因而常常处于一种游移不定的摇摆之中:虽然情感上倾向于同情理解"姑姑",但理智上往往表现出相反的评价;反之,亦然。

莫言热衷于历史叙述,但往往只是借助历史驰骋想象,其落脚点往往还在当下。《生死疲劳》中,往往借助轮回到当下的西门狗之口,表现出对现实的讽刺和批判即可看出这点。如果说,《蛙》中对"姑姑"形象的矛盾态度是作者对那段历史的复杂态度的表征的话,一旦笔触转向现实,他的态度则变得清晰明朗起来,其小说所具有的批判性也于焉显现。② 小说的后半部分,已从历史回到了当下。小说表现的重心也明显有所转移:《蛙》的后半部分中,主人公"姑姑"和叙述者"我"开始转向人生之旅的忏悔。但事实上,就如"姑姑"的忏悔反被资本主义的商业所利用,叙述者"我"的忏悔其实也很有限并极富反讽意味。"姑姑"在迷幻状态下想象并被制造出的一个个鲜活生动的泥娃娃形象,并不仅仅止于供"姑姑"忏悔,终还是成为市场上供人挑选膜拜的商品。而叙述者"我"对代孕妈妈陈眉的态度上的模棱两可和矛盾,其实也正表明叙述者"我"的虚伪。"我"虽洞晓"代孕中心"的存在,但却不管不顾,甚至纵容不孕的妻子找人替我"代孕";"我"虽对陈眉代"我"怀孕有乱伦和违法的自责,但在心里却极希望这样一个孩子降生:故而一边装出上访上告,另一边又立意要让陈眉引产的决定,一旦遇到阻碍便知难而退,并不失时机地以对个体生命的尊重来为自己开脱和说服自己。在这里,针对个体生命的尊重,实质上是以商业的逻辑表现出来的。对于那段已逝的历史,我们可以以国家的名义为个人的言行赎罪,可对于当下自己参与其中的现实,对于这一自己从中获利的现实,叙述者又该如何评判呢?

以此比较两部小说中的现实/历史观,便可发现,一个是以反讽的口吻指向

---

① 参见毕光明:《〈生死疲劳〉:对历史的深度把握》,《小说评论》2006 年第 5 期。

② 参见吴义勤:《原罪与救赎——读莫言长篇小说〈蛙〉》,《南方文坛》2010 年第 3 期。该论者在这篇文章中,把这部小说视为具有"那种强烈的现实批判精神"的作品。

现实的荒谬,其虽充满浪漫的想象成分,但这一批判反来得彻底;可一旦视角向下,沉溺于现实中针对现实的批判反显得进退失据、模棱两可。以下是选取自两部小说中的段落:

> 三姐(指西门狗的同胞母狗——引注)得意地说:"可不是嘛,我刚生出它们,来买的就挤破头了。最后,俺家女掌柜的(指的是县委书记庞抗美——引注)把它们卖给了驴镇的柯书记、工商局的胡局长、卫生局的涂局长,每只八万呢。"
>
> "不是十万吗?"我冷冷地问。
>
> "送来十万,但俺家掌柜的给他们每家退回去两万。俺掌柜的,可不是见钱眼开的人。"
>
> "妈的,"我(指的是西门狗——引注)说,"这哪里是卖狗? 分明是——"(《生死疲劳》)

> 那广告牌上,镶贴着数百张放大了的婴儿照片。他们有的笑,有的哭;有的闭着眼,有的眯着眼;有的圆睁着双眼,有的睁一只眼闭一只眼;有的往上仰视,有的往前平视……从广告上的文字我得知这是医院开业两年来所接生的孩子的照片集合,是一次成果展示。这是真正伟大的事业,高尚的事业,甜蜜的事业……我被深深感动了……我听到了一个最神圣的声音的召唤,我感受到了人类世界最庄严的感情,那就是对生命的热爱,与此相比,别的爱都是庸俗的、低级的。(《蛙》)

单独读这后一段文字当然不会发现任何问题,可一旦把这一图景同"代孕中心"(牛蛙养殖中心)联系在一起,就会发现这种对生命的赞歌其实是多么的虚弱和无力。这广告中的婴儿很大一部分就是从"代孕中心"中直接生产出来的。而一旦人口的生产真的如机器生产线中生产商品一样,无论如何都是非法而非人道的。叙述者看到这一幕时的"感动",正表明自己对"代孕中心"合法合理性的潜在辩护。

同样是生产,一个是狗的生产,一个是人口的生产,都被置于一种商品的逻辑中,但叙述者的态度却是截然不同的。如果说人口的生产是人类商品生产的延续和其中之一部分的话,其与狗的生产又有什么区别?对于这一问题,叙述者/作者是否已然有所意识?而事实上,狗的生产在这里,同人口的生产一样,都是人类商品生产的对象化和权力的逻辑的表征。面对明显虚构和想象出的现实,叙述者嬉笑怒骂痛快淋漓,可一旦进入现实景象的再造,作者/叙述者却战战兢兢谨小慎微;其中鲜明的反差值得玩味。

三、对话与救赎及其形式的意识形态

关于《蛙》中的书信体,莫言的女儿曾把它视为自我救赎的方式:"书信体提供给作家一种朴素而简单方便的自剖己心的反思形式。从这个意义而言,收信人的身份甚至存在与否并不重要,这是'我'写给自己的信,这是'我'对自己的历史和罪孽的忏悔和清算。"[①]这样说当然可以,但问题是,既然收信人的"存在与否并不重要",为什么还要虚构这样一个人物形象呢?看来,仅仅从书信体的角度并不能真正解决问题。

比较《生死疲劳》和《蛙》可以发现,这两部小说其实都具有对话体的形式特征。前者是以两个人——大头婴儿蓝千岁和蓝解放——的对话组织情节,后者则是虚拟了一个实际上并无多大意义的对话者的存在。对话体是中西文化史最为古老的文体之一,不论是《论语》,还是柏拉图的《理想国》等,或者如古代的文体汉赋,莫不如此。这一体裁的好处是,其既能制造随意轻松的氛围,又不仅仅是倾诉。倾诉是书信体的主要特征。对话体的特征则在于看似平等而实则并不平等的对话。对话体往往虚构了一个看似平等的角色,其实是寄希望于一方能给另一方以指导,使之走上正确认识事物的道路。在这里,比较两部小说会发现很有意思的是,一部(《蛙》)是虚构的对话者和收信人,但小说却采用写实的风格,文字也显得略拘谨和内敛,一部(《生死疲劳》)小说中尽管是实实在在的两个人之间的互相讲述,显得煞有其事的样子,而其实是天马行空,文字也汪洋恣肆毫无节制。

《生死疲劳》中,与其说是两个人之间的对话,倒更像是回忆和追述,发生在一个老年人(蓝解放)同一个转世轮回的五岁大头婴儿蓝千岁之间。大头婴儿

---

① 管笑笑:《发展的悲剧和未完成的救赎——论莫言〈蛙〉》,《南方文坛》2011年第1期。

化身为驴、牛、猪和狗的叙事主人公身份分别讲述自己的前世轮回的故事;在这里,蓝千岁的身份很重要。他本人就是乱伦后的产物,而他的前生是冤死的西门闹。这既是前世的冤屈,又是后世的罪愆。西门闹的怨愤需要平复化解,乱伦的罪孽又需要救赎,这样一来,西门闹的六道轮回实际上就成为救赎与被救赎的循环,直到最后仇恨烟消云散,复化身为人——大头婴儿。而作为这一切始终的见证人蓝解放,虽然也是小说的叙事主人公,但他自己也是一个等待救赎的客体。蓝解放为爱出走,抛妻弃子,是为不义;慈母辞世而不在,是为不孝。小说选择在世纪之交的时刻,让大头婴儿出生,让蓝解放重新开始"做人"(小说中人物黄互助对蓝解放说:"从今天——即新世纪之交——开始,我们做人吧……"),并非没有寓意。世纪末/初的降临,即带有审判和救赎之意,一切都得到了审判,一切都将获得救赎,因而整部小说中借世纪婴儿之口开始的叙述过程也可以理解为救赎的过程:正所谓好一片白茫茫大地真干净!

虽同为救赎和自我救赎,与《生死疲劳》中虚构了一个六道轮回的浪漫故事不同的是,《蛙》采用了纪实书信的文体风格。这一书信体在这里,其意在于以亲历者的身份营造一种真实的语境,但并不是倾诉;它虽虚构了一个不存在的收信人,但其实也是在同自己对话,是借一个不存在的审视的"他者"同自己的对话。这一"他者"虽并不表现出对"我"的发言,但一直在倾听,这就像西方宗教中的忏悔,牧师藏在暗处并不需要发出声音,这一"缺席"的状态实则表明了他的审判和倾听的目光的存在。

如果说,在《生死疲劳》中于"轮回"这一交叉点上完成了中国古代佛教六世轮回观同西方基督教末日救赎观念的融合的话,那么在《蛙》中则是通过虚构一个"缺席"的西方知识分子的形象而完成面向西方世界的自我救赎。《蛙》的主干实际上由写给衫谷的五封信和一部完整的话剧组成。这种结构设计和形式实验,虽说是作者形式探索的一贯表现,但却实实在在透露出其内在的意识形态色彩。作为"他者"的衫谷,正是他的"缺席"的存在,表明一种"东方主义"式的"看客"的身份:"东方被观看,因为其几乎是冒犯性(但却不严重)行为的怪异具有取之不尽的来源;而欧洲人则是看客,用其感受力居高临下地巡视着东方,从不介入其中,总是与其保持着距离。"[①]这是一种凝视和审慎的目光,他既是在

---

　　①　萨义德:《东方学》,生活·读书·新知三联书店 2007 年版,第 135 页。

审视"奇观""落后"的中国,也是在对知识分子"我"的拷问,而也正因为这一目光的存在,令叙述者"我"反躬自省,时刻不敢怠慢。在这里,衫谷的身份很重要,他的存在,实际上成为叙述者"我"走向自我救赎的必要通道。救赎来自异域,而不是中国内部。更有甚者,这一异域并不是真正的西方,而是来自亚洲内的"西方"——日本,其所具有的隐蔽性更为明显因而也更需要辨识。如果从象征或寓言的角度再去解读,这一自我救赎之路可视之为面向西方世界的敞开。通向西方的救赎,与获得西方的认可并最终获得"诺贝尔文学奖",这之间的距离,虽不可以道里计,却是相通且能跨越的。莫言以他的获奖这一事实,证明了这点。莫言的女儿说:"收信人消失了,审判者消失了,上帝不存在了。我只有面对我自己。我是罪人。这是莫言为我们所亲历的、所创造的历史所做的一次真诚的未完的忏悔。"①但既然只有通过虚构一个并不存在的西方潜在的对话者的形象才能达到面对自己,反躬自省,这说明西方人的"他者"形象于叙述者/作者的走向自身之路是必不可少不可或缺的,因而其意义就是无论如何都不可低估的。莫言通过虚构这样一个"他者"的身份,其实是以一种自我内部的"东方主义"式的写作,而达到同西方"东方主义"话语的勾连,其最终获得西方世界的认可,并不让人感到意外。

---

① 管笑笑:《发展的悲剧和未完成的救赎——论莫言〈蛙〉》,《南方文坛》2011 年第 1 期。

莫言新作《等待摩西》成长主题解析

——兼论莫言创作"时代弄潮儿"人物谱系成长轨迹[①]

程春梅[②]

【摘　要】莫言短篇小说《等待摩西》讲述了高密东北乡农民柳摩西从之前的柳摩西变成之后的柳卫东,在改革大潮中失踪35年,归来重新变回柳摩西的人生故事。作品反映了莫言小说成长主题的特点,柳摩西也成为莫言"时代弄潮儿"人物谱系中出现的最为晚近也最为特别的一个。从《红高粱》中的余占鳌开始,莫言笔下出现了一批时代弄潮儿形象。他们几乎都是带着原罪轰轰烈烈地活着,他们站在时代潮头,有着强悍的生命力,他们裹挟着时代风云,其命运在理想与现实,欲望与道义,功成名就与身败名裂的纠缠中摇摆。在青春的血气任性之后陷入与时代合谋的迷狂,直到返璞归真寻求救赎,柳摩西可以说是这个人物谱系之集大成者。莫言积30多年的创作经验和人生经验,通过讲述柳摩西的故事为高密东北乡这批时代弄潮儿的命运做了极为经典的概括。这,值得我们期待。

《等待摩西》是2012年春莫言在秦岭脚下一个朋友家里住时写的系列短篇小说中的一篇,是以故乡真实事件为灵感创作的。后因获诺贝尔文学奖,莫言的创作与生活发生了很多变化,小说便搁置下了。2017年莫言将这篇7000字的小说修改到1.7万字后在2018年《十月》第一期发表了。这个故事并不复

---

　　① 本文系国家社会科学基金重大项目《世界性与本土性交汇:莫言文学道路与中国文学的变革研究》(13&ZD122)阶段性成果。

　　② 程春梅,文学博士,山东女子学院文化传播学院副教授。

杂,主人公柳摩西在"文革"初期改名柳卫东,带头狠狠地批斗自己的基督徒爷爷柳彼得,由此赢得组织信任,成为当时大义灭亲的英雄人物。后来与村里比他大5岁的漂亮的姑娘马秀美冲破种种家庭阻力恋爱结婚,虽穷困潦倒但相濡以沫。改革开放初期,柳卫东率先大胆走出土地,发家致富成为人人称羡咂舌的企业家,这时他却突然失踪了。婚后开始笃信基督的马秀美一面坚强地靠捡破烂拉扯两个女儿长大,一面痴心不改时刻准备着等待丈夫归来。直到35年后,柳卫东神奇地安然归来,将名字又改回柳摩西,并成为一名基督徒。

《等待摩西》在写法上有《等待戈多》的意味,等待戈多的人最终没有等来戈多,但经过35年的等待,摩西却终于归来,只是归来并不意味着故事的结局,因为归来的摩西身上充满了种种戈多一样的神秘。这35年他在哪里?经历了什么?是发达了还是落魄了?是否真的像传言所说去温州跟一个比马秀美年轻得多的女人过日子去了?他回来还有什么计划要完成?他是真的脑子不清醒了还是被自己的弟弟和女儿误解了?他的归来到底意味着什么呢?小说统统都没有交代,只留下了一个谜样的悬念便戛然而止。莫言在访谈中称:"因为小说里面有人物原型,而且人物原型短短5年都发生了变化,从这个角度来讲,小说是能够成长的,而且建立在乡村故乡基础上的小说,本身是充满开放性的,是永远不会封闭的。"①柳摩西身上有35年的空白没有说明,反而更让小说具有了文学的张力,柳摩西的意义也就具有了更为丰富的解读空间。

柳摩西的形象属于莫言笔下时代弄潮儿人物谱系中最晚近的一个。从《红高粱》的余占鳌开始,《丰乳肥臀》《檀香刑》《四十一炮》《生死疲劳》《蛙》……一系列作品中都有时代弄潮儿形象出现。这些弄潮儿看起来亦正亦邪,总是被时代风云所裹挟,努力调整自己的步伐紧跟时代,他们的命运在理想与现实、欲望与道义、功成名就与身败名裂的纠缠中被碾压。他们几乎都是带着原罪,轰轰烈烈地活过,求仁得仁,种瓜得瓜,他们的成长轨迹始终充满了复杂的变数。莫言笔下这些高密东北乡的时代弄潮儿人物谱系的成长轨迹,体现了莫言不同创作时期的思想认识与写作倾向。作家的创作逐渐走向成熟与从容,作品的人物也在左冲右突中成长成熟,并努力寻求着时代命题的答案。

---

① 冯婧、莫言:《我们这代作家写的农民,应该比鲁迅写的更丰富》,http://culture.ifeng.com/a/20171210/54039856_0.shtml。

　　成长是一个永恒的人生话题，也是一个丰富的文学母题。西方经典的狄更斯的《大卫·科波菲尔》中的大卫·科波菲尔、托尔斯泰的《战争与和平》中的彼埃尔、罗曼·罗兰的《约翰·克里斯多夫》中的约翰·克里斯多夫……主人公从青涩到成熟，从少年张狂到成熟的宁静平和，人生经历岁月的打磨后终于可以活个明白。还有一种其实可以称之为"青春文学"的成长小说如塞林格的《麦田的守望者》，如村上春树《挪威的森林》等系列作品。成长意味着从青涩走向成熟，从迷茫走向坚定。莫言作品中的时代弄潮儿大多呈现的是一个形象断面，晚清民国时代、抗日战争、农业合作化、"大跃进"、"文革"、改革开放，不同的时代不同的弄潮儿，为我们勾勒出了一幅百年中国的弄潮儿人物谱系图。不过莫言完整地对一个人的一生做描述的作品还很少，所以柳摩西作为这个谱系最晚近出现的人物，他的成长不仅仅是他一个人的成长，而是同莫言其他作品的弄潮儿主人公一道互证完成了属于莫言的历史述说的使命。

一、青涩岁月里，恣肆任性

　　柳摩西的名字不是谁都能随便叫的，毫无疑问这是深深打上了笃信的基督徒家庭烙印的，蕴含了长辈们对这个孩子无限的爱与期待，期待他能像带领以色列百姓出埃及摆脱为奴命运的神人摩西一样有担当。但是少年柳摩西开始为自己的家庭感到羞耻，为自己的名字感到羞耻。他果断地为自己改名柳卫东，这是一个响亮的充满了革命气派的名字。少年柳卫东要做一个时代英雄，他知道自己必须跟随时代潮流，放弃伦理亲情。他以自己的老基督徒爷爷为靶子，来证明自己最强的革命性。他意气风发地向革命靠拢，跟着时代的风向标奔跑，也算风光一时。但是对于一个农村青年来说，光荣当兵大概是摆脱卑微穷困命运的最好机遇了，但这种好事无论如何也轮不到柳卫东的，他只能怀着对爷爷的痛恨，看着自己的好哥们去当兵而只有一脸羡慕的份儿了。

　　失落的柳卫东恋爱却闹得轰轰烈烈，拐跑了村里最美的姑娘马秀美，差点被愤怒的大舅子哥哥们打死。那类躁动而勇敢的灵魂，注定了不会庸碌沉寂于无名。柳卫东的青年时代是恣肆任性的。他没有什么思想包袱，也没有传统的道德束缚，而是带着一种英雄情结，充满了旺盛的生命活力，横冲直撞地对抗着命运。青年柳卫东身上有着莫言作品所特有的在压抑的环境里自由奔放的生命气息。这种自由的生命气息,也体现在《红高粱家族》的土匪出身的抗日英雄余占鳌身上,体现在《丰乳肥臀》中奋起抗日的国民党军官司马库身上,还体现在《蛙》中意气风发的乡村妇产科医生万心姑姑身上……这是一个时代弄潮儿人物谱,他们或者为公或者为私,不畏人言,敢作敢为,即使背负上有失道德伦理的指责,仍然雷厉风行,离经叛道,纵情任性。青年余占鳌是莫言最早的体现高密东北乡"最英雄好汉最王八蛋、最能喝酒最能爱"的地方人文特点的代表。他在高粱地与九儿野合,他为了九儿杀人放火。一个典型的狂放不羁的山东大汉在彪悍的乡村里野蛮生长,让唯唯诺诺的懦弱的后人相形见绌。《丰乳肥臀》的司马库在情场在战场都是强者,即使已经有了四个老婆,在逃亡时也有女人愿意追随他。在日军侵略高密东北乡之时,司马库洒烧酒布火龙阵狙击日军,以至于日本人残酷地杀害了司马库家人 19 口。莫言通过母亲的口来评价司马库:"他是浑蛋,也是条好汉,这样的人,从前的岁月里,隔上十年八年就会出一个,今后,怕是要绝种了。"①司马库雄强的自由奔放的生命精神,与余占鳌一脉相承,展现了莫言对坚韧的生命力的肯定与赞美。《蛙》中的姑姑作为老军医的女儿,坚强刚烈,即使被日本人控制也毫无惧色。成为乡村妇产医生后姑姑坚信科学,甚至能为了推行新的接生方法不惜对顽固的老接生婆大打出手,让很多情况危急的产妇都在她手里转危为安。姑姑的凛然正气和高超的医术为自己赢得了大家的尊敬,她是她那个时代的女英雄。

这些热血青年总是裹挟着朝气和勇气,莫言将这种青春状态刻画得非常到位。无论是好是坏,莫言都突破了传统道德评判的惯例。然而,作者不做道德评判却并非没有是非观念,我们会看到这些人物后期的命运与性格的发展变化,漫长的成长轨迹里有着合理的命运逻辑。

二、与时代合谋,渐行渐远

改革开放之初的柳卫东摇身一变成了企业家,东北乡的首富,终于可以扬眉吐气,然而乡人在羡慕嫉妒、极尽巴结的同时也开始传播他要抛妻弃女的谣

---

① 莫言:《丰乳肥臀》,上海文艺出版社 2012 年版,第 343 页。

言。这个谣言并没有被证实,但也没有人否认。坚贞善良的妻子为此暗自神伤,以为自己生了两个女儿没有为他生儿子才会导致自己孤苦伶仃的悲剧命运。"人一阔,脸就变"几乎就是一个虽然俗套可是往往灵验的预言,虽然莫言小说中留下的是未知的悬念,但阔了以后的柳卫东并没有给家人带来安宁。辉煌转瞬即逝,柳卫东在飞黄腾达的得意时刻突然失踪了,令妻女陷入困境,母女度日如年,差点在贫病交加中命丧黄泉。

莫言在《生死疲劳》中塑造的西门金龙形象,也曾经显赫一时。金龙虽然小时候也是一个充满了兄弟情谊的人,但后来为了紧跟时代形势,洗刷自己地主出身的污点,对待亲人极其苛刻,完全无视基本的道德,成为西门屯的最高领导人。他为了自己的前程,背叛、迫害养父到了丧心病狂的地步。改革开放后却又立即改换方向成为商人大发其财,勾结官员,以权谋私。这是一个非常典型的投机先锋。在政治至上的年代西门金龙最跟形势,最讲政治,在金钱至上的年代他立刻看准时机,大捞一把,但风光一时却最后逃不过命运的捉弄而死于非命。

莫言曾经在多个场合包括发表诺贝尔奖感言时都讲过一个故事。"20 世纪 60 年代,我上小学三年级的时候,学校里组织我们去参观一个苦难展览,我们在老师的引领下放声大哭。为了能让老师看到我的表现,我舍不得擦去脸上的泪水。我看到有几位同学悄悄地将唾沫抹到脸上冒充泪水。我还看到在一片真哭假哭的同学之间,有一位同学,脸上没有一滴泪,嘴巴里没有一点声音,也没有用手掩面。他睁着大眼看着我们,眼睛里流露出惊讶或者是困惑的神情。事后,我向老师报告了这位同学的行为。为此,学校给了这位同学一个警告处分。多年之后,当我因自己的告密向老师忏悔时,老师说,那天来找他说这件事的,有十几个同学。这位同学十几年前就已去世,每当想起他,我就深感歉疚。这件事让我悟到一个道理,那就是:当众人都哭时,应该允许有的人不哭。当哭成为一种表演时,更应该允许有的人不哭。"①随大流哭的人,总是一批主动或者被动但毕竟在追求所谓进步,愿意与主流合作的人,这些人往往也是现实利益获得者。那些拒绝合作的人往往是主动选择边缘化的人,他们往往会成为时代中落魄的人。而我们的这批时代弄潮儿,绝对不会允许自己落伍于时代。

---

① 杨守森、贺立华:《莫言研究三十年》(中),山东大学出版社 2013 年版,第 67 页。

　　所以,出于对边缘化命运的恐惧,柳卫东、西门金龙、万心姑姑等是时代强者、佼佼者,却离最朴素的道德渐行渐远。西门金龙如日中天时身首异处,在一丝诡异中令人暗暗感到解气。姑姑则在优异的工作业绩和一片谩骂与痛恨中光荣退休,退休后陷入了无尽的悔恨与惶恐中。柳卫东在功成名就时突然失踪,也许是莫言为他预留了巨大的可塑性空间,也许就是因为莫言不想把暴发户的骄横跋扈加给这个还未丧失义气的好青年,又也许因为莫言真的对柳卫东充满了美好的期待,期待一个不一样的强者出现,而这个强者,其实也许会以一种弱者的形象出场。正像《丰乳肥臀》中的上官金童,莫言在《新版自序》中说:"作为著者,我比较同意把上官金童看成当代中国某类知识分子的化身。我毫不避讳地承认,上官金童是我的精神写照,而一位我敬佩的哲学家也曾说过:中国当代知识分子灵魂深处,似乎都藏着一个小小的上官金童。"① 正是这个上官金童,几乎在批评家们一片"恋乳癖""变态"的标签中,被解读成了一个猥琐的负面的丧失了尊严的小男人形象。事实上,除了上官金童的"恋乳癖"带有一种生理上的或者心理上的隐喻令人不齿之外,这个看似懦弱的男人正是那个在众人都哭的时候他却不哭的人。他的善良消极不合作被解读成了懦弱,因为他没有选择做时代英雄,虽然他完全有这个资本。上官金童不是没有是非心,他被冤枉进了监狱,是因为他的善良。善良常常被当作懦弱,恶向胆边生反而被称为英雄豪杰。从这个意义上来说,上官金童以一个弱者的形象,替柳摩西完成了一次英雄般的洗礼。真正的强者,也许是弱不禁风的,也许是有性格缺陷的,但其内心有操守,绝不伤害别人换取自己的利益,绝不以任何理由杀人放火,他无愧于天,也无愧于地,无愧于人。所以,纵使莫言的高密东北乡产生了众多的英雄豪杰,笔者个人认为,最称得上真英雄的,无人能超越这个倒霉的几乎因为"恋乳癖"被妖魔化了的上官金童。上官金童的价值,真正体现了莫言理想的文学人格。看起来他与英雄好汉隔着十万八千里,却恰恰是这个有着众多缺陷的人,有着最单纯的人性,不惜头破血流地坚守善良。在世事变幻莫测的年代,善良一直都是一种软弱的存在。然而,假如没有了对良善的坚守,所谓的文学,所谓的英雄,情何以堪?

---

　　① 莫言:《丰乳肥臀》,上海文艺出版社 2012 年版,第 3 页。

三、寻求救赎,尘埃落定

看起来莫言为《等待摩西》的人物取名字并不随意。爷爷柳彼得身上有着那个疾恶如仇又显得鲁莽冲动的耶稣门徒彼得的影子。柳摩西带着他野蛮生长的英雄气息,像先知摩西在旷野 40 年修炼一样历经 35 年重新归来,体验人间甘苦之后重新回归自己小时候的名字柳摩西,虔敬地皈依了曾经属于爷爷后来属于妻子的基督教派。名字的变化意味着他觉今是而昨非,这个曾经的时代英雄,尘埃落定,选择了救赎的人生。摩西这个名字是一种力量,这是一种坚韧的宽厚的可以解放为奴命运的力量。这份力量,一定是一个人历练之后成长成熟的必然结果。而让大家等待了 35 年的柳摩西,他准备好了吗?

在莫言老家大栏乡平安村头有一座基督堂,其年代由来已久。教堂在 1939 年兴建,有圣经学校和礼拜堂。那时也有国外传教士来高密建教会,有时也有外国传教士来平安村教堂传道。莫言曾在《丰乳肥臀》中描述瑞典传教士马洛亚牧师来东北乡教堂牧会的情况,虽是写小说,却也并不是凭空捏造的。莫言写《等待摩西》也是有人物原型的,场景也多基于高密东北乡的乡村真实。当时间进入 21 世纪,高密东北乡的乡民们依旧过着属于他们的平凡日子。当很多人迷失在运动里政治里金钱里情欲里六亲不认,不能自拔时,反而是在这里有一份宁静和救赎让他们安然度日。

美国作家福克纳写了一系列"约克纳帕塔法"世系小说反映美国南部生活画卷,而在莫言的"高密东北乡"系列小说里,同样收藏着许多近现代以来的中国历史故事。两位作家各有自己的英雄人物谱系,都有自己执着地追求的价值理念。最朴素的,或许也是最珍贵的。历史不是由一个人缔造的,英雄的名字叫强者还是叫弱者,从来都众说纷纭,盖棺都未必能论定。福克纳有一部作品叫《去吧,摩西》,主人公艾萨克主动认领主动承担其白人家族里对印第安人、对黑人奴隶所犯下的原罪,他选择了放弃自己的遗产继承权并将其留给他的黑人亲族,终其一生都在帮助黑人,虽然自己过得穷困潦倒却毫不在意。尽管有很多人不理解他的癫狂,却总有人对他充满了敬意。生活的贫穷或富有,失败或发达,并不是判断一个人英雄还是狗熊的标准。艾萨克如此,上官金童如此,柳摩西亦如此。

四、结语

《等待摩西》里的马秀美等待了 35 年,柳摩西终于回来了,令人惊诧莫名也惊喜莫名。小说的结尾真是一张无比美丽又充满了巨大张力的网:

"我站在她家院子里,看着这个虔诚的教徒、忠诚的女人,掀开门口悬挂的花花绿绿的塑料挡蝇绳,闪身进了屋。

"我看到院子里影壁墙后那一丛翠竹枝繁叶茂,我看到压水井旁那棵石榴树上硕果累累,我看到房檐下燕子窝里有燕子飞进飞出,我看到湛蓝的天上有白云飘过……一切都很正常,只有我不正常。于是,我转身走出了摩西的家门。"①

柳摩西是否可以东山再起,再次成为时代英雄腰缠万贯,莫言没有说。看起来似乎不可能,因为在柳摩西的弟弟房产商柳马太所提供的信息里,归来的摩西几近癫狂,完全没有现代生活经验。那么柳摩西归来了,他的故事将如何开展呢?柳摩西的妻子以无限执着的耐心与爱心等到了摩西的归来,这是一个奇迹,谁说没有下一个属于柳摩西的奇迹呢?毕竟他生命的成长已是如此的丰满!

莫言希望读者能从纯粹文学和艺术的角度来解读自己的作品。他曾引用米兰·昆德拉的一封给中国台湾地区读者的信来做说明。米兰·昆德拉说:"所有我小说的故事都发生在欧洲,也就是在一个中国台湾人所不能了解太多的政治与社会状况当中。但我更感幸运的是能用你们的语言出版,因为一个小说家最深的意图并不在于一个历史状况的描写,对他来说,没有比读者在他的小说中寻找对一个政治制度的批评来得更糟的。吸引小说家的是人,是人的谜和他在无法预期的状态下的行为,直到存在迄今未知的面相浮现出来。这就是小说家为什么每每在远离他小说所设定的国家的地方得到最佳的理解。"②

我们都知道,一千个读者就有一千个哈姆雷特。解读《等待摩西》,解读莫言,不同的读者当然还有更多解读在这之前在这之后。我们,可以继续等待。

---

① 莫言:《等待摩西》,《十月》2018 年第 1 期。
② 杨守森、贺立华:《莫言研究三十年》(中),山东大学出版社 2013 年版,第 57—58 页。

莫言笔下余占鳌形象创作原型探源^①

李晓燕^②

【摘　要】在小说《红高粱家族》中，莫言塑造了"我"爷爷余占鳌这一土匪英豪形象，开创了新时期英雄人物写作的新篇章。余占鳌形象取材于高密东北乡的土匪高润升，抗日英雄曹克明、曹直正，以及北海道穴居人刘连仁等。他们的故事经莫言的创造性演绎，最终生成了凝聚着红高粱大地精神血性的经典文学形象，具有独特的审美价值和历久弥新的艺术魅力。

土匪英豪余占鳌是莫言小说《红高粱家族》中的男主人公。自小说问世以来，历经30多年岁月沧桑的洗礼，余占鳌已成为中国当代文学史上具有划时代意义的经典人物形象，这一形象在电影、电视剧、舞剧、茂腔的舞台上被不断演绎，深入人心。他"杀人越货，又精忠报国"，以高昂的生命力与辉煌的人生传奇带给读者精神的洗礼与心灵的震撼。余占鳌狂放不羁、雄强勇武、敢于抗争、侠义多情，他的身上凝聚着红高粱大地的精魂，张扬着高密东北乡的悍野民风，具有历久弥新的艺术魅力。

巴尔扎克曾说："小说是一个民族的秘史。"因为小说中充满了黑暗而敏感的无意识内容，这些"潜伏"的内容成为文学中最有价值的东西。文学研究与批评的深度和效力，在很大程度上恰恰是体现在对这些内容的发掘与解释上。余占鳌是一位成长于高密东北乡的土匪英豪。他是个性解放的先驱，是挣脱社会

---

①　本文系国家社科基金重大招标项目"世界性与本土性交汇：莫言文学道路与中国文学的变革研究"（编号：13&ZD122）的阶段性成果。
②　李晓燕，山东高密人，文学博士，曲阜师范大学传媒学院讲师。

牢笼束缚的典范,也是战场上英勇杀敌的抗日英雄、荒野求生的生命强者,这个人物具有无比丰厚的意蕴。对余占鳌原型的探秘、发现与解剖,对于厘清余占鳌这一人物形成的来龙去脉,把握莫言小说的创作规律,具有重要的现实意义和文学史价值。

一、余占鳌创作原型历史寻踪

莫言在《红高粱家族》小说中塑造了余占鳌这位富有血性的高密硬汉,这个人物的创作是与复杂的高密近代历史息息相关的。19—20世纪,中国社会风云动荡,改朝换代,外敌入侵,军阀混战……高密历来民风彪悍,民间土匪英豪揭竿而起,大刀会、义和拳、抗日游击队、爆炸大队……各种民间自发的武装在高密近代历史上风起云涌,各展峥嵘。高密自民国以来匪患猖獗,1936年,曹梦九任高密县长时,为保一方安宁,曾严厉打击过土匪。1937年,日军侵占山东,为了适应时局之变,时任高密县长曹梦九发表抗日演说,号召民众组织起来保卫家园。一时之间,高密豪杰纷起,比较著名的有张步云、蔡晋康、姜黎川、高润升、冷关荣等。他们当中,有志在报国,与日本侵略者浴血奋战的民族好汉,亦有打家劫舍的流氓无赖。[①] 莫言笔下的余占鳌这一人物的塑造,便与高密东北乡抗战历史上著名的土匪高润升、领导孙家口伏击战的曹克明、曹直正以及被日寇掳去北海道做矿工后逃脱的高密穴居野人刘连仁等重要人物原型息息相关。

(一)民间豪杰原型——东北乡土匪高润升

1937年,日本鬼子入侵山东,各色人物打着抗日的旗号各自称霸一方,这些队伍被称为"游击队",单高密东北乡就有高润升、冷关荣、姜黎川。[②] 其中,对莫言创作余占鳌影响最大的,就是距离他家乡最近的高密河崖东流口子村的高润升。他原名高义忠(字润升,又称高云生、高芸生、高仁升,下称高润升),身高一米八多,相貌堂堂,为人仗义。抗战时期,他在村里拉起了队伍,一时之间,附近

---

① 杨守森:《作家莫言与红高粱大地》,杨守森、贺立华主编:《莫言研究三十年》(上),山东大学出版社2013年版,第35页。
② 管谟贤:《大哥说莫言》,山东人民出版社2013年版,第26页。

村里的好多青年人都纷纷前来投奔。

莫言的好友张世家这样写道："儿时听老人们说，高密东北乡曾经土匪如牛毛。夏秋季节，一批铁骨铮铮土生土长的英雄好汉为了改变自己的命运拉帮结伙，牵驴绑票，杀人越货，劫富济贫，坏事做绝，好事干尽。小狮子、郭鬼子、高仁生（高润升）、冷关荣都是有名的。特别是高仁生（高润升）、冷关荣，他俩一个是高密东北乡东流口子人，一个是王家丘人，都带过一团以上的土匪。二人为争地盘厮杀拼打过无数次。我还听说过高仁生这个土匪，长得人高马大，双手打枪，百发百中，这一带的土匪都怕他。"①

莫言的妻子就是东流口子村附近的陈家屋子村人，与高润升家族的后人还是远房的亲戚，莫言也由此结识了高润升的亲戚后人等，听他们讲过许多高润升的故事。高润升也就成为莫言笔下余占鳌形象的重要人物原型之一。高润升土匪出身，他侠肝义胆、智勇双全，也为非作歹，但他却在抗战中展现出刚健不屈的男儿血性，与莫言笔下的余占鳌形象颇为契合。

高润升侠义率真。在20世纪30年代的时候，高润升的队伍就驻扎在东流口子村里，平时就负责保卫村子。当时高密土匪横行，外来的土匪有胆敢进犯东流口子村的，高润升就会带领队伍与他们决一雌雄。那时的东流口子村因为高润升的保护而免遭匪患。高润升很讲义气，不准手下人祸害村里的老百姓。他进村时骑马下马，骑车下车，在村里的口碑是很好的。据说高润升有两个太太，大太太非常厉害能干，二太太在上海，高润升不敢把二太太领回家中，可见余占鳌有两个妻子的故事也是有其依据的。

高润升智慧刚健、多才多艺、武艺高强。据说他不但擅长骑马，还能够在铁轨上骑自行车。据说高润升还会扮灯官（撅灯官是高密东北乡的传统娱乐节目），此外他还是有名的神枪手。高润升的队伍上有马队，有自行车队，在平度三合山还建有军工厂，可以自己制造枪支、弹药。可见余占鳌的智慧、洒脱、幽默、本色、豪情、勇武的性格特色，也是与高润升这个人物原型有其内在关联的。

高润升是个土匪头，也纵容部下做了许多坏事，他们绑票勒索、杀人、牵牲口、派粮食、抽枪。他们负责保卫东流口子村不受外人和鬼子、黄皮子（日伪军）

① 张世家：《莫言与我和高密》，杨守森、贺立华主编：《莫言研究三十年》（上），山东大学出版社2013年版，第45页。

欺负,他也会向村里人摊派粮食。后来高润升的队伍越来越大,他的手下又有了好几支工作队,这些工作队有的到姚哥庄铁路南活动,也干过拉牲口、绑票等坏事。当地民谣唱道:"高平路西,有个高润升,欺压人民,强拔壮丁,拉牲口是一点不放松……"据笔者采访调查,高润升强拔壮丁,有马借马,有枪抽枪,有钱要钱,根据家里土地多少多就多要,少就少要,家里拿不出钱的,只能去跟着他当土匪。他的部下有个叫郭世星的,专干绑票、要钱等坏事,交不上钱就撕票。他们还经常到老百姓家里要饼、要粮食。

但与此同时,高润升又是高密东北乡有名的土匪抗日英雄,他有勇有谋,讲义气,富有远见卓识。他一直坚持抗战,坚决不肯投降日伪军,保持了他的民族气节。他具有开放的头脑,勇于接受新鲜事物。他在三合山这个易守难攻的地方建立起自己的另一处根据地,军工厂使他实现了武器弹药的自给自足。在日军占领高密城期间,高密的许多村庄都驻有伪军,但东流口子一带几乎一直都在高润升队伍的掌控之中。日本鬼子有时候也会带着黄皮子(日伪军)下乡扫荡。高润升听到日本鬼子要来,就会把队伍拉到平度与昌邑交界的三合山,鬼子一走,他们又会返回故乡,他是坚决不肯投降的。有一次,日伪军将村子包围了,他就从西北方向突围了。西北方向上也驻有日伪军,但他们一向畏惧高润升的威名,根本就不敢抵抗,高润升退到了平度三合山。后来,日伪军撤了,高润升又回来了。他们来来回回与鬼子打游击战。还有一次在大石桥驻了一个排 30 个敌人,高润升派人告诉他们,河水下来之后就要打他们,敌人害怕没有退路,吓得赶紧撤走了。高润升的队伍后来被收编为国民党杂牌军,成为国民党地方武装,自命为"高密义勇军"。1945 年,日本鬼子战败投降。1946 年高密解放,高润升就带领队伍退到了青岛。1947 年 7 月,高密再次落入国民党的控制之中,高润升的队伍随还乡团从青岛开赴高密,高润升明白"冤冤相报何时了"的道理,不允许手下人带枪回乡报仇。1947 年 11 月高密再次解放,高润升就去了青岛,后来又去了台湾。

高润升这个人物是相当复杂的。高润升的土匪队伍曾经做过许多牵驴绑票、抢劫、拔兵等坏事,但也做过保护村子、打鬼子等好事,真可谓"既英雄好汉又混账王八蛋"。余占鳌身上的义气、匪气、勇敢、血性,很多都取材于高润升。不仅《红高粱家族》中的余占鳌取材于他,《丰乳肥臀》中的司马库也是以他作为主要人物原型进行塑造的。

(二)抗日英雄原型——领导孙家口伏击战的曹克明、曹直正

余占鳌的英雄气质,在很大程度上表现为他领导了墨水河大桥上的伏击战。在高密历史上,这场战役发生在距离莫言家乡不远的孙家口的胶莱河石桥上,统领这场战役的是高密西乡曹家郭庄(今诸城相州镇南戈庄村)的曹克明、曹直正。

曹克明(1903—1971),名世德,字克明,国民政府少将。先后就读于高密县中附小、山东省立第一中学、北平私立中国大学。[①] 1937年抗战爆发后,曹克明与堂弟曹绍先、曹直正、王仁甫共议抗战大计。他们积极招募兵员,筹集武器,进行军事训练。

曹克明的族兄曹直正生于1900年。曹直正名世祯字子祥,黄埔军校武汉分校第六期毕业。他早年加入北伐国民革命军,任炮兵营长,参加过汀泗桥等战斗,他作战勇敢,临阵机智果断。1937年抗日战争爆发后,被武汉国民政府军事委员会任命为华北联络参谋兼别动部队第十三支队参谋长(周胜芳部)。曹直正性格豪放、倔强,好饮酒,但不过量,即使在战斗时刻也要饮酒,借以振奋精神。[②]

1938年1月,日军占领高密,而后强征百姓修复胶济铁路与胶沙公路。当时,胶东地区抗日武装迅速发展,曹直正到诸城的别动总队第四十四支队蔡晋康部联系工作,后来他又回乡,集结起曹克明的武装——一支百余人的抗日队伍,由南郭庄出发,开赴抗日前线高密的周戈庄。后来队伍扩展到400余人,被厉文礼收编为山东省第八行政区第六游击总队(团级),曹克明任中校总队长。曹部在胶济铁路以北的高密、昌邑、平度一带进行抗日活动,伺机打击敌人。当时,胶(县)沙(河)公路是日军汽车经常过往的重要交通线,曹部计划在公路上对日本鬼子进行一次伏击。为周全起见,曹克明请曹直正指挥战斗。二人沿胶沙公路逐段进行勘察,最后决定在胶莱古渡口——孙家口村打一场伏击战。[③]

据《高密县志》记载,1938年4月16日,曹克明部在当地群众的配合下,在

---

① 杨守森主编:《读莫言　游高密》,山东文艺出版社2012年版,第89页。
② 曹直正的资料引自中共博兴县委、博兴县人民政府网站。博兴县史志办:《曹直正》,2013年6月21日,http://www.boxing.gov.cn/zgbx/58/85/120523094749059357.html。
③ 杨守森主编:《读莫言　游高密》,山东文艺出版社2012年版,第89页。

孙家口伏击日军汽车 5 辆,中将中岗弥高等官兵 39 人被歼。后驻胶县日军至公婆庙村报复,杀害群众 136 人,烧毁民房 800 余间。① 孙家口伏击战使曹克明一举成名,他受到了嘉奖,部队迅猛发展到 1000 多人,被厉文礼收编为第二纵队第五支队。

1939 年 12 月 27 日,曹直正视察在高苑县的游击部队徐耀东团,当夜在徐团团部休息,被汉奸告密。曹直正以及 30 名战士被俘,关押在博兴伪县政府监狱。济南日军多次派人设法劝降,均遭曹直正严词拒绝。最后,日伪县政府放弃劝降,宣布召开乡镇长大会,准备当众枪决他。1940 年 1 月 8 日深夜,曹直正被押赴刑场,他挺胸前行,边走边讲,要大家团结抗战,消灭侵略者。敌人将曹直正的人头割下,悬挂于城门之上,以此威胁抗日群众。老百姓无不敬仰曹直正誓死不屈的民族气节。②

曹克明在孙家口战役时任山东第八区游击第六总队总队长兼莱阳县县长,③后来进入国民党中央训练团高级班受训。结业后,即返青岛,任国防部山东登莱青地区"人民剿匪义勇军总队"副总队长。④ 1949 年夏曹克明去了台湾,不久后退役。1971 年,曹克明在台湾病故。

莫言将曹克明、曹直正指挥的孙家口伏击战,演变成了由高密东北乡的土匪英雄余占鳌指挥的战斗。莫言杂取高密众多土匪英豪人物合成一个,使得高密历史上曾浴血奋战、反击日寇侵略的英豪们的精魂在余占鳌的身上得以彰显。

不仅如此,莫言还把曹梦九这一民国县长的形象编进了余占鳌的故事中。曹梦九在高密惩治土匪的故事家喻户晓。1936 年,曹梦九以成立特别侦察队为名,诱降了有过杀人经历的高密土匪 100 多人。他们被下了枪,集中在当时的高密蚕业学校,曹梦九准备将他们押赴济南。惯匪刘锡明一看苗头不对,就串通彭金星和郭金忠等踏着伙夫贾传信的肩膀越墙逃跑了。⑤ 莫言将他们逃跑的故事也写进了余占鳌的传奇故事中,逃跑的地点则由高密蚕业学校变成了小说

---

① 高密县地方史志编纂委员会编:《高密县志》,山东人民出版社 1990 年版,第 19 页。
② 引自中共博兴县委、博兴县人民政府网站:中国·博兴＞走进博兴＞历史人物＞曹直正,博兴县史志办供稿,2013-06-21,网址:http://www.boxing.gov.cn/zgbx/58/85/120523094749059357.html。
③ 杨守森主编:《读莫言 游高密》,山东文艺出版社 2012 年版,第 89 页。
④ 杨守森主编:《读莫言 游高密》,山东文艺出版社 2012 年版,第 89 页。
⑤ 唐国举、尹焕臻:《曹梦九》,天马图书有限公司 2003 年版,第 230 页。

中的济南府警察署。莫言又把余占鳌的故事与高密有名的土匪花脖子、黑眼的故事相结合，与日本鬼子残杀百姓以及活剥人皮等历史事件相结合，在伏击战中，还将冷关荣、姜黎川阻断接应日军的故事写进了小说中，在小说里进行了融合及变形处理，给故事增加了很多扣人心弦的波折。

(三)穴居人原型——高密野人刘连仁

莫言在对余占鳌形象的刻画中，亦不无忧虑地指出种的退化，这种退化是通过爷爷那可歌可泣的光辉业绩与人格素质与儿孙辈的对比来实现的。莫言写道："爷爷是登峰造极，创造了同时代文明人类长期的穴居纪录"，"爷爷1958年从日本北海道的荒山野岭回来时，村里举行了盛大的典礼，连县长也参加了，来向爷爷这位给全县人民带来光荣的老英雄致敬"，[1]莫言在小说中提到的这个故事的生活原型是高密的北海道穴居人刘连仁。

据《高密县志》以及相关资料记载，1944年春天，井沟草泊村农民刘连仁被日本人抓走，送到日本北海道的明治矿业株式会社昭和矿物所当劳工挖煤。他吃不饱也穿不暖，备受虐待，他的很多工友都被打死或患病死了。为反抗残酷的迫害和非人的生活，1945年6月，刘连仁与四个工友一起从厕所的粪沟中逃脱。后来有人追击，刘连仁与几个工友相继逃散了，只剩下刘连仁孤身一人，躲进了深山老林。[2]

刘连仁的生存意志相当顽强，他在北海道深山中想尽一切办法活命，他寻找尝试一切可以吃的食物，主要以草根、野菜、野豆为食。刘连仁的心中有着对家乡的深情眷恋，对妻儿的深深留恋，有着坚定的"返回故乡"的信念。[3] 就在这坚强信念的指引之下，刘连仁在荒山野岭中度过了一年又一年，他挖了洞穴，冬天就在洞穴中过冬。在极度寒冷的时候，他就不吃也不动，像动物一样地冬眠。有时他迷迷糊糊地醒来，就抓一把海草来吃，吃完之后又迷糊过去。到了第二年春天，积雪慢慢融化，他才慢慢地醒来，开始出洞时，他都不会走了，在慢慢地爬行几天之后，他才能重新恢复，学会走路。他从来没有放弃过寻找返乡的道路，他沿着日本的海岸线走啊走，希望陆地是连通的，希望通过东三省可以返回

① 莫言：《红高粱家族》，作家出版社2012年版，第70页。
② 高密县地方史志编纂委员会编：《高密县志》，山东人民出版社1990年版，第613页。
③ 杨守森主编：《读莫言　游高密》，山东文艺出版社2012年版，第91—93页。

故乡。可是,茫茫的大海阻挡了他返乡的道路。1958年,有个日本人去深山打猎,发现了刘连仁的洞穴。后来他又领来了警察。这样,刘连仁才被发现,重新返回人间,他当时被诬为中国间谍,成为轰动一时的国际政治事件。后来经过我国政府交涉,刘连仁在1958年4月15日回归祖国,在天津车站,他受到了刘少奇主席和周恩来总理的热烈欢迎。

刘连仁是当年被日军强掳到日本的在册的四万余名中国劳工中的一人。这些劳工都与刘连仁一样,受过非人的折磨,许多人惨死在异国他乡。刘连仁抱着返回故乡的坚定信念,奇迹般地活了下来,并且返回了祖国。1971年,他加入了中国共产党,还曾担任过草泊大队的副队长、井沟公社的党委委员。① 刘连仁为争取生命的自由和尊严也付出了毕生的努力。回国后,他用自己的亲身经历,向青少年一代做了1800多场报告,揭露日本军国主义当年对中国人民犯下的滔天罪行。在晚年,为了向日本政府讨还公道,刘连仁不顾年事已高,开始了艰难的跨国诉讼之旅。② 在东京法庭上,他头脑清醒地控诉日本人当年犯下的罪行。2000年,刘连仁去世,时年87岁。③ 刘连仁的切身经历也反映了中国人民坚决反抗侵略战争,维护世界和平的正义民间诉求。高密西乡官亭村刘连仁纪念馆厚厚的卷宗也记载着这位高密西乡汉子争取生存自由、维护生命尊严的不屈意志与斗争精神。

莫言从小就知道刘连仁,1986—1987年,莫言还以作家和乡亲的双重身份到井沟草泊村多次采访过他。2005年,莫言访问日本时,专程到日本北海道寻访当年刘连仁的足迹,听当年参与救助刘连仁的木屋路喜一郎、夸田先生讲述发现刘连仁的经历。④

高密的土匪英豪、抗日英雄以及刘连仁的故事被莫言写进余占鳌的传奇经历中,既体现了民间英雄的江湖义气和刚健血性,颂扬了人类适应大自然的顽强生命力,亦展现了作者对民族之间相互残杀的忧思。

---

① 高密县地方史志编纂委员会编:《高密县志》,山东人民出版社1990年版,第613页。
② 秦忻怡:《"野人"刘连仁》,黄河出版社2004年版,第2—3页。
③ 杨守森主编:《读莫言 游高密》,山东文艺出版社2012年版,第92页。
④ 杨守森主编:《读莫言 游高密》,山东文艺出版社2012年版,第92页。

二、从历史原型到小说人物余占鳌的文学演变

余占鳌来源于高密历史上的土匪英豪高润升、抗战英雄曹克明、曹直正以及北海道穴居人刘连仁等历史人物原型,这一人物的创作并非几个人物的简单组合或生命经历的简单串联,而是莫言将他们传奇故事的精髓充分吸纳、整理与重新塑造之后的艺术创作,莫言通过对余占鳌这一人物形象的创作,召唤着红高粱大地上的精魂,也弘扬了不甘屈辱的民族精神。

(一)莫言的成长背景与英雄情怀

莫言曾说,一个作家究其一生,其写过的书最终汇成一部,那便是作家的自传。其笔下的人物汇成一人,那便是作家的自我。[①] 在余占鳌的身上,可以读出三十岁时的莫言初入文坛时的勃勃雄心。英雄崇拜的浪漫记忆来自莫言童年对英雄世界的追慕与想象。作为民间之子,莫言出身乡野,上学仅上到小学五年级,并未接受过正统的革命理想主义与历史观的洗礼,在他的头脑中活跃着的是民间鲜活的口口相传的历史。莫言曾在与朱伟的对话中谈起,高密家乡有太多精彩的土匪传奇,高粱地为土匪出没提供了极其便利的条件。[②] 高密东北乡地势低洼,胶河从这儿流过,这儿又是与平度、胶州接壤的地方,南有顺渡河、墨水河,历来就是土匪常常出没的地方。莫言从小耳闻目睹红高粱大地上那些生龙活虎的土匪英豪的故事长大,他们既杀人放火,又精忠报国的传奇经历始终萦绕在莫言的心头。多年以来,他们一直都活在高密民间百姓口口相传的故事里。莫言17岁进入棉花加工厂工作时,他的好友张世家也曾绘声绘色地和他讲起过发生在他家乡孙家口的伏击战的故事。如前文所述,莫言曾听东流口子村的朋友们讲过高润升的传奇故事,另外莫言的小学老师张作圣也是东流口子村人,这些有利条件就令莫言了解了许多高润升的故事,高润升也就成为莫言笔下余占鳌故事的重要原型之一。

1984年,莫言考进解放军艺术学院学习。在一次文学创作讨论会上,一些

① 莫言:《自述》,张清华、曹霞:《看莫言:朋友、专家、同行眼中的诺奖得主》,华中科技大学出版社2013年版,第4页。
② 朱伟:《我认识的莫言》,王德威等:《说莫言》,上海书店出版社2013年版,第150页。

老作家为战争小说创作后继无人而忧心，初出茅庐的莫言大胆提出："小说家的创作不是要复制历史，复制历史是历史学家的任务。小说家要表现的是战争对人的灵魂扭曲或者人性在战争中的变异。从这个意义上讲，即便没有经历过战争的人，也可以写战争。"①豪言既出，莫言把自己逼到悬崖上，他必须尽快拿出有分量的战争小说来证明自己。他想到了自己的家乡，决定把抗日的故事和爱情的故事放到故乡的高粱地里上演。他终以初生牛犊的虎虎生气，只用一周的时间就完成了这部在新时期中国文坛上产生过巨大影响力的小说《红高粱》第一部的初稿，小说发表在 1986 年第 3 期的《人民文学》上。小说一改传统抗战题材小说的创作手法，以"我"讲述"我爷爷""我奶奶"的故事的方式穿越了时空的跨度，展现了民间土匪英豪余占鳌在 20 世纪中国历史舞台上上演的辉煌生命传奇。小说将宏阔的民间历史融入余占鳌的人生传奇中，在他的身上张扬着蓬勃的生命精神和民族血性。

莫言在这部小说的"跋"中这样写道："写完《红高粱家族》第五章，我就匆匆地把五章合一，权充一部长篇滥竽充了数……虽没写好长篇，但也确想写好长篇。怎样写好长篇呢？想了半天忽然觉得也不必谈虎色变，无非是多用些时间，多设置些人物，多编造些真实的谎言罢了。对待长篇小说应像对待某种狗一样，宁被它咬死，不被它吓死。《红高粱家族》，我真的没写好，我很惭愧。好歹我在这本书里留了很多伏笔，这为我创造了完整地表现这个家族的机会，同样也是表现我自己的机会。"②显然莫言在塑造余占鳌这一形象时，根据相关历史人物原型编造了许多"真实的谎言"，也倾注了很多的心血，反映了三十岁时初出茅庐的莫言对英雄的无限向往和对生命自由精神的不懈追求，令余占鳌这一土匪英雄形象深入人心，成为新时期文学史上独具魅力的抗日英雄形象。

（二）超越原型的曲折人物命运

莫言在小说创作中历来非常重视写"人"，他笔下的人物是通过一个个生动传神的故事"立"起来的。余占鳌曲折的人生经历，建构了《红高粱家族》小说活跃生动的生命世界。在历史上并无余占鳌其人，他是莫言以故乡高密历史上的多位土匪英豪为原型而塑造生成的文学形象。余占鳌的杀人放火、绑票、抗日

---

① 莫言：《〈红高粱家族〉的命运》，《莫言散文新编》，文化艺术出版社 2009 年版，第 153 页。
② 莫言：《红高粱家族》，解放军文艺出版社 1987 年版，第 454 页。

等行为,取材于高密历史上真实的土匪的经历。莫言充分调用了高润升等高密土匪抗日打鬼子的传奇经历,曹克明、曹直正组织孙家口伏击战的抗战历史,刘连仁历经十三年野人生涯最终返回故乡的传奇经历。在将他们的故事进行重新组合穿插的基础上,莫言运用了夸诞狂欢的艺术手法,添加了余占鳌的爱情经历,余占鳌与江小脚、黑眼等人的矛盾冲突,以及与日本鬼子周旋等故事情节,成功塑造了余占鳌这一自由率性的草莽英雄形象。余占鳌的爱情故事,则是莫言的艺术创新。余占鳌的传奇爱情故事并非出自曹克明、曹直正抑或刘连仁等原型人物现实的爱情故事。除了前文所述的高润升有两个太太的历史事实之外,余占鳌的爱情故事亦有邻居单家单大、单二的妻子能干持家的故事原型,以及高密民间传说中的长工与女主人私通等故事因素,于此莫言加进了自己瑰丽的想象。高密的历史与民间传说经由莫言的艺术创作,最终生成了抗日的民间土匪英雄余占鳌形象。

高密东北乡的历史传说是如此的丰富充沛又纷繁复杂。莫言在书写余占鳌的故事时显然运用了大量的故乡素材。他编造的"真实的谎言"并非信口雌黄,而是几乎每一段故事都有其历史或传说依据,比如故乡传说中的高密东北乡丧葬铺给胶州城"綦翰林出殡"的故事,曹梦九设巧计抓土匪的故事,等等。此外,莫言还充分运用了魔幻、恣意的笔调书写超越历史现实原型的"人狗大战""天雷劈开千人坟"等诡奇玄幻的情节,令读者惊诧不已。他在小说中所留的伏笔不仅为他后来创作小说预留了机会,也给《红高粱家族》这部小说提供了许多可供读者想象的空间。后来张艺谋执导的电影《红高粱》以及郑晓龙执导的电视剧《红高粱》,都对余占鳌进行了再创作,但"穷途变化,存乎一心",他们始终没有跳出莫言为其设置的人物基调,可谓万变不离其宗。莫言在"跋"中所言"宁被它咬死,不被它吓死",也反映了莫言在写作中勇于尝试,敢于迈步向前的勇气。这部小说是莫言长篇小说创作的开山之作,莫言表示他真的没有写好,很惭愧,但事实上这部小说却经受住了时间的检验和岁月的大浪淘沙,成为中国当代文学史上具有开拓创新意义的一部长篇小说,小说中的男主人公余占鳌也成为莫言笔下众多小说人物中最值得称道的经典传奇人物之一。

(三)杂糅多个原型人物个性特色,突破创新

莫言深入故乡历史,将高润升、曹克明、曹直正和刘连仁等原型人物的个性

精华,最终凝聚于余占鳌一身。高润升的土匪侠义、远见卓识、民族气节,曹克明、曹直正在孙家口伏击战中表现出的智慧和英勇,刘连仁顽强的生命力以及返回故乡的执着信念……他们的生命精神在余占鳌的身上得到了体现和深度拓展。

在这些原型人物的基础上,莫言运用了大胆的艺术想象对其进行了文学演绎,令其成为包含着复杂的人性特征的民间英雄。余占鳌纵横驰骋,生命力强健,他遵从自己内心的感受而活,根本不把世俗的规则放在眼里,他既是土匪又是英雄好汉,他杀人越货又精忠报国,他亦有着自私粗野、不顾道德的人性弱点,他的这些个性特征取材于高润升。为了表现余占鳌的自由天性,莫言大胆地开启想象的空间,余占鳌的许多"出格"的故事是远远脱离了人物原型的。他往酒缸里撒尿,却酿出醇香的高粱酒。他为一己私利持刀杀人,滥发纸币。他好事做绝,坏事也干尽。他的身上洋溢着狂欢的"酒神"精神,这些个性已远远超越了现实人物原型。莫言在小说中亦写到了余占鳌率众在孙家口伏击日军的故事。在表现出战斗的指挥者曹克明、曹直正的智慧和英勇之外,莫言超越现实原型,写到了余占鳌战斗到最后一刻,他的爱人戴凤莲以及众弟兄们惨死的场面,这些场景远远超出了历史上孙家口伏击战的惨烈程度,更为深刻地凸显了战争的残酷以及余占鳌的壮烈情怀。莫言在对伏击战的描写中,充分借鉴了历史史料,并对其进行了灵活处理。在历史上,先有伏击战,后有日寇屠杀公婆庙村民,在小说中,则是先有日军活剥罗汉大爷的人皮,后有余占鳌带领弟兄们打日寇伏击,这样的处理使故事的前后因果衔接得更为密切,情节冲突更为集中。在余占鳌的身上不仅凝聚着千百年来古老的齐鲁大地上民间英雄们不甘屈辱的精神血性,亦有着作为凡俗人对于战争的厌倦、亲人离散的痛苦以及对于和平的深切向往。

莫言亦将北海道穴居人刘连仁作为原型之一写进了余占鳌的传奇经历中,彰显了他顽强的生命力以及不屈的意志。这些故事很多都依托于莫言亲自访谈刘连仁了解到的他在日本北海道深山中艰难生存的故事。在对"我爷爷"一生传奇经历的描绘中,莫言充分发挥了他的想象力,将故事渲染得极为精彩,突出表现了余占鳌的智慧、勇武以及野外求生的艰难。莫言杂糅了多个人物的个性特征,传神地描绘出原型人物的精魂,并在原型人物的基础上张扬了狂欢的生命意识,塑造了一位刚健不屈、侠肝义胆、豪放旷达的土匪英豪。民间的历史正是由余占鳌这样的民间英雄们向前推动的。

莫言笔下的余占鳌突破了传统的抗日英雄形象。他具有强烈的自我意识，他是个土匪，又是民间英雄；他做他自己，释放他自己，绝不矫揉造作，绝不委曲求全。他张扬着蓬勃的生命意识与自我个性，这种原生态的魅力以及真性情打动了中外读者，令其成为当代文学史上有血有肉的典型人物。三十岁时的莫言年轻、豪迈、雄健、勇武，他的少年豪情与虎虎生气也充分灌注到了余占鳌的生命经历与人格、个性中。

从原型到小说中的余占鳌形象的演变，展现了莫言天才的艺术创新能力。莫言将"感性"与"理性"充分整合，现实与虚幻彼此融汇，充分运用丰富充盈的想象力创造了具有"东方酒神精神"的余占鳌这一形象，其间又有着对民族无意识、个人潜意识、家族心理渊源的深度把握与自然书写。其狂放粗野的豪情、酣畅淋漓的风格、言说不尽的意蕴，令余占鳌这一形象彰显出独具特色的艺术魅力与风情。

三、唤回红高粱大地的精魂——余占鳌形象的艺术价值

海德格尔曾说，"建立一个世界和制造大地，乃是作品之作品存在的两个基本特征"[①]，"大地是一切涌现者的返身隐匿之所，并且是作为这样一种把一切涌现者返身隐匿起来的涌现。在涌现者中，大地现身而为庇护者"[②]。在《红高粱家族》余占鳌形象的创作中，莫言通过向红高粱大地的回归，对民族的、人类的历史命运以及现实世界的本相进行了一定程度的揭示。余占鳌这位生长在高密东北乡大地上的土匪英雄具有丰厚的精神体量，孕育着复杂深刻的东西方文化内涵。三十多年来，余占鳌这一文学形象又成为新的"原型"，在电影、电视剧、话剧、茂腔、舞剧中被不断演绎，彰显了莫言取材于原型又超越原型，生成新的原型的艺术创新精神。

（一）审美价值：雄强生命力的张扬

法国戏剧理论家狄德罗主张，在艺术创作中应由感情出发，超越理性，冲破

---

① 孙周兴选编：《海德格尔选集》（上卷），上海三联书店 1996 年版，第 268 页。
② ［德］海德格尔：《林中路》，孙周兴译，上海译文出版社 1997 年版，第 28 页。

清规戒律,他将"善"与"富有诗意"(即美)区别了开来。他说:"我不说这些是善良的风尚,可是我认为这些风尚是富有诗意的。"①莫言笔下《红高粱家族》中的余占鳌形象,恰恰是冲破了"善"的道德戒律,将原始生命之"美"发挥到了极致。莫言小说创作中的感觉意识与"文化寻根",令其突破了小说创作的"功利性"和"价值判断",而更多地体现出一种审美视角和对文化多元认知的选择。②莫言将个人的生命体验、人性与民族血性、历史与现实等因素灌注于笔下余占鳌形象的创作之中。土匪英雄余占鳌既有英雄豪气,又具有侠骨柔情。莫言既有对余占鳌英雄气度的书写,亦有对其复杂人性的批判揭示。余占鳌的勃勃野性与原始生命力洋溢着尼采式的"酒神精神",这一人物形象体现着作者对民族传统精神价值的重新发现与文化重构,呈现出独特的审美价值。

莫言的故乡高密,是一片受齐鲁文化恩泽数千年的土地,特别是莫言故乡的齐文化气度辉煌,自由灵动,开放进取。正是由于这种特殊的地域文化,才造就了高密风物,也造就了莫言小说中余占鳌敢作敢为、富有血性的气质。透过童年故乡的土匪英雄传奇以及自身经历,莫言充分认识到高密东北乡"最美丽最丑陋,最英雄好汉最王八蛋"的复杂特征。余占鳌与他的土匪英雄原型人物一样具有雄强的生命力与复杂的人性。余占鳌曾为了自己的私利草菅人命,他杀掉和尚,杀掉单家父子。但在抗战中他坚决抗日,英勇顽强地反击日本侵略者,又展现出民族血性与浩然正气。他与九儿相恋,惊天动地,自由不羁,同时他又与恋儿私通,两段恋情,全然不顾道德约束。他参加了铁板会并取得了实际的领导地位。他怀念戴凤莲,为她出回龙大殡费尽心思,然而他在高密东北乡对老百姓疯狂横征暴敛的王八蛋做法又令人愤慨。他的勃勃的生命力来源于他的原始野性,他超越了道德训诫,尽情地释放张扬人性本能,以民间世界的生存搏杀展现了人类原始生存的本质。余占鳌原生态式的民间生活以及小说中大量的民俗描写,以及他身上洋溢着的狂欢生命亮色与炽热生命激情,他的浪漫精神和传奇色彩,皆大大拓展了小说的审美艺术空间。莫言通过余占鳌这一土匪英雄形象,反映了时代的风云变迁,鞭挞了丑恶的社会现实,颂扬了雄强张扬的勃勃生命力,具有超越时代、超越国界的艺术魅力与审美价值。

---

① [法]狄德罗:《狄德罗美学论文选》,人民文学出版社1984年版,第206页。
② 张清华:《中国当代先锋文学思潮论》,中国人民大学出版社2014年版,第102页。

(二)思想解放价值:复杂人性的深度挖掘

莫言曾说:"为什么这样一篇写历史写战争的小说引起了这么大的影响,我以为这部作品恰好表达了当时中国人一种共同的心态,在长期的个人自由受压抑之后,《红高粱》张扬了个性解放的精神——敢说、敢想、敢做。"[1]20 世纪 80 年代,国门打开,曾被禁锢的思想获得了空间的解放,人们对生命理想充满了向往并恒切的追求。莫言的写作亦打下了那个时代的烙印,他的小说写得汪洋恣肆、一泻千里,余占鳌这一文学形象恰好迎合了时代心理需求。莫言走在时代前列,他充分表达了当时社会人们心中对思想解放的呼唤。余占鳌的身上有着激情、野性、新奇性和创造性,他那离经叛道的不羁灵魂,痛快淋漓的人生态度,冒着巨大的道德压力,甚至冒着砍头危险的作为,极大地张扬了人的个性。[2] 他雄强张扬的生命力,轰轰烈烈、顶天立地地活着的精神,亦与当时思想解放的时代脉搏产生了深度共鸣。

《道德经》中讲:"天下皆知美之为,美斯恶已;皆知善之为,善斯不善已。有、无之相生也,难、易之相成也,长、短之相形也,高、下之相盈也,音、声之相和也,先、后之相随,恒也。"[3]莫言冲破了二元对立"非此即彼"的惯性思维,将古老的人类智慧运用到了小说人物的创作中,他笔下的世界并非割裂的,而是多姿多彩的生命世界。他把矛盾的人性整合为"一",体现出多元复杂的人性特征。莫言笔下的余占鳌,是狂欢的生命,他的人性是善恶美丑共生的,爱与恨、智慧与愚昧、高贵与卑下、刚阳与孱弱、乐观与悲观……对立的两极在余占鳌身上融为一体。余占鳌既是"土匪",又是"英雄好汉",这个人物的人生经历和所作所为,已经无法用传统的价值观念去衡量、分析、判断,而只能用人类学的视域去理解,以审美态度去观察。莫言将原先现实主义文学中惯用的"真善美"与"假恶丑"的道德对立的做法打乱、颠覆。余占鳌面对的世界原本就是善恶不明的,与母亲私通的和尚道貌岸然,做着败坏人伦道德的事情;单家父子凭借有钱,就可以用一头大黑骡子换来年轻貌美的戴凤莲为妻。戴凤莲亲生的父母不顾女儿的终身幸福,将其许配给了麻风病人。人性的贪婪,私欲的膨胀,贫富的悬

---

① 杨扬主编:《莫言作品解读》,华东师范大学出版社 2012 年版,第 48 页。
② 莫言:《小说创作与影视表现》,《文史哲》2004 年第 2 期。
③ 辛战军译注:《老子译注》,中华书局 2008 年版,第 7 页。

殊,社会的不公,在莫言笔下的乡野社会中一一呈现出来。莫言以狂欢的笔法让余占鳌游戏其间。余占鳌恶作剧一样往酒缸里撒了一泡尿,却酿出了醇香的高粱酒;他和戴凤莲野合,生出了"我父亲这个土匪种";他杀人夺妻占财却活得潇洒自在……这种对传统道德观念的反叛和亵渎,不仅张扬了他的生命活力,亦展现出"恶"在历史进程中的"杠杆"作用,表达了二元互动和互为因果的历史观。①

在《野人》中,莫言虚构了"我爷爷"与日本农妇遭遇的情节。起初余占鳌怀着强烈的复仇心理,意欲对日本妇女施暴,可是当他看到日本妇女那打了黑色补丁的红色裤衩时,他在一瞬间被击中了,他记起了 25 年前火红的高粱地里的"我奶奶",他的人性善念复苏了。这一个小小的情节,蕴含着莫言对生命、尊严、复仇、荣辱、人性、爱情、性欲、机缘巧合等的深刻洞察、体悟与思考。"莫言的作品在刻意发掘人性丑陋与邪恶的同时,力图通过独特的人物造型,张起一面强力追求的旗帜,给人以振奋生命的活力。"②在余占鳌的身上,体现着作者莫言对人性的沉思、对战争带给人类苦难的反思、对种的退化的忧虑以及对原始生命力的崇拜。

尼采在《悲剧的诞生》一书中,将日神阿波罗与酒神狄奥尼苏斯这两个概念引入了悲剧研究的领域。日神象征着美、智慧、克制的力量,酒神则象征着狂喜、激情、惊骇的力量。尼采对于酒神与日神综合作用产生悲剧的解释也恰恰适用于分析余占鳌这一形象。当余占鳌处于日神状态时,他富有理智,在情感上能够节制自己,比如在他率领队伍抗日打鬼子的时候;而当他处于酒神状态时,他就变得如痴如狂,在情感上毫无节制,体会到自身与自然本体融合的最高快乐,比如他与戴凤莲以及恋儿的近乎疯狂的爱恋,就充分释放了酒神的力量,他内心的激情与狂热将其生命点燃。③ 莫言对于余占鳌形象的塑造,显然也受到过尼采悲剧思想的影响。

通过余占鳌这一人物形象,莫言揭示了现实的残酷以及人性的复杂,亦写出了人适应生存的勃勃生命力,弘扬了人的创造精神。反抗压迫、向往自由是

---

① 张清华:《中国当代先锋文学思潮论》,中国人民大学出版社 2014 年版,第 103 页。
② 丛新强、孙书文:《莫言研究三十年述评》,杨守森、贺立华主编:《莫言研究三十年》(上),山东大学出版社 2013 年版,代前言第 7 页。
③ [德]尼采:《悲剧的诞生》,周国平译,生活·读书·新知三联书店 1986 年版,第 2—6 页。

人类的美好追求,然而为了实现和满足更好地生存的欲望,人类在面向同类时却又是那样的野蛮和残忍。"莫言以一种超然的历史眼光,从宇宙视野重新考辨人类之间相互残杀的因由。"①正如《狗道》一章中写的千人坟显示的象征意义——人性的挣扎与历史的恩怨皆最终融汇消逝于民间,也许这就是莫言对人类命运的思考与展示。

(三)文学史价值:传统抗战英雄形象的突破与创新

在中国的抗战历史上,有许多可歌可泣的抗战英雄的故事,然而在中国现当代文学史上却难以找出几部恢宏厚重到能够与《静静的顿河》《战争与和平》等世界名著比肩的战争小说。这些世界一流的作品证明,小说人物形象的塑造既要真实,又要伟大,恰如雨果所说:"天才所能攀登的最高峰就是同时达到伟大和真实,像莎士比亚一样,真实之中有伟大,伟大之中有真实。"②艺术家在创作中既要反映广阔的社会生活,又要展现人物丰富的内心世界,所以更应该关注人物的独特性。《红高粱》是在纪念抗战胜利四十周年之际的 1986 年发表的。在 20 世纪 30 年代那动荡的历史天空下,余占鳌的精神人格在他积极抗日之时发生了质的升华。不同于历史上的原型人物高润升或曹克明、曹直正依附国民党抗日的情形,也不同于传统抗战题材小说《苦菜花》中集匪气、霸气、豪气于一身的土匪英雄柳八爷加入共产党抗日的情形,小说中的余占鳌既不肯向民国县长曹梦九屈服,亦不肯接受国民党或共产党的收编,他取代了以往以共产党或国民党的军人为主体的抗战小说写作的传统模式。余占鳌作为民间抗战的土匪英雄形象登上了历史的舞台,他的江湖侠义在那民族危亡的时刻转化为民族大义,他彰显的是作为历史主体的千百万中国民众不甘屈辱的民族血性和刚健不屈的精神气节。他自由不羁的天性不愿被任何形式束缚,他以民间土匪英雄的形象开创了高密东北乡的历史传奇,"他传达了对于红色历史的某些颠覆性看法,突出了民间社会的道德力量,比如在抗战问题上,正是一支类似'土匪'的民间武装扮演了抵抗侵略者的主导力量"③。莫言以笔下的余占鳌向世人宣称:历史

---

①　杨守森:《作家莫言与红高粱大地》,杨守森、贺立华主编:《莫言研究三十年》(上),山东大学出版社 2013 年版,第 42 页。

②　伍蠡甫主编:《西方古今文论选》,复旦大学出版社 1984 年版,第 212 页。

③　张清华:《中国当代先锋文学思潮论》,中国人民大学出版社 2014 年版,第 103 页。

是由余占鳌这样的民间英雄们开创的,人民,是推动历史前进的主体。

莫言在小说创作中引入了"我爷爷"这样的独特视角,将历史叙事与当代叙事完美结合在一起。历史与当下的比照亦有助于突破传统英雄人物故事全知视角的叙事方式,莫言将"我"带入了历史,以后人的眼光与对历史的评判穿插其间,实现了历史与当下现实的对话。余占鳌英雄形象的写作创新,彰显着新时期文学文体解放和精神解放的突出特征。在率领民间武装英勇抗日的斗争中,余占鳌更是凸显了他的坚强、勇敢和智慧。中日民族之间弱肉强食的生存竞争从未停息,在今天,日本政府依然公然篡改历史事实,不肯认罪。维护中华民族的独立和尊严,是需要余占鳌这样具有铮铮铁骨的血性男儿精神的人的。

中国传统文化历来是儒道互补的。儒家文化主张积极入世,提倡中庸之道,主张以个性的自我约束求得社会的和谐安宁,推崇文天祥、岳飞、杨家将这样的忠义英雄。道家文化提倡出世,尊崇人的自然天性,丘处机、张三丰、八仙这些道家的英雄不问功名,却以他们盖世的武功与不朽的传奇在青史留名。余占鳌这个土匪英雄的身上张扬着既非儒家亦非道家的英雄品格,张扬着鸿蒙未开的原始野性,他的生命精神、刚健不屈的血性气质,土匪英豪的独特风貌,更是具有齐人的风范,也使人很自然地联想到《水浒传》中的英雄豪杰——鲁智深、李逵、武松……同时,余占鳌的率性与粗犷也彰显出鲜明的当代感——在20世纪80年代思想解放的洪流中,这种率性与粗犷的风气曾经鼓荡起一代青年敢作敢为的生命豪情。余占鳌这位土匪英豪成为中外文学史上的典型人物形象,经历了三十多年沧桑岁月的洗礼却愈加鲜活,在中国文学史上留下了鲜明的足迹。

(四)生态文化价值:种的传承与生态视野

作为红高粱大地之子,莫言天然地热爱生命,崇尚自然,他也传承了高密东北乡人的生态文化基因。荣格指出:"人类精神史的历程,便是要唤醒流淌在人类血液中的记忆而达到向完整的人的复归。"[①]莫言曾在《红高粱家族》中称故乡"物产丰饶,人种优良。民心高拔健迈,本是我故乡心态"[②]。莫言说:"祖先那一

----

① [瑞士]荣格:《毕加索》,《心理学与文学》,冯川、苏克译,生活·读书·新知三联书店1987年版,第176页。

② 莫言:《红高粱家族》,解放军文艺出版社1987年版,第7页。

代相对于我们这一代来说,活得更加张扬,更敢于表现自己的个性,敢说、敢做、敢想、敢跟当时的社会、传统的道德价值标准对抗;就是说,他们活得轰轰烈烈!而我们后代儿孙相对于我们的祖先,则显得苍白、萎缩。"①莫言以广阔的生态文化视野切入民间历史与英雄人物创作,使余占鳌这一人物的生命焕发出了蓬勃的力量。②

莫言提到了纯种的好汉跟后代儿孙的退化问题,他笔下的余占鳌以勃勃的生命力呈现出人的原始生命的本真,余占鳌重视"种"的传承,这种"种"的意识正与中华民族绵延数千年的家国意识紧密相连。个人奋斗、繁衍家族、重振国威,这种祖先们骨子里流淌的血性随着社会生活条件的优裕正在逐渐丧失,民族血性在流失、"种"在退化。余占鳌形象则以一种雄强的生命活力,展现了刚健的民族气节。"他们演出过一幕幕英勇悲壮的舞剧,使我们这些活着的不肖子孙相形见绌。"③莫言以戏谑的手法展开了对"文明异化"主题的描写,在《狗道》中,"我父亲"豆官的一颗卵蛋被"大红狗"咬掉,差点儿让他丧失了传宗接代的能力。余占鳌在得知豆官仍旧具有生育能力时欣喜若狂。这些描写丰富了作品的曲折与趣味性,亦传达了作家对于文化变异、文明异化的思考。莫言从文化人类学的视域,将种族记忆中的集体无意识与家族潜意识、个人的性意识等心理因素融入余占鳌形象的创作之中。"生殖、繁衍、生存、情欲、战争、死亡、祭祀、图腾、酒神"等一系列原型主题与人类情结,都在莫言笔下余占鳌的身上得到了充分展现,④彰显了其生态文化价值。莫言亦希望:"总有一天,神圣的祭坛被推翻,解放的儿孙们,必将干出胜过前辈的业绩。"⑤莫言痛感"种的退化",但他还是把信心和希望寄予给未来的"儿孙们"。

在《红高粱家族》中,余占鳌以充满野性的勃勃生命力,勇敢地追求爱情、追求自由、反抗压迫,他超越了传统道德的约束,透出一种原始自然生命的本真天性,彰显了人类原始之初的生命之美。在莫言的笔下,红高粱是"活生生的灵物,它们根扎黑土,受日精月华,得雨露滋润,上知天文下知地理"⑥。莫言写父

---

① 莫言:《小说创作与影视表现》,《文史哲》2004年第2期。
② 张清华:《中国当代先锋文学思潮论》,中国人民大学出版社2014年版,第103—104页。
③ 莫言:《红高粱家族》,作家出版社2012年版,第4页。
④ 张清华:《中国当代先锋文学思潮论》,中国人民大学出版社2014年版,第126—127页。
⑤ 张志忠:《莫言论》,北京联合出版公司2012年版,第273—274页。
⑥ 莫言:《红高粱家族》,解放军文艺出版社1987年版,第9页。

亲闻到了人血的腥气,唤醒了记忆,把淤泥、黑土,"把永远死不了的过去和永远留不住的现在联系在一起,有时候,万物都会吐出人血的味道"①。高粱、黑土、童年、历史、英雄、过去、现在穿插的宏阔书写体现了中国传统文化"天人合一""万物有灵"的思想。莫言以北海道穴居人刘连仁为原型对余占鳌进行了"生物学视野"的创作,体现了生命与自然和谐共生的文学观。余占鳌在日本北海道穴居十三年,在冰天雪地的荒山野岭之间,已然完全被剥离了人的社会性,而呈现出人的自然本性。天生万物,天养万物,余占鳌能够"毒虫不螫,猛兽不据,攫鸟不搏",靠像天生的赤子抑或狼孩一样适应天地自然的生存法则在蛮荒之野生存下来,令人不得不慨叹造物的神奇与生命的伟大。② 通过这样的书写,莫言亦将余占鳌这一人物形象的创作引向了具有宏阔意义的生态人类学视野以及宇宙精神向度之中。

"八月深秋,天高气爽,红高粱挺拔刚健凄婉可人爱情激荡,通红的高粱红成一片汪洋的血海。"③莫言吸吮红高粱大地的雨露精华,把笔触探向高密民间隐秘的历史。他唤回了红高粱大地的精魂,在高润升、曹克明、曹直正、刘连仁等原型人物基础上重构了高密历史上的土匪英豪形象。他从宏阔的历史文化视野出发,以深邃的人性探索穿透现实,拷问灵魂,构建起了余占鳌既英雄好汉又混账王八蛋的土匪英豪形象,并由此展现出神圣却不无邪恶丑陋的人类。④莫言笔下的余占鳌作为成长在民间的英雄,彰显着原始大地上生命的创造与生长、毁灭与重生,反映了人类挣脱自由和必然的对立以期获得人性解放的普遍诉求。他恰似那一株纯种的红高粱,张扬着自由豪放的"酒神"精神,在新文学的史册中闪耀出璀璨的光芒。

---

① 莫言:《红高粱家族》,解放军文艺出版社 1987 年版,第 10 页。
② 张清华:《中国当代文学中的历史叙事:海德堡讲稿》,北京大学出版社 2012 年版,第 165 页。
③ 莫言:《红高粱家族》,作家出版社 2012 年版,第 351 页。
④ 杨守森:《作家莫言与红高粱大地》,杨守森、贺立华主编:《莫言研究三十年》(上),山东大学出版社 2013 年版,第 42 页。

试论莫言构筑的地母传奇①

王美春②

【摘　要】《丰乳肥臀》中的母亲吃苦耐劳、无私坚忍、豁达博爱,这类忍辱负重、像大地一样深厚广阔的母亲形象,是莫言构筑的大地之母传奇。母亲形象的构筑,跟莫言的苦难意识和荒诞感紧密相连。大地之母有担当、任劳任怨,通过展示母亲的耐心和韧性,凸显了莫言的女性观:女人是建设者,男人是破坏者;男人需要女人支撑,给他力量。从大地之母到众生之母,莫言礼赞母亲的伟大和生命力。地母传奇成为祖国母亲的图腾、地球母亲的象征。

　　莫言通过自己笔下的地母形象,造就了丰满的"丰乳肥臀"与苦难文化。"丰乳肥臀"是莫言对中华母亲的母性象征的概括、总结,它庄严、朴素、自然、健康,是人类发展的摇篮和生命之源,是女性生殖力旺盛的标志。人类对丰乳肥臀的崇拜自古有之。莫言对丰乳肥臀的崇拜不仅是因为母亲使人类的生命得以延续,还因为母爱与博爱相连。

　　莫言在自己构筑的地母传奇中,肯定人类的本能冲动,如食与色,并以此为突破口,批判压抑扭曲正常合理的人性需求的政治、文化的不合理因素,探索人性中普遍存在的弱点。这里,没有人为的等级划分,更没有超人的道德审判;生存还是毁灭这个命题被作家放到人性的范畴内,被一种人性、人道主义的光辉所笼罩。

---

　　①　本文系 2013 年度国家社科基金重大项目"世界性与本土性交汇:莫言文学道路与中国文学的变革研究"(13&ZD122)的阶段性成果。
　　②　王美春,文学博士,山东财经大学副教授。

莫言始终保持着一颗谦卑的乡村之子的淳朴心灵,从乡村出发,坚持写乡土中国;他把创作之根深深地扎入乡野现实,创作了大量像北方的乡村一样复杂丰富的小说。故乡山东高密是莫言创作的原动力,他从故乡的原始经验出发,书写的女性既素朴,又绚丽。"故乡留给我的印象,是我小说的魂魄,故乡的土地与河流,庄稼与树木、飞禽与走兽、神话与传说、妖魔与鬼怪、恩人与仇人,都是我小说中的内容。"①莫言构筑的地母传奇,饱含了他对乡土中国的基本关怀,以及他对大地和故土的深情感念。

一、大地之母

1995 年春天,莫言完成了长篇小说《丰乳肥臀》,扉页上写着"谨以此书献给母亲在天之灵"。因为该书,1997 年,莫言从人民大会堂领回了奖金 10 万元的一个文学奖——中国有史以来最高额的"大家文学奖",跟着获奖而来的是巨大的争议。《丰乳肥臀》曾因书名受到诟病,但随着时间的推移,非议的声音渐渐烟消云散。小说内容与书名非常契合,水乳交融,作者从纷乱繁杂的现实和历史长河中寻找到大地和母亲作为依托,丰乳肥臀是母亲和大地的象征。

《丰乳肥臀》是一部具有相当力度、厚度的作品,表达了生命对于苦难的记忆,以及人类面对灾难、困境的不屈的生命力。母亲上官鲁氏(1900—1995),一生忍辱负重,几乎经历了中国整个由苦痛、灾难、屈辱和创伤组成的 20 世纪,她勤劳勇敢、忍受着常人难以想象的痛苦顽强不屈地生活着。她急人所难、乐善好施、爱惜生命,以坚忍的生命韧性和无私奉献的精神,养育了上官家一群儿孙。女儿生的孩子都扔给她养育,所有的孩子和外孙,包括司马库与他的小老婆生的孩子司马粮,都是从母亲这里开始认识世界的。她对所有儿孙一视同仁,只要是一条生命,她都想方设法地抚养、呵护。鲁氏一生为孩子操劳,没有任何力量能够摧毁她的母爱。

母亲这一形象体现了乡野粗民人性的柔韧与深厚,显示了乡野精神的平实、善良、坚韧和深沉。小说讴歌了母亲的伟大、朴素和无私,在弥漫着历史、战争的硝烟背景中,讴歌生命的本体意义,是一部苦难母亲嘶哑的悲歌。小说蕴

---

① 莫言:《什么气味最美好》,南海出版公司 2002 年版,第 123 页。

含了作家丰富、沉重的感情,以及他对生命、母亲、社会历史、时代问题的新颖的思考与探索。

小说一开始,就描绘了一幅母亲和民族的受难图:1938 年,伴随着上官鲁氏土炕上难产第八胎的,是日本鬼子逼近的枪声,镇子上的大逃亡。上官鲁氏生育她的双胞胎时,她家的毛驴也在生骡子,丈夫、公婆对母驴的关注远胜于对她的关注。河堤上,母亲的七个女儿被祖母遣到河里摸虾,蛟龙河堤边的柳丛里埋伏着沙月亮的游击队,司马库在桥头上摆下了烧酒阵,准备拦截正向村庄逼近的日本人。母亲经过生死挣扎,生下了一对龙凤胎;这时,日本鬼子占领了村子,杀死了她的公公、丈夫……战争和生殖、新生的喜悦和死亡的灾难同时降临到上官家中。母亲成了家长,带领她的一群孩子,经历了战乱之苦,忍受着饥饿的煎熬,迎接着动荡的社会变迁,经过解放战争、土地改革、改革开放,一直到 20 世纪 90 年代。

《丰乳肥臀》是一部反思民族文化和历史变迁的佳作,个人际遇、家国风云,尽涵括在内。母亲和《红高粱家族》中的“我奶奶”一样,被迫反叛了传统强加于女性头上的“妇道”,她的历史充满了宗法社会看来无法无天的乱伦、野合、通奸、杀婆婆、被强暴。母亲生的九个孩子都是野种。她和上官寿喜结婚三年没有怀孕,受到百般刁难;她回到姑姑家,姑父带她到医院检查,结果是她没有病。母亲被逼无奈,只好找别的男人“借种”,悲惨的受孕、生殖史就此开始。第一次是在姑妈的安排下与姑父睡觉,她跟姑父生下来弟、招弟两个女儿。连续生了两个女孩,婆婆的脸色就不好看了。母亲的遭遇反映了封建制度对女性的戕害,是对封建宗法社会的控诉。后来,母亲在芦苇荡里跟一个化装成赊小鸭的土匪怀上了三女儿领弟;与一个江湖郎中生下四女儿想弟;与卖肉的光棍高大膘子生下五女儿盼弟;与智通和尚私通生下六女儿念弟;被四个拖着大枪的败兵轮奸生下七女儿求弟。由于她一直未生儿子,在夫家遭受的侮辱、打骂一直没有停止。

在一系列的苦难面前,母亲并非没有怨尤。1935 年秋天,在蛟龙河北岸割草的母亲被四个败兵轮奸后,曾产生过投水自尽的轻生念头。“但就在她撩衣欲赴清流时,猛然看到了倒映在河水中的高密东北乡的湛蓝色的美丽天空。……天还是这么蓝,云还是这么傲慢,这么懒洋洋的,这么洁白。小鸟并不因为有苍鹰的存在而停止歌唱,小鱼儿也不因为有鱼狗的存在而不畅游。母亲感到屈辱的心胸透进了一缕凉爽的空气。她撩起水,洗净了被泪水、汗水玷污了的脸,整理了一下衣服,回了家。"①母亲从万物有灵的感动中,为屈辱的受难生存找到了理由。

母亲婚前的成长受难史,婚后的生殖遭难史,都让人同情。上官鲁氏年幼时父母双亡,由姑妈抚养成人。在以小脚为美的封建时代,鲁璇从5岁起就被姑姑强制裹脚,只为她日后能嫁个大户人家。中国妇女曾经有过一段漫长时间的裹脚史,在以小脚为美的封建社会,女性忍受着裹脚的酷刑,目的是取悦男人。男人对女人小脚的赏玩要求逐渐演变成一种男性的择偶标准,也造就了女性自虐性质对自身的生理重塑。姑妈给鲁璇裹了双三寸金莲,但由于时代的变迁,"金莲"贬值,她只好下嫁到打铁为生的上官家。

如果说裹脚的痛苦还可以忍受,那么生育这个问题对鲁氏来说就是一场灾难。她的丈夫不能生育却怪罪于她,她遭到婆婆的指桑骂槐;因为不能生育男孩,她遭到婆家人的虐待。为了改变处境,鲁氏违背自己的心愿将身体交给不爱的男人借种生子。饥馑、战乱、匪祸、洪灾等诸多苦难,折磨的只是母亲的肉体;与这么多不爱的男人发生性关系,对母亲来说,却是肉体和灵魂的双重折磨。几千年以来,对男性的无意识崇拜造成的重男轻女的社会观念,是母亲受难的文化根源。母亲的家人甚至她自己,都成为这个观念的牺牲品和受害者。八女一男九个孩子,除来弟和求弟是被动所生外,其余均是鲁氏主动要求所生,《丰乳肥臀》嘲弄了宗法制传统的以男权为中心的血统观。《红高粱家族》曾塑造了一个自由野性的神话,成就了一首浪漫的情爱与生命的理想传奇。但在中国积淀了几千年的儒、释、道传统文化的熏陶下,大多数乡村百姓的生活笼罩在灰暗的色调下;尤其是女性的生存,处于宗法文化的深沉积淀下,更加悲惨。包办婚姻的牢笼,重男轻女的封建意识、好女不嫁二夫的贞洁观念等腐朽文化成为束缚女性正常人性发展的障碍,《丰乳肥臀》就是一部为天下的受苦受难受封建文化压抑的女性所唱的哀歌。

有人说母亲的行为是荡妇的勾当,是"破鞋"的行径,这是对母亲的误解。她背叛丈夫的行为是对"夫权"的反抗。她在有意识地顺从封建道德观念的同时,走上了一条无意识的叛逆之路。母亲在姑父于大巴掌向她赔礼时,演出了

---

① 莫言:《丰乳肥臀》,中国工人出版社2003年版,第420页。

一个惊世骇俗的场景：

> 姑父于大巴掌，跪在她的面前，很痛苦地擂着自己的头，说："我上了你姑姑的当，我这心，一刻也没安宁过，我已经不是人了，璇儿，你用这刀，劈了我吧！"……她说："姑父，不怨你……我要做贞节烈妇，就要挨打、受骂、被休回家；我要偷人借种，反倒成了正人君子。……"她冷笑着道："不是说'肥水不落外人田'嘛？！"姑父惶惶不安地站起来，她却像一个撒了泼的女人一样，猛地把裤子脱了下来……①

> 上官吕氏——母亲的婆婆在她生第八个孩子之前说："看你这肚子……像个男胎。这是你的福气，我的福气，上官家的福气。……没有儿子，你一辈子都是奴；有了儿子，你立马就是主。"②男尊女卑的乡村生活秩序和男性被赋予的特权意识，使乡村女性上官鲁氏的生活笼罩在灰暗的色调里，渐渐地迷失了自己。上官鲁氏的悲剧在于，她通过反抗传统的贞操节烈道德观，来遵循男尊女卑的封建道德观。她是被逼无奈才出此下策的，这是她的人生苦难，也是她的勇敢叛逆。

二、祖国母亲的图腾

《丰乳肥臀》中，母亲上官鲁氏的一生见证了 20 世纪中国的血色历史，莫言将上官鲁氏塑造成了大地、人民和民间理念的化身。她不但经历了多灾多难、被凌辱的青春岁月，还以她生养的众多儿女，与 20 世纪中国的各种政治势力发生了众多联系。

母亲的女儿们在动乱的环境中开始恋爱，她们的姻缘拼贴成了从 20 世纪初年开始，历经抗战、两党合作直至改革开放的历史。

母亲备受摧残、饱经风霜，当大女儿把生下不久的沙枣花送到她那里，"她一屁股坐在马洛亚牧师摔死的地方，仰脸望着破败的钟楼，嘴里念叨着：'你们死的死，跑的跑，扔下我一个人，让我怎么活……'"③。

---

① 莫言：《丰乳肥臀》，中国工人出版社 2003 年版，第 415—416 页。
② 莫言：《丰乳肥臀》，中国工人出版社 2003 年版，第 6 页。
③ 莫言：《丰乳肥臀》，中国工人出版社 2003 年版，第 90 页。

母亲的命运同时又充满苦涩的喜剧色彩,几次大的历史变迁中,她因为儿女们而受苦,又因为儿女们的解围而转危为安。沙月亮、司马库、鲁立人、孙不言等人都是母亲的儿女,母亲和儿女们在血与火的土地上顽强生存着;儿女们各自隶属于不同的政治派别,他们间你死我活的杀伐争斗,暗喻了中华民族这一百多年来的苦难除了外敌的侵扰,更可怕的是民族的内部相残!

母亲承受了一切苦难:饥饿病痛、颠沛流离、身遭侮辱、痛失儿女。她养育的九个儿女,除了三女"鸟仙"死于幻想症、八女玉女自杀,其余六个女儿都死于杀伐争斗,只剩下唯一的儿子上官金童。在抚育子孙后代的过程中,又连遭战乱和残害。

《丰乳肥臀》中,"'高密东北乡'的历史就这样呈现出来了。一个母亲受难的历史,几乎涵盖了一个民族的历史"①。《丰乳肥臀》创造了一个恋母神话,一个地母女神,一个东方地母原型的书写。在东方的神话、史诗当中,"地母"原型并不少见,如印度史诗《罗摩衍那》中的地母悉多、中国古代神话中的女娲等都属此类;她们的共同特征是博大宽容、慈悲为怀,用大地一般宽厚的胸膛养育、容纳子孙。母亲是无私、生命、爱的化身。对母亲的感恩,表明人们对生命的崇拜和热爱。上官金童对母乳的依恋——恋乳症,在这里找到了情感的回答。

宽宏大量的像大地一样宽厚的母亲,感觉到在尘世中没有任何出路了。借种生子,这是尘世加于她身上的苦难,她忍受了巨大的屈辱把肉体交给自己不爱的男人糟蹋,只是为了生育一个男孩。沉重的生活压力像大山一样要把她压倒了,但她终于给自己寻找了一个继续活下去的依靠,并且从牧师马洛亚那里得到了真正的爱情,她与他生下八姐玉女和宝贝金童。如果说母亲在年轻时亲近基督教,是因为经历了太多"夫权"的虐待的话,在晚年,则是因为经历了太多的苦难与沧桑,她需要用爱和宽恕来化解太多的忧愁、创伤。

"中国缺少像托尔斯泰、陀思妥耶夫斯基那样的作家,多半是因为我们没有怜悯意识和忏悔意识。我们在掩盖灵魂深处的很多东西。20 世纪 80 年代一批年轻作家的自嘲式写作,敢于自己糟蹋自己,当时也让人觉得痛快淋漓。其实,这仅仅是对流行话语的一种反动,对权威的一种消极反抗,也可以说是一种高

---

① 莫言、王尧:《莫言王尧对话录》,苏州大学出版社 2003 年版,第 161 页。

级无赖。"①

无私、坚忍、宽容、善良、悲悯的母亲坦然地迎接着生命中的各种灾难,战争、匪乱、饥荒、政治运动以及亲人的死亡不断地煎熬着她,她只是善良、宽容地对待周围的人,闪烁着神性光辉的母亲的命运,与时代的弄潮儿司马库、沙月亮、鲁立人、鲁胜利等人的命运互相比照,显现出历史的驳杂和丰富。书中的母亲既是特殊的一个,又代表天下的共同母亲。饱经苦难、勤劳勇敢的母亲,忍受着非常的痛苦,顽强不屈地生存着,成为中华民族的真实象征。

三、大地母亲的悲歌

莫言构筑的地母形象,是美丽与丑陋、生育与毁灭、生长与衰亡、高雅与卑俗等的结合体。母亲将生育与埋葬、颓败与生长、吐故与纳新混合在一起,孕育着民间不朽的主题、永恒的历史。母亲所体现的生存和爱的力量,是什么也不能比拟的。《粮食》中的梅生娘、《姑妈的宝刀》中的孙姑妈、《欢乐》中的母亲、《儿子的敌人》中的孙寡妇……都是一些具有强大的生命力、旺盛的生殖力的形象,她们默默无闻、忍辱负重地活着,这不是一种个体形象,而是一种集体形象。

短篇小说《粮食》带有强烈的悲剧性,梅生娘在磨坊囫囵地偷吞粮食,到家后再用筷子伸到喉咙深处用力搅动,她跪在盛了清水的瓦盆前,吐出了沾着胃液和血丝的豌豆、玉米、谷子、高粱……在这个过程之中,她放弃了自己做人的全部尊严;但她使三个饥饿的孩子和婆婆活了下来,将死亡变成了复活。《粮食》让人感到,母亲是伟大的,母爱是人世间最深沉、最伟大的情感。小说表达了对母亲养育之恩的深沉歌颂和赞美,表现了崇高无私的母爱以及传统的孝道。《丰乳肥臀》中的上官鲁氏也曾经像梅生娘那样偷过粮食,她的八女儿玉女,正是不忍心看着母亲遭这样的罪,忍受这种痛苦来养活自己,才投河自尽的。

《姑妈的宝刀》中作者以"我"为视角,描述了"我"眼中的孙姑妈。孙姑妈有三个孙女,叫大兰、二兰、三兰,是她的两个儿子的孩子,但"我"没见过孙姑妈的儿子和丈夫。孙姑妈会吸烟,用一个黄铜锅儿、湘妃竹杆、玉石嘴儿的烟袋吸。

---

① 莫言、王尧:《莫言王尧对话录》,苏州大学出版社 2003 年版,第 141 页。

队长王科，经常拿皮带抽人，有一次他抽打二兰，因为二兰偷了萝卜。孙姑妈挪着小脚，直逼到王科面前，让他小心点，别闪了手脖子。"我"与二姐经常约三个兰去邻村听戏，有一回听戏回来，孙姑妈听我们说完戏，就唱了首民歌：

> 娘啊娘，娘
>
> 把我嫁给什么人都行
>
> 千万别把我嫁给铁匠
>
> 他的指甲缝里有灰
>
> 他的眼里泪汪汪①

"我"总感到这首民歌后面有一个曲折、浪漫的故事。麦收前夕，三个铁匠便出现在我们村里，他们是老韩、小韩、老三，为村民们锻打麦收的家什。有一段时间，二兰看铁匠打铁入了迷，听大兰说，是孙姑妈让她去的，看看那些铁匠手艺怎么样。四月初八是个集，铁匠炉前空前热闹。孙姑妈来了，她的白头发梳得整齐，发髻上插了一朵紫色的马兰花，板着脸很严肃的样子；三个孙女跟在她身后，都穿着新衣服。孙姑妈从怀里摸出一块银灰色铁，从腰里抽出一柄银亮的刀，像抽出一束丝帛，让老韩给她打把一样的刀，老韩被震住了，他弯腰点首地说，干不了这活儿。孙姑妈说："好铁匠都死净了吗？"②……铁匠们当晚就卷铺盖走了，再没回来过。

孙姑妈的故事富有传奇色彩，她的丈夫可能就是一个技艺超群的铁匠。她对三个孙女的爱护、关爱，就像一个护雏的老母鸡；二兰被打时，她的表现令人敬佩；实际上，她身兼了母亲、父亲、奶奶等多个角色，对三个孙女尽了她能尽的所有责任和义务。孙姑妈是莫言心目中想象的审美的偶像，她身上浪漫的传奇色彩使她成为母性光辉的象征。

莫言的笔触始终关注着普通人的命运。短篇小说《儿子的敌人》描述了国共战争中的一个小故事。20世纪40年代，母亲孙寡妇的儿子孙大林牺牲在战场，小儿子孙小林在邻村参加一场战斗，母亲企望战斗不要打起来以预防小儿

---

① 莫言：《莫言文集　卷5　道神嫖》，作家出版社1995年版，第360页。
② 莫言：《莫言文集　卷5　道神嫖》，作家出版社1995年版，第371页。

子的死。焦灼、恐惧、紧张、无助的母亲在隆隆的枪炮声中紧张地盼望儿子平安回来。突然,村长带人把包裹着儿子尸体的包裹送来,极度伤心的母亲打开包裹,却发现这不是儿子的尸体,而是敌方的一个年轻战士。善良的母亲把他认作儿子留了下来,并像对待亲生儿子一样妥善地为敌方的士兵处理着后事,村民很不理解,以为她丧子而疯。但就在这个时候,母亲又听到了送尸队的叫门声,故事到此结束。母亲的伟大母性促使她体会到:不管胜负,参与战争的家庭和士兵都是无奈的,都面临着残酷的悲剧结局。苦难意象是小说的重要的叙事母题,母爱在苦难中得到了升华。

小说《欢乐》中,母爱在齐文栋的母亲身上,表现得震撼人心。苍老的母亲为了儿子进补习班考大学,像乞丐一样,进县城挨户行乞。作家余华读了这篇小说,曾感动得浑身发抖,流下了眼泪。他在关于《欢乐》的评论《谁是我们共同的母亲》①中,表现出了一位作家敏锐的直觉和感受力。他认为,莫言讲述的正是这样一个令人悲哀的事实,一个正在倒塌的形象,莫言歌唱的母亲是一个真实的母亲,一个时间和磨难已经驯服不了的母亲,一个已经山河破碎的母亲。无私、坚忍、苦涩的母亲,是中华大地的象征。

四、众生之母

地球是众生之母。当下,人类正疯狂地向地球索取。莫言在东京的演讲中曾说:“我们把地球钻得千疮百孔,我们污染了河流、海洋和空气,我们拥挤在一起,用钢筋和水泥筑起稀奇古怪的建筑,将这样的场所美其名曰城市,我们在这样的城市里放纵着自己的欲望,制造着永难消解的垃圾。”②

莫言认为,拯救地球就是拯救人类。地球母亲遭殃了,其子女也不会好到哪里去。地球若毁灭,人类也无法生存。凡事必要有度,一旦过度,必受惩戒,这是朴素的人生哲理,也是自然界、宇宙等诸多事物的法则。人类不能对地球过度索取。

克制贪欲,调节内心;爱护母亲,感恩祖国;治理污染,保护地球:此或谓之

---

① 余华:《谁好似我们共同的母亲》,《天涯》1996 年第 4 期。
② 莫言:《人类的好日子已经不多了》,搜狐文化,https://www.sohu.com/a/192734867_228587。

大义。用文字引导世人,抑恶扬善,激浊扬清,感恩母亲,善待地球;也许,这正是文学存在之使命和意义之所在,也是莫言花费诸多笔墨构筑地母传奇之价值所在。

论莫言短篇小说的民间叙事风格

顾江冰[①]

【摘　要】莫言写作不仅在长篇上实现了构筑"高密东北乡"的理想,他的一些实验性想法早在写作短篇时便以初见端倪。莫言的短篇小说多为对民间乡土人情的整合与改造。该文试图从人性、感官、生态等层面着手分析莫言在短篇小说上投入的迥异色彩。

"要时刻记住我就是一个老百姓,我的写作是作为老百姓写作。"这是莫言2001年在苏州大学演讲时对自己写作风格的评价,也是莫言对自己"民间写作"的定位。从1981年发表《春夜雨霏霏》到2018年新作《诗人金希普》《表弟宁赛叶》,莫言共写作了近80部短篇小说,25部中篇小说,11部长篇小说,戏剧、话剧剧本若干。以"高密东北乡"为中心构建了属于莫言的文学世界,他对这个世界赋予了历史人伦、自然风土、社会世情、民俗关怀等的文学场域。围绕着这个世界,特别是在其获得诺贝尔文学奖之后,从"民间叙事"出发研究莫言自然成了当前研究界所关心的议题。通过知网检索可发现,近5年来在"全文"中以其为话题所发表的文章多达2000余篇。但以其研究所关注的篇目来看,则多数集中于《红高粱家族》《檀香刑》《蛙》《食草家族》等中篇或长篇小说,从短篇小说集而观之的则数量寥寥。其实莫言在短篇小说中的着力并非逊于长篇,对于涉及民间写作的议题如边缘化叙事的追求、民间的抒情狂欢、民众与社会、反历史的思索等早在短篇中便已开始了试验,并将其扩至长篇。这里的"民间"存在于

---

① 顾江冰,石家庄人,首都师范大学博士生。

虚构中的地理坐标,存在于富有明显事件标记的年代,存在于既亲身经历又囿于事实的民众当中,呈现在文本中的便是脱胎于乡土中国的共同生存记忆和作家难以磨灭的心理、生理创伤。在政治运动和中国长期以来实施的城市—乡村二元户籍制度约束下,那一时期出生的作家少有按部就班完成高等教育并接受专业培训的可能,虽然因地域不同所获得的感觉也大相径庭,但囿于农村甚至是非常贫困的地区所带来的痛苦无疑为个人身份的转变设置了天生的障碍,当莫言历经千辛万苦走出乡村,进入部队并在部队院校获得专业写作培训后,显然并未将写作仅限于情感的控诉和宣泄中。成长过程中的民间体验和后期的阅读所积累的经验则为他的创作提供了双重参照,既可以在民间文化的熏陶下发挥自由想象之力,也可在接受西方现代文学经典后开启创新结合之路。而当莫言写完《檀香刑》后说这是他创作生涯的一次有意识大踏步后退,则意味着他已经进行了自我反省,重新回到中国文化的土壤中寻找写作的生机。从塑造英雄到反抗机制,从民俗传说到内容试验,从继承中超越,莫言借短篇小说一探乡土社会的奇诡怪异,发现民间故事的可取之处,也为成名长篇的铺陈提供了尝试的基础。

一、民间叙事中的反温情

自 20 世纪 70 年代末期开始,当代文学重新获得了发展的空间。一批在当代文学史上具有影响力的流派及作品逐步问世,当代的小说创作也远离了曾经"大一统"、写作向度单一的时代,开始了极具个人化、社会生活多样化的写作历练,由此也带来了对人和"人性"的重视及关注描写。当宏大叙事的篇章翻过,人的个性成为主潮时,人性之善恶就成为写作者们所关心的对象,温情、友善、包容、残忍、暴力、冷酷等相对立的词汇或明或暗地出现在他们的笔下,无论是城市还是乡村,采用这一描写似乎成为必要的形式,似乎缺乏这一情感上的宣泄便不能完成对现实的反思或解构,从社会观察中逐步积压的怨愤便不能得到有效抒发一样。尽管这样的写作也能为读者带来短暂的感官宣泄,而作家们所关注的描写对象多为民间生成,这样便将民间(抑或是底层)的矛盾不加修饰地直接暴露在世人眼前,但若没有理性的引导则可能仅落得众生喧嚣,之后便隐匿遁形。陈思和在分析文学史中"文革"后的"民间"时曾指出:"民间的话语特点在其多元性,既没有一神教的统治也没有启蒙哲学的神圣光环,宗教、自然、世俗均可成为它的人生价值取向。"①鉴于此,莫言、王安忆、贾平凹、张承志等一批作家便开始了对民间资源的深度发掘,而莫言也较早地在《粮食》《黑沙滩》《售棉大路》等中开启了对如何整合民间资源的思考,并加之以内容及形式上的创新。

莫言曾将饥饿和孤独称为他创作的两大财富。年少时满足温饱能够活下去是他首要的人生目标。这一刻骨铭心的记忆也被莫言纳入民间生活的叙事中,而食欲范围内的"饥饿"和"贪婪"在莫言的小说中如两个极端一般地存在,为了满足食欲,人可以卑贱低下(《丰乳肥臀》);为了满足贪婪,人可以肆意妄为(《酒国》《四十一炮》)。然而,这种指向的终极目标——人生理或者心理上"胃"所造成的折磨,已经是"指向那些抽象的理想,指向将物质和精神分离的二元论,指向脱离本源的理性"②。由单一的欲望生发出来的不满或贪婪,进而升华为对民间疾苦的忧虑和伤感,当自然的贫瘠和权力的妄为给民间带来了苦难和残忍后,他便转而用残酷叙事来消解人性中的温情和友善。

莫言笔下创作的为数众多的"母亲"形象,多温情并包容,具有宽广的胸怀,而她们也是接受现实磨难的主要群体,当现实遇到生死逼迫时,温情只能让位于冷酷的现实。在《粮食》中,梅生娘一家遭遇饥荒,为了不让全家饿死,只能到磨坊去拉石磨,也在"饿死—盗窃"之间为难,最终在旁人的教导下学会了借干活的便利储藏粮食,回家后"低下头、弯下腰,将筷子伸到咽喉深处,用力拨了几拨,一群豌豆粒儿,伴随着伊的胃液,抖簌簌落在瓦盆里。伊吐完豌豆,死蛇一样躺在草上"③。她用自己的身体和屈辱换来了全家的生存,莫言用一种平静的语调叙述着真实发生的故事,冷酷现实带来的现实创伤。这一幕在 20 世纪 90 年代写作的《丰乳肥臀》中所争取的不仅是"食物",更是对乞求存活的向往,人在丧失尊严后像禽类一般"反刍",以动物般最原始的方式喂养孩子,将现代生活方式完全抛之于后。在莫言的笔下,母亲这个形象所肩负的不仅是个人行为,也包括内涵的超越,即对民族、社会、国家主体概念的迁移嫁接。当"母亲"

① 陈思和:《民间的还原——"文革"后文学史某种走向的解释》,《文艺争鸣》1994 年第 1 期。
② 张柠:《文学与民间性——莫言小说中的中国经验》,《南方文坛》2001 年第 6 期。
③ 莫言:《与大师约会》,上海文艺出版社 2012 年版,第 103 页。

贫贱、卑微时,也意味着她背后承载的实体举步维艰,到了面临生死考验的紧要关头,这时"母亲"能够依靠的也只有自己。换言之,莫言认为悲剧来自民间,解决的方法也只有从民间寻回。除了食欲上的满足,温情还要面对的便是家庭伦理束缚。在前现代的乡土中国,家族的维系依靠血缘、内部宗法和人伦,当新的成员依靠嫁娶的方式进入家庭内部,新一代人的成长总不免和上一代人之间产生观念冲突,即便是在发展空间相对桎梏的乡村也不可避免地存在代与代之间的问题。"假定在一个社会变迁极慢的社会中,社会标准历久未变,子女长成后所具的理想和他们父母所具的,和所期望于他们的理想并无重大的差别。即便在这种情形下,亲子之间还是潜伏着冲突的可能……这不满其实就是理想对现实的不满。"①在宗法森严的家庭中女性受到的戕害可谓深重,这一制度的受害者——"母亲"往往在年老后摇身一变成为制度的施加者,家庭的温情在对待外来的嫁入者时则步履维艰。《祖母的门牙》中,"我母亲"刚嫁过来三天,毫无过错的情形下就被勒令接受下马威;祖母的理论是"多年的水沟流成了河,多年的媳妇才能熬成个婆";"我"降生后仅仅因为长了两颗门牙就被视为怪胎,差一点被祖母溺死,情急之下母亲不惜彻底撕破隐忍的"温情"面纱,打掉了祖母的两颗门牙,"自从进了你家的门,我过的就是牛马不如的生活,人说世上黄连苦,我比黄连苦三分,与其忍气吞声活,不如轰轰烈烈死!"②这一闹也打掉了祖母的气焰,使其所秉承的旧道德伦理观迅速消隐,让位于现代人伦理念,虽然祖母又戏剧性地长出了两颗牙齿,但随即这一现象被物质要求所异化,成为民间的一出景观。本以为妥协后能换来生存资料的母亲在看到发霉的粮食后,毅然拔掉了祖母的新牙齿,结束了这场引起乡间异动的闹剧。这样的悲剧不仅是莫言笔下的一家之貌,更是整个中国乡村现实的缩影,这样制度下催生的只有对个性的束缚和压抑,在呼唤个性解放的当下无疑有着更为深刻的维度。

当启蒙的领域触及了民间的"温情",便成为希望与怀疑交织、无奈与期待共存的矛盾聚集场。莫言从不讳言创作历程中受到的鲁迅的影响。曾经写作于1919年4月,后被收录进《呐喊》的《药》,寄予了鲁迅对"启蒙者"行动的困惑和疑虑,当启蒙者被受众误解而遭虐杀,那么启蒙的意义何在,仅仅是为了徒增

---

① 费孝通:《乡土中国 生育制度》,北京大学出版社1998年版,第208—209页。
② 莫言:《与大师约会》,上海文艺出版社2012年版,第251页。

莫名的牺牲？夏瑜的血不过是为本已身陷病痛的华小栓带来的一点精神慰藉，文中华老栓对小栓的关爱、文末两位母亲的无意义隔空对话，都明确昭示出愚昧温情下所无法避免的社会悲剧。我们再看半个多世纪后莫言的《灵药》，其不乏当年提出哀思的力度。其实这篇五千余字的小说从结构上说并无太多新意，依旧沿袭了鲁迅"启蒙者可悲，愚昧者可鄙"的思想脉络，只是从政见不同阶级对立到成分相悖你死我活；依旧是为了扩大威慑力造势召唤看客。他们甚至在周围看客的眼中都"罪不至死"，但最终还是丧命于残酷的现实下，死后不是交给野狗毁尸，就是被愚昧的看客剖腹取胆。与《药》类似，华老栓用夏瑜的血制成"人血馒头"治肺痨，"我"和"父亲"剖开马魁山、栾凤山的胆，挤汁为奶奶复明，前者是民众的广泛认同，将残忍默认为对"启蒙者"的惩戒；后者是家庭的治病心切，自发将愚昧继承并罔顾现实律规，但依旧以悲剧收尾——奶奶闻讯顿时就断了气。奶奶的死瞬时证明了"剖胆"和"治病"之间的毫无关联，在表面温情下隐藏的依旧是民众的愚昧和对他者的麻木，就像华小栓的命运暗含在"人血馒头"中一样，莫言用"人胆"的所指告知了奶奶的命运，文本也用这一意象解构了"人胆"作为"药"的无用性和现实生活的荒谬所在。

二、追寻民间气味的踪迹

2001 年 12 月 14 日，莫言在巴黎法国国家图书馆做了名为"小说的气味"演讲，其中他强调要根据作家的经验用气味表现他要描写的物体，以及用想象力给没有气味的物体以气味。[①] 作家写作要适时调动身体的各个感觉器官，从视觉到嗅觉、触觉、听觉、味觉，将无声的文字转化为读者脑海中的有形实体，并以之唤醒存在于记忆深处的情感，完成对现实图景的描绘。嗅觉，这一在亚里士多德看来是所有感官中最平庸的器官——"主要是由于我们的嗅觉器官不完善，以及气味的转瞬即逝，还有情感的影响"[②]，直到 18 世纪以后才得到了哲学家们的认可。如费尔巴哈将其评价为"具有'精神的和科学的行为'，可以很好地为知识和艺术服务"，尼采"要求普遍的人和个别的嗅觉，恢复人们想夺走的

---

①　莫言：《小说的气味》，腾讯网，http://cul.qq.com/a/20160129/030510.htm。
②　[法]阿尼克·勒盖莱：《气味》，湖南文艺出版社 2001 年版，第 165 页。

动物性"①,强调了嗅觉以其基本功能加之以辅助直觉认知,探索现实真理。而梳理莫言的短篇小说可以发现,莫言在嗅觉方面花费的心思的确要多于其他作家,如何让小说中的气味成为有生机的活体,在莫言笔下的民间故事中可见一斑。

《嗅味族》是莫言 2000 年发表在《山花》上的一部短篇小说,这是作者根据一个偶然听到的在中国台湾地区高山族流传的神话传说改编而成的。他在其中讲述了一个现实景象下的虚拟"桃花源"故事——好汉和于进宝进入一口荒废的枯井,随即发现了外表具有长鼻子的嗅味族人领地,除了还长有尾巴外,他们和普通人无二。这个族群依靠鼻孔开合吸闻食物的气味来充饥,好汉和于进宝在这里可以尽情享受各种美味食物,而且不用担心任何情况。但并行的第二条线索是出去后家庭对好汉的种种质疑,尽管好汉说出了实情,但没有人相信他的际遇,"明明我是冒着被长鼻人惩罚的危险把一个美好的秘密告诉他们,但他们却以为我在胡编乱造"②。现实中"我"的家庭食物匮乏,除了"黑乎乎的野菜汤",就是"发了霉的咸萝卜条子"。在现实的严酷环境中,享受美食完全是奢望,而这也使得人们对于美味的感觉变得异常灵敏,"我的兄弟姐妹们根本想不到让他们馋涎欲滴的气味竟然是从我的胃里反上来的","他们不愿意相信也得相信,美好的气味无可争辩地从我的嘴巴里往外扩散,逗引得他们百感交集眼泪汪汪"③。而我也只能从超越现实的"太虚幻境"中抽身出来,骗他们说是杀掉了生产队的牛犊所换来。饥饿带来的挫折甚至比饥饿本身更可怕,一股美食的气味造成的是家庭反目成仇、如临大敌,气味更使得人性欲望扭曲,感官效果愈加突出。

嗅味族构建的居所(气味、美食、环境)几乎如陶渊明的桃花源重现,"男女衣着,悉如外人。黄发垂髫,并怡然自乐",他们洞悉井外发生的一切,并在井下怡然自得地生活,天赐的习性使得他们在闻过气味后可以将食物倒进暗道喂四眼鱼;桃花源"不足为外人道也",虽然二人原本就是族中人,但嗅味族也恳求"我们"不要把这里的情况对外人说道……诚然莫言没有让人物耽于井下美景无法自拔,故事到了这里戛然而止,读者无从得知嗅味族会不会也像桃花源一

---

① [法]阿尼克·勒盖莱:《气味》,湖南文艺出版社 2001 年版,第 201 页。
② 莫言:《与大师约会》,上海文艺出版社 2012 年版,第 369 页。
③ 莫言:《与大师约会》,上海文艺出版社 2012 年版,第 370 页。

样"遂无问津者"。莫言从自己童年的艰难生活中提炼创作素材,并且刻意采用儿童视角,把食欲转换为视觉和嗅觉需要,感官上的迁移反而加深了乡村生活苦难的印记。

如马尔克斯在《霍乱时期的爱情》开篇写到的"不可避免,苦杏仁的气味总是让他想起爱情受阻后的命运"一样,莫言也善于用气味的方式构建对事物的联想,仍然是避不开的自然灾害年代,依旧是熟稔的儿童视角,生存的压力迫使儿童在"吃"的对象上无比迷恋——"感觉到香味像黏稠的液体,吸到胃里也能解馋的,香味也是物质"(《猫事荟萃》),把气味形体化;但也有盲目而荒诞的成分——《铁孩》描写一群生活在铁路周边的儿童,成长途中以铁轨为食,"咸咸的,酸酸的,腥腥的,有点像咸鱼的味道(味觉)"。很快人物出现了异化——"我闻到好香好鲜的铁味儿","但是我闻到从那些肉包子里、地瓜蛋里发散出一股臭气,比狗屎还要难闻,我感到恶心得很厉害,便赶紧跑到上风头里去"[1]。本该正常的食物却在孩童这里呈现出了相反的情况,在身体机能对食物期待值几乎到达顶峰时,却突然转向对工业产品气味的迷恋和对食物的反感,无论是铁还是煤[仿佛是燃烧松香的味儿,又仿佛是烧烤土豆的味儿(《蛙》)],都在莫言的笔下化成了有机的可以果腹的生物,在职能上取代了这种对物体精神的异样投射,造成了身体上的变异——长出了红色的铁锈。虽然嗅觉的功能着实有限,在作家的布局下突出嗅觉胜过理性分析,位居次席的产物总是依靠着独立的情节占据(食物)的主要位置,取代并非是一种心理上的分裂,而是莫言的精心一笔。这既有对不能满足食欲、生存需要的无限伤感,也似乎寄予了乡村社会在现代社会进程中从农业生产转型工业化的倾向思考。

三、民间的朴素生态观

莫言的"高密东北乡"涵盖了世间的生活百态,从残酷严峻的民间世界到奇诡乖离的传说维度,从姿态万千的人性考量到生机盎然的动物个性,无不显示他对于世间的思考和重构。战争、自然灾害、人类的无止境索取都在对脆弱的生态环境进行着伤害,本应该是野性力量汇聚、风景优美的高密东北乡,在外来

---

① 莫言:《与大师约会》,上海文艺出版社 2012 年版,第 119 页。

的掠夺面前步步撤退,终究由自然界的生物——蝗虫对人类进行了报复性的表演,将人类的食粮、生存空间几乎彻底剥夺。

《蝗虫奇谈》是莫言继《食草家族》后又一篇关于人与生态纠葛的拷问之作,二者也不乏一些共同之处。它于 1998 年发表于《山花》(后被选进 1998 年第 5 期《小说选刊》)。于《食草家族》而言,它省略了对家族历史的回顾,虽然情节中也有像四老爷一样地敬蝗,但面对戾气十足的蝗虫,生活在前现代社会的乡民几乎是束手无策,眼睁睁地看着蝗虫肆虐,剥夺人与自然之间亲昵的面纱,用动物的原始本能摧毁了自然所给予人的一切物质来源。不可一世的人类在蝗虫面前也无计可施,"我爷爷"作为家中的统领,多次向后代讲述蝗虫带来的破坏力:

新长出的一切,都变成了蝗虫们的美餐。它们绝不挑食,它们不怕中毒,无论是有怪味的薄荷,还是剧毒的马钱草,只要是从地里冒出来的,就会吃干净。

蝗虫啃草木充满了破坏的快乐;村民们打蝗虫充满了杀生的快乐,充满了报仇雪恨的快乐。但蝗虫是打不完的,人的力量却是有限的。死亡的蝗虫堆积在街道上,深可盈尺。被人的脚踩得吱吱唧唧响,黑汁四溅,腥臭扑鼻,令大多数人呕吐不止。①

丰富的乡村生活经验和深刻的想象力使得莫言在描写人蝗大战时得心应手,使场面显得触目惊心。莫言对蝗虫个体的面貌举动观察入微。以群落著称的蝗虫自出生起就被看作是不祥之兆,由于其并非自然界中的善类昆虫,田间劳作许久的乡民对其破坏能力心有余悸。不遑中外,蝗虫的成长和繁殖长期以来给人类造成极大的心理不适,蝗灾之后就是连年不断的兵祸战乱,人类、生态的发展都将因此而受到波折。

与《红蝗》相比,《蝗虫奇谈》作为一部短篇小说所承载的内容也更为专一:去掉了关于"梦境"的内容,也不再将类似于四老爷、四老妈、九老爷等人之间的情欲纠葛放在文本中,化繁为简地执着于描写人与动物之间的田野纠葛,似乎成为一篇拷问人心的生态学现实例证。相比于《红蝗》滥而堆砌的田间意象,那股带有盲目乐观情绪,不顾现实因素的"人定胜天"情结已然远去,《蝗虫奇谈》承载的历史更加远久。就像鲁迅发出"娜拉出走之后向何处去"

---

① 莫言:《与大师约会》,上海文艺出版社 2012 年版,第 239、244 页。

的疑问那样,莫言也在其中对人类的发展提出了残酷的发问。随着科技的进步,与世人相关的生态伦理批评也日渐从"古典人类中心主义"转向多维度的"现代人类中心主义",反思原来单一的人的立场至上原则,转而承认人是自然生态系统的一部分,认为人对自然的伦理关系就是以自然为中介的人与人的伦理关系,也不再过分强调人的优越性和主体地位。[①] 这里并非是为了证明莫言的创作为某种理论倾向"代言",仅从文本中体现的表征看来,莫言对于违背生物规律的结果是分外了解的,甚至于他不吝笔墨描写各种惨烈景象,这恰如一种审美的特殊观照,我们需要接受文本中从善到恶、从美到丑的焦点转变,在变化过程中逐渐开拓空间,超越原有的审美经验,从虚构的文学领域联系到科学的现代领域。

　　莫言不仅给予民间生态痛楚的揭露,也对民间的生态提出一种观照。将动物人化视角是他惯用的写作手法,且动物少有与人保持中立的相处状态,导致人和动物之间不是相互攻击就是一方压迫另一方。遵循生态平衡却也并非要一味退让,在《蝗虫奇谈》的末尾,从人的立场出发,他对现实的蝗虫和蝗虫背后的社会隐喻发出了一番感叹,由生态而引申之,蝗虫不仅意味着天灾,更可怕的是纷乱的年代里来自统治阶级的人一层层地剥削,就像蝗虫过河一般,为民众带来连绵灾难——苛捐杂税多如牛毛;土匪风起云涌,兵连祸结,疫病流行……民众与蝗虫的最终命运何其相似,终归需要跳出藩篱找到解决之策。

　　莫言在短篇小说中为民间叙事提供了多种风格的参照,其三十余年的写作过程中始终探索小说的形式和内容的创新,以及回归民间找寻创作源泉,从单纯地对西方或者现代文学经典的状物摹写到自我革新,完成本土化的蜕变,将思考的触角探向多个领域,即便是背负争议,也从未停止探索。当然,其短篇小说的风格也难以在有限的篇幅内叙说殆尽,唯有经不断地对比深入,方能从众说纷纭中发现新径。

---

　　① 杨世宏:《生态伦理学探究》,群言出版社 2016 年版,第 101 页。

论《檀香刑》的酷刑景观与身体政治

雷登辉[①]

【摘　要】福柯生命权力理论包含规训技术与生命政治两个维度,而君主权力与生命权力在理论内涵上存在重要区别。温泉、侯立兵两位学者以生命权力解读《檀香刑》混淆了福柯关于生命权力的基本概念,在理论对接和批评方法上存在错位和误读,同时他们对《檀香刑》截然相反的评价使得争论点又回到小说自面世以来就存在的酷刑争论之中。笔者认为,在福柯关于君主权力的框架下讨论《檀香刑》是回应小说酷刑争议的重要路径。由此出发,笔者将对《檀香刑》的批判所指和美学价值进行进一步论证。

从福柯关于身体和权力的视角解读文学作品已不再新鲜,但身体与权力理论的确是阐释《檀香刑》的一种富有启示性的路径,因此两位学者从这个切入点发表的论文引起了笔者的注意。温泉女士《论莫言〈檀香刑〉中的生命权力叙事》一文以福柯生命权力理论为支点,重点解读了《檀香刑》中“肉体的规训”和“对自然人中的控制”的情况,并认为《檀香刑》通过“文学的反抗”表达了对“传统权力观的质疑”,从而“完成了中国文化对生命权力的有力阐释”。[②] 随后,侯立兵先生发表《也谈莫言〈檀香刑〉的生命权力叙事——兼与温泉先生商榷》一文对温泉文章的路径、方法和结论提出质疑。该文认为温泉文章存在“理论与文本对接欠当”的“榫卯错位的现象”,同时指出《檀香刑》“以玩味的心态叙述残

---

① 雷登辉,湖北利川人,武汉大学文学院博士生。
② 温泉:《论莫言〈檀香刑〉中的生命权力叙事》,《小说评论》2016 年第 2 期。

忍酷刑,最终导致莫言生命权力叙事有悖初衷,出现了审美主题的跑偏,甚至迷失"的问题。①

细细查之,两位学者对《檀香刑》的两极化评价自小说 2001 年面世以来就一直存在。同时,两位学者在理论与文本对接方面都存在极为严重的问题。值得推敲的是,为什么两位学者从同一个理论视点切入《檀香刑》却得出相反结论? 他们进入作品的路径和方法有何差异? 两位学者的差异是源于理论标准的不同,还是文学观念的根本分歧? 在此基础上,笔者还需追问两位学者对《檀香刑》的阐释有无进一步揭示《檀香刑》的美学意涵,以带动莫言小说的相关反思和研究? 笔者与两位学者素无交往,本文也并不旨在对上述两篇文章分清高下,更不是呼应一方观点而挑起纷争。相反,本文力图在两位学者研究的基础上探讨用身体与权力理论解读《檀香刑》的适用性问题,追问《檀香刑》两极化评价背后的症结问题,并试图进一步论证《檀香刑》的美学意涵与独特价值。在此,诚挚恳请两位学者及各位专家批评指正。

一、概念的厘清:君主权力、规训技术与生命政治

"身体"是一个具有含混意义的概念,它不仅有生物学上的意义(肉体),还总是附带着政治、经济和文化的深刻烙印。由于柏拉图身心二元论的影响,身体在西方思想谱系中长期受到封建主义和理性主义的压抑,被认为是野蛮、感性、低级与邪恶的代名词,这种状况一直到尼采那里才有所改观。在中国,由于强大的儒家伦理的影响,身体一直是家庭和国家压制的对象,身体的解放直到五四运动以后才被真正提上议程。尽管身体在中西文化中的实际经历千差万别,但身体在近现代以前都存在长期被束缚和压抑的普遍特征。福柯认为:"肉体也直接卷入了某种政治领域;权力关系直接控制它,干预它,给它上标记,训练它,折磨它,强迫它完成某种任务、表现某些仪式和发出某些信号。"②福柯详尽地论述了"作为政治权力展现场所的身体",这一理论观点极富洞察力,一直

---

① 侯立兵:《也谈莫言〈檀香刑〉的生命权力叙事——兼与温泉先生商榷》,《文艺争鸣》2017 年第 3 期。
② [法]米歇尔·福柯:《规训与惩罚》(修订译本),刘北成、杨远婴译,生活·读书·新知三联书店2012 年版,第 27 页。

受到国内文艺界的热捧。

我们首先需要把握福柯对身体、生命和权力相关论述的基本概念和使用范围。在《规训与惩罚》中,福柯首先探讨了君主权力下的"犯人的肉体"和"断头台的场面":君主权力可以任意地处置犯人,这种权力以公开执行的酷刑为典型体现。福柯考察了法国大革命以前的刑罚等级,认为酷刑在刑罚等级中长期占有重要地位,"凡是稍微重要的刑罚必然包含着一种酷刑或肉刑的因素"①。同时,酷刑必须符合三条基本标准。第一,是它的技术性,它必须通过精确的度量和控制以制造出达到顶点的痛苦,而"极刑是一种延续生命痛苦的艺术,它把人的生命分割成'上千次的死亡'"。第二,酷刑必须具有仪式性,它应该展示受刑者耻辱的烙印或酷刑场面。第三,公开的酷刑应该"引人注目",成为"伸张正义的仪式"。② 即使犯人死亡,执行者还可继续对之用刑,以起到惩戒和警示的效果。福柯以谋杀国王而被判处"在巴黎教堂大门前公开认罪"的达米安被肢解的案例为样本,再现了犯人被肢解的详细过程。统治阶层希望通过"酷刑景观"的震慑作用来使臣民安分守己,以达到维持社会正常秩序的目标。

18 世纪末 19 世纪初,西方国家阴森恐怖的"酷刑景观"逐渐消失,一种更为温和节制的惩罚手段取而代之。福柯认为在"惩罚作用点的置换"中,"一整套知识、技术和'科学'话语已经形成,并且与惩罚权力的实践愈益纠缠在一起"③,而《规训与惩罚》一书就旨在探讨新的权力机制与审判技术之间的关系。与残酷的酷刑展示并消灭犯人的肉体不同,新的权力技术通过精确的计算、持续的训练和培养使个体身体"既具有生产能力又被驯服"④,福柯将这种权力技术称为"微观物理学"(又称"肉体的政治技术学"或"人体的解剖政治")。这种新的权力技术是一种规训权力,它通过全方位、每时每刻、谨小慎微的管理和训练使得身体持续具有生产能力。它被大量地运用于家庭、学校、军队、监狱等领域的

---

① [法]米歇尔·福柯:《规训与惩罚》(修订译本),刘北成、杨远婴译,生活·读书·新知三联书店2012 年版,第 36 页。

② [法]米歇尔·福柯:《规训与惩罚》(修订译本),刘北成、杨远婴译,生活·读书·新知三联书店2012 年版,第 37—38 页。

③ [法]米歇尔·福柯:《规训与惩罚》(修订译本),刘北成、杨远婴译,生活·读书·新知三联书店2012 年版,第 24 页。

④ [法]米歇尔·福柯:《规训与惩罚》(修订译本),刘北成、杨远婴译,生活·读书·新知三联书店2012 年版,第 27 页。

管理中,以更好地促进资本主义社会生产。

　　紧随其后,另一种被称为"生命政治"(或"生物政治")的新的权力技术也随之成型。与规训权力运作通过各种机制作用于微观的个体身体相反,这种新的权力机制立足于整体的人口。在《必须保卫社会》中,福柯称这种技术为"调节生命的技术","这种技术的目标不是个人的训练,而是通过总体的平衡,达到某种生理常数的稳定:相对于内在危险的整体安全"①。在《性经验史》中,福柯称这种技术为"一种人口的生命政治":它通过对"如繁殖、出生和死亡、健康水平、寿命和长寿,以及一切能够使得这些要素发生变化的条件"②的控制实现对总体人口的管理。福柯将规训的权力和人口的调节看作是 17 世纪以来对生命权力控制的两种主要形式,是"伟大的双面技术",是"生命权力机制展开的两极"③。

　　福柯认为,"过去君主专制绝对的、戏剧性的、阴暗的权力,能够置人于死地"是一种"使人死"的权力,而现在"针对人口、针对活着的人的生命权力"是"一种连续的、有学问的权力",因而它是一种"使人活"的权力。④ 生命权力机制不再像君主权力那样可以任意杀戮,但它依然能全方位地控制个体身体和整体人口的性能与进程。同时,虽然规训的权力和人口的调节之间紧密相连,但二者存在明显差异。从对象上看,规训权力针对个体身体,是微观解剖学意义上的,而生命政治针对整体人口,是总体生物学意义上的。从作用上看,规训权力是通过培养"训练有素的身体"以促进资本主义社会大生产,它是生产性的,而生命政治则通过对生命进程的有序控制来达到规划人口的总体目的,它是调节性的。从形成时间上看,规训权力从 17 世纪君主权力没落时便开始逐渐成形,而生命政治则在稍晚的 18 世纪中叶伴随资本主义发展才逐步兴起。可见,君主权力、规训权力和生命政治三者之间虽然紧密相连(尤其是后两者),但三者之间的区别也十分明显。

---

① ［法］米歇尔·福柯:《必须保卫社会》,钱翰译,上海人民出版社 1999 年版,第 235 页。
② ［法］米歇尔·福柯:《性经验史》(增订版),佘碧平译,上海人民出版社 2005 年版,第 90 页。
③ ［法］米歇尔·福柯:《性经验史》(增订版),佘碧平译,上海人民出版社 2005 年版,第 90 页。
④ ［法］米歇尔·福柯:《必须保卫社会》,钱翰译,上海人民出版社 1999 年版,第 232—233 页。

二、理论的误用：温泉、侯立兵文章的理论适用性问题

对基本概念及其适用范围的梳理有助于我们更好地把握其理论内涵，从而尽可能避免理论误用和话语错位的现象。由于福柯思想庞杂，以及翻译、传播和接受等多方面因素，关于福柯"微观物理学""政治解剖学""生命政治"和"生命权力"等多个概念长期存在混淆和误用的情况，有学者对"生命权力"的两极（规训权力和生命政治）彼此不分，同时更有学者将惩罚方式更加温和节制的生命权力与可以随意杀戮的君主权力混为一谈，这两种误用在温、侯两位学者对《檀香刑》的解读中都有所体现。

《檀香刑》以中国清朝末年德国人在山东修建胶济铁路、袁世凯镇压义和团运动和八国联军攻陷北京为背景，展现了"东北高密乡"人民在被列强侵占时期所遭受的极端苦难。《檀香刑》以刽子手赵甲对抗德的猫腔艺人孙丙执行檀香刑为故事主线，它复活了作为公共景观的酷刑，并将之发挥到极致。处决小太监的"阎王闩"，对钱雄飞的"五百刀"凌迟，最终让小说达到高潮的檀香刑，都为读者营造了一场胜一场超越常人心理承受限度的"酷刑景观"。西方主要国家和地区在18世纪末19世纪初就已经过渡到资本主义时代，而中国的封建君主专制直到20世纪初期才被真正废除。从时代背景上，福柯对酷刑的论述对应西方社会君主权力时代，而《檀香刑》的历史背景正是中国君主权力末期。从刑罚的方式上，福柯所举的达米安被肢解的案例和"五百刀"凌迟及其檀香刑在性质和程度上均高度相似，其血腥和残暴程度都令人发指。鉴于此，笔者认为我们应在福柯对君主权力的框架下来解读《檀香刑》。

实际上，福柯将生命权力机制看作是现代性的产物，然而阿甘本却认为生命权力是整个西方从古典到现代社会普遍存在的机制，同时德勒兹在考察生命权力时同福柯的路径有着较大的差异。温、侯两位学者对《檀香刑》的讨论局限在福柯的生命权力视域中，因此我们首先立足于福柯的相关理论展开论述。我们可将君主权力、规训技术和生命政治三者合称为广义的身体政治（body politics）。也只有在这个意义上，我们才能运用福柯有关生命与权力的理论去解读《檀香刑》，否则以上两位学者的论题本身可能就没有多大意义。以福柯的

生命权力理论观之，温泉文章首先在论题上误用了"生命权力"的概念，而正文部分有关"肉体的规训"和"对自然人种的控制"两节对《檀香刑》的论述的确出现了侯立兵所批评的"理论与文本对接欠当"的"榫卯错位的现象"。① 生命权力机制在西方社会从古典时期就已酝酿成型，在资本发展和上升阶段得到进一步巩固。生命权力机制对身体采用了全方位的控制，但它在执行过程中常常隐秘不显，却又无处不在，这使得它与公开执行的酷刑大相径庭。由此，温泉文章在"肉体的规训"一节中的论述有多处严重失当。比如，温泉认为，"被行刑者对自己身体的控制一方面体现出内心的恐惧，另一方面也体现出生命权力对身体的可驯服性"②，而在福柯的论述中，"可驯服性"是与资本主义社会生产紧密相连的；再比如，温泉认为孙眉娘对情人钱丁的感情"释放了对性的渴望，以这种方式来反抗生命权力"③，这显然十分牵强。温泉文章"对自然人种的控制"一节篇幅相对短小，这或许是她本人意识到了理论的对接比较牵强而无法深入展开的缘故，而赵甲作为刽子手杀人是工作职能之故，与大清王朝控制人口没有直接关系。同时，将德国人对中国人的三次屠杀理解为"生命权力对人口的控制"也属生搬硬套。

　　侯立兵文章指出温泉文章存在理论运用失当和生搬硬套的问题，并借此提出了一些具有方法论指导意义的建议，这深刻启发了笔者运用理论去阐释作品的思路。然而仔细研读侯文，笔者同样发现其中理论运用严重失当的问题。侯立兵在文章中将"酷刑的意义"理解为"肉体的解剖政治学"，认为"酷刑的意义"在于"起到对他人警醒和惩戒的功用"④，而福柯"肉体的政治解剖学"指的是规训技术，比如对军人的训练技术，对病人、学生、工人的管理技术，等等。因为规训技术针对微观的个人肉体，所以它又被称为"微观物理学""政治解剖学"或"权力力学"，因此，它并非是如肢解达米安或对犯人实行"五百刀"生理学意义上的"解剖学"。对此，福柯在《性经验史》中有详细论述，"人体的解剖政治"是"作为机器的肉体为中心形成的"，"如对肉体的校正、它的能力的提高、它的各种力量的榨取、它的功用和温驯的平行增长、它被整合进有效的经济控制系统

　　① 侯立兵：《也谈莫言〈檀香刑〉的生命权力叙事——兼与温泉先生商榷》，《文艺争鸣》2017年第3期。
　　② 温泉：《论莫言〈檀香刑〉中的生命权力叙事》，《小说评论》2016年第2期。
　　③ 温泉：《论莫言〈檀香刑〉中的生命权力叙事》，《小说评论》2016年第2期。
　　④ 侯立兵：《也谈莫言〈檀香刑〉的生命权力叙事——兼与温泉先生商榷》，《文艺争鸣》2017年第3期。

之中"①。规训技术是一种更加"人性化"的调控技术,与摧毁或消灭式的酷刑迥然有别。侯立兵通过分析"酷刑的技术性"和"酷刑的仪式性"来论证《檀香刑》"具有了肉体的政治解剖学上的意味"②,则完全误解了"解剖政治学"的基本含义,因而它对"酷刑的意义"的论述还不能自圆其说。

莫言关于生命权力叙事的典范作品是 2009 年出版的长篇小说《蛙》,对此,已有不少研究成果,笔者不做赘述。两位学者对福柯生命权力理论的运用都存在极为严重的生搬硬套和话语错位问题,这与两位学者对福柯理论的把握不够准确和深刻有关,还涉及两位学者对理论的定位问题。在两位学者的文章中,福柯理论起到佐证和辅助的作用,好像他们对《檀香刑》的论证经过了福柯理论的确证后即可保证万无一失。于是,两位学者带着自己的阅读感受去寻求福柯理论的相关支持。然而,这种唯理论是从的批评方式是当下文学批评的重要误区。在理论掌握不够精准的情况下进行生搬硬套的阐述最终只能证明理论的"普适性"和"正确性",不能在更深层次上深入挖掘文学作品的艺术特色和美学意涵,实现有效的富有创新性和启发性的文学批评。

三、酷刑的政治:对"酷刑景观"不同批评指向的回应

同《丰乳肥臀》相似,莫言的长篇小说《檀香刑》在 2001 年面世后随即引发了评论界的争议。争议主要围绕酷刑展开,两极化的批评现状一直持续到现在。莫言曾表示他在 1996 年秋天就开始写作《檀香刑》,但意识到小说带有了太多"魔幻现实主义的味道"后,莫言将已写成的五万字手稿全部推倒后重新开始写作,"把铁路和火车的声音减弱,突出了猫腔的声音"③。同时,莫言在与王尧的对话中表示他在写作《檀香刑》时"一阵阵灰白的感觉在心里闪烁,感到脊背在发凉,感觉到这样写是要犯罪的"④。显然,莫言写酷刑有意为之,并且煞费苦心,他甚至早已预料到读者有可能产生反感、恶心和呕吐等生理反应,甚至已经预料到读者可能将他当作一个毫无人性的自然主义变态狂看待。然而,《檀

---

① [法]米歇尔·福柯:《性经验史》(增订版),佘碧平译,上海人民出版社 2005 年版,第 90 页。
② 侯立兵:《也谈莫言〈檀香刑〉的生命权力叙事——兼与温泉先生商榷》,《文艺争鸣》2017 年第 3 期。
③ 莫言:《檀香刑》,百花文艺出版社 2012 年版,第 462—463 页。
④ 莫言、王尧:《从〈红高粱〉到〈檀香刑〉》,《当代作家评论》2002 年第 1 期。

香刑》在莫言心中的地位依然很高,他并没有因为担心就放弃了对酷刑的极端描写。我们依然可以用福柯关于生命与权力的理论来解读《檀香刑》,只是我们必须将它牢牢地放置在君主权力的框架之内。福柯在《规训与惩罚》中不仅讨论了西方社会惩罚机制从酷刑方式到更为"人道"的生命权力机制的总体转变趋势,还对这一趋势转变的原因进行了分析:

　　惩罚逐渐不再是一种公开表演。而且,依然存留的每一种戏剧因素都逐渐减弱了,仿佛刑罚仪式的各种功能都不被人理解了,仿佛这种"结束罪恶"的仪式被人们视为某种不欢迎的方式,被人们怀疑是与罪恶相连的方式。在人们看来,这种惩罚方式,其野蛮程度不亚于甚至超过犯罪本身,它使观众习惯于本来想让他们厌恶的暴行。它经常地向他们展示犯罪,使刽子手变得像罪犯,使法官变得像谋杀犯,从而在最后一刻调换了各种角色,使受刑的罪犯变成怜悯或赞颂的对象。[①]

　　正如谢有顺所言,莫言在《檀香刑》中建立了一种"刽子手哲学"[②]。在刽子手赵甲眼里,"脸上涂了鸡血的刽子,已经不是人,是神圣庄严的国法的象征"[③],而行刑场上的活人对赵甲来说只是"一条条的肌肉、一件件的脏器和一根根的骨头"[④]。经过四十多年磨砺的赵甲执行酷刑的技术已达到炉火纯青的境界。无论是挤破犯人脑袋使脑浆迸裂,或是将犯人大卸几百块血肉模糊,还是剜出犯人双眼,赵甲都能泰然处之。在他眼里,刽子手行刑是国家法律威严的象征,可以对观看者的心灵起到震慑作用,这正好与西方国家在君主权力时代实施酷刑的目的相同。莫言将酷刑细节描摹到极致,正是为了通过最残酷的檀香刑来对极端变态的刑罚制度及其关联的君主权力制度提出自己尖锐的批判。孙丙大义凛然地接受檀香刑,在场群众对孙丙猫腔"咪呜咪呜"的呼应,猫腔艺人宁愿身体被剐烂也要唱猫腔为孙丙送行,就已经将孙丙置于"诗性正义"的一方,并将他的赴死提升到了牺牲和献祭的层面。在某种程度上,孙丙成为大清王朝取悦西方列强的祭品,而莫言也正希望通过酷刑的惨烈和血腥来实现批判和隐

---

　　①　[法]米歇尔·福柯:《规训与惩罚》(修订译本),刘北成、杨远婴译,生活·读书·新知三联书店2012年版,第9页。
　　②　谢有顺:《当死亡比活着更困难——〈檀香刑〉中的人性分析》,《当代作家评论》2001年第5期。
　　③　莫言:《檀香刑》,百花文艺出版社2012年版,第47页。
　　④　莫言:《檀香刑》,百花文艺出版社2012年版,第205页。

喻的目的。

于是,《檀香刑》中的火车的声音和猫腔的声音之间形成一对压抑和抵抗的关系。火车声音首先是西方铁轨侵入"东北高密乡"的声音,更象征着坚不可摧的大清君主权力与西方列强结合之后对人民的镇压与摧残。它至高无上,丝毫不容置疑,它有着坚硬的组织外壳,稍有不满即可将臣民碾轧于"铁轨"之上。然而,莫言通过猫腔的声音对之提出了对抗和质疑。猫腔的声音来自民间,来自底层。尽管它一直处于劣势,甚至常常隐而不现,尽管猫腔艺人和群众在清朝官员的棍棒和德国士兵的子弹下毫无反抗之力,但猫腔的声音却在孙丙被执行檀香刑时又一次复活,并获得了民众的广泛呼应。它激越而悲壮,震彻人的心灵,成为孙丙与民众排泄对酷刑和暴政愤怒情感的出口,以此唱出了抵抗君主权力的最强音。谢有顺说:"猫腔的出现,使孙丙与暴政、与黑暗人性的对抗,诗化成了一部悲剧艺术,并且由于参与者众,最终把整片受难的土地都变成了悲壮的猫腔戏的戏场,它汇聚起来的悲鸣,连天地都为之动容。"①书写令人震颤的酷刑却又超越了酷刑,最终抵达人性与灵魂的最深处,这正是莫言的高明之处。

执行酷刑的结果显然出乎君主权力的预料。来自君主权力内部的知县钱丁将孙丙看成是"一个天才","一个英雄","是一个进入太史公的列传也毫不逊色的人物"②,"他忍受了这样的酷刑,已经成为圣人"③。当矛盾还未激化之时,即使钱丁已意识到袁世凯与德国人的阴谋,尽管他也有过激烈的反对和抵抗,但最终他只能无可奈何地选择遵命与服从。然而,残忍的酷刑以及猫腔的绝唱使他最终选择用匕首刺死孙丙,使檀香刑必须维持三天直到胶济铁路通车的阴谋破产。至此,关于檀香刑和猫腔的大戏在孙丙喷涌而出的鲜血中落下帷幕,而中国有识之士也真正从封建社会内部开始了瓦解和冲破君主权力的进程。猫腔是一曲悲怆的对人性和生命的赞歌,而檀香刑不仅指向刽子手赵甲职业生涯的终结,更象征着毫无人性的封建君主权力制度即将崩溃。

回到温、侯的文章中来。在相同的理论视域下,两位学者对《檀香刑》的评价截然相反。温泉文章通过"酷刑的解构性书写""'英雄'的消亡"和"民间抵抗

---

① 谢有顺:《当死亡比活着更困难——〈檀香刑〉中的人性分析》,《当代作家评论》2001 年第 5 期。
② 莫言:《檀香刑》,百花文艺出版社 2012 年版,第 427 页。
③ 莫言:《檀香刑》,百花文艺出版社 2012 年版,第 431 页。

的戏谑性"的论证,强调莫言运用了"文学的抵抗"来"完成中国文化对生命权力的有力阐释"。① 尽管她的理论切入点运用失当,但这一结论却是中肯的,可见温泉有着扎实的文本细读功力,对莫言《檀香刑》写作的初衷及其效果有较为准确的把握。侯立兵以"审美价值"和"道德情怀"为标准,认为《檀香刑》对酷刑场面的极端描摹走向了"生命权力主题的迷失"。② 这样的结论仅仅通过阅读感受,而无须经由福柯理论即可得出,同时这样的结论停留在《檀香刑》酷刑的表面,没有深入"酷刑的意义"层面。李建军先生早在《檀香刑》面世之时就撰文表达了这样的观点:他批评《檀香刑》"对暴力的展示从来就缺乏精神向度和内在意义",在对暴力和施虐行为的叙述上"表现出病态的鉴赏态度"。③ 可见,对《檀香刑》酷刑的争论一直持续到现在,而很多学者对文学的观念和定位也一直停留在狭义的"审美判断"和"道德评判"上,对此我们需进一步展开论述。

四、作为一种"残酷戏剧":再论《檀香刑》的批判性

温、侯两位学者均从福柯生命和权力的视角解读《檀香刑》,然而其结论却大相径庭,其中固然存在理论阐释路径与方法的差异,但笔者认为更深的分歧在于两位学者在文学观念上存在根本差异。由于受到"审美自律"的狭义文学观念的影响,许多学者一直都坚持以"纯文学""文学性""真善美"和"人道主义"为文学批评的圭臬和原则。只要这些学者看到有文学作品有违上述"标准",他们就会打出"审美批评"和"道德教化"的旗帜对文学作品进行毫不留情的批判。在此,笔者并不是否认这种文学观念和标准的意义和价值,笔者只是更想强调上述观念和价值适用于评价古典主义和现实主义时期的文学作品,而在外在世界、文学观念和文学创作现状均已经发生翻天覆地变化的今天,依然简单地套用以上标准来进行文学批评就显得故步自封,甚至有些滑稽可笑了。

《檀香刑》以孙丙弥留之际的一句"戏……演完了……"落下帷幕,可见这句话具有双重意味。它不仅意味着孙丙与猫腔班子的猫腔唱段表演结束,也启示

①　温泉:《论莫言〈檀香刑〉中的生命权力叙事》,《小说评论》2016 年第 2 期。
②　侯立兵:《也谈莫言〈檀香刑〉的生命权力叙事——兼与温泉先生商榷》,《文艺争鸣》2017 年第 3 期。
③　李建军:《是大象,还是甲虫?——评〈檀香刑〉》,《海南师范学院学报》(社会科学版)2002 年第 1 期。

我们可将《檀香刑》，尤其是处于目光聚焦中心的酷刑当作一场戏剧来看。对此，张清华先生也认为《檀香刑》"是戏剧的写法，但又比戏剧语言更驳杂，比戏剧对话更多变"，而"莫言这样做实际上是力求对历史的更逼真、更具'现场感'的模拟"。① 檀香刑本身所具有的技术性、仪式性使得它具有"引人注目"的"观赏性"，于是我们可以把猫腔班主孙丙、刽子手赵甲和监刑官钱丁当作戏剧的主角，把行刑场视为戏剧的舞台，把看客们视为戏剧的观众，把猫腔的声音视为戏剧的唱词，而所有"凤头部"和"猪肚部"的酝酿都是为了"豹尾部"檀香刑和猫腔最终的爆发。这样来看，《檀香刑》就是布莱希特所谓的将"间离方法"运用到极致的"史诗戏剧"。"史诗戏剧"使用时空跳跃的表现方法，它拒绝亚里士多德所设定的古典悲剧的线性叙事结构，要求观众参与到戏剧效果的生成和建构中。同时它拒绝观众与剧中人物融为一体，鼓励观众跳出戏剧之外进行批判性鉴赏。布莱希特说："间离方法将观众那种肯定的共鸣的立场转变为批判的立场"，"为了把这种批判的立场引进艺术中来，无疑地必须把存在着的反面的因素当作正面的东西来表现"。② "史诗戏剧"的这些要求与《檀香刑》的手法、结构和精神气质高度契合。《檀香刑》把绝对反面的酷刑刻画得极度残忍和血腥，然而由于莫言对民间资源的深入挖掘，对戏拟手法的巧妙运用及其叙事视角的多重转换，《檀香刑》不仅仅坚持了批判的立场，更赢得了艺术的品质。

阿尔托提倡的"残酷戏剧"和布莱希特倡导的"史诗戏剧"一道被称为西方现代戏剧的两大经典，前者对我们解读《檀香刑》同样具有借鉴意义。阿尔托的"残酷戏剧"要求观众被戏剧的内容震惊，甚至产生各种心理和生理上恶心和反感的效果。在阿尔托的观念中，戏剧应该从人的身体感受出发，让心灵在震颤和癫狂中实现对现实秩序的反抗。残酷是戏剧的核心。"残酷戏剧"唯有通过对犯罪、战争、野蛮、死亡和暴力的呈现，才能真正引起观众在身体、精神和道德层面的巨变，使观众从虚幻的现实世界中惊醒，并意识到生命与世界本身所具有的虚妄性与残酷性。然而，阿尔托并不是通过残酷鼓励施虐与受虐本身，不是以此为战争、暴力和酷刑正名。阿尔托所言的残酷是指"生的欲望、宇宙的严

---

① 张清华：《莫言与新历史主义文学思潮——以〈红高粱家族〉、〈丰乳肥臀〉、〈檀香刑〉为例》，《海南师范学院学报》（社会科学版）2005 年第 2 期。

② ［德］布莱希特：《布莱希特论戏剧》，丁扬忠等译，中国戏剧出版社 1990 年版，第 249 页。

峻及无法改变的必然性,是指吞没黑暗的、神秘的生命旋风,是指无情的必然性之外的痛苦,而没有痛苦,生命就无法施展"①。阿尔托同时还认为:"这种残酷,在必要时,也是血腥的,但它本质上绝不是血腥的。它与某种枯燥的精神纯洁性相混同,而后者敢于为生活付出必要的代价。"②《檀香刑》所表现的残酷已经突破了传统现实主义的真实性标准,与阿尔托所言的残酷殊途同归。对莫言而言,酷刑只是一种手段和表象,而莫言的真正目的在于对专制制度扼杀生命的严厉批判,同时,莫言也以观众对自己的误解付出了必要的代价。

　　莫言从童年开始所经受的苦难使他不会粉饰现实,而他在 20 世纪 80 年代以来所接受的多种先锋和现代的写作手法更是使他的作品持续保持先锋性和批判力。莫言并不打算用作品取悦读者,更不指望读者在他的作品中获得传统意义上的审美教育或情感陶冶。与那些需要静观、细读和品味的文学作品相比,《檀香刑》与通常意义的审美教育目标背道而驰。它书写突破道德底线的酷刑,它的风格是暴烈的,是疾风骤雨式的,因而没有强大心理承受能力的观众可能就无法承受。然而,如果读者对人类历史和现实的残酷(尤其是 20 世纪)有所了解,如果读者愿意从这个视角进入作品,那么《檀香刑》将带给我们身体与灵魂的震颤,同时它将让我们领悟到生命的伟大和悲悯的可贵。因此,尽管《檀香刑》自面世以来一直备受争论,尽管莫言曾一度被认为是酷刑的施虐狂,但依然有许多评论家高度赞扬《檀香刑》取得的艺术成就,比如洪治纲先生认为《檀香刑》"看似残酷,但在这种残酷的背后,却有着强烈的体恤之情——那是对生命中血性之美的关爱,对人类永不朽灭的伟岸精神的膜拜"③,比如李敬泽先生肯定《檀香刑》是"21 世纪第一部重要的中国小说","表现了精湛的艺术功底","是一部伟大作品"。④ 这些评价极为精准和老到,对于我们深入理解《檀香刑》及莫言的其他小说有着巨大的启示和借鉴意义。

---

① 　[法]安托南·阿尔托:《残酷戏剧》,桂裕芳译,商务印书馆 2015 年版,第 109 页。
② 　[法]安托南·阿尔托:《残酷戏剧》,桂裕芳译,商务印书馆 2015 年版,第 133 页。
③ 　洪治纲:《刑场背后的历史——论〈檀香刑〉》,《南方文坛》2001 年第 6 期。
④ 　李敬泽:《莫言与中国精神》,《小说评论》2003 年第 1 期。

五、结 语

狄德罗在谈论戏剧批评时说:"我对戏剧艺术愈深入思考,就愈对那些理论家反感。他们根据一系列特定的法则,制定出普遍的教条。他们看见某些事件产生良好的效果,马上强迫诗人必须用同样的方法去获致同样的效果;可是如果他们再仔细观察一下,就会发现相反的方法倒会产生更大的效果。"①遗憾的是,当下文学批评的场域中依然充斥着太多肤浅的"审美判断"和"道德审判",同时许多评论者依然习惯于从理论和教条出发去阐释文学作品,这都在很大程度上限制了我们深入考察文学作品的视野和能力。温泉、侯立兵两位学者运用福柯有关生命和权力的理论对《檀香刑》的考察均富有一定的创新性和启示意义,但两位学者都生硬地套用福柯有关生命权力的理论,在理论与文本对接上出现了严重失当的问题,同时他们的文学观念决定了他们评价《檀香刑》的总体方向,使得文章中一些评价与《檀香刑》本身所具有的批评能力和美学意涵有所偏差。我们需要进一步反思用理论来"规训"文学作品这种批评方法的可行性及其限度。用理论指导作品固然是阐释文学作品不可缺少的维度,然而文学批评只能从文学文本和阅读感受出发。这同时也启示我们在文学批评中要不断突破狭隘原则和固定教条的规约和限制,需将文学批评与更为广阔的时代和世界联系起来。唯有如此,文学批评才是有效的,也才有可能成为富有启发性的创造的艺术。

---

① [法]狄德罗:《狄德罗美学论文选》,张冠尧等译,人民文学出版社 1984 年版,第 174 页。

第四编 比较视野中的莫言文学研究

福克纳与新时期小说思潮关系研究^①

——以威廉·福克纳与莫言等作家比较为中心的考察

李萌羽^②

【摘　要】本文拟通过考察新时期三种主要小说思潮——"寻根小说思潮""新历史主义小说思潮"及"先锋小说思潮"的文学创作主旨和艺术表达形态,蠡测福克纳对中国新时期小说观念变革的影响,具体分析福克纳的"约克纳帕塔法"文本对"寻根小说"在本土经验的表达、地域文化的挖掘与反思,以及民间话语的诉诸等层面上所产生的深刻影响;福克纳的家族史小说及解构旧南方文化的历史观对中国"新历史主义小说思潮"重新诠释历史、文明和人性的复杂性所产生的激发作用,以及福克纳作品极具现代感的文体形式实验与"先锋小说思潮"的"文体革命"存在的相通性。

　　福克纳是一位 20 世纪西方现代派文学承上启下的作家,一方面,他的创作受到了艾略特、乔伊斯、柏格森、萨特等象征主义、表现主义、意识流、存在主义思想的影响,另一方面,又对拉丁美洲以马尔克斯为代表的魔幻现实主义文学产生了重要影响。从一定意义上讲,以福克纳为代表的西方现代派作家对莫言等新时期作家的成长和创作不但起了触媒和引领的作用,而且在深层面上激发

---

　　①　本文为国家社科基金一般项目"威廉·福克纳对中国小说的影响研究"(批准号:13BWW007)阶段性成果。
　　②　李萌羽,山东日照人,文学博士,中国海洋大学文学与新闻传播学院教授,学术研究方向为比较文学和跨文化传播。英国剑桥大学英系、美国路易斯维尔大学跨文化交际研究中心、东南密苏里州立大学福克纳研究中心访问学者。

了其在文学观念和艺术表现手法上的全面创新和突破,本论文拟以福克纳和新时期小说为切入点,主要通过考察新时期三种主要小说思潮——"寻根小说思潮""新历史主义小说思潮""先锋小说思潮"的文学创作主旨和艺术表达形态,蠡测福克纳对中国新时期小说观念变革和艺术形式创新的影响。

　　20世纪70年代末以来,随着世界哲学、文艺思潮的涌入和外国作品译介的传播,中国禁锢已久的思想闸门被打开,新时期文学在与世界文化、文学的相互碰撞、渗透和交融下,整体风貌发生了根本性变化,探讨世界文艺思潮,以及国外重要作家与新时期文学的关系因之成为比较文学研究的重要课题。新时期文学涌现出一大批在国内外具有一定影响力的作家,特别是莫言被授予2012年的诺贝尔文学奖这一标志性事件代表着中国当代文学创作达到了被国际认可的高度。而事实上,福克纳对莫言等新时期作家的成长和创作确实起到了触媒的作用,当代作家莫言、余华、苏童、贾平凹、王安忆、郑万隆、吕新、张抗抗等都曾论及福克纳对其创作的启发。譬如莫言坦言在思想和艺术手法表现上受到外国文学极大的影响,其中对他影响最大的两部著作是福克纳的《喧哗与骚动》和加西亚·马尔克斯的《百年孤独》,福克纳在邮票般大小的故乡书写中所创造的文学天地激发了莫言创建"高密东北乡"文学共和国的梦想,而福克纳让他的小说人物闻到了"耀眼的冷的气味",丰富、拓展了莫言小说"超感觉"和印象主义的艺术表现手法;余华尊福克纳为"师傅",声称是福克纳教会了他心理描写;贾平凹认为福克纳等西方现代派作家作品"有大的境界和力度",表现了"博大的生命意识"。总之,在外国作家中,福克纳对中国新时期文学产生了非常重要的影响,尤其是福克纳极具地域文化特色的"约克纳帕塔法"文本及其全新的现代主义文体实验形式对新时期小说在文学观念和艺术表达形式上产生了直接或间接的辐射、影响及渗透作用。

一、福克纳的"约克纳帕塔法"文本与新时期"寻根小说"

　　著名女作家威尔迪曾说:"小说的生命来自地域。"一个作家的养育之地是其创作之根基,反过来讲,作家则是地域文化的产物。福克纳多次提及他的创作与美国南方的关系:"从《沙多里斯》开始,我发现我自己的像邮票那样大的故乡土地是值得好好写的,不管我多么长寿,我也无法把那里的事写完……它为别人打开了一个金库,却为我创造了一个自己的天地。……我喜欢把我创造的世界看作是宇宙的某种基石,尽管那块基石很小,如果它被拿走,宇宙本身就会坍塌。"①福克纳在此所说的"天地",即为他大多数作品的地理背景——一个虚构的位于美国密西西比州的约克纳帕塔法县。他也因描写这块"像邮票那样大小的故土"而蜚声世界文坛。

就中国新时期文学观念的变革而言,重新认识和解决文学创作中的"写什么"和"怎么写"是两个核心的要素。从一定意义上来说,福克纳的"约克纳帕塔法"文本对新时期小说"写什么"产生的重要影响在于以"世界文学"的视镜激发了新时期作家的现代民族意识和寻根情结,使其认识到文学之根只有深植于民族文化传统的土壤,并对其优劣进行现代性的审视和反思才能走向世界。

寻根文学对文学民族化的探寻和追求正是立足于民族文化根基上进行挖掘和表现的,1985 年韩少功率先在一篇纲领性的文章《文学的"根"》中指出"文学有根,文学之根应深植于民族传统的文化土壤中",寻根文学的另一位重要作家阿城也认为:"我们的文学常常只包含社会学的内容却是明显的。社会学当然是小说应该观照的层面,但社会学不能涵盖文化,相反文化却能涵盖社会学及其他。"寻根文学这种对民族文化之根的探求和追寻,并不仅仅是一种简单意义上对传统文化的回归。如上文所言,它的产生是基于世界文化思潮,特别是各种西方现代文学思潮的影响和激发,其中,福克纳的影响功不可没。

2000 年 3 月莫言在加州大学伯克莱校区发表的演讲"福克纳大叔,你好吗?"中谈到他所受到的外国文学影响时,认为福克纳是他的导师,他说:"一个作家读另一个作家的书,实际上是一次对话,甚至一次恋爱,如果谈得成功,很可能成为终身伴侣,如果话不投机,大家就各奔前程。"②在他和世界各地作家们"对话"以及"谈恋爱"的过程中,他认为很多作家的书对他用处不大,直到最后遇到福克纳,他才找到了真正的文学"导师"。他具体谈到了 1984 年 12 月一个大雪纷飞的下午,从同学那里借到了一本福克纳的《喧哗与骚动》的欣喜和感动,"我一边读一边欢喜","尤其是他创造的那个'约克纳帕塔法县'更让我心驰

---

① Meriwether ,James B, Michael Millgateeds. , *Lion in the garden* ,New York:Randon House, 1968. p. 255。

② 莫言:《用耳朵阅读》,作家出版社 2012 年版,第 23 页。

神往"。"他的约克纳帕塔法县尤其让我明白了,一个作家,不但可以虚构人物、虚构故事,而且可以虚构地理……受他的约克纳帕塔法县的启示,我大着胆子把我的高密东北乡写到了稿纸上。决心要写我的故乡那块像邮票那样大的地方。这简直就打开了一道记忆的闸门,童年的生活全被激活了。我想起当年我躺在草地上对着牛、对着树、对着鸟儿说过的话,然后我就把它们原封不动地写到我的小说里。从此我再也不必为找不到要写的东西而发愁,而是要为写不过来而发愁。经常出现这样的情况,当我在写一篇小说的时候,许多新的构思,就像狗一样在我身后大声喊叫。"①受福克纳"约克纳帕塔法"文本的影响,莫言立下了自己文学创作的目标:一是树立一个属于自己的对人生的看法;二是开辟一个属于自己领域的阵地;三是建立一个属于自己的人物体系;四是形成一套属于自己的叙述风格。他因此在寻根文学的浪潮中创造了一个"高密东北乡"文学地理世界。

对莫言而言,他挖掘"高密东北乡"这样一个文学地理世界的寻根之旅与对包括福克纳作品在内的西方文学的借鉴和参照是分不开的,在第十七届亚洲文化大奖福冈市民论坛"我的文学历程"演讲中,他特别谈及学习西方文学对他转向中国的民间和传统写作的影响:"经历过这个向西方文学广泛学习和借鉴的阶段之后,我开始有意识地把目光投向中国的民间文化和传统文化,这样做并不是对学习西方的否定,而是进一步的肯定。因为,只有广泛深入地了解西方文学的历史和现状之后,才能获得一种重新认识中国文学的参照体系,才能在比较中发现东西方文学的共同性和特殊性,才能够写出具有创新意识的既是中国的又是亚洲的和世界的文学。"②在此可以看到以福克纳等为代表的西方作家对莫言创作立足乡土的影响作用。

2012年诺贝尔文学奖颁奖词称颂莫言的作品"将魔幻现实主义与民间故事、历史与当代社会融合在一起",并且指出"莫言创作中的世界,令人联想起威廉·福克纳和加西亚·马尔克斯作品的融合,同时又在中国传统文学和口头文学中寻找到一个出发点"。

口头文学是中外诸多作家创作的重要源泉,福克纳的写作受到了美国南方

---

① 莫言:《用耳朵阅读》,作家出版社2012年版,第25—26页。
② 莫言:《用耳朵阅读》,作家出版社2012年版,第196页。

民间口头文化很大的影响。童年时期他就特别喜欢听别人讲故事。在家中"大地方"的门廊里,他从祖父那里听来了许多关于曾祖父"老上校"的传奇和自己家族的传说。他也是家中黑人老保姆棚子中的常客,在那里听到了不少关于动物、鬼怪,特别是黑人、奴隶的故事。他的家乡小镇奥克斯福法院门前的广场,更是他听故事的好地方,在那里,他经常一坐就是几个小时,听老人们讲关于美国内战、印第安人及打猎的传说,后来他的许多作品都直接取材于他童年时代所听到的故事。

在一定意义上说,代代相传的高密民间口头文化也成就了莫言,在谈到他的写作经历时,莫言特别强调他童年时期在乡村"用耳朵阅读"的特殊经验对他日后创作的影响,他说自己的"写作知识基本上是用耳朵听来的"①。老祖母、说书人、父亲一辈的人口口相传的传奇化的民间历史成为他创作的源泉。莫言认为"民间把历史传奇化、神奇化是心灵的需要",对于一个作家来说,他"更愿意向民间的历史传奇靠拢并从那里汲取营养"。②

民间这一术语,是20世纪90年代陈思和在《民间的沉浮》和《民间的还原》两篇论文中首先系统提出的,它指向的是一种长期处于边缘位置、被主流意识形态所遮蔽的文化意识和价值立场。莫言以自己的故乡为摹本,建构、想象了高密东北乡这样一个具有隐喻性的生气勃勃的文学地理世界,这个文学乡土世界中既充满着苦难、纷争、灾难和死亡,也洋溢着生机勃勃的原始生命力、本真的欲望和无所畏惧的精神以及来自土地母体的坚韧、忍耐与厚爱。而源自山东高密民间的奇异、诡谲、自由、奔放的齐文化为这个文学地理世界注入了灵动性和丰富性。

在寻根文学中产生了重要影响的中国当代作家贾平凹也曾谈到阅读福克纳作品所产生的认同感:"我对美国文学较感兴趣,像福克纳、海明威这种老作家。看福克纳的作品,总令我想起我老家的山林、河道,而看沈从文的作品,又令我想到我们商洛的风土人情生活画面。读这两种作品都有一种对应关系,能够从中获得很多营养和启发。"③由此可以看出,贾平凹主要是从乡土性这一视角认同福克纳的作品,受此启发和激励,他创作了"商州三录"等系列充满浓郁

---

① 莫言:《用耳朵阅读》,作家出版社2012年版,第55页。
② 莫言:《用耳朵阅读》,作家出版社2012年版,第57页。
③ 贾平凹、张英:《地域文化与创作:继承和创新》,《作家》1996年第7期。

商洛乡土风情的作品。在这些作品中,他以现代工商文明作为对比展现了纯净乡土的可贵性。在《商州初录》中他指出:"今日世界,人们想尽一切办法以人的需要来进行电气化,自动化,机械化,但这种人工化的发展往往使人又失去了单纯,清静,而这块地方便显出它的难得处了,这里的一切似乎是天地自然的有心安排,是如同地下的文物一样而特意要保留下来的胜景!"

　　贾平凹在文学寻根的观察和思考中看到了现代商业文明对自然素朴乡土世界的侵蚀,福克纳在他的"约克纳帕塔法"世系小说中,对工商资本主义对美国旧南方庄园生活的入侵,也是怀着一种排斥、批判的态度,正如瑞典科学院院士古斯塔夫·哈尔斯特龙在诺贝尔文学奖授奖辞中指出的那样:"福克纳是南方伟大的史诗作家,他描写了南方的全部经历……最终,南方人面临一种工业与商业的前景,他们的机械化、标准化的生活对他们既陌生又有敌意,可他们只能逐步而又心甘情愿地使自己与之相适应。福克纳的小说连续地、不断深入地描写了这个有着切身体验并且感觉强烈的痛苦过程……"①福克纳的很多作品通过刻画冰冷的机械物形象表达了对与乡土性相对立的现代工商文明的批判和反思。如《圣殿》《斯诺普斯》三部曲等诸多长篇小说中塑造了以"金鱼眼"和"斯诺普斯们"为代表的新兴资产阶级形象,其中"金鱼眼"是福克纳笔下典型的机械文明的代表人物。"金鱼眼"在小说中出场时,就是一个没有内在本质的空洞人物,小说多处描写他类似机械物的形象特征,如他的"蜡做的洋娃娃的脸","像两团橡胶的眼睛","绷紧的西服和硬邦邦的草帽使他有棱有角,轮廓分明,像个现代派的灯座",是一个"具有冲压过的铁皮那种邪恶的肤浅的品质的"家伙,总之,通过这类机械物形象的勾勒,福克纳的作品揭示了现代工商文明对南方的腐蚀,表达了对旧南方的怀恋之情。

　　寻根并不必然意味着对文化之根和传统的一味肯定,如何来辩证审视、看取文化之根,发扬其优秀成分,挖掘、分析其劣根性,是衡量一个作家作品丰富性的重要标准。当福克纳在日本访问被问及是否热爱南方时,他回答道:"我既爱它又恨它。那里有些东西我一点也不喜欢,但我出生在那里,那里是我的故乡,所以我仍然要保护它,即使我恨它。"②在此我们可以看到福克纳对南方复杂

---

　　①　[瑞典]古斯塔夫·哈尔斯特隆:《诺贝尔文学奖授奖词》,陈顾译,载李文俊编:《福克纳的神话》,上海译文出版社 2008 年版,第 225 页。

　　②　Robert A. Jeliffe ed., *Faulkner at Nagano*, Tokyo: Kenyusha, 1956, p.26.

的情感,一方面,福克纳对旧南方怀有深沉的爱,极为珍视南方社会传统的价值观念,他肯定南方文化中所蕴含的人类古老的道德力量。他不仅欣赏优秀的庄园主身上所表现出来的优雅的风度和浪漫的骑士精神,而且肯定他们所奉行的一些体现了"勇敢、荣誉、骄傲、怜悯、爱正义、爱自由"等品格的人类优秀的道德准则。但另一方面,他在理智上又清醒地洞察到南方文化的种种弊端,深刻剖析了南方文化所背负的罪恶和沉重的历史重负。他对南方社会和历史中的各种问题,特别是父权制、妇道观、种族主义等予以强烈的谴责和抨击,对南方爱恨交织的矛盾、复杂情感突出表现在他的很多作品中。

与福克纳相同,莫言在小说《红高粱家族》开篇表达了与福克纳类似的对文学地理故乡既爱又恨的复杂情感:"我曾经对高密东北乡极端热爱,曾经对高密东北乡极端仇恨。长大后努力学习马克思主义,我终于悟到,高密东北乡无疑是地球上最美丽最丑陋、最超脱最世俗、最圣洁最龌龊、最英雄好汉最王八蛋、最能喝酒最能爱的地方。"[①]这表明莫言意识到高密东北乡文化土壤中既有美丽、圣洁、英勇、爱等优秀成分,也同时蕴含着丑陋、龌龊、罪恶等糟粕因子。

新时期其他寻根作家也同样展现了他们所审视的文学之根的两面性。在《文学的"根"》中,韩少功追问:"绚丽的楚文化流到哪里去了?"在湘西的崇山峻岭山中他找到了它的存在:"只有在那里,你才能更好地体会到楚辞中那种神秘、奇丽、狂放、孤愤的境界。"而在渲染、认同这种楚文化的绚丽、狂放的同时,韩少功在《归去来》《爸爸爸》《女女女》等小说中,剖析、批判了湘西荆楚文化的未开化、混沌、蒙昧等劣根性。郑万隆的"异乡异闻"系列小说,也有类似的倾向性,既表现了神秘的东北边陲风光,同时也展现了当地鄂伦春人的狩猎文化的原始、愚昧和残酷。

总之,福克纳的"约克纳帕塔法"文本对"寻根小说"在本土经验的表达、地域文化的挖掘和反思以及民间话语的诉诸等层面上产生了深刻影响,其中最主要的影响在于以"世界文学"的视镜激发了新时期作家的现代民族意识和寻根情结,使其认识到文学之根只有深植于民族文化传统的土壤,并对其优劣进行现代性的审视和反思才能走向世界。

---

① 莫言:《红高粱家族》,作家出版社 2012 年版,第 3 页。

二、福克纳与新历史主义小说的历史观

斯蒂芬·葛林伯雷在 1982 年首次提出"新历史主义"在美国作为文学批评方法论上的意义,认为编纂者特定的观念影响了对以往各种历史文本的编撰,使其具有和文学作品同样的虚构成分,正如美国新历史主义理论家路易·芒特罗斯所说:"我们的分析和我们的理解,必然是以我们自己特定的历史、社会和学术现状为出发点的;我们所重构的历史,都是我们这些作为历史的人的批评家所做的文本建构。"《新历史主义》论文集的主编 H. 阿兰穆·威瑟教授认为新历史主义是"一个没有确切指涉的措辞"。新历史主义发端于文学批评,向传统的文学史理论的权威性和一元性提出了挑战,新历史主义批评对于中国新时期文学的影响意义深远,尤其是它对新时期文学历史观点的更新产生了具有颠覆性的影响,为新时期作家在文学创作中如何想象、解读和重构历史提供了多种可能性。

寻根文学与新历史主义思潮具有千丝万缕的联系,甚至无法对其做泾渭分明的区分。新时期很多寻根文学作家以文化寻根为契机,在诉诸传统文化和民间文化的同时,也倾向于表现历史的个体性、神秘性和偶然性。新历史主义理论的引介,使新时期诸多作家获得了新的历史观和审美视角以及叙述方式,他们以民间化、个人化、多元化的叙事方式,或解构主流意识形态的非此即彼的一元化历史观,或关注历史中边缘的人与事,认为历史存在着无数种偶然性和不确定性,也存在着无数种解读与重构的可能。这种新历史主义文学思潮与福克纳的"约克纳帕塔法"文本中对南方历史的解构具有某种不期而遇的契合性。

福克纳的长篇小说中,有近三分之二是家族小说。他的诸多作品通过形象描绘南北战争后南方庄园家族生活的衰败状况来解构旧南方历史中的非人性文化,这与新历史主义小说的颠覆、解构历史的主张不谋而合。《喧哗与骚动》中康普生家族的大宅长年累月为阴沉和死亡的氛围所笼罩,到了昆丁一代手里,该家族的财产全部被变卖;《押沙龙,押沙龙》中斯特潘苦心经营的大庄园最后在一片大火中苦苦呻吟,像个"怪物似的火绒般干燥的烂空壳,烟雾正透过挡雨板扭曲的缝隙往外渗透……"大火过后只剩下"那堆灰烬和四根空荡荡的烟囚";《去吧,摩西》中的卡洛萨斯·麦卡士林曾被他的后代们视为一个具有超人力量和勇气的祖先,但他的曾孙契克有一天偶然在翻看家族日志时发现了这个他曾一直引以为豪的家族,竟隐藏着如此多的罪恶。老卡洛萨斯不仅强奸了家中的黑人女仆,而且同此黑奴所生的亲生女儿发生了乱伦,致使备感屈辱的黑人女仆在圣诞节时于溪中自溺而死。老卡洛萨斯灭绝人性的行为让契克感到了南方历史中一种透不过气的沉重的负疚感,并下决心抛弃沾满鲜血的祖产,自食其力。

海登·怀特曾说:"如何组织一个历史境遇取决于历史学家如何把具体的情节结构和他希望赋予某种意义的历史事件相结合,这个做法从根本上说是文学操作,也就是小说创作的运作。"① 自 20 世纪 80 年代中后期继寻根文学后兴起的新历史主义小说,代表性的作品有莫言的《红高粱家族》《丰乳肥臀》《檀香刑》,苏童的《妻妾成群》《米》《1934 年的逃亡》,格非的《迷舟》,余华的《活着》《呼喊与细雨》,陈忠实的《白鹿原》,刘震云的《温故一九四二》,等等,它们在叙事模式、历史观念、话语风格方面,均表现出不同于以往历史题材小说创作的独特风貌。在创作路径上,新历史主义小说以民间视角来解读被主流意识形态所遮蔽的历史,挑战传统正史以阶级性和意识形态为主导的一元化思维模式,试图在文学意义上立足于人性的丰富性和复杂性来重新诠释历史,表现出颠覆、解构正统历史的强烈倾向性。这与福克纳在"约克纳帕塔法"家族叙述中对南方政治权力观念的解构、对人性丰富性的剖析如出一辙。

莫言在谈到《丰乳肥臀》的写作初衷时特别强调"这个小说模糊了一种阶级观点",并说他写这部小说有一个非常明确的目的,"就是要改变一下过去我们那种历史小说和革命历史小说的写法"。② 他认为过去的革命历史小说阶级立场非常鲜明,好人和坏人之间的界线泾渭分明。"好人绝对没有任何缺点,有的话顶多是急躁冒进,绝对不会是道德方面的缺点,只是性格方面的缺点。而一旦写到坏人呢,肯定是从骨子里坏,不但相貌丑陋,而且道德败坏,可以说头顶上长疮,脚底下流脓,坏透气了。"事实上呢,他认为恰恰相反。在他的村子里"有两个当过八路的恰好都是满脸麻子,两个当过国民党兵的是五官端正、浓眉

---

① 张京媛:《新历史主义与文学批评》,北京大学出版社 1993 年版,第 165 页。
② 莫言:《用耳朵阅读》,作家出版社 2012 年版,第 290 页。

大眼"①。《丰乳肥臀》从解构阶级性的视角出发,站在人性的立场以还原历史的丰富性和复杂性,人性成为衡量历史真实性的一个主导性的线索。

陈忠实的《白鹿原》也是新历史主义的一部重要代表性作品。同《丰乳肥臀》类似,此小说表现了同一家庭的成员由于各自不同的生活经验而选择不同阶级路线的复杂状况。族长白嘉轩的儿子白孝文是国家政权的维护者,而女儿白灵走上了反政权的革命道路。乡约鹿子霖的两儿子则分别加入国共两党。刘震云的《故乡天下黄花》、苏童的《米》也展现了各种错综复杂力量出于自身利益的较量,均表现了新历史主义消解和淡化主流历史观的倾向性。

由上观之,福克纳的家族史小说以及解构旧南方文化的历史观与中国"新历史主义小说思潮"倾心于家族叙述,用开放的、现代性的思维观诠释历史、文明和人性的复杂性存在着一定的同构性。

三、福克纳与先锋小说的文体变革

福克纳作为 20 世纪西方现代派文学重要的代表作家之一,对新时期作家的辐射和影响更体现在对其先锋意义的创作上,在深层次上激发了新时期作家在文学观念和艺术表现手法上的全面创新和突破,这在新时期先锋小说创作中表现尤为显著。

"先锋"(Avant-garde)一词最早并不是一个文学术语,它来自法文,始于法国大革命,原义是军事上的"先头部队"。后来被作为文化和文学艺术术语使用。作为一个与时间密切相关的概念,"先锋"与现代性这一概念密切相关,甚至很多学者认为"先锋派"即是现代主义,先锋一词不仅意味着一种前卫的艺术形式的变革,而且标示着对社会文化变迁做出的超前敏锐反应,形式的革新服务于主题表达的需要。

20 世纪 20 年代以来,现代主义思潮在西方人类精神活动的各个领域延展,在欧洲文学界出现了乔伊斯、卡夫卡、艾略特、庞德、普鲁斯特、萨特、加缪、尤奈斯库等现代派作家。美国现代派文学则在 20 世纪二三十年代的"南方文艺复兴"中达到高峰。福克纳是美国现代派文学思潮中涌现出来的一位代表性作

① 莫言:《用耳朵阅读》,作家出版社 2012 年版,第 290 页。

家。作为现代派小说文体实验的探索者,福克纳作品大量运用了象征隐喻、意识流、多角度叙述以及时空倒置等富有创新性的文学手法,丰富了传统小说的表现形式,打破了传统小说叙事结构的局限性,给读者的审美想象带来了全新的冲击。特别是他的作品在语言表达、感觉诉诸、心理描写、多角度叙述等方面对先锋小说家解决"如何写"的问题提供了有益的借鉴作用。

就中国新时期文学而言,对"先锋小说"这一术语的界定存在诸多争议,曾以"新潮小说""探索小说"等来命名,在 1989 年发表的《旋转的文坛》"现实主义与先锋派文学"研讨会纪要中,"新潮小说"和"探索小说"这两种命名被整合到广义的先锋派文学里,而"先锋小说"这一概念则泛指当时一切"与西方现代哲学思潮、美学思潮以及现代主义文学创作密切相关,并且在其直接影响下的","其作品从哲学思潮到艺术形式都有明显的超前性的小说"。[①] 在当下的文学史中,这一流派主要是指在 20 世纪 80 年代中后期崛起于中国当代文坛,以前卫的姿态进行文体形式探索的一种文学派别,代表性的作家有莫言、余华、马原、格非、苏童、叶兆言、北村、孙甘露等。他们的作品侧重于在文体形式、语言表达和叙述方式上进行文体实验。

正如上文论及寻根派文学所谈到的,莫言之所以能够洞察到"高密东北乡"对于他的创作所起的重要文学资源意义,缘于 1984 年首次阅读福克纳的《喧哗与骚动》所受的触动,感召于福克纳"不断地写他家乡那块邮票般大小的地方,终于创造出一块自己的天地",莫言也建立了一个自己的"文学共和国"。但福克纳对他的影响不但在于"写什么",而且在"怎样写"上,即使用何种文学语言形式进行创作。莫言不仅强调用耳朵阅读,而且倡议用鼻子写作,他在悉尼大学的演讲中风趣地说:"所谓用鼻子写作,并不是说我要在鼻子里插上两只鹅毛笔,而是说我在写作时,刚开始时是无意地,后来是有意识地调动自己的对于气味的回忆和想象,从而使我在写作时如同身临其境,从而使读者在阅读我的小说时也身临其境。"[②]用鼻子写作的主张表明了莫言对气味描写的重视,而莫言之所以对气味描写特别敏感,在一定程度上也源自阅读福克纳的《喧哗与骚动》所产生的共鸣。

---

① 李兆忠:《旋转的文坛——现实主义与先锋派文学研讨会纪要》,《文学评论》1989 年第 1 期。
② 莫言:《用耳朵阅读》,作家出版社 2012 年版,第 59 页。

　　"读到第四页的最末两行：'我已经一点也不觉得铁门冷了，不过我还能闻到耀眼的冷的气味。'""福克纳让他小说中的人物闻到了'耀眼的冷的气味'，冷不但有了气味而且还耀眼，一种对世界的奇妙感觉方式诞生了。然而仔细一想，又感到世界原本如此，我在多年前，在那些路上结满了白冰的早晨，不是也闻到过耀眼的冰的气味吗？未读福克纳之前，我已经写出了《透明的红萝卜》，其中有一个小男孩，能听到头发落地的声音。我正为这种打破常规的描写而忐忑不安时，仿佛听到福克纳鼓励我：小伙子，就这样干。把旧世界打个落花流水，让鲜红的太阳照遍全球！"①

　　从重视味觉描写，莫言拓展到强调其他感官描写的同等重要性，"其实，在写作过程中，作家所调动的不仅仅是对于气味的回忆和想象，而且还应该调动自己的视觉、听觉、味觉、触觉等等全部的感受以及与此相关的全部想象力。要让自己的作品充满色彩和画面、声音与旋律、苦辣与酸甜、软硬与凉热等等丰富的可感受的描写，当然这一切都是借助于准确而优美的语言来实现"②。莫言的小说充满各种具象、生动的感官描写，小说的画面感和视觉感非常突出，而且打通了各种感觉的界线，侧重于表达超感觉的印象，这在一定意义上得益于他对福克纳小说通感的领悟和融会贯通。

　　余华也受到福克纳很大的影响，特别是在心理描写上。在《奥克斯福的威廉·福克纳》一文中，他谈到对他产生了影响的作家比较多，如川端康成和卡夫卡等，但在他的心目中，他只把福克纳尊称为师傅："可是成为我师傅的，我想只有威廉·福克纳。我的理由是做师傅的不能只是纸上谈兵，应该手把手传徒弟一招。威廉·福克纳就传给我了一招绝活，让我知道了如何去对付心理描写。在此之前我最害怕的就是心理描写。我觉得当一个人物的内心风平浪静时，是可以进行心理描写的，可是当他的内心'兵荒马乱'时，心理描写难啊，难于上青天。问题是内心平静时总是不需要去描写，需要描写的总是那些动荡不安的心理，狂喜、狂怒、狂悲、狂暴、狂热、狂呼、狂妄、狂惊、狂吓、狂怕，还有其他所有的狂某某，不管写上多少字都没用，即便有本事将所有的细微情感都罗列出来，也没本事表达它们间的瞬息万变。这时候我读到了师傅的一个短篇小说《沃许》，

---

　　①　莫言：《会唱歌的墙》，作家出版社2012年版，第192—193页。
　　②　莫言：《用耳朵阅读》，作家出版社2012年版，第59页。

当一个穷白人将一个富白人杀了以后,杀人者百感交集于一刻之时,我发现了师傅是如何对付心理描写的,他的叙述很简单,就是让人物的心脏停止跳动,让他的眼睛睁开。一系列麻木的视觉描写,将一个杀人者在杀人后的复杂心理烘托得淋漓尽致。"余华在上述段落中详细谈到了阅读福克纳的短篇小说《沃许》对其心理描写的赞赏和认同,特别是从福克纳那里借鉴到了如何描写动态的、瞬息万变的心理。的确,在文学创作中,静态地刻画人物、描写场景还不是太难,而能淋漓尽致、入木三分地挖掘人物的内心世界,表现人物复杂、多变的瞬间心理状态,实属不易。而先锋作家在开掘人物心理世界上的突破在一定程度上与福克纳等西方现代派作家的影响有关。

传统的小说,通过全知全能的叙述,试图给作品一个终极的意义,福克纳的小说通过多角度叙述等艺术形式表现出对这种统一意义的质疑和解构,这成为他的作品的一个显著特色。在福克纳的《押沙龙,押沙龙》《喧哗与骚动》《我弥留之际》等小说中,我们发现没有一个压倒一切的权威声音,"这不是一群在一个由作者在作品里逐渐显示出来的统一思想所照耀的统一的客观世界里的人物和命运,而恰恰是一些平等的意识和他们各自的世界的多元,他们由于某一事件聚集在一起,但同时仍然保持着他们的独立个性"①。譬如《押沙龙,押沙龙》。这部小说围绕着斯德潘家族的兴衰史,通过小说中沙罗小姐、康普生先生、昆丁、史里夫等人对它的叙述展开。这样一个故事,不像传统的小说那样按照故事发展的来龙去脉来展开叙述,而是通过小说中的几个人物根据自己的情感因素、价值取向和各自不同的理解从不同的角度来解释、推测、解读,他们甚至用自己的想象来虚构出一些情节。

热奈特在其《叙事话语》一文的"引论"中对"故事"和"叙事"两个概念做了区分:"建议把'所指'或叙事内容称作故事(即使该内容恰好戏剧性不强或包含的事件不多),把'能指'陈述或叙述文本称作本义的叙事。"②此番论述内含这样的假定,"故事"即为纯客观的事件,而使用特定视点进行表述就是叙事。由于叙述者的立场、情感及态度的不同,多叙述层相互冲突,甚至相互干扰、相互否定,从而造成叙事的模糊、朦胧性、不确定性和歧义性。在这一点上新时期先锋

---

① [俄]巴赫金:《陀思妥耶夫斯基诗学问题》,雅迪斯出版社1973年版,第4页。
② [法]热奈特:《叙事话语 新叙事话语》,王文融译,中国社会科学出版社1990年版,第7页。

小说与上述福克纳诸多作品善用多重叙述技巧来处理故事和叙述的关系如出一辙。

马原的《冈底斯的诱惑》是先锋小说叙事探索和革新的一部重要代表作。这部作品的故事有三个,使用了多重叙述视角,并且形成了一种拆解式的叙事结构。首先,每一个故事都有一个叙述人,他们分别是姚亮、穷布和作为探险顾问的老作家,构成了小说故事叙述的三个叙事视角。而小说有一个全知的作者叙述人贯穿始终,在每个故事之后将故事的谜底道破。此外,小说中还有一个第一人称叙述,但很快被置换为替代叙述人姚亮。但在第一个故事的结尾,全知叙述人却反问:"天呐,姚亮是谁?"在第三个故事中,穷布叙述猎熊和遇到野人的故事,但紧接着全知叙述人又予以解构:"现在你们知道了,穷布遇到的是野人;也叫喜马拉雅山雪人。这是个只见了珍闻栏的虚幻传说;喜马拉雅山雪人早已流传世界各地,没有任何读者把这种奇闻逸事当真。"综观整个小说,各个故事各自独立但又串联在一起,这种把作者、叙述者、人物杂糅混合多角度、变幻无穷的叙述方式,很好应和了神秘莫测的故事内核,表现了西藏原始、荒凉的自然景观,以及神秘奇丽的独特宗教文化,从而在深层面上揭示了"西藏神话世界和藏族群众原始生存状态对现代文明的'诱惑'和这种诱惑的内在含义"。从此意义上来说,《冈底斯的诱惑》是当代小说叙事革命的一次有益尝试。这与福克纳作品多重叙述视角的运用具有相似性。

综上所述,福克纳作品对新时期"寻根派小说"表达本土经验,对"新历史主义小说"用开放的思维观诠释历史、文明和人性的复杂性,以及对"先锋小说"的"文体革命",或产生了一定程度的影响,或存在着一定程度的相通性,从而影响和改变了新时期小说有别于传统现实主义小说的现代性状貌,这种关系值得关注和深入探讨。

叙事的狂欢:莫言与格拉斯
笔下的侏儒形象^①

李贵苍　　陈超君^②

【摘　要】两位诺贝尔文学奖得主莫言和君特·格拉斯在各自的得意之作《酒国》与《铁皮鼓》中都塑造了一批侏儒形象。他们塑造侏儒形象时采用"分裂—魔物—奇力"这样相似的模式。本文运用巴赫金的小说理论,分析了两部小说中的侏儒形象,认为他们都采用狂欢化的叙事策略,以颠倒视角、形象变异、违越禁忌来构建特殊的叙事时空体。我们发现莫言在叙事技巧上深受君特·格拉斯的影响,但他在借鉴中超越性地再创了具有本土风格的个性叙事。

　　莫言在法兰克福演讲时曾经提出,为寻求中国当代文学的突破,近30年来中国作家谦虚地向西方学习,在20世纪80年代中期还经历了简单模仿西方文学模式的阶段。而莫言也坦言自己认真研读了君特·格拉斯、海因里希·伯尔、西格弗里德·伦茨、马丁·瓦尔泽等当代德国作家的作品,并不避讳地承认:"就我本人来说,这些德国作家的作品对我的创作产生过积极的影响。"^③本文旨在探讨君特·格拉斯(Günter Wilhelm Grass)对莫言的影响,以及莫言在塑造侏儒形象方面对格拉斯叙事手法的借鉴和超越。

　　德国作家君特·格拉斯和中国作家莫言分别于1999年和2012年获得诺

①　本文发表于《中国比较文学》2014年第4期,收入本书时做了技术性修改。

②　李贵苍,文学博士,浙江师范大学国际教育学院教授、院长。陈超君,浙江师范大学比较文学研究生。

③　莫言:《用耳朵阅读》,作家出版社2012年版,第327页。

贝尔文学奖,两位作家都工于在作品中书写厚重的历史多面性,挖掘人性的复杂性,擅长探索叙事的实验性,并以诙谐戏谑的手法挖掘扭曲的社会、历史和人性的意蕴。他们妙手天成,将乡土情结幻化成了亦真亦幻的但泽与高密,使之笼罩在一种荒诞、恐怖、病态的氛围之中,具有浓郁的超现实主义色彩,游走于魔幻般的但泽和高密之间的是一个个阴郁、破碎、空虚的灵魂,弥漫着悲凉却不失乐观的情绪,这尤其反映在《铁皮鼓》和《酒国》中的侏儒形象身上。

格拉斯的代表作《铁皮鼓》着眼于纳粹时期的德国但泽,以"二战"的开始和终结为节点分为三个时期,分别讲述战前在但泽抬头的纳粹势力、"二战"期间欧洲战场的主要军事行动,以及战后西德的萧条和联邦德国成立后的复苏。写于1989年的《酒国》是莫言最为得意的叙事文体实验小说,作品背景是在充斥着病态的食色欲望的酒国市。小说情节推动的实验性由多线索交织,以嵌套的手法实现。第一条线索是小说家"莫言"创作的侦查员丁钩儿到酒国调查食婴案的长篇小说;第二条是酒国的酒博士李一斗与"莫言"探讨文学问题的相互通信;第三条是李一斗创作的九篇文学作品。尽管两部作品的创作背景截然不同,但在作品中都描绘了一个难以逃避的陷阱般的世界,而其中的侏儒形象又呈现出千丝万缕的联系。

一、自我分裂与多重身份

我们发现,《铁皮鼓》和《酒国》里的侏儒形象都呈现出一种分裂形态,拥有多重自我和多种身份。自我的分裂符合后现代主义的叙事特征和策略,从弗洛伊德对自我的三分法开始,到德里达对主体的彻底解构,现代人的自我意识已经难以维持其完整性。而莫言在20世纪80年代受到西方现代主义与后现代主义文学的启发,在《酒国》中塑造了一批侏儒形象,融合了与君特·格拉斯类似的叙事手法。

《铁皮鼓》中3岁的奥斯卡决定不参与成人世界,于是从楼梯上摔了一跤就不再长大,成为身高94厘米保持着3岁儿童模样的侏儒,刚成年时加入了贝布拉的"前线剧团"。这个剧团在"二战"期间德国的各条战线巡回演出,最吸引眼球的是剧团成员都是侏儒。剧团团长贝布拉被奥斯卡称为"尊敬的师傅",并且作为一名有经验的侏儒长者影响着奥斯卡。奥斯卡在 21 岁时决定长个儿,在后脑勺被石头击中后就长成了身高 1.23 米鸡胸驼背的畸形人。

莫言《酒国》中创造的"一尺酒店"与格拉斯《铁皮鼓》中的"前线剧团"相仿,同样以所有的服务员都是侏儒而闻名。在这个特殊的时空体中,酒国中的所有侏儒共生共存。余一尺是酒店掌柜,鱼鳞少年的坐骑小黑驴就在酒店大厅中间,大闹烹饪学院的小妖精亦是酒店侏儒队伍里的一员。

《铁皮鼓》中的奥斯卡分裂成了两个截然不同的自我,前一个是作为儿童的侏儒,后一个是作为成年的畸形人。由于形象上的突变,这两个自我在时间上是完全断裂的,以"二战"的终结为界限分别存在于战前德国和战后德国。使奥斯卡的两个自我得以串联起来的,则是保持着连贯的侏儒长者身份的贝布拉。尽管贝布拉是外在于奥斯卡的另一个侏儒,但他对奥斯卡的生活历程和内心世界了如指掌,并且给每个时期陷入困境的奥斯卡指引迷途,如同一起经历了奥斯卡的人生。所以某种程度上贝布拉是奥斯卡第三个外在的自我,他可以由上而下地观察奥斯卡的未来和过去,是一个全知的第三者,也是冷静客观的评判者。

从《酒国》的上下文中我们得知,无法猜测年龄的小老头余一尺拥有酒店掌柜和 14 岁的鱼鳞少年双重身份,而孩童面孔的小妖精又是鱼鳞少年在 14 岁那年偷喝"猿酒"之后的变身,但两者又于相近的文本时间内在不同的叙事空间里活动。相比之下,《酒国》里的三个侏儒形象的关系更为复杂,虽然自我都是分裂的,但三者以完全不符合时空逻辑的方式在文本中实现并置。一方面,分裂的三者除了保持侏儒的特征之外,在形象上存在鲜明的差异;另一方面,在"一"和"三"之间又很难找到清晰的时空界限,使三者得以明确地区分。三者的生活经验和性格特征在彼此相异的个体里残留并相互印证,这种相互融合又彼此排斥的多点叙事手法,使人物形象获得了巨大的张力,就像一体三头的怪物,被自己的三个脑袋往不同的方向拉扯。

这两组"一"和"三"的关系中另一相似之处是,由于自我形象的分裂,侏儒在获得了处于秩序外身份的同时,又保留有秩序内的身份。《铁皮鼓》中的贝布拉在政治上见风使舵,他借助"前线剧团"做"宣传运动"成为"二战"期间德军的上尉,战后他又化身为"西方"演出公司的大老板,把奥斯卡炒作成一个炙手可热的鼓手明星。同样,在《酒国》里则是善于利用商品经济时代规则的酒店大亨余一尺,他凭着过人的才识平息风波办起"一尺酒店",仗着"有钱能使鬼推磨"的信条,雇用作家为自己著书立传。他在声色犬马的酒国中如鱼得水,以男女性关系的庞大数字体现其在秩序内获得的成功。他在秩序内的侏儒身份使他拥有金钱、权力和地位的绝对优势,并能利用这些优势来操纵秩序,而他在秩序外的侏儒身份则使他获得另一种优势:以游戏的方式消解秩序。

敲打着铁皮鼓的奥斯卡,3岁时就拒绝参与成人世界,似乎是站在世俗社会之外的半神,用自己犀利的目光见证世俗的罪恶。他时而化身"撒旦",亵渎神灵并用自己能割碎玻璃的嗓音诱惑并考验世人的秉性;又自称"耶稣",带领"撒灰者"门徒与纳粹组织作对;但在自卫时他便假装天真无邪来出卖亲友,成了叛徒"犹大"。《酒国》中值得注意的是,文本中真正拥有姓名的只有作为"余一尺"的侏儒,而"小妖精"和"鱼鳞少年"只是根据两者的形象特征而被赋予的代称。姓名象征着一种获得社会秩序认可的身份符号,而侏儒余一尺以自己的名字命名酒店,还让人操刀为自己立传,说明他有进入体制的强烈愿望。与此同时,隐姓埋名的小妖精和鱼鳞少年则作为"酒国"的法外之徒,以游戏的方式挑战秩序以体现民意。侏儒们虽然人微言轻,处于秩序的边缘,却能影响秩序的运作,甚至还消解了秩序的严肃性和权威性。侏儒凭借这分裂的身份在以秩序为维度的社会中实现了自我的定位和对他人的定位。

观照上述两组反叛角色的自我个体,格拉斯笔下的奥斯卡同时兼有多重自我,构成了立体多面的复杂人性,而《酒国》中这种反叛性被稀释在两个身份之中,充满矛盾个性的人物被削弱为单面性格的个体。因此,就个体的侏儒形象所包含意蕴的多层次和饱满度而言,小妖精和鱼鳞少年略逊色于奥斯卡。但莫言在他们身上注入了浓烈的野兽血性,在塑造外观时借用了"鱼鳞""蛇眼""鹰爪"等动物元素,使这些侏儒成为半人半兽的综合体,这从另一层面弥补了侏儒形象因分裂而导致意蕴单薄的缺憾。

两部作品中侏儒形象的分裂与并置,表明格拉斯和莫言均倾向于让侏儒以群体的方式构成一组人物群像。"前线剧团"和"一尺酒店",都是以侏儒为主体的叙事时空,与巴赫金分析骑士传奇小说时所说的"奇特世界"有异曲同工之妙,由于各种奇特元素自然而然地凝聚统一,"这个时空体有它自己的高度的必然性和稳定性"①。首先,在这个奇特世界的时空体里,时间可以主观摆布,空间也可以随意重组。一如追求功名的骑士,侏儒为了实现自我,需要一个奇异的时空体,以便构成一个侏儒的"奇特世界"。格拉斯擅长的叙述方式"过—现—未"贯穿《铁皮鼓》全书,将过去、现在、未来三个时间概念交叠融合,打破时间横向的线性流动,本质上就是对异时世界的共时化。《酒国》里不同年龄阶段的侏儒余一尺、鱼鳞少年和小妖精在这个特殊时空体内兼容并置,破坏了对应的空间关系,实现侏儒异时身份的共时性,其实亦是纵向拉长了时间的深度,把横向的时间拉伸为一个纵向的同一时间的断面。于是异时的侏儒个体变为共时的侏儒群像,在超越时间的层次上获得了一个纯粹的世界,在这个世界里观察并揭示这个时代的真正意义。

其次,两部作品中均有神奇魔力的象征物,构成侏儒人物世界不可或缺的一部分。《铁皮鼓》是以奥斯卡终身挚爱的玩具"铁皮鼓"命名,小说开篇以住在疗养与护理院的奥斯卡开始倒叙,如果不敲打这面铁皮鼓,他就无法回忆,敲鼓成为一种自我反思和对话的方式。而在战前、战争期间和战后,敲打这面红白相间的铁皮鼓,成为奥斯卡的一门生存技能和安身立命的资本。在1935年纳粹宣传演讲的"五月草场",奥斯卡用自己的鼓点扰乱了军乐队的演奏,让集会的群众以欢快的舞蹈瓦解了严肃的秩序。与"铁皮鼓"组合的各个历史时间点,使"铁皮鼓"不再是一种单纯的儿童玩具,而带上了政治讽刺和历史反思的意味。战争对人性极尽扭曲和摧残,而儿童的鼓声能唤起历史记忆,唤回本真的人性,洗涤罪恶的心灵。对于"铁皮鼓"的意义,格拉斯曾说:"我的青少年时代世上充满了鼓声,那时从早到晚都听到鼓声、哨声及歌声。远远超出了在海涅时代还具有重要地位的军事传统,鼓在当时是一种现实的、与时代同步的工具,这种鼓声的意识形态,是当时统治地位的意识形态。"②战争狂人希特勒也以"鼓手"自居。由此可见,奥斯卡的"铁皮鼓"蕴含了德国独特的时代背景和意识形态。正如马娅在研究格拉斯的专著中所说:"与法西斯主义时代的意识形态的'鼓声'相对抗的是奥斯卡的鼓——那不顺从的反叛之鼓。"③

---

① [俄]巴赫金:《小说理论》,白春仁、晓河译,河北教育出版社1998年版,第349页。

② [德]君特·格拉斯、哈罗·齐默尔曼:《启蒙的冒险》,周惠译,浙江人民出版社2001年版,第45—46页。

③ 马娅:《醒世之鼓:君特·格拉斯小说研究》,云南人民出版社2006年版,第136—137页。

在《酒国》里,与侏儒密切相关的神奇之物是一匹精灵般的小黑驴。莫言通过描写一系列以屠宰关系命名的街区,尤其突出了对"驴街"的描写,集中体现了现代社会人与动物的矛盾。这匹小黑驴和鱼鳞少年一起是流传在"驴街"上的传说,嘴叼柳叶小刀的鱼鳞少年骑着它在酒国行侠仗义。这样的场景立刻让人联想到在另一个时空体中四处猎奇的骑士,只不过在这个新的时空体里替换了一些象征物,骑士的坐骑由白马被置换成了黑驴,骑士的盔甲变成了一身的鱼鳞,骑士手持的长矛则缩小成了叼在嘴里的小刀。这些象征物由于处在侏儒时空之中获得了独特的意义。小黑驴在《酒国》中出现的频率十分高,驴是驴街上的屠宰对象,是余一尺的"一尺酒店"的镇店之宝,杀驴和吃驴在酒国有着悠久的历史,甚至成了一种具有传统文化的地方特色。因此,小黑驴在这个语境中的象征意义,远远大于坐骑本身,它指向了悠久的食文化背后,人对牲畜残忍的屠宰和扭曲的口腹之欲。骑着黑驴的小侏儒竟被酒国百姓奉为"天神爷爷",而他的小黑驴也被神秘化,具有灵性。这种对小黑驴的敬畏和恐惧,类似于原始人的动物崇拜。驴街的屠户以屠杀驴为生活之本,又害怕驴的灵魂予以报复,所以就产生了凝聚所有驴灵魂于一体的小黑驴形象,对其进行膜拜,以求宽恕。但在心理上得到自我慰藉之后,人类没有放下屠刀,而是继续对动物进行惨无人道的屠杀。

最后,两部作品中的侏儒都有超越常人的智慧和特异技能,即某种"奇力"。由于侏儒所拥有的超凡智慧和神奇特技,使这一形象获得了极强的虚幻性和象征性,使他们区别于现实生活的人,而成为内涵丰富的意象符号。无论是《铁皮鼓》里的奥斯卡,还是《酒国》里的侠盗鱼鳞少年、带领肉孩造反的小妖精、叱咤官商两道的风云人物余一尺,这些侏儒身上都体现出一种领袖气质。如同《格林童话》里的"大拇指",身形虽小,却以超凡的智慧扮演头领的角色,指挥着成年人的行动。

从三岁起停止成长的奥斯卡,"保持三岁孩子的状态,却又是个三倍聪明的人。……他无论内部外部均已完善,……那些人历经艰辛,常常还要饱尝辛酸痛苦方能取得经验,而他已经证明自己统统掌握"[①]。与此同时,他还拥有自卫的武器,一副可以震碎玻璃的嗓子。他后来甚至可以控制嗓音的力量,把唱碎

---

① ［德］君特·格拉斯:《铁皮鼓》,胡其鼎译,上海译文出版社 2005 年版,第 55 页。

玻璃从一种游戏发展为自我表现的表演艺术，这让奥斯卡成为救世主式的英雄。

《酒国》中的头领演变为学识渊博、出口成章的余一尺。在《一尺英豪》中他是个编故事的高手，信口便讲述了两个关于自身经历截然不同版本的故事，并且被怀疑为《酒国奇事录》的作者。他运用语言天赋和对外界与自我的高度认知、超常的智慧，施展骇人的"贴壁绝技"来证明自己的另一身份。

侏儒意象所指涉的内涵又和历史现实密切相关。1945年德国战败前，奥斯卡成为"撒灰者"团体的头领，那时"他的唱碎玻璃的声音还有远程效果（这是对纳粹德国所谓能带来'最后胜利'的'奇迹武器'V-1和V-2飞弹的滑稽模仿）"[①]。由于丰富的历史细节描写，侏儒的奇特时空体与现实世界的时空体相撞，形成强烈的讽刺效果。

1989年下半年动笔的《酒国》里"驴街"高度凝聚了各种社会矛盾，不仅作为"驴街"之魂的小黑驴和小侏儒体现了人民的意志和对腐败的不满，而且靠"一尺酒店"发迹的余一尺在酒国市的巨大影响力，折射了商品经济高速发展的时代下，人类病态欲望过度膨胀而导致社会的畸形和腐败。

《铁皮鼓》与《酒国》的侏儒形象都利用分裂的自我、神奇的魔物和超凡的能力这三元素来塑造，我们不难发现莫言巧妙地学习格拉斯的叙事策略，更难能可贵的是，他通过替换具体的能指与所指，重新组合出了具有本土特色的象征符号。

二、具有狂欢精神的颠倒视角

由于侏儒群体形成了特殊的世界——侏儒的时空体，因此在文学作用上，侏儒与丑角、傻瓜、疯人有着某种程度的相似。巴赫金在《骗子、小丑、傻瓜在小说中的功用》中分析：第一，这些人物往往给文学带来与广场、戏台、游艺场相关联的因素；第二，这些人物本身具有"转义"；第三，他们是"另外某种存在的反映"，是有别于常人生活的反映。然后，他精辟地指出："他们有着独具的特点和权力，就是在这个世界上做外人，不同这个世界上任何一种相应的人生处境发

---

① ［德］君特·格拉斯：《铁皮鼓》，"译本序"，胡其鼎译，上海译文出版社2005年版，第4页。

生联系,任何人生处境都不能令他们满意,他们看出了每一处境的反面和虚伪。因此他们利用任何的人生处境只是作为一种面具。"①侏儒群体由于自身的特异同样是这个世界的"外人",成为戴着"面具"的演员,他们的存在是外向的,不可避免地成为一种展示品。战争期间,格拉斯和贝布拉的"前线剧团"一起巡回演出,战后他作为艺术模特展示自己的畸形身体。而在余一尺的"一尺酒店",那些前来吃驴的人亦免不了对酒店里各色侏儒的猎奇心理,这里又何尝不是侏儒展示自身的另一处戏台呢?

而侏儒具有的"转义",由于生理上的特点使他们对生活的反映,以一种颠倒的视角展现。在文学史上这样的视角并不是侏儒的专利,福柯曾在《疯癫与文明》中阐释过疯人颠倒的视角:"他此时的角色是对故事和讽刺作品中的疯癫角色的补充和颠倒。当所有的人都因愚蠢而忘乎所以、茫然不知时,疯人则会提醒每一个人。"②由于侏儒形象的外在化,他们与疯人角色的"补充和颠倒"相似,得以与现实世界保持距离,成为时代清醒的见证人。

《铁皮鼓》中,贝布拉曾经告诫奥斯卡:"像我们这样的小人物,甚至在挤得没有插足之地的演讲台上,也总能找到立身处的。如果演讲台上找不到地方,演讲台底下总能找到的,只是千万别在演讲台前面。"③格拉斯通过侏儒的立身处划分出三种人的类型:"站在演讲台前面"的是受蛊惑的愚民,"站在演讲台上"的则是掌舵的当权者,而"演讲台底下"的是最为特立独行的人,他们根本不理睬所谓的秩序和规则,是搅局者、造反者和预言家。尽管侏儒的搅局方式不同于小丑的嘲讽,傻瓜的天真,但在揭露历史的虚伪性和人性的阴暗性方面,其作用是相同的。《铁皮鼓》里的奥斯卡不承认也不理睬成人世界的规则,他钻在外祖母的裙子底下,钻在桌子底下,钻在纳粹的演讲台下,从下往上地观察和思考,质疑道德人性,否定社会制度,并嘲弄一切。他自称"耶稣"领着"撒灰者"这批门徒四处破坏,而耶稣最初的形象也是异教徒和造反者。但是奥斯卡没有像耶稣那样为救赎世人牺牲自身被钉上十字架,相反,当他率领的门徒被审判时他没有挺身而出,而是干脆装傻不理睬审判者。

莫言著的《儿童视角的论说》一文发表在《语文教学与研究》2009 年第 2 期,

---

① 〔俄〕巴赫金:《小说理论》,白春仁、晓河译,河北教育出版社 1998 年版,第 355 页。
② 〔法〕福柯:《疯癫与文明》,刘北成、杨远婴译,生活·读书·新知三联书店 2012 年版,第 15 页。
③ 〔德〕君特·格拉斯:《铁皮鼓》,胡其鼎译,上海译文出版社 2005 年版,第 117 页。

他将自己创作中的儿童视角与格拉斯进行对比,举的例子就是《铁皮鼓》中的奥斯卡。莫言在谈到他为何选择儿童视角时写道:"当作家的个人经验和社会历史生活产生了一定程度的重合时,让我联想起另外两部德国作家的小说,一部是君特·格拉斯的《铁皮鼓》,一部是西格弗里德·伦茨的《德语课》。我觉得《铁皮鼓》《德语课》《迸涌的流泉》这三部书都是用儿童的视角对那段黑暗的历史进行反思。这种写作视角对中国当代文学产生过重大的影响,也影响了众多中国作家,这包括我本人的写作。我作品中的很多篇章,都是用儿童的视角去反映某个历史时期。"①莫言所指的《铁皮鼓》的"儿童视角"其实为侏儒的"颠倒的视角",因为侏儒奥斯卡就以儿童的模样天真无邪地站在历史潮流之外。

显然,这样的视角在《酒国》的侏儒形象上得到了延续,莫言也吸收了这种"颠倒视角"带来的狂欢化意味。《酒国》里余一尺仿效奥斯卡,去和市长谈判时,钻进市府大院的阴沟,"钻进了市府办公大楼,钻进了市长办公室"②。小妖精领着肉孩在烹饪学院里造反,要揭穿酒国吃人的罪恶;鱼鳞少年单枪匹马潜入官场,将官员的腐化昭告于世。这些侏儒都不遵循现实社会的法律和规则,而是依据侏儒世界的"底下规则"行事,因为这套规则允许他们在现实世界装疯卖傻,表里不一,随意戏弄人,从"底下"撕去人们的虚伪面具,挖掘出被埋藏的秘密,公开被官方掩盖的罪恶。"底下原则"意味着颠倒的世界观,这也正契合了狂欢节建立"颠倒的世界"的原则:解构一切等级关系、道德观念和秩序禁令。

侏儒选择了这种最为独特的视角,截然不同于现实生活中循规蹈矩的庸俗市民,可见作者在侏儒的身上寄寓着更多对历史的反思和对人性的期望。君特·格拉斯在回顾《铁皮鼓》创作时说:"奥斯卡·马策拉特三岁男孩般的身高则恰到好处,这种侏儒视角既灵活多变,又可造成距离感。"③侏儒戴着自身处境的"面具",而侏儒又是作家创作体裁的"面具",当我们一层层揭开侏儒形象的"面具"后,看到的其实是作家观察和反映生活的立场。正如巴赫金所说:"这样就为不关痛痒的生活参与者,为永远的生活窥察者和反映者,找到了一种生存形式,也找到了反映这一生活,将它公之于众的特殊形式。"④作为作家,无论是

---

① 莫言:《莫言对话新录》,文化艺术出版社 2009 年版,第 378 页。
② 莫言:《酒国》,作家出版社 2012 年版,第 148 页。
③ [德]君特·格拉斯:《回首〈铁皮鼓〉》,贺骥译,《世界文学》2000 年第 2 期。
④ [俄]巴赫金:《小说理论》,白春仁、晓河译,河北教育出版社 1998 年版,第 357 页。

格拉斯,还是莫言,都偏爱这种边缘化视角,正是因为这种视角具有颠覆性、反抗性和革命性,它在反映生活的形式上更多地蕴含了狂欢精神,因而也实现了人对自由的追求和对秩序的违越。

在比较中西侏儒形象的异同时,神话的记载为我们提供了一些侏儒形象的原型。欧洲侏儒形象的历史可追溯到北欧神话,保存于流传的冰岛史诗《埃达》和日耳曼史诗《尼伯龙根之歌》之中。北欧神话中的侏儒(Dwarves)和巨人、诸神、精灵一起构成一个多神体系。侏儒是擅长制作的匠人,诸神大量的宝物,如奥丁(Odin)那无坚不摧的长矛和能自我复制的金手镯、弗雷(Freyr)的袖珍魔船和金鬃毛野猪、雷神托尔(Thor)的强大武器雷神之槌和西芙(Sif)能自由生长的金发,都是由侏儒所造。神话中的这些侏儒制造的具有魔幻力量的宝物不由得让人联想起奥斯卡的铁皮鼓。

中国关于侏儒的神话记载存在于《山海经》中。这类小人有四,《海外南经》的周饶国、《大荒东经》的靖人、《大荒南经》的焦饶国以及名叫菌人的小人,都属于侏儒一类。[①] 周饶国的人住在山洞里,身材虽然短小,和常人一样穿衣戴帽,但生性聪明,能制造各种精巧的器物,耕田种地。郭璞注:“其人长三尺,穴居,能为机巧,有五谷也。”就侏儒生性聪明、擅长制作这一点,和北欧神话有着惊人的相似之处。

当代的作家从远古的神话里继承了侏儒形象的特征,借助狂欢化的手法重新整合这些带有神话色彩的魔物和超凡奇力,制造出一种狂欢化的叙事时空。首先是不可思议的怪诞和夸张。奥斯卡的铁皮鼓能制造出异乎寻常的幻觉效果,在洋葱地窖时,奥斯卡的鼓声可以让那些精神压抑的客人不用洋葱就变得哭哭啼啼;在旅行演出中,能让那些成年人变成三岁小孩,弱化了时间和文明在人身上的作用。“演奏另外一些主题时所取得的成功就更了不起,譬如:头几个乳牙—糟糕的百日咳—长筒羊毛袜刺痒—梦见大火就尿床。这些主题,老小孩们都喜欢。他们全部身入其境。乳牙钻出来时,他们疼痛。我让百日咳发作时,两千名上了年岁的听众咳个死去活来。我给他们穿上长筒羊毛袜时,他们

　　① 参见袁珂:《山海经校注》,里仁书局 1992 年版,第 200 页。《海外南经》:“周饶国在其东,其为人短小,冠带。一曰焦侥国在三首东。”《大荒东经》:“东海之外,大荒之中,有小人国,名靖人。”《大荒南经》:“有小人,名曰焦侥之国,几姓,嘉谷是食。”“有小人,名曰菌人。”袁珂按:周饶、焦侥,并侏儒之声转。侏儒,短小人;周饶国、焦侥国,即所谓小人国也。疑菌人、靖人均侏儒之音转。

赶忙挠痒。有些老年女士和先生尿湿了内裤和椅垫,因为我让这些老孩子梦见了一场大火。"①奥斯卡敲铁皮鼓不再是单纯的表演,而像是有魔力的催眠,可以让听众所有的恐惧、痛苦、悲伤、愉悦等情绪都得到外在化的宣泄,使得因战争而缺失的人性恢复了儿童式的纯真完整。这种荒诞不经的夸张使侏儒所处的特殊时空体验影响了现实时空的稳定,魔物的效力被进一步放大,呈现出一种空间界限模糊、文明秩序消融的狂欢化时空。"在狂欢节上,生活本身在演出,⋯⋯这是展示自己存在的另一种自由(任意)的形式,这是自己在最好的方式上的再生与更新。在这里,现实的生活形式同时也就是它的再生的理想形式。"②在狂欢时空里,人人参与表演,表演自己的生活。奥斯卡的铁皮鼓演奏正是狂欢节开始的鼓声。

《酒国》里怪诞夸张的描写,体现为侏儒人体形象的变异,带上了动物的特征,并且这些描写总是与猎杀联系在一起。余一尺的贴壁神功,使他从处于低处的矮小侏儒上升到高于常人的武林高手,如同一只"老雕",俯视手无缚鸡之力的凡人。而小妖精的形象更为夸张,他的眼睛被描绘成泛着绿光的蛇眼,他的手被比喻成锋利的鸟爪,隐含着威胁生命的因素。更为鲜明的是对其神态的描写,"元宝看到他的那张刚才还笑着的脸突然变得横眉竖目,额头上布满皱纹,那神态表情竟如一个小屠夫"③。儿童的身躯面庞和老成的动作神态形成强烈对比,制造出荒诞的效果,并且他被直接定位为"屠夫"。身体变异最明显的就是鱼鳞少年,他身披鱼鳞,骑着神奇的黑驴,飞檐走壁,神出鬼没,简直被神魔化。而初来酒国官场周旋的高级调查员丁钩儿在面对鱼鳞少年和他的"柳叶状的小刀"时,就如同等待被厨师宰杀的鸡,充满了被屠宰的幻想与恐惧。

尽管《铁皮鼓》中的侏儒形象通过打诨式的戏仿也具有怪诞的风格,但《酒国》的侏儒形象与前者体现的诙谐色彩不同,而是呈现出一种神魔化的效果。莫言运用不同文体的嵌套实验,尤其是武侠传奇小说独有的魔幻夸张叙事,构建了迥异于《铁皮鼓》的文本氛围,将弱小的侏儒动物化,塑造成堕落腐化的人类的猎杀者。在"动物与人类"的猎杀关系里呈现出等级的易位,社会达尔文主义的进化论被逆转:侏儒从弱者变为强者。莫言以这种逆向猎杀使侏儒与常人

① [德]君特·格拉斯:《铁皮鼓》,胡其鼎译,上海译文出版社 2005 年版,第 598 页。
② [俄]巴赫金:《拉伯雷研究》,李兆林、夏忠宪等译,河北教育出版社 1998 年版,第 9 页。
③ 莫言:《酒国》,作家出版社 2012 年版,第 77 页。

上下易位,蕴含了狂欢化"逆向""相反""颠倒"的逻辑特征。虽然《酒国》中没有像《铁皮鼓》那样直接描写"奥斯卡接替耶稣"的场景,来象征狂欢节中"国王脱冕"的经典仪式,但从侏儒与常人关系中同样体现了对官方权威的消解,呼之欲出的是狂欢节里中西共通的自由、平等和民主精神。

其次,狂欢化体现在侏儒对待死亡的态度上。乔治·巴塔耶这样解释人类对死亡的禁忌:"关系到死亡的禁忌有两个特征:一个禁止谋杀,另一个是限制与尸体的接触。"①而《铁皮鼓》和《酒国》中的侏儒都涉及谋杀情节,在掩埋尸体的场景里,毫无顾忌地直面尸体。两位作家对此都表现得毫不经意,在不过于突出死亡的血腥和暴力同时,实现了对死亡禁忌的超越。

格拉斯在描绘侏儒眼中的死亡时多与饮食、游戏和性行为结合在一起,这种叙述死亡和尸体的语调风格,更全面地继承了拉伯雷的传统,体现出狂欢化的叙事气质。奥斯卡的妈妈不愿生下偷情而怀的孩子,暴食而死。在奥斯卡记忆里,邻居赫伯特的伤疤使他联想起女性的生殖器官,当他看到赫伯特试图与"木雕像尼俄柏"交配而丧命时,他的第一反应是忍俊不禁。在德军围攻波兰邮局时,奥斯卡和表舅驻守的地点被安排在堆满玩具的儿童室。在伤员室里,奥斯卡、负伤垂死的看门人和惊吓过度的表舅一起玩施卡特牌,用游戏来延缓死亡到来的时刻,抗衡对死亡的恐惧和战争的残酷。面对死亡的恐惧,通过吃、游戏和性猥亵分散在生活场景之中,使它变成了一种日常生活的平淡形式,甚至是在重要性上还次于日常生活的边缘形式。同时,作者在叙述中通过不断的反讽语调,把死亡变成了一个笑柄。在最后表舅被俘虏时,奥斯卡见到他举起手里的牌,表情痴呆而幸福地傻笑。沉浸在游戏中的人体会不到死亡对真实世界的威胁和终止。他面对死亡露出幸福的傻笑征服了死亡,演绎了巴赫金所说的拉伯雷的"快活之死"②。

莫言高明地借鉴了狂欢对死亡的消解。当《酒国》中的侏儒参与到凶杀现场时,也将死亡与日常生活和游戏元素并置。文中小妖精用手指抠出管理人员的眼睛,徒手杀死他,整个过程是极其残忍血腥的,但莫言利用"老鹰捉小鸡"的游戏淡化消解了死亡禁忌。被杀害的无名氏一直被称作"老鹰",在角色扮演的

① 莫言:《酒国》,作家出版社 2012 年版,第 77 页。
② [俄]巴赫金:《小说理论》,白春仁、晓河译,河北教育出版社 1998 年版,第 396 页。

游戏世界中,对人的暴力凶杀被陌生化为对动物的围猎。而在肉孩掩埋尸体时,被杀的人排泄出气体。尸体放屁,于是死亡形象和可笑的特征联系起来,完全消解了死亡的严肃性和恐怖性。莫言通过游戏和排泄尽情嘲弄死亡,再现了另一种拉伯雷式的"快活之死"。尽管在性质上,这里的生死局限在个人经验范围之内,丧失了文艺复兴时代那种无往不胜的生命力,但在本质上两者是相同的,即狂欢式的死亡。最后,小妖精组织的造反被镇压了,但是经过这次狂欢的肉孩都变得刁钻而难以驯服,原本弱小无意识的肉孩群体由待宰的羔羊变为一股潜在的反叛力量,实现了拉伯雷狂欢式的死的最高宗旨,表明莫言内在化了西方狂欢化叙事的真谛。

三、立足传统的借鉴与超越

从侏儒形象的塑造到侏儒叙事的功能,莫言的确从格拉斯的《铁皮鼓》中借鉴了诸多叙事策略,但莫言并未简单模仿,而是再创出一种具有民族个性和地域特性的侏儒形象。莫言十分清醒地意识到,中国文学亦步亦趋地模仿西方是没有出路的。他说:"向西方文学的学习并不意味着要照着西方文学的模式来克隆我们自己的小说、诗歌。……你模仿君特·格拉斯模仿得再像,那有什么意义呢?那顶多说你是中国的君特·格拉斯;模仿马丁·瓦尔泽模仿得再像,也没有意义,顶多说你是中国的马丁·瓦尔泽。要取得自己的文学地位,就必须写出属于自己的与别人不一样的东西,一个国家的文学想要取得在世界文学中的地位,同样也要具备自己的鲜明的风格,跟别的文学在基本点上有共同的地方,但某些特性要十分鲜明。"[1]仅以《酒国》为例,可以看出莫言在侏儒形象上注入了新的个性化元素。他利用与《西游记》等中国古代经典一脉相承的"残酷现实主义"和"妖精现实主义"的文体实验[2],重新构建了侏儒传奇的"奇特世界",并且以动物化的变形人体和民族化的儿童游戏演绎着中国语境下的叙事狂欢。

《铁皮鼓》中的奥斯卡既天真直率又老成世故,既喜爱恶作剧又善做哲学思考。这样的典型形象与古代宫廷中插科打诨的弄臣形象如出一辙。在战时的

---

① 何佳韦:《2012 年诺贝尔文学奖简述》,《当代外国文学》2012 年第 4 期。

② 杨小滨:《盛大的衰颓——重论莫言的〈酒国〉》,愚人译,《上海文化》2009 年第 3 期。

"前线剧团"为娱乐德军将士而表演的小奥斯卡,在战后为救赎经历战争的罪人而奏鼓的成人奥斯卡,更贴切地说是联邦德国的"弄臣"。然而由于这种"弄臣"角色抛头露面的性质,《铁皮鼓》中的侏儒最终没有坚守自己的"底下原则",还是跑到了"为巨人们夯实的水泥上面去跳舞"。而为了在巨人王朝中获得身份认同,侏儒需要付出惨重的代价。就像他们在神话中的侏儒祖先,只能居住在岩石洞穴里和黑色的泥土下面,一旦被日光照耀到,就会变成石头或者被熔化。格拉斯笔下,决定长大进入成人社会的奥斯卡,在埋葬了铁皮鼓的同时也丧失了自己神奇的嗓子,不可避免地庸俗化了。最后,功成名就的他选择将"疯人院"作为自己的归宿,但当他被迫结束躲在疯人床栏杆里的自闭之后,他仍旧无法融入社会,只能逃亡。

相反,《酒国》里的侏儒却自始至终都保持着一种超越性,相对于其他人来说,他们的行动是更自由、更卓有成效的。被尊为酒神一般的"金刚钻"为侏儒所不屑一顾,久经沙场的高级侦查员轻易地败在侏儒的脚下,连进入"酒国"的作家"莫言"都不由得对余一尺敬佩三分。尽管余一尺作为迎合商品经济时代的商人,他的信条"有钱能使鬼推磨"带着十足的铜臭味,可是他一再强调自己曾经的传奇人生,用他实践"底下原则"的独特方式挑战上层社会。在断裂的故事线索中,小妖精的阴谋家形象却一直得以延续,没有丢失那双令人畏惧的毒辣目光。在喝"猿酒"变身为小妖精之后,鱼鳞少年的形象也没有中断,依然身披鱼鳞,骑着黑驴,行侠仗义。这种共时性的个体分裂,在《酒国》万花筒般的文体实验里,毅然地进行到了最后,使得侏儒实现了一种更彻底的反抗。莫言通过对侏儒形象的肯定,讽喻了一个充斥着病态欲望的食色时代:巨人已经萎靡沉沦,或者说,已经不存在巨人,那些虚设的高度可以被侏儒不费吹灰之力地超越,由此锋利地戳破了那个时代的经济泡沫、秩序泡沫和信仰泡沫。

莫言在《酒国》中对侏儒形象的创作实验,采用"分裂—魔物—奇力"的模式,可见他受君特·格拉斯在《铁皮鼓》中侏儒形象的影响,体现出作家对特殊的边缘人视角的共同钟爱,同时,他在叙事技巧方面尝试运用"时空断裂—多重自我—颠倒视角—文体嵌套"的多种手法,完成了对格拉斯的超越。《酒国》中侏儒在特殊的时空体中,游戏并狂欢,演绎着另一种人生。"余一尺"们与"奥斯卡"们分处在中西两场狂欢节之中:敲打着铁皮鼓的奥斯卡,更像是巨人王朝的"弄臣",而主宰酒国的"余一尺"们,则真正主宰着食色时代。

莫言与孙犁比较研究①

周文慧②

【摘　要】孙犁对莫言的小说创作产生重要的影响。莫言在小说的诗化叙事、历史叙事方式的选择及亲水情结的形成等方面都深受孙犁的影响，并在作品中体现了一定的继承性。同时，莫言在诗化方式和抒情载体的突破、讲述历史的叙事主体和叙事立场的改变、亲水情结中对水的情感寄托的多层次性等方面呈现出对孙犁创作方式、风格的显著创新。

孙犁是当代文学中创作时间长、影响力大的作家。他从文学批评的角度对后辈作家的作品及创作进行深刻的思考，以书信、随笔的方式谈论作家作品并对当代文学中的诸多作家比如铁凝、贾平凹、莫言等的成长与创作产生了积极的影响。孙犁对后辈作家的关心与扶持既显示了他作为文学批评家的卓越成就，也有力推动了中国当代文学的发展。

从阅读接受史来看，莫言早在他的青少年时代就已经接触到了作家孙犁的作品，读"孙犁的《荷花淀》《白洋淀》"③，并且深受孙犁创作的影响，莫言曾回忆"当时我在保定当兵，对孙犁心向往之"④。可以说，莫言对孙犁的关注与偏爱是持续的，贯穿于他文学创作的过程。莫言早期的作品《春夜雨霏霏》《因为孩子》

---

① 本文为国家社会科学基金重大项目"世界性与本土性交汇：莫言文学道路与中国文学的变革研究"（13&ZD122）的阶段性成果。

② 周文慧，文学博士，湖北警官学院讲师。

③ 莫言、王尧：《在文学种种现象的背后——2002 年 12 月与王尧长谈》，《莫言对话新录》，文化艺术出版社 2012 年版，第 44 页。

④ 莫言：《碎语文学》，作家出版社 2012 年版，第 304 页。

《售棉大道》《民间音乐》《放鸭》《金翅鲤鱼》《白鸥前导在春船》等小说集中而鲜明地体现了他对孙犁小说诗化风格的模仿，用莫言自己的话说"那是很'白洋淀'的作品"①。尤其当莫言的《民间音乐》发表后，受到了孙犁的关注和赞扬："我读过后，觉得写得不错。……小说的写法，有些欧化，基本上还是现实主义的。主题有些艺术至上的味道，小说的气氛，还是不同一般的，小瞎子的形象，有些飘飘欲仙的空灵之感。"②孙犁的首肯坚定了莫言文学创作的信心，也为他后来敲开解放军艺术学院的大门提供了有利的契机，进而对他获得诺贝尔文学奖产生了一定的影响。如果说莫言的早期创作是对孙犁创作方式的模仿、借鉴的话，那么他后来的创作对孙犁的传承与发展则不再是简单的模仿，而是对孙犁创作方式和创作风格的突破与创新。整体上，孙犁对莫言产生了深远的影响，莫言在创作中也体现、传承了孙犁的创作特色。

一、诗化叙事

孙犁的《荷花淀》《芦花荡》《嘱咐》《采蒲台》等小说作品广泛体现了诗化叙事的特点，其小说诗化体现了中国传统诗歌绘画的诗意风格。莫言小说的诗化叙事充分体现了他对孙犁诗化创作风格的继承与发展，又反映了他对传统诗意风格的超越，是对传统诗意与现代诗歌诗意表现方式的杂糅运用。

孙犁的作品往往抽出现实生活中的诗意因子，在小说中不断强化和放大诗化特质，从而使作品呈现诗化倾向。其小说诗化的特质是从客观中寻找美，从风景中提炼诗化的元素，用乡村和自然的意象营造诗意的居所，其小说呈现超然的、雅致的诗意，因而读者对他作品的诗化特质有强烈的直观感受，可体验诗化的审美感受。例如，《荷花淀》中描写白洋淀女人编席的客观劳动场景让我们感受到了劳动的诗意，"她像坐在一片洁白的雪地上，也像坐在一片洁白的云彩上。她有时望望淀里，淀里也是一片银白世界。水面笼起一层薄薄透明的雾，风吹过来，带着新鲜的荷叶荷花香"③；在《游击区生活一星期》中描写乡村的风

① 莫言：《碎语文学》，作家出版社 2012 年版，第 304 页。
② 孙犁：《读小说札记》，《孙犁全集》（第七卷），人民文学出版社 2004 年版，第 235—236 页。
③ 孙犁：《荷花淀》，《白洋淀纪事》，江苏凤凰文艺出版社 2016 年版，第 9 页。

景,"太阳照着前面一片盛开的鲜红的桃树林,四周围是没有边际的轻轻波动着就要挺出穗头的麦苗地"①。

莫言一方面继承了孙犁从客观的生活中寻找美,提炼诗意的特点,以丰富的意象体现诗化的叙事特征。例如,莫言在《金鲤》中通过薄雾、粉荷、虫鸣描绘诗意的水乡景象,莫言的《司令的女人》中"金色的麦浪",《我们的七叔》《生死疲劳》中写月光下割麦、喂牛,他用清幽的月色作为劳动画面的底色,以劳动者劳动的活动点染画面,形成动静相宜的诗意图景。在"意境"的创设上,莫言形成了独特的表现风格。正如王国维在《人间词话》中所提"情为主,景为宾。景物无自生,性情所化,情哀则景哀,情乐则景乐"。莫言通过融情于景的方式创设明快的意境。例如,《神嫖》通过写景表现季范先生的灵活与洒脱,"银色的光洒在槐花上,那些槐花就活灵活现地活动起来,像亿万的蝴蝶在抖动翅羽,在求偶交配。花在月光下长,像云在膨胀,这里凸出来,那里凹进去,一刻也不停顿地变幻,像梦一样"②,莫言把季范先生的"花醉"心情融于月光下花香蝶舞的意境中;《司令的女人》《我们的七叔》写到麦收时,"麦子熟了,遍野金黄。天不亮时,就有许多鸟儿在空中歌唱。人们披着星星,戴着月亮,提着镰刀下坡,借着星月之光割麦子"③。莫言把麦收的喜悦之情融入金黄的麦浪之中,诗歌的意境在此间生成。

另一方面,莫言对孙犁的诗化叙事又有了新的发展。其一,他在小说中引入了现代诗歌的创新意象,并有意突破传统诗歌意象的常规性内涵,并赋予其全新甚至相反的意象内涵,呈现出别样的画面。同样是月亮,在孙犁的笔下显得皎洁、明亮,而在莫言的笔下有时却显得血腥、凄艳,被涂抹上了新意,例如,《枯河》中写"一轮巨大的水淋淋的鲜红月亮从村庄东边暮色苍茫的原野上升起来时,村子里弥漫的烟雾愈加厚重,并且似乎都染上了月亮的凄艳的红色"④,月亮褪去了传统的柔美,而增添了诡秘的色彩。同时,他突破传统诗歌的表现方式,引入现代诗歌的表现手法,体现诗化叙事的超越性。例如,《石磨》和《丰乳肥臀》将蒙太奇手法运用到小说描写中,以意象反复重叠与变换的方式体现诗

---

① 孙犁:《游击区生活的一星期》,《孙犁全集》(第一卷),人民文学出版社 2004 年版,第 41 页。
② 莫言:《神嫖》,《与大师约会》,作家出版社 2012 年版,第 83 页。
③ 莫言:《我们的七叔》,《师傅越来越幽默》,作家出版社 2012 年版,第 124 页。
④ 莫言:《枯河》,《白狗秋千架》,作家出版社 2012 年版,第 191 页。

意。例如,《石磨》写妇女磨面的劳动场景,"每人抱着一根磨棍沿着磨道不停地转着圈",以"我"的视角只能看到"娘的脸,娘的背,四大娘的脸,四大娘的背,连续不断地从我眼前消逝、出现,出现、消逝"①,写出了悲苦、无奈、茫然的意境。

其二,莫言将诗意范围扩大,特别偏爱在带有强烈主观体验的感受中表现诗化特点。莫言从客观的生活中挖掘诗意,寻求诗意的栖居地,从这一点看,其诗化叙事是对现代文学中诗意客观化的继承,是受到了孙犁的革命浪漫主义精神的潜在影响,通过深刻的生命体验从生活中找到诗意,并以富有诗性和诗情的语言进行诗化的描写,其小说呈现超越尘俗而又面向生活的诗意。更可贵的是,莫言不回避和不隐匿农村生活的苦难,又以诗化的方式表现超越苦难的生命体验。莫言直面劳动的痛苦,在生活的苦难中找到诗意,以诗化的方式写生活中的苦难并超越痛苦,通过诗化的生活展现农民的坚韧、顽强与抗争精神,他把对人生的深入思考和对生命意义的超越同时结合了起来。在《大风》和《生死疲劳》中得以充分体现。

小说的诗化是中国现代小说叙事风格的发展方向之一。早在 20 世纪初,周作人提出了"抒情性小说"的文学观,指明了在诗歌和小说之间存在潜在的联系,这为后来的小说创作指明了诗化的创作思路。小说的诗化具体表现为在小说的叙事文本中体现诗性美学,在文本意象、叙事意境和叙事语言上表现诗化风格。莫言的诗化叙事继承了把现实生活诗意化的文化传统,他继承了孙犁从客观生活中发现诗意的美学风格,并尝试在主观的感受中表现诗意,尤其在苦难、痛苦的主观感受中挖掘诗意,这是莫言小说诗化的重要发展,它发展了小说诗化叙事的表现形态和表现领域。

二、讲述:革命史的叙事革命

孙犁在对革命历史的叙述,尤其对抗日战争的叙述中有意识地转变叙事视角,他多次以讲述的方式叙述抗日战争,由对革命史的全知全能的描述转为对革命史的限知性讲述,在叙事方式和叙事视角上体现了一定的创新性。例如,在《游击区生活一星期》中,孙犁以六区农会的老李同志向"我"讲述的方式叙述

---

① 莫言:《石磨》,《白狗秋千架》,作家出版社 2012 年版,第 173 页。

了平原游击根据地里伪军和日本鬼子对百姓的残害和乡民男女老少的抗日英勇事迹。《白洋淀边一次小斗争》中,撑船老头儿向"我"讲述了他因为残暴的鬼子把他维持生计的唯一依靠——鱼鹰给抢去而被逼参加抗日的过程,并在自述抗日的过程中也以志怪的形式讲述了穿红布褂的姑娘英勇杀敌的抗日历史。《战士》中,他让两个从战斗中负伤退下来的残疾战士讲述了他们的抗战经历。

莫言在《秋水》《老枪》《凌乱战争印象》《人与兽》《檀香刑》《四十一炮》等小说中多次以讲述的方式叙述历史。《秋水》以"我"的视角讲述了"我爷爷""我奶奶"创造的高密东北乡历史,而村里人又讲述了"我"的家族史。《老枪》通过老枪这条线索,以他人的讲述勾画出由"我奶奶"、"我爷爷"、父亲和"我"三代人构成的家族史。《凌乱战争印象》讲述了以"我爷爷"为代表的民间游击队的抗日活动和以姜司令为代表的接受过良好教育的社会力量的抗日历史。《四十一炮》则以炮孩子罗小通的口吻讲述了他的童年往事和身患巨婴症的精神苦痛,也折射出近几十年农村在现代化进程中的经济进步,以及随之而来的道德退化和社会风气浊化等问题。而以讲述的方式呈现对历史的书写最典型的莫过于《红高粱家族》。《红高粱家族》以"我"的视角讲述了土匪出身的"我爷爷"与敢于反抗的"我奶奶"可歌可泣的抗日英勇事迹,有意识地打破了叙事视角的常规,"我"以跨越时空的方式穿梭于历史与现实之中,凭借对历史的想象追述先辈的历史,完成"我"不在场的历史叙述。

对于战争和历史缺乏足够的亲历感,让孙犁和莫言都选取了讲述的方式叙述抗日历史,这也许是他们对革命史叙事的谨慎态度使然。在以亲历性体验为前提的传统革命历史小说创作中,作家往往根据自身的经历和体验加工创作小说。孙犁选择讲述革命尤其抗日的叙事方式一方面源于他对战争了解的局限性。虽然他亲历战争,但通过他人的讲述可以更客观和生动地再现他未曾经历的某些抗日活动,从多种角度更全面地展现抗日活动;另一方面源于他对古典文学尤其传统话本小说叙事方式的继承。其实,孙犁对中国小说的"说话"起源有深入的思考,他曾经全面分析过宋朝人说书与中国小说生成、发展之间的关联,并提出"宋人说书的热烈运动和创作方法,就很可学习了"①,在对抗战等社会重大事件的写作上,孙犁"希望农村里掀起一个编故事讲故事的新平话运

---

① 孙犁:《说书》,《孙犁全集》(第三卷),人民文学出版社 2004 年版,第 290 页。

动"，指出作家"在他们写作的时候，一想到是要拿给说书人去讲说的，在写作的手法上也就有个准绳了。作家、说书人、群众的结合，是作品成功的道路"①。孙犁在写作中践行他的创作观，有意识地模仿宋元话本中的说书人叙事方式，将说书人身份转换为叙事者身份以讲述的形式反映抗日斗争活动，这样就带来了对抗日故事由描述到讲述的模式创新，也是他传承平话小说叙事方式的身体力行。

莫言是一位讲究叙事技巧的作家，也是对叙事方式选择有高度自觉的作家，因而他尝试包括叙事视角转换在内的叙事方式的不断创新。莫言曾提出过"诉说就是一切"的创作思想，他指出"诉说者煞有介事的强调，能让一切不真实都变得'真实'起来。一个写小说的，只要找到了这种'煞有介事'的腔调，就等于找到了那把开启小说圣殿之门的钥匙"②。他认为小说的叙事方式本身就是富有丰富内涵的，它的功能体现在"诉说就是目的"，也就是说，莫言在一定程度上认为小说的叙事形式即内容，小说的叙事方式的选择直接反映了作家的创作立场和态度。

通过分析，我们发现同样是以讲述的形式展开革命叙事的孙犁和莫言，在具体的叙事主体和叙事立场等方面仍存在较明显的差异。

孙犁抗日小说中的讲述者多是某些战争活动的参与者，是"他者"，讲述活动中的接受对象往往是"我"，某些战斗活动的旁观者。小说叙事的过程也就是"他者"向"我"讲述的过程。在小说的叙事过程中，讲述抗日过程的"他者"不一定具有全知全能的第三只眼睛，他只能是叙事活动本身的参与者，他的视角其实在一定程度上也是限制性视角，也被称为特知性视角。这种特知性视角指"小说不再具有一个超越叙述过程的全能叙述者的存在，叙述者已融入叙述过程之中，成为叙述过程的目击者或参与者，他只能叙述他所了解到的叙述内容而避开他所不了解的东西"③，例如，《游击区生活一星期》中县委同志、六区农会老李和抗日村长成为小说叙述的主体，他们的叙述让"我"从不同的视角了解游击区伪军和鬼子们的状况以及抗日民众填沟抗敌、钻洞避敌的抗日故事。小说中讲述游击区生活的同志是游击区抗日过程的参与者，在讲述抗日的过程中带

---

① 孙犁：《说书》，《孙犁全集》（第三卷），人民文学出版社 2004 年版，第 292 页。
② 莫言：《四十一炮》，上海文艺出版社 2012 年版，第 402 页。
③ 季桂起：《中国小说体式的现代转型与流变》，山东大学出版社 2003 年版，第 9 页。

有强烈的主观体验,通过他们的述说展示了特定区域的抗日过程的某一侧面,也体现了特知性视角的特点。《白洋淀边一次小斗争》中撑船老头儿讲述自己亲历的抗日过程更突出体现了亲历性,强烈的主观心理体验是这部小说特知性视角的突出特点:老头儿参与抗日的动机是因为维持生计的鱼鹰被鬼子抢走并烧掉,强烈的愤怒之情点燃了他抗日的激情,小说中撑船老头儿讲述的抗日历史是他个人的抗日历史,也是他眼中看到的抗日史,这种特定视角的叙述方式也决定了其叙事内容的有限性和主观性。

而莫言在讲述革命历史的小说中,设置的讲述者身份发生了重大的改变,由"他者"转变为"我","我"是讲述活动中的主体,"我"从听故事的人转变为讲述历史故事的人,而"他者"则成为讲述活动的接受对象。讲述者身份的转换必然带来小说叙述过程的改变:小说中的"我"未必参与革命历史之中,但又与革命历史的参与者之间有或直接或间接的关联,"我"虽然没有亲身经历革命,但自由穿梭于历史与现实之间并完全知晓一切,因此,这种全新的切入历史的讲述角度使小说具有了现代主义色彩。可贵的是,虽然讲述者"我"并没有革命战争的亲历性,但莫言却以全知的叙事视角展开叙事,打破了传统叙事方式中第一人称视野不开阔、认知有限性的局限,把传统的第一人称的特知性视角发展为全知性视角。例如,《秋水》中"我"是隐形的讲述者,穿梭于"我爷爷"和"我父亲"两代人的生命历程中,"我"既熟知"我爷爷"的传奇经历,又洞察"我爷爷"的心理活动,毫无因第一人称带来的叙事视角的限制感。《红高粱家族》中的"我"是"我爷爷""我奶奶"抗日故事的讲述者,虽然"我"根本没有经历过抗日战争,是历史的局外人,但"我"时而跳进历史,对祖辈经历的残酷的抗日场景细致描绘,时而跳出历史,对祖辈的抗日活动隔岸观火式地评论、反思,赋予历史以当代性,对历史有深刻的反思性。所以,同样的讲述革命历史的叙事方式在孙犁和莫言的作品中却呈现出不同的叙事特点:孙犁作品的叙事主体由"他者"承担,莫言作品的叙事主体由"我"承担;孙犁作品的叙事视角多为有一定限制性的特知性视角,而莫言作品的叙事视角却为全知性视角。

从叙事立场看,孙犁和莫言讲述历史的立场也有所差异。孙犁年轻时投笔从戎,他于1938年左右开始抗战文艺的工作。在抗战小说的创作中,孙犁将个人的革命激情与时代精神融合在了一起,虽然他认为"所谓紧跟政治,赶浪头的写法,是写不出好作品的",但他自己也不否认政治与文学有千丝万缕的联系,认识到"我写作品离政治远一点,也是这个意思,不是说脱离政治。政治作为一个概念的时候,你不能做艺术上的表现,等它渗入群众的生活,再根据这个生活写出作品"①。孙犁在作品中善于表现真善美,他认为"善良的东西、美好的东西,能达到一种极致",他之所以总是在抗战小说中表现美好的一面是因为他认为经历了的美好的极致,就是抗日战争。"我看到农民,他们的爱国热情,参战的英勇,深深地感动了我。我的文学创作,就是从这个时候开始的。我的作品,表现了这种善良的东西和美好的东西。"②从孙犁的创作谈我们不难看出,他尽量拉开文学创作与政治之间的距离,保持文学与政治的疏离感,但是依然无法摆脱政治对创作的导向性作用。在此两难的创作困境中,孙犁选择了知识分子的创作立场:对农民和农村生活满怀歌颂、赞美之情;强调文学是追求真善美的,宣扬真善美的;强调文学的人道主义精神。因此,在讲述抗日历史的小说中,我们看到总存在一个隐形的、儒雅的知识分子形象,他通常被设置为小说中故事的倾听者,他对农村的抗日活动保持高度的热情与好奇,对英勇抗日的农民充满敬仰之情,对抗日的结局寄予了美好的理想主义期待。例如,《游击区生活一星期》《白洋淀边一次小斗争》《战士》中的"我"都是深入游击区的普通干部,更是一位善于倾听、善于发现农民美好人性的知识分子,他深刻理解抗日民众的艰难与不易,但同时对抗战胜利充满了希望。

莫言在讲述革命历史的小说中,放弃了知识分子的创作立场,另辟蹊径地选择了民间的创作立场。他打破了知识分子在传统意义上对英雄的界定,而在《红高粱家族》中创造性地塑造了一位来自民间的草莽英雄形象——余占鳌。"我爷爷"余占鳌是杀人越货、拉帮结派、坏事干尽的土匪,但又是好事做绝、走在抗日前沿不畏生死、英勇杀敌的勇士,他的身上既有绿林好汉的担当与侠义,也有土匪的蛮横与霸道,但更有民族的气节和大难当头时的勇猛。"我奶奶"也是莫言着力塑造的民间英雄形象。她反叛世俗的婚姻并完成了自我解放,她洞察一切又能驾驭全局,她英勇无畏又放荡不羁,她是民间的带有刚烈精神的奇女子。莫言的民间创作立场不仅体现在反叛的民间英雄形象中,还体现在他对旺盛的民间生命力的讴歌中。"我爷爷"和"我奶奶"在高粱地里相亲相爱,孕育

---

① 孙犁:《文学和生活的路》,《孙犁全集》(第五卷),人民文学出版社 2004 年版,第 237 页。

② 孙犁:《文学和生活的路》,《孙犁全集》(第五卷),人民文学出版社 2004 年版,第 241 页。

了秉承天地精华的生命,莫言借此表达出天人合一的生命意识。同时,他也赋予民间的英雄们顽强的生命力,无论是忍受剥皮之苦的罗汉大叔还是豪放杀敌的"我爷爷",他们抗日的初衷就是捍卫生存的权利,对生命力的原始崇拜是民间英雄最朴素的生命意识。在叙事中,莫言采用民间传奇的方式演绎祖辈的抗日英雄事迹,例如罗汉大爷在日本人的栅栏里遭遇武艺高强的英雄的搭救,"我爷爷"带领豆官儿冲过敌人封锁线、用羊偷运子弹,老耿头被日本兵刺杀十几刀但狐狸以德报怨并使之获救,这些情节无不体现了民间传奇色彩。而最突出体现莫言民间创作立场的大概非他的历史观莫属了。莫言以野史的形式讲述激情燃烧的岁月中充满野性又富有人性的民间抗日英雄故事。在莫言的笔下,既藏污纳垢又孕育民族精神的民间大地才是真正的创造历史和改写历史的地方,而野性与人性兼有、正义与邪恶兼备的"我爷爷"这样的民众才是历史的创造者。正如温儒敏先生所言,"莫言的确是把自己逼到悬崖边上——放弃对历史的正面书写,转而从历史的边缘和夹缝中寻找被遗落的真实,……历史在失去人造的神圣光晕之后却又意外地获得了固有的朴野之美,讲史人卸去了历史代言人的重负,……与小说人物一样成为构筑历史新景观的陌生化角色"[①]。

孙犁和莫言在革命史的书写上都体现了不落窠臼的创新,在讲述的叙事方式下,两者在叙事主体和叙事立场上呈现出巨大的差异。

三、亲水情结

亲水情结,是指作家在创作中把水以及与水有关的风物人情作为重要的创作元素,并对"水"产生相对丰富的情感的一种创作态度。纵览孙犁的作品,我们发现他的诸多作品与"水"结下了不解之缘。在《荷花淀》《白洋淀》《芦花荡》《采蒲台》等作品中,"水"是重要的意象。在孙犁的小说中,水域或指湖泊,或指河流,这些场所既是人民劳动和生活的场所,也是战斗杀敌的场所。例如,《荷花淀》中的荷花淀,《麦收》《芦花荡》中的芦苇荡,《白洋淀边一次小斗争》中的白洋淀,《碑》《光荣》《风云初记》中的滹沱河,等等。而莫言也善于把"水"作为他创作的重要叙事场景,从他的第一部小说《胶莱河畔》开始,他似乎将小说与水

---

① 温儒敏、叶诚生:《"写在历史边上"的故事》,《东岳论丛》2012 年第 12 期。

紧密联系在了一起。早期作品《为了孩子》《流水》《放鸭》《金翅鲤鱼》《岛上的风》《白鸥前导在春船》《黑沙滩》等都将水域作为小说的叙事背景。而其后的众多作品也都把各种形态的"水"写进了小说,例如《枯河》《透明的红萝卜》《罪过》中村后的河流,《秋水》中方圆数十里的大涝洼,《红高粱家族》《丰乳肥臀》中的墨水河,《筑路》中的八隆河,《生死疲劳》中的蛟龙河,等等。

两位不同时代的作家都把"水"与文学创作紧密地关联起来,这可能与他们的童年记忆和成长环境有密不可分的关系。孙犁曾回忆家乡的滹沱河:"这条河,在我的童年,每年要发水,泛滥所及,冲倒庄稼,有时还冲倒房子。它带来黄沙,也带来肥土,第二年就可以吃到一季好麦"。"童年,我在这里,看到了雁群,看到了鹭鸶。看到了对艚大船上的船夫船妇,看到了纤夫,看到了白帆。"①孙犁也曾回忆:"在一九三六年到一九三七年,我在白洋淀附近,教了一年小学。清晨黄昏,我有机会熟悉这一带的风土和人民的劳动、生活。"②从童年生活的环境到成年工作的环境,孙犁都和水相伴,这在水域相对较少的北方是比较独特的生活体验。而莫言回忆起故乡,则说:"以前,我们高密东北乡真是像一个泽国,水多得一塌糊涂。""我的童年时期,一到夏天,真是烦死这个雨了,一会儿大雨,一会儿小雨,……透过后窗,看到河里的水,滚滚往东去,河水比房顶都高了,河堤要比房顶高,几乎看着河水要从河堤上溢出来了。"③故乡的胶河给莫言留下了深刻的印记,所以对他日后的创作产生了深远的影响。

孙犁的亲水情结体现在小说中水域场景的描写、诗化意境的生成和水一样柔美女性形象的塑造中。孙犁写滹沱河的壮美"从天的边缘那里白茫茫地流下来,像一条银带,在赵庄的村南曲敛了一下,就又奔到远远的东方去了"④;写荷花淀"淀里也是一片银白世界。水面笼起一层薄薄透明的雾,风吹过来,带着新鲜的荷叶荷花香"⑤;写在芦花荡中,"这里的水却是镜一样平,蓝天一般清,拉长的水草在水底轻轻地浮动"⑥。荷花淀和芦花荡在孙犁的笔下有江南水乡的灵

---

① 孙犁:《荷花淀》,长江文艺出版社 2015 年版,第 94—95 页。

② 孙犁:《关于〈荷花淀〉的写作》,《孙犁文集》(第五卷),人民文学出版社 2004 年版,第 57 页。

③ 莫言、王尧:《在文学种种现象的背后——2002 年 12 月与王尧长谈》,《莫言对话新录》,文化艺术出版社 2012 年版,第 17 页。

④ 孙犁:《碑》,《孙犁全集》(第一卷),人民文学出版社 2004 年版,第 118 页。

⑤ 孙犁:《荷花淀》,《孙犁全集》(第一卷),人民文学出版社 2004 年版,第 31 页。

⑥ 孙犁:《芦花荡》,《孙犁全集》(第一卷),人民文学出版社 2004 年版,第 143 页。

动与静谧,有不染尘世的脱俗之美,因而带给读者以世外桃源般的雅致与清新。孙犁擅长写水乡的抗日战斗,在《荷花淀》中,荷叶是保护战士的铜墙铁壁,小船是战斗的冲锋艇,宽阔的水域则是战斗的避风港。在水乡的战斗中,水生们藏在荷叶下,和荷叶融为一体,妇女们甚至分不清哪些是荷叶哪些是丈夫,这种人景合一的画面让残酷的战争场面呈现出另一种唯美的诗意。在《芦花荡》中,苇塘则是战斗物资运输的中转站和战斗的根据地,小船总在半夜时分把柴米油盐运进荡里,把远方的干部带进根据地,因此,在孙犁的笔下,苇塘里歌声嘹亮、稻米香甜,看起来毫无战争的印记,而是一片诗意的水乡。

孙犁把残酷的抗日战争写得生活化、日常化,在作品中塑造了丰满的女性形象,她们具有水一样的特质:善良、柔美、贤淑。《荷花淀》中的水生嫂们有水一样的性格,她们支持丈夫的抗日活动,但也难以割舍思恋之情,她们善解人意又坚强刚毅,既担心丈夫的安危又不愿影响战斗的进程,因而在她们身上有水一样的柔美与贤淑。《嘱咐》中水生嫂善解人意、明白事理,得知丈夫绕道回家只能做短暂的停留时,她把不舍之情隐藏起来,而提议丈夫去公公的坟头看看以慰藉逝去的长辈。她还是位能干、勇敢的抗日积极分子,她平日经常驾冰车护送战士,早已练就快速而娴熟的驾冰车技巧,而驾车时不忘提醒丈夫给孩子盖好被子却流露出母爱的细致与对孩子的千般呵护。《红棉袄》中为了帮助留宿的游击队伤员度过寒冷的冬夜,穿红色棉袄的姑娘舍己为人,把家里的棉被拿来,并且把自己身上的红棉袄脱下一并盖在了伤员的身上,而自己默默承受着寒冷的煎熬;《瓜的故事》中泼辣的马金霞主动到田里摘瓜慰问抬担架的战士;《芦苇》中相互掩护的姑嫂当得知"我"还要去找寻战斗伙伴的下落时,小姑子主动把衣服脱下让"我"换上以保证"我"的安全;还有《风云初记》中干练而刚毅、坚定而温柔、淳朴而勇敢的春儿,雅静而沉着、理智而果断、秀外而慧中的李佩钟,她们的性格都是柔中带刚、以柔克刚。《道德经》中讲"上善若水",孙犁笔下的女性善良如水,在民族的危难关头大义凛然,从不计较个人的得失,善待生活,用柔美化解生活的苦难,用贤淑平添生活的温情,她们身上体现了女性的阴柔之美、诗意之美。即使《吴召儿》里勇敢地为游击队转移、断后的吴召儿也被孙犁描写成"像是在这乱石山中,突然开出一朵红花,浮起一片彩云来"[①],清新

---

① 孙犁:《吴召儿》,《孙犁全集》(第一卷),人民文学出版社2004年版,第267页。

而俊逸。

同时,我们看到孙犁把军民关系描绘得如鱼水之情,难以分离却又相互依靠。在《蒿儿梁》中,在敌人"扫荡"开始的冬天,杨纯医生带着五个伤员和一个小女看护转移到五台山深处,勇敢、能干、泼辣的女主任不仅腾出房子让给伤员住,还帮忙看护,给伤号们换药、转移伤员,甚至全村的男女老少都参与看护、服务工作,全村每个人都分担一点责任,快乐并觉得光荣。在《山里的春天》里,抗日军人"我"在驻地帮助抗属挑沙种地,而军人听家乡的人说起每年八路军的弟兄也会帮助他的妻子种地锄苗,"他们在那里驻防,打敌人,知道我不在家,就会替我去种上地,照顾我的大人孩子,和我在家一样"①。《碑》里深夜帮八路军过河的老金后来得知八路军遭到伏击时,冒着生命危险救回两名战士,当得知李连长他们都牺牲时,老金又去河边撒网,希望能打捞起老李他们的尸首,哪怕是一支枪。与其说他是打捞战士的尸首,不如说他在打捞他们的灵魂,打捞一种抗日的精神。还有《邢兰》中在寒冬艰苦的抗战中为"我"抱柴送暖的邢兰,《芦苇》中脱衣为"我"掩护的小姑娘,《光荣》中为抗日军人原生照顾父母的秀梅,《纪念》中冒着生命危险取水给战士的小鸭母亲,《浇园》里无微不至照顾伤员的香菊和伤愈后帮助百姓劳动的军人李丹,等等。

莫言的亲水情结在小说创作中体现出较明显的分期。莫言早期的作品深受孙犁"白洋淀"小说风格的影响,在水域的选择、诗化的意境和人物上善若水的性格等方面都体现了鲜明的"白洋淀"式的亲水情结。《放鸭》写青草湖"湖水绿得像翡翠,水面上露出了荷叶尖尖的角。成双逐对的青蛙呱呱叫着。真是满湖春色,一片蛙鸣"②,《白鸥前导在春船》中写庄稼人赖以生存的河流,"河里涌起白色的雾霭,像一条白色的长龙缓缓向前滚动,缓缓地向空间膨胀"③。就连带有魔幻色彩的《金鲤》中的青草湖也被莫言写成"银光闪闪的大镜子","不时有鱼儿跃出水面,划出一道银色的线,鱼儿落水时,震破了银色的镜子,荡漾开一圈圈波纹"④。清新优美的水景渲染了诗情画意,是莫言寄托诗意的载体。在前期的小说中,莫言通过水带给我们的滋润、流动、空灵之感营造诗化的意境。

---

① 孙犁:《荷花淀》,《孙犁全集》(第一卷),人民文学出版社 2004 年版,第 77 页。
② 莫言:《放鸭》,《白狗秋千架》,作家出版社 2012 年版,第 26 页。
③ 莫言:《白鸥前导在春船》,《白狗秋千架》,作家出版社 2012 年版,第 38 页。
④ 莫言:《金鲤》,《与大师约会》,作家出版社 2012 年版,第 24 页。

例如,《春夜雨霏霏》中久旱逢甘霖,独居家中的军嫂尽情享受着雨点儿的抽打,让喜雨冲刷心头的烦恼,清风、雨水和少妇构成一幅灵动的诗意画面。《民间音乐》中八隆河上清脆细微的流水声、小瞎子悲壮苍凉的箫声,还有间或几只青蛙的鸣叫声,构成了空灵、辽远的诗意画面。而淡化矛盾、表现人物水一般性格和赞美人性的真善美是莫言早期作品的突出特点。《因为孩子》中邻里因为孩子产生了误会和矛盾,但在孩子落水时,邻居却倾力相救因而弥合了矛盾,用人性的善化解了恨;《放鸭》中放鸭姑娘由误解李老伯到感谢李老伯的心理历程正反映了她从简单偏激的认知方式回归到对人的本性的认识的道路上的变化,从而书写了放鸭老伯的善良与真诚;《金鲤》中的金芝姑娘不顾个人的安危,在夜色中跳入湖中、游过湖水冒险取药,勇敢营救正受批斗的女作家,她的善良、纯美、舍生取义正是人性的美好。

1985 年后,莫言的创作风格发生了较大的变化。他的亲水情结也体现出与前期截然不同的风格。其一,莫言小说中的"水"多表现为一种瑰丽、魔幻的形态。《红高粱家族》中在抗战时墨水河"破雾中的河面,红红绿绿,严肃恐怖"[1],河水低沉呜咽,显得狰狞;《秋水》中的洪水却"黄色的浪涌如马头高,从四面扑过来,浪头一路响着,齐齐地触上了土山,洼子里顿时水深数米。青蛙好像全给灌死了。荒草没了顶"[2],《罪过》中"河水是浑浊的,颜色不是黄也不是红。河心那儿水流很急,浪一拥一推往前跑"[3],《欢乐》中的乡村水洼变成了绿水大湾子,《流水》中的"水"则是幽兰色的河水。相较于前期清新诗意的"水"的意象,此时色彩的浓烈、奇特呈现出莫言式的瑰丽色彩。其二,莫言对"水"寄予的感情丰富而驳杂。莫言有时把"水"作为生命的诞生地,寄托对生命的礼赞,例如《秋水》中"我"就诞生于洪水之中;有时把水作为生命的终结处,在水域发生的事件无法避免死亡、危险、失败,寄予水以恐怖、灾难、危机,例如,《蛙》中的王胆和耿秀莲,为了逃脱姑姑的追赶而丧命于水中,《丰乳肥臀》中八姐因不愿母亲承受偷豆养子的巨大的痛苦而选择了离开,投湖自尽;"水"有时带来痛苦,例如《罪过》里的大福子正是在看洪水的时候失去了弟弟小福子;"水"有时又带来了短暂的幸福,例如《战友重逢》中赵金与战友在河边的偶然相逢。"河流不仅为莫

---

① 莫言:《红高粱家族》,上海文艺出版社 2012 年版,第 21 页。
② 莫言:《秋水》,《白狗秋千架》,作家出版社 2012 年版,第 206 页。
③ 莫言:《罪过》,《白狗秋千架》,作家出版社 2012 年版,第 308 页。

言笔下的故事提供叙事空间,为人物活动提供特定场景,而且还以其独特的物态形象和丰富的文化内涵深刻地参与到莫言小说的叙事中,形成独具特色的河流叙事。"①

---

① 陈晓燕:《论莫言小说中的河流叙事》,《中国现代文学研究丛刊》2016 年第 4 期。

无边的现实主义①

——莫言、阎连科等创作谈

于红珍②

【摘　要】现实主义曾经作为一种元话语有着毋庸置疑的权威地位,但随着国外各种理论、流派的涌入,以及对以往现实主义话语的反驳,现实主义有被边缘化的倾向。但与理论界忙于命名不同的是,不少作家坚持以现实主义的创作原则来认知自己的创作。在对莫言创作中与现实主义密切关联的几个概念的梳理基础上,结合作家文本指出作家创作都是围绕现实主义创作的核心原则,即真实、主观、客观等进行创作,所以法国批评家罗杰·加洛蒂提出的"无边的现实主义"有其当代的意义,应该用这种开放的态度来看待莫言等作家的现实主义文学观。

在新时期最初的语境中,现实主义话语有着毋庸置疑的权威地位,甚至可以说,现实主义一直是作为一种元话语而存在,无须理论界的讨论,它是自明的、超验的。但是随着国外各种理论、流派的涌入,国内文学界也出现一股股热潮。文学批评忙得热火朝天,主义盛行,流派林立,各个流派与主义"你方唱罢我登场",各领风骚数十天。出于对之前的"社会主义现实主义"的反驳或者厌烦,当代批评家们开始对现实主义失去兴趣,甚至对其还有所避讳。之后批评界虽然也有过关于新写实主义、现实主义冲击波,以及底层写作等的讨论,引起

---

　　①　本文系国家社科基金重大项目"世界性与本土性交汇:莫言文学道路与中国文学的变革研究"(13&ZD122)的阶段性成果。
　　②　于红珍,山东海阳人,文学博士,嘉兴学院文法学院讲师。

过对现实主义的重新关注,但这很快又被淹没在新流派中。现在随着文学与批评的边缘化,批评界对何谓现实主义越来越不热衷,甚至有批评者指出"现实主义"小说只是有史以来小说的一个相当短暂的阶段,是 19 世纪小说的特有现象,将"现实主义"作为小说的最主要的一个传统是一个误解。① 而这是当前理论界多有认同的观点。但有意思的是,与理论界忙于命名或者对"现实主义"的不愿多言相反,不少作家依然坚持认为自己的创作是现实主义的创作,或者坚持以现实主义的一些创作原则来认知自己的创作。

莫言说过:"关于现实主义,我认为其实一直是文学的主流,只是它的某些表现形态发生了变化。不能一提到现实主义,就是巴尔扎克,就是托尔斯泰,不能把与他们的小说形态不一样的作品和作家排除在现实主义之外。你能说卡夫卡的作品不现实吗? 能说普鲁斯特的作品不现实吗? ……能说福克纳的作品不现实吗? 能说马尔克斯的小说不现实吗? ……我觉得,小说的形态,不仅仅是外在的东西,它本身也是社会现实的产物,或者可以说,形式也是内容。巴尔扎克、托尔斯泰之后的所有小说家的努力,都是对现实主义的拓展。所不同的是,他们观察现实的角度不同,反映现实的方法不同。至于那些小说流派的名称,大半是研究者的发明。"②不仅是莫言,作家阎连科也说:"每个作家眼里都有不同的现实,有不同的现实主义。"③余华则对现实主义这一创作基本原则的"真实"多次表达自我的见解。

作家们的话语显然与批评理论的话语存在着一种龃龉,或者说是标准尺度的认知有差异,是作家们太钟情于"现实主义"还是理论界太囿于现实主义的陈规?

实际上,早在 20 世纪 60 年代,西方的马克思主义者法国批评家罗杰·加洛蒂就给我们提供了他的答案,他采取的正是作家们所认同的,用一种开放的态度来看待现实主义。在加洛蒂看来,毕加索、圣琼·佩斯和卡夫卡,这三位被理论界的多数人认为是现代派的艺术家,同样属于现实主义大纛之下。他认为

---

① 张清华:《存在之境与智慧之灯——中国当代小说叙事及美学研究》,福建教育出版社 2010 年版,第 93 页。
② 莫言:《现实主义一直是文学的主流——答〈芙蓉〉杂志编辑努力嘎巴问》,莫言:《作为老百姓写作:访谈对话集》,海天出版社 2007 年版,第 198 页。
③ 阎连科、张学昕:《我的现实我的主义》,中国人民大学出版社 2011 年版,第 31 页。

"作为现实主义者,不是模仿现实的形象,而是模仿它的能动性,不是提供事物、事件、人物的仿制品或复制品,而是参加一个正在形成的世界的行动,发现它的内在节奏"。当然加洛蒂提出这一理论是有其局限性的。在马克思主义的架构之下,他的表述中依然带有一定的意识形态性。比如他在区分现代艺术时,将其分为"革命的艺术"与"逃避的艺术"。而其中"革命的艺术"则被划归为"现实主义"。他以"革命"还是"逃避"来区分现实主义。如此一来,就如批评家白烨所说,"本意是想用包容更多的艺术作品来扩大现实主义,实际上则取消了现实主义"。白烨还认为,"加洛蒂把'现实主义'导向'无边',还有一个很重要的原因,是由于他主要从思想内蕴上理解现实主义,从而把它看成艺术创造中最好的、无与伦比的方法"①,以此来指出这种"无边现实主义"的缺陷。但我以为或许恰好是这一点切中作家与理论界对"现实主义"认识的误差所在:一种纯粹认为这是一种创作手法,一种则从思想内涵上来理解。如此怎么能达成一种共识?但不清楚的是,批评界又是如何区分这种形式和内容上的现实主义的。这一问题暂且不论,我们还是回到"现实主义"本身。因为我认为"无边的现实主义"这个概念的合理性及探索性即使今天看来依然是有价值和意义的。所以有必要针对现实主义的基本原则做进一步探究。不过在对其基本原则论析之前,先来谈谈莫言创作中与现实主义密切关联的几个概念。

一、几个概念

这些概念有批评界提出的,有作家提出的,也有作家在作品中借人物表达出来的文学观。魔幻现实主义,是现在最常用的一个与现实主义紧密结合的概念。之所以称为魔幻现实主义,就是因为在几乎所有的作品中都出现过鬼怪、巫术、神奇人物以及一些超自然现象,充满着奇异、神秘、怪诞的色彩。

魔鬼现实主义、严酷现实主义、妖精现实主义都是莫言在其长篇小说《酒国》中借文学青年李一斗之口表达出来的文学观念。《酒国》中李一斗称魔鬼现实主义和妖精现实主义、严酷现实主义怪诞、超现实、幻想,使人不能不去思考,什么是真实?是否颠倒的才是真实的?每一个出现在李一斗小说中的人物在

---

① 白烨:《现实主义与艺术现实——评加洛蒂的〈无边的现实主义〉》,《外国文学评论》1987年第2期。

"酒国"中似乎都现实地存在着。真耶？幻耶？正如《酒国》中，李一斗寄给莫言的最后一部小说《酒城》中声称"不是我魔幻，而是我写实"。他借驴街名菜"龙凤呈祥"的加工制作来表达自己的"文学观"："老师，我忽然觉得，这盘驴街名菜的加工制作过程与我们的文学艺术的创作过程何其相似乃尔。都是源于生活高于生活嘛！都是改造自然造福人类嘛！都是化流氓为高尚、化肉欲为艺术、化粮食为酒精、化悲痛为力量嘛！"

神实主义是阎连科在"东吴讲堂"上的讲演提出的。他把当代文学中与现实主义写作不同的超现实，称"神实主义"，即"在创作中摒弃固有真实生活的表面逻辑关系，去探求一种'不存在'的真实、看不见的真实、被真实掩盖的真实。神实主义疏远于通行的现实主义。它与现实的联系不是生活的直接因果，而更多地仰仗于灵神（包括民间文化和巫文化）、精神（现实内部关系与人的灵魂）和创作者在现实基础上的特殊臆思。有一说一，不是它抵达真实和现实的桥梁。在现实土壤上的想象、寓言、神话、传说、梦境、幻想、魔变、移植等等，是神实主义通向真实和现实的手法与渠道"①。

二、关于真实

上面这几个概念中都不断地提到真实，同样也提到想象、梦境、幻想、神话、移植等手法。而对现实主义之所以有疑问，是因为批评界认为现实主义作为一种艺术手法，有其质的规定性。这种质的规定性中最基本、最朴素的就是真实。但是对于什么是真实？作家们却纷纷表达出自己的观点来。

"我认为小说家笔下的历史是来自民间的传奇化了的历史，这是象征的历史而不是真实的历史，这是打上了我的个性烙印的历史而不是教科书中的历史。但我认为这样的历史才更加逼近历史的真实。因为我站在了超越阶级的高度，用同情和悲悯的眼光来关注历史进程中的人和人的命运。"②

莫言的小说最初也被称为魔幻现实主义，也是因为其小说中出现鬼怪、传

---

① 阎连科：《当代文学中的"神实主义"写作——在常熟理工学院"东吴讲堂"上的讲演》，《东吴学术》2011 年第 2 期。

② 莫言：《我的〈丰乳肥臀〉——在哥伦比亚大学的演讲》，莫言：《恐惧与希望：演讲创作集》（说吧·莫言上卷），海天出版社 2007 年版，第 42 页。

说、异兆、梦幻等因素,但是其小说同样也是扎根于他的故乡山东高密这片血地上。回头审视莫言创作中出现的诸如鬼魂、精灵等等民俗事象,对人类学家来说,这是属于民俗信仰,是人类生活的某一部分,它体现出人们所能接受的对他们自身生活以及生活于其中的世界的真实解释。这些的确和"科学"格格不入,但是在这种理论中,生活,思想,呼吸,梦幻,暗影,都是相似的,并且彼此都能用一种令没有经验的思想家感到满意的模糊暧昧的方法来解释。从不少人类学家的相关书籍中,我们知道,祖先崇拜、灵魂不死等灵魂理论在世界上的很多民族中都存在着,即便是现在,依然也是大多数人类种族的主要信仰,并通过各种仪式体现在人们的日常活动中。①

作家阎连科认为"生活中有一种真实,是在大家的目光中不存在的真实,它只在我的目光中发生和存在;这个真实在另外的一个世界中存在,在我们凡俗的世界中是没有的。但是你不能因为没有见到就认为它不存在、不真实。换句话说,生活中有一种不存在的存在,不真实的真实。这不是神秘、不是怪诞、不是寓言,它就是真实,就是存在"②。他提出用神实主义概念来读解莫言的《生死疲劳》,他说:"从神实主义的门洞走进莫言的小说,《生死疲劳》则更为成熟并具有代表意义。主人翁在这段最典型、突出和漫长的中国历史中'六道轮回',托生猪狗的行为、命运与叙述,从现实主义去讨论,这只是小说故事的展开、推进、演绎的形式和结构,是外衣而非内核。但若从神实主义去考察这部小说,'六道轮回'恰恰是小说内容的组成,是神实主义对现实主义写作的丰富,也是现实主义写作向神实主义进一步的靠拢。"③在此,作家依然是用新的概念替代原有的现实主义概念,尽管他也强调作家在写作中不是"如何'神'——神奇、神秘、神经,而是你透过'神的桥梁',到达'实'的彼岸——那种存在于彼岸的'新的现实'和'新的真实'",正如他所指出的,其实是因为溢出了对现实主义创作的理解和规范,而且"关于神实主义的当代写作,这儿必须'神实'决然不是为了'神',而是为了'实'和'人'"。

---

① [英]詹·弗雷泽:《金枝精要》,[英]爱德华·泰勒:《人类学——人及其文化研究》,连树声译,上海文艺出版社1993年版,第59页。
② 阎连科、张学昕:《我的现实 我的主义》,中国人民大学出版社2011年版,第37页。
③ 阎连科:《当代文学中的"神实主义"写作——在常熟理工学院"东吴讲堂"上的讲演》,《东吴学术》2011年第2期。

余华的"真实"则是一个与现实对立的世界,他们之间的关系是用一种颠倒的逻辑来表达的:现实是经验、常识的天下,余华却用一种纯粹的个人的经验去诠释他眼中的"真实",以此嘲弄、揭露现实的真实的本质。他凸现历史的暴力的面貌;他嘲弄传统的文化、道德,他甚至对经典的文类如才子佳人、武侠等进行颠覆。他力图露出现实中陈规、常识的虚假、荒谬的一面,还原现实的真实。虽然余华的创作风格有所改变,从形而上转为形而下,但他对真实的探索变动不居,改变的只是对这种真实的态度。

在这一点上,莫言、余华、阎连科三位作家对于"真实"的认识是一致的。真实都是他们主观认识中的真实。

前几年浩然的《金光大道》再版的时候,作家浩然说它"符合历史真实"。作为现在的我们有充分的理由认为这是一种辩解,但如果将其放在当时的历史情境中,我们就无法否认浩然的这种说辞,它的确符合当时的"真实"性,表达了当时真实存在的一种思潮。其作品严守着当时现实主义的创作原则,立足于歌颂。这无疑也是当时历史情境的再现。只不过其"真实"与政治性的缠绕过于密切,导致了更多文学性的丧失。

即便被认为是魔幻现实主义代表性人物的加西亚·马尔克斯也多次强调《百年孤独》并不是魔幻,而是现实、真实的。他多次指出,作品中充满着的神话、传说、鬼怪、预感、异兆、梦幻等并不是魔幻,它们同样也是现实的组成部分。他认为自己的小说中没有任何一件事不是建立在现实的基础上的。他说:"在加勒比地区,在拉丁美洲,人们在以不同的方式学习生活。我们认为,魔幻情境和'超自然的'情境是日常生活的一部分,和平常的、普通的现实没有什么不同。对预兆和迷信的信仰和不计其数的'神奇的'说法,存在于每天的生活中。在我的作品中,我从来也没有寻求对那一切事件的任何解释,任何玄奥的解释。它不过是生活的一部分。所以,当人们认为我的小说是'魔幻现实主义'的表现时,这说明我们仍然受着笛卡尔哲学的影响,把拉丁美洲的日常世界和我们的文学之间的亲密联系抛在了一边。不管怎样,加勒比的现实,拉丁美洲的现实,一切的现实,实际上都比我们想象的神奇得多。我认为我是一个现实主义作家,仅此而已。"①马尔克斯指出,在其作品中呈现的"神奇",都是源于拉丁美洲现实的神奇。因为在这片土地中生活着土著印第安人、欧洲殖民者、印欧混血以及被贩运来的非洲黑人,所以他们的生活方式复杂多样。既有印第安人原始图腾崇拜式的生活,也有殖民者的现代化生活,也有大量宗教、俗信等的存在。而这些跨度极大、迥然有别的生活方式又非常和谐共存,共同构成了拉丁美洲的现实。

现实主义与真实有着天然的亲缘性,当然浪漫主义也曾经对真实有过种种表述。而真实因为与政治相互缠绕在一起,以至于"真实"成为许多作家要逃离的虚假的真实,而由真实延展而来的则是客观性与主观性的问题。

三、客观性与主观性

关于艺术真实论,对其进行溯源就可以发现,古希腊时期就已经有客观真实论和主观真实论的区分。前者以亚里士多德的"模仿论"为代表,后者则以苏格拉底的"神似论"为起始。客观真实论发展至 19 世纪现实主义小说的黄金时代,成为现实主义文学的核心理论。而主观真实论则受到浪漫主义文学的强调与重申,并在 20 世纪现代主义盛行时得到充分发展。由此来看,关于艺术真实自始至终就存在着客观真实与主观真实、经验真实与心理真实的区分。只不过在不同的文学发展时期,两种不同的真实始终在较量谁更真实。

对于表现内心意识的兴趣和表现具体社会客观现实的看法是对立的,而这种对立就是基于人们公认的一种对立——主观性和客观性的对立,但是这两种不同立场的拥护者都一致认为,他们是为了准确真实地转录世界——无论是对心灵的还是对现实世界的。

胡风在反对当时的现实主义中的教条主义,提出"主观精神"②时,指出:"在对于血肉的现实,人生的搏斗里面,被体现者被克服者既然是活的感性的存在,

---

① [哥伦比亚]加西亚·马尔克斯:《两百年的孤独:加西亚·马尔克斯谈创作》,朱景冬等译,云南人民出版社 1997 年版,第 305 页。

② 温儒敏认为,胡风的论著中并没有"主观战斗精神"一词,胡风常用的词是作家的"主观精神"、"主观力"、向现实艰苦的"搏战"等等,对于批判他的人从他的理论中提取出来的"主观战斗精神"一词,胡风并不反感。温儒敏:《中国现代文学批评史》,北京大学出版社 2006 年版,第 159 页。

那体现者克服者的作家本人的思维活动就不能够超脱感性的机能。从这里看，对于对象的体现过程或克服过程，在作为主体的作家这一面，同时也就是不断的自我扩张过程，不断的自我斗争过程。在体现过程或克服过程里面，对象的生命被作家的精神世界所拥入，使作家扩张了自己；但在这'拥入'的当中，作家的主观一定要主动地表现出或迎合或选择或抵抗的作用，而对象也要主动地用它的真实性来促成、修改，甚至推翻作家的或迎合或选择或抵抗的作用，这就引起了深刻的自我斗争。经过了这样的自我斗争，作家才能够在历史要求的真实性上得到自我扩张，这是艺术创造的源泉。"①温敏儒指出，胡风提倡"主观精神"，有很实际的时代内涵，"那就是纠正二三十年代形成的文学上的庸俗社会学与机械论等'左'的影响以及贵族化的文学倾向，恢复五四现实主义的批判精神，振发革命文学的活力"②。

　　莫言是现实主义的，但是他作品中又有浓郁的主体精神的渗透，小说中充满了主体的情感宣泄和描写。作家在创作的过程中，会隐含作家的"第二自我"。这些"第二自我"在不同的作品中会有着不同的化身。很多作家的"第二自我"有不同的化身、不同的观念。叙述者"我"与隐含在作品中的作家形象不能说是同一个。

　　其实，韦恩布斯在《小说修辞学》中通过深入的分析和有力的证据驳斥了"所有作者必须是客观的"这一陈规，指出："我们的不同趣味和癖性引导我们为不同的目的而接受现实的不同方面。同样的事实可以是许多有区别的事实，取决于我们一般倾向性的不同。因此，每个文学的'事实'——甚至人类体验的某些普遍方面的最朴素的画面——都高度地承担了作者的意义，不管他自命具有什么客观性。"③韦恩·布斯认为并不存在完全的中立性，他认为技巧的非个人性，不加褒贬的同情或激情反倒会加强主观主义。

　　莫言从来不掩饰自己的写作是自我的写作，他多次说过："对作家来说，重要的不是拯救万民的灵魂，而是拯救自己的灵魂。怎样拯救自我呢？怎样从痛苦中挣扎出去呢？我这种困惑与矛盾，也就是说，如果我的这种旧价值向新价值过渡时期的痛苦徘徊与整个民族的痛苦与徘徊产生一种共鸣的话，我可以断

---

① 胡风:《置身在为民主的斗争里面》,《胡风评论集》(下),人民文学出版社 1984 年版,第 20 页。
② 温儒敏:《中国现代文学批评史》,北京大学出版社 2006 年版,第 164 页。
③ ［美］韦恩·布斯:《小说修辞学》,华明等译,北京大学出版社 1987 年版,第 123 页。

定我还是有发展前途的。如果我个人这种痛苦与民族的痛苦产生游离的话，我是没有任何前途的。我不想解决我的矛盾，我想深化我的矛盾，……我非常希望非常渴望我的痛苦矛盾与民族的痛苦矛盾产生一种合拍。"①他的确是将自我的痛苦与民族的痛苦紧紧勾连在一起，既让我们看到一个个体灵魂的呻吟，又看到和他一样的许多个体在被压抑中的呻吟与反抗。

四、无边的现实主义

南帆在梳理真实的历史后，指出："'真实'涉及的许多问题仍然悬而未决。例如，'真实'的个人经验与集体经验；'真实'的科学标准与感官标准；'真实'与各种知识门类的范式；'真实'与文学的虚构和想象；'真实'的局部与整体；'真实'与各种符号成规；'真实'崇拜与特殊的美学韵味；如此等等。"②这也正如上文所论，真实这一概念自身也并非是一个明了的概念。而在创作实际中，早在现代文学发轫期，现实主义在其发展过程中就已经呈现为复杂的面相：有鲁迅式的充满寓言性的现实主义，以隐喻指向现实层面；有郁达夫式充满主观抒情色彩的"有情的写实"，挖掘个体心理；有茅盾式宏大史诗型的现实主义；也有蒋光慈式写实加浪漫的革命现实主义。所以现实主义是有着强大的生命力和适应性的。

所有的小说从某种程度上来说，都是现实主义的小说。文学总是必然跟现实层面勾连。即便融入现代手法，也正如有的批评家所指出的："现代性与现实主义并不是两个相互冲突的概念，它们在内涵上有着较大的相交的部分，我们可以说有些现实主义作品具有现代性品格，反过来也可以说，有些现代性品格是现实主义的。以庸俗进化论的视点观察当代文学的演进与流变，是史家常犯的一个错误，其实是误入了现代性设置的另一个迷宫。"③就此而言，与其想方设法制造各种概念，给作家贴上各种各样不同的标签，不如在既有的现实主义概念上进行拓展。加洛蒂"无边的现实主义"这一概念在今天依然有其价值和意

---

① 房福贤：《全国首届莫言创作研讨会纪实》，贺立华、杨守森：《莫言研究三十年》（上），山东大学出版社 2013 年版，第 292 页。

② 南帆：《文学公共性：抒情、小说、后现代》，《文艺研究》2012 年第 7 期。

③ 孙霄：《现实主义：一个被当代文学史叙事忽略的关键词》，《文艺理论与批评》2011 年第 5 期。

义。当然固守"旧有"的现实主义批评理论与批评尺度,有批评惰性的嫌疑,更有可能是笔者个人的一种偏见,但我以为有的时候,在固有的传统基础上,适当放大批评尺度和原则,或许更符合作家创作的初衷,甚至缩小或消弭作家和批评家之间的认知差异,使作家和批评家之间形成一种良性的互动。

最后,还要补充一句,争辩是否现实主义并不是最重要的,因为"主义"有可能僵化和教条,走向简单和粗暴,或许如阎连科所说"其实什么主义都不重要,重要的是一个作家要写出好的小说来"①。

---

① 阎连科、张学昕:《我的现实　我的主义》,中国人民大学出版社 2011 年版,第 60 页。

乡土主体的崛起与零散①

——以莫言笔下的"劳动"为考察中心

王朱杰②

【摘　要】对莫言、阎连科、刘震云这一批有着切实乡土经验系统的作家来说,天长日久的乡土劳作构成了他们曾经的生活方式,铭刻了他们的生存体验和生命感悟,沁入在他们的乡土记忆中,使之获得一种圆融无碍的乡土情感和心理体验,从而塑造出拥有自我性格和逻辑的乡土主体。以莫言为例,这样一种主体首先体现在他塑造的旧式农民身上。对这一类人物,作者血肉丰满地勾勒出他们和土地之间那种血缘般的情感联系,而自然状态的劳动及其所内涵的传统乡土伦理正是凸显、折射这种情感联系的棱镜。如果说乡土主体的崛起集中体现于莫言对传统农民形象的塑造上,那么与之相对的由现代农民构成的乡土主体则呈现出一种零散化的状态。在一个城乡趋向同质化的市场时代,面对劳动形态的变迁及其所内涵的价值伦理的多元,莫言的笔触往往显得有些"凌乱"。作者已经没有了将劳动与人格尊严、人性自由与生命力创造相连接时的神采飞扬,抑或与身体摧折相联系时拒绝任何升华的疼痛感,而是将之纳入一种后现代视野中去探察:既生气勃勃又榛莽丛生,既勇猛精进又狭隘保守,既五光十色又光怪陆离。

　　新时期以来,虽然农村、农民发生了翻天覆地的变化,但若言乡土文学,由

---

　　①　本论文系 2013 年国家社科基金重大项目"世界性与本土性交汇:莫言文学道路与中国文学的变革研究"(13&ZD122)阶段性成果。
　　②　王朱杰,山东大学文化传播学院(威海)博士。

莫言、阎连科、刘震云这一批 50 后作家来担纲的文坛格局似乎并无多大改观。一方面,伴随着城镇化的推进和城乡流动性的增强,"乡土"的概念及其所框定的现实已经逸出了传统的城乡二元对立的文学视野,农村、都市之间的界限不再被刻意强调,城乡之间的生活取向、心理情感、价值追求趋于同质化,现时的农村不再是一个相对封闭、静止的地理文化时空,它被"拎出来"予以单独观照、剖析的意义似乎有所弱化,它所面对的问题构成了整个社会问题的有机组成部分,是当今中国所面临问题的一种极端化或者说典型化表现。另一方面,正因为这种同质化,晚于莫言、阎连科、刘震云等这一代人的作家,很难再有一个传统、完整,并相对独立的乡土经验。这种乡土经验的获得不仅需要生兹宅兹,而且更为重要的在于必须获得一种农民的身份,并以这种身份嵌入乡土的社会和心理情感乃至思维结构,生长出一种乡土本体,而劳动无疑是这种农民身份和乡土本体嵌入和生长的丰厚土壤。正是天长日久的乡土劳作构成了他们曾经的生活方式,铭刻了他们的生存体验和生命体悟,沁入他们的乡土记忆,使之获得一种圆融无碍的乡土情感和心理体验,从而塑造出拥有自我性格和逻辑的乡土主体。

以莫言为例。莫言的乡土主体有一种土生土长、实体般的浑然,其中看不到明晰的理性分层。如果说此前的乡土叙述者忙于结构和解构,对乡土做一种发现性质的叙述,变自然乡土为时代之镜像,无论是自鲁迅以来所形成的现代启蒙话语,还是由沈从文等人所开辟的诗性田园话语,乃至后来的革命意识形态话语,这些话语观照下的乡土时空和叙述出来的农民形象,基本上是一种历史的符码,是叙述之外的沉默的"他者"。即便历经新时期以来伤痕、反思、改革、寻根诸多文学思潮的冲刷,乡土文学中的农民形象仍然或者充当人性复归的依据,或者成为修正自身逻辑的体制的象征,或者成为重塑国族根本的某种工具理性,农村、农民在一种引入的外部视野中被客体化为叙述者之外的"他者",被这种叙述形塑出的农民主体其实是一种"想象主体",那么莫言这里更愿意采取一种既非结构也非解构的自然立场,将自己化入叙述对象之中,从乡土自身的伦理逻辑、情感出发,去演绎乡土人事,去触摸、描摹、理解、体悟乡村主体的生命现实,从而塑造出拥有自我性格和情感逻辑的乡土主体。

这首先体现在莫言对旧式农民的塑造上。对这一类人物,作者血肉丰满地勾勒出他们和土地之间那种血缘般的情感联系。而自然状态的劳动及其内涵的传统乡土伦理正是凸显、折射这种情感联系的棱镜。比如《生死疲劳》中蓝脸拒绝走集体合作化道路,坚持"单干"劳动,这种"单干"就像《创业史》中梁三老汉拒绝参加梁生宝的互助组,迷恋自己的"发家致富",实际上二者均源自一种朴素的乡土自身的伦理逻辑:"自家兄弟一个锅里摸勺子都不行,何况是外姓?长久不了。"他们正是从这样一种朴素的而又根深蒂固的乡土伦理出发去看待、理解身边的事物,从而做出自己的价值判断。固守抑或轻巧地背离这种劳动伦理逻辑,亦相应成为真假乡土主体的分野。从梁三老汉到蓝脸,我们看到的不但是一种劳动乌托邦的解体过程,而且是一种乡土伦理由被驯服、污名到重新确证自身的过程,也是一种想象的乡土主体崩塌而另一种原生的乡土主体崛起的过程。在这一过程中,农民重新拾获了自身的性格逻辑和主体性。对传统农民而言,"买房置地"是一种最为保守也最为稳固的财富积累方式,是人生的终极价值追求。对蓝脸或者梁三老汉而言,土地首先是一种维系生存繁衍的生产资料和物质财富,更具有孟德拉斯所谓的"情感的和神秘的价值",这是农耕时代培育、沉淀下来的一种文化心理。因此,围绕着土地生产的能干、苦干、巧干不但是一种可贵的人格品质和一种得以在乡土社会立足的身份标志,而且在某种程度上内化为一种精神需要。所以当西门闹在听闻自己的妻子生了一个大胖小子之后,"人逢喜事精神爽",通过劳动来发泄、表达这种喜悦之情,"将积攒了一个冬天的猪粪全部起了出来"。这符合一个农民尤其是西门闹这种对土地、劳动有一种虔诚的类乎宗教信仰般的农民的身份。此外,在传统农耕时代,围绕着土地所发生的各类劳动形态以及由此派生出的各类劳动角色诸如农人、木匠、铁匠等,具有相对的独立性和完整性,还未像工业时代那样被分解为机器化、社会化大生产中的一环环,人们既能自主地劳动,也能创造性地劳动,劳动者与劳动产品之间的联系是具体而生动的,人通过劳动能完整地占有劳动果实,能直观感受到自己的创造力,从而获得一种心灵的满足和愉悦。正是基于这样一种传统的、朴素的劳动伦理观或者说劳动哲学,莫言往往沉醉于对劳动者高超劳动技艺的描绘中。在莫言的小说中,充斥着大量的关于打铁、割麦、推车、做木匠活等劳动技艺的描写。比如打铁,不但出现在他的成名作《透明的红萝卜》中,贯穿于《丰乳肥臀》《姑妈的宝刀》《月光斩》《麻风的儿子》等长短篇小说中,而且在其获诺贝尔文学奖后推出的作品《故乡人事》中依然被着重提起,在一种不无夸张的描写中凸显其眼花缭乱、干脆利落、无与伦比的"绝活"特征,极具观赏之美,构成了极具莫言特色的"乡土劳动美学"。而这种美学得以站立的现实支撑,正是去客体化的、某种程度上与叙述者合二为一的乡土主体与土地之间血缘般亲和的情感联系,这种极具温度感的情感联系,使莫言的劳动叙事至此往往进入一种欢乐飞扬、循环往复、一唱三叹、高蹈迷醉的叙述状态。

蓝脸坚持"单干"对于形塑真正乡土主体的意义不仅在于实现了对革命意识形态改造逻辑的证伪,也同样体现在劳动乌托邦解体后对一种新的改革意识形态妄图加诸其身的拒绝。历史进入"新时期",农民的"单干"在告别革命的年代终于获得了梦寐以求的政治合法性,被纳入一种充满乐观精神的解放话语系统,进而被叙述为"人—家—国"现代化的起点神话,成为现代性的载体和象征,但潜隐其中的话语逻辑实际上孕育着深刻的叙述危机,无法通过对历史的断裂来生长出一种新质的时代叙述。比如在何士光的小说《在乡场上》中,窝囊了一辈子的冯幺爸在乡场上敢于对乡村权贵说不,替受到欺凌的弱小者出头做证,他的底气来自分到土地之后的"单干":"……这责任落到人,打田栽秧算来也容易,只要秧子栽得下去,往后有谷子,有苞谷饭……"通过有限度的对私产的承认,激发劳动者的能动性,自给自足,丰收致富,进而实现劳动者的尊严和人格独立,这与《创业史》中分到土地的梁三老汉对乡党委书记不感冒如出一辙。冯幺爸性格转变的背后其实是体制修正过程中对现代化前景的乐观想象,实质上是另一种"翻身做人"的意识形态的加持,与革命年代的劳动改造伦理分享同一逻辑。另外这种以微小管窥宏大,以小事(普通的民间纠纷)隐喻整个国家政治气候变化,并将这种变化具象在一个底层农民挺直的腰板身上的意识形态比兴手法,跟要急于断裂、扬弃的历史模式实际上如出一辙。时代的变迁很快证明,随着市场经济和资本逻辑的推进,这种有关劳动和尊严的关联的话语仅仅是一种文本神话,二者的破裂再次成为一种普遍的社会现实。单干的土地劳动不仅没有实现人性、人格的更新,其自身更在消费文化的视野及价值逻辑中沦为卑贱的代名词。因此,作为"劳动人民"的蓝脸的腰杆始终没有挺起来,但作为固守传统乡土伦理的真正的乡土主体,蓝脸的腰杆也一直没有弯下去,他自始至终将自我安身立命的根深深地扎在土地深处,固守"单干"这一纯粹而自然的乡土劳动形态,最终实现了"一切来自土地的都将回归土地"。因此,虽然同样是"单干"的劳动,莫言的叙述是挣脱了意识形态加持的对乡土伦理的回归,而《乡场上》是变换旗帜的意识形态的变形论证。莫言不倾向写出劳动的政治经济学

含义或者文化美学面向,而是持续地保持对乡村劳动主体的凝视,展现其中的
分裂、弥合,委顿、痛楚,无论是激进的革命意识形态实践还是 20 世纪 80 年代
以降对现代化方案的落实,对莫言而言都只是外在于劳动主体的附着物,他所
看重的是主体本身的反应,与何士光、张炜、路遥等人相比,他始终没有跳离乡
土给予时代的一种学理式观察,从而延伸出或者乐观或者焦虑的调子,他始终
是在场的,以乡土观乡土,以乡土本身的逻辑、情感去体验感悟乡土,乡土人物
从而获得了与叙述者对等的视野甚至对抗性,这一点也体现在莫言小说的叙事
艺术上。莫言倾向于将自我的乡土经验代入作品之中,或者径直在作品中设置
一个叫莫言的人物,如《生死疲劳》《酒国》中的作家"莫言",《牛》《草鞋窨子》《四
十一炮》中那个无事生非、滔滔不绝,游走于成人世界的小孩。当然作为小说人
物的莫言与文本之外真正的作者不可同日而语,但就读者的阅读体验来说,这
种故意模糊甚至泯灭"作者—叙述者—人物"之间的界限的叙事技艺不可避免
地造成了一种真幻相生的艺术效果,某种程度上消除了传统乡土被悬置于叙述
之外的那种隔膜感,这种叙事技艺的背后是作者不希望,也不认同以一个他者
的身份去充当乡土的阐释者,发挥一种代言的功能,而是希望把自我看为在场
者和乡土本身的组成部分,是"作为老百姓写作"立场的一种落实方式。

　　当然,莫言不仅写出了类似蓝脸这种"单干"的农民与土地情感联系血缘般
的亲和,也更多地写出了这种联系的痛苦、无奈,以及情感之外更为直观、更为
生动的身体联系的疲乏、撕裂,这是乡土主体崛起的另一坚固支撑。"面朝黄土
背朝天",无休无止而又不得不然的劳动正是构成这种情感/身体联系的基本内
容。所以莫言并不掩盖劳动肉体消耗的本质,绝不将其纳入浪漫田园或蒙昧怪
乱的话语系统。如果说鲁迅倾向于透视乡土灵魂的深处,沈从文倾向于描摹乡
土身心的和谐,那么莫言则执着地聚焦于乡土肉体的疼痛。而这种最大、最深
也最为直观的疼痛体验基本上来自形而下层面的以生存为目的的劳动斗争。
比如围绕割麦子的劳动,一方面,莫言在《大风》《地主的眼神》等作品中传神地
描摹了农民高超的割麦技艺,将割麦比赛看作是某种玩票性质的身心享受,传
达出一种飞扬欢乐的乡土劳动美学,稍稍突出其精神属性的面向,但仅仅到此
为止,拒绝传达一种更为高蹈的精神性含义。另一方面,又在《天堂蒜薹之歌》
《丰乳肥臀》等小说中大量地写到了这种顶着毒日头进行劳动的疲累和苦涩,而
这种疲累苦涩的身体体验又构成了小说人物尤其是乡土人物悲惨命运的重要

组成部分或者说一个形而下的基础。《天堂蒜薹之歌》中高马和金菊的爱情对话就发生在割麦时,这一劳动的苦和累,对身体构成的摧折:"疼痛的腰眼""被麦秸的锐利茬口戳出来的胸脯上的红斑点"成为高马对金菊生发情愫的媒介,进而组成一出混合着同情、怜悯和男女之欲的朴素而苦涩的乡土爱情悲剧。劳动在这里既没有改革文学中的意识形态属性,也没有寻根文学中的文化隐喻,劳动是乡土的劳动,也是自然的劳动,具有随物赋形的自然流淌的状态,而非一种为物赋形的思想容器。

如果说乡土主体的崛起集中体现于莫言对传统农民形象的塑造上,那么与之相对的由现代农民所构成的乡土主体则呈现一种零散化的状态。所谓零散,既是一种客观历史语境变迁,也是一种文本形式表现,就是由浑然一体化整为零,重新碎化,进而散落、化入整个社会生存共同体系统,不再具有隔离状态下的相对独立的性格逻辑、情感结构乃至群体症候和主体面向,而是"同呼吸共命运"。面对这种时代变迁,像塑造传统农民那样去塑造现代农民,用城乡异质时代培植、结构的乡土经验系统来触碰、涵纳乡土社会现实,进入年轻一代的意识、心理深处,把握他们的性格逻辑和情感结构,形塑出一种既迁延又异变、既断裂又赓续的现代乡土主体成为横亘在莫言这一代作家面前一道高大的"门槛"。因此我们看到,不同于亲身经验的传统乡土时代的乡土书写,一旦涉及当下的、现代(这里主要指市场时代)的乡土变迁,面对市场时代农民谋生方式、劳动方式的变化多元,莫言的笔触往往显得有些"凌乱"。作者已经没有为了突出农民与土地血缘般联系,将劳动与人格尊严、人性自由与生命力创造相连接时的神采飞扬,抑或与身体摧折相联系时拒绝任何升华的疼痛感,而是将之纳入一种后现代视野中去探察:既生气勃勃又榛莽丛生,既勇猛精进又狭隘保守,既五光十色又光怪陆离。这里仅举一例为证。莫言所勾勒出的新时代由市场文化孕育出的农民形象,切断了与土地那种血缘般的情感联系,沦为"发达的暴发户"的绘像,作者总是从世俗生活衣食起居的物质层面去打量、涂抹人物进而认识整个变动了的时代,比如《等待摩西》中,对富起来的"柳摩西",作者用抽 555 牌香烟、喝好酒、坐飞机、离婚、镶金牙等细节来"堆积"这一形象,这些堆积的细节往往只突出一种外在的视觉冲击的观感,显得浮华有余而深透不足。无疑,作者选取这些充满暴发气息的、金光闪闪的世俗生活细节意在突出一种以物质欲望为内在驱动的消费文化景观,以及新的劳动伦理内涵,表征了莫言的一种年代观感,并传递出对这种物欲追逐的疏离乃至厌恶,这或者可称之为莫言式的劳动异化观。莫言不是在哲学的意义上去运用劳动异化,因为中国没有一个充分工业化的社会生产基础,莫言的劳动异化究其实是一种人性欲望的无度和失衡,这让人想起鲁迅的历史论断:中国的历史中从来没有诞生什么思想和主义,有的只是大小丈夫们对威福、子女、玉帛以及永生之梦的追逐。当然,这种疏离和厌恶的背后似乎仍然是一种传统农民式的视野、心理和价值取向,这也进一步证明了莫言传统乡土经验系统的完整与牢固,不要忘了,相同的物质景观,在以贾平凹为代表的改革文学那里曾经被处理为一种时代进步的象征而散发出现代性的光芒。只是在面对由这种传统乡土经验系统或者说视野观照、体悟出的新一代乡土主体,作为读者的我似乎无法得到一个像蓝脸、西门闹、上官鲁氏那样完整、灵动的主体印象,我在阅读文本时顺叙述之流流畅而下,没有遭遇这样一种阅读体验:人物横亘眼前,你不得不与之遭遇、与之对话,并在聆听他们与时代纠缠的经历后耸然动容。

值得追问的是,为什么这一传统乡土经验系统视野在观照、重构历史乡土时能获得一种切己的、浑然丰厚的叙事,而到了这里就变得飘浮灵动有余而深沉厚重不足呢?就更多地依靠文本技艺的打磨和猎奇故事的堆积了呢?是否可以说,莫言曾有的完整的乡土经验,在塑造旧式农民、讲述曾亲身参与其中的乡土变迁时有一种如盐入水般的融洽,然而随着城乡的变动和自我身份的变化,当他以一种返乡的姿态去打量这种变动时,曾有的那种经验系统反而成为一种障碍?即以新发表的这几篇短篇而论,莫言所着重感慨的是旧人旧事,对乡村的年轻一代,则如蜻蜓点水,浅尝辄止,像是对以往岁月的一种总结式写作,更像是一个返乡者的"访问记"。

《红高粱》：从小说到影视的转译

邹贤尧[①]

【摘　要】《红高粱》作为文学经典，在全媒体的链条上展开。其中，电影版《红高粱》和电视剧版《红高粱》对小说原著做了较为成功的视觉转译。电影版通过缩削以达到放大、强化的艺术效果，电视剧版则通过拉长、弱化、修正而实现了"时间距离""过滤"后的合理阐释。而影视版都带有原小说"影响的焦虑"的因素，是对原小说误读、偏离以至续完、修正所带来的结果。同时，影视版的《红高粱》也反哺了小说原著。

全媒体时代，一部优秀的文学作品并非单纯逗留在单极的媒体上，而是在多极的媒体上竞相绽放。莫言的小说《红高粱家族》就是这样的文学作品，作为一部文学经典，它不断被演绎成电影、话剧、电视剧、舞剧、戏曲等多种艺术形式，在影院、电视屏幕、舞台、电脑、手机等全媒体的链条上展开、延伸。按学者王洪岳的说法，是已然形成了一种"红高粱美学"，"其领域几乎涉及了当代中国所有的艺术门类"[②]：纸质的、"书写—印刷"的小说《红高粱》1986 年 3 月在《人民文学》发表，1987 年 5 月作者将其与《高粱酒》等其他四部中篇小说结集为《红高粱家族》，由解放军文艺出版社出版。张艺谋随即于 1987 年将中篇小说《红高粱》和《高粱酒》整合，改编为"摄制—影像"的电影《红高粱》。接着又有山东华艺雕塑艺术有限公司设计师谭宏伟塑造的"红高粱"系列形象，当地走出去又

---

① 邹贤尧，湖北仙桃人，浙江师范大学文化创意与传播学院教授，硕士生导师。
② 王洪岳：《红高粱美学：从小说到电影到电视剧》，《淮阴师范学院学报》2015 年第 5 期。

回归的画家刘铁飞的"红高粱"系列绘画,天津评剧院创作演出的史诗评剧《红高粱》,根据《红高粱家族》改编而成的话剧《九儿》,青岛歌舞剧院创作排演的舞剧《红高粱》,以及 2013 年开拍、2014 年底开播的 60 集电视连续剧《红高粱》。

　　按照伽达默尔的说法,"通过文字固定下来的东西已经同它的起源和原作者的关系相脱离,并向新的关系积极地开放。像作者的意见或原来读者的理解这样的规范概念实际上只代表一种空位,而这空位需要不断地由具体理解场合所填补"[①],小说《红高粱家族》在 1987 年问世之后,就已与莫言"脱离关系",留出了诸多"空位",上述电影、电视剧、舞剧等版本的《红高粱》,就是不断地对这"空位"的"填补"。与小说原著的经典相呼应,这些"填补版"尤其是电影版《红高粱》、电视剧版《红高粱》也都堪称经典,与小说形成互文。正是在这个意义上,我们说影视等版本的《红高粱》是对小说原著的一种"转译",它是对小说《红高粱》(或《红高粱家族》)的"不忠实的翻译",是"直译的补充",原小说复杂的意旨、富于联想性的情节与意象,提供了影视等视觉转译模式建构的丰富可能性。

一、电影《红高粱》:缩削、放大与强化

　　1988 年电影版《红高粱》(张艺谋导演,巩俐、姜文主演)主要以缩削、"做减法"的方式,完成对原小说的视觉转译。张艺谋的"前见""期待视野"一开始就与作者莫言、与小说《红高粱》达成"视界融合":"我个人一向喜欢具有浓郁粗犷的风格和灌注着强烈生命意识的作品。《红高粱》小说的气质正与我的喜好相投。"[②]这种"融合"从一开始就是富于能动性的"主体性融合",它略去了小说《红高粱》中其他的东西,单单挑中了其"粗犷风格"与"强烈生命意识",于是电影对小说的转译,就非常有选择性地聚焦于粗犷与生命意识。

　　为了突显这一点,电影首先对小说的人物做了一定的简化、缩削,冷支队长、余大牙、玲子姑娘、任副官、县长曹梦九、二奶奶恋儿、单五猴子庄长以及余占鳌的母亲、和尚等人物都被删削,相应地,九儿(戴凤莲)、余占鳌、罗汉大叔等

---

① ［德］伽达默尔:《真理与方法》,洪汉鼎译,上海译文出版社 1999 年版,第 388—400 页。
② 张艺谋、张明:《赞颂生命　崇尚创造》,张明:《与张艺谋对话》,中国电影出版社 2004 年版,第 45 页。

人物的个性及其命运被充分放大、强化,尤其是九儿(巩俐)的形象得以极其鲜明地彰显。

与人物相应,电影对小说的故事情节做了较大幅度的删削:有关余占鳌杀死与母亲私通的和尚、母亲上吊,余占鳌与二奶奶恋儿的感情纠葛,以及他与冷支队长的联合或者对抗;有关九儿与罗汉大叔等人的情感"暧昧",她与二奶奶恋儿的亲近或者冲突,以及她认县长曹梦九为干爹;如此等等。甚至作为小说主干的抗日故事,也被电影删减到不到三分之一。被删削的这些情节,或者干脆被电影略去,或者以"我"的画外音一口带过——另有一些背景、环境性因素也都借助于叙事者"我"的画外音交代、处理。被选中、被留下来的那些情节——颠轿、野合、祭酒神、罗汉之死、九儿之死,则成为电影的重点组合段,被浓重渲染。

被删节的还有原小说中作为线索的复线,小说是在豆官随其土匪司令父亲余占鳌前去阻击日军的"现时叙述"中,不断穿插关于九儿出嫁以及与余占鳌高粱地野合、余占鳌杀死和尚以及单家父子、伙计们酿酒、曹县长断案等的"追叙"中推进故事的,而到了电影里,线索由复线变成单线,叙述由非线性变成线性,按照九儿与余占鳌相识(抬轿中遇劫匪,余出手相救)—相恋(高粱地野合)—误会(余贸然闯屋,被九儿赶出)—共同作战(阻击日军,九儿赴死)的单一的情感线索,按照自然时序顺序展开故事,甚至没有一处闪回,使故事简明、清晰,易于被受众接受。相应地,影片要表达的思想情感、主题意蕴也易于抵达受众的内心。

电影对小说故事、人物、线索等的简化、删削,固然是因为一部影片的时长、容量有限,但更重要的原因在于电影主创人员在适当缩削情节的同时,意在强调、突出影音造型,借助凝练写意的、风格化的影像诉诸观众强烈的视听感受,从而以富于冲击力的视听语言将原小说的主旨放大、强化。电影色彩饱满浓郁,由红高粱、血红的高粱酒、红轿子、红盖头、红窗花、影片结尾日食后的红色世界所构成的色彩表意系统,由唢呐、鼓点、主题曲《妹妹你大胆往前走》、"红红的高粱酒"等构成的声音表意系统,以风格化的构图、造型,泼墨式的写意表象,着力打造了诸如颠轿、野合、祭酒、阻击等经典段落,将勃发的生命、坦荡的人生、澎湃的血性、人性的自由和舒展充分放大,酣畅淋漓地在银幕上表现出来。

如果说"小说《红高粱》是一种幻想现实主义作品,而影片则倾向于表现主义"①,其声音、构图、造型、场面调度乃至演员表演,都具有鲜明的表现主义色彩。

二、电视剧《红高粱》:拉长、弱化与修正

相对地,2014年60集电视连续剧版《红高粱》(郑晓农导演,周迅、朱亚文主演),则因为电视连续剧的体制必然地将原小说的人物与故事进行了拉长、增补,新增了原小说所没有的人物戴大牙、淑贤、张俊杰、朱豪三等,也就相应地增加了诸多故事情节。有的人物在原小说的基础上拉长、变形,如戴大牙源自余大牙,将原小说"过客"式的过场人物余大牙戏份加大,人物性格更加丰富鲜明;张俊杰仿佛是新增加的一个人物,但还是与原著人物任副官有一定的渊源,并在原有基础上增添了人物"前史"——张俊杰与九儿青梅竹马,遭家人反对,私奔不成,后投奔革命,联合余占鳌、朱豪三、花脖子一起抗日;朱豪三作为铁血县令,固然有小说中的曹梦九为其原型,但其戏份与形象魅力超出原小说许多。淑贤作为单家大嫂,则是电视剧完全新增的人物,从而有了单家大嫂淑贤与单家管家罗汉大叔的爱情戏,最终二人走到一起。

与原小说和电影版《红高粱》相比,电视剧版《红高粱》适当弱化了原有的粗粝、豪迈与写意风格,尤其是朱亚文饰演的男主人公余占鳌相比姜文饰演的同样角色,"霸气"和"粗鄙"都相对有所弱化,甚至被"净化"——不再杀人越货,其成为土匪也是被"逼上梁山",同时对九儿的爱忠贞不贰。更为弱化的是电视剧的总体风格,不似小说及电影那样有浓郁的写意色彩、强烈的影音造型。电视剧在拉长故事情节的同时,相对弱化了色彩构图、写意表象,写实性相应地有所加强。

值得一提的是,电视剧对原小说以及电影处理不甚恰当的一个情节,做了必要的、更为合理的修正,为了给戴凤莲解除后顾之忧,余占鳌潜入单家,将单家父子置于死地,并抛尸野外。人物(余占鳌)对自己的暴虐行为并没有感到任何不妥,"杀了单扁郎,他不后悔也不惊愕,只是觉得难忍难挨的恶心"。而叙事者(作者)也更多是借此渲染主人公的生命力,似乎寻觅不到一丝的批判意味,

---

① 王洪岳:《红高粱美学:从小说到电影到电视剧》,《淮阴师范学院学报》2015年第5期。

缺乏对弱者(麻风病人)生命的必要同情。而电视剧版《红高粱》则对余占鳌主观蓄意的杀人行为运用了另一种处理方式——由冲动杀人转变为误杀,于是人物行为的暴虐性被削弱,主创人员的价值判断也更为人道。从某种程度上讲,这是"时间距离"起到的修正作用,拍摄于2014年的电视剧版《红高粱》距离原小说以及电影将近30年,将近30年的"时间距离"成就了创造性,它使得新意义不断被挖掘。"时间距离"为新意义的产生提供了场所,也为接受者的参与创造准备了条件,"时间距离可以使存在于事情里的真正意义充分地显露出来"[①],经过时间的沉淀,在《红高粱》生命强力的热度经过必要的冷却之后,有些东西需要反思了,比如为了突显余占鳌的生命强力、野性勃发,而不顾有病无罪的弱者单扁郎及其同样无辜的父亲。"时间距离"对其具有过滤性的作用,"不仅使那些具有特殊性的前见消失,而且也使那些促成真实理解的前见浮现出来"[②],"真正的意义从一切混杂的东西中被过滤出来"[③]。电视剧对余占鳌误杀单氏父子的最新处理,其中所蕴含的人道主义精神,便是被"时间距离"过滤出来的"真实理解"、合理阐释。

三、影响的焦虑与影视反哺

电影版与电视剧版《红高粱》显然都受惠于原小说,原小说的经典、成功给予电影与电视剧以营养,同时也给影视改编以"影响的焦虑",为摆脱这种焦虑,必然误读、偏离。相比之下,张艺谋电影焦虑似乎小些,电影与小说一样,张扬无拘无束、奔放无羁的生命能量。但尽管如此,初次执导电影的张艺谋,面对在顶级文学杂志《人民文学》上发表的、引起强烈反响的莫言小说《红高粱》,还是有着比较明显的"影响的焦虑",他对人物与故事以及线索的删削,固然是因为电影的时限所致,也是因为要摆脱这种影响之焦虑而剑走偏锋,彰显他的影像优势,彰显他的影音造型冲击力。

而电视剧版《红高粱》则因为小说作者获得诺贝尔文学奖、电影获得柏林国

---

① ［德］伽达默尔:《真理与方法》,洪汉鼎译,上海译文出版社1999年版,第385页。
② ［德］伽达默尔:《真理与方法》,洪汉鼎译,上海译文出版社1999年版,第385页。
③ ［德］伽达默尔:《真理与方法》,洪汉鼎译,上海译文出版社1999年版,第388页。

际电影节大奖,压力、焦虑更大,因而误读、偏离也更多,上述增添、拉长故事与人物之举,固然是因为电视连续剧体例之故,更重要的是为了摆脱小说、电影的影响,力图彰显自己的独特性,因此电视剧将九儿的女性主义视角放大,将余占鳌的男性力量弱化,将朱豪三、张俊杰等人的戏份及影响力加大,都既是一种被动的偏离,更是一种主动性的误读,按伽达默尔的说法,"理解不是一种被动的行为,而是一种积极的、建设性的活动,它本身便包含了创造的因素。理解必须被看作意义生成的过程,意义总是通过理解而形成的,它绝不是什么先验的、客观自在的、固定不变的东西。事物本身并不具有意义,只是当它作为了理解的对象时才获得某种意义"①。电影版与电视剧版《红高粱》对原小说的视觉转译,都是一种"积极的、建设性的活动",都是新的意义不断生成的过程。尤其如上所述,电视剧版《红高粱》不仅有对前辈"巨作"——莫言获奖小说以及张艺谋获奖电影为摆脱"影响之焦虑"的误读、偏离,还有续完与修正,构成"影响与焦虑"的一个完整链条。它对由余大牙改造而来的戴大牙的有关情节的展开,对由任副官加工而成的张俊杰"前史"与"后续"的叙述,如此等等,就是对小说与电影的"续完"。而上述对余占鳌误杀单家父子的设计,则是对原小说(包括电影)的某种"假前见"的必要的"修正"。这都显示出电视剧版《红高粱》作为"后来者"的光芒。

另一方面,电影电视剧的改编也反哺了原小说,莫言之获诺奖,固然是其杰出的文学成就所致,但与电影《红高粱》获 1988 年柏林国际电影节金熊奖,由此在海外传播不无关系。电影将原小说的要义、精华浓缩、放大、直观化、生动化了,而且将原先更多在文学圈子里起反响的小说,通过电影的大众性而扩大了受众层面。而 2014 年电视剧版《红高粱》的热播,也无疑为原小说在广大受众特别是在新一代人群、年轻的网民中的进一步推广起到了积极的作用。原小说被影视再次开发、重新"点亮",相隔近 30 年的"时间距离"(这中间当然有 2012 年莫言获诺贝尔文学奖的契机,但是他的其他作品如《丰乳肥臀》《蛙》《檀香刑》《生死疲劳》《酒国》等分散了《红高粱家族》的注意力),原小说以至电影又被电视剧比较成功地视觉转译,从时间深处召唤出来。

---

① 郭宏安等:《二十世纪西方文论研究》,中国社会科学出版社 1999 年版,第 276 页。

论电影《暖》对莫言小说
《白狗秋千架》的改编

常　凌①

【摘　要】莫言小说《白狗秋千架》被改编为电影《暖》。比之原著,出于电影的大众文化特点的需要,《暖》情节通俗圆融,场景唯美奇观,凸显双线结构,人物美化、扁平化,台词呈现温情与诗意的表达特点。而象征意象与结尾均出现重大变化,导致主旨媚俗,内核却更为残忍。

2003 年,莫言的短篇小说《白狗秋千架》(1985 年 4 月发表),由导演霍建起改编为电影《暖》。电影在出品公司名字之后的第一个画面就是一行大字"根据莫言作品《白狗秋千架》改编",说明电影制作方非常看重经典作家莫言这一身份,也对其作品抱有极大的信赖,但是电影剧本与原著小说并非遵循同一路径,读者与观众对二者的评价与接受也往往脱离不了改编这一行为。《暖》的编剧是秋实,主演有郭晓冬、李佳,获得东京国际电影节金麒麟大奖和金鸡奖最佳故事片奖与最佳编剧奖。《暖》采用双时空交叉转换的叙事方式,通过唯美流畅的镜头语言,将现实和回忆的故事交织在一起。霍建起导演的电影一向以艺术性强、面向小众群体为特点,电影《暖》与原著相比,出于电影艺术特点的需要,情节更为通俗圆融,场景更为唯美奇观,凸显双线结构,人物更为扁平,主旨媚俗化,内核却更为残忍。

---

① 常凌,文学博士,广西大学戏剧影视文学专业教师,研究方向为影视文学、大众文学。

一、关于环境

从原著中炽热的山东高密东北乡换成了有着细雨与煦阳的南方水乡,高大刺人的高粱叶子变成了柔情依依的芦苇。原著中是一派让人烦躁不安的环境:形容日头是"狠毒的","太阳一出来,立刻便感到热,蝉在外面树上聒噪着"[①];关于东北乡夏日的高粱地记忆是"我很清楚暑天里钻进密不透风的高粱地里打叶子的滋味,汗水遍身胸口发闷是不必说了,最苦的还是叶子上的细毛与你汗淋淋的皮肤接触"[②]。面对这些,主人公"感到恶心、燥热",即使是下了雨,也并无滋润的诗意,而是"早就蒸发掉了,地上是一层灰黄的尘土。路两边塞窣着油亮的高粱叶子,蝗虫在蓬草间飞动,闪烁着粉红的内翅,翅膀剪动空气,发出'喀达喀达'的响声。桥下水声泼剌,白狗蹲在桥头"。这些粗鲁的描写使原著中的环境并不悦人。

而电影中让观众感到的温情与诗意很大程度都来自江西婺源的实拍外景。婺源的景色构成了影片唯美的影像画面。霍建起的乡村题材电影都表露出浓浓的温情,在他的电影中,农村的生活不再像《黄土地》那样的贫瘠,画面也不是那么的荒凉,而是充满生机与活力。《那人那山那狗》是在大片大片的绿意中讲述故事,而《暖》也是如此,整部影片呈现出唯美的电影诗风格。整部影片给人的感觉便是宁静悠扬、清新淡雅,每个定格画面都是一幅优美且讲究的古典画,每个长镜头都是一行对仗工整的诗。影片节奏舒缓,镜头运用含蓄内敛。镜头之下的江南小乡村、白墙黑瓦、青石路和木板桥都在无声地诉说着它的美丽与包容,大片的黄色的芦苇在阳光的照射下,让整个大地呈现出金黄的色调,这种自然的美景仿佛是一个天然的舞台,而故事也在这个舞台上缓缓上演。这种如诗如画的景色,无须言语,它的一草一木、一砖一瓦都蕴含着一种简单质朴的诗意,在镜头的表现下,它在整体上体现出一种唯美的诗化风格,营造了寓温馨于平常朴素的情感和意境。

---

① 莫言:《莫言文集 白狗秋千架》,当代世界出版社 2004 年版,第 102 页。
② 莫言:《莫言文集 白狗秋千架》,当代世界出版社 2004 年版,第 102 页。

二、人物的美化与扁平化

《暖》与《白狗秋千架》在整体故事情节上无大变化,无论是小说还是电影,给人第一印象便是人物命运尤其是女主人公暖的命运的悲哀性,两次等待恋人都以失望结局。但是在具体人物角色设置上,电影很大程度上美化与扁平化了人物。在小说中,暖本是一个漂亮、能歌善舞,最有希望走出村子的女生,但是由于秋千的年久失修被刺瞎了一只眼,成了"个眼暖"。在爱情上,两次无结果的等待,使得她嫁给了哑巴,一个她讨厌的、整天"捉弄"她的男人,但是悲剧在此并未结束,暖后来又生了三个孩子,全是哑巴。对于暖,一个地道的农村妇人来说,这种人生无疑是残忍的。年轻如同一朵花的暖在十年后与男主人公重逢时已经是"用左眼盯着我看,眼白上布满血丝,看起来很恶"[1],言语粗鲁,她不再理会男主人公对故乡的思念这种细腻的情感,回应"有什么好想的,这破地方。想这破桥?高粱地里像他妈×的蒸笼一样,快把人蒸熟了"[2]。暖的行为已和原本她不屑的乡村粗人一样,她"沿着漫坡走下桥,站着把那件泛着白碱花的男式蓝制服褂子脱下来,扔在身边石头上,弯下腰去洗脸洗脖子。她上身只穿一件肥大的圆领汗衫,衫上已烂出密密麻麻的小洞。它曾经是白色的,现在是灰色的。汗衫扎进裤腰里,一根打着卷的白绷带束着她的裤子,她再也不看我,撩着水洗脸洗胳膊。最后,她旁若无人地把汗衫下摆从裤腰里拽出来,撩起来,掬水洗胸膛。汗衫很快就湿了,紧贴在肥大下垂的乳房上"[3]。

电影《暖》在改编过程中缓和了这种残酷性,让暖变成了一个瘸子,走路的一瘸一拐不影响面容的美丽与动人,甚至还可以引起男性对弱女子的怜悯感,都是残疾,但是有极大的美化,暖在家里接待井河时的举止依然是礼貌、文雅。也正因此,电影中暖的第一次出场保留着原著中旁若无人的掬水洗胸膛场景与整体电影显得突兀跳脱,让观众难以理解前后的暖是同一个角色,忠于原著的人物细节在美化的电影角色身上显得生硬而游离。同样,原著中暖生了三胞胎

---

① 莫言:《莫言文集　白狗秋千架》,当代世界出版社 2004 年版,第 104 页。
② 莫言:《莫言文集　白狗秋千架》,当代世界出版社 2004 年版,第 104 页。
③ 莫言:《莫言文集　白狗秋千架》,当代世界出版社 2004 年版,第 104 页。

男孩,均是哑巴,他们"站在门口用同样的土黄色小眼珠瞅着我,头一律往右倾,像三只羽毛未丰、性情暴躁的小公鸡。孩子的脸显得很老相,额上都有抬头纹,下腭骨阔大结实,全都微微地颤抖着"①。这三个哑巴男孩实在谈不上可爱,更让人痛苦的是三个孩子遗传了父亲的哑,暖命运惨烈。但在电影中三个小哑巴也改成了一个可爱美丽、身体健康的小女孩,女孩非常体贴她的父亲母亲,是暖的贴心小棉袄。这种改编让观众感觉不那么残忍与绝望,这样观众更易接受,因为没有谁愿意看到如此彻底的绝望,电影比之小说的商业性更强,更想满足观众渴望美好结局的愿望。

暖的初恋对象身份也有变动。小说中是一个军队里的文艺军官,电影中变成了剧团里的当家"小武生",他们的爱情就萌动于戏台下,被台上的精彩表演打动,在光线温黄的后台化妆室,"小武生"为暖描眉敷粉,电影用一种古典艺术的氛围来衬托青春与初恋。蕴藉风流的传统京剧小生要比小说中行伍出身的蔡军官温柔细致,让两人的恋情带上了追求艺术之美的寓意。小说中蔡军官出发之后再也没有回来,很难说清是无情负心还是战争带来的无常死亡和流离,暖初恋破灭应该是一种命运的随机,但在电影中因为"小武生"的身份而带上明确的道德评价,戏剧冲突增强了,悲剧性却欠缺了深度。

同时,哑巴也不再是小说中远隔数十里村庄的陌生人,而是和他们一起长大的伙伴,一直爱慕着暖,在暖身边陪伴支持着她,这使人物关系更复杂,成了个四角恋爱结构,平添了许多故事,也使人物的归宿水到渠成,降低了小说中"下嫁"的痛苦,成为暗合言情故事中的"最好的其实在身边"的叙事桥段。

三、台词的温情与诗意的表达

尽管在小说和电影中,残酷的故事内核都不曾删去,但我们在观看影片的过程中,并没有强烈地感受到主人公命运的残酷性,反而感到了一份温情与诗意。影片表现诗意的一个重要方面就是男主人公井河的十几段独白台词,这些娓娓道来的话语并非叙述而是抒情。比如,"感伤像空气一样包裹着你","我的承诺就是我的忏悔,人都会做错事,但不是每个人都能弥补的,如此说来,我是

---

① 莫言:《莫言文集 白狗秋千架》,当代世界出版社 2004 年版,第 103 页。

幸运的……"这些富有诗意的独白的运用,使得影片更添一种哀愁和感伤,折射出主人公井河无奈、愧疚等复杂心情。唯美的电影镜头与井河的独白结合在一起,营造出了电影中诗一般的气氛。这种诗化的影像语言在很大程度上消解了原著故事本身的残酷。另外,在影片的叙述方式上也趋于散文化,没有一个完整的故事,也没有一个明朗的结局,有的只是一个个让人或感动或感慨的人物形象。以塑造人物为中心的生活片段代替了激烈的冲突和高潮,使影片的节奏似平静的河水流淌。

四、象征性意象的调整

小说中的重要意象有白狗、秋千,物品有小梳子、糖、折叠伞。在影片中,白狗完全消失了,秋千、折叠伞成为象征性的重要意象,糖依然是重要的叙事元素,小梳子也换成了小镜子。

白狗在小说中是非常重要的意象,还带着奇幻色彩。白狗是高密东北乡特产的一种狗,是男主人公家里养的,一直贯穿于和暖的相处中,包括从秋千上摔下时,男主人公离开家乡后,白狗就一直跟着暖,小说中关于狗的描写并不可爱,它难看,狗眼混浊、细筋细骨,但是温顺宽厚,某种意义上,白狗的命运与暖同病相怜。暖形容自己的生育,是"一胎生了三个,吐噜吐噜,像下狗一样"①。男主人公看到暖下垂的乳房,联想的童谣到"没结婚是金奶子,结了婚是银奶子,生了孩子是狗奶子"②。暖在多年等待的岁月里也一直盼着白狗能把她的爱人带回来,或许小说中白狗意象的确不够唯美,过于惨厉,才在电影中被完全舍弃。

秋千是出现次数最多的,也是最具有象征意义的一个意象。不管是小说还是电影,暖都是在男主人公推送秋千时摔下秋千导致残疾。开头一句画外音"我和暖之间发生的事情好像都和秋千有关",便奠定了秋千在片中不可替换的重要作用。秋千在片中或叙事或抒情,让一切事件与情绪在秋千的飘荡中展现得淋漓尽致。影片编剧秋实曾说过,秋千是一种假想的飞翔,它快要离开的时候又会有一种离不开的纠缠。这在暖和井河身上都得以体现。暖在秋千上"看

---

① 莫言:《莫言文集　白狗秋千架》,当代世界出版社 2004 年版,第 103 页。
② 莫言:《莫言文集　白狗秋千架》,当代世界出版社 2004 年版,第 103 页。

到"了北京和天安门,看到了美好的未来,可以说,是秋千给了暖一颗飞翔的心,让她充满了飞向外界的希望,但又是秋千让暖发生了意外,让她失去了最后一点走出乡村的机会,把暖所有的希望都覆灭了。因此,秋千是暖梦想人生的起点,也是她梦想结束的地方。对于井河来说,除却那次意外,秋千是他记忆中最美丽的地方。他们一起在秋千上庆祝丰收,一起畅想未来;他在秋千上看到暖和小武生谈"恋爱";他在秋千上送暖红纱巾,并且借助飞扬的秋千鼓起勇气向暖表达爱意,并向她许下承诺;也正是秋千上的意外,让他疯狂地想走向外界。秋千在某种意义上来说,是井河实现理想的催化剂。井河考上了大学,留在了城里,看似离开了家乡,离开了暖,但他内心深处无处安放的纠缠,如同晃荡的秋千一样,始终无法彻底摆脱。秋千其实是这十年来井河的一个心结所在。

小说中暖的初恋对象给暖的临别礼物从小梳子变成了镜子,是片中的一个重要道具。镜子比梳子更能代表梦想与现实的关系。暖一生的追求更是镜花水月。镜子,本是对事物的客观再现,但是在影片中,却被赋予了梦幻色彩,成为一把梦之镜。当暖拿着镜子看着被小武生化妆后的自己,她欣喜激动,这样的一个全新的自己,让她感到梦想触手可及,却全然忘了,镜子也会"说谎",而她看到的,其实只是一个化过妆之后的戏剧脸谱,是一个美丽的梦幻场景。这种梦幻让暖始终坚信小武生会回来接她,直到发生意外后,把镜子扔进了湖里,激起层层涟漪,复而又归于平静,这种平静映射的是暖死寂的心。

糖果在小说与电影中都是重要的叙事元素,电影保留了小说中哑巴将男主人公带来的糖果强迫给暖吃这一情节,这一情节说明了哑巴对暖默默的爱。

自动折叠伞在小说中是男主人公临别送给哑巴的礼物,也并没有说明颜色,在电影中,这把伞被给予了浓墨重彩的描述。它是红色的自动伞,是整个现在时空中的一抹最艳丽的色彩。在落后老旧的暖的家中,这把伞显得那样的突兀与不自然,与之前暖戴的斗笠相对照,它更清晰地说明了两人之间不可逾越的距离。井河要把它送给暖,暖推辞,再送再推,一直到最后转送给暖的女儿,代表着外面的现代世界的红色自动伞,也代表着井河对暖的歉意,对于暖的女儿来说,伞又象征着一种希望,走出村子的希望。

除秋千与镜子,还有许多意象都被赋予了特殊的含义。如井河撑伞走过的狭长曲折的雨巷,象征着井河面对暖复杂的心境;糖和糖纸是暖的女儿对外面花花世界的向往与憧憬。电影以其形象化的特征放大许多视觉意象。

五、以色彩建制双时空结构

小说中以"我"还乡遇到白狗和暖开始,穿插着几段回忆交代"我"和暖的过去。回忆与现实也并无明显的氛围差别,现实一片残缺,回忆也并不温暖:"你坦率地对我说,他在临走前一个晚上,抱着你的头,轻轻地亲了一下。你说他亲完后呻吟着说:'小妹妹,你真纯洁……'为此我心中有过无名的恼怒。你说:'当了兵,我就嫁给他。'我说:'别做美梦了!倒贴上 200 斤猪肉,蔡队长也不会要你。''他不要我,我再嫁给你。''我不要!'我大声叫着。你白我一眼,说:'烧得你不轻!'"①即使是在描写"我"和暖夜里偷偷溜去共打秋千时,氛围也很诡异阴森:"秋千架竖在场院边上,两根立木,一根横木,两个铁吊环,两根粗绳,一个木踏板。秋千架,默立在月光下,阴森森,像个鬼门关。架后不远是场院沟,沟里生着绵亘不断的刺槐树丛,尖尖又坚硬的刺针上,挑着青灰色的月亮。"

在电影中,由于增加了许多情节,容量变大,编剧设置了一个清晰的双时空结构,将故事放置在过去、现在两个时空中来讲述,过去时空基本是暖色调,代表着过去美好的回忆,现在时空是冷色调,以青蓝色为主打色调,再加上淅淅沥沥的雨,使得影片呈现出一种冷静与沉重的气氛。在电影中,前面所述的两处重要情节所处的时空色调异常温暖美好,以区别于现实这个阴雨连绵不断的灰色时空。"歌德在《色彩理论》中认为,黄色和蓝色是两种基本色彩,构成色轴上的两个极点。蓝色是一种能量,它处于负轴,最纯粹的蓝色有一种夺人的虚无。它是蛊惑与宁静这对矛盾的综合体。也许是因为优雅、忧伤、深邃、荡漾、纯净和内敛的'代言人',蓝色深得众多大导演的喜爱。"②《暖》的现实时空中主要以蓝、青、灰、黑、白五种色彩构成。灰蒙蒙的天、蓝黑的雨巷、灰暗的阁楼、蓝灰的砖瓦等,而人物的服装多以白色等浅色调为主,暖的女儿穿的红色也偏暗,不引人注意的红,在屋里也看不到一丝亮意。这种场景的设计除了是展示暖的现实生活之外,还让人觉得无比的沉闷与压抑,一如井河此时的心情。然而在井河的回忆片段里,温馨的暖色调一扫之前的阴霾,天空是晴朗无比的,温暖的阳光、金黄的大地、高高的稻草

---

① 莫言:《莫言文集 白狗秋千架》,当代世界出版社 2004 年版,第 103 页。
② [德]歌德:《色彩学·前言》,莫光华译,《中国书画》2004 年第 6 期。

堆,一派祥和明朗的景象。在记忆里,暖有着很多种颜色,这么多颜色中都透着幸福与期盼。化妆过的脸谱是暖颜色最多的时候,也是暖最美好的回忆。暖色的灯光在化妆镜的反射下让整个屋子都蒙上一层梦幻色彩,透过镜头观众看到了暖那张美丽的脸庞,这张脸谱是暖人生中最华丽的一幕。

六、结尾的重大变化

小说中暖等候在"我"经过的高粱地,要求"我"留给她一个能说话的正常孩子。暖对"我"倾诉了婚姻中的猜疑和痛苦,最后说:"我正在期上……我要个会说话的孩子……你答应了就是救了我了,你不答应就是害死我了。有一千条理由,有一万个借口,你都不要对我说。"①对乡土的追寻和回味是霍建起在本片中深入阐述的内涵。导演霍建起在影片中修改了结尾,修改为哑巴要求井河带走暖和女儿到外边的城市,暖流着眼泪和哑巴回家了,井河对暖的女儿许诺将来带她到城里读书。这样的修改使得矛盾没有发展到极致,这正是他所欣赏的隐而不发的状态。"修改后,主要讲三个人的关系,井河与暖的心理活动。原著更加惨烈些,作为小说可以,但更多观众希望生活更美好。如果像小说那样极致,文学作品是恰当的,但作为电影反而失真了,会削弱力量。"②但这样的修改似乎与莫言的风格相去甚远,关于这次改编,莫言依然坚持着他十多年前《红高粱》改编时的原则:"我认为小说一旦改编成影视剧就跟原著没多大关系了,电影是导演、演员们集体劳动的结晶,现在几乎有名的电影都有小说的基础,但小说只是给导演提供了思维的材料,也许小说中的某个情节、语言激发了导演的创作灵感。"③在《暖》之后,莫言作品的改编力度确实越来越大。

文学与影视能够相互转化与影响。文学与影视的结合是文学、影视和文化产业的商业化运作机制的结果,其在市场中的生命强度最大。文学影视化不是小说的萎缩,而是文学在当代传媒语境中新的存在方式。

---

① 莫言:《莫言文集　白狗秋千架》,当代世界出版社 2004 年版,第 108 页。

② 《电影捧红的作家》,上海图书馆,时间不详,http://www.library.sh.cn/dzyd/spxc/list.asp?spid=1941。

③ 《盘点:莫言作品改编的影视剧》,新浪读书,2012 年 10 月 10 日,http://book.sina.com.cn/news/c/2012-10-10/0714343963.shtml。

从现实故乡到文学故乡^①

——福克纳与莫言的文学故乡地理空间建构比较

陈晓燕^②

【摘　要】福克纳以自己的故乡为模板在文学中建构起一个"约克纳帕塔法县"。受其影响,莫言也以自己的作品建构起一个"高密东北乡"。但是在建构文学故乡的地理空间时,福克纳以写实性书写呈现"约克纳帕塔法县"的地貌格局,莫言则以创造性书写描绘"高密东北乡"的地貌景观。"约克纳帕塔法县"形成中心辐射式布局,"高密东北乡"则表现为散点式布局。两座文学故乡地理空间建构上的区别显示了两位作家创作个性的不同,也映照出两位作家文化背景的深刻差异。莫言在向福克纳学习的过程中成功地实现了外国文学经验的本土化,提供了一个世界化与民族化交互融合的可行性思路。

　　美国作家福克纳以他邮票般小小的家乡——坐落在密西西比河三角洲一带的奥克斯福小镇为蓝本建构起"约克纳帕塔法县",用文字建构起一个属于他的文学王国。这一文学创举,对后来的文学产生了深远影响,莫言就是在福克纳的启发下开始建构自己的文学王国的。1985 年,莫言的《白狗秋千架》以一句"高密东北乡原产白色温驯的大狗"开篇,就此拉开"高密东北乡"的帷幕。此后莫言宣称要"开辟一个属于自己的领地"^③,这无疑是福克纳的故乡书写在中国

---

　　①　本文是国家社科基金重大招标项目"世界性与本土性交汇:莫言文学道路与中国文学的变革研究"(13&ZD122)的阶段性成果。

　　②　陈晓燕,文学博士,湖北文理学院文学与传媒学院副教授。

　　③　莫言:《两座灼热的高炉——加西亚·马尔克斯和福克纳》,《世界文学》1986 年第 3 期。

的回响。不过,随着莫言笔下"自己的领地"在文字的堆积下从一块名不见经传的小地方逐渐发展成雄踞文坛的"文学王国",人们也惊奇地发现,福克纳的"约克纳帕塔法县"与莫言的"高密东北乡"虽然都源于相同的以"自己的文学王国"为核心指归的文学梦想,但在从现实故乡到文学故乡的书写过程中,两者却表现出诸多不同,而且这些不同的出现并不仅仅因为他们所依凭的蓝本不同。

一、以现实故乡为蓝本建构文学故乡

福克纳出生于美国密西西比州的新奥尔巴尼,后随父母先后迁居里普利、牛津镇,两次迁徙都没有越出密西西比河的庇护圈,"福克纳一家住在密西西比河三角洲之东,处于密州北部的丘陵地带"[①]。这片富饶的土地给予福克纳的不仅是物质上的供养,还有精神上的滋养。密西西比三角洲属于美国南方腹地,是美国南方文化的核心区域,南北战争前"把英国乡绅和地主老财的生活方式移植过来的梦想"[②]和种族主义思想、奴隶制度,共同造成美国南方社会中白人奴役黑人的社会现实。在福克纳出生前 30 年时南北战争就已经结束,但战争带来的阴霾却一直覆盖着南方社会。战争的惨败不仅令南方承担战败的沉重负担,而且让战前被掩盖着的种种危机问题完全浮现出来,北方白人投机者也大量涌向南方,那些沉浸在种植园主梦想、以贵族自居的南方富白人深感无所适从。直到南北战争结束 30 年后,南方的矛盾和问题远未得到实质性解决。福克纳在这个时候出生,南方沉重的历史、停滞不前的社会状态、现代性冲击下产生的社会问题都通过家乡小镇和他的家庭一起涌向了他。曾祖父显赫的声名、祖父成功的事业和父亲不断失败的人生,还有小镇上的各种家族故事,都令福克纳沉默又疯狂。福克纳的"约克纳帕塔法县"就是以这样的三角洲、小镇和各种家族故事为蓝本建构起来的,蓝本的形与神在相当大程度上决定了福克纳文学王国的形貌与故事。

和福克纳相似,莫言也是在家乡高密大栏乡的基础上建构起"高密东北乡"。高密地处山东半岛东侧,"东临胶莱河太古河之流淌,西有峡山水库之高

---

① [美]戴维·明特:《骚动的一生——福克纳传》,顾连理译,知识出版社 1994 年版,第 2 页。
② [美]戴维·明特:《骚动的一生——福克纳传》,顾连理译,知识出版社 1994 年版,第 2 页。

悬。土地肥沃,作物丰饶,江河密布,高粱丛生,百姓善良,人民剽悍"①。山东是鲁文化中心,但地处山东半岛东侧的高密县却处于齐文化区域,同时又兼受鲁文化的影响,这就造就高密独特的文化面貌。莫言家所在的高密县大栏乡平安村很多年前还是一片洼地,"民国初年的时候,高密东北乡很荒凉,只有几户人家"②。莫言的老爷爷是较早一辈的拓荒者。1955 年莫言出生的时候,在当时农村政策的影响下,这片富饶的土地并没有获得释放其养育之功的机会。

福克纳直到 20 出头的时候才第一次离开家乡牛津镇,莫言也是 21 岁当兵才第一次离开家乡高密,他们都在自己的故乡度过了人生中自我意识、思想、情感形成的关键时段——童年和少年时期,密西西比河的三角洲和胶莱河畔的高密土地分别给予这两个年轻人厚实的生活体验和多姿多彩的故事,赋予他们各种或快乐或忧伤的情感记忆,也包裹起他们隐秘的创痛、无可言传的孤独忧郁和简单的梦想,这些密密实实的故乡记忆日后化成他们建构故乡空间时的全部有形、无形的材料。他们成年后离开故乡的行为又拉开了他们与故乡之间的距离,令他们获得一种反观故乡的新视角,以前关于故乡的各种感觉和认识反而因此变得更加具体,并逐渐清晰起来。在异乡的睡梦中他们更多地萦怀于曾经渴望离开的故乡,对故乡的眷念、反观与重新审视,促成了他们笔下以故乡为蓝本的虚构空间的出现,反之,虚构文学空间也成为他们传达眷念家乡情愫的一个恰切的方式。"约克纳帕塔法县"和"高密东北乡"所传递的,不仅仅是一个创作个体曾经的生活图景,也不仅仅是一个小地方的爱与恨,而是一个大区域乃至一个国家的历史和现在,是一个大族群的生命体验及其面向未来的思考。不过,这两个文学故乡的地理空间建构却存在一些有趣的区别值得关注和深思。

二、写实性书写与创造性书写

福克纳的文学故乡是以杰弗生小镇为中心的约克纳帕塔法县,他在《沙多里斯》《喧嚣与骚动》《我弥留之际》《八月之光》《押沙龙,押沙龙》《去吧,摩西》等

---

① 叶开:《莫言:在高密东北乡上空飞翔——莫言传》,孔范今、施战军主编:《莫言研究资料》,山东文艺出版社 2006 年版,第 68 页。
② 莫言:《碎语文学》,作家出版社 2012 年版,第 69 页。

多部小说中写到过这个地方。

按照福克纳的描画,约克纳帕塔法县处于密西西比河三角洲地带,这里有小山,山脚下是一片生长着原始森林的荒野,密西西比河的洪水给这里带来肥沃的黑土。杰弗生镇坐落在密西西比河三角洲上,康普生家的第三代杰生·利库格斯用一匹小母马从印第安酋长伊凯摩塔勃手上换来整整一平方英里的土地,这就是"康普生领地",1866 年以前这块地方还保持着完整,直到以斯诺普斯家族为代表的暴发户不断地从康普生家族置换土地,康普生将军零打碎敲地逐渐卖掉一块块田地,新的小镇区才渐渐发展起来。杰弗生镇"有霍尔斯顿旅社、法院、六家商店、一个设有铁匠铺的车马大店、一家牲口贩子和小商贩经常光顾的酒店、三座教堂以及大约三十座民宅"①。后街那栋隐藏在树木之中的房舍是海托华牧师的房子,而那幢"过去漆成白色的四方形大木屋"则是老淑女爱米丽小姐的屋子。从杰弗生小城镇出城有一条乡村公路,道路的两旁散落着黑人的小木屋,出城两英里处有一座殖民地时代的古老庄园,中年未婚的伯顿小姐独居于此。距杰弗生小镇十二英里处是有名的"萨德本百里地"。麦卡斯林家族庄园坐落在杰弗生镇一侧,休伯特先生的大宅子则坐落在约克纳帕塔法县界另一边。麦卡斯林家族第三代人艾萨克·麦卡斯林年少时,就已经感受到荒野和森林正渐渐地被蚕食,进入 20 世纪以来,约克纳帕塔法县的沼泽和森林不断地被现代工业挤占,面积越来越小,当年近八十的艾萨克再次走进森林打猎时不免惊讶于这里的巨大变化:"这片土地上现在听不到美洲豹的吼啸,却响彻了火车头拖长的叫鸣。"②

这就是福克纳的多部小说逐渐描述出来的"约克纳帕塔法县"概貌。假如我们将每一个作品都视作是一帧关于约克纳帕塔法县的照片,那么这些照片拼接在一起就构成一幅"约克纳帕塔法县"的完整地图,一个作品讲一个家族的故事,一个家族占据"约克纳帕塔法县"的一个角落,当这些角落连接在一起,那么"约克纳帕塔法县"就拼合在一起,并逐渐形成一幅完整的地图。

这个"约克纳帕塔法县"虽然是作家虚构出来的地方,却有着比较清晰的方位和坐标,地貌与福克纳从小生活的密西西比河三角洲基本一致。福克纳的家

---

① [美]威廉·福克纳:《押沙龙,押沙龙》,李文俊译,中央编译出版社 2014 年版,第 40 页。
② [美]威廉·福克纳:《去吧,摩西》,李文俊译,上海译文出版社 2014 年版,第 300 页。

乡牛津镇也有各种店铺、广场,而且"他家西面和南面,也只相距几条马路,有几处树林,福克纳家的男孩子都爱去树林里玩。北边 10 到 15 英里处,就在蒂帕河和塔拉哈奇河汇流的地方,福克纳家有着一幢宽敞的两室小木屋,叫作'家庭俱乐部会所'。他们躲在那儿捕捉浣熊、松鼠、狐狸和麋鹿。东边 30 英里就是三角洲,层层梯地,猎物众多。另一名门斯通家族在那儿有一间狩猎小屋"①。杰弗生镇的格局、地貌与现实中的牛津镇大体一致,甚至此地后来的变化也与密西西比三角洲的变迁基本一样,这说明福克纳基本上按照牛津镇及其周围环境的样子来建构他的"约克纳帕塔法县",他是在文学中对故乡进行比较忠实的复制,他笔下的杰弗生镇应是完成了一种写实性的故乡建构。

莫言创造的"高密东北乡"也有独特的地理空间。莫言最早是在《白狗秋千架》中使用"高密东北乡"这个地理概念,后来他连续在《秋水》《红高粱家族》《红蝗》《丰乳肥臀》《檀香刑》《生死疲劳》《蛙》等诸多作品中用"高密东北乡"作为地理坐标,并在《红高粱》中开始比较清晰地描述"高密东北乡":"长七十里宽六十里的低尘土洼平原上,除了点缀着几十个村庄,纵横着两条河流,曲折着几十条乡间土路外,绿浪般招展着的全是高粱。平原北边的白马山上,那块白色的马状巨石,在我们村头上看得清清楚楚。"②其景观至少包括"土洼平原""几十个村庄""两条河流"和"几十条乡间土路""高粱地"以及一座白马山。自九儿居住的村庄出村有一条狭窄的土路,路的两边是高粱地,"这段土路是由村庄直接通向墨水河边的唯一的道路"③。墨水河上则跨着一座十四孔的大石桥。待到《红蝗》时,"高密东北乡""南临沼泽,北有大河,东有草甸子,西有洼地"④,特别是南端有"五千多亩与胶县的河流连通的沼泽地"⑤,对岸就是"万亩高粱'红成汪洋的血海'"⑥。《丰乳肥臀》里上官家的村子边上是蛟龙河,一道大堤把蛟龙河拦在堤外,蛟龙河北岸是盐碱荒滩。《檀香刑》里,故事转移到"高密东北乡"上的马桑镇,这里有马桑河还有辽阔的原野。到《生死疲劳》时,"高密东北乡"又有了运粮河、国营农场、麦田和白杨树林等另一番景观。《蛙》里"高密东北乡"有

① [美]戴维·明特:《骚动的一生——福克纳传》,顾连理译,知识出版社 1994 年版,第 10 页。
② 莫言:《红高粱家族》,作家出版社 2012 年版,第 12 页。
③ 莫言:《红高粱家族》,作家出版社 2012 年版,第 5 页。
④ 莫言:《食草家族》,作家出版社 2012 年版,第 21 页。
⑤ 莫言:《食草家族》,作家出版社 2012 年版,第 15 页。
⑥ 莫言:《食草家族》,作家出版社 2012 年版,第 16 页。

"十八个村庄",村子"往南五十里是胶州机场,往西六十里是高密机场"①。一条胶河从村边穿过。

这就是莫言笔下的"高密东北乡":地处高密县东北部,辖内有十几到几十个不等的村庄,每个村庄外面几乎都有一条河流,或是墨水河,或是蛟龙河,或是胶河,又或是马桑河。这里有血海似的高粱地,也有葵花地、小山、滞洪湖泊,此外三万亩地瓜地、盐碱荒滩、沙漠、草甸子分布在东北乡各处,一望无际的荒野铺展着,还绵延着五千亩堆积着红色淤泥的沼泽地。莫言声称是根据自己的故乡来写"高密东北乡",但事实上高密大栏乡并没有沼泽地、盐碱荒滩、沙漠、地瓜地、荒野等等,这些显然都是莫言自己不断添加进去的地貌景观。莫言并不讳言:"到了《丰乳肥臀》就突破了所谓的'真实'。即便是一些技术性的问题上,像小说里面描写的一些植被啊,动物啊,沙丘啊,芦苇啊,这些东西在真正的高密乡里是根本不存在的。"②文学中的"高密东北乡"与现实中的高密大栏乡在地貌、景观上的显著差异说明,莫言是用一种创造性书写来完成故乡的地理空间建构,而不是像福克纳那样用写实性书写来完成故乡的地理空间建构。这种差异至少显示了福克纳与莫言创作个性的不同,一个较为平实,一个趋于浪漫。

三、中心辐射式布局与散点式布局

尽管福克纳是在多部作品中陆续描写"约克纳帕塔法县",但若将每一部小说中凡描述"约克纳帕塔法县"的零散文字搜集出来,像拼图一样拼接粘贴,我们就完全可以为这个虚构的空间拼接出一幅完整的地图。这幅地图显示"约克纳帕塔法县"以杰弗生镇为中心,向四周的森林和荒野辐射,那些在福克纳小说中出现的大家族的庄园则散布在杰弗生镇周围四英里、十二英里、十七英里不等的荒野或者森林边上,福克纳甚至自己手绘了一幅"约克纳帕塔法县"的地图,如下:

---

① 莫言:《蛙》,作家出版社 2012 年版,第 31 页。
② 莫言:《与王尧对谈》,孔范今、施战军主编:《莫言研究资料》,山东文艺出版社 2006 年版,第 60 页。

ISSETIBBEHA'S 2

Hunting & fishing camp where Wash Jones killed Sutpen. Later owned by Major De Spain 3

TALLAHATCHIE RIVER 4

20

WASH 8
THE BEAR 21
A JUSTICE 22
RED LEAVES 23
Sutpen's Hundred

GO DOWN, MOSES 12
McCaslin Edmonds 24

WAS 25

John Sartoris' Railroad 11

CHICKASAW
ABSALOM, ABSALOM! 19

THE UNVANQUISHED 13

Where by 1820 his people had learned to call it "The Plantation" just like the white men did

RAID
AN ODOR OF VERBENA 27
A ROSE FOR EMILY 28

Sartoris 16

SANCTUARY 14
Where Lee Goodwin was jailed tried & lynched

PATENT
Grierson
Burden 29

THE SOUND AND THE FURY 15

PERCY GRIMM 30

Compson's Mile for which Jason I swapped Ikkemotubbe a race horse & the last fragment of which Jason IV sold in order to become free

LIGHT IN AUGUST 17

Airport

THAT EVENING SUN 31

DEATH DRAG 32

JEFFERSON and YOKNAPATAWPHA COUNTY Mississippi 1945

THE HAMLET 18
SPOTTED HORSES 33
Varner's Crossroads 10

Old Frenchman Place where Popeye murdered Tommy 9

YOKNAPATAWPHA RIVER 5

OLD MAN 34
Here was born the convict & grew a man & sinned & was transported for the rest of his life to pay for it

Surveyed & mapped for this volume by WILLIAM FAULKNER 35

这幅地图呈从中心向外辐射状,把《喧嚣与骚动》《去吧,摩西》《押沙龙,押沙龙》《八月之光》《没有被征服的》《我弥留之际》《圣殿》《熊》等几部重要作品都涵盖进去了,而且忠实地反映了作品所描述的基本方位,比如小说中伯顿小姐的老宅离镇四英里,地图上标注的《八月之光》离杰弗生镇就比较近,而"萨德本百里地"在距镇十二英里的地方,地图上标注的《押沙龙,押沙龙》距杰弗生镇就

较远些。尽管写作前福克纳这位"业主"并没有对"约克纳帕塔法县"做出明确规划,但这样一幅中心辐射式的地图还是在无形中慢慢形成了。

这个"约克纳帕塔法县"有两点值得注意。一是无论这里面积多大、森林多么幽深、荒野多么广袤,"约克纳帕塔法县"的中央"是先通了铁路后又建起了飞机场的杰弗生镇"①,杰弗生小镇始终是"约克纳帕塔法县"的政治、经济、文化核心,承载着管理、交通、信息交换与传播、文化制造等多项使命,而且"斯诺普斯、康普生、塞德潘、沙多里斯以及其他的大小家族的全部利益都汇集在这儿"②。二是大家族的庄园都散落在森林边和荒野上,与杰弗生镇保持一定的距离,但又环绕在杰弗生镇周围,其行政管理和人际交往都归属于杰弗生镇。这样的位置也就意味着,庄园居住者、那些大家族的成员既享有一定的相对独立自由的空间,又拥有必要的社会关系,家族故事的发生发展也因此获得了时间和空间的维度。

相比之下,"高密东北乡"的布局就大不一样。莫言多篇关涉"高密东北乡"的中短篇作品里,东北乡大多只是一个模糊的地理背景,但以"高密东北乡"为背景的长篇小说通常都有对东北乡地貌景观和整体情况的介绍,描述的详略程度虽不尽相同,却有一个共同的特点,即每一部长篇小说都是写"高密东北乡"某个村庄的故事,只是这些村庄之间几乎没有联系。不仅如此,"高密东北乡"没有一个中心点,全乡恍若一盘散沙,村庄散落在旷野上、河流边,各自为政,疏散地匍匐在东北乡的沃土之上,完全没有一个像杰弗生小镇那样的中心。尽管小说里偶尔会出现一个高密县(高密县衙)在行政上管辖着"高密东北乡",但是由于县衙与高密东北乡距离遥远,加之东北乡民风彪悍不易管理,所以高密县衙的管理功能并没能得到较好的落实和维护,"整个高密东北乡缺乏有组织的中心管理,村村各自为政,高粱地里土匪猖獗出没"③。像《红高粱》中先有花脖子后有余占鳌,先后盘踞着一大片高粱地和芦苇丛聚众为匪,高密县令曹梦九为此伤透脑筋也难根除,只能睁只眼闭只眼,因而高密县与高密东北乡之间实

---

① [苏]巴里耶夫斯基:《福克纳的现实主义道路》,李文俊编选:《福克纳评论集》,中国社会科学出版社1980年版,第144页。

② [苏]巴里耶夫斯基:《福克纳的现实主义道路》,李文俊编选:《福克纳评论集》,中国社会科学出版社1980年版,第144页。

③ 钟志清:《英美评论家评〈红高粱家族〉》,《外国文学动态》1993年第6期。

际上是保持着一种游丝般的关系,时有时无,似有实无。种种迹象表明,莫言的"高密东北乡"呈现散点式布局,与"约克纳帕塔法县"的中心辐射式布局迥然不同。

也正因为此,福克纳可以给他的"约克纳帕塔法县"绘制出比较完整、精密的地图,而如果想给高密东北乡绘制一幅地图,却几乎是一件不可能实现的事情。因为首先没有一个中心点作为坐标来倚重,其次村庄与村庄之间联系非常松散,除了少数提到的村庄之间有一定的距离描述之外,一般来说,这一部作品中出现的村子在下一部作品中常常就不再出现,按照《丰乳肥臀》的描述,"高密东北乡"有十八个村庄之多,这就很难在一幅地图上为某个村庄标示出准确的位置。那么,能否按照现实中高密大栏乡的样子来标示呢?莫言可是说过的,他给高密东北乡添加过很多现实中完全没有的地貌,比如沼泽、沙漠等,所以从这个途径来绘制地图也完全行不通:"《丰乳肥臀》的日文翻译者到高密去,画了很详细的地图,找沙丘,找沼泽,但来了一看,什么也没有,只有一块平地,一个萧瑟的村庄。"[1]这就意味着,我们无法像福克纳那样去给"高密东北乡"绘制出一幅地图,这个"高密东北乡"完全是一个散点式的存在。

能否绘制出一幅地图并不是品评两种布局水平优劣、高下的标准,因为无论是中心辐射式布局,还是散点式布局,都有其独特的艺术效果。中心辐射式布局用一个中心来勾连诸多散放的庄园和家族,从地域上将那些或许没有任何联系的家族故事串联在一起,多部小说联合在一起就成为"一套世系小说",若干个故事体系在中心点的勾连下组成一个庞大的、盘根错节的故事群落,而且每个故事体系都富含历史的容量,这样其所显示的文学艺术的空间是多么阔大而幽深啊!然而,"高密东北乡"的散点式布局也有其独特的艺术魅力。虽然"高密东北乡"没有一个中心,但是每一点都是极为闪耀的光点,每一个光点都可被视作一湾表面平静的湖泊,它们用幽深的历史感辐辏出平静的湖面,映照出现在,而把历史的深度交给湖水来测量,微风拂来水波荡漾,喻示着现在的湖面会用它的涟漪和浪花来呈现历史与文化的深度。散点式布局的"高密东北乡"有太多这样的深藏功与名的湖泊光点,每一处都能透视出"高密东北乡"的某一种文化风貌,完成"高密东北乡"多阶段、多方位的立体展示,最终形成的文

---

[1]　莫言:《与王尧对谈》,孔范今、施战军主编:《莫言研究资料》,山东文艺出版社 2006 年版,第 60 页。

学艺术空间也是阔大而幽深的,艺术效果绝不逊色于中心辐射式布局。因此,我们不可能也不应该对两种艺术布局品评高下,因为它们代表着文学创作者两种不同的创作思路、创作方向,路径确实不同,但都是指向对文学艺术创造力的无限探索,又可谓殊途同归。

四、创作个性与文化差异

法国哲学家列斐伏尔认为空间"看起来好似均质的,看起来其纯粹形式好似完全客观的,然而一旦我们探知它,它其实是一个社会产物。空间生产就如任何类型的商品生产一般"[①]。约克纳帕塔法县和高密东北乡是作家以现实生活中的空间为模板而生产出来的虚构空间,现实生活中的空间本身就是被生产出来的,所以这个虚构空间就具有两层"被生产"的意味,一是被现实社会中的各种意识形态所生产,二是被作家生产。既然是被生产,那么它们总会带着空间生产者的印迹并以某种特别的形式来彰显生产者特质。从这个角度来看,"约克纳帕塔法县"与"高密东北乡"在地理空间建构方面的特点与区别也将映现出两位作家的个性与文化的差异。

"约克纳帕塔法县"和"高密东北乡"之间最突出的区别就在于是否存在一个中心。就一个空间来说,中心有着不可忽视的强大力量,它对空间中其他存在物具有潜在的规约、统率作用。"约克纳帕塔法县"以杰弗生镇为中心,这就意味着杰弗生镇对于"约克纳帕塔法县"具有统御全局的意义,而对于居住在周围的农户和庄园则具有辐射性的作用,杰弗生镇的政治、经济、文化形态都会在周边房屋和庄园有所体现,反之周边房屋和庄园里的人及其生活状态也会强化杰弗生镇的中心地位。福克纳笔下的杰弗生镇是美国南方社会中一个具有代表性意义的小镇,这里盛行种族主义思想和奴隶制,阶级矛盾也很激烈,其独特的政治文化生态在福克纳的"约克纳帕塔法县"世系小说中均有所体现,无论是杰弗生镇的居民,还是散落在小镇外围的豪门富户,无一不受到杰弗生镇政治文化生态的深刻影响,他们的生活和命运也就自然被纳入杰弗生镇的政治文化

---

① [法]亨利·列斐伏尔:《空间政治学的反思》,包亚明主编:《现代性与空间的生产》,上海教育出版社 2003 年版,第 62 页。

生态体系之中。

莫言的"高密东北乡"却没有一个像杰弗生镇这样的中心。从《红高粱家族》《食草家族》《丰乳肥臀》《生死疲劳》《檀香刑》到《蛙》这几部长篇小说来看，每部小说的故事都以一个村庄为核心空间，小说与小说之间相互关联不大，不像福克纳小说那样会有一些人物在其他小说中"串门"从而将作品连接起来，莫言的长篇小说之间没有人物"串门"的现象，也不存在共有一个空间中心的现象，作品与作品之间基本上没有太多联系。每一部作品都自成中心，故事遍布"高密东北乡"的每一寸土地，给读者一种"高密东北乡角角落落都是故事"的惊异感。这是一种"泛中心化"的处理方法，即故意舍弃类似于杰弗生镇那样的有形中心，让每一个村庄都成为中心，这样中心就被泛化，淡化了读者对于中心的心理需求。这种情况下"高密东北乡"反而成为一个无形的中心，这倒与莫言塑造"高密东北乡"的想法有着内在的合拍。

莫言的"泛中心化"处理方法与福克纳显然不同，书写故乡的构想固然是来自福克纳的启发，但是故乡书写过程中的"泛中心化"处理方法则是来自中国现代小说家鲁迅、沈从文等人。鲁迅笔下有绍兴水乡，沈从文笔下有湘西，这两位作家的故乡书写都没有一个类似于杰弗生镇这样的中心，鲁迅写乡村的故事就是在未庄，写小镇的故事就是在鲁镇，未庄和鲁镇在鲁迅小说中基本上是齐头并进、地位等同，无所谓哪一个是中心，这就是"泛中心"的处理风格。沈从文笔下的湘西故事多如牛毛，从翠翠、萧萧、夭夭到水手柏子等各色人等的命运大戏皆是在湘西山水之间展开，并没有哪一个小镇勾连全部故事，若有，那也就是绵延蜿蜒在人物生命中的山山水水，这种到处是故事的散点布局方式所体现的就是"泛中心化"的要义。莫言无疑是承袭了鲁迅与沈从文的"泛中心化"处理方式，在"高密东北乡"的塑造中也采用了这种"泛中心化"处理方式。

正如列斐伏尔所言，空间是生产出来的，空间布局的设计与实现带着鲜明的生产者的印迹。"约克纳帕塔法县"的中心辐射式布局与"高密东北乡"的散点式布局之间的区别反映了两位作家不同的创作个性和文化背景。中心辐射式布局意味着福克纳在创作时不仅在方位上有着比较成熟的构想，而且比较倚重现实中的故乡牛津镇的样子，以写实性书写来打造"约克纳帕塔法县"的地貌景观，创作新作时始终保持着谨严的态度，始终注意用人物的"串门"现象和中心点的再现来建立这一部作品与其他作品之间的联系，从而完成"约克纳帕塔法县"的整体布局。福克纳的做法,让人想起欧洲戏剧"三一律"的风格,"三一律"追求行动、时间和地点的整一,所以体现出节奏谨严、格局严整的特点,而福克纳对于"约克纳帕塔法县"地貌景观的写实性书写以及约克纳帕塔法县呈现出来的中心辐射式格局,都流露出欧洲古典文化的影子,隐约显示了美国文化与欧洲文化的历史渊源。

"高密东北乡"的散点式布局则显示了莫言对于高密东北乡地理位置的构想仅止于区域层面,即确定"高密东北乡"是在中国山东。至于具体的方位与布局,莫言并没有过多地布置、安顿,他只关注新作避免重复旧作的创作路数等,却并不太在意新作与旧作之间的勾连,这方面颇有几分随意随性的感觉。莫言的这种做派,颇得中国传统戏剧写意风格的神韵,即不苛求分毫不差,只追求写意神似。若将这种写意追求化为创作的风格,那就是不苛求整齐谨严的布局,只把握"神似"原则。莫言后来那种随意添加各种地貌景观的做法,说明他这种写意化创作风格更进一步具有了天马行空的意味,创作的个性化更加鲜明了,当然,莫言的中国传统文化背景也随之越来越清晰地浮现出来。也难怪有的研究者会有这样的感觉:"与'约克纳帕塔法县'那种具体的美国南方的历史相比,'高密东北乡'更像是一个象征,一种想象的历史。莫言小说中的地域性特征十分淡薄,他是将整个古老中国的某种神话,它的血性与激情,一股脑地注进了那片无边无际的高粱地。"①如今看来,这个论断不无道理。

莫言确实是在福克纳的影响下开始建构他的文学故乡,但在建构文学故乡地理空间的过程中,莫言所走的却是与福克纳截然不同的路径,他借鉴了福克纳的文学创意,却在这创意的实践中融入了自己的创作个性与中国文化特色、中国文学经验,从而成功实现了西方文学经验的本土化,而这无疑是中国文学变革创新之路应有的重要一步。从这个角度来看,莫言的确为中国当代文学提供了一个世界化与民族化交互融合的可行性思路。

---

① 李迎丰:《福克纳与莫言:故乡神话的构建与阐释》,《解放军外国语学院学报》2002年第1期。

附录

莫言的成功之路

——在浙江师范大学的演讲

管谟贤[①]

首先感谢王洪岳教授的盛情邀请。来到浙江,自然要和浙江套套近乎:首先告诉大家,我和莫言的祖上,曾经是浙江人。根据《高密管氏家谱》的记载,我们是北宋名宦管师仁的后代,而管师仁是浙江处州(今丽水市)龙泉人。管师仁在宋徽宗年间官至吏部尚书,同知枢密院事,死后赠正奉大夫,封南阳侯。算起来,我们这一代应该是管师仁的第三十三代孙。我们这一支在金人南侵南宋时,迁到江苏海州(今连云港),后来元兵大举南侵,我们这一支流落于江淮之间,至元朝末年,迁到了高密。我知道,浙江的温州、台州都有不少姓管的,他们也都是从龙泉迁来的。为了证实家谱上的记载,莫言曾在 2006 年到龙泉寻根问祖,受到龙泉管氏的热烈欢迎,我也曾在 2015 年到龙泉去过,看到不少管氏族人,他们的热情,令我激动不已,难以忘怀。

莫言多次来到浙江,1995 年 12 月,莫言的散文《望星空》得了"浙江南浔散文大奖赛"一等奖,来浙江领奖。1999 年 10 月,他的中篇小说《牛》获得"广厦杯东海文艺奖银奖",他又来领奖。2003 年 10 月莫言来浙江参加"浙江首届作家节"之后,多次来浙江,游普陀,游绍兴,登雁荡山,至今山上还留有莫言诗的石刻。那首诗是这样的:"名胜多欺客,此山亲游人。奇峰幻八景,飞瀑裁九云。石叠千卷书,溪流万斛金。雁荡如仙境,一见倾我心。"莫言在雁荡山还写过另

---

① 管谟贤,莫言的长兄,1968 年毕业于华东师范大学中文系,高密一中语文教师、副校长,《莫言研究》编委,出版有《大哥说莫言》《莫言与红高粱家族》等著作。

一首诗:"雁荡药工巧如神,飞崖走壁踏青云。采得长生不老草,献给天下多情人。"

今天,我主要想和大家谈一谈莫言是如何走上文学创作道路的,是如何获得成功的。莫言获奖之后,人们最大的疑问是:中国有这么多优秀的作家,得诺贝尔文学奖的为什么是连小学都没毕业就走上文坛的莫言。关于这个问题,我想就以下几个方面来加以解答。

一、莫言之所以成功,得益于在家乡二十年的农村生活经历

二十年的农村生活,塑造了他吃苦耐劳、勇于奋斗的性格,提供了他取之不尽、用之不竭的写作素材。莫言生在高密,长在高密,在故乡高密生活了二十年,是喝着胶河水,吃着高粱米、地瓜干,听着集市说书人和爷爷们的故事和茂腔戏长大的。自小学五年级辍学后,一直在农村当一名人民公社的社员。一方水土养一方人,没有高密就不会有这样的莫言。所以,研究莫言就要研究考察高密的风土人情、民风民俗、政治经济、过去和现在。高密古属齐地,齐文化底蕴十分深厚。开放包容,浪漫奇诡,神仙鬼怪,奇思妙想,如海市蜃楼,飘忽曼妙,气势磅礴。到了清朝初年,蒲松龄的《聊斋志异》堪称集大成者。《聊斋》里的,以及类似聊斋的故事,在高密民间口口相传,莫言从小就深受齐文化的熏陶、家族的影响。我爷爷、大爷爷都是讲故事的高手,我们小时候常听爷爷们讲故事。莫言在辍学回家干农活后,经常故意有目的地让爷爷给他讲故事。据我不完全的统计,此类故事,在莫言的小说中,几乎原封不动加以引用的就有三四十个。我爷爷虽然不识字,但说话幽默风趣,有时让人忍俊不禁,有时让人悚然惊惕,永生难忘。莫言小时候,因为吃野菜地瓜干而哭闹,爷爷就说:"人的嘴就是个过道,野菜地瓜干也好,山珍海味也好,吃到肚子里是一样的,为了活命,再难也得吃!"莫言在"文革"刚开始时失学了,爷爷说:"人生在世,谁都有春风得意的时候,但得意不要忘形;谁都有倒霉的时候,但倒霉不要倒下,就是倒下了,也要在原地爬起来,不能让人看笑话!"这都是至理名言,类似的话还有很多。我们家每逢过年,大门上总要贴一副对联:"忠厚传家久,诗书继世长。"那就是

教育后人要忠厚做人，好好读书。我们那儿，会讲故事爱讲故事的人很多，莫言不管是在家或在外听了好的故事，就会讲给奶奶和母亲婶婶她们听，这种转述故事的训练，其实是一种语言训练、语感训练，所以说，莫言从小就受到了文学启蒙教育。集市说书人和爷爷们讲的忠臣良将、孝子贤妇、神怪狐仙、妖魔鬼怪的故事传说，以及三贤（晏子、郑玄、刘墉）、四宝（扑灰年画、剪纸、泥塑、茂腔），《山海经》《庄子》《搜神记》《酉阳杂俎》，唐宋传奇、元杂剧、明清小说尤其是《聊斋志异》，这些充满齐文化意蕴的文学经典的影响，使莫言的作品具有了中国文学的优良传统，既严肃又诙谐，既真实又虚幻，既通俗又高雅，融历史与现实，下里巴人与阳春白雪于一炉。正像诺贝尔委员会给莫言的颁奖词里说的那样，莫言的写作"将梦幻现实主义与民间故事，历史与当代社会融合在一起"。这一点，其实我国古代的文学家就深谙其道。曹植在《与杨德祖书》里说："夫街谈巷说，必有可采；击辕之歌，有应风雅。匹夫之思，未易轻弃也。"莫言自己说过："现在回忆起来，那些听老人讲述鬼怪故事的黑暗夜晚，正是我最初的文学课堂。"

莫言在 2001 年曾提出了一个理念：作为老百姓写作。"作为老百姓写作"，完全不同于"为老百姓写作"。"为老百姓写作"是站在人类灵魂工程师的角度，居高临下地写作，为民请命。而"作为老百姓写作"则是自己作为老百姓，站在老百姓（农民）的立场用老百姓的眼光看问题，想老百姓所想，说老百姓的话。莫言一直坚持自己的"民间写作"立场，他甚至说自己"至今还是一个农民，一个会写小说的农民"。

所以，我们经常说，要研究一个作家，一定要研究作家的个人经历、出身以及成长的历程，还要从他的文化背景、家庭背景出发。研究莫言，一个重要的方面，就是要从莫言从小就耳濡目染的齐文化里寻根。尽管齐文化没有多少经典传世，但我觉得，齐文化的根在民间。

莫言的创作源泉也在民间，从内容到形式，概莫能外。小说之外的文艺样式，尤其是民间文化与民间文艺，向来是莫言创作的重要资源。新近发表的戏剧剧本《锦衣》从形式上说，自然而然地展现出山东戏曲茂腔、吕剧的唱词和旋律；从内容上，他把流传在当地民间，也是爷爷讲过的，雄鸡化身为青年，奸骗青年女子的故事化腐朽为神奇，把时空的设定、民间想象、民间情趣与历史关节、世道人心活化为一体，一个个人物的表情、腔调、动作和心理，形神兼备于文本的舞台。人亦鸡，鸡亦人，古今一体，很是魔幻了一番，亦庄亦谐，饱含着中国智慧和文化自信。《锦衣》的结尾是幕后伴唱，最后的几句唱词是这样的："想当年，看今世，真真假假，假假真真，多少副面孔，多少张画皮，终究是悲欢离合，人鬼难分一场戏。凭谁问，有谁知，何为真情，何为真谛？何为真仁，何为真义？这个真字啊，写成了千篇文章万首诗。"这几句唱词含义深远，耐人寻味，有现实意义。

说到这里，使我想起了，为什么同样是鬼狐花妖，神魔鬼怪，在纪晓岚的《阅微草堂笔记》里那么平淡无奇，流传不广；而在蒲松龄的《聊斋志异》里却都那么鲜活生动，广为流传呢？同样的民间故事，到了蒲松龄的笔下，为什么会赋予了新的生命力？我想，这与蒲松龄科场失利，屡试不中，终老林下，看透了官场腐败，参透了人间冷暖有关。而纪晓岚科场得意，官运亨通，自然达不到刺贪刺虐的思想深度。莫言和蒲松龄的思想有的是相通的，他们都是"作为老百姓写作"的，这也是齐文化的传统。

另外，我们的家乡，地处高密东北隅，那里地广人稀。旧社会土匪横行，拉驴的、绑票的、游击队、黄皮子都有，乱世英雄起四方，有枪就是草头王。夏秋两季青纱帐无边无际，冬春两季，荒草连片，在这里，上演了多少惊天地、泣鬼神的故事，流传着多少引人入胜的传奇故事，这里是滋生文学的土壤，是莫言"高密东北乡"文学王国诞生的地方，是《红高粱》《丰乳肥臀》故事的背景。

莫言在高密大地上生活了二十年，二十年中，念了五年书，干了十几年农活，当兵前还在高密第五棉油加工厂当了两年临时工。在这二十年里，莫言是在饥饿、孤独中度过的。莫言曾经说过："饥饿和孤独是我的小说中的两个被反复表现的主题，也是我的两笔财富，其实我还有一笔更宝贵的财富，这就是我在农村生活中听到的故事和传说。"

莫言的童年，为什么会是饥饿和孤独的？现在的青年同志是很难理解的。对此，我在前边已经提到了一些，不想展开来讲了。

大家都读过莫言的小说《枯河》和《透明的红萝卜》，其中的黑孩子为偷队里的萝卜挨打是莫言的经历。那是莫言失学之后，与队里的大人一起到滞洪闸工地干活，那滞洪闸就在我们村西胶河北堤之上，大家如果去高密东北乡，此闸是必经之地。莫言因为饥饿，去生产队的萝卜地里拔了一个小萝卜，被人发现揪到毛主席像前（那时社员干活都带一块有毛主席像的牌子，插在地头）请罪。莫言说:"毛主席,我有罪,我不该偷队里的萝卜……"放工了,同在工地劳动的二哥感到莫言给家里丢了脸,一路上不断用脚踢他,数落他。回到家一说,气得母亲也从草垛上抽了一根棉柴抽他。父亲回到家,更是火冒三丈,用鞋底打,用绳抽,直抽得小莫言躺在地上,一声不吭。六婶见事不好,就跑去把我爷爷请了来,爷爷一见,说:"不就是一个狗屁萝卜吗?值得这样!要他死还不容易?还用费这么多事?"父亲一听这话,知道爷爷生了他的气,这才罢手。莫言失学后,每天背着草筐去放牧牛羊,看着昔日的小伙伴背着书包去上学,感到孤独和无助。总想快点长大,早点离开农村。

莫言的童年为什么是孤独的呢?我们家是一个父亲和叔叔两家合居的大家庭,两房各有一群孩子,为了生活,大人们终日奔波操劳,却难以摆脱穷困;为了团结,为了让这个大家庭维持下去,母亲凡事从大局出发,为维护家庭的和谐,她对婶婶的孩子们关爱有加,甚至偏向包庇;对我们却和父亲一样严格得很,所以在不懂事的孩子眼里,在幼年和童年的莫言心中,是很难体会到父爱母爱的。一个人在幼年童年时,因为幼弱,因为不懂事,因为幼稚无知,自然特别需要爱抚和呵护,需要春风细雨般的教诲,但这一切父母都做不到,即使做了,也因为形式的隐晦而需要子女去细心地体会。小莫言觉得自己在家中得到关心少,没人疼,很孤独。

1967年小学五年级的莫言失学在家,成了一个地地道道的农民。离开了一起上学的小伙伴,独自回到生产队,干不了大人的活,只能放牛、放羊、割草,干一些妇女和半劳力的活。每天赶着牛羊从学校门口走过,看到校园里欢蹦乱跳的学生,唱语录歌,跳忠字舞,他既羡慕又嫉妒,来到原野里,面对着一望无际的田野和荒草,面对着牛羊,四周寂静,只有草间的虫鸣,牛羊的叫声,天上朵朵白云飘过,鸟儿飞翔鸣叫。莫言没有同学,没有玩伴,他感到孤独无望,感到寂寞和无助。

"当作家一天能吃三顿饺子"的故事,确有其事。我们有一邻居,他儿子从青岛考入山东师院中文系。他对莫言说,济南有一个作家,一本小说得了七八千元稿费,一天吃三顿饺子。在北方人的理念里"舒服不如倒着,好吃不如饺子",饺子是最好吃的东西。十一二岁的莫言自然信以为真,立志当一名作家,过上一天吃三顿饺子的日子。这目的并不高尚,但与他后来的创作理念"作为老百姓写作"也是一脉相承的。莫言虽说成了世界名人,当了作协副主席,但他仍是一个老百姓,用他自己的话说,他只不过"是一个会写小说的农民"。此话不应单单理解为谦虚。有了这二十年农村生活的积累,经历了各种酸甜苦辣的磨难,他参透了人生,所以莫言的作品都是写人的,写人的本性的,他的笔像匕首,像投枪,像 X 光机,直视人的心灵深处,透视到人性最隐秘的角落,字字见血,句句勾魂。

二、莫言之所以成功,得益于解放军这个大学校的培养

莫言 1976 年入伍,在部队二十多年,可以说他很幸运。他告诉了我,感叹自己运气不好,没能到野战部队。我给他回信,鼓励他好好干,同时告诉他,单位有问题,作为战士,切记不要陷进派性里去。如果能够吃准情况,可以写信向上级机关反映,但一定要真实、确切、实事求是、不夸大不缩小、能够做到千真万确,希望上级领导来调查处理。莫言就真的写了一封信给上级机关,上级机关派人来调查了解,确如莫言所反映的一样。于是改组了单位领导班子,同时,莫言也受到了领导的重视。此时部队掀起了学文化的热潮,领导看莫言肯学会学,竟然让他这个小学没毕业的人给那些"文革"中毕业的所谓初、高中毕业生上课。教语文还好说,教数学对他来讲就很难了,莫言就利用星期天到当地的中学向老师们学习,然后回来教战士,就这样,竟然还得到了战士们和领导的好评。此时,莫言已清醒地认识到,如果不努力学习,做出成绩,两年后就要复员回家,可能就得当一辈子农民了。为了能留在部队,他首先必须争取入党提干。可不久就碰上了大裁军,部队今后不再从战士中提干,莫言当时很失望、很烦躁。为了争取好的前途,他爱好写作,只剩下写小说、当作家这一条路了。他开始了文学创作,写小说,写话剧,但写了好多篇,一篇也没有发表。这时,又是领导觉得他是个人才,将他调到了河北保定训练大队,给训练队的大、中专生搞队列训练,上政治课,还兼保密员。此时的莫言还在刻苦练习写作,别人游玩他看书,别人休息他写作,别人睡觉他加班,经常搞到深夜。他的坚持不懈的付出终于得到了回报,1981 年河北保定的文学刊物《莲池》上发表了他的处女作《春夜雨霏霏》,这给了他极大的鼓舞,以后他又陆续发表了几篇小说,其中包括《民间音乐》。1984 年莫言考入军艺文学系,这在莫言的文学创作道路上、人生道路

上,都是一个新的转折点。在这里,他不但接受了王蒙、丁玲、从维熙等当代知名作家、文学理论家的教导,得到了在文坛上崭露头角的战友们的鼓励帮助,系统地学习了古今中外的文学理论,还遇见了恩师徐怀中。莫言考军艺时还有一个小花絮,他因为知道消息太晚,错过了报名时间,所以不得不带着自己的小说《民间音乐》到军艺试试,看能不能报上名,徐怀中将军看了莫言的小说,对部下说:"这个战士,即使文化课不及格,我们也要了!"真可谓慧眼识才。结果莫言文化课成绩也不错,顺利地考进了军艺文学系。当时的文学系,集中了全军各单位的文学人才,其中李存葆同志以其《高山下的花环》《山中那十九座坟茔》闻名全国,全班三十五个人,个个不是等闲之辈,莫言感到了压力,逼着自己刻苦学习,努力写作。很快,莫言进入了自己第一个创作高峰期,《透明的红萝卜》堪称成名作,《红高粱》堪称代表作,一连串的"高密东北乡"系列小说,像雨后春笋般喷涌而出,震动了文坛,以至有人把 1985 年叫作"莫言年"。其中《透明的红萝卜》就倾注了徐怀中老师的心血,莫言写这部中篇,是因为自己做了一个梦,写好后,自己命名为《金色的红萝卜》,徐怀中老师看了,给他改名为《透明的红萝卜》,一词之改,意境全有了!堪称一词千钧!徐老师还主动地把该小说推荐给《中国作家》,主编冯牧先生主持召开了由文艺理论家和同学参加的研讨会,对这篇小说加以充分肯定。从此,莫言算是正式走上了文坛。所以,莫言多次说过:"徐怀中老师改变了我的命运!"莫言从军艺毕业时,军内很多单位,包括军艺都想要他,但爱才若渴的总参政治部文化部的领导哪里肯放,莫言仍回总参政治部文化部工作,任专职创作员,在部队一干就是二十多年。试想一下,如果莫言当不成兵,或者当了几年兵就复员回了农村,一年到头面朝黄土背朝天,地里刨食,整天为妻儿老小的生计奔忙,累得弯腰驼背,哪有时间和精力,哪有条件进行学习和文学创作?哪有可能考进军艺文学系?哪能受到徐怀中、王蒙这样的恩师和前辈指导?所以,我说,没有解放军就没有今天的莫言。当然,如果莫言一直在部队干,至今不转业,恐怕也不会有今天的莫言。

三、莫言的成功,与个人的天赋和勤奋是分不开的

过去我们是不大承认人的天赋的,说是唯心论。实际上,人的天赋是很不

一样的,既有天赋的高下,还有不同方面的天赋差异。莫言的天赋看来是形象思维、语言方面的。莫言从小喜欢听故事,会讲故事,上小学后,爱读小说,编顺口溜,擅写作文,写的作文经常被老师当作范文,在班上读,甚至到邻近的中学读。他记忆力强,想象力丰富,驾驭语言文字的能力非同一般,这些方面都是超常的。后来学写小说,他刻苦的劲头是十分令人赞叹的。他是一个小学肄业生,要当作家,谈何容易,不但要识字,还要掌握大量词汇,还要掌握写作技巧,他付出的努力可想而知,必定大大超过学历高的人。莫言失学后,热衷于读小说,经常和二哥抢书读,有时甚至躲在草垛里读,帮人家推磨换书读。实在没书读了,就背《新华字典》。他在保定时,一边教学,一边创作,一边参加自学考试拿文凭,用他自己的话说是:"我是三路并进,工作、创作、拿文凭,感到脑力和体力都有些不支。"经常搞到深夜,饿了就吃生大葱、生白菜,以至于胃溃疡、肠炎一齐发作,因用脑过度,不到三十岁的他大把地掉头发。

他考入军艺后,上课认真听,认真记笔记,从不缺课,有的老师说:"不管上什么课,哪怕只有一个人在听,那个人也肯定是莫言!"为了写作,他们班上的每个同学都躲在帐子里写,经常写到半夜。熄灯后,莫言怕影响别人休息,自己拿着马扎坐到水房的电灯下写,饿了就吃方便面,以至于吃伤了,多年以后闻到方便面还恶心。

1985年暑假,他去湖南常德看望了我们,回校后,他在给我的信中写道:"从湖南回到学院待了十五天吧,拉出了一个八万字的稿子,题目是'筑路'。在那十五天里还以索溪峪之行为题写了一篇五千字的散文,题名'马蹄',《解放军文艺》很欣赏。我的创作欲极强,恨不得把文坛炸平。一种想写抗日战争题材的欲望使我整夜失眠,脑子出现幻觉。"从这些事,就可看出莫言的写作是如何的刻苦了。他来信中还写道:"写到目前这种状况,仅仅以发表为满足就没劲了,但要想篇篇突破又是如此的艰难。静下来想,今年当是我的丰收年,这几天还在读书,争取年内还能写出两部中篇,一部写战争,决心轰炸一下,假如成了,就在文坛站稳了脚。"

莫言本来计划写一部以高密人刘连仁为原型的小说,因为从小就听说刘连仁的事迹,为了获取写作素材,连短短的与亲人团聚的探亲假也用来搜集资料,1985年春节期间,他曾从老家骑自行车近百里到井沟镇采访了刘连仁,收获不小。为了得到更充分的资料,他还拉着我的同学一起到县文化馆,找熟人弄资料。还在 1986 年和 1987 年又两度采访过刘连仁,住在刘家,与之彻夜长谈几天几夜。为了真切体会刘连仁在日本的苦难生活,2004 年 12 月 26 日,在旅日作家毛丹青和北海道首府札幌市相关人士的精心策划下,莫言和部分媒体记者、出版界人士等踏上了他神往已久的北海道土地,来到了当别町,采访了袴田清治本人(当年发现并参与解救刘连仁的日本老人)。

成名之后,除外部原因停笔两年外,莫言差不多年年有新作,至今光长篇小说就写了十一部,而且部部有新意,从内容到形式都不重复。其勤奋多产在业内是有名的。莫言写作不用电脑,看过莫言手稿的人都知道,莫言的草稿字迹清晰美观,一丝不苟,让人十分佩服。总之,莫言如果没有天分,没有勤奋,就成不了今天的莫言。

四、莫言的成功,得益于改革开放

莫言登上文坛大显身手是在 20 世纪 80 年代,那时,改革开放刚刚开始,邓小平理论指导全党引领全国,废除了以阶级斗争为纲,工作重心转向经济建设,人们意气风发,思想活跃,不少禁区被突破,丢掉了各种条条框框,社会政治环境焕然一新,开放宽松。加上国门大开,国外各种文化成果、文学作品、创作理论大量涌入,文学艺术空前繁荣,形成了"百家争鸣,百花齐放"的局面。莫言就是受了马尔克斯、福克纳等的影响。他曾经说过:"读了福克纳之后,我感到如梦初醒,原来小说可以这样胡说八道,原来农村里发生的那些鸡毛蒜皮的小事也可以堂而皇之地写成小说,他的约克纳帕塔法县尤其让我明白了一个作家不但可以虚构人物,虚构故事,而且可以虚构地理。"因此,莫言打造了一个属于自己的"高密东北乡"文学王国。这个文学王国,是开放的,不是封闭的;是文学的,不是地理的,是中国的缩影。莫言努力地使高密东北乡里的痛苦和欢乐与全人类的痛苦和欢乐保持一致,因此才能打动各个国家的读者。当时,莫言创作欲望强烈,有时一天写一篇到两篇小说。他的小说在争议中发表,在发表中争议。《透明的红萝卜》一举成名,《红高粱》誉满全球,如果不是在 20 世纪 80 年代,是很难达到这种轰动的。

另外,20 世纪 80 年代,电视、网络对纸质的文学还没有形成冲击,读书看小说的人比现在多,也是莫言成功的一个客观因素。

五、莫言的成功,各国的翻译家们功不可没

莫言的小说,至今已被译成了英、法、德、日、俄、意大利、希伯来、越南、西班牙、韩等二十多种文字。其中英译者葛浩文是世界有名的汉学家、翻译家,法国的杜特莱夫妇在华语翻译界里享有盛名,瑞典文的翻译者是陈安娜,她的丈夫就是在上海长大的中国人。日文翻译者吉田富夫、藤井省三都是日本的汉学专家。他们为了翻译莫言的作品,曾多次到高密实地考察,其工作态度之认真,令人感动。大家都知道,翻译要做到信、达、雅,实际上是一种再创作。莫言有幸遇到这些世界一流的翻译家,那真是锦上添花。

搞文学创作,写小说,其实就是编故事,讲故事,大家都知道,莫言在瑞典领奖时,发表的演讲词就是《讲故事的人》。

文学来源于生活,更高于生活,莫言的文学世界里,活跃着的许多人物,在现实生活中几乎都有其原型:有一些故事或典型事件,几乎是现实生活的翻版,其中有些简直就是纪实文学。如短篇小说《五个饽饽》《遥远的亲人》《猫事荟萃》《斗士》《宁赛叶》《金希普》等。所以我说,莫言的小说是最现实主义的,根本不是什么魔幻现实主义,是本土的、现实的,莫言文学作品的生命就是真实。

答浙江师范大学学生提问

问:莫言小说中写过很多动物,有些动物会说话,有思想,这是怎么回事?

答:莫言作品中的动物,都是当作人来写的,有的会说人话,有思想,这都是作品主题的需要。当然,要描写动物,首先要熟悉动物。莫言从小在农村长大,在农村生活了二十年,生活在基层,与牛、驴、猪、羊、小狗、小猫一起长大,特别是牛、羊,是他失学后放牧的对象,甚至是说话谈心的对象。他写的《猫事荟萃》,生活中确有其事,《生死疲劳》中的牛、猪、驴、猴等等,都十分生动,特别是"猪撒欢"一章,读了令人忍俊不禁。其中寓意要读者自己去领会。

问:现在国外有人攻击中国人没信仰,莫言在《生死疲劳》中写到"六道轮

回",受佛教影响,莫言是否有宗教倾向?

答:谁说中国人没有信仰? 我们信仰共产主义。莫言是一名共产党员,我也是,我们都信仰马克思主义。"六道轮回"只是一种写作技巧、表现手法,不能以此断定莫言信仰佛教。《生死疲劳》的主题是严肃的、重大的,这就是土地问题。我们党在第一次国内革命战争时提出的口号是"打土豪,分田地",以此来发动群众;抗日战争时期,不打土豪了,是"减租减息"。租从何来? 土地。解放战争时期,我们搞土改,实现"耕者有其田",合作化、公社化、土地承包责任制都是做土地的文章,现在搞城镇化,搞开发区,还是围绕土地做文章。我曾经撰写过一副对联——"万物土中生,无土何以成世界;百姓地里活,有地才能稳人心",就是说的这个意思。

问:莫言在《红高粱》里写过剥人皮,《檀香刑》里写酷刑,展示的全是人性的丑恶,对此你怎么看?

答:鲁迅写过人血馒头,写过油锅里的人头,写过麻木的看客。历史上,现实中,都有比莫言作品中更丑恶凶残的事。据记载,明末袁崇焕被凌迟,这么一个英雄,老百姓竟吃他的肉。戊戌六君子被杀头,多少人去围观,有人竟向他们身上丢石头。人都有善恶两面,文学作品有责任揭露丑恶,抑恶扬善。

问:我是山东临沂人,莫言在作品中经常用山东高密的方言土语,我也经常写作,可以用方言土语吗?

答:我们还是应该提倡说普通话,用普通话写作。当然方言土语中,有的词汇所包含的意味,用普通话表达不出来,也可以用一下,但要加小注。中国老一代作家中,周立波对方言土语用得比较好,他的《暴风骤雨》写东北土改,就用东北话。《山乡巨变》写他的家乡湖南的合作化,就用湖南话,什么"老倌子""堂客",也很生动。

问:莫言写过很多家族小说,像《红高粱》《食草家族》《丰乳肥臀》等,我们应该如何理解?

答:社会是由个体的人,由家族组成的,一个家族的兴旺、衰败往往是由社会及家族传统(家风、家训)等决定的,所以写家族就是写社会。而家族是由人物组成的,写人物就要写人性,写人的本性,越深刻越好。这里要声明一点,就是不管是《红高粱家族》还是《丰乳肥臀》,都不是写的我们家的故事,但里面的人物原型在现实生活中或历史中都能找到。如《红高粱家族》里的单扁郎,其实就是单边郎,高密历史上实有其人,是明朝的一个进士,当过兵部高官,在辽宁守过边,故人称"单边郎"。单姓在高密是个大姓,明清民国时人才辈出,我们村的单姓地主家有一个叫单亦诚的,在台湾地区很有名气,在"百度"上可以搜到,我就不多说了。正因为如此,莫言在《红高粱》里把九儿的婆家写成了姓单的。

王洪岳接受中国社会科学报张赛采访

张 赛

一、这次的会议主题很有意思,将作家作品研究与批评理论建设结合在一起。请问王老师,这个主题的选定有何深意? 当初您对这次会议都有哪些设想? 通过会议的举办,我们完成了哪些目标呢?

王洪岳:感谢张赛女士不辞辛劳来参会并做出及时而精当的报道,同时感谢您的这次访谈。我乐于回答您的提问。

我之所以和山东大学贺立华教授、首都师范大学张志忠教授联合举办这次"莫言与当代文学批评及理论建设"学术研讨会,目的主要有两个:其一,莫言研究在他获诺奖之后的五六年时间里,得到了强化,涌现了一批杰出的研究成果。但是,尚未有比较全面、系统地从这个批评理论的角度去深入研究的成果。而且也没有一个"莫学研究"(这是中国社科院文学所理论室访学的联系导师、美学家高建平在为我即将出版的研究莫言的专著《精灵与鲸鱼:莫言与现代主义文学的中国化研究》所做序言里在学界首次提出)的学术会议是以此为主题的。其二,当代文学批评尤其是文学理论建构处于一种彷徨的境地,是走向文化研究还是固守精英文学研究路径? 具体到小说理论,是继续走叙述学的路径还是兼顾审美、叙述、文化、道德、历史维度的研究路数? 这些问题都困扰着我,据我的观察,也纠缠着当代文艺理论和文学批评的学人们。而莫言后文学世界及文学思想所具有的品格可以从一个别样的角度帮助我们克服这些困惑。我曾经发表文章,认为莫言的文学世界及文学思想带有一种"元现代主义"色彩。莫言的许多文学作品如《酒国》《丰乳肥臀》《生死疲劳》等,如果仅仅从一个角度来研究,难免盲人摸象,而需要"联合攻关",多维度多层面多学科地透视。这种特征就是"元现代",就是超越、综合了前现代、现代和后现代的一种新的现代性特征。这种新的现代性特性在莫言的高密东北乡文学世界中天衣无缝地呈现出来,并通过其文论(文学思想)而有理性的表达。

在同贺立华教授、张志忠教授商谈联合举办关于莫言的学术会议之初,我就从自己的学术研究的背景,即多年来在文学批评、文学理论和美学建构中寻找学术话语创新的可能性,并且有了一些心得。张老师就说起,关于莫言的研讨会还没有这样的主题,这个话题很好,有必要召开一次学术会议。于是,会议的主题及分论题"莫言与当代文学批评""莫言与当代文学理论的建构""莫言与当代美学或审美思潮的演变",以及"莫言与浙江(新文学)"就基本定下来了。

这次研讨会已经结束,可以说达到了预期目的。莫言的横空出世和成功,激活和扭转了当代文学批评的格局和样态。首先,关于莫言的文学思想和文论,在研讨时也有学者提到其表达的形式、思想的特质和平民化的眼光、小说家的睿智,是专门的文学理论家所不具备的。像张志忠教授对顾彬的中国当代文学观点的辨析与反驳,深具理论气势。高建平教授在对王洪岳专著《精灵与鲸鱼:莫言与现代主义文学的中国化研究》一书的评价中,提出了"既是现代的,又是中国的,才是世界的"这一精辟论断,并提出了"莫学研究"一词。樊星教授认为莫言的文论是"狂者的文论",李震副教授从"当代民族志小说中的热闹美学"的视角论述了莫言的小说,彭宏博士提出了"莫言的体验式文学批评",张细珍博士论及"莫言小说中的'莫言'",王洪岳从"莫言与当代中国美学建构"角度对莫言作品之于美学的恐怖、戏谑类型建构的作用所进行的阐述等,都紧扣会议主题,富有创新意识和批评理论气度。其次,是对莫言作品和其他中外作家作品的比较研究,如付建舟教授以《丰乳肥臀》为例,对莫言小说欲望叙事的别开生面的阐释,李萌羽教授对《喧哗与骚动》和《丰乳肥臀》性伦理的比较研究,陈晓燕博士对《红高粱家族》和福克纳《熊》的比较研究,黄江苏副教授对《蛙》和郑小驴《西洲曲》的比较研究,李贵苍教授等对莫言和格拉斯笔下侏儒形象的比较研究,吴海庆教授对莫言和路遥的比较研究,于红珍博士对莫言和阎连科的比较研究,周文慧博士对莫言和印象派画家的比较研究,邹贤尧对《红高粱》从小说到影视的比较研究,等等。再者,运用新方法、新视角对莫言创作的新阐释和对其最新作品的评论和研究。如,王西强副教授对《生死疲劳》的"寄居叙事"与视角叠加特征做了新的阐释,徐勇教授对《蛙》和《生死疲劳》的话语特征进行了探讨,马雪颖博士对《红高粱家族》的陌生化语言及其英译进行了研究,雷登辉博士对《檀香刑》的酷刑和身体政治之间的关系进行了阐发。另外,关于对莫言创作主题、人物原型和民间故事新叙述特征的探讨,如余敏华教授探究了莫言在 20 世纪 80 年代创作潮流的"介入"和"疏离",李晓燕博士对余占鳌形象原型的探源,顾江冰博士对莫言短篇小说民间叙事风格的探讨,王美春副教授对莫言创作的地母传奇的研究,王朱杰博士对莫言小说中的劳动与乡村主体的关系进行了富有意味的考察,王辽南副教授认为"故乡""苦难"和"救赎/拯救"是莫言创作的母题及奥秘。而刘广远教授等对《故乡人事》、程春梅副教授对莫言《等待摩西》的解析,都是追踪莫言创作的最新的研究成果。最后,莫言大哥管谟贤先生与会,以及他受我邀请担任了浙江师范大学图书馆第 38 期真人书嘉宾,并向上百位读者奉献了一场异彩纷呈、内容丰富的"大哥眼中的莫言"的真人书展示。微信公众号推送的"莫言大哥来了",当晚点击量就达到了上万次。此次活动,管谟贤把会议的第四个议题即"莫言与浙江(新文学)"引向了深入。

二、您主持的国家社科基金项目"莫言与现代主义文学的中国化",是国内第一个与莫言研究密切相关的课题,具有开创性。请问当时您是如何想到要从这个角度切入莫言研究的(同时也请您简单谈一下莫言对于中国当代文学研究的重要意义)? 这一课题取得了哪些研究成果?

王洪岳:谢谢您关注到我对莫言的研究。我所主持的这个莫言研究课题是从自己的学术积累和学术背景出发设计、进行的,即我硕士阶段读的是现代文学专业,导师是研究鲁迅的专家屈正平先生,鲁迅等作家作品我大都阅读过,《鲁迅全集》我通读过。在大学我分别教过现代文学和当代文学各五年,而且一直以来关注当代文学的发展。后来读博之后正式转向文艺学、美学领域的教学和研究。但是我的学术志向和兴趣始终与当代文学的发展息息相关。这就决定了我对作家作品、文学批评和文学理论及美学有了一个贯通式的了解。可以说,在某种意义上,我是当代从事文学理论和美学研究中,阅读文学作品较多者,同时又是从事文艺批评当中对理论浸淫较深者。因此,我切入莫言研究就有一种学术发展的必然性。然而,我对莫言的研究与一般文学史或纯粹文学批评的学者不太一样。我更多地从文论和美学的角度观照莫言文学世界,反过来,又从莫言的文学作品中发现新的审美质素和审美类型。

至于莫言对于中国当代文学研究的重要意义,应该说是不言而喻了。这不仅仅因为他是茅盾文学奖和诺贝尔文学奖得主,而且更因为莫言文学在整个当代文学中的重要地位。只要是通读过莫言文集哪怕其中一部分代表性作品的读者,都会有这样的认识,就是莫言在当代文学家包括先锋文学家群体中,真有些鹤立鸡群的意味。他三十余年所创作的大量作品,包括 11 部长篇小说,20 余部中篇小说,100 余部短篇小说,大量随笔散文、演讲录、对话录、创作谈,为他人做的序言,等等,构筑起了庞大的"高密东北乡文学世界"。这一大体量的创作实践使其身上兼具"现实""浪漫""寻根""先锋""新感觉""新历史""魔幻""幻想"等头衔与标签,其作品在风格上集当代文学多种写作形式、特点于一身,这显示了莫言在创作过程中对多种文学风格的不断尝试与创新,而文学风格的创新源于创作理念的更新和突破,因为唯有不断以新的创作理论和观念作为指导,才会有不同于以往创作风格的新的文学作品的产生。另外,莫言的一系列文论思想,包括"作为老百姓的写作"论,文学根据地思想,"把好人当坏人写,把坏人当好人写,把自己当罪人写"的写作"三论",故乡血地论,苦难化为艺术论,复杂人性创作论,世界大于民族的大文学观,文学作家品格的鲸鱼论,等等,构成了莫言深刻影响当代文学的重要方面。

截至 2018 年底,这一课题除了完成了一部 40 余万字书稿(即将在商务印书馆出版),还在《文艺理论研究》《天津社会科学》《东岳论丛》《中国社会科学报》等发表了近 20 篇论文。其中有的论文是和课题组成员,山东大学博士、现为河北师范大学教师的杨伟,南京大学博士生余凡,以及硕士生杨春蕾合作发表。同时,课题研究的学术训练,促使几位硕士生考上了南京大学、山东大学攻读博士学位。同时,在莫学研究过程中,我逐渐形成了对当代中国文学理论话语建构的自信,并提出和论证了建构中国元现代(主义)文论的可能性、必要性。

三、您是如何看待当前国内莫言研究的发展状况的? 针对当前现状,也请您谈一下是否还留有一些相关研究领域,值得青年学者进一步探索的?

王洪岳:当前莫言研究呈现出非常好的发展态势。据我所知,莫学研究的国家课题除了张志忠教授主持的重大课题之外,还有十余个一般课题。自由选择研究莫言的学者就更多了。每年发表的关于莫言研究的论文达数百篇，多的年份达近千篇。关于莫言研究的论题可谓方兴未艾，但还有很多空白点。前两年张志忠教授曾提出了拓展和深化莫言研究的思路；在本次研讨会上，王万顺副教授提出了莫言研究创新的五个新路径。另外，关于莫言文学的翻译研究，也是一个很有潜力的分支领域。

作为一个仍具有较为旺盛的创作生命力的大作家，莫言应该说正在努力克服"诺奖魔咒"，即获奖后在创作数量和质量上都急剧下降。目前我们所看到的莫言在获得诺奖后的四五年时间内，正努力打破这一魔咒，虽然真正打破尚需时日，还需进一步观察。自 2017 年起，他开始再度集中发表一系列作品，涉及中短篇小说、诗歌、戏剧、戏曲作品等不同文体，尤其是《等待摩西》《故乡人事》《锦衣》《高粱酒》等，仍然显示出强劲的创作态势。这自然会给青年学者以较大的研究莫言文学世界的空间。另外，更为关键的是，莫言这个"鲸鱼""大象"般的作家作品，绝非一世一代可以研究透辟，就像乔伊斯、鲁迅这样的作家，不是一个世纪以来一直为学者孜孜以求地研究吗？莫言这样一个影响力和艺术水准都称雄当代文坛的大作家，其创作和文学思想自然值得文学研究者包括青年学者致力为之。

四、您的新作《美学与诗学：融汇与建构》一书围绕主体美学与诗学批评展开讨论，能否请您谈一下这本书的创作历程与体会。另外，您在书中提到，您从大学至博士后阶段，对当代审美问题、文论与批评问题有持续性的思考，能否请您结合您的背景简单谈一下对它们之间关系的看法。

王洪岳：正如您所敏锐地发现的，这本书是我自 2000 年以来在美学和诗学融合方面的成果结集。我主要从美学在当代中国的存在和建构依然离不开主体性美学的前提，做出了属于自己的评判和研究。20 世纪 80 年代李泽厚的实践美学经过了 90 年代，时至今日余威仍在。为什么？这个大前提就是中国现代性的建构任务依然没有完成。我们在西学、后学、文化研究的多重影响下，应该放开眼光，实行拿来主义，但是要有属于自己国族的学术定力，拒绝做墙头草。这是我在大学本科阶段就开始形成的学术立场。

当然，拥有了一定的价值立场，并不代表就可以做出好的学问。在三十余年的学术研究生涯中,我也逐渐调整自己的观点,不断拓展自己的学术视野。在经过了通读《鲁迅全集》,到完成研究张恨水世情小说的硕士论文,我对现代文学的这个两极现象的存在有了较为全面的认识。在攻读博士学位期间,我强化了自己的文学理论和美学理论素养。同时,由单纯的学生转入社会,虽然一直在大学里从事教学和研究,但是我由于有了理论的武装,观察社会现实和人性的思想触角更加敏锐。在我撰写发表的文字中,有一部分是对文学和审美之外的文化现象发声的。当然,我主要还是在自己的"领地"里耕耘,这种工作主要就是在文化研究的大背景下,试图打破学科壁垒,打破画地自牢的做派,在基本认同文化研究范式和方法的前提下,尽量结合自己的学术积累,做出属于自己的东西来。因此,我近二十年来一直致力于在当代审美问题和文学理论与批评领域,寻找打通这些人为壁垒的方式方法。最近几年来,我针对中国古代文论话语再造的可能性和西方后现代之后理论话语命名的困境,而提出和论证的元现代文论思想,正是这种打通包括对莫言研究的一种理论升华的新思维。

"莫言与当代文学批评及理论建设"学术研讨会综述

吕南南　　陈泽清[①]

2018 年 4 月 20—22 日,"莫言与当代文学批评及理论建设"学术研讨会在浙江师范大学举行。此次会议由浙江师范大学人文学院暨文艺学研究中心、首都师范大学文学院"世界性与本土性交汇:莫言文学道路与中国文学的变革研究"国家社科基金重大项目课题组联合主办。莫言的长兄管谟贤先生、沈阳师范大学季红真教授、山东大学贺立华教授、首都师范大学张志忠教授、武汉大学樊星教授、浙江师范大学科学研究院副院长王锟教授和浙江师范大学人文学院副院长李圣华教授出席了此次会议。来自武汉大学、南京大学、中国社科院、山东大学、首都师范大学、陕西师范大学、浙江师范大学、中国海洋大学、莫言研究会等高校和研究机构的专家学者 60 余人参加了本次会议,并提交论文近 40篇。与会专家们围绕"莫言与当代文学批评及理论建设"这一主题展开深入研讨。

在贺立华教授的主持下,会议于 8 点在图文七楼会议厅正式开幕。李圣华教授、王锟教授、张志忠教授出席开幕式并先后做了发言。李圣华教授首先肯定了本次大会的意义,他认为这次会议对推动莫言研究以及建立中国特色的批评理论体系有着重要的作用。接着,王琨教授指出,这次会议是由首都师范大学文学院张志忠教授主持的"世界性与本土性交汇:莫言文学道路与中国文学的变革研究"与我校人文学院王洪岳教授主持的"莫言与现代主义文学的中国

[①]　吕南南、陈泽清,均为浙江师范大学文艺学专业研究生。

化研究"两个国家社科基金项目延伸而来,此次会议也是首都师范大学与浙江师范大学在教学上长期良好合作的结果。最后,张志忠教授提出我们做当代文学研究一定要关注作家的批评,注意新材料,发现新问题。张教授认为莫言的文论思想研究尚存在较大的开掘空间,并指出我们应该在较为丰富的批评谱系里面研究莫言。

开幕式结束后,研讨会围绕"莫言与当代文学批评""莫言与当代文学理论的构建""莫言与当代审美思潮的演变"等议题,先后进行了三场大会研讨和一场圆桌会议。

一、莫言与诗学研究

关于莫言的文论观,有学者提到其表达的形式、思想的特质、平民化的眼光和小说家的睿智,是一般的文学理论家所不具备的。首都师范大学张志忠教授在《故事·现代性·长篇小说·价值尺度——与顾彬论中国当代文学》中概括了顾彬的批评话语中讲故事落伍过时、先锋文学与现代性、中国和世界长篇小说都气数已尽等三个重要论断,进而提出他以弗洛伊德精神分析学说为依托的现代文学价值观,以及"逢莫(莫言)必反"的心结,并予以解析和批驳。张教授在文中澄清了一些基本的学术命题,为如何评价中国当代文学的成就提出了建设性的意见。中国社会科学院高建平教授在《既是现代的,又是中国的,才是世界的——读王洪岳〈精灵与鲸鱼:莫言与现代主义文学的中国化研究〉》中提出了"既是现代的,又是中国的,才是世界的"这一精辟论断,并提出了"莫学研究"一词,高教授认为莫言的价值在于,他既是现代主义的,又是中国的。武汉大学樊星教授在《狂者的文论——读莫言的文论有感》中认为,一般的文学批评从文学出发、从史料出发,但对作家的批评常常从感受出发。他以莫言的一篇创作谈《天马行空》为例,强调莫言的文论是"狂者的文论"。在他看来,"天马行空"的狂放既是莫言的文学主张,也是他对文学想象力的诠释,更是他实践打破各种禁区的自觉意识。作为一个中国作家,莫言努力地从中国文化传统中摄取"狂"的资源,在为我们所熟知的"温柔敦厚""平和中正"之外,前有屈原后有魏晋风度、李贽等,莫言有意地继承和弘扬了"狂放"这种另类的传统。浙江师范

347

大学王洪岳教授在《莫言与当代中国美学的建构——以莫言作品中的恐怖审美描写为例》一文中独辟蹊径地从文论和美学的角度观照莫言文学世界,又从莫言的文学作品中发现新的审美质素和审美类型。通过对莫言作品中的残酷、恐怖审美表现及其与戏谑、幽默的关系的梳理,他指出莫言创造了原先文学和美学观念中根本不可能有的审美类型,在某种意义上,可以说这是莫言对美学的崭新贡献,极大地开拓了美学家们的思维视野和理论创造的空间。浙江师范大学李震副教授在《当代中国民族志小说中的热闹美学——以莫言小说为例》中用"热闹"这个中国式的传统美学词语替换了我们在谈论莫言时经常使用的巴赫金的"狂欢"理论。他指出莫言小说客观上营造了对当代中国的民族生存进行文学再现与反思的情境,在主题书写和话语运用等方面呈现出中国式的热闹审美趣味。当代中国文学中有一类具有民族志意味的文学类别,传递出民族的文化历史与心理性格,莫言小说可以被视为这类文学的特殊代表。讨论莫言小说中的热闹美学,有益于从本土化的视角定位莫言小说的民族性与世界性的关系问题。

二、莫言与文学批评

与会专家学者从新视角对其作品进行评论和研究,运用新方法对莫言创作进行新阐释是会议的一大亮点。湖北警官学院副教授彭宏在《莫言的体验式文学批评》中指出,莫言在诸多创作谈、访谈、演讲、随笔中阐明自己的文学观念,评价古今中外的其他作家、作品,并对某些文学现象、文学思潮发声。从中可以发现,莫言的文学批评,刻意规避了政治话语、理论分析的模式,转而通过体验而非先验式、自在而非学院式的批评方式,努力让文学批评回到文学自身。沟通批评者和作者心灵世界,展现对复杂人性的深刻剖析,表现对故事、人物、语言、结构、想象力、个性化写作等的重视和追求是莫言体验式批评的应有之义。浙江师范大学付建舟教授在《莫言小说欲望叙事的文化阐释——以长篇小说〈丰乳肥臀〉为例》一文中对莫言所擅长的欲望叙事进行了分析。付教授通过从欲望的理智化层面、情欲化层面、工具化层面、政治化层面、官商化层面的梳理抵达欲望的历史化层面,尤其是从女人的欲望化与被欲望化,到欲望的历史化与历史的欲望化。在他看来,高密东北乡 20 世纪的历史,可以分为欲望的自然化时期、欲望的政治化时期、欲望的官商化时期,展现出欲望化的历史观。陕西师范大学王西强副教授在《〈生死疲劳〉的"寄居叙事"与视角叠加》中就莫言的小说叙事进行了整体考察。他认为,在莫言小说叙事中有一类颇为独特的"物视角",经历了从拟人化的"动物视角"到"人＋物"的身份叠加而发展出"物形＋人性＋物性"的"视角叠加"的"寄居叙事"。这是一种莫言独创的既超越了卡夫卡开创的"异化"视角叙事和中国古典小说的志异志怪叙事传统,又不同于现代戏剧艺术"穿越"叙事的崭新的现代性叙事策略,这种叙事探索在叙事美学上所具有高度的创新价值和意义。浙江师范大学徐勇教授在《狂言诬言话"莫言"——以〈蛙〉和〈生死疲劳〉为例》中从《生死疲劳》和《蛙》这两部小说的对读入手,指出两部小说的风格迥异在某种程度上对应于作者针对现实的态度上的截然相反,尽管二者都借助再造或再现历史来展现故事。陕西师范大学马雪颖博士在《对〈红高粱〉中陌生化语言及其英译的研究与赏析》中通过对《红高粱》中陌生化语言的分析并与葛浩文英译本对照,分析葛浩文对《红高粱》中陌生化语言的翻译效果。江西财经大学张细珍博士在《莫言小说中的"莫言"》中探讨了莫言小说中"莫言"形象的叙述功能与美学效果。在中国传统白话小说中,叙述者从来不借用作者的真名或笔名;而在传统文言小说中,叙述者经常使用作者的名字;到五四时期,作者名字经常直接或间接出现在小说中。这是小说文类地位提升,作者个体意识觉醒的表征。随着现代派先锋小说实验的兴起,当代作家如马原、朱文等均将真名植入小说,莫言小说中也有不少将"莫言"之名植入其中。张博士主要以《酒国》和《生死疲劳》为例,发现作者塑造"莫言"的同时也被"莫言"塑造,"莫言"与作者戏谑、对话,产生"心口差",以柔性的不可靠叙事建构历史话语的因果逻辑和道德刚性,从而裸露文字背面的历史真相,体现了莫言叙事伦理的自觉。

三、莫言与世界文学

本次研讨会将莫言置于世界文学视野中的研究成果颇丰,专家学者从莫言与本国同时期作家的比较,莫言与外国作家的比较,莫言作品与其他作家作品的比较等多方面、多维度考察了莫言在世界文学中的地位。中国海洋大学李萌羽教授的《身体的书写与性的隐喻——〈喧哗与骚动〉与〈丰乳肥臀〉性伦理比较研究》一文从文学伦理学的批评视角出发,将莫言的《丰乳肥臀》与美国作家威廉·福克纳的《喧哗与骚动》进行比较,通过对两部小说的性伦理环境、性僭越、性变态以及性伦理取向等方面进行分析,进而探究两部小说中身体书写与作品主题意蕴之间的关系。后者是一种贵族文化模式,体现的是对女性贞洁维护的伦理价值观。而前者则着重表现封建父权文化对女性生殖的崇拜。在李教授看来,置身于不同文化背景的二者,在性伦理取向上尽管存在一定程度的趋同性,但具有更为显著的差异性。浙江师范大学吴海庆教授的《莫言与路遥:中国当代文学审美的两面》一文从两种对立的身体写作、两性关系的对比、两种对立的命运观、两种对立的话语态度、两种对立的人生意义等五个方面详析了莫言和路遥的不同书写方式。吴教授认为,莫言和路遥都是当代最伟大的作家。没有莫言,我们无法清醒认识自己的丑陋,就会缺少自我批判的精神;没有路遥,我们将缺乏在平凡世界追求真相的信心和力量。浙江师范大学邹贤尧教授在《〈红高粱〉:从小说到影视的转译》中对《红高粱》这一文学文本与电影、电视剧等大众文化媒介的改编进行跨学科的比较研究。湖北文理学院陈晓燕副教授在《"真正的借鉴是不留痕迹的"——论莫言的〈红高粱家族〉对福克纳〈熊〉的借鉴及莫言的本土化追求》中指出,莫言的《红高粱家族》与福克纳的《熊》之间有着深刻的联系,两部作品在故事模式、人物设置及描写细节方面都有着相似之处。不过,莫言虽沿用福克纳的人物设定、故事情节等,刻画的却是地地道道的中国农民形象,传达出的主题与中国传统文学一脉相承。在学习、借鉴的过程中,莫言也得以一步步走向本土、扎根本土,逐渐形成自己的本土特色。这种不着痕迹却又蕴藏着激活、深化无限可能性的"借鉴",也许正是莫言所期待的真正的"逃离"。浙江师范大学黄江苏副教授在《对"平庸之恶"的不同审视——莫言〈蛙〉与郑小驴〈西洲曲〉比较研究》中从"历史化"与"切片式"的文学处理方式,面对"平庸之恶"虚假的忏悔、过激的报复、互相烛照的文学智慧等三个方面剖析了两代作家在文学处理方式上,在情感倾向和思想立场上的差异,彰显出不同的智慧与激情。湖北警官学院周文慧博士在《莫言与印象派绘画》中分析了莫言小说在对自然美的挖掘、对生命力量的歌唱、对人类孤独感的表现及遵循感觉创作等方面显示出与印象派画家精神的共鸣相通,在色彩的选择与运用、光的捕捉与表现、笔触的运用手法等方面所受西方印象派绘画的影响可见一斑。"以诗入画"是中国文化的传统,莫言对印象派绘画技法的运用打通了文学与绘画的界限,同时也发展了诗画一体的文化传统。他用文字的形式表现了绘画用色彩、线条、构图反映的情感与生命体验,表现隐忍与张扬、现实与个人的对立,他用绚烂丰富的色彩表达对苍白单调生活的反抗。莫言对印象派的学习并不停留在表面的、浮光掠影式的临摹,而是从形式到内涵的多层次继承与转化,从艺术本体的学习借鉴升华为艺术哲学的多层面共融。嘉兴学院于红珍博士在《无边的现实主义——莫言、阎连科等创作谈》中梳理了莫言创作中与现实主义密切关联的一些概念,如魔幻现实主义、魔鬼现实主义、严酷现实主义、妖精现实主义和神实主义等,肯定了"现实主义"这一创作的基本原则。于博士借用了西方马克思主义者、法国批评家罗杰·加洛蒂"无边的现实主义"这一概念意在言明,要用一种开放的态度来看待莫言的现实主义文学观。

此外,与会的专家学者从民间、原型、乡土等方面多角度探讨问题,使研讨的主题更加多元。山东财经大学王美春副教授在《诗论莫言构筑的地母传奇》中归纳了母亲形象,她认为莫言作品中的母亲形象是对传统的母亲形象的颠覆,莫言作品中的"母亲"既是圣母,又是荡妇。莫言构筑的"地母"形象是美丽与丑陋、生育与毁灭、生长与衰亡、高雅与卑俗等的结合体。渤海大学刘广远教授在《阶级、人性及其他——从〈故乡人事〉说开去》中从莫言的新作《故乡人事》里的地主形象切入,探讨莫言关于阶级论的重新认识、关于人性的深度开掘以及杂糅式小说写法。在他看来,莫言的新作折射出了莫言对国民性、对当下社会更深刻的思考与批判。潍坊学院王万顺副教授在《莫言研究的创新路径》中考察了莫言研究历史以及现状,在此基础上抽绎出莫言研究的五条学术路径,充分展示了莫言研究的多维度、多层面、多视角以及新的学术增长点。山东大学王朱杰博士在《乡土主体的崛起与零散——以莫言笔下的"劳动"为考察中心》中以莫言为例,分析了莫言的乡土主体。他认为莫言的乡土主体有一种土生土长、实体般的浑然,其中看不到明晰的理性分层。如果说乡土主体的崛起集中体现于莫言对传统农民形象的塑造上,那么与之相对的由现代农民构成的乡土主体则呈现一种零散化的状态。首都师范大学顾江冰博士在《论莫言短篇小说的民间叙事风格》中从民间叙事中的反温情、追寻民间气味的踪迹、民间的朴素生态观三个方面来论述莫言短篇小说的民间叙事风格。山东理工大学张相宽博士在《考察"讲故事的人"的创作理念的一个视角——浅谈莫言小说中的荤故事及其审美意义》中提出,"讲故事的人"是莫言最为重要的创作理念,而荤故事在莫言的小说创作中发挥着重要的作用。程春梅副教授在《莫言〈等待摩西〉的成长主题解析——兼论莫言创作时代弄潮儿人物谱系成长轨迹》中围绕着"成长"这一主题详尽地阐释了莫言短篇新作《等待摩西》,并梳理了从《红高粱》的余占鳌至《等待摩西》的柳摩西等一系列形象各异的时代弄潮儿形象。曲阜师范大学李晓燕博士在《莫言笔下余占鳌形象创作原型探源》中分析了莫言在小说《红高粱家族》中塑造的"我爷爷"余占鳌这一土匪英豪形象,肯定了莫言所开创的新时期英雄人物写作路向。武汉大学雷登辉博士在《论〈檀香刑〉的酷刑景观与身体政治》中认为,在福柯关于君主权力的框架下讨论《檀香刑》是回应小说酷刑争议的重要路径,由此出发,他对《檀香刑》的批判所指和美学价值进行了进一步的论证。浙江师范大学俞敏华教授在《莫言创作对 80 年代文学潮流的"介入"与"疏离"》中指出,莫言话语的呈现方式,本身就是 80 年代中期"寻根文学""先锋文学"潮流的作家、批评家们积极提倡和探索的,莫言的创作是这种探索的成果,并且这种成果超越了类特征的范畴,莫言从乡土言说的维度创造了自己的叙事逻辑。浙江师范大学王辽南副教授在《论莫言的创作奥秘》中认为"故乡""苦难"和"救赎/拯救"是莫言创作的母题及奥秘。

三场大会发言讨论结束后,还开设了专题圆桌会议,就陈晓燕博士的《文学故乡的多维建构——福克纳与莫言的故乡书写比较研究》与常凌博士的《消费与建构:大众文化视域下以莫言为中心的新世界文学研究》两部莫言研究书稿进行了深入交流和讨论。与会者们首先肯定了两位研究者的书稿,一致认为陈晓燕分析问题翔实有据,学术做得规范,常凌的选题新颖,视野开阔,并就两部书稿存在的若干问题提出了宝贵的建议。陈晓燕书稿中的问题主要在于比较的内容单一,缺乏时空观念及对宗教问题的研究;常凌书稿中的问题是没有聚焦莫言和新世纪文学,内容游离了主题。专家们建议陈晓燕对时空观及宗教观做更深入的思考,常凌则要将话题集中,以莫言为中心来谈文化现象。

会后,张志忠教授对这次研讨会做了总结发言,他对本次会议有几个重要感触:一是类似莫言这样的优秀作家,他的可阐释性是丰富且无止境的,而且莫言也在不断地进行创作,提供新的作品和文学话语,这让我们对莫言研究的继续拓展和课题组项目的进行有了新的信心。二是经过团队近几年的开拓,我们的研究不断有新的观点出现,很多学者都有独到的建树,这将大力推动莫言研究。三是由于学科分工越来越细致,彼此交流不多,这次会议也推动了现当代文学与文艺学及外国文学的学科交流,拓展了专家学者们的视野。通过这次会议的召开,与会学者从多角度对"莫言与当代文学批评及理论建设"这一问题展开了热烈讨论,这将对当代莫言研究与当代文论建设的深入融合做出独特贡献。

后　记

　　2018 年 4 月,浙江师范大学召开了一次关于"莫言与当代文学批评及理论建设"的学术研讨会。这次会议是由山东大学教授贺立华先生提议,由首都师范大学教授、山东大学荣聘教授张志忠先生领衔的国家社科基金重大项目"世界性与本土性交汇:莫言文学道路与中国文学的变革研究"(13&ZD122)课题组和王洪岳主持的国家社科基金项目"莫言与现代主义文学的中国化研究"(13BZW038)课题组联合举办,与会代表 60 余人,提交论文近 40 篇。这次会议得到了浙江师范大学科研院王锟教授,人文学院吴海庆、李震、肖婉琴等老师的支持。

　　将莫言的文学世界和当代文学批评理论联系起来进行探究,是本次学术研讨会的显著特点,也是学界首次集中探讨这个话题。本论文集就是在这次会议成果基础上精心编辑出版的。各位作者积极响应编辑出版专题论文集的设想,最终成书约 40 万字。浙江师范大学人文学院文艺学研究生王斌、王茹萍、吕南南、陈泽清、龚游翔、郭婧等参与了会务和本论文集的编辑工作,他们的工作得到了与会代表的高度评价。陈泽清、吕南南、龚游翔等协助王洪岳参与校对了书稿,付出了不少精力。论文集经由张志忠教授审核,最后由王洪岳进行了统稿。在此一并致谢!

王洪岳

2018 年 12 月 30 日